L’étau du passé

DÉJÀ PARUS DU MÊME AUTEUR

DANS LA SÉRIE *LES SECRETS DE HOME VALLEY*

Ciel de feu
Le mystère de Home Valley
L'inconnu de Home Valley

Autres publications

Je ne t'ai pas oublié
L'œuvre du mal
Menacée
Le saut du diable
Mortel mensonge
Intention mortelle
Les portes du mal
Neige mortelle

KAREN HARPER

L'étau du passé

BestSellers

Collection : BEST-SELLERS

Titre original : SHATTERED SECRETS

Publié par MIRA®

Traduction française de VALERY LAMEIGNERE

HARLEQUIN®
est une marque déposée par le Groupe Harlequin

BEST-SELLERS®
est une marque déposée par Harlequin

HARLEQUIN
83-85, boulevard Vincent Auriol, 75646 PARIS CEDEX 13.

Service Lectrices — Tél. : 01 45 82 47 47

www.harlequin.fr

ISBN 978-2-2803-3176-0 — ISSN 1248-511X

Au personnel et à la direction de l'Ohioana Library Association, qui agit sans relâche pour promouvoir et protéger le travail des auteurs de l'Ohio, et plus particulièrement à mes amis Linda Hengst, ancienne directrice de l'association, et à son remplaçant David Weaver. Don et moi sommes très reconnaissants pour tout ce que vous faites.

1

Tess Lockwood souffla longuement pour se libérer de l'angoisse qui l'oppressait soudain. Ses souvenirs avaient beau être ensevelis quelque part dans son inconscient, le panneau indiquant « Cold Creek, Ohio » fit remonter la sensation de terreur à la surface. Affronter tout cela de nouveau, revivre ces moments terribles… Non, pas question. Pourtant, la peur continuait à s'élever des profondeurs où elle pensait l'avoir enfouie, omniprésente comme les tiges de maïs qui peuplaient le bord des routes.

Elle essaya de se persuader que Cold Creek était une petite ville charmante et pittoresque, mais une pancarte plantée dans le sol la fit frissonner de la tête aux pieds : « Votez sécurité, votez tranquillité, réélisez Gabe McCord, votre shérif ! » Des affiches de personnalités politiques locales étaient placardées sur d'autres pancartes, la plus grande n'étant autre que celle de Reese Owens, visiblement décidé à briguer un énième mandat de maire. Même si elle comptait bien faire tout son possible pour les éviter, elle devait se préparer à croiser des gens qui lui rappelleraient son passé. Le pire serait sans nul doute de se retrouver face à face avec Gabe.

Elle était là pour vendre la maison de famille dont elle venait d'hériter, point final. Si elle n'avait pas eu besoin de cet argent pour acheter la crèche avant que quelqu'un d'autre ne mette la main dessus, jamais elle ne serait venue ici. Surtout à cette période de l'année. Elle avait travaillé pendant des années à la crèche Sunshine and Smiles de

Jackson, Michigan, dont elle avait toujours rêvé de devenir propriétaire. Elle avait déjà réfléchi dans les moindres détails aux aménagements qu'elle y ferait. Son intention était de vivre à l'étage et de repenser complètement l'espace dévolu aux enfants. C'était le moment parfait pour se lancer dans cette nouvelle aventure, d'autant que ses locataires de Cold Creek — son cousin Lee et sa famille — étaient sur le point de déménager. Sa mère avait déjà songé à vendre cette maison plusieurs années auparavant, mais elle ne possédait pas beaucoup de terrain et les gens hésitaient à acheter une propriété qui avait été le théâtre d'un drame. La mère de Tess avait fini par la louer à Lee et Gracie, et tout le monde avait été heureux que ce soient des membres de la famille qui s'y installent.

Son poing s'abattit sur le volant lorsque le feu passa au rouge, l'obligeant à immobiliser sa voiture à proximité de la station-service.

— Regardez-moi ça ! lança-t-elle à haute voix. Quatre feux de signalisation au lieu d'un seul…

Elle en profita pour jeter un coup d'œil aux deux pompes à essence. Elle roulait en ce moment sur la réserve, mais il y avait un peu trop de monde à son goût, et elle ne sentait pas prête à croiser des visages familiers.

— Gracie a raison de dire que cette ville s'est sacrément développée !

Cela lui faisait du bien de parler à haute voix, comme s'il y avait quelqu'un assis à côté d'elle ; quelqu'un qui s'intéressait vraiment à ce qui lui était arrivé.

Certes, elle pouvait toujours se confier à ses sœurs, même si Char et Kate n'avaient pas vraiment apprécié que Tess hérite seule de la maison. Leur réaction était compréhensible, bien sûr. Mais, sur son lit de mort, leur mère avait expliqué qu'elle était redevable à Tess pour ce qui s'était passé.

L'église qu'elles fréquentaient autrefois était située tout au bout de ce quartier commerçant. Des piles de citrouilles ornaient désormais la pelouse qui précédait le bâtiment, ainsi qu'une urne à dons, bien en vue et surmontée d'une grande ardoise où l'on pouvait lire, écrit à la craie : « Avec un peu de générosité, on peut tout changer ! » Comme Tess avait envie de changer des choses, dans sa vie… De se débarrasser des cauchemars et de la peur…

Une fois le feu passé au vert, elle roula doucement afin de pouvoir lire les enseignes. Le cabinet du médecin était toujours situé à la même adresse, mais avec un nouveau nom gravé sur la vitre. Ce n'était plus le Dr Marvin, qui s'était occupé d'elle juste après son enlèvement. La minuscule bibliothèque où elles se rendaient entre deux passages du bibliobus se trouvait aussi au même endroit, coincée entre la quincaillerie et la banque, qui l'encadraient comme deux énormes serre-livres. De l'autre côté de la grand-rue, elle vit le Kwik Shop, une supérette où elles avaient l'habitude de faire leurs courses. Tess avait emporté quelques victuailles avec elle — des céréales, du pain, du beurre de cacahuète et de la confiture — afin de retarder aussi longtemps que possible le moment où il faudrait s'arrêter quelque part pour acheter à manger. Et sa grande glacière contenait des jus de fruits, du lait et deux bouteilles de vin blanc.

Cold Creek lui semblait gigantesque, à l'époque où elle y vivait, mais c'était parce qu'elle voyait la ville avec des yeux d'enfant. Elle n'avait que six ans quand elle en était partie, et à cet âge-là tout paraît démesuré. Même si Cold Creek restait bien plus proche du bourg que de la ville, force était de constater qu'elle s'était beaucoup développée, en un peu moins de vingt ans. Tess avait suivi ces changements à distance, grâce aux coups de fil réguliers et bienfaisants de Gracie. Non seulement la femme de Lee savait lui remonter le moral, mais elle l'avait tenue informée de tout ce qui se passait ici. A l'en croire, les retraités aisés avaient afflué, ces dernières années, tandis que les résidences secondaires poussaient comme des champignons.

Tess se demandait comment les gens allaient réagir à son retour. Allaient-ils encore la dévisager et murmurer sur son passage, même si dix-huit années s'étaient écoulées depuis la dernière fois qu'elle avait mis les pieds ici ? Peut-être ne la reconnaîtraient-ils pas tout de suite… Mais la rumeur de son retour n'allait-elle pas se répandre comme une traînée de poudre ? Elle redoutait par-dessus tout ces regards où la curiosité le disputait à la pitié ; ces regards qui l'emplissaient de honte, autrefois, même si sa mère, le Dr Marvin, l'agent Reingold et le shérif McCord n'avaient cessé de lui répéter qu'elle n'avait rien à se reprocher.

Ce n'est pas ta faute, Tess.

Combien de fois s'était-elle répété ces mots ? Mais avait-elle jamais réussi à s'en convaincre vraiment ? Aujourd'hui encore, elle ne pouvait s'empêcher d'en douter. Après tout, personne ne l'avait obligée à aller se cacher dans ce champ de maïs. Personne ne l'avait obligée à ignorer les mises en garde de Gabe, leur jeune voisin et fils du shérif de l'époque, qui avait fini par la traiter d'« espèce de cinglée » et de « garçon manqué ». Et peut-être avait-il eu raison de la traiter de cinglée, parce qu'elle avait l'impression d'être un peu folle, depuis ce jour-là.

Elle vit une boutique de cadeaux — Creekside Gifts — à l'endroit où se trouvait autrefois le poste de police. Ses vitrines étaient décorées de costumes d'Halloween, de chats noirs de bois et de tiges de maïs réunies en fagots. Plus loin, aux abords d'une place arborée où s'élevait un kiosque à musique, un petit immeuble en briques avait été construit pour abriter le nouveau poste de police, juste à côté d'une caserne de pompiers volontaires, neuve elle aussi. Entre les deux bâtiments se dressait un grand mât blanc au sommet duquel flottaient les drapeaux des Etats-Unis et de l'Ohio. Coiffée d'un gyrophare, une voiture noire aux portières frappées du mot *SHERIF* en lettres jaunes était garée sur le modeste parking. Mais Tess ne vit personne en uniforme. Rod McCord était le shérif de Cold Creek, à l'époque où elle avait été kidnappée, et c'était son fils Gabe qui avait repris le flambeau.

Il devait être âgé de trente et un ans, puisqu'il en avait treize lorsque Tess et sa famille avaient quitté la ville.

Elle savait par Gracie qu'il avait racheté la maison de ses parents, seulement séparée par un champ de maïs de celle dont elle venait d'hériter. Ils allaient donc être voisins, comme lorsqu'ils étaient enfants.

Le troisième feu tricolore passa au rouge, et elle dut encore s'arrêter. Gracie lui avait parlé de la « grande séparation », comme elle disait, et, à présent, elle pouvait la constater de ses propres yeux. Selon Gracie, les nouveaux venus avaient envahi la partie ouest et restaient généralement entre eux, à l'écart des locaux, sauf les jours de marché.

En quoi est-ce que tout ça me concerne, de toute façon ? songea Tess en fronçant les sourcils devant les nouveaux commerces : un restaurant, un salon de thé, diverses boutiques, et même un pub anglais ! Pas vraiment le genre d'établissement qu'on s'attendait à trouver au fin fond de l'Ohio.

Son ventre se noua tandis qu'elle tournait à droite, dans Hilly Valley View Road.

— Tu es capable de le faire, Tess…, murmura-t-elle.

Mais, après avoir roulé quelques mètres sur la route à deux voies bordées de champs de maïs aussi hauts que denses, elle sentit le doute s'installer. Surtout lorsqu'elle passa devant la propriété des McCord, alors que le soleil disparaissait derrière la sombre silhouette des contreforts des Appalaches. Quelques instants plus tard, la vieille maison où elle avait vécu enfant surgit devant ses yeux comme une image du passé. Brusquement, elle eut le sentiment d'être happée par ce décor irréel. Malgré la protection des vitres relevées et des portières verrouillées, c'était comme si les tiges de maïs se rapprochaient d'elle pour bruire d'inquiétants murmures contre la carrosserie.

Ne fais pas tant de bruit, les épis t'épient.

Qui avait prononcé ces mots dont elle se souvenait soudain ? Sa mère ? Son père, peut-être ?

— Tout va bien, dit-elle encore à haute voix. Tout va bien se passer.

Pourtant, elle resta clouée sur le siège de sa voiture,

immobilisée au début de l'allée de gravier, le moteur allumé, jusqu'à ce que la porte de la maison s'ouvre sur Gracie, qui fit de grands gestes pour l'inviter à la rejoindre.

Gabe McCord, shérif du comté de Falls, abandonna sa voiture de patrouille à une vingtaine de mètres du haut portail de bois dont il s'approcha d'un pas réticent. Derrière se trouvait Hear Ye, une communauté religieuse qu'il considérait plutôt comme une secte de farfelus. Cet endroit lui inspirait une certaine méfiance, mais, jusqu'à preuve du contraire, les membres des treize familles qui vivaient là n'avaient jamais rien commis d'illégal. D'ailleurs, ils restaient toujours entre eux, à l'exception des samedis où ils tenaient un grand stand au marché pour vendre leur production.

Marian Bell l'avait appelé pour lui dire que quelqu'un avait vu, près du stand en question, une enfant qui ressemblait à sa fille disparue. Les chances de retrouver Amanda ici avaient beau être plus que minces, il devait aller vérifier. Pour Gabe, la fillette avait été enlevée par son père après le divorce, et il l'avait emmenée vivre avec lui, sans doute à l'étranger. Malheureusement, les autorités n'étaient pas parvenues à retrouver la trace de Peter Bell, et la gamine était toujours portée disparue au regard de la loi. A ses yeux, cette affaire ne ressemblait pas aux kidnappings qui avaient empoisonné l'existence de son père. Mais il suivait toutes les pistes qui se présentaient à lui — y compris les moins crédibles —, avec l'espoir que quelque chose viendrait relancer l'enquête enlisée depuis des années.

Même si personne n'avait disparu sous son mandat de shérif, ces enlèvements d'enfants le hantaient. Il était convaincu que les deux crises cardiaques de son père étaient la conséquence directe des soucis que lui avaient causés ces rapts, et de ses efforts incessants pour les élucider. Loin d'être oubliée, la fameuse affaire non résolue de Cold Creek restait pour Gabe un dossier brûlant.

— Bien le bonjour, Lee, dit-il en voyant passer son ancien voisin sur le monticule herbeux qui précédait le terrain clôturé où se côtoyaient un temple, une école, des immeubles à deux étages, des potagers et des ateliers.

Lee Lockwood tenait dans ses mains une branche de saule en forme de Y, qu'il pointait droit devant lui en parcourant la butte d'un pas lent.

— Vous cherchez de l'eau ? Ou un trésor enfoui, peut-être ? demanda Gabe.

La plupart des gens qui vivaient par ici savaient que Lee était sourcier, une activité que certains qualifiaient de « sourcellerie » d'un air entendu, ce terme évoquant clairement la mince frontière qui séparait à leurs yeux le sourcier du sorcier.

— Oh ! bonjour, shérif. Je ne vous avais pas vu arriver. D'ordinaire, il y a toujours un vigile devant le portail. Un Frère qui nous protège des étrangers et des curieux, mais pas des forces de l'ordre, bien sûr. Et puis, quand je me lance dans l'hydroscopie, plus rien n'existe autour de moi, vous savez. Eh oui, je cherche de l'eau… N'allez surtout pas croire ces histoires de trésors enfouis, shérif. Ce ne sont que des légendes qui ont la peau dure, comme celles qui prétendent que les sourciers peuvent trouver d'anciennes tombes avec leur baguette. Non… C'est simplement qu'un autre puits serait le bienvenu, dans la mesure où l'eau de la municipalité ne vient pas encore jusqu'ici. Mais j'ai eu beau passer une bonne partie de l'après-midi à chercher, on ne peut pas dire que ce soit un succès pour le moment. Quand ma cousine Tess arrivera, je lui demanderai de me donner un coup de main. Elle a le don, elle aussi, ajouta-t-il en pointant le bout de sa baguette sur Gabe, qui resta silencieux.

Lee semblait vraiment nerveux en sa présence, songea-t-il. Cet homme d'ordinaire réservé essayait manifestement de noyer son malaise sous un flot de paroles. D'un autre côté, l'uniforme produisait cet effet sur certaines personnes.

Lee fronça tellement les sourcils que son front se rida.

— En tout cas, elle avait le don quand elle était petite, reprit-il. Mais je suppose qu'elle n'a pas envie qu'on lui parle du passé.

— Non, elle n'en a sûrement pas envie, acquiesça Gabe. Et moi non plus. Mais le dossier n'est toujours pas classé. Grace m'a dit que Teresa — enfin, Tess — va séjourner quelques jours à Cold Creek pour vendre la propriété familiale. Mais vous, vous n'allez pas regretter d'avoir quitté cette maison ? Grace m'a aussi dit que ça se passait très bien pour vos enfants, à l'école publique. Pourquoi les changer d'établissement, alors que l'année scolaire est déjà commencée depuis deux mois ?

— C'est qu'il y a beaucoup d'avantages à vivre ici, shérif. Entre autres choses, on est protégé contre la violence du monde. Et puis, surtout, on se sent plus proche de Dieu, à travers l'Etoile Lumineuse.

Il commençait à faire sombre. Le sommet des montagnes avalait le soleil, et des nuages de pluie s'amassaient autour des restes de son disque rougeoyant. Gabe hésitait à lui parler de cette fillette censée ressembler à Amanda Bell. Lee était le cousin germain de Teresa Lockwood, désormais connue sous le diminutif de Tess, la première des deux — voire des trois — fillettes kidnappées.

— L'Etoile Lumineuse, hein ? demanda-t-il. C'est comme ça que Brice Monson veut être appelé par les membres de votre communauté ?

— Par ceux qui ont confiance en lui et en son enseignement spirituel. « Et nous tenons pour d'autant plus certaine la parole prophétique, à laquelle vous faites bien de prêter attention comme à une lampe qui brille dans un lieu obscur, jusqu'à ce que le jour vienne à paraître et que l'étoile du matin se lève dans vos cœurs. » C'est ainsi que nous considérons Brice. L'Etoile Lumineuse du matin dans un monde obscur.

Gabe décida finalement de ne pas interroger son ancien voisin — Lee avait déménagé la semaine précédente — au sujet de la gamine aperçue au marché. En passant plus tôt devant la maison des Lockwood, il avait vu que Grace s'y trouvait aujourd'hui, sans doute en train de faire le ménage sur les lieux mêmes où s'était déroulé le premier kidnapping, à l'époque où son père était encore le shérif de Cold Creek. Cet après-midi-là, on avait demandé à Gabe de surveiller quelques enfants du voisinage, dont Tess. Dieu merci, elle était revenue vivante de sa séquestration, parce que les deux autres disparues de Cold Creek — en admettant qu'Amanda ait été kidnappée — n'avaient jamais été retrouvées.

— A bientôt, dit Gabe avant de se diriger vers le portail de la communauté.

Lee le héla.

— Oh ! shérif ! J'ai oublié de vous dire…

Gabe se retourna.

— Oui ?

— Vous ne trouverez personne pour le moment. Tout le monde est descendu au ruisseau pour aller cueillir des noix qu'on va vendre au marché. Même l'Etoile Lumineuse. Il a bien voulu que je reste ici parce qu'on a besoin d'un autre puits, comme je viens de vous le dire.

Les bâtiments de la communauté semblaient effectivement déserts, et Gabe revint vers Lee après quelques secondes d'hésitation. Ce dernier tremblait-il, ou était-ce sa baguette qui réagissait à la présence de l'eau ?

— Dites à M. Monson que je reviendrai demain matin, un peu après 10 heures, déclara Gabe en se demandant s'il parlait dans le vide.

L'air un peu absent, Lee Lockwood regardait fixement l'endroit que sa baguette semblait désigner à la manière d'un doigt chétif et incurvé. S'agissait-il d'une mise en scène ? Gabe ne croyait pas plus à la radiesthésie qu'à la venue d'un nouveau messie qui aurait pris l'apparence de Brice Monson. En tout cas, si Lee jouait la comédie, il fallait lui reconnaître un certain don. Il semblait tellement absorbé par ce qu'il était en train de faire que Gabe n'insista pas. Il repartit en direction de son véhicule de patrouille, en espérant que le sourcier n'oublierait pas de faire passer le message.

Alors qu'il approchait de sa voiture, Gabe ne put s'empêcher de songer que Monson avait choisi un drôle de moment pour emmener ses fidèles cueillir des noix au bord du ruisseau. Non seulement la nuit tombait, mais un orage se préparait. Gabe avait aidé son père à récolter des noix à cet endroit, lorsqu'il était gamin. Il se souvenait être revenu avec les mains marron et avoir couru dans la maison en hurlant qu'elles étaient couvertes de sang séché. Son petit numéro de film d'épouvante avait pris fin lorsque sa mère l'avait grondé.

— Avoir du sang sur les mains n'a rien de drôle ! avait-elle lancé d'un ton furieux.

Lee avait-il dû demander l'autorisation à Monson, pour rester ici au lieu d'accompagner le reste de la communauté ? A vrai dire, plus il en apprenait sur cette communauté, plus il avait l'impression qu'il s'agissait en réalité d'une sorte de camp de redressement. Il se félicita de ne pas avoir mentionné l'objet de sa visite à Lee ; mieux valait s'adresser au bon Dieu qu'à ses saints. Mais Monson ne risquait-il pas de refuser de convoquer toutes les fillettes de l'âge d'Amanda, afin qu'il puisse voir si l'une d'entre elles ressemblait aux photos fournies par Marian Bell ? Dans tous les cas, ça valait la peine d'essayer. Gabe était à l'affût de tout ce qui pourrait faire progresser l'enquête sur ces kidnappings. Le moindre indice l'intéressait, si mince et fragile fût-il.

Il venait d'entrer dans sa voiture quand le roulement du tonnerre se fit entendre du côté des montagnes. Ce bruit lui rappelait chaque fois ce jour où il avait désamorcé une énorme bombe avec son unité de déminage sur un marché de Kirkouk, en Irak. Au loin, on entendait des tirs de mortier et des explosions d'EEI — Engins explosifs improvisés —, l'une d'elles annonçant la mort d'hommes qu'il avait envoyés sur une autre zone de déminage.

Une fois la ceinture de sécurité attachée, sa main se

porta machinalement vers sa poitrine. Il avait parfois l'impression d'y sentir encore son pistolet de l'armée, qu'il portait alors crosse en avant et incliné du côté opposé à la main de tir. Aujourd'hui, son arme de service se trouvait fixée à son ceinturon de shérif. Ses doigts plongèrent dans la poche intérieure de son blouson, dont il sortit quelques photos d'Amanda, la fille de Marian Bell. Il y en avait aussi une de la fillette aperçue au marché, près du stand de Hear Ye, mais celle-là avait été prise de loin et n'était pas très nette. Sous la lumière du plafonnier de sa voiture, il la compara un moment à une photo d'Amanda en classe de CP. Une fois de plus, il songea à quel point il aimerait boucler l'enquête laissée inachevée par son père : mettre enfin la main sur le kidnappeur de Cold Creek, ce fantôme insaisissable qui s'emparait des petites filles.

— Oh ! zut ! J'ai l'impression qu'il s'est mis à pleuvoir, et je déteste conduire sous la pluie, dit Gracie en s'approchant de la fenêtre qui donnait sur la route. Et la nuit qui tombe déjà… Tu sais, j'ai dû demander une permission spéciale pour t'attendre, et je ne veux pas rentrer trop tard.

Après un accueil chaleureux de son amie et cousine par alliance, Tess avait cédé à Gracie, qui tenait absolument à lui faire visiter les lieux. Elle s'était préparée mentalement à effectuer seule le tour du propriétaire, et la compagnie de Gracie avait finalement rendu cette épreuve plus facile. Tess et Gracie faisaient à peu près la même taille, mais les similitudes physiques s'arrêtaient là. Gracie avait une épaisse tignasse rousse qui cascadait sur ses épaules, des yeux ambrés dans un visage aux joues pleines, et un corps tout en rondeurs. Une apparence qui contrastait avec les cheveux blonds mi-courts, les yeux bleus et la mince silhouette de Tess. Elle avait toujours trouvé naturelle l'affection débordante qui existait entre elle et Gracie, comme si c'était elle, sa vraie cousine, et non son mari. Bien sûr, elles s'étaient connues bien avant que Gracie n'épouse Lee. Enfants, elles jouaient déjà ensemble, même si Gracie était une voisine un peu plus éloignée que Gabe McCord. Mais leurs mères avaient été amies et se voyaient assez souvent. A cette époque, tout le monde ou presque se connaissait, à Cold Creek.

— Désolée qu'on ait vendu la plupart de nos meubles, dit Gracie. Je crois qu'il en reste tout de même assez pour que tu puisses vivre ici quelques jours. Il faut dire que les appartements de la communauté ont déjà presque tout le confort.

— Rassure-moi, Gracie, ta famille va rester réunie ? demanda Tess. Je veux dire… vous allez continuer à vivre ensemble, tous les quatre, comme avant ?

Gracie enfila son imperméable tandis que la pluie se mettait à cogner de plus en plus fort contre le carreau.

— On sera ensemble dans les moments importants, même si Kelsey et Ethan vont désormais faire partie d'une grande famille unie dans la même foi.

Gracie ne le remarqua sans doute pas, mais Tess ne put s'empêcher de secouer la tête, étonnée que son amie ait épousé les nouvelles convictions religieuses de Lee. Comment avait-elle accepté si facilement de le suivre dans cette curieuse communauté ? Sans doute fallait-il trouver la réponse du côté de sa personnalité douce et aimable. Combien de jeunes femmes — Gracie avait vingt-huit ans — auraient maintenu des relations avec la cousine de leur mari, alors que celui-ci ne semblait pas particulièrement décidé à garder le contact ? Et Gracie ne se contentait pas d'entretenir des rapports polis ou simplement amicaux avec Tess : elle lui témoignait une véritable et chaleureuse affection. Au point que Tess voyait en elle une troisième sœur avec laquelle les rapports étaient souvent plus fraternels que ceux qu'elle entretenait avec Char et Kate. D'ailleurs, elle avait passé plus de temps en compagnie de Gracie, ces cinq dernières années, qu'avec ses sœurs, même si son cousin et sa femme avaient cessé leurs visites dans le Michigan lorsque Lee était devenu dévot. Elle les avait vus pour la dernière fois un an plus tôt, à l'occasion des obsèques de sa mère.

— J'ai hâte de voir comment Kelsey et Ethan ont grandi, dit Tess. J'adore les enfants de cet âge ! D'ailleurs, ils ont l'âge de ceux avec qui je travaillais. Et avec qui je compte bien continuer à travailler, quand j'aurai vendu cette maison et que je rentrerai chez moi pour acheter la crèche, ajouta-t-elle avec conviction.

— Chez toi…, répéta Gracie en serrant brièvement Tess dans ses bras en guise d'au revoir. Au fond, ce n'est pas plutôt ici, le vrai chez-toi ? Maintenant que tu as eu le courage de surmonter tes craintes pour revenir à Cold Creek, j'aimerais tellement que tu restes un peu plus longtemps avec nous.

— Une semaine, deux tout au plus. Mais on va profiter de chaque jour, d'accord ? Et quand je me serai installée à l'étage de la crèche, à Jackson, vous pourrez venir me rendre visite.

— Ça… je ne sais pas trop, répondit Gracie d'une voix traînante. Avec notre nouvelle vie… nos nouveaux engagements envers la communauté… Ça risque d'être compliqué, tu vois.

Une petite grimace embarrassée s'était formée sur le visage rond de Gracie, et Tess fronça les sourcils avant de détourner le regard en direction du rideau de pluie qu'on apercevait derrière la fenêtre. Les branches ballottées par le vent avaient allumé les projecteurs à détection de mouvement, dont la lumière crue inondait à présent le jardin. Sa mère les avait fait installer tout de suite après le kidnapping ; avant même que Tess soit parvenue à rentrer chez elle.

— J'amènerai les enfants demain pour que tu puisses les voir, dit Gracie en ouvrant la porte. Si c'est autorisé, bien sûr.

— Pourquoi est-ce que ce ne serait pas autorisé ?

— A cause de leurs horaires d'école et de travail. Il faut que je demande.

— De travail ? Ils n'ont que deux et quatre ans !

— Ils apprennent à travailler pendant la récréation, expliqua Gracie avec un sourire.

— Vraiment ? Tu sais, j'aimerais beaucoup rencontrer leur maître ou leur maîtresse pour échanger des idées sur la façon de s'occuper des enfants de cet âge.

Capuche sur la tête, Gracie semblait hésiter à sortir. Tess sentit qu'elle avait envie de changer de sujet.

— Tu pourrais continuer à louer, tu sais, dit Gracie, la main sur la poignée de la porte. Les maisons situées dans cette partie de la ville ne se vendent pas si bien que ça.

— J'ai déjà pris deux décisions fermes. La première, c'est que je vais me débrouiller seule pour vendre la maison afin de ne pas payer de commission d'agence. La seconde, c'est que je ne vais plus la louer. Je veux tourner la page, tu comprends ? Dire adieu à cette maison ainsi qu'aux souvenirs douloureux qui lui sont associés, parce qu'à partir de maintenant je n'en forge que de bons ! Et, à ce propos, sache que tu m'as beaucoup aidée à retrouver une attitude positive envers la vie. Je t'en remercie du fond du cœur, Gracie. Et, puisqu'on en est aux remerciements, merci également d'avoir si bien nettoyé la maison. Et merci pour le cidre, le fromage et le croustillant aux pommes que j'ai vus dans le frigo ! Allez, file avant de te faire gronder !

Elles se serrèrent de nouveau dans les bras et, cette fois, Gracie s'élança sous la pluie. Tess vit le plafonnier de sa vieille voiture noire s'allumer, puis les phares trouer la nuit mouillée avant de s'éloigner le long de l'allée. La distance et l'obscurité pluvieuse engloutirent bientôt les feux arrière, qui semblèrent se fermer comme les yeux d'un animal sauvage.

Tess jeta encore un coup d'œil à travers la fenêtre, vers l'endroit où son cauchemar avait commencé, à cette même époque de l'année. Elle devait se battre contre une peur d'autant plus diffuse qu'elle avait presque tout oublié de son calvaire. Ses yeux se posèrent sur les tiges de maïs qui s'approchaient tout près du jardin. Au moindre coup de vent, elles s'inclinaient vers la pelouse, leurs rangs serrés contournant la maison pour se fondre dans le champ qui séparait la propriété des Lockwood de celle des McCord. Le soleil brillait, le jour où elle avait été kidnappée, mais elle n'avait pas oublié les nuages de pluie qui menaçaient au loin, au-dessus de la silhouette découpée des collines bleu-vert.

Elle avait couru à travers champ pour taquiner Gabe, qui avait accepté de la surveiller en compagnie de deux autres enfants, pendant que sa mère emmenait Kate et Char chez le dentiste. Ils jouaient tous dans le jardin. Ce n'était pas la première fois que Gabe les gardait. Tout allait bien…

Tess resta un long moment devant la fenêtre, comme prisonnière de ses pensées. Contrairement à ses sœurs, elle avait des dents parfaites et n'avait pas eu besoin de les accompagner chez le dentiste. Après le départ de leur père, le manque d'argent les avait privées du luxe de consulter un orthodontiste. Kate et Char avaient dû attendre d'être adultes et de gagner leur vie pour corriger leurs problèmes de dentition.

Tess se souvenait de ce que disait son père à ce sujet :

— Avoir les dents un peu de travers n'a jamais tué personne, Claire ! Ici, beaucoup de gens ont des dents naturelles et ça ne les empêche pas de plaire et de se marier, que je sache ! On appartient à une belle lignée de natifs des Appalaches. On n'a pas envie de ressembler à ces snobs pleins de fric qui commencent à acheter des terrains dans le quartier du lac Azur et qui se font refaire les dents, et même parfois le visage tout entier !

Curieux comme son père était toujours en train de crier, dans ses souvenirs. Sans doute fallait-il trouver dans cette colère qu'il portait en lui — dans les violents reproches adressés à sa femme, qui n'avait pas emmené sa « formidable Teresa » avec elle, le jour du kidnapping — la raison de son départ. Quelques mois après le retour de Tess, il était parti s'installer dans l'Oregon où il s'était remarié. Il n'avait plus jamais revu ses filles depuis. Char et Kate l'avaient rayé de leur vie. Pour elles, pas question de lui envoyer ne serait-ce qu'un SMS ou un Tweet privé pour renouer le contact. Elles estimaient qu'il n'en valait pas la peine. Tess ne voyait pas les choses de façon aussi radicale.

Avant qu'elle parvienne à poser un couvercle sur le passé, une autre voix furieuse lui revint à la mémoire :

— Sors de ce champ de maïs, espèce de cinglée ! Sors, je te dis, ou tu vas finir par te perdre !

C'était ce que Gabe McCord avait beuglé à son attention, en ce jour funeste.

Alors qu'elle regardait son enfance à travers cette fenêtre, Tess parvint à refermer la boîte de Pandore qui s'était entrouverte malgré elle. « Dieu merci », songea-t-elle. Parce que, si elle laissait le passé envahir ses pensées, sa nuit risquait de n'être qu'un long cauchemar, un long tunnel de terreur…

Elle alla une nouvelle fois vérifier que toutes les portes étaient bien fermées à double tour, ainsi que les fenêtres munies de verrous installés par sa mère après l'enlèvement. Trébuchant sur sa valise abandonnée dans le passage qui menait dans la cuisine, elle songea qu'elle n'avait toujours pas vidé les sacs de nourriture et la glacière. Même si le séjour serait court, il était temps de commencer à s'installer.

Elle venait de s'y mettre quand une lumière violente traversa les vitres de la salle à manger, la faisant tressaillir. Les phares d'une voiture. Gracie avait-elle oublié quelque chose ?

Les battements de son cœur faisant écho aux roulements du tonnerre, elle alla coller le nez au carreau pour voir qui s'était engagé dans l'allée. Il faisait bien sombre, pour un début de soirée. Sombre comme la voiture dont les phares venaient de s'éteindre. Une voiture noire, quoique plus imposante que celle de Gracie. Tess n'avait aucune envie d'aller ouvrir à la personne qui s'apprêtait à en descendre. Mais elle se voyait mal faire semblant d'être absente, d'autant que son visiteur avait forcément vu la lumière dans la maison.

Un projecteur à détecteur de mouvement s'alluma, éclairant les lettres jaunes inscrites sur la portière qui s'ouvrait. Coiffé d'un chapeau noir à larges bords, un homme de belle carrure déploya sa haute silhouette. Alors que la portière se refermait avec un claquement sec, elle comprit qu'il s'agissait de l'homme qu'elle voulait éviter à tout prix.

2

L'insigne que l'homme portait sur son blouson étincela dans la lumière du projecteur de sécurité tandis qu'il approchait de la porte de derrière. Les quelques coups secs qu'il y frappa résonnèrent désagréablement dans la tête de Tess. Elle alla ouvrir avec un soupir, laissant néanmoins fermée la contre-porte de verre.

— Shérif Gabe McCord. Je voulais simplement vous… te souhaiter la bienvenue, Tess, dit-il d'une voix forte et grave, qui n'eut pas plus de mal à triompher du bruit de la pluie qu'à traverser la barrière vitrée qui se dressait entre eux.

Son visage disparaissait presque entièrement sous les larges bords de son chapeau, et son blouson luisait de pluie.

Elle aurait dû lui ouvrir, mais elle craignait de laisser entrer bien plus qu'un homme dans sa maison, comme si cette porte de verre était le dernier rempart contre son passé. Cela dit, elle devait se montrer raisonnable. Deux décennies s'étaient écoulées, depuis le drame de son enfance.

— C'est gentil de ta part, dit-elle en ouvrant la contre-porte.

A son grand soulagement, elle avait parlé d'une voix à peu près ferme.

— Entre, Gabe. Tu es en train de te faire tremper.

— Merci, dit-il en pénétrant dans la maison. Je ne vais pas te déranger longtemps. C'est Gracie qui m'a prévenu de ton arrivée, aujourd'hui. Ton cousin et sa femme étaient de bons voisins, et je regrette qu'ils s'en aillent, ajouta-t-il en retirant son chapeau.

La porte de derrière ouvrait sur la cuisine, qui sembla rétrécir dès qu'il y posa le pied.

— J'ai vu que tu as déjà mis un panneau pour la vente de ta maison, du côté de la route.

— Oui, je l'ai apporté avec moi de Jackson. Gracie m'a aidée à le planter dans le gazon.

Elle recula de deux pas. Gabriel McCord était tellement plus grand et robuste que le gamin dont elle se souvenait. Contrairement à la plupart des natifs de la région des Appalaches, Gabe avait les cheveux noirs, même si ses yeux étaient bleus. C'est à peine si elle parvenait à reconnaître les traits du garçon qu'elle avait connu autrefois. Il semblait n'être qu'angles aigus et arêtes saillantes : sourcils noirs comme deux traits en relief sculptés au ciseau ; angle énergique des pommettes bien rasées ; mâchoire carrée zébrée d'une cicatrice ; nez affirmé et corps puissant sans être massif. Elle posa un instant les yeux sur ses larges mains qui tenaient le chapeau, s'efforçant de ne pas le dévisager avec insistance et cherchant quelque chose de léger et de poli à lui dire. Mais ce fut Gabe qui reprit la parole en premier.

— Alors, tu es bien décidée à vendre cette maison ?

Même quand il parlait doucement, sa voix grave et autoritaire vibrait en elle.

Elle se figea tandis qu'il promenait rapidement les yeux sur elle, à la fois prise dans un bloc de glace et inondée de chaleur sous son regard calme et pénétrant. Sans doute la voyait-il comme la pièce à conviction numéro un : la fillette kidnappée qui était revenue vivante et qui, pourtant, n'avait aucun souvenir du calvaire qu'elle avait enduré.

— Oui, répondit-elle avec un temps de retard, il faut vraiment que je la vende. J'ai besoin de cet argent pour ouvrir une crèche là où je vis maintenant, à Jackson, dans le Michigan.

— Une crèche ? Voilà un beau projet, dis donc… On en aurait bien besoin d'une, ici, surtout que la maternelle ne commence qu'à cinq ans. Et avec tous les nouveaux habitants du quartier du lac Azur…

— Je pensais que c'étaient tous des retraités.

— Il y en a pas mal, mais il y a aussi des ménages plus jeunes et assez aisés qui ont fui le stress de la grande ville. Tu sais, des gens qui ont des envies de nature et qui veulent élever leurs enfants loin de la criminalité, même si je suis bien placé pour savoir que tout n'est pas rose, chez nous. Entre les laboratoires clandestins de méthamphétamine, les plantations de marijuana dans les collines, les disputes conjugales, les ivrognes qui se bagarrent et qui vont parfois jusqu'à tirer des coups de feu, la vie n'est pas toujours aussi tranquille qu'elle en a l'air, par ici. On a aussi des jeunes venus des patelins alentour qui se rendent la nuit dans l'ancien asile psychiatrique pour jouer à se faire peur et se livrer au vandalisme, ou pire. Ça arrive surtout en cette saison, sans doute à cause de la proximité d'Halloween.

Il s'interrompit un instant, un sourire gêné aux lèvres.

— Mais je ne suis pas venu pour t'embêter avec mes histoires de boulot. Je voulais simplement te dire que tu peux compter sur moi si tu as besoin de quoi que ce soit pendant ton séjour parmi nous, d'accord ? Tu peux toujours me trouver de l'autre côté du champ de maïs, du moins le soir. N'hésite pas à appeler au poste ou chez moi. Grace m'a dit qu'elle t'a laissé les deux numéros sur le frigo.

— Oui, oui, ils sont là, dit Tess en jetant un coup d'œil en direction du morceau de papier coincé sous un aimant.

« Réélisez Gabe McCord, votre shérif ! » pouvait-on lire au-dessus des numéros.

— Merci, ajouta-t-elle, devenant soudain plus grave. Au fait, je suis désolée pour ton père. Gracie m'a dit qu'il est décédé.

— Oui… Soixante-douze ans seulement. Une crise cardiaque. Heureusement que maman et lui ont pu profiter de quelques belles années en Floride, après être partis d'ici. Maman vit toujours là-bas.

Il haussa les épaules avec un bref soupir.

— C’est comme ça, que veux-tu… A ce propos, je voulais te présenter mes condoléances pour ta mère. Elle est partie beaucoup trop tôt, elle aussi.

— Elle n’a pas eu une vie facile, à s’occuper seule de ses trois filles. De moi, surtout, après ce qui s’est passé… D’ailleurs, c’est à cause de ce que j’ai subi qu’elle a voulu me léguer la maison. Kate et Char ont des carrières… comment dire ? Plus rémunératrices que la mienne. Kate est professeur d’anthropologie à la fac et Char est travailleuse sociale. Elles sont souvent en déplacement professionnel et elles n’ont pas pu venir m’aider. Et puis cette maison est à moi, maintenant… Alors, il me paraît normal de me débrouiller seule pour la vendre.

Elle hésita un instant, desserrant les poings qu’elle avait crispés sans s’en rendre compte.

— Tu sais, Gabe, ça me rendrait bien service si tu pouvais penser à un acheteur potentiel. Tu dois connaître tout le monde, ici, et il doit bien y avoir quelqu’un qu’une vieille maison à rafraîchir pourrait intéresser, non ?

— Je n’ai personne en tête pour le moment, mais je peux me renseigner. Si ça ne t’ennuie pas que les gens sachent que tu es revenue en ville, je vais demander autour de moi et dire à ceux que ça intéresse de te contacter directement. Je voulais te dire, Tess… Si tu comptes poser des affichettes en ville, ou alors une annonce dans le journal local, tu ferais peut-être bien de ne pas mettre ton nom. Juste ton numéro de téléphone. Inutile que tout le monde sache que tu vas rester un moment ici, tu comprends ?

Même s’il avait fait de son mieux pour formuler la chose avec tact, le conseil de Gabe réveilla les angoisses de Tess. En fait, elle avait déjà prévu de n’inscrire que son numéro de téléphone sur les affichettes qu’elle comptait placarder ici et là. Mais Gabe pensait-il qu’elle pouvait courir un danger ? Et si son ravisseur était toujours en vie et qu’il habitait par ici ? S’il prenait peur en apprenant le retour de sa victime, après toutes ces années ? Après tout, certaines personnes avaient du mal à croire qu’elle n’ait gardé aucun souvenir de ses huit mois de captivité. Son bourreau allait peut-être craindre qu'elle ne le dénonce, ou même que des bribes de souvenirs ne relancent l'enquête…

— Merci du conseil, dit-elle. J'en tiendrai compte.

Il hocha la tête et lui dit au revoir, avant de se coiffer de son chapeau et de s'éloigner sous la pluie. Alors qu'elle verrouillait les deux portes, elle se souvint que certaines personnes avaient accusé Gabe de ne pas avoir été suffisamment vigilant, ce jour-là. Il s'était murmuré qu'il n'avait pas pris sa mission au sérieux, et certains n'avaient pas hésité à lui imputer la responsabilité de l'enlèvement. Pourtant, même si Tess n'en avait jamais parlé à personne, la vérité était toute différente : c'était elle qui avait désobéi à Gabe en s'engouffrant dans le champ de maïs.

Enfant, elle avait un faible pour Gabe et voulait absolument qu'il s'intéresse à elle. Et, si ce n'était pas suffisamment le cas à son goût, elle trouvait toujours un moyen d'attirer son attention.

Cette pensée libéra un flot d'images.

Quelqu'un se trouvait dans la rangée suivante, poussant les longues tiges et les lourds épis. Ce devait être Gabe qui s'était lancé à sa poursuite. Un visage terrifiant bondit sur elle et quelque chose la frappa durement. Etait-elle rentrée de plein fouet dans un épouvantail ? Elle fit volte-face pour s'enfuir mais une main brutale se plaqua sur sa bouche. L'épouvantail était-il vivant ?

L'épouvantail l'entraîna loin des voix de ses amis. Elle se débattit et tomba à genoux. Désormais à cheval sur elle, l'épouvantail la pressa contre le sol entre deux rangées de maïs.

De la terre entra dans sa bouche, et elle cracha. Elle ressentit une douleur aiguë sur le côté du cou ; ça faisait plus mal qu'une piqûre d'abeille ! Un bras s'enroula autour de sa poitrine et la releva brutalement. Elle n'y voyait plus rien. L'épouvantail venait de lui enfoncer quelque chose dans la bouche, et maintenant il lui enfermait la tête dans une sorte de sac tout noir ! Elle voulait maman ! Elle voulait papa ! Papa l'aimait, il l'appelait toujours sa « formidable Teresa »... Mais il n'y avait ni papa, ni maman, ni même Gabe pour la protéger de l'épouvantail vivant.

La réalité la rattrapa brusquement. Bien sûr que Gabe n'était pas là... Il venait tout juste de partir, et elle se trouvait dans la cuisine de la maison où elle avait vécu enfant.

Tremblante, elle laissa échapper un grand soupir avant de vérifier une nouvelle fois que les deux portes étaient bien verrouillées. Après quoi elle s'adossa au plan de travail, le temps que son cœur cesse de tambouriner dans sa poitrine et que les derniers vestiges du cauchemar éveillé quittent son esprit. Elle allait vider les sacs de nourriture, défaire sa valise, puis se servir un verre de vin blanc avant d'aller se coucher. Pour ce soir, elle se contenterait d'une toilette de chat.

Il ne restait plus qu'à espérer qu'elle parviendrait à trouver le sommeil dans cette maison.

La pluie qui martelait le toit et la peur de faire un cauchemar la gardèrent néanmoins éveillée une bonne partie de la nuit. Avoir revu Gabe après toutes ces années ne l'aidait pas non plus à s'endormir. Elle ne pouvait s'empêcher de se demander s'il était devenu shérif par vocation, ou parce qu'il éprouvait un terrible sentiment de culpabilité à l'idée qu'elle ait été kidnappée alors qu'elle se trouvait sous sa surveillance.

Gracie lui avait appris qu'une autre fillette, Jill Stillwell, avait été enlevée une dizaine d'années plus tôt, alors qu'elle dormait avec son frère sous une tente plantée dans leur jardin. *Se peut-il qu'elle ait été victime du même ravisseur que moi ?* La question était loin d'être absurde, d'autant que, d'après Gracie, le jardin en question était également bordé d'un champ de maïs d'où le kidnappeur avait pu surgir avant d'y emporter sa proie. La disparition de Jill n'avait pas été découverte avant le réveil de son frère, au matin. Encore un garçon sans doute rongé par la culpabilité alors qu'il n'y était pour rien. Peut-être même s'en voulait-il encore plus que Gabe, dans la mesure où sa sœur n'avait jamais été retrouvée.

Tess savait que Gabe s'était engagé dans l'armée à la sortie du lycée. Même si elle comprenait son envie de quitter Cold Creek, elle était perturbée à l'idée qu'il avait pu aller se battre en Irak pour échapper à la guerre qui faisait rage en lui.

Un verre de vin avant d'aller se coucher l'aidait d'ordinaire à trouver le sommeil, mais, cette nuit, les pensées se bousculaient trop dans sa tête pour lui laisser le moindre répit. Gabe avait manifestement cherché à la mettre à l'aise et, pourtant, elle s'était sentie vulnérable en sa présence. Si elle était honnête avec elle-même, Tess devait admettre qu'il ne l'avait pas laissée indifférente. Pour tout dire, elle avait été prise au dépourvu. Par sa visite inattendue, mais surtout parce que le préadolescent qu'elle avait connu était devenu un homme terriblement sexy. C'est finalement en pensant à lui qu'elle sombra dans un sommeil profond, que ne vint troubler aucun cauchemar.

Tess venait de finir un petit déjeuner tardif — composé d'un bol de céréales, d'une banane, d'un verre de jus d'orange et d'une grande tasse de café — quand elle reçut une autre visite inattendue, annoncée cette fois par la sonnette de la porte de devant. Un coup d'œil par la fenêtre ne lui permit pas de reconnaître tout de suite la femme en surpoids qui venait de sonner, parce qu'elle avait beaucoup changé. Mais les deux inscriptions qui ornaient sa camionnette lui donnèrent un indice : « Dr Thompson, consultation et chirurgie vétérinaire », disaient les lettres bleu électrique de la première, tandis que la seconde, qui bénéficiait d'un lettrage rouge, proclamait : « Cimetière pour animaux domestiques : avec vos compagnons à poil, à plume et à écailles, c'est pour la vie ! »

A moins d'un kilomètre de chez Tess, de l'autre côté

du champ de maïs, se trouvaient la grande maison et le cimetière pour animaux du Dr Dane Thompson, un célibataire endurci. Tess savait par Gracie que Marva, la sœur de Dane, avait emménagé chez lui après avoir perdu son mari. A l'époque où Tess habitait Cold Creek, Marva Thompson Green était une jeune femme svelte et vive qui avait beaucoup de succès auprès des hommes. Elle avait fini par choisir un bel agriculteur parmi ses nombreux prétendants. Tess se souvenait qu'elle était venue les garder, elle et ses sœurs, à plusieurs reprises pour permettre à leur mère de chercher du travail, lorsque leur père les avait abandonnées.

— Tu te rappelles de moi, Teresa ? lança Marva à travers la contre-porte vitrée aussitôt que Tess ouvrit celle de bois. Tiens, je t'ai apporté ça, ajouta-t-elle en présentant un gâteau aux noix de pécan avec un beau glaçage au sucre de canne.

Tess fut touchée de voir que Cold Creek demeurait fidèle à sa tradition d'hospitalité. Pourtant, elle hésita quelques secondes avant d'ouvrir la contre-porte. Dane Thompson avait longtemps été soupçonné d'être l'auteur du kidnapping, même si aucune preuve n'était jamais venue étayer les doutes du père de Gabe.

— Bonjour, madame Green, dit-elle en ouvrant la contre-porte. Comme c'est gentil d'avoir apporté un gâteau ! Vous voulez entrer ?

— Ma foi, avec plaisir. Mais alors juste un petit moment, hein ? répondit-elle avant de pénétrer dans la maison.

Elle dévisagea Tess avec un sourire bienveillant.

— Tu es devenue une jolie femme, même si je te verrais bien avec quelques kilos de plus. Vous autres, les filles Lockwood, vous étiez vraiment mignonnes, toutes les trois. Mais je dois dire que tu as toujours été la plus belle, Teresa. Maintenant que tu es adulte, tu vas m'appeler Marva, d'accord ? C'est ton cousin Lee qui m'a dit que tu allais revenir. Il a effectué quelques travaux pour nous, tu sais. On lui a demandé de construire une clôture autour du cimetière pour animaux, parce que des sales gosses s'y introduisent tout le temps pour faire les idiots.

Elle souffla en secouant tristement la tête.

— Aucun respect pour le repos éternel de nos petits compagnons... Et, avec Halloween qui arrive, on s'est dit qu'il fallait trouver une solution pour les tenir à distance. Figure-toi que la plupart des ados qui viennent semer la pagaille chez nous ne sont même pas de la ville. Ce sont des jeunes des alentours, et ces petits morveux ne se contentent pas d'entrer dans le cimetière. C'est dans l'ancien asile psychiatrique qu'ils commettent le plus de dégradations. Tu sais, cette grande propriété abandonnée, là-bas, sur West Hill Road. Ces petits morveux s'y introduisent à la nuit tombée pour fumer de la drogue, casser des carreaux et couvrir les murs de graffitis... Enfin, tu vois ce que je veux dire, Teresa.

— Vous savez, tout le monde m'appelle Tess, maintenant, répondit celle-ci en s'emparant du gâteau qu'elle posa sur la petite table que Gracie avait laissée dans le salon. Et le Dr Thompson, comment va-t-il ?

D'un geste de la main, elle invita Marva à s'asseoir dans l'un des deux fauteuils à bascule, mais sa visiteuse secoua la tête en signe de refus. Le blanc de ses cheveux contrastait avec son visage, très bronzé pour un mois d'octobre.

— Pas le temps de poser mes vieilles fesses, ma belle ! On n'a jamais eu autant de travail, avec tous ces gens qui se sont installés autour du lac Azur. Du coup, Dane a pu faire de vraies améliorations dans le cimetière. Ma foi, tu devrais venir voir ça. Dane propose de belles innovations technologiques, tu sais. Si le propriétaire d'un animal décédé le souhaite, il peut implanter un code QR sur la tombe de son toutou chéri. Tu dois connaître ça, toi qui es jeune ; une espèce de code-barres qui peut être lu par les Smartphone. En un claquement de doigts, un visiteur peut voir le chat ou le chien enterré là en train de s'ébattre joyeusement comme s'il était toujours en vie ! Tout ça sur son écran de téléphone ! Et il y a aussi un lien vers un site dédié à l'animal où on peut laisser des messages et des commentaires. Oh ! mais je suis sûre que tu en sais plus que moi sur tous ces trucs modernes…

— En fait, je dois vous avouer que les enfants dont je m'occupais à la crèche étaient souvent plus calés que moi sur ce genre de sujet, répondit Tess avec un sourire forcé. C'est fou ce que la technologie permet de faire, de nos jours…

— En tout cas, si tu veux savoir, je trouve ça nettement mieux que d'empailler des chiens comme le fait l'ami de Dane. Tu sais, John, le taxidermiste… Tu te souviens peut-être de lui ?

Tess répondit d'une mimique incertaine, et Marva renifla doucement, brossant sa veste en jean du revers de la main comme s'il y avait des poils de chien sur sa manche.

— Il faut que je ramène la camionnette à Dane, si je ne veux pas qu'il me taille les oreilles en pointe ! C'est qu'il fait des consultations à domicile, maintenant. Du moins pour ceux qui vivent autour du lac Azur. Moi, je gère un salon de bronzage, tu sais. Ça se trouve dans la partie récente de la grand-rue, tout près du pub anglais. Eh oui, on a un pub anglais, maintenant ! D'ailleurs, je te conseille d'aller goûter leurs bières.

Marva se dirigea d'un pas lent vers la porte.

— La ville n'est sûrement plus la même que dans ton souvenir, lança-t-elle en se tournant, alors qu'elle avait déjà un pied dehors. Si toutefois tu t'en souviens un peu, bien sûr. Je dis ça parce que tu étais si jeune quand tu es partie, s'empressa-t-elle d'ajouter avec un brin de nervosité. En tout cas, bonne chance pour vendre ta maison, parce que celle où je vivais avant d'emménager chez mon frère n'a toujours pas trouvé d'acquéreur. Il y a pourtant du terrain et une belle grange, mais, que veux-tu, ce n'est pas le genre de bien que cherchent les nouveaux habitants de Cold Creek. Franchement, je ne sais pas comment je ferais si Dane ne payait pas la taxe foncière pour moi.

Voilà qui n'était guère encourageant, mais Tess adressa

néanmoins un sourire à Marva avant de la remercier une nouvelle fois pour le gâteau. Elle était étonnée qu'il y ait un salon de bronzage à Cold Creek, et pas seulement parce qu'elle avait entendu dire que les UVA émis par les lampes à bronzer favorisaient les cancers de la peau. Le fait que le salon soit tenu par une ancienne femme d'agriculteur avait aussi de quoi surprendre. Non, ce n'était certainement pas le Cold Creek dont elle se souvenait, mais il fallait voir le bon côté des choses : si les nouveaux habitants installés autour du lac Azur avaient assez d'argent pour pouvoir regarder leurs animaux de compagnie s'ébattre après leur mort, peut-être l'un d'eux serait-il intéressé par une vieille maison proche du centre-ville. Rénovée au goût du jour, celle-ci pouvait faire le bonheur d'une famille, être louée à un bon prix ou même revendue avec une plus-value. Eviter les abords du lac Azur, une zone qui s'était considérablement développée ces dernières années, n'était pas la bonne stratégie pour vendre sa maison. Au contraire, c'était sans doute là-bas qu'il fallait chercher des acheteurs.

Elle agita la main en signe d'au revoir tandis que Marva s'éloignait au volant de la camionnette flambant neuve. Un profond soupir souleva sa poitrine et ses épaules. Si seulement sa mère était encore en vie… Si seulement cette maison ne lui appartenait pas… Pourquoi fallait-il qu'elle se retrouve ici, à affronter seule ses peurs à l'endroit même qui les avait fait naître ?

Tournant le dos à la grange décrépite qui avait été transformée en laboratoire de méthamphétamine avant d'être abandonnée, Gabe s'assit dans sa voiture de patrouille pour passer un appel radio à Jace Miller, son unique suppléant. Il restait encore quelques recoins dans les collines où il n'y avait aucun réseau, pas même satellite. Des zones où l'être humain mettait rarement les pieds et qui échappaient encore aux progrès de la technologie. Le meilleur endroit pour téléphoner avec un mobile était sans nul doute autour du lac Azur, les nouveaux résidents ayant exigé que plusieurs nouvelles antennes relais y soient érigées.

A en croire les tas de feuilles écrasées sur le sol de la grange, au moins deux personnes avaient dormi ici. L'année précédente, Gabe avait ramassé un petit morceau de couverture dans un autre laboratoire clandestin, mais l'analyse des fibres textiles et la recherche de traces ADN n'avaient rien donné. Seuls des poils de chien avaient été trouvés par les techniciens de la police scientifique. Quatre mois d'attente et une facture salée pour tout résultat.

— Jace, cet endroit est encore un de ces labos de meth installés au milieu de nulle part. Plutôt une petite affaire familiale qu'une grosse organisation, mais je suis sûr que ça tournait à plein rendement, là-dedans. Malheureusement, ils ont anticipé ma venue et ils ont mis les bouts en emportant le matériel coûteux. Et toute leur production, bien entendu. A croire qu'ils savaient que j'allais me pointer. Soit ils ont le nez creux, soit quelqu'un les a tuyautés. Mais qui ? A toi.

— Bien reçu, shérif. Si c'est la bande de crapules qu'on traque depuis un moment, ils sont probablement déjà installés ailleurs, quelque part dans une grange abandonnée ou une cabane de chasse. Vous voulez que j'appelle l'équipe de nettoyage pour qu'ils fassent disparaître tout ce qui est toxique ? A vous.

— Absolument. Dis-leur que c'est comme d'hab'. Déboucheur de canalisation, sel gemme répandu au sol, carafes et bouteilles. Au moins, je n'ai rien trouvé qui laisse penser que quelqu'un a pu être retenu ici contre sa volonté. A toi.

— Shérif, vous ne pouvez pas penser jour et nuit à ces anciennes affaires de kidnapping. A vous.

— Bien sûr que je peux ! C'est en cherchant autre chose qu'on va sans doute finir par trouver l'élément qui nous mettra sur la bonne piste. Et, puisqu'on parle des kidnappings, je vais retourner chez Hear Ye et insister pour passer en revue les gamines de l'âge d'Amanda Bell. On verra bien si l'une d'elles ressemble vraiment aux photos que m'a fournies sa mère. A toi.

— La prochaine fois, Marian Bell vous demandera de prendre les empreintes digitales de toutes les gamines de cette secte. Elle ne veut tout simplement pas admettre que c'est son ex qui lui a volé cette gamine. A vous.

— C'est le plus probable, mais ce n'est pas certain, Jace. Tu sais qu'on ne doit négliger aucune piste. A toi.

— Et je parie que vous allez encore faire un tour chez la première victime pour essayer de lui tirer les vers du nez, pas vrai ? Je parle, bien sûr, de Teresa Lockwood, celle qui s'est quasiment fait enlever sous vos yeux. A vous.

— Elle se fait appeler Tess, désormais, et je veux que tu lui déroules le tapis rouge si elle se pointe au poste ou qu'elle nous téléphone. Qui sait si le fait de revenir ici ne va pas avoir un effet sur sa mémoire ? Retrouver l'environnement où s'est déroulé le drame fera peut-être surgir des souvenirs précieux pour l'enquête… D'ailleurs, il se pourrait que je ne sois pas le seul à penser ça. Moi, je serais ravi qu'elle recouvre la mémoire, mais il y a peut-être quelqu'un qui voit les choses différemment… Tu me suis ? Et ce quelqu'un risque de ne pas rester les bras croisés en attendant qu'elle le dénonce. Terminé.

Tess s'empara des affichettes qu'elle avait imprimées à Jackson et mit le cap sur la partie de Cold Creek qu'elle considérait désormais comme « la vieille ville ». Elle comptait bien s'aventurer ensuite dans le nouveau quartier commerçant, ainsi que dans celui du lac Azur, là où se trouvait la population la plus fortunée.

Avant même que Gabe ne le suggère, elle avait décidé de ne pas inscrire son nom sur les affichettes. Bien sûr, certains reconnaîtraient la maison dont la photo était imprimée au-dessus d'une description assez complète, suivie de son numéro de mobile. Loin d'être récente, cette photo en couleurs provenait d'un album de sa mère.

Tess l'aimait bien parce qu'elle avait été prise au début de l'été, avant que le champ de maïs ne soit envahi par ces hautes tiges qui s'élevaient en rangs serrés en bordure du jardin. Cela donnait un air plus spacieux à la propriété, moins étouffant. Moissonné, le champ perdait pour elle son côté inquiétant.

Elle s'arrêta à la station-service où on l'autorisa à fixer une affichette derrière la caisse. L'employé essaya d'engager la conversation, mais Tess resta insensible à son petit numéro de charme. Elle était là pour vendre sa maison, et il ne fallait pas compter la distraire de sa mission. Sans demander la permission, elle en punaisa une autre sur le grand panneau d'affichage du Kwik Shop, déjà couvert d'annonces en tout genre. Elle se revit ici même avec sa mère — ou était-ce avec Char ? — en train de chercher des vélos et un trampoline d'occasion dans le fouillis de papiers punaisés.

Soulagée qu'aucun des clients qui entraient et sortaient ne l'ait reconnue, elle se rendit quelques numéros plus loin, dans la petite bibliothèque où sa mère et Char avaient passé tellement de temps. A sa grande surprise, Etta Falls, une des figures de la ville, se trouvait toujours assise derrière le vieux bureau de bois, le visage penché sur un livre. « Mlle Etta » — comme tout le monde l'appelait — descendait de la première famille à s'être installée ici, dans ce coin de l'Ohio d'où Cold Creek avait fini par sortir de terre. A en croire la façon dont elle bondit de son fauteuil, retirant ses lunettes de lecture qui se balancèrent au bout d'un cordon, la bibliothécaire était tout aussi étonnée de voir Tess.

Elle la dévisagea une seconde, les mains plaquées sur la bouche, avant de s'exclamer :

— Ça par exemple ! Vous êtes bien Teresa Lockwood, n'est-ce pas ? J'ai entendu dire que votre mère était décédée, et je me demandais si l'une de ses filles allait revenir vendre la maison. Eh bien, me voilà renseignée !

— Je suis certaine que vous vous souvenez mieux de mes

sœurs Kate et Charlene, mademoiselle Etta. Elles étaient plus âgées que moi et bien plus intéressées par les livres.

— C'est vrai, ma chère, mais c'est pour vous qu'on a tous prié.

Toujours mince et plus énergique que jamais, elle posa deux mains fermes sur les épaules de Tess, avant de la considérer avec un intérêt bienveillant.

— Vous êtes devenue une très belle femme, Teresa. Alors comme ça, vous vivez dans le Michigan, à ce que j'ai entendu dire ?

— Oui, à Jackson, répondit Tess, avant de proférer un gros mensonge : Je ne pense plus au passé, vous savez… Seulement à l'avenir.

— Ça me fait bien plaisir de l'entendre. Malheureusement, certaines choses sont difficiles à oublier. Et quoi de mieux que quelques bons bouquins pour se remonter le moral et se donner la force nécessaire pour affronter toutes les épreuves, hein ? D'ailleurs, dit-elle en ôtant les mains des épaules de Tess, j'ai proposé quelques ouvrages sur les sectes et le lavage de cerveau à votre cousin Lee et à sa femme. Mais ils semblent convaincus que le leader spirituel de leur communauté possède toutes les réponses. Encore faudrait-il que les gens qui suivent aveuglément ce type connaissent les questions ! ajouta-t-elle en esquissant un sourire.

Tess avait oublié à quel point la voix de Mlle Etta était grave ; parfaite pour une femme qui avait été bibliothécaire toute sa vie. En revanche, elle se souvenait qu'elle avait toujours prêté aux gens des livres susceptibles de les aider à résoudre leurs problèmes. Il y avait quelque chose de rassurant à constater que, tout comme la partie ancienne de la ville, Mlle Etta n'avait pas trop changé. Certes, à cette distance, Tess pouvait voir les mèches grises qui striaient ses cheveux, ainsi que les petites rides qui se déployaient au coin de ses yeux et de sa bouche comme des toiles d'araignée. Elle devait avoir au moins soixante-cinq ans, à présent.

— Vous faites toujours une tournée avec le bibliobus ? demanda-t-elle. On adorait le voir arriver devant chez nous, quand il faisait trop mauvais pour sortir ou qu'on n'avait plus d'argent pour mettre de l'essence, après le départ de mon père.

— Il m'arrive encore de faire une tournée raccourcie, quand c'est vraiment calme, ici. Mais je ne vais pas dans le quartier du lac Azur, parce qu'ils ont leurs propres clubs de lecture où ils s'échangent des livres. C'est cette femme rousse avec ce titre ronflant qui leur organise tout ça. Directrice de la culture et des loisirs, rien que ça ! Et, quand ils commandent des livres neufs, c'est sur internet. Ou alors ils les téléchargent, comme ils disent. Et ils lisent ça sur des écrans portables, qui bien entendu ne peuvent pas restituer l'odeur et la texture du papier ! ajouta-t-elle avant de secouer la tête d'un air incrédule.

— Et votre mère ?

Etta ouvrit de grands yeux.

— Vous vous souvenez de maman ? Pourtant, elle vivait déjà comme une recluse, à l'époque, et ça n'a pas changé.

— Je me souviens seulement qu'elle est paralysée et que vous preniez soin d'elle. Et aussi que, comme vous, elle descend des pionniers qui ont fondé la ville.

— Oui, c'est exact. La plupart des gens croient que le comté de Falls doit son nom aux Quarry Falls, la cascade située près de la carrière, mais en fait ce sont bien mes ancêtres qui ont donné leur nom à ce comté. Mon arrière-arrière-arrière-grand-père Elias Falls a été le grand pionner du territoire, qui porte désormais son patronyme. Et, pour revenir à maman, elle se porte aussi bien que possible. Vous ne l'avez jamais rencontrée, n'est-ce pas ?

— Je ne crois pas, non. Ou alors quand j'étais toute petite.

Tess baissa les yeux vers le paquet d'affichettes qu'elle tenait à la main.

— Oh ! dit-elle en les brandissant, je voulais vous demander si je pouvais laisser une annonce pour la maison. Et puis, vous savez, tout le monde m'appelle Tess, maintenant. Teresa appartient au passé. Ma mère n'aimait pas ce diminutif, mais quand je suis entrée au lycée elle a cessé de s'y opposer. De guerre lasse, elle s'est mise à m'appeler Tess, elle aussi.

— De guerre lasse et sans nul doute parce qu'elle vous aimait tendrement, dit Mlle Etta. Je suis certaine que, quand on a perdu un enfant et qu'on le retrouve, on ressent encore plus intensément l'amour qu'on éprouve pour lui.

Hochant fermement la tête, Mlle Etta s'empara d'une affichette qu'elle aligna parfaitement à côté d'autres annonces à l'aide de quatre épingles de fixation. Parfois, Tess regrettait de ne pas avoir lu autant de livres que sa mère et ses sœurs, même s'il était sans doute impossible d'égaler Kate sur ce terrain. A vrai dire, les livres que Tess aimait le plus étaient ceux qu'elle lisait à haute voix aux enfants dont elle s'occupait. Elle se méfiait autant des romans policiers que des sagas familiales ou des histoires de passion amoureuse : des problèmes, encore des problèmes, toujours des problèmes. Au contraire, les livres pour enfants avaient quelque chose de si réconfortant… A moins, bien entendu, qu'ils ne soient écrits par quelqu'un comme Maurice Sendak, l'auteur de *Max et les maximonstres*. D'ailleurs, elle refusait de lire ces histoires de monstres cornus et dotés de crocs acérés aux petits dont elle avait la charge.

Brusquement, un bruit étrange résonna dans sa tête, comme le rugissement d'une chute d'eau.

On la traînait à travers le maïs, on l'entraînait loin de chez elle, en direction du bruit. Peur, confusion, envie de dormir… Impossible de réfléchir et, pourtant, il fallait rester éveillée, parce que l'épouvantail vivant allait la livrer à l'autre monstre à qui elle allait servir de repas. Elle savait qu'il était dans le champ ; un gros monstre vert avec une voix aussi assourdissante que le fracas de la cascade. Il allait la découper en rondelles et la croquer comme du maïs, mais elle était trop terrifiée pour pleurer…

— Je suis heureuse que vous soyez revenue parmi nous, dit Mlle Etta, arrachant Tess à son cauchemar éveillé.

La bibliothécaire était retournée derrière le bureau de bois pour se verser du gel antibactérien sur les paumes.

Tess la regarda appuyer une deuxième fois sur le bec doseur du gros flacon en plastique, avant de la remercier pour son accueil et de se diriger vers la sortie.

Elle venait d'ouvrir la porte quand Mlle Etta lui lança :

— N'hésitez pas à me demander une carte temporaire pour emprunter des livres pendant votre séjour ! Et, même si vous ne voulez pas prendre de livres, repassez donc pour discuter un peu !

Tess la remercia une nouvelle fois et agita la main avant de refermer la porte vitrée.

Elle resta un moment sur le trottoir, inspirant longuement le bon air frais de ce mois d'octobre. Elle avait redouté que ses cauchemars, éveillés ou non, ne prennent une nouvelle dimension dans le décor de son enfance. Si seulement la mémoire de ses huit mois de captivité pouvait lui revenir... Peut-être parviendrait-elle à s'en débarrasser à jamais, si tous ces souvenirs remontaient enfin à la surface. *Vomir le passé une bonne fois pour toutes.* En attendant, elle devait s'occuper l'esprit pour ne pas laisser ses pensées vagabonder, au risque de les voir s'enliser dans les recoins marécageux de son inconscient.

Elle décida que ses prochaines étapes seraient le salon de coiffure pour hommes et le salon de beauté. Après quoi, elle irait visiter la partie récemment construite où elle tenterait — pourquoi pas ? — de placer ses affichettes à la caserne de pompiers et au poste de police. Puis elle irait faire un tour du côté du lac Azur, histoire de jeter un coup d'œil à toutes ces nouvelles maisons. Elle aimait l'idée que la ville ait changé par endroits, qu'elle ne soit pas exactement telle qu'elle était le jour de son enlèvement.

Le lendemain — le jour anniversaire du kidnapping — promettait d'être une journée difficile.

3

— Il va de soi que nous souhaitons coopérer avec les autorités. Mais ayez l'amabilité de m'expliquer une nouvelle fois le but de tout ça, avant que je vous donne ou pas mon accord pour faire défiler nos jeunes vierges devant vous, shérif McCord.

La voix de Brice Monson résonnait dans la salle déserte. Le chef spirituel de Hear Ye avait accepté de recevoir Gabe, ce matin-là, dans le plus grand bâtiment de la communauté.

Sourcils levés, il examina la photo que Gabe venait de lui tendre.

Gabe devait admettre que l'apparence physique de Brice Monson, alias « l'Etoile Lumineuse », pouvait suffire à convaincre à peu près n'importe qui d'avoir affaire à un extraterrestre. La pâleur de son visage émacié s'accordait à la teinte d'une abondante chevelure, décolorée ou peut-être blanchie avant l'heure, ainsi qu'à des yeux d'un bleu si délavé qu'on aurait dit deux gouttes d'eau. Hormis les malades, on ne voyait guère de gens aussi maigres, dans cette région où la terre fertile produisait tant d'aliments de qualité. Il portait toujours une sorte de toge qui lui donnait l'air d'un bonze chevelu. Coiffée en arrière, sa crinière blanche réunie en queue-de-cheval accentuait la forme pointue de son crâne. La lanière de cuir qui ceignait son front faisait songer à une auréole sombre qui lui serait tombée sur la tête à la faveur d'un faux mouvement.

— Monsieur Monson, vous n'êtes pas sans savoir que deux — et peut-être même trois — fillettes ont été kidnappées dans notre ville. La dernière d'entre elles avait six ans au moment de sa disparition, et reconnaissez avec moi que la gamine qu'on voit sur cette photo en compagnie de membres de votre communauté lui ressemble beaucoup. Je ne porte aucune accusation, et j'ai bien conscience qu'à cet âge-là les petites filles blondes peuvent se ressembler, surtout à une certaine distance. Mais la mère d'Amanda tient absolument à ce que je procède à une vérification. Elle n'aura pas l'esprit en paix tant qu'elle n'obtiendra pas une réponse, vous comprenez ? Allons, je suis certain que vous n'êtes pas insensible à la douleur de cette maman…

— Toutes nos fillettes ont une famille, répondit Monson en rendant la photo à Gabe. Soyez assuré que si l'un de nos frères ou l'une de nos sœurs avait retiré cette enfant à l'affection de sa mère, la communauté entière serait accablée de honte et de tristesse. Nous fuyons les ténèbres pour la lumière et non l'inverse, shérif. Mais, par considération pour le chagrin de cette mère, je vous autorise à vous rendre dans la pièce où se trouve cette enfant, Vierge Lorna Rogers. Vous pouvez également rencontrer ses parents, si vous le souhaitez, ainsi que ses deux sœurs.

Vierge Lorna Rogers… Cette façon de parler l'aurait fait rire intérieurement si l'objet de sa visite n'avait été aussi sérieux. Il eut soudain la quasi-certitude que cette démarche n'allait aboutir à rien et fut même tenté de renoncer. Mais la méfiance que lui inspirait le charismatique M. Monson poussa finalement Gabe à le suivre jusqu'à une vaste pièce aux allures de salle de classe des années cinquante. Il y avait là une douzaine de fillettes de l'âge d'Amanda, qui tressaient des paniers en osier dans lesquels des adultes plaçaient des branches de célastre grimpant.

— C'est pour vendre samedi, sur notre stand au marché, chuchota Monson. Les grappes de fruits de cet arbuste sont du plus bel effet, vous ne trouvez pas ?

Le gourou avait parlé à voix très basse ; une sorte de sifflement qui mit Gabe mal à l'aise et lui fit aussitôt songer au serpent du jardin d'Eden. Plutôt qu'en élevant la voix, Monson imposait-il son autorité aux membres de la communauté avec ces chuchotements visqueux ?

Les adultes finirent par remarquer leur présence et demandèrent aux enfants de se lever. Tous s'inclinèrent respectueusement, Gabe étant à peu près certain que ces courbettes n'étaient destinées qu'à Monson. Les filles étaient toutes vêtues de robes similaires, bleu marine ou marron, formant un tableau qui n'était pas sans rappeler les épisodes de *La Petite Maison dans la prairie*. Leurs longs cheveux étaient tirés en arrière, retenus avec une lanière de cuir brun similaire à celle qui entourait le front de Monson.

— Veuillez reprendre vos jeux, susurra l'Etoile Lumineuse avec un geste auguste de la main.

Les enfants se remirent à la tâche. Pas un rire étouffé. Pas même un sourire.

Ça, des jeux ? songea Gabe. L'instant d'après, il repéra la fillette dont la photo avait mis Marian Bell dans tous ses états. Certes, elle ressemblait un peu à Amanda, mais la voir en chair et en os dissipa ses maigres doutes. Lorna Rogers était plus petite et n'avait pas la moindre tache de rousseur, alors que le nez et les joues de la disparue en étaient parsemés. Pourtant, poussé par son envie de tout vérifier, il s'approcha de l'enfant.

— Dis-moi, Lorna, c'est difficile de fabriquer des paniers ? demanda-t-il.

La fillette leva de grands yeux vers lui. Elle semblait fascinée par son uniforme, et plus particulièrement par son insigne en forme d'étoile.

— Non, monsieur, répondit-elle à voix basse, lentement, toujours sans croiser le regard de Gabe. Je m'amuse beaucoup et j'ai envie d'en fabriquer d'autres pour y mettre les noix.

Non seulement Lorna n'avait pas de taches de rousseur, mais elle n'avait pas non plus les yeux verts comme Amanda. Et aucune trace du zézaiement prononcé dont lui avait parlé Marian Bell. Au contraire, Lorna articulait ses mots, qu'elle détachait comme si elle récitait un texte.

Gabe hocha la tête et recula de quelques pas, soudain conscient que Monson s'était approché pour entendre ce qui se disait. Est-ce que tout le monde chuchotait, ici ?

— Merci de m'avoir accordé un peu de votre temps, monsieur Monson, dit-il en se dirigeant vers la porte. Désolé de vous avoir dérangés, vous et les enfants.

— Je vous raccompagne, dit Monson avec un empressement que Gabe ne manqua pas de noter.

Comme il s'y attendait, il n'avait pas retrouvé Amanda, mais au moins il avait appris deux ou trois choses en venant ici. Par exemple, que Lee et Grace Lockwood étaient encore plus fous qu'il ne le croyait d'avoir intégré cette communauté, avec leurs enfants par-dessus le marché. Ou encore que ce Brice Monson avait toutes les caractéristiques d'un manipulateur.

Tess fit en voiture le tour du lac Azur, où sa famille pique-niquait souvent, autrefois, et où elle avait aimé jouer avec ses sœurs, à l'époque où son père était encore là. A l'époque où ils formaient une vraie famille. Le côté sauvage des lieux avait cédé la place à un décor domestiqué : profusion de pelouses parfaitement entretenues, imposantes villas et même petits immeubles entourés de parcs clôturés et paysagés. Chaque maison avait son propre style : certaines de plain-pied, d'autres construites sur deux niveaux, d'autres encore en triangle ou en L. Une ligne d'eau composée de flotteurs rouges en plastique délimitait la zone de baignade, tandis que celle des Pédalo avait droit à des flotteurs jaunes. Plusieurs plages artificielles avaient été créées le long de l'eau verte, l'une réservée à une école d'aviron et une autre aux amateurs de canoë-kayak. Au milieu trônait un grand chalet qui semblait être un hôtel-restaurant. Vraiment, elle était à Cold Creek ?

Le pénible sentiment d'être une étrangère dans sa ville natale lui fit rebrousser chemin vers la partie récente de la grand-rue, où elle s'était déjà aventurée avant de prendre la direction du lac. Elle y avait lu le menu du restaurant The little Italy, avant de jeter un coup d'œil dans le salon de thé Miss Marple puis au Lion's Head Pub, sans toutefois y entrer. Elle se décida cette fois à pousser la porte du pub, avec la ferme intention de punaiser une de ses affichettes sur le panneau en liège qu'elle avait repéré. Il fallait se méfier, les annonces se trouvant dangereusement proches de la cible dans laquelle venaient se planter des fléchettes.

— Une pinte ou un panaché, ma belle ? lui lança une voix à l'accent anglais alors qu'elle venait de laisser son annonce. Si ça vous dit, je peux vous servir un *fish and chips* pendant que vous dégustez une bonne Guinness.

C'était plutôt tentant, mais elle déclina l'offre et ressortit aussitôt. A la caserne de pompiers où elle se rendit ensuite, l'unique pompier présent — il n'y avait que des volontaires, dans le comté de Falls — lui expliqua que seules les annonces concernant la vie de la caserne étaient autorisées. Elle tenta donc sa chance dans le bâtiment voisin, le poste de police. Même si les locaux avaient changé — ainsi que les effectifs, à n'en pas douter — depuis l'époque où elle avait été kidnappée, elle se surprit à traîner les pieds.

Espérait-elle ou redoutait-elle la présence de Gabe ? Elle n'aurait su le dire. Quelque chose d'étrange se produisit dans son ventre alors qu'elle pensait à lui, comme si ses organes se mettaient à jouer les acrobates.

Elle poussa la porte et vit une jeune et jolie brune assise derrière le bureau de réception.

— Je peux vous aider ? demanda la standardiste avec un sourire.

— Bonjour, dit Tess. Je suis venue voir si vous aviez un endroit où laisser une annonce. Je vends ma maison et j'ai prévenu le shérif que j'allais placer des affichettes un peu partout en ville.

— Oh ! dit la jeune femme en se levant de son fauteuil, la main tendue par-dessus le bureau de réception. Je m'appelle Ann Simons et je gère l'accueil et les appels de jour pour le shérif. Vous êtes Teresa Lockwood, n'est-ce pas ?

— Oui, répondit Tess en lui serrant la main. Mais tout le monde m'appelle Tess, maintenant.

— Ah oui, c'est vrai. On me l'avait pourtant dit. Pour votre annonce, je pense que vous pouvez la mettre sur notre panneau d'affichage. Là, regardez, dit-elle, le doigt pointé sur un mur, tout près de la porte d'entrée. A côté des avis de recherche. Je suis certaine que le shérif n'y verra pas d'inconvénient. En tout cas, on est ravi que vous soyez revenue nous voir pendant quelques jours, Tess.

— Merci beaucoup. Je dois dire que tous les gens que j'ai croisés à Cold Creek se sont montrés très accueillants.

Arrivée devant les avis de recherche, Tess se retourna.

— Si vous pensez à quelqu'un qui pourrait être intéressé par une robuste maison située à la sortie de la ville…

La porte vitrée s'ouvrit à toute force à ce moment-là, frôlant le visage de Tess. La femme qui venait de faire cette entrée fracassante rejeta ses longs cheveux blonds derrière une épaule, dans un cliquetis de bracelets. Elle portait des bottes à franges qui montaient jusqu'aux genoux, un pantalon moulant en cuir et un blouson orange en brocart. Elle semblait trop âgée pour ce genre de tenue, à moins que la peau abîmée de son visage ne fût le résultat d'une exposition excessive au soleil. Tess se demanda si elle ne fréquentait pas le salon de bronzage de Marva avec un peu trop d'assiduité.

— Alors, il est revenu ? demanda la femme en s'adressant à Ann Simons.

— Non, mais je suis certaine que vous serez la première au courant s'il a découvert quoi que ce soit d'intéressant, répondit calmement Ann.

La femme laissa échapper un soupir qui sembla vider son corps de tout l'air qu'il contenait.

— Bon, eh bien je vais attendre…, dit-elle, les épaules affaissées et le dos un peu voûté. C'est tout ce que je fais, désormais. Attendre et attendre encore. Vous savez, le shérif a beau m'expliquer qu'il y a des différences avec les autres affaires de kidnapping, moi, je vois surtout beaucoup de similitudes.

Elle se dirigea vers le coin qui faisait office de salle d'attente et se laissa lourdement tomber sur le banc de bois, Tess l'observant du coin de l'œil. Elle la vit se pencher en avant et poser son énorme sac à main orange entre ses pieds. Lorsqu'elle se redressa, leurs regards se croisèrent.

— Vous êtes Teresa Lockwood, n'est-ce pas ? s'exclama-t-elle en se relevant d'un bond. Bien sûr, vous avez changé, depuis le temps, mais j'ai tellement étudié les vieilles coupures de presse de l'époque, et j'ai si souvent vu votre visage en photo que je suis certaine de vous reconnaître… C'est bien vous, pas vrai ? Pardon de vous aborder comme ça, ajouta-t-elle, voyant que Tess tardait à répondre, mais ma fille a disparu, elle aussi.

Elle marcha d'un pas décidé vers Tess, qui recula instinctivement, acculée au panneau d'affichage.

— Si seulement vous pouviez m'aider, reprit la femme. Je ferais n'importe quoi pour retrouver ma petite Amanda. Tenez, voici sa photo, ajouta-t-elle en brandissant soudain le portrait d'une fillette blonde.

Tess se saisit à contrecœur de la photo.

— Bien sûr, vous étiez plus jeune quand vous avez été enlevée, reprit la femme, mais vous êtes blondes toutes les deux, et le shérif…

— Marian, intervint Ann Simons en venant se placer devant Tess, pourquoi n'iriez-vous pas vous asseoir ? Le shérif McCord ne va pas tarder.

— Pourquoi ? Parce que je suis à bout, voilà pourquoi ! Cette femme peut sûrement m'aider à retrouver Amanda ! Il suffirait qu'elle fasse un effort pour se souvenir de ce qui s'est passé à l'époque ! Qu'elle me dise qui était son ravisseur pour qu'on aille voir chez lui si ma petite fille s'y trouve !

— Allons, allons, dit gentiment Ann en prenant Marian par le bras. Calmez-vous, d'accord ? Je vais vous faire une bonne tasse de café en attendant le retour du shérif ou de son suppléant.

— Me calmer ! Comment est-ce que je pourrais me calmer ? cria-t-elle regardant Tess par-dessus l'épaule d'Ann qui l'entraînait, doucement mais fermement, vers le banc de bois. J'ai besoin de vous parler, madame Lockwood !

L'incident avait affecté Tess, qui s'était mise à trembler. Sa propre mère avait-elle disjoncté comme ça, quand elle-même avait disparu ? Malgré son envie de fuir, elle se sentit pleine de compassion pour cette femme, visiblement égarée par la douleur.

Au bout d'un moment, elle recouvra enfin sa voix.

— Je suis désolée, madame, dit-elle. Mais, tout comme son père avant lui, le shérif actuel en sait autant que moi sur cette affaire. Je leur ai dit absolument tout ce que je savais. J'ai eu la chance de survivre à cette épreuve et de retrouver ma famille, et j'espère de tout mon cœur qu'il en sera de même pour…

— Amanda. Ma fille s'appelle Amanda Bell. Et je suis Marian Bell. Je vis au lac Azur, au 223 Pinecrest Drive. Si vous vous souvenez de quoi que ce soit qui pourrait m'aider à retrouver ma fille… Où vous étiez séquestrée, par exemple…

— Je ne me souviens de rien, murmura Tess comme pour elle-même.

Vraiment, elle ne se souvenait de rien ? Non, vraiment. Aucune image ne subsistait de ses huit mois de captivité. Seulement un profond malaise. Une profonde souffrance. Recouvrer la mémoire pourrait pourtant permettre de retrouver l'autre victime. Ou plutôt les autres, si la fille de cette femme avait vraiment été kidnappée, et par le même ravisseur. Oui, cela pourrait permettre à Gabe de résoudre cette affaire et de mettre un terme à ce sentiment de terreur qui la hantait comme un insaisissable fantôme. Comme un monstre qui la dévorait à petit feu depuis vingt ans. Mais, malgré tous ses efforts, sa mémoire refusait obstinément de lui restituer le moindre détail susceptible de mettre la police sur la piste du kidnappeur.

Tess se rendit compte qu'elle tenait toujours l'affichette à la main. Elle se dépêcha de lui trouver une place entre une annonce pour une vente aux enchères caritative et un avis de recherche pour le braquage d'une banque, dans la ville voisine de Chillicothe. Ceci fait, elle quitta le poste de police après un bref au revoir à Ann Simons, s'efforçant de reprendre pied dans l'air vivifiant de cette journée ensoleillée. C'était comme si Marian Bell avait mis son âme en lambeaux. Pourtant, elle ne lui en voulait pas. Même si le fait d'être reconnue et interrogée avec cette brutalité était ce qu'elle avait le plus redouté en revenant à Cold Creek, elle comprenait la douleur de cette femme.

Tess était sur le point de regagner sa voiture quand une voix retentit derrière elle.

— Bonjour, Tess. Il me semblait bien que c'était ta voiture. Tu as réussi à placer toutes tes affichettes ?

Elle fit volte-face au moment où Gabe arrivait déjà à sa hauteur.

— Quelque chose ne va pas ? demanda-t-il en la dévisageant de son regard pénétrant.

Sa main vint se poser doucement sur le bras de Tess. Il n'était pas coiffé de son chapeau étoilé, et une bourrasque ébouriffa un peu plus ses cheveux.

— Tu sors de mon bureau, c'est ça ? Ann n'a pas dit quelque chose que tu as mal pris, j'espère ? Je l'ai prévenue que tu risquais de passer.

— Non… C'est cette femme, Marian Bell… Elle m'a reconnue et elle m'a demandé si je pouvais l'aider à retrouver sa fille. Elle voulait que j'essaie de me souvenir de choses qui se sont effacées de ma mémoire… Elle semble si désespérée, mais je ne peux rien faire pour elle…

— Je suis navré, Tess. Marian se met dans tous ses états dès qu'on parle de sa fille, mais il faut…

— … la comprendre, termina Tess. Je crois qu'en la voyant dans une telle détresse, j'ai songé à ce que ma mère a dû vivre quand j'ai été kidnappée. Et bien entendu je me suis machinalement interrogée sur ce que j'ai pu moi-même ressentir durant cette épreuve. Je me suis forcément sentie abandonnée et seule au monde... Curieusement, je ne crois pas avoir songé à l'inquiétude et au désarroi de ma famille. Je me demandais seulement pourquoi ils ne venaient pas me chercher. Je suppose que c'était égoïste de ma part.

— Tu ne peux pas dire une chose pareille, Tess. Tu n'étais qu'une enfant. C'est peut-être aussi pour ça que tu ne te rappelles rien. Parce que tu étais si jeune. Pour mémoriser, il faut pouvoir mettre des mots sur les souvenirs, et à l'âge que tu avais on n'y parvient pas toujours. Une mémoire sans mots pour la construire et placer les souvenirs dans leur contexte finit par disparaître. C'est une explication, en tout cas. Bien sûr, il est aussi naturel de refouler une expérience traumatisante. C'est un mécanisme de défense, d'autant plus puissant, là encore, que tu étais très jeune.

Partagée entre surprise et admiration, Tess dévisagea Gabe un instant.

— On dirait que tu en connais un rayon sur le sujet, dis-moi... Tu as beaucoup lu, là-dessus ?

— Pas mal, au fil des années, et plus particulièrement ces derniers mois. Ecoute, Tess, je suis désolé que tu sois tombée sur Marian Bell... Je vais la décevoir une fois de plus, et j'ai bien peur d'avoir droit à une nouvelle tirade. Quelqu'un a cru reconnaître sa fille sur le marché, l'autre jour, et elle m'a demandé d'aller vérifier. Mais, bien sûr, ce n'était pas Amanda. Cette gamine qu'elle a eue à un âge assez avancé est son seul enfant, et malheureusement pour elle Amanda a disparu il y a quatre mois environ. Depuis, elle a l'impression de la voir à tous les coins de rue. Elle vit un calvaire, mais je vais faire en sorte qu'elle ne t'importune plus. C'est un peu ma faute, soit dit en passant... J'aurais dû la préparer à ton retour. Au pire, j'obtiendrai une ordonnance restrictive afin qu'elle n'ait plus le droit de t'approcher. Mais je pense pouvoir la raisonner avant qu'on soit obligé d'en arriver là. Allez, viens, je t'accompagne à ta voiture. Tu étais bien sur le point de partir, n'est-ce pas ?

— Oui, oui, je rentre à la maison. Merci pour tout, Gabe.

Elle déverrouilla la voiture, et Gabe lui ouvrit sa portière.

— Tu me remercieras quand j'aurai trouvé le salopard qui t'a fait du mal, répondit-il.

Ces paroles dures, il les prononça d'une voix calme et grave. Apaisante, même. Une main sur le toit de la voiture et l'autre sur la portière ouverte, c'était comme si le corps de Gabe lui offrait une protection contre le monde extérieur. Elle se laissa glisser sur son siège, et il se pencha vers elle.

Fixant du regard ses mains agrippées au volant, elle prononça les mots qu'elle aurait dû lui dire depuis longtemps :

— Je veux que tu saches que tu n'es pour rien dans ce qui est arrivé, Gabe. Tu m'avais bien dit de sortir de ce champ de maïs, mais je ne t'ai pas écouté alors que ma mère m'avait demandé de t'obéir. Voilà..., ajouta-t-elle en trouvant finalement le courage de le regarder. Je ne pense pas t'avoir jamais dit ça, ni à ton père, et je ne voulais surtout pas que tu te sentes coupable de quoi que ce soit.

— Tu t'en souviens ? Moi non plus, je n'ai pas oublié cette journée... Je t'avais demandé de revenir, c'est vrai. N'empêche que si je n'avais pas été si en colère contre toi, je n'aurais sûrement pas ignoré le petit cri que tu as poussé. J'ai cru que c'était encore une de tes simagrées... Un truc pour me pousser à bout, tout comme le silence qui a suivi. Entre nous, je crois n'avoir jamais parlé de ça à personne, pas même à mon père.

— Vraiment, j'ai poussé un cri ? Je ne me souviens de rien, après le moment où tu m'as traitée de cinglée et ordonné de sortir du champ.

— Je t'ai traitée de cinglée ? demanda-t-il en esquissant un sourire.

— De cinglée et de garçon manqué, répliqua Tess en souriant à son tour. Tu vois, je n'ai pas si mauvaise mémoire que ça.

— Tu sais, je n'ai aucunement l'intention de faire

pression sur toi pour que tu souviennes d'autres détails. Si ça revient, tant mieux. Et si ça ne revient pas, ma foi…

Il haussa les épaules.

— On fera sans, voilà tout. Et encore désolé pour ce qui vient de se passer avec Marian Bell. Bon, il faut que j'aille lui annoncer la mauvaise nouvelle…

Il se redressa et commença à tourner les talons, mais se ravisa.

— Au fait, dit-il en venant de nouveau se pencher dans l'ouverture de la portière, n'hésite pas à m'appeler si tu as besoin de quoi que ce soit.

— Et si d'autres choses me reviennent à la mémoire, c'est ça ?

— Oui, bien sûr. Mais encore une fois pas de pression de ma part, d'accord ? A bientôt, Tess, et bonne chance avec la vente de ta maison. J'en parlerai au maire, si tu veux. Il voit plein de monde, et il est au courant de tout. Depuis le temps qu'il dirige cette ville…

Il sembla hésiter une ou deux secondes, puis lui tendit la main. La paume de Gabe était chaude malgré le vent frais et les bourrasques cinglantes, et elle s'abandonna malgré elle au contact rassurant de sa poigne. Elle avait toujours fui les complications sentimentales, tout simplement parce qu'elle ne voulait pas de ce genre d'intimité avec un homme, encore moins avec Gabe McCord. Il se redressa et ferma sa portière.

Tess mit le moteur en marche avant de baisser sa vitre pour ajouter quelques mots, même s'ils s'étaient sans doute tout dit. Elle entendit alors la radio qu'il portait à la ceinture crachoter quelques mots rapides.

Les traits de Gabe se tendirent aussitôt, et il recula précipitamment.

— Il faut que je parte tout de suite. Marian Bell va devoir attendre encore un peu.

Elle s'attendait à le voir foncer vers sa voiture de patrouille et démarrer en trombe, sirène hurlante, mais il se mit à courir vers la partie ancienne de la grand-rue.

Interdite, Tess le regarda s'éloigner dans son rétroviseur. Demain, il y aurait vingt ans jour pour jour qu'elle avait été kidnappée. Et les mots qui venaient de sortir de la radio portable de Gabe lui donnaient envie de se mettre en boule sous une couverture et de hurler.

— Gabe, c'est Jace. La petite Sandy Kenton, quatre ans, a disparu. Sa mère a fouillé toute la boutique de cadeaux, mais elle est introuvable !

4

C'était comme si une bombe venait d'exploser tout près de lui. Les oreilles de Gabe sifflaient, il avait l'impression que son crâne allait se fendre en deux, et ses poumons le brûlaient. En Irak, il avait été projeté à huit ou neuf mètres par le souffle d'un engin explosif qui avait endommagé ses connexions nerveuses. A présent, c'était le souffle de son angoisse et de sa colère qui le propulsait en direction de Creekside Gifts. Dans son élan, il faillit enfoncer la porte de la boutique de cadeaux. *Hou-hou...* Le cri lugubre d'un fantôme salua son arrivée, suivi du gloussement sardonique d'une sorcière. Des enregistrements qui se déclenchaient automatiquement au passage des clients.

Pas de Jace en vue, mais Lindell Kenton, la propriétaire des lieux et mère de la petite Sandy, se trouvait là, prostrée derrière sa caisse. Pour parvenir jusqu'à elle, Gabe dut se frayer un chemin entre les fausses toiles d'araignée et les sorcières suspendues au plafond. Assise sur un tabouret haut, Lindell leva vers Gabe son visage rougi de larmes.

— Ce n'est pas possible, murmura-t-elle avant de se remettre à sangloter. Elle... elle jouait comme toujours dans l'arrière-boutique. J'ai simplement répondu au téléphone et, quand je suis allée voir derrière si tout allait bien, elle... elle avait disparu ! Win a été prévenu, il est en route.

Elle resta silencieuse quelques secondes, fixant le sol du regard, avant de relever brusquement la tête.

— Et on est en octobre ! s'exclama-t-elle. Oh non, ce n'est pas possible... Ce n'est pas possible...

Octobre, le mois où avaient eu lieu les deux précédents kidnappings, à dix ans de distance l'un de l'autre. Et le lendemain était justement le jour anniversaire de celui de Tess. Gabe avait toujours considéré le 13 octobre comme une date où il fallait se montrer particulièrement vigilant, d'autant que ce genre de crime pouvait inspirer d'autres dingues. Il avait donc prévu des mesures spéciales pour le lendemain, mais, si la petite Sandy avait vraiment disparu, le kidnappeur ou un de ses émules lui avait coupé l'herbe sous le pied.

Jace émergea tête nue de l'arrière-boutique, ses cheveux frôlant le drap d'un fantôme qui se balançait au plafond.

— J'ai fouillé la ruelle qui se trouve derrière la boutique, dit-il, et maintenant je vais aller jeter un œil dans chacun des magasins et des bâtiments qui se trouvent de ce côté de la rue.

— Oui, vas-y tout de suite. Pendant ce temps, Lindell va me faire un récit complet de ce qui s'est passé.

Gabe suivit toutefois Jace jusqu'à la porte arrière de la boutique. Il fut soulagé de constater que les poignées intérieures et extérieures avaient été protégées avec de petits sacs en plastique tenus par un élastique, ceci afin de préserver d'éventuelles empreintes digitales.

— Jace ! cria-t-il alors que son suppléant s'éloignait d'un pas rapide. N'oublie pas de vérifier les containers à ordures. Ouvre-les tous, d'accord ? Va aussi faire un tour au ruisseau, là où il traverse le centre-ville. Il n'y a pas beaucoup d'eau à cet endroit, et tu ne devrais pas avoir de mal à voir le fond. Mais, si on ne la retrouve pas, il faudra le sonder plus à l'est, là où ça devient profond.

— Sa mère dit qu'elle n'aurait jamais quitté la boutique sans sa permission.

— Sauf qu'elle l'a fait… d'une manière ou d'une autre.

Gabe retourna auprès de Lindell Kenton.

— La journée s'est déroulée tout à fait normalement, dit-elle quand il l'invita à faire le récit des événements.

Elle parlait d'une voix nasale et gorgée de larmes, une main agrippée au comptoir de caisse.

— Normalement ? demanda Gabe. C'est-à-dire ?

— Eh bien, on a fait ce qu'on fait toujours deux fois par semaine, quand ma sœur ne la garde pas avec ses enfants. Sandy m'aide un peu et, quand elle en a assez, elle va jouer dans l'arrière-boutique.

Les derniers mots se noyèrent dans un sanglot.

— Ecoute, Lindell… J'ai besoin de ton aide. Alors ne panique pas, d'accord ? Le plus probable est qu'on va retrouver Sandy saine et sauve, déclara Gabe en se demandant qui il essayait de rassurer.

Deux autres fillettes avaient été enlevées à la même période de l'année, elles aussi dans un endroit familier où tout le monde les croyait en sécurité.

— Je vois que ta boutique est remplie de déguisements, de décorations et d'accessoires pour Halloween. Tu penses que Sandy pourrait se cacher quelque part là-dedans ? Et si elle s'était cogné la tête et qu'elle avait perdu connaissance ? Allez, viens me montrer le dernier endroit où tu l'as vue et raconte-moi tout… Fais de ton mieux pour n'oublier aucun détail, c'est important.

Le visage baigné de larmes, la jeune femme quitta son tabouret. Posé sur le comptoir de caisse, son téléphone portable sonna à ce moment-là. Elle se rua pour décrocher, et Gabe se rapprocha, l'oreille tendue.

— C'est seulement un client…, murmura-t-elle en posant la main sur le micro de l'appareil.

— Dis-lui qu'il y a une urgence et que la boutique est fermée. Et conserve le téléphone allumé avec toi après avoir raccroché.

Elle fit ce qu'il lui demandait. Sa voix se brisa quand elle prononça le mot *urgence* au téléphone.

— On va peut-être nous appeler pour nous demander une rançon, dit-elle après avoir raccroché. Oh ! Gabe… Je prie le Seigneur pour que ce soit un crime crapuleux !

L'air égaré, elle le conduisit tout au fond de son

commerce, où se trouvait l'arrière-boutique. C'était un véritable capharnaüm. Un labyrinthe de boîtes en carton empilées menait à une table qui disparaissait sous les masques et les costumes d'Halloween. Gabe savait que beaucoup d'habitants de Cold Creek iraient acheter leurs déguisements et leurs bonbons au Walmart, le supermarché situé en bordure de l'autoroute, mais Creekside Gifts ne manquait pas de clients. Quitte à payer un peu plus cher, la plupart des résidents du lac Azur préféraient les boutiques aux grandes surfaces, et c'est ici qu'ils venaient se fournir pour la fastueuse fête de quartier qu'ils organisaient pour Halloween. Cela voulait dire que le commerce de Lindell marchait bien et que l'hypothèse de la rançon n'était pas complètement farfelue, mais aussi qu'un grand nombre de clients avaient dû franchir la porte de Creekside Gifts et voir Sandy, une fillette adorable et peu farouche.

Dans un renfoncement de la pièce se trouvaient des étagères garnies de petits sapins enneigés, de crèches de Noël et de costumes rouge et blanc soigneusement pliés.

Ce n'est pas encore Halloween, et on prépare déjà Noël…, songea Gabe, tout en écoutant attentivement ce que lui disait Lindell.

Il la connaissait pour ainsi dire depuis toujours, et c'était également vrai pour Wilson, son mari. Il les avait côtoyés dès l'enfance, à l'école primaire, même si Lindell et Win avaient trois ans de plus que lui. Inséparables dès leur plus jeune âge, ce qui aurait pu n'être qu'un amour de lycée s'était soldé par un heureux mariage. Win travaillait pour l'Office national des parcs et forêts, et Lindell gérait cette boutique. Ils avaient deux garçons au collège et Sandy, quatre ans, qui devait être scolarisée l'année prochaine. Gabe songea que, si elle avait été victime du kidnappeur qui hantait Cold Creek depuis vingt ans, il allait falloir ajouter une légende sur le panneau qui vantait l'hospitalité des habitants et la beauté des paysages, à l'entrée de la ville. Quelque chose comme : « Ici sévit le fameux kidnappeur de Cold Creek… »

***

Tess avait dit à Gabe qu'elle rentrait chez elle, mais trop de pensées encombraient son esprit pour qu'elle regagne tout de suite la maison. Le lendemain était le jour anniversaire de son enlèvement, et une fillette semblait avoir été kidnappée alors qu'elle se trouvait dans une boutique avec sa mère. Après tout, songea-t-elle pour se rassurer, cette disparition n'avait peut-être rien à voir avec ce qui lui était arrivé.

Elle se força à faire un saut au Kwik Shop, où elle acheta une boîte de beignets tout juste sortis du four pour Gracie, des cookies aux pépites de chocolat pour Kelsey et des biscuits en forme d'animaux pour Ethan. Elle avait des cadeaux pour eux à la maison, mais elle allait devoir attendre pour leur donner. Pour le moment, elle ne se sentait pas le courage d'affronter sa maison et le champ de maïs qui semblait vouloir avaler son jardin. Sans prendre le temps d'acheter quoi que ce soit pour elle, elle regagna sa voiture et roula jusqu'à Hear Ye sans un regard pour sa maison, devant laquelle elle passa en accélérant un peu. Elle avait besoin de serrer Ethan et Kelsey dans ses bras, de savoir qu'ils allaient bien et ne manquaient de rien. Peut-être se sentirait-elle mieux, elle aussi, après s'être assurée que les enfants de Lee et Gracie étaient en sécurité.

Alors qu'elle empruntait le chemin de terre qui menait au petit parking de Hear Ye, elle vit une pancarte clouée sur un arbre : « Rejoignez Hear Ye pendant qu'il est encore temps ! » proclamaient les lettres gravées dans le bois. Elle alla se garer à quelques mètres du portail de la communauté religieuse, les mots *pendant qu'il est encore temps* lui trottant dans la tête. Si vraiment cette fillette avait été kidnappée, combien de temps restait-il avant qu'elle ne soit emmenée loin de Cold Creek par son ravisseur ? Combien de temps avant qu'elle ne s'évapore dans la nature pendant des mois, et peut-être à jamais ? Gabe et son suppléant étaient sûrement en train de la chercher en ville, mais n'était-il pas plus probable que le kidnappeur soit allé cacher sa petite victime dans les collines ou dans une zone moins peuplée, plutôt que de rester aux abords de la boutique où il venait de frapper ?

Tess fit demi-tour avant même d'avoir éteint le moteur de sa voiture. L'enceinte de Hear Ye semblait bien sécurisée, et les enfants de Gracie étaient certainement au chaud et entourés de l'affection de leurs parents. En revanche, sur une de ces routes qui permettaient de quitter la ville se trouvait peut-être une enfant tremblant de tous ses membres et trop effrayée pour pleurer.

Il fallait absolument qu'elle sillonne ces routes de long en large à la recherche d'un indice susceptible d'aider Gabe à la retrouver. Et sa première destination serait la maison de Dane Thompson et son cimetière pour animaux de compagnie.

Gabe avait le sentiment d'entendre le tic-tac implacable d'une horloge qui égrenait les minutes dans sa tête. De temps à autre se déclenchait une alarme qu'il avait toutes les peines du monde à faire taire. Win Kenton, le père de Sandy, était arrivé. Il faisait les cent pas dans la boutique, s'immobilisant par intermittence pour rompre le lourd silence d'une bordée de jurons. Lindell pleurait toujours. La découverte de la poupée Barbie dont sa fille ne se séparait jamais l'avait mise dans un tel état que Gabe avait dû la chasser de l'arrière-boutique avant qu'elle ne détruise d'éventuels indices.

Il avait appelé le Bureau de l'identification criminelle, situé près de Columbus. Cet organisme l'avait aidé à résoudre des enquêtes, par le passé. Pas celles concernant les fillettes kidnappées, malheureusement, mais la science médico-légale restait souvent déterminante dans la résolution d'une affaire. Et, malheureusement, un petit comté rural comme celui dont il avait la charge n'avait pas les moyens de s'offrir son propre laboratoire et son équipe de techniciens. Gabe avait également prévenu la police autoroutière, même s'il n'avait aucune idée du type de véhicule dans lequel la fillette avait pu être emmenée.

Jace n'avait rien trouvé dans la portion du ruisseau qui traversait le centre-ville. Les pompiers volontaires étaient déjà à pied d'œuvre, draguant la zone la plus profonde à l'est de Cold Creek. Son suppléant interrogeait toujours les commerçants voisins pour s'assurer qu'ils n'avaient rien remarqué de suspect. L'enquête de voisinage permettait de répandre la nouvelle de la disparition de Sandy et de l'initiative du shérif, qui avait décidé d'organiser une battue dans une heure environ. Pour toutes les bonnes volontés désireuses de participer, le point de rendez-vous était le parking commun au poste de police et à la caserne de pompiers. Il n'avait pas échappé à Gabe que la fillette avait été kidnappée — s'il s'agissait bien d'un kidnapping — dans le bâtiment qui abritait autrefois le bureau de son père. Se pouvait-il que le ravisseur ait choisi ce lieu délibérément ? Par provocation ?

Il s'éloigna de Lindell et Win Kenton pour passer un appel radio à Ann.

— Marian Bell veut offrir une forte récompense à quiconque donnera des informations permettant de retrouver sa fille ou Sandy Kenton, lança Ann avant qu'il puisse placer un mot. Elle est toujours là et refuse de partir.

— Entre nous, je préfère qu'elle soit au poste qu'ici, avec les parents de la petite. Dis-lui qu'il est trop tôt pour envisager une récompense, en tout cas pour Sandy. Ecoute, Ann, sois gentille d'appeler Peggy, quitte à la réveiller, et de lui demander de venir te rejoindre. Vous allez devoir être deux au standard pendant les prochaines vingt-quatre heures, au cas où on recevrait des infos concernant la gamine. Une équipe du Bureau de l'identification criminelle est en route, et je passerai sans doute un coup de fil au FBI. Mais je n'ai aucune envie qu'ils prennent l'enquête en main, d'autant que rien ne nous permet de penser que le ravisseur a déjà séquestré ses victimes hors des limites du comté. D'ailleurs, le fait qu'on ait retrouvé Tess Lockwood vivante à quelques kilomètres seulement de l'endroit où elle a été enlevée plaide contre l'hypothèse d'une séquestration lointaine.

— Dès que j'aurai eu Peggy au téléphone, j'appellerai mes frères pour qu'ils participent à la battue, dit Ann.

Agée d'une cinquantaine d'années, Peggy Barfield faisait le même travail qu'Ann, mais de nuit. La pauvre ne devait pas avoir dormi plus de quatre heures. Mais, pour Gabe, la guerre était déclarée tant qu'on n'aurait pas retrouvé Sandy.

Il ne put retenir une petite grimace. Il se sentait de plus en plus mal à l'aise avec Ann. Entretenir une liaison avec sa standardiste avait été une très mauvaise idée. Tout le monde savait qu'il ne fallait pas mélanger travail et vie privée, surtout quand on faisait un métier comme le sien. Là où ça se compliquait, c'est qu'il n'éprouvait pas de vrais sentiments pour elle, alors qu'Ann et ses trois brutes de frères estimaient qu'il était temps pour Gabe de faire sa demande en mariage.

— Compte sur moi, dit Ann. Je vais faire des litres et des litres de café, et on ne ratera pas un seul appel. Promis. Sois prudent, d'accord ? Les habitants de Cold Creek ont besoin de leur shérif, et moi encore plus que les autres.

— Ne t'en fais pas. Au fait, si des gens se présentent en avance pour la battue, tu n'as qu'à les faire patienter à l'intérieur. A plus tard, Ann.

Les habitants de Cold Creek ont besoin de leur shérif. Voilà qui aurait pu faire un bon slogan de campagne, sauf que, pour le moment, sa réélection était le cadet de ses soucis. Et Tess Lockwood, songea-t-il, avait-elle besoin de lui, elle aussi ? Comptait-elle sur le shérif de Cold Creek pour dissiper les zones d'ombre qui entouraient son enlèvement ? Pour lui rendre justice ? Comment allait-elle réagir lorsqu'elle entendrait parler de cette nouvelle disparition ? Allait-elle conserver son sang-froid, ou le passé lui reviendrait-il en pleine figure ? Qui sait, le choc ferait peut-être remonter des souvenirs à la surface. Si seulement il pouvait se trouver auprès d'elle et la réconforter, quand elle apprendrait la nouvelle…

Gabe aperçut alors le maire, qui déplaçait aussi vite que possible son énorme carcasse vers la boutique de cadeaux. Et Reese Owens devait être très remonté pour avancer d'un si bon pas, lui qui, d'ordinaire, se traînait comme un escargot. Gabe laissa échapper un juron entre ses dents. Avoir le maire dans les pattes était bien la dernière chose dont il avait besoin.

Tess ralentit l'allure tandis qu'elle passait devant la maison de Dane Thompson, qui abritait également son cabinet vétérinaire. Derrière le jardin, elle aperçut le cimetière clôturé, tellement plus grand qu'à l'époque où elle vivait ici. Désormais, il bénéficiait même d'un chemin d'accès goudronné. Un jour — c'était avant son enlèvement —, Char et Kate lui avaient fait traverser tout le champ de maïs pour aller lire les noms des animaux enterrés, ainsi que les épitaphes de leurs propriétaires. Elle se rappelait aussi les quelques dessins et photos posés sur les pierres tombales, mais, bien entendu, rien de comparable à la résurrection électronique dont lui avait parlé Marva.

Le souvenir de ces images d'animaux morts la fit frissonner, ajoutant aux tremblements qui secouaient déjà son corps. Certains avaient même été photographiés après leur décès, dans une position censée être naturelle, comme s'ils étaient endormis. Ou confondait-elle avec les animaux naturalisés par l'ami de Dane, le taxidermiste ? Ces têtes empaillées qu'on trouvait au mur de certains intérieurs lui avaient toujours fait horreur. Chassant ces visions où le morbide le disputait au grotesque, Tess se demanda ce qui avait pu pousser le kidnappeur à enlever une fillette dans une artère commerçante, alors que de nombreux enfants s'ébattaient dans les jardins et les champs en périphérie de la ville, parfois sans surveillance particulière. Pourquoi prendre un tel risque ? Et si la fille de Marian Bell avait vraiment été kidnappée quatre mois plus tôt — elle ne connaissait aucun détail sur cette affaire —, ces deux enlèvements étaient beaucoup plus rapprochés que ne l'avaient été le sien et celui de Jill Stillwell, la fillette disparue une dizaine d'années après elle.

Une autre question la taraudait depuis longtemps : pourquoi cette petite bourgade campagnarde était-elle le théâtre de rapts successifs ? Si Tess avait été la seule à s'y faire enlever, on aurait pu conclure qu'un détraqué était passé là par hasard. Sauf qu'elle avait été retrouvée non loin de chez elle et qu'une autre fillette de Cold Creek avait été kidnappée après elle. Deux kidnappings dans la même ville à dix ans d'intervalle, peut-être trois avec Amanda Bell, et maintenant quatre avec la fillette de la boutique de cadeaux. Le kidnappeur devait forcément bien connaître Cold Creek. Peut-être même y vivait-il depuis des années. L'idée qu'elle ait pu le croiser aujourd'hui même, dans les rues de la ville, lui assécha la bouche. S'il habitait ici, séquestrait-il ses victimes chez lui ? Quelque part dans les environs ? Pourquoi n'allait-il pas chasser ses proies à Chillicothe ou à Columbus, où elles étaient beaucoup plus nombreuses et où il ne risquait pas d'être reconnu ? Sa mère lui avait appris que le père de Gabe avait fait des recherches dans les Etats voisins, puis dans le pays tout entier, pour trouver des kidnappings au mode opératoire et aux caractéristiques similaires à ceux de Cold Creek. Sans succès. Et voilà que ce nouveau kidnapping s'était déroulé dans des circonstances différentes des précédents, ajoutant encore à la confusion et au mystère qui entouraient ces crimes.

L'immense champ de maïs qui bordait le jardin de sa maison d'enfance s'étendait jusqu'ici, à la lisière de la propriété du Dr Thompson. Comme la plupart des grands champs alentour, il appartenait à Aaron Kurtz, un propriétaire rural aisé qui les cultivait lui-même à l'aide d'énormes machines agricoles. Si Dane Thompson avait figuré en bonne place sur la liste des suspects, après le kidnapping de Tess, c'était en grande partie à cause de ce champ qui reliait les deux propriétés. Ce champ dont la masse gigantesque se mouvait comme une mer sous le vent et qui avait englouti la petite Teresa un jour d'octobre. A cause du champ, et sans doute, aussi, parce que le vétérinaire était unanimement considéré comme un type bizarre. Non seulement il n'avait jamais été marié, mais on ne lui connaissait pas de vie sentimentale. Sa vie sociale n'était pas beaucoup plus animée, l'homme ayant pour seul ami un taxidermiste du nom de John Hillman, avec qui il semblait partager une fascination pour les animaux morts. Pouvait-on vraiment faire confiance à un vétérinaire fasciné par les animaux morts ? Sans pouvoir vraiment se l'expliquer, Tess éprouva une certaine appréhension, une sorte de méfiance instinctive pour cet endroit.

La camionnette blanche n'était visible nulle part, mais elle aperçut Marva en train de ramasser des feuilles mortes avec un balai en métal. Elle fit demi-tour dès qu'elle en eut l'occasion et revint vers la grande maison. Il n'était pas question qu'elle y entre, pas plus que dans le cabinet vétérinaire ou le cimetière. Mais elle n'avait rien contre une petite conversation avec Marva, d'autant que, mine de rien, elle pourrait peut-être glaner quelques informations utiles à Gabe. Demander si Dane se trouvait chez lui, par exemple. Et, dans le cas contraire, depuis combien de temps il était sorti et pour aller où. Puisqu'elle ne pouvait aider Gabe avec les souvenirs de son calvaire, elle voulait trouver un autre moyen de se rendre utile.

Son cœur se mit à battre plus vite tandis qu'elle roulait lentement sur l'allée pavée. S'emparant de la boîte de beignets achetée pour Gracie, elle quitta sa voiture et s'avança, sourire aux lèvres, vers la sœur du vétérinaire.

— Oh ! Teresa…, lança Marva, visiblement surprise de la voir. Enfin, Tess, je veux dire. Il va falloir que je m'y fasse, ajouta-t-elle avec un petit rire.

Elle abandonna le balai en métal contre un arbre.

— Tu viens papoter ou faire soigner un animal ? Je te

demande ça parce que Dane n'est pas là pour le moment, tu sais. Il fait des visites à domicile au lac Azur, et dans je ne sais plus quelle autre partie de la ville.

Ainsi, Dane était parti dans sa camionnette au moment même où une fillette se faisait kidnapper. Les mains crispées sur la boîte de beignets, Tess contourna le tas de feuilles mortes pour s'approcher de Marva. Se souvenait-elle d'avoir été emmenée ici ? L'ancienne ferme transformée en maison confortable, le vaste garage, l'entrée séparée du cabinet vétérinaire avec son enseigne… Non. Mais il lui sembla soudain se revoir en train d'être traînée à travers les tombes d'animaux. Ou bien était-ce le souvenir du jour où Dane Thompson les avait surprises, elle et ses sœurs, et qu'il leur avait passé un savon ? Elles avaient déguerpi si vite que Char et Kate avaient dû l'empoigner sous les bras, car elle ne parvenait pas à les suivre. Quel choc ce serait, si elle découvrait qu'elle avait passé ces huit mois de captivité si près de chez elle !

— C'était si gentil de m'apporter ce délicieux gâteau aux noix de pécan, Marva. Quand j'ai vu ces beignets encore chauds, j'ai tout de suite pensé à vous. Après tout, nous allons être voisines, pendant mon séjour à Cold Creek. Il n'y a que ce champ de maïs qui sépare nos deux maisons.

— C'est vrai. Sache que je n'attendais rien en retour, mais je te remercie, Tess.

Elle ouvrit la boîte et considéra les beignets avec une moue satisfaite.

— C'est ceux que Dane adore. Et ça lui fera d'autant plus plaisir que ça vient de toi.

— Vraiment ? demanda Tess, agacée d'entendre sa voix chevroter. Pourquoi ça ?

— On ne t'a jamais dit que des médisants n'ont rien trouvé de mieux que d'accuser mon frère, après ta disparition ? Pour lui, ces beignets seront une sorte de calumet de la paix, tu comprends ? Ça signifie que tu ne donnes aucun crédit à toutes ces calomnies, et il en sera très heureux.

Enfin, voyons ! Voilà un homme qui a consacré sa vie à sauver les vies de petits êtres sans défense. Il faut vraiment être méchant ou stupide pour imaginer Dane dans la peau d'un kidnappeur.

Elle secoua la tête, puis adressa un sourire à Tess.

— Tu veux entrer un moment ?

— Non, je ne faisais que passer, répondit précipitamment Tess en reculant d'un pas.

Elle hésita à parler du nouveau kidnapping à Marva, histoire de voir sa réaction. Sans doute aurait-elle dû accepter d'entrer, peut-être même d'attendre Dane afin de l'interroger subtilement, mais elle ressentait brusquement le besoin impérieux de s'en aller d'ici.

Il faudrait qu'elle informe Gabe de ce qu'elle avait fait et appris. Marva ramassait peut-être tranquillement les feuilles mortes, mais son frère se trouvait quelque part dans la nature, avec sa camionnette. Autant dire le véhicule parfait pour un enlèvement. Et si quelqu'un l'avait vu à proximité de la boutique de cadeaux ? Au fond d'elle, Tess savait pertinemment qu'elle ferait mieux de rester en dehors de cette histoire, ne serait-ce que pour sa sécurité et sa santé mentale. Alors que faisait-elle ici, chez un homme que beaucoup soupçonnaient d'être le kidnappeur de Cold Creek ?

Elle dit au revoir à Marva et retourna à sa voiture.

— A bientôt ! lança-t-elle avant de se glisser derrière le volant et de claquer sa portière.

Elle roula au hasard, tournant machinalement pour emprunter une route de campagne, puis une autre, l'esprit occupé par mille pensées. Elle se rendit brusquement compte qu'elle était arrivée à l'endroit où un homme en pick-up l'avait vue marcher hébétée au bord de la route, huit mois après sa disparition. *Huit mois !* Huit mois que sa mémoire semblait avoir effacés.

La route était déserte et Tess immobilisa sa voiture, les yeux noyés de larmes. Elle remercia le Seigneur d'avoir pu regagner son foyer. Oui, elle avait eu de la chance dans son malheur, songea-t-elle avant de prier silencieusement pour que Sandy Kenton et les deux autres fillettes disparues puissent, elles aussi, regagner leur foyer.

5

— C'est vrai qu'une autre gamine a disparu ? s'écria Reese Owens en passant sous le ruban de balisage jaune qui s'étirait devant la boutique de cadeaux.

Une fois à l'intérieur, il laissa exploser sa colère. Gabe était tellement habitué aux coups de sang du maire qu'il y prêta à peine attention. C'était à se demander pourquoi Reese s'était contenté d'une carrière politique locale. Avec son sens de la mise en scène et ses formules à l'emporte-pièce, il aurait sûrement eu un bel avenir au niveau national.

— Sandy Kenton a disparu, en effet, répondit Gabe avec un signe de la main destiné à lui faire baisser la voix. Mais, s'il s'avère qu'elle a vraiment été enlevée, rien ne dit que c'est l'œuvre du kidnappeur qui a déjà sévi chez nous.

— Et pourquoi ça, je vous prie ?

— Le *modus operandi* n'est pas le même, répondit Gabe en posant la main sur l'épaule de Reese pour l'entraîner loin des oreilles des Kenton, serrés l'un contre l'autre derrière le comptoir de caisse.

Pas question de laisser Reese expliquer à la pauvre Lindell que tout était sa faute. « Faire culpabiliser pour mieux régner » aurait pu être la devise du maire de Cold Creek. C'était comme une seconde nature chez lui, et il était même capable de faire la morale à une femme dont l'enfant venait de disparaître.

— Ouais, eh bien ce taré a peut-être voulu saluer à sa manière le retour de Teresa Lockwood ! lança Reese, qui ne semblait pas avoir saisi le geste de Gabe l'invitant à parler moins fort. Qui sait s'il n'a pas voulu lui envoyer un message ? Quelque chose comme « T'as pas intérêt à l'ouvrir ! » ou « Fous le camp d'ici ! »

— Tout le monde sait que Tess — c'est comme ça qu'elle se fait appeler, maintenant — n'a aucun souvenir de sa séquestration.

— Et alors ? Même s'il a entendu dire qu'elle a tout oublié, l'amnésie peut être réversible, que je sache ! Et puis la présence de la première victime risque d'attirer les médias, surtout après ce nouveau kidnapping. J'ai déjà reçu un coup de fil de ma femme et d'une chaîne de télé de Columbus. J'aime qu'on parle de ma ville, mais pas de cette façon-là.

Reese était à bout de souffle, ce qui n'était pas surprenant au vu de sa forme physique. Mais son corps adipeux — il avait au moins trente kilos à perdre — ne l'empêchait pas de se pavaner dans les rues de la ville comme un coq au milieu de sa basse-cour. Plusieurs années auparavant, Reese avait épousé Lillian Montgomery, la petite-fille de l'ancien gouverneur de l'Ohio et une des femmes les plus riches de la région. Un mariage qui lui avait aussitôt conféré une stature dont il était dépourvu et dont il jouissait exagérément. Il possédait la quincaillerie de la ville, ainsi qu'un grand nombre de biens immobiliers, sans parler de plusieurs hectares de terrain autour du lac Azur. Le maire avait été un des premiers à investir dans cette zone qu'il avait ensuite rendue constructible et qu'il avait mis beaucoup d'énergie à développer.

Reese avait la cinquantaine et ses cheveux auburn commençaient à se faire rares, découvrant un front haut qui abritait un caractère unanimement reconnu comme mauvais. Les relations avec cet homme étaient l'un des défis que Gabe avait à relever dans l'exercice de ses fonctions. Le maire de Cold Creek était même d'une fréquentation si pénible que Gabe en venait à regretter, certains jours, l'époque où il commandait une unité de déminage en Irak.

— Ecoutez, Reese, j'ai fait appel au Bureau de l'identification criminelle et j'ai organisé une battue citoyenne qui doit démarrer dans une demi-heure. J'espère qu'on aura beaucoup de volontaires.

Il invita le maire à s'asseoir sur une balle de foin surplombée d'une multitude d'énormes araignées en laine qui pendaient du plafond. Lui-même resta debout.

— Si vous pouviez vous occuper de la presse pendant que je dirige la battue, dit-il en regardant le maire s'éponger le front avec un mouchoir, ça m'aiderait beaucoup.

— Votre battue ne servira à rien, si c'est encore le même fils de pute qui a fait le coup ! Je veux dire, qu'est-ce qu'on peut faire contre un mec comme ça, hein ? Après tout, on n'est que des bouseux sans moyens, des péquenauds incapables de mettre la main sur un prédateur qui frappe toujours à la même période de l'année, et qui disparaît ensuite jusqu'à ce que l'envie d'attraper une autre fillette le reprenne, pas vrai ? Et puis vous êtes jeune, et c'est votre premier mandat de shérif. Je comprends que ce n'est pas toujours évident de marcher dans les pas de son père, mais…

— Ça me fait penser que je dois appeler Sam Jeffers, l'interrompit Gabe, qui en avait assez entendu comme ça.

Ce mélange de condescendance et de reproches larvés lui donnait envie de rendre son insigne et de dire au maire de se débrouiller tout seul.

— Son chien de chasse est capable de suivre n'importe quelle piste, ajouta-t-il avant de sortir son téléphone portable pour chercher dans le répertoire. Quand Teresa a été kidnappée, l'animal qu'il avait à l'époque a reniflé quelque chose jusqu'au milieu du champ avant de perdre la piste. Mais il paraît que son nouveau chien est un vrai champion. En plus, la poupée que Sandy conservait toujours avec elle a été retrouvée dans l'arrière-boutique, et on va pouvoir l'utiliser pour que le chien prenne l'odeur de référence.

— Je parie que vous et Jace Miller avez tripoté cette poupée et que ce chien ne va faire que tourner en rond dans cette foutue boutique.

Gabe inspira profondément pour maîtriser l'irritation qui s'emparait de lui.

— Et si vous preniez les journalistes en charge et que vous me laissiez m'occuper de ça ? demanda-t-il d'une voix aussi calme que possible.

Il sélectionna le nom de Jeffers dans son répertoire, avant de plaquer le téléphone contre son oreille.

Pas de réponse ni de possibilité de laisser un message. A cette époque de l'année, Sam Jeffers passait son temps à chasser. Et il avait dû mettre son portable en mode silencieux pour ne pas risquer de faire fuir le gibier. Sans doute ne fallait-il pas compter sur lui pour retrouver Sandy, songea Gabe, qui sentit son ventre se nouer à l'idée que rien ni personne ne pourrait peut-être l'aider à retrouver les fillettes disparues.

Sur le chemin du retour, Tess faillit retourner à Hear Ye, avant de se raviser au dernier moment. Après la disparition de cette fillette, elle ne se sentait pas d'humeur à voir du monde, et encore moins des enfants. Mais une surprise l'attendait chez elle en la personne de son cousin Lee, assis sur les marches menant à la porte d'entrée, son vélo posé contre un des piliers de la véranda.

— Lee ! s'écria-t-elle en sortant de la voiture.

Il vint à sa rencontre et ils se serrèrent brièvement dans les bras, mais elle ne sentit aucune chaleur dans cette étreinte. Et, lorsqu'ils se séparèrent, Lee évita son regard. Il semblait préoccupé, l'esprit visiblement ailleurs.

— Ça va ? demanda-t-elle. Tu as entendu parler de ce qui s'est passé en ville ?

— C'est en partie la raison de ma présence ici, répondit son cousin. Je voulais m'assurer que ça ne t'avait pas trop affectée. Le révérend Monson l'a annoncé à la fin du service religieux.

— Une messe un jeudi ? s'étonna Tess.

— Notre révérend donne une messe chaque fois qu'il l'estime nécessaire.

— Je vois… C'est sans doute une bonne idée de se retrouver tous ensemble pour digérer une telle nouvelle. Ça permet de se réconforter les uns les autres.

— Ecoute, je voulais te dire que tu es invitée à nous rendre visite.

— Ah, super… J'ai vraiment hâte de voir les enfants. J'ai failli venir, un peu plus tôt dans la journée. Une envie d'être un peu en famille, tu sais, ajouta-t-elle avec un sourire qu'il ne lui rendit pas, se contentant de prendre son vélo et de le tenir devant lui comme une sorte de bouclier.

C'était un vieux vélo aux pneus usés et à la peinture abîmée.

Il a chevauché ce truc sur plusieurs kilomètres ? se demanda Tess. *Ça n'a pas dû être de la tarte de pédaler jusqu'ici, avec toutes ces montées…*

Elle se demanda également pourquoi il n'était pas venu en voiture, mais elle ne posa pas la question, de crainte qu'il n'y voie une critique.

— Et si tu passes tu pourras m'aider à chercher une source ? s'enquit-il, les traits soucieux et le ton implorant. Je pense avoir trouvé quelque chose, mais je veux en être certain avant qu'on se mette à creuser un nouveau puits. Je n'ai pas oublié que ton don était plus puissant que le mien, même si tu n'étais qu'une gamine.

Il lui sourit enfin, mais ce fut un sourire hésitant, presque inquiet.

— On a reçu ce don de notre grand-mère, tous les deux, ajouta-t-il. Et du Seigneur, bien entendu.

— Sauf que moi, je ne suis pas devenue « sourcière ». Je n'ai plus fait ça depuis que j'ai quitté Cold Creek, tu sais.

Les larmes montèrent brusquement aux yeux de Tess. Comment pouvait-on s'intéresser à autre chose qu'à cette enfant qui venait de disparaître ? Comment le monde pouvait-il continuer à tourner alors qu'elle était sûrement terrifiée et peut-être en danger de mort ?

— Ne dis pas *sourcière*, rétorqua Lee en secouant son vélo.

Il avait parlé d'une voix tendue, et elle eut le sentiment que c'était elle qu'il aurait voulu secouer.

— Quand on dit ça, reprit-il d'un ton toujours nerveux, les gens confondent avec *sorcière*. Il ne faut pas parler de sourcellerie, mais de radiesthésie, ou mieux encore d'hydroscopie, si on ne cherche que de l'eau. Détecter les sources est un art, pas un acte maléfique. Comme je l'ai dit, il s'agit d'un don divin et ce n'est pas à prendre à la légère. Tu sais que ton père et le mien possédaient tous les deux ce don.

— Je n'ai presque jamais vu mon père avec une baguette fourchue dans les mains, Lee. Lorsqu'il nous a abandonnées, il avait complètement cessé de chercher de l'eau.

— Peut-être, mais ça avait toujours de l'importance pour lui. Sinon, pourquoi aurait-il conservé ses baguettes de saule dans un coin de la cave ? C'est une sorte de présage, tu comprends ? Un signe de Dieu. Alors, s'il te plaît, accepte de m'aider.

Elle considéra un moment son cousin. Pourquoi était-il aussi tendu, à la limite de l'agressivité ?

— Et, si je ne veux pas t'aider, tu refuseras que je rende visite à ta famille, c'est ça ? demanda-t-elle d'un ton de défi.

Lorsque les visites à Jackson s'étaient espacées au fil du temps, puis les appels téléphoniques de Gracie, Tess s'était demandé si Lee faisait pression sur sa femme pour qu'elle prenne ses distances. A présent, l'étrange comportement de son cousin lui donnait la réponse. De toute évidence, cette attitude hostile s'était renforcée à mesure qu'il se faisait aspirer par cette communauté religieuse que Gracie, bien entendu, avait fini par rejoindre à son tour.

— Bien sûr que non, répondit-il avec un froncement de sourcils. J'apprécierais ton aide, voilà tout. Je peux tenir la baguette, si tu préfères regarder. Un nouveau puits serait une bénédiction pour tout le monde, tu sais. Kelsey et Ethan compris.

Il connaissait sa faiblesse pour les enfants, et n'hésitait manifestement pas à s'en servir. Même si elle n'était pas dupe, Tess accepta de l'aider. Alors qu'ils convenaient d'un rendez-vous pour le lendemain après-midi, ses pensées allèrent une fois de plus vers la petite fille qui avait disparu. Elle ne l'avait jamais rencontrée, mais, si vraiment elle avait été kidnappée, elle se sentait de tout cœur avec elle dans cette épreuve.

Quand Tess entendit à la radio que des volontaires effectueraient une battue jusqu'à la nuit tombée, elle regretta amèrement d'avoir quitté le centre-ville aussi vite. Elle aurait tellement aimé participer aux recherches ! Et tant pis pour les regards intrigués et les murmures insistants que n'aurait pas manqué de susciter sa présence. Que pouvait-il lui arriver de pire que sa rencontre avec Marian Bell ? Les journalistes, songea-t-elle aussitôt. Les reporters de la radio, de la télévision et de la presse écrite se trouvaient sûrement sur place, à l'heure qu'il était. Il lui était rarement arrivé qu'un journaliste ou un auteur écrivant sur des faits réels la retrouve à Jackson et lui demande un entretien. Tout comme sa mère, elle avait toujours refusé ces sollicitations, malgré l'argent qu'on leur proposait et dont elles avaient besoin.

Tandis que la nuit tombait sur Cold Creek, Tess se calfeutra dans sa maison, ne s'éclairant qu'à l'aide d'une torche électrique pour ne pas signaler sa présence. Cela n'empêcha pas plusieurs importuns — des journalistes, à n'en pas douter — de sonner à sa porte ou de crier son nom pour la faire sortir.

Malheureusement, les affichettes qu'elle avait laissées un peu partout jouèrent contre elle quand il vint aux oreilles des reporters que son numéro de portable s'y trouvait inscrit. Elle avait répondu une fois au téléphone, espérant qu'il s'agissait de Gabe, et s'était retrouvée avec l'envoyé spécial du *Live at Five News* qui s'était déplacé de Cincinnati. Elle lui avait raccroché au nez sans un mot.

Elle avala un dîner froid accompagné d'un verre de cidre — rien n'avait de goût —, puis alla s'asseoir, rideaux fermés et lumières éteintes, à même le sol dans un coin du salon. Genoux relevés sous le menton, elle s'efforça d'ignorer le *ding-dong* incessant de la sonnette d'entrée, les coups sur la porte de derrière, son nom ou son ancien prénom crié — *Teresa !* —, encore et encore, par les journalistes que son silence ne parvenait pas à décourager. Elle était au bord des larmes quand, après quelques minutes de bruits confus et d'exclamations, la voix de Gabe lui parvint enfin de l'extérieur.

— Tess, c'est Gabe ! Tu es là ? J'ai fait sortir les journalistes de ta propriété ! Ils sont retournés en ville ! Tess, tu m'entends ? J'ai essayé de t'appeler, mais tu ne réponds pas au téléphone !

La voix venait de la porte de derrière. Elle s'y précipita, mais n'ouvrit pas avant d'avoir jeté un rapide coup d'œil par la fenêtre.

— Elle a été retrouvée ? demanda-t-elle lorsqu'ils se trouvèrent face à face.

Gabe entra et referma derrière lui tandis qu'elle s'adossait au plan de travail, le cœur battant. Elle avait été à deux doigts de faire une chose insensée : se jeter dans les bras de Gabe et s'y blottir comme une enfant apeurée.

— J'aimerais pouvoir te répondre par l'affirmative, dit-il. Malheureusement, la battue n'a rien donné. Le dragage de la rivière non plus.

Il secoua la tête, la mine grave et un peu accablée.

— Toujours la même histoire… Une gamine se volatilise dans la nature.

— Comme moi et Jill Stillwell. Et peut-être aussi comme Amanda Bell.

— Oui… Sandy Kenton a disparu en plein jour, avec sa mère juste à côté, tout ça pendant que nous discutions dans la grand-rue, à deux pas.

— Tu… tu veux dire qu'il pourrait s'agir d'une sorte de message ou de provocation lié à mon retour à Cold Creek ? demanda-t-elle d'une voix mal assurée. Que ce n'est pas un hasard si le kidnapping s'est produit tout près de l'endroit où je me trouvais ?

— Non, ce n'est pas ce que j'ai voulu dire.

Il laissa échapper un soupir avant de poursuivre.

— J'ai essayé de rassurer ses parents et j'ai fait venir un enquêteur et un technicien de la police scientifique pour qu'on la retrouve le plus vite possible. La science médico-légale a beaucoup progressé depuis ton enlèvement. Pour moi, la gamine devait connaître le kidnappeur, parce qu'elle n'a pas pipé mot. Je veux bien croire que c'est une enfant sociable, mais quand même… Tu sais, ajouta-t-il en s'approchant tout près d'elle, le fait que tu sois revenue saine et sauve après huit mois de captivité me donne un peu d'espoir pour Sandy Kenton.

Tess regarda ses mains disparaître dans celles de Gabe, si larges et si chaudes.

— Quand un enlèvement se produit, il y a un laps de temps très court qu'on appelle « la fenêtre dorée ». Trois heures environ, durant lesquelles la victime a toutes les chances d'être encore en vie. Mais, toi, tu as survécu à une longue période de séquestration.

— C'est pour ça que les gens ne veulent pas croire que je n'en aie gardé aucun souvenir ! Qu'est-ce qu'ils imaginent ? Que je ne veux pas que tu coinces le kidnappeur ? J'aimerais tellement t'aider, Gabe !

— Je n'ai aucun doute là-dessus. Peut-être devrait-on rendre public le fait que tu avais des marques d'aiguille sur les bras quand on t'a retrouvée. Que le ravisseur t'a sans doute injecté je ne sais quel médicament qui a affecté ta mémoire.

Les narines de Tess s'élargirent, et elle inspira un grand coup, choquée par les paroles de Gabe. Pourquoi ne lui avait-on jamais parlé de cela ? Mais la stupeur et la colère provoquées par cette révélation laissèrent vite place à une forme de soulagement : ainsi, il y avait peut-être une explication concrète à son amnésie ! Retirant brusquement ses mains, elle s'éloigna en direction du salon, toujours maintenu dans le noir par les rideaux tirés et les lampes éteintes. Rassurée par la présence de Gabe, elle en alluma une avant de s'effondrer, épuisée moralement, dans un des rocking-chairs.

— On aurait dû me dire que j'avais été droguée ! lança-t-elle lorsqu'il vint la rejoindre, se laissant tomber avec un soupir las dans le rocking-chair voisin.

Leurs pieds se touchaient presque, mais ni l'un ni l'autre n'éloigna son fauteuil.

— La décision de ne pas en parler publiquement a été prise avec l'accord de ta mère, dit-il. Après, j'ignore pourquoi elle a préféré ne rien te dire.

— Et ça a servi à quoi, hein ? Il n'a jamais été arrêté, que je sache ! lança-t-elle en élevant la voix malgré elle.

— Non, répondit Gabe d'une voix douce et triste, il n'a jamais été arrêté.

Il se pencha en avant, coudes sur les cuisses.

— Mon père aurait tant voulu lui mettre la main dessus… Ç'a été le grand regret de sa vie, tu sais. Je me demande parfois si ses problèmes cardiaques ne sont pas venus de là. Mais, à présent que j'ai pris le relais, c'est à moi d'assumer cet échec.

— Je t'ai déjà dit que je ne te reprochais rien.

Gabe hocha la tête.

— Au fait, j'ai demandé à Marian Bell de ne plus t'importuner. Si elle fait ne serait-ce que te regarder de travers, il faut que tu me le dises, d'accord ? A ce propos, je ne veux surtout pas m'y mettre, moi aussi, mais je reconnais que ça m'aiderait beaucoup si tu pouvais te souvenir de quelque chose. Le moindre petit détail m'intéresse, Tess. Même un élément qui pourrait te sembler insignifiant.

— Ma captivité, c'est le trou noir. Par contre, je me souviens un peu du moment où il m'a attrapée et traînée à travers le champ de maïs. Et, justement, je me rappelle avoir senti quelque chose qui me piquait le cou. Il m'a peut-être droguée tout de suite.

Elle se frotta machinalement le bras à travers son pull, comme si elle pouvait sentir d'autres piqûres sur sa peau. A présent, elle se souvenait de ces marques : « les cailloux du Petit Poucet », comme elle appelait cette succession de points qui semblaient former un chemin sur chacun de ses bras. Pourtant, sa mère ne lui avait jamais expliqué leur origine, pas même lorsqu'elle avait été en âge d'entendre la vérité.

— Je peux au moins te dire que Marva Thompson Green se trouvait chez elle peu de temps après le kidnapping, ajouta-t-elle, prise d'un soudain besoin d'aider Gabe et la petite Sandy. Par contre, Dane était sorti avec sa camionnette. Pour faire des visites à domicile du côté du lac Azur, selon elle.

Gabe se rassit tout droit sur son fauteuil, si brutalement que les patins cintrés du rocking-chair frappèrent bruyamment le plancher.

— Comment le sais-tu ? Tu as appelé Marva ?

— Non, je me suis arrêtée chez le Dr Thompson pour discuter avec elle. J'ai prétexté une visite de courtoisie, mais en réalité je voulais savoir si Dane était là. Il se trouve que j'avais une boîte de beignets sur moi, et j'ai prétendu que je les avais achetés pour elle. Comme elle était venue m'apporter un gâteau pour me souhaiter la bienvenue, elle a simplement pensé que je lui rendais la politesse.

— Elle est passée te voir alors que tu venais à peine d'arriver à Cold Creek ? Tu as eu l'impression qu'elle essayait de te sonder ? Qu'elle essayait de savoir si tu avais recouvré la mémoire au sujet de ta séquestration ?

— Difficile à dire, mais ce n'est pas impossible. Tu sais, ma mère ne m'a jamais parlé de ces traces de seringue, mais au moins elle m'a dit où j'ai été retrouvée, en train d'errer le long de cette route de campagne… Et j'y suis allée, tout à l'heure. Tu sais ce qui m'a fait de la peine, Gabe ? demanda-t-elle, les traits soudain crispés. Là-bas, sur cette route où on m'a retrouvée, je me suis rendu compte que je continue à errer depuis tout ce temps. Je croyais être rentrée chez moi, et pourtant je me sens toujours aussi perdue…

Elle se leva d'un bond du rocking-chair, et tourna la tête comme si elle cherchait son chemin. Gabe se leva aussi, et posa une main douce mais ferme sur le haut de son bras.

— Ecoute, Tess… Je ne veux pas que tu roules seule sur des petites routes désertes, ni que tu ailles chez Dane. Si tu es allée vérifier ce qu'il faisait, c'est que tu sais qu'il a longtemps été soupçonné d'être le kidnappeur, n'est-ce pas ?

— Oui, je sais. Au moins, quelqu'un a eu la bonté de me le dire. J'aurais aimé qu'il en soit de même pour les injections que j'ai vraisemblablement reçues.

— Ne pas divulguer des éléments clés d'une enquête est une façon de procéder qui n'a rien d'exceptionnel, tu sais. Ça permet d'être plus efficace quand on doit interroger un suspect ou qu'on prépare le procès d'un prévenu.

— Tu n'as jamais songé que ça aurait pu m'aider à me reconstruire ? Si j'ai été droguée, ça peut expliquer que mes huit mois de captivité n'aient laissé aucune trace dans ma mémoire ! Tu imagines le malaise que cette amnésie provoque chez moi depuis toutes ces années ?

— Pardon d'être direct, Tess, mais c'était à ta mère de te le dire, pas à moi. Et puis, même si tu as été droguée tout au long de ta séquestration, je suis sûr que certains détails peuvent te revenir à la mémoire.

— Alors, si je comprends bien, tu t'intéresses à moi sous prétexte de me protéger, alors qu'en réalité tu ne cherches qu'à m'extirper des bribes de souvenirs pour ton enquête ?

Il secoua la tête, l'air peiné.

— Non, Tess. C'est faux. Bien sûr, je garde toujours mon enquête à l'esprit, mais je n'ai jamais cherché à te manipuler.

— Eh bien, shérif McCord, voyons ce que tu dis de ça. J'ai un problème, figure-toi. Enfin… Un parmi tant d'autres. Je fais des cauchemars, la nuit, mais il m'arrive aussi d'en faire alors que je suis éveillée. Des sortes de visions fugaces, tu vois ? Et je me demande parfois si ce ne sont pas des épisodes de cette période oubliée de ma vie qui remontent à la surface…

— Essaie de me décrire ce que tu ressens et ce que tu vois.

— Je me sens seule et remplie d'effroi. C'est comme si je devais absolument fuir quelque chose, mais j'ignore de quoi il s'agit. Une sorte de grosse machine, ou parfois un monstre ; peut-être un animal préhistorique comme un dinosaure. Je ne comprends pas ce que ça veut dire. Si seulement je pouvais me battre contre quelque chose de réel ! Mais qu'est-ce que je peux faire contre des cauchemars ? Contre des visions qui m'assaillent sans crier gare avant de replonger dans cette saloperie d'inconscient ?

Elle avait crié ces derniers mots. L'instant d'après, elle se trouvait dans les bras de Gabe, stupéfaite de s'y être jetée alors qu'elle lui en voulait. Il respirait fort, sa poitrine se soulevant sous son blouson tandis qu'il la serrait tout contre lui. Leurs cuisses se touchaient et Tess sentait, pressé sur son ventre, le ceinturon où se trouvait son arme de service. Une impression de force et de solidité se dégageait de cet homme, mais elle ne devait pas oublier qu'il se servait peut-être d'elle. Plaquant les paumes sur son torse dur comme de la pierre, elle le repoussa si fort qu'elle faillit tomber en arrière.

— Tess, tu dois me croire…

D'un mouvement brusque, elle chassa la main qu'il avait une nouvelle fois posée sur le haut de son bras.

— Je suis venu ici pour faire déguerpir la presse, mais surtout pour te dire que je suis là. Même si j'ai l'intention de travailler d'arrache-pied pour retrouver Sandy Kenton, sache que je ne t'oublie pas. Si quelqu'un t'importune, *n'importe qui*, préviens-moi tout de suite. Idem si quelque chose te revient en rêve ou dans un de ces cauchemars éveillés. Et, si tu ne parviens pas à me joindre directement, laisse un message à Ann ou à Peggy, ma standardiste de nuit. Tu tomberas aussi sur l'une d'elles en composant le

911, et je serai aussitôt prévenu de ton appel. C'est bien compris, Tess ? Je compte sur toi, mais, toi aussi, tu peux compter sur moi.

Tess acquiesça d'un mouvement brusque de la tête, retenant les larmes qui lui noyaient déjà les yeux. Ces souvenirs qui pouvaient sauver des vies mais refusaient de remonter à la surface lestaient son cœur d'un poids terrible. L'espace d'un instant, il lui sembla entendre une sorte de rugissement, puis quelque chose d'affreux qui lui giflait le visage, mais l'illusion disparut comme elle était venue.

Gabe lui pressa doucement l'épaule et s'éloigna vers la porte de derrière.

— N'oublie pas de bien verrouiller derrière moi ! lança-t-il, une fois dehors.

Elle fit ce qu'il lui demandait, fermant soigneusement les deux portes. Mais comment pourrait-elle désormais fermer les portes de son cœur au shérif McCord ? L'homme que Gabe était devenu comptait beaucoup pour elle, bien plus encore que le garçon qu'elle avait connu petite fille. Elle avait envie de l'aider, mais elle avait peur des émotions étranges qu'il faisait naître en elle. Des émotions qu'elle craignait presque autant que ses souvenirs enfouis. Une sensation de besoin. De désir, même. Non, elle ne voulait surtout pas fermer les portes de son cœur à Gabe. Au contraire, son souhait le plus cher était de les ouvrir toutes grandes pour lui et de le laisser pénétrer bien au-delà de ses défenses.

6

Cela faisait vingt ans jour pour jour qu'elle avait été enlevée. Ce fut la première pensée de Tess, au sortir d'une nuit agitée. Les journées d'anniversaire étaient censées être joyeuses, mais celle-ci, au lendemain d'une nouvelle disparition, était doublement marquée du sceau de l'angoisse.

Aussitôt terminé son petit déjeuner, elle se rendit dans la cave. Elle avait actionné l'interrupteur situé dans la cuisine et voyait à présent la lumière éclairer les grilles d'aération de la porte en métal. Elle l'ouvrit et descendit dans les profondeurs de la maison. L'escalier de bois craquait à chacun de ses pas et une légère odeur de renfermé lui monta aux narines. Sans doute allait-elle devoir acheter un purificateur d'air, pour le cas où quelqu'un viendrait visiter la maison. Si un homme seul se présentait, faudrait-il qu'elle l'accompagne partout, y compris dans la cave ? Puisque son ravisseur semblait toujours vivre dans les parages, il aurait peut-être l'idée de se faire passer pour un acheteur potentiel, afin de s'assurer que son ancienne victime ne se souvenait pas de son visage. A moins qu'il ne choisisse de la supprimer pour ne prendre aucun risque… Après tout, la faire taire à jamais serait le moyen le plus sûr de s'assurer qu'elle ne le dénoncerait pas, si la mémoire lui revenait.

C'était une journée particulière, et elle allait devoir rester sur ses gardes. Se méfier du kidnappeur et de ses envies éventuelles de commémoration, mais aussi d'elle-même, parce que son inconscient était capable de lui jouer des tours. Pourtant, ne fallait-il pas souhaiter que ce 13 octobre fasse remonter des souvenirs à la surface ? Ce serait sans nul doute un moment difficile à vivre, mais cela vaudrait la peine si, au bout du compte, elle parvenait à se rappeler un élément qui donnerait un coup de pouce à l'enquête. Un détail qui puisse aider la malheureuse Sandy Kenton, ainsi que les fillettes disparues avant elle.

Lee ne lui avait pas indiqué l'endroit précis où il avait vu les baguettes de saule. Pourquoi son cousin les avait-il conservées ? S'imaginait-il que ces branches fourchues avaient le pouvoir de transmettre le don extraordinaire de leur ancien propriétaire ? Ou que les jeter risquait de lui porter malheur ? Tess trouvait encore plus curieux que sa mère ne s'en soit pas débarrassée, après avoir été abandonnée par son mari.

Année après année, sa mère et ses deux sœurs avaient tout fait pour convaincre Tess qu'elle ne devait pas se sentir coupable du départ de son père. Même si le kidnapping avait incontestablement joué un rôle dans la désagrégation du couple, les problèmes entre son père et sa mère existaient bien avant. Kate et Char lui avaient toujours assuré que les terribles disputes auxquelles elle avait assisté à son retour de captivité — son père accusant sa mère d'avoir laissé leur fille sous la surveillance d'un garçon trop jeune — n'étaient qu'un prétexte pour en finir. Que leur père cherchait simplement une excuse pour s'en aller, et qu'il s'était montré injuste et cruel en reprochant à leur mère d'être responsable d'un drame que nul ne pouvait prévoir ou éviter.

Pas même Gabe ? Aurait-il pu faire quelque chose qu'il n'a pas fait ?

Tess dénicha six branches en forme de Y, empilées derrière la chaudière. Elle alluma la torche électrique qu'elle avait emportée pour éclairer les recoins sombres et la braqua sur les baguettes. Bien sûr, elles n'étaient plus vertes et souples, mais sèches et couvertes de poussière. Aujourd'hui, beaucoup de sourciers utilisaient des baguettes parallèles, contrairement à son père et à celui de Lee, des jumeaux qui s'étaient toujours servis de la traditionnelle baguette fourchue, brandie devant eux jusqu'à ce qu'elle se mette à frétiller dans leurs mains. Lorsque ce frétillement se produisait, de l'eau se trouvait presque toujours sous leurs pieds.

Elle se souvenait d'une anecdote que lui avait rapportée sa mère : un dimanche de l'année où elle avait été kidnappée, la famille était allée pique-niquer chez des amis de ses parents. Alors âgée de quatre ans, Tess s'était emparée de la baguette fourchue que son père avait apportée pour faire une démonstration, puis s'était amusée à l'imiter. Alors qu'elle marchait dans le jardin en direction de la grange, la branche de saule qu'elle pointait devant elle s'était mise à trembler dans ses mains. Après quoi, son père l'avait emmenée dans des lieux où il avait trouvé de l'eau pour vérifier si elle avait le don. Chaque fois, la baguette avait tremblé dans les mains de Tess à l'endroit même où son père avait découvert une source.

La baguette qu'elle avait utilisée petite fille se trouvait-elle parmi les six branches fourchues empilées sous ses yeux ? Elle posa doucement la main sur la première d'entre elles, laissant glisser ses doigts sur sa surface poussiéreuse. Nombreux étaient ceux qui n'accordaient aucun crédit à cette pratique — qui considéraient les sourciers comme des charlatans ou des superstitieux bénéficiant parfois d'un coup de chance. Pourtant, d'autres — plus rares et souvent plus âgés — croyaient fermement que les possesseurs du don étaient non seulement capables de trouver de l'eau à l'aide de leur baguette, mais aussi toutes sortes de trésors enfouis, voire des métaux précieux. Il se murmurait aussi que la baguette du sourcier pouvait se mettre à frétiller au-dessus d'une tombe, en particulier si le cadavre avait été enterré avec des bijoux. Tess souffla sur la poussière qui s'était accrochée à ses doigts. Si seulement il existait une baguette qui pût lui permettre de déterrer ses souvenirs du kidnapping !

Elle entendit la sonnerie de son téléphone portable, oublié

quelque part dans la cuisine. S'emparant de la baguette qui se trouvait au sommet de la pile, elle se précipita vers l'escalier dont elle gravit les marches quatre à quatre.

Elle repéra l'appareil près de l'évier, et décrocha en se demandant si elle n'était pas arrivée trop tard.

— Allô ?

— Coucou, Tess. C'est Kate. Ecoute, je ne peux pas te parler longtemps. J'ai fait de grands progrès dans mes recherches sur les Celtes. J'ai bon espoir de trouver le lien entre leur culture et les civilisations Adena qui se sont développées dans les régions boisées de l'est des Etats-Unis. Dès que je reviens à la maison, je compte aller jeter un œil aux tombelles qu'on peut trouver vers chez nous, parce que ces *tumuli* pourraient bien être une preuve supplémentaire de l'implantation des Celtes dans la partie est du pays, tu comprends ? Mais je ne t'appelle pas pour te parler de ça. Je pensais à toi à cause de… tu sais, parce que c'est le jour anniversaire de ton enlèvement, et que je sais que tu dois aller dans l'Ohio pour vendre la maison. Alors, comment vas-tu ? Tu es déjà à Cold Creek ?

— Oui, oui, j'y suis déjà. Et je dois dire que ça s'est plutôt bien passé, au début. Mais une autre fillette a été enlevée hier, comme si mon retour lui avait porté malheur !

— Quoi ? Qu'est-ce que tu racontes ? Elle a été enlevée dans son jardin et traînée dans un champ de maïs, elle aussi ?

— Non, non… Elle était avec sa mère, qui tient une boutique de cadeaux dans le bâtiment qui abritait autrefois le poste de police. La gamine jouait dans l'arrière-boutique pendant que sa mère s'occupait des clients, et elle a disparu.

— Mon Dieu… c'est horrible ! Ecoute, pourquoi tu n'appellerais pas Char pour lui parler de ça ? Elle est plus douée que moi pour réconforter les gens. Inutile de te sentir coupable, parce que tu n'y es pour rien, d'accord ? Et s'il te plaît ne t'amuse pas à jouer les détectives privés pour aider les autorités à retrouver cette petite. Le shérif n'a pas besoin de toi pour faire son boulot, d'autant que ça pourrait être dangereux.

Tess se mordit la lèvre. *Inutile de te sentir coupable… Ne t'amuse pas à jouer les détectives privés pour aider les autorités…* Sa sœur aînée l'appelait d'Angleterre. Major de sa promotion avec mention très honorable et félicitations du jury, membre du Phi Beta Kappa — un club réservé aux plus brillants élèves —, titulaire d'une bourse d'études, professeur d'université et auteur reconnu, Kate Lockwood voyageait un peu partout dans le monde pour étudier et enseigner l'anthropologie et l'histoire des civilisations. Ce qui ne l'empêchait pas de retrouver l'accent très provincial d'une native de Cold Creek, Ohio, dès qu'elle était contrariée. Un particularisme linguistique plutôt charmant, mais qu'elle s'efforçait de gommer.

— Allô ? Tess ? Tu es toujours là ?

— Oui, oui, je suis là.

— Ah bon, comme tu ne disais rien… Alors, comment as-tu trouvé notre ancienne maison, après le départ de Lee et Gracie ?

— Il ne reste pas beaucoup de meubles. Mais les fantômes sont toujours là, si tu vois ce que je veux dire… J'ai mis des annonces partout en ville. Des affichettes avec une description et une photo. Ah oui, tu sais ce que je viens tout juste de trouver ? D'anciennes branches de saule qui appartenaient à papa !

— Des baguettes de sourcier, tu veux dire ? demanda Kate, d'une voix soudain sèche. Il aurait mieux fait de les emporter avec lui quand il a quitté la maison. Tu sais, j'ai fait beaucoup de recherches sur l'hydroscopie, à une époque. J'ai même rédigé un article sur la question quand j'étais encore étudiante.

— Vraiment ? Et qu'as-tu découvert ? demanda Tess en caressant le bois craquelé de la vieille branche fourchue.

— Vraiment, le sujet t'intéresse ?

Kate semblait surprise, mais c'était surtout le fait de *changer* de sujet qui intéressait Tess. Elle n'avait pas envie de parler de la maison.

— Mes recherches ne datent pas d'hier, tu sais, poursuivit sa sœur sans attendre la réponse. Mais voilà ce dont je me souviens…

Voilà ce dont je me souviens… Ces mots résonnèrent dans l'esprit de Tess. Une nouvelle fois, elle regretta amèrement de ne pouvoir se souvenir du visage de son ravisseur, ou du moins de l'endroit où il l'avait séquestrée, vingt ans plus tôt.

— Si la radiesthésie a été représentée à travers diverses techniques picturales dans la Chine et l'Egypte antiques, disait Kate, manifestement en mode cours magistral, certains affirment qu'elle est vraiment née le jour où Moïse a fait jaillir de l'eau du rocher de Meriba en le frappant deux fois de son bâton. Au XVIe siècle, le théologien allemand Martin Luther, grand réformateur de l'Eglise considéré comme le père du protestantisme, estimait que la radiesthésie était « l'œuvre du Malin ». Plus près de nous, Albert Einstein y croyait dur comme fer et, lors de la Seconde Guerre mondiale, le général Patton — qui s'intéressait à tout ce qui touche au paranormal — s'est fait livrer un saule entier du Maroc parce qu'il voulait trouver de l'eau et remplacer les puits que les Allemands avaient fait sauter. Ce qui me fait penser que nos troupes se sont également servies de la radiesthésie pour localiser des armes et des galeries souterraines au Viêt-nam, comme les Anglais lors de la guerre des Malouines.

— Ta mémoire me fascinera toujours autant, Kate. Il va falloir que je parle de tout ça à Lee.

— Je crois qu'il s'en moquera comme de sa première chemise, s'il est toujours embrigadé dans cette espèce de secte. Ah oui, autre chose sur la radiesthésie : j'ai lu qu'elle avait parfois été utilisée pour traquer des criminels ou retrouver des personnes disparues. Mais ne répète pas ça à Gabe McCord, ou il va penser que tu as une araignée au plafond. Au fait, ça donne quoi, le petit Gabe en version homme ?

— Très impliqué dans son travail.

— Impliqué dans son travail ? Tess, je te demande comment il est *physiquement* !

— Ah… Eh bien, il est grand, avec de larges épaules et des yeux bleu acier. Mais il a des cheveux presque aussi noirs que son uniforme. A part ça, il donne une impression de force, de puissance, mais il est plutôt doux de caractère et…

— C'est bon, c'est bon, coupa Kate. Et, quand tu dis qu'il est très impliqué dans son boulot, tu veux dire qu'il fait tout son possible pour appréhender le kidnappeur, c'est ça ?

— Oui, c'est ce que je voulais dire. Il y met vraiment tout son cœur et toute son énergie.

Tess se rendit compte qu'elle était un peu sur la défensive, comme si elle devait protéger Gabe.

— Et sinon, Gracie n'a pas exagéré ? Cold Creek a vraiment changé d'un point de vue économique et social ?

Ravie de passer une nouvelle fois à un autre sujet, Tess parla à sa sœur de la « grande séparation » entre les anciens et les nouveaux habitants, et à quel point elle semblait avoir changé leur ville natale. Elle lui raconta aussi sa visite à la bibliothèque et le sentiment étrange qui s'était emparé d'elle lorsqu'elle s'était retrouvée face à Etta Falls.

— C'était comme si le temps s'était arrêté…

— Oh ! Vraiment ? s'écria Kate. Mlle Etta est toujours fidèle au poste ? Je lui dois beaucoup, tu sais… Elle m'a tellement encouragée à lire et à étudier ! En particulier durant tous ces mois horribles où tu avais disparu. Elle faisait tout son possible pour nous changer les idées avec des livres qu'on adorait, et elle en donnait aussi à maman. Des bouquins du genre *Comment reprendre goût à la vie après la perte d'un être cher*, enfin ce genre de trucs, tu vois… Je me souviens d'avoir visité sa propriété lors d'une sortie scolaire où elle nous avait parlé des pionniers qui ont fondé le comté de Falls. Elle nous avait montré un vieux pistolet et les tombes de ses ancêtres, mais elles étaient si anciennes qu'on ne parvenait plus à lire les inscriptions. Quant à sa mère, je ne sais pas si elle est toujours en vie, mais à l'époque j'avais déjà l'impression qu'elle était elle-même une sorte de vestige historique !

Elles rirent de bon cœur, et Tess lui apprit que la vieille dame était toujours de ce monde. La conversation se poursuivit encore quelques minutes, et Tess se demanda, l'espace d'un instant, si la communication entre l'Angleterre et les Etats-Unis n'allait pas coûter très cher. Mais elle se rassura en songeant que Kate avait les moyens. Malgré le gouffre qui la séparait de ses sœurs — tant au niveau de son parcours éducatif que de ses ambitions professionnelles —, elle était toujours heureuse d'entendre leurs voix. Peu importaient leurs différences, elle aurait adoré les avoir auprès d'elle. Pour qu'elles l'aident à vendre la maison, bien sûr, mais surtout pour se réfugier dans leurs bras.

Gabe reconnut le plus âgé des deux agents du Bureau de l'identification criminelle à la seconde où il émergea de sa voiture banalisée. Elle venait de se ranger à côté du laboratoire médico-légal mobile : une camionnette bleue et blanche déjà garée sur le parking du poste de police. Même s'ils ne s'étaient pas revus depuis vingt ans, Gabe se souvenait parfaitement de Victor Reingold, l'enquêteur qui avait travaillé avec son père sur le kidnapping de Tess.

Il se hâta d'aller à la rencontre des deux agents. La tignasse de Reingold était devenue blanche, mais elle semblait toujours aussi épaisse. Et son regard toujours aussi perçant sous ses paupières tombantes. Gabe se souvenait qu'il boitillait et qu'il ne s'habillait qu'en noir. D'ailleurs, Gabe et ses copains l'avaient surnommé « le Batman sans cape », à l'époque. La portière du laboratoire mobile s'ouvrit et l'autre agent sortit à son tour sur l'asphalte gris du parking. Nettement plus jeune que Reingold, c'était un blond dégingandé avec des lunettes à montures percées et un blouson bleu marine frappé des trois lettres BCI — *Bureau of Criminal Identification* — dans le dos. Il semblait aussi nerveux et coincé que Reingold paraissait décontracté et sûr de lui. C'était tout juste s'il n'avait pas les mots *Technicien médico-légal* tatoué sur le front, songea Gabe.

— Content de vous voir, dit-il en serrant d'abord la main de Reingold, puis celle de son collègue. Je suis le shérif McCord, ajouta-t-il, même si cette précision était certainement inutile.

— Mike Morgan, dit le blond. D'ordinaire, je travaille dans le labo de l'institut médico-légal. Alors, ça me fait bien plaisir d'être un peu sur le terrain. Surtout pour une affaire de kidnapping. J'ai trois petites filles et je peux vous dire que je suis supermotivé.

— Vous vous souvenez de moi, shérif ? demanda Reingold, tandis que Gabe les conduisait vers le poste de police.

— Bien sûr, agent Reingold. Je vous ai reconnu tout de suite.

— Vous étiez encore tout jeune, quand je suis venu travailler sur cette première affaire de kidnapping. Et très affecté par la disparition de cette fillette. Ç'a été un moment difficile pour vous, mais aussi pour votre père, qui prenait vraiment cette affaire à cœur. C'était un type bien, Gabe, et je peux vous dire que ça m'a fait de la peine d'apprendre son décès. Je ne vais pas me réjouir que ce détraqué ait encore frappé, mais je suis content d'avoir une nouvelle chance de vous aider à le coincer. J'ai regretté de ne pas pouvoir venir lorsque le second kidnapping s'est produit, vous savez, mais j'étais en mission spéciale à Washington DC. Ça ne m'a pas empêché de me tenir au courant, bien sûr. Allez, shérif, mettons-nous au boulot. On va l'avoir, ce coup-ci. Et appelez-moi Vic, ça me fera plaisir.

— Ça marche, dit Gabe. Merci d'être là, Vic, et merci à vous aussi, Mike, ajouta-t-il en ouvrant la porte vitrée du poste de police, avant de s'effacer pour laisser entrer les deux hommes.

Il savait que les agents du BCI aimaient voir comment les autorités locales étaient équipées en matériel et en personnel avant de décider s'ils devaient faire appel à du renfort. Il leur présenta Ann et Peggy, puis leur fit faire un tour rapide des installations.

— La scène de crime est l'arrière-boutique d'un petit commerce, dit Gabe en les conduisant dans son bureau. Une pièce très encombrée dans laquelle la fillette jouait au moment de sa disparition. On a protégé les poignées de porte avec des sacs en plastique.

— Vous avez eu le bon réflexe, répondit Mike. Comme ça, on va même pouvoir relever d'éventuelles empreintes palmaires. Vous savez que l'Ohio a été le premier Etat où un juge a considéré que les empreintes palmaires constituaient un élément de preuve suffisant pour prononcer une condamnation ? C'était en 1917, je crois. Aujourd'hui, nos bases de données pour les empreintes digitales utilisent le système AFIS et sont reliées avec les serveurs du FBI.

Gabe composa une moue admirative pour ne pas froisser le jeune technicien.

— J'espère que vous pourrez trouver quelque chose dans cette arrière-boutique, dit-il, parce qu'en dehors de ce magasin les chances de dénicher des indices sont plutôt minces. Mais je compte faire appel à un gars du coin qui pourrait bien débloquer la situation. Un chasseur et son chien pisteur. On m'a assuré que cet animal a vraiment un flair exceptionnel, et on va lui faire sentir la poupée que la gamine a abandonnée sur place. D'après sa mère, elle ne s'en séparait jamais. Malheureusement, le type en question doit être en train de chasser, et je n'ai pas encore réussi à le joindre. De toute façon, je suppose que vous préférez d'abord passer la scène de crime au peigne fin.

Les deux agents hochèrent la tête comme un seul homme.

— J'ai organisé une battue avec des volontaires moins d'une heure après la disparition, reprit Gabe. On est partis de la ruelle qui longe l'arrière des commerces, et on a marché sur plus de cinq kilomètres, sans le moindre résultat. On a aussi dragué la rivière à l'endroit où elle devient profonde. Mais, là encore, on n'a rien trouvé. Comme dans les deux ou trois autres affaires précédentes.

— Comment ça, deux ou trois ? demanda Vic, qui examinait l'immense carte de la ville et de ses environs affichée sur le mur du bureau.

Une carte qui avait déjà servi au père de Gabe, et qu'il avait mise à jour.

— Je pensais qu'il n'y avait eu que deux kidnappings avant celui de Sandy Kenton, ajouta-t-il en se tournant vers Gabe.

— Le troisième cas est douteux à mes yeux. La gamine s'appelle Amanda Bell, et il y a de bonnes chances qu'elle ait été enlevée par son père après une séparation compliquée. Tout porte à croire que l'ancien mari a quitté le pays, sans doute pour l'Amérique du Sud. J'enquête toujours sur cette affaire, et la mère d'Amanda a engagé un détective privé. Je vous préviens, elle va sûrement vous harceler dès qu'elle entendra parler de votre présence en ville.

Vic hocha lentement la tête avant de se tourner de nouveau vers la grande carte.

— Difficile de croire que ça fait déjà vingt ans que je suis venu ici pour travailler sur cette première affaire, dit-il en posant le doigt sur la maison des Lockwood. C'est vraiment un miracle que Teresa Lockwood ait été retrouvée vivante après tout ce temps, mais il ne faut pas compter avoir deux fois une telle chance. Alors, comme vous, j'ai bien l'intention de ramener très vite cette gamine à ses parents.

— Tess, comme elle se fait appeler maintenant, est justement en ville. Elle est revenue le temps de vendre la maison de famille, que vous avez connue comme scène de crime.

— Oui, je me souviens bien de cette baraque. Et d'elle, aussi. De l'émotion de la ville tout entière quand elle a finalement pu rentrer chez elle.

Vic détacha lentement les yeux de la carte pour poser un regard grave sur Gabe.

— Droguée, traumatisée, des traces de coups sur le visage et le corps… Une très jolie fillette qui venait de vivre un enfer et qui était complètement perdue. Les deux autres victimes étaient blondes et particulièrement jolies, elles aussi ?

— Ce n'est pas un facteur commun. J'ai des dossiers et toutes sortes d'éléments sur chacune des victimes. Si vous souhaitez les consulter, ils sont bien sûr à votre disposition

— Parfait. Je suis impatient d'y jeter un œil.

Gabe vit que Victor Reingold n'avait pas perdu sa curieuse habitude de mâchonner des cure-dents, qu'il recrachait lorsqu'ils n'étaient plus qu'une sorte de pâte mouillée. Si seulement Sandy Kenton avait, elle aussi, l'habitude de semer de petits objets qui permettraient de suivre sa trace jusqu'à la cachette du kidnappeur... Mais, pour le moment, il ne fallait compter que sur le flair du fameux chien de chasse.

— En tout cas, ça vaut le coup d'essayer avec ce toutou, reprit Vic, comme s'il lisait dans les pensées de Gabe. On pourrait appeler une brigade canine, mais chaque minute compte, dans ce genre d'affaire. Dans la mesure où ce chasseur n'est pas un pro, il faudra simplement rester avec lui d'un bout à l'autre des recherches. Mais ne mettons pas trop d'espoir dans ce chien. Même s'il a un bon flair, ce n'est qu'un chien de chasse, pas un chien dressé pour le pistage. Pour le moment, la scène de crime reste notre meilleure chance de trouver des indices sérieux. On va se rendre dans l'arrière-boutique de Creekside Gifts, et Mike pourra se mettre tout de suite au boulot. Cela dit, mon propre flair me dit qu'on a un autre atout dans notre manche, Gabe, et ce serait dommage de ne pas s'en servir.

Gabe fronça légèrement les sourcils.

— Quel atout ?

— Teresa Lockwood. Je propose qu'on l'appelle tout de suite.

— Tess ne se rappelle rien d'utile pour nous, répondit précipitamment Gabe. Elle n'a pas le moindre souvenir de sa séquestration. Je m'efforce d'établir une relation de confiance avec elle depuis son arrivée, mais je sens qu'elle est encore fragile sur le sujet. Et pour le moment je n'ai pu obtenir aucun…

— Pour le moment, pour le moment…, l'interrompit Vic avec un peu d'impatience. Vous savez comme moi qu'on n'a pas une minute à perdre, si on veut retrouver cette gamine.

Gabe croisa les bras, visage fermé.

— Je pense que faire pression sur elle serait contre-productif. Elle va se fermer, et on n'obtiendra rien.

— Je veux bien que vous tentiez une approche subtile, shérif, dit Vic en levant un sourcil, mais il va falloir que ça paie vite parce que la montre tourne, vous le savez comme moi. Et, si votre méthode ne donne pas des résultats rapides, je vais en essayer une beaucoup plus directe.

Gabe décida de ne pas insister sur le sujet.

— Tess est revenue vivante et sans avoir été agressée sexuellement après huit mois de séquestration, ce qui me donne un peu d'espoir pour les autres fillettes. Après tout, le ravisseur est peut-être quelqu'un qui souhaite simplement s'occuper d'une petite fille.

— Peut-être, même si ce n'est sûrement pas l'hypothèse la plus probable. Les chances de retrouver une gamine kidnappée il y a dix ans sont à peu près égales à zéro. Et, si le ravisseur vit vraiment à Cold Creek ou dans ses environs, comment se fait-il qu'on n'ait jamais pu trouver l'endroit où il cache les filles ? Autre chose : je me souviens que vous éprouviez une certaine culpabilité, quand vous étiez jeune, parce que Teresa avait été confiée à votre surveillance, le jour où elle a été enlevée. Pardonnez ma franchise, mais se peut-il que vous preniez des gants avec Teresa Lockwood parce que vous éprouvez encore un peu de cette culpabilité ? Moi, je suggère que vous alliez la voir aujourd'hui pour essayer de lui rafraîchir la mémoire d'une façon ou d'une autre. C'est juste une suggestion, bien sûr, parce qu'on est là pour vous aider, Mike et moi, et que vous êtes le mieux placé pour connaître la situation.

Gabe se contenta de hocher la tête tandis que Vic crachait

son cure-dents mâchouillé dans la corbeille à papier. C'était à croire que le « Batman sans cape » avait senti qu'il n'entretenait pas un rapport purement professionnel avec Tess. S'il était honnête avec lui-même, Gabe devait admettre que son envie de la ménager n'était pas qu'un stratagème pour obtenir de meilleurs résultats. Il éprouvait un véritable besoin de protéger cette femme.

— Messieurs, dit-il, laissez-moi vous conduire à la scène de crime. Il est temps de se mettre au boulot.

Il hésita un instant, puis se tourna vers Vic Reingold.

— Je ne sais pas si vous le savez, mais c'est le jour anniversaire de l'enlèvement de Tess. Je vais aller lui rendre visite pour m'assurer qu'elle tient le coup et j'en profiterai pour lui poser des questions.

— Et vous, Gabe, est-ce que vous tenez le coup ? répliqua Vic d'un ton presque paternel. Ce nouveau kidnapping doit vous mettre une sacrée pression sur les épaules. Entre l'envie de terminer le travail commencé par votre père, de rassurer les habitants de cette ville et d'aider Teresa Lockwood à tourner la page… Sans compter cette ou peut-être ces gamines qui attendent qu'on les sorte des griffes de leur bourreau…

— Je ne m'en sors pas si mal, merci. Mais je n'aurai pas de repos tant que le kidnappeur sera en liberté.

— Je suis content de vous savoir aussi motivé que moi, parce qu'une fois qu'on aura fait ce qu'on a à faire dans cette boutique j'aurai d'autres infos à vous donner. Mais, avant ça, allez donc tailler le bout de gras avec notre première victime, d'accord ?

Assise dans son jardin, sur un des bancs de la vieille table de pique-nique au bois grisé par les intempéries, Tess fixait du regard les vagues que semblaient former les tiges mouvantes surmontées de lourds épis. Cela faisait si longtemps qu'elle cherchait le moyen de chasser l'épouvantail vivant de son inconscient, de l'empêcher de surgir dans ses rêves et de les transformer en cauchemars. Le champ de maïs lui-même était pour elle une présence obsédante et inquiétante depuis son enlèvement, comme si ces longs couloirs sombres entre deux rangées de tiges étaient les entrailles d'un grand corps maléfique. Il pouvait vous engloutir si vous étiez petite comme elle l'était alors, et ne jamais vous recracher. Tout champ de maïs se transformait en labyrinthe pour un enfant, mais celui qui jouxtait son jardin était un labyrinthe vivant, à l'image de l'épouvantail qu'il abritait en son sein.

Non, non… C'était un champ de maïs tout ce qu'il y avait de normal, un simple… Elle sursauta à tel point, quand une voix se fit entendre derrière elle, qu'elle manqua de tomber de son banc.

— Tess ?

— Gabe ! s'exclama-t-elle en posant la main sur son cœur comme pour s'assurer qu'il battait encore. Il y a du nouveau ?

— Les gars du BCI sont arrivés. Un technicien de la police scientifique et un enquêteur. Le BCI est vraiment à la pointe en matière de criminalistique et j'ai bon espoir qu'ils pourront nous aider. Au fait, ajouta-t-il en s'approchant un peu plus d'elle, je ne sais pas si tu te souviens de Victor Reingold, qui avait travaillé sur ton affaire. Parce que c'est lui, l'enquêteur que le BCI m'a envoyé.

— Victor Reingold…, murmura-t-elle, le front plissé. Oui, je me souviens de lui. Mais il était déjà si âgé, à l'époque !

— Seulement dans le regard de la petite fille que tu étais. Ecoute, Tess, il faut que j'aille faire un tour du côté de la chute d'eau. Apparemment, il y a des graffitis qui pourraient avoir un rapport avec ton kidnapping, et je me demandais si tu voudrais bien m'accompagner. Ça ne devrait pas nous prendre plus d'une heure, retour compris. Tu pourras en profiter pour laisser une de tes affichettes à l'hôtel qui se trouve là-bas… Qu'est-ce que tu en dis ? Je compte moi-même y déposer un avis de recherche pour Sandy Kenton.

— D'accord, je t'accompagne, dit-elle en quittant la table de pique-nique. J'ai toujours trouvé que c'était joli, par là-bas.

Elle remit un peu d'ordre dans ses cheveux malmenés par le vent et esquissa un sourire.

— Alors comme ça, l'agent Reingold est de retour à Cold Creek après toutes ces années ? Je me souviens assez bien de lui et de pas mal de choses qui se sont produites après mon retour. Ce sera l'occasion de le remercier pour ce qu'il a fait à l'époque, même si je me suis débrouillée seule pour échapper au kidnappeur. A moins qu'il ne m'ait libérée ? Je sais que c'est peu probable, mais j'ai toujours un doute… En tout cas, j'espère que l'agent Reingold comprendra que je n'aie aucune mémoire de ce qui m'est arrivé, et que je suis dans l'incapacité de vous aider. Je ne voudrais pas qu'il s'imagine que j'y mets de la mauvaise volonté, tu comprends ?

— Bien sûr. D'ailleurs, je l'ai déjà prévenu que tu ne te souvenais de rien et qu'il était inutile de te presser de questions.

— Bon, attends-moi une minute, je vais chercher mon sac à main.

Elle se précipita dans la maison. La vieille baguette de saule qui attendait sur le comptoir de la cuisine lui donna le sentiment étrange que son père venait de la déposer à son intention, en guise de cadeau. Il agissait souvent ainsi avec ses trois filles : poser un cadeau dans la maison et les laisser le chercher au lieu de l'offrir directement. Pourquoi parvenait-elle à se souvenir de telles choses, alors que sa captivité n'était qu'un long trou noir ? Si seulement elle pouvait songer à un autre moyen d'aider les enquêteurs, comme faire ce dont Kate lui avait parlé et qui lui semblait — hélas ! — à peu près impossible : se servir de cette vieille baguette de sourcier pour retrouver la fillette disparue.

7

Alors qu'ils ressortaient du Falls Park Lodge, un hôtel rustique où ils avaient punaisé leurs affichettes, le rugissement lointain de la chute d'eau parvint de nouveau aux oreilles de Tess. C'était un ronflement constant dont la puissance était partiellement étouffée par la distance et le feuillage automnal aux couleurs d'incendie. Tess avait pourtant l'impression qu'il la frôlait comme le souffle infatigable d'un dieu de légende. Une présence implacable à laquelle on ne pouvait échapper. Elle songea au bruit du train qui passait en bordure de la ville, aux machines agricoles qui sillonnaient les champs. Pourquoi pensait-elle à ça, maintenant ? Ces sons auraient-ils dû lui rappeler quelque chose de précis ?

— Ça va ? demanda Gabe alors qu'ils approchaient de sa voiture de patrouille.

— Oui et non, comme toujours, répondit-elle avec un petit haussement d'épaules. Depuis que je suis à Cold Creek, chaque endroit où je me rends me rappelle quelque chose. Par exemple, on faisait des pique-niques en famille, ici. Tu vois, j'ai des souvenirs à la pelle, mais ceux qui pourraient t'aider refusent obstinément de remonter à la surface.

Il lui ouvrit sa portière et contourna la voiture pour s'installer au volant. Une fois la clé dans le contact, il resta quelques secondes à regarder droit devant lui à travers le pare-brise, sans démarrer.

— A l'armée, je commandais une unité de déminage. En gros, on était chargés de désamorcer les bombes, qui pour la plupart étaient des engins explosifs artisanaux. J'ai servi quelques mois en Afghanistan, mais c'est surtout en Irak que j'ai passé du temps. Une de ces bombes artisanales a explosé alors que je n'étais pas à une distance suffisante. Le bruit m'a sonné, et le souffle m'a projeté à une dizaine de mètres. J'étais dans un sale état, après ça, aussi bien mentalement que physiquement. Pendant quelques jours, j'ai perdu la mémoire de ce qui s'était passé, mais tout est revenu peu après ma sortie de l'hôpital. Plus tard, quand j'ai appris que certains de mes hommes étaient morts alors qu'ils tentaient de désamorcer une autre bombe, j'ai regretté de ne pas être devenu vraiment amnésique. De ne pouvoir effacer de ma mémoire que c'était moi qui les avais envoyés à la mort. Leurs visages me hantent toujours, tout comme ma responsabilité dans ce qui leur est arrivé.

Prise au dépourvu par cette confidence, Tess ne répondit pas tout de suite. Elle se sentait touchée qu'il lui ouvre son cœur sur un épisode douloureux de sa vie, et elle était également touchée de savoir que, comme elle, il avait perdu la mémoire. Sans doute était-ce une façon de lui dire qu'il comprenait son amnésie. Sauf que Gabe avait recouvré la mémoire, et qu'il s'attendait sans doute à ce qu'elle fasse de même.

— Je suis désolé que tu souffres encore de tout ça, Gabe, dit-elle après un court silence. Mais tu n'as fait que ton travail en envoyant ces hommes désamorcer une bombe. Tu ne pouvais pas prévoir ce qui est arrivé. Et sache que, même s'il est douloureux de se souvenir d'événements pénibles, le vide que crée l'amnésie est très douloureux, lui aussi. Moi, c'est de ne *pas* savoir qui me hante. Et ça me fait d'autant plus mal que ça m'empêche de venir en aide aux fillettes qui subissent le même sort que moi…

Gabe se contenta de hocher la tête avant de démarrer. Ils roulèrent sur la route goudronnée qui serpentait en direction de la chute d'eau, passant devant des tables de pique-nique, une aire de jeux, des abris équipés de barbecues. Quand Gabe se racla la gorge, elle se demanda s'il s'apprêtait à lui confier d'autres souvenirs de guerre. Serait-elle capable de le réconforter alors qu'elle avait tellement de mal à faire la paix avec son propre passé ?

— Puisque tu ne te souviens de rien et qu'on n'a aucune piste pour le moment, te sentirais-tu le courage de participer à une sorte de reconstitution du jour où tu as été enlevée ? Avec moi à ton côté, bien sûr. Je t'accompagnerai dans le champ de maïs sans te lâcher d'une semelle. Quand je suis arrivé dans ton jardin, j'ai eu l'impression que tu fixais ce champ du regard. Tu étais si absorbée par tes pensées que tu ne m'as même pas entendu approcher. Tu sais, j'ai bien vu comme tu as sursauté quand je t'ai adressé la parole. Alors, qu'en penses-tu ? Ça pourrait faire surgir des images, des sensations… Il faut vraiment qu'on tente tout pour retrouver cette petite, tu comprends ? Sans parler de Jill Stillwell et d'Amanda Bell, si elles ont bien été victimes du même kidnappeur. Sait-on jamais… Elles sont peut-être encore en vie.

Il gara la voiture sur le bas-côté de la route déserte, puis se tourna vers elle sans couper le moteur. Leurs regards se croisèrent, et ils restèrent de longues secondes les yeux dans les yeux.

En parlant de bombe qui vous explose à la figure…, songea-t-elle. Pourtant, le choc causé par ce qu'il venait de lui proposer passait au second plan, derrière une déflagration d'une tout autre nature dont le souffle semblait les projeter l'un contre l'autre. Adolescente, elle avait plongé une fourchette dans un grille-pain pour récupérer un morceau coincé. La décharge électrique qu'elle avait reçue avait été si forte que ses cheveux s'étaient dressés sur sa tête. C'était fou, mais elle ressentait exactement la même chose à cet instant précis. Jamais un homme ne lui avait fait cet effet-là.

— Alors… ? murmura-t-il.

— Je… Je veux bien essayer. J'ai confiance en toi et j'ai vraiment envie de t'aider à coincer le kidnappeur et à retrouver ses victimes. Et puis, j'ai besoin de mettre un visage sur mon agresseur et de comprendre pourquoi il a fait ça. De savoir ce qui s'est passé durant ma captivité. C'est difficile de tourner la page quand il reste tellement de points d'interrogation.

— Oui, je comprends, dit Gabe en hochant la tête.

— Tu sais, chaque fois que j'entends parler d'un enfant qu'on ne retrouve pas, ça me pèse terriblement.

— Une sorte de syndrome de culpabilité du survivant, sans doute. Comme moi qui ai survécu à l'explosion de cette bombe alors que certains de mes hommes sont morts.

Sa main vint se poser sur le genou de Tess, mais il la retira aussitôt, comme s'il s'était brûlé. Tournant le visage vers la route, il quitta le bas-côté et roula encore quelques minutes, jusqu'à ce que la cascade apparaisse au détour d'un virage, encadrée de rochers gris que verdissaient des arbres suspendus dans le vide.

— Tu vois comme les gens ont le don de détruire tout ce qui est beau ? demanda-t-il en pointant le doigt à travers le pare-brise.

Avec ses dix mètres de hauteur, la chute d'eau des Quarry Falls était toujours aussi spectaculaire, mais Tess vit aussitôt à quoi il faisait allusion. A l'aide d'une bombe de peinture orange, quelqu'un avait écrit un message sur la partie visible d'un rocher, près du dénivelé d'où dégringolait l'eau blanche et verte. Très larges et tracées avec soin, les lettres étaient aisément lisibles depuis la route :

RENDS-NOUS LES GAMINES DU PAYS, SALE PERVERS, SINON ON VA S'OCCUPER DE TOI ! ! !

De l'autre côté de la cascade, un autre rocher avait également été tagué. Ecrits en caractères différents et avec une peinture blanche, cette fois, on pouvait lire ces mots :

AZUR ASSURE !

— Je pense que le blanc est l'œuvre de lycéens, dit Gabe. Il faut reconnaître que ça fait un bon slogan pour le lycée

Azur, tu ne trouves pas ? Mais c'est vrai qu'il n'existait pas, à l'époque où tu vivais ici. Il été construit récemment, à deux pas d'ici. C'est un beau bâtiment, mais on m'a dit qu'il existait une rivalité entre les nouveaux habitants et les gamins du cru. Quant au message destiné au « pervers », l'intention est louable, mais la méthode contestable.

— Ce qui est curieux, c'est le contraste entre la violence du propos et la façon dont les lettres ont été tracées. On dirait que l'auteur a voulu donner un aspect artistique à son graffiti.

Ils sortirent de la voiture et contournèrent l'étang qui alimentait Cold Creek en eau potable, avant de se diriger vers l'escarpement rocheux. Le bruit était beaucoup plus fort une fois hors de la voiture, au point qu'ils devaient presque crier pour se parler.

— J'aimerais m'approcher pour voir si je trouve une bombe de peinture vide ou un autre indice qui me permettrait de remonter jusqu'à l'auteur. Il va falloir utiliser une sableuse pour nettoyer ça, et à cette hauteur ce n'est pas sans danger. Sans compter que ça va coûter la peau des fesses à la ville. Pour moi, c'est plus qu'un simple acte délictueux passible d'une contravention. Il s'agit d'une dégradation volontaire d'un bien public, et ça entre dans la catégorie des délits.

— L'auteur de ce message est peut-être quelqu'un qui connaît la famille de Sandy et qui espère mobiliser les gens pour la retrouver. Ou alors c'est une façon de soutenir les Kenton, de leur dire qu'ils ne sont pas seuls. Le père de Sandy est garde forestier, d'après ce que j'ai entendu dire, et il doit souvent venir ici. En tout cas, ce n'est sûrement pas Marian Bell qui a écrit ça, parce que, si je ne m'abuse, cette femme et sa fille ne sont pas du cru, comme tu dis… Ou « du pays », comme dit le graffiti.

Gabe s'arrêta un instant sur le chemin qui contournait l'étang avant de se poursuivre en ligne droite jusqu'au pied de la cascade.

— Le maire m'assure qu'on n'a pas les moyens de

recruter un autre suppléant, dit-il en se tournant vers Tess avec un sourire. C'est dommage, parce que je t'aurais embauchée tout de suite.

Il jeta un coup d'œil au graffiti orange qu'on distinguait derrière les embruns.

— Je crois en effet que Win Kenton, le père de Sandy, vient souvent ici. Et qui sait ce qui peut passer par la tête d'un père désespéré ? Quant à Marian Bell, ta réflexion est intéressante et j'avoue que je n'y avais pas songé. Mais je vais garder cette femme à l'œil. Elle est dans un tel état de nerfs que je la crois capable de tout. Une autre chose qui me tracasse est l'endroit où Sandy a été kidnappée. Je ne sais pas si tu t'en souviens, mais l'ancien poste de police se trouvait autrefois à la place de Creekside Gifts. C'est peut-être un hasard, bien sûr, mais je me demande quand même si ce n'est pas un message qui m'est adressé. En tant que représentant de la loi, je veux dire… Une sorte de pied de nez aux autorités.

Ils reprirent leur marche et se mirent à grimper. Quelques embruns parvenaient à les atteindre, mais Tess appréciait la fraîcheur de l'eau sur son visage. Le simple fait de se trouver avec Gabe augmentait la température de son corps, bien plus que l'ascension.

Elle dérapa sur le chemin mouillé et laissa échapper un petit cri.

Gabe la saisit fermement par le bras et l'aida à recouvrer l'équilibre. Puis, s'adossant à la paroi rocheuse, il l'attira à lui. Tess se retrouva pressée contre son flanc, la tête confortablement nichée sous son menton. Elle agrippa son blouson juste au-dessus du coude. Le cuir était mouillé, glissant, et elle serra plus fort les doigts pour mieux s'y accrocher. Elle leva la tête pour lui dire quelque chose au moment où il baissait le visage vers elle.

Leurs lèvres se touchèrent, et restèrent collées. D'abord hésitant, doux et presque timide, le baiser se fit plus assuré, plus fougueux. Bientôt, ils s'embrassèrent sans retenue, partageant le même abandon. Elle sentit sa barbe naissante et la chaleur de son visage tandis que leurs joues et leurs lèvres se frottaient avec avidité.

— Je…, commença-t-il d'une voix essoufflée lorsqu'ils rompirent le baiser.

La bouche entrouverte, ils semblaient respirer au même rythme. Il se remit à parler, mais le bruit de la cascade couvrait presque entièrement sa voix, et ce fut en partie sur ses lèvres que Tess lut ses paroles :

— Je n'avais pas l'intention de faire ça, mais…

— Je sais. Moi non plus.

Ils se tenaient par les mains, bras presque tendus, et Gabe l'attira une nouvelle fois contre lui. Ils restèrent ainsi, immobiles et silencieux contre la paroi rocheuse, assourdis par le fracas de l'eau et comme sidérés par la puissance de ce qu'ils venaient d'éprouver. Tess baignait dans un délicieux sentiment d'irréalité. Depuis son enlèvement, elle avait développé une attirance pour l'altitude, pour les espaces dégagés qui offraient une vue panoramique. Le soupir d'aise qu'elle laissa échapper fut avalé par les rugissements de l'eau bouillonnante.

Gabe fut le premier à reprendre la parole, approchant les lèvres tout près de son oreille.

— On est presque arrivés à l'endroit où l'auteur du graffiti devait se tenir.

— Je n'arrive pas à croire que j'ai glissé, dit-elle en criant presque.

Elle avait soudain besoin de remplir de mots l'espace qui les séparait, et tant pis si elle devait hurler pour se faire entendre.

— Quand on s'est installées à Jackson, après avoir quitté Cold Creek, mes sœurs et moi adorions aller aux « Cascades ». Ce n'est pas une chute d'eau naturelle comme ici, mais une sorte d'immense fontaine en forme d'escalier. Il y a des marches géantes illuminées de couleurs changeantes, et on peut monter jusqu'en haut grâce à un escalier aménagé sur le côté. Et je peux te dire que ça fait presque autant de bruit qu'ici ! ajouta-t-elle en faisant mine de se boucher les oreilles. Mais il fallait faire attention quand il y avait du vent, parce qu'on se faisait tremper et que ça devenait très glissant.

Gabe lui adressa un sourire presque grave.

— Tess, je veux que tu saches que je ne regrette pas du tout de t'avoir embrassée.

Elle hocha la tête, sans doute avec un peu trop d'enthousiasme, et le sourire de Gabe se fit soudain joyeux, lissant ses traits et lui donnant l'air d'un gamin.

Elle sourit à son tour, l'esprit léger pour la première fois depuis de longues années. Et, même si elle se trouvait sur un passage glissant à flanc de rochers et que la fillette disparue occupait ses pensées, elle se sentait presque en sécurité.

Ils regagnèrent la ville, avec pour butin deux bombes de peinture et des mégots de cigarettes emballés dans des sacs de congélation. Gabe n'avait pas l'intention de se reprocher ce qui venait de se passer. Certes, il avait embrassé Tess alors qu'il était censé consacrer toute son énergie à retrouver une fillette disparue. Oui, il l'avait embrassée ! Ou, plutôt, ils s'étaient embrassés, parce qu'elle y avait mis tout son cœur, elle aussi. Et il n'avait pas la moindre envie que les choses s'arrêtent là.

— Je te dépose chez toi, dit-il. Je dois aller au poste et sur la scène de crime pour faire le point, et je reviendrai ensuite te voir pour cette reconstitution dont on a parlé. Qu'est-ce qu'on a à perdre, hein ? On verra bien si ça donne quelque chose…

Tess hocha la tête, les traits un peu fermés. Gabe pouvait comprendre que l'idée de revivre son enlèvement ne lui fasse pas particulièrement plaisir.

— Qui klaxonne comme ça ? demanda-t-elle avant de se tourner pour regarder par la lunette arrière. Oh ! mais je connais cette camionnette ! C'est celle de Dane Thompson.

— Tout juste. J'avais l'intention d'aller lui rendre une petite visite plus tard, mais c'est aussi bien qu'il vienne à moi.

— On dirait qu'il te fait signe de t'arrêter.

— Oui. Ne bouge pas.

Gabe se gara le long du trottoir et quitta la voiture. Il y avait peut-être une urgence, mais force était de reconnaître que Dane était une sorte d'enquiquineur professionnel. « La meilleure défense, c'est l'attaque » : telle semblait être la philosophie du vétérinaire de Cold Creek. Sauf qu'on se demandait parfois contre quoi il se défendait. Gabe savait cependant d'où venait l'agressivité à son égard. A partir du moment où son père avait désigné Dane comme le principal suspect dans l'enlèvement de Tess, l'homme avait eu le shérif dans le collimateur au moins autant qu'il avait été dans le collimateur du shérif. Et maintenant il s'en prenait au fils.

D'ailleurs, il brandissait un poing vengeur tandis que Gabe venait à sa rencontre.

— J'ai entendu dire que le même agent du BCI est de retour dans notre ville ! cria le vétérinaire. Le même qui m'a accusé d'être un kidnappeur !

Son mince visage était cramoisi, et il postillonnait en gesticulant de façon ridicule. Comment ne se rendait-il pas compte que ce genre de comportement jouait contre lui ? Et après ça il s'étonnait de ne pas être apprécié par les habitants de Cold Creek ! Si ce type s'entendait mieux avec les animaux qu'avec les humains, c'était sans doute parce qu'il se comportait lui-même comme une bête.

— Je vois que vous êtes bien informé, répliqua Gabe. Mais ça ne devrait pas m'étonner. Ceux qui sont directement concernés par une affaire sont souvent ceux qui cherchent à récolter le plus d'informations possible.

Comme le maire, Dane avait le don de lui taper sur les nerfs, et il devait faire de grands efforts pour ne pas sortir de ses gonds.

— Bien sûr que je cherche à savoir ce qui se passe ! Et pas seulement parce que je m'intéresse comme tout le monde au sort de cette malheureuse fillette ! Je n'ai pas envie que tout ce cirque recommence, figurez-vous ! Le harcèlement policier… Les rumeurs… La calomnie qui a failli détruire ma réputation et m'obliger à mettre la clé sous la porte… Quand les autorités m'ont persécuté, il y a vingt ans de ça, j'aurais dû porter plainte pour abus de pouvoir et obtenir une ordonnance restrictive contre votre père et ce Reingold ! Et maintenant c'est McCord junior qui va reprendre le flambeau laissé par McCord senior, c'est ça ? Me pourrir la vie à défaut d'avoir une piste sérieuse ?

— Si j'avais la moindre preuve que vous avez quelque chose à vous reprocher dans cette nouvelle affaire, vous seriez dans la cellule du poste de police en ce moment même, au lieu vous donner en spectacle et de manquer de respect au shérif de votre ville.

— C'est vous qui me manquez de respect en m'accusant à tort !

— Je ne vous ai accusé de rien pour le moment, Dane. Mais continuez sur ce ton-là et ça pourrait changer.

Le vétérinaire plissa les yeux dans le soleil avant de mettre la main en pare-soleil pour mieux voir Gabe.

— Je vous préviens, si vous me persécutez comme l'a fait votre père, vous vous en mordrez les doigts. Hé ! Mais c'est Teresa Lockwood que j'aperçois dans votre voiture ? Ma sœur m'a dit qu'elle était de retour.

Dane fit quelques pas en direction de la voiture de patrouille, mais Gabe lui barra le passage.

— N'avancez pas, dit-il d'un ton ferme.

— Quoi ? s'écria le vétérinaire, les veines du cou gonflées par la colère. Parce que vous croyez que je lui ai fait du mal quand elle était petite ? Si elle s'était échappée de ma maison — qui, je vous le rappelle, a été fouillée de fond en comble à plusieurs reprises, à l'époque de sa disparition —, vous pensez vraiment qu'on l'aurait retrouvée en train d'errer à quelques kilomètres de chez moi ? Allons, réfléchissez, shérif !

Il tendit le cou par-dessus l'épaule de Gabe pour regarder en direction de la voiture de patrouille.

— Je veux simplement lui dire bonjour, comme l'a

fait Marva. Ma sœur lui a donné un gâteau, et Tess — j'ai cru comprendre qu'elle se fait appeler comme ça, maintenant — a eu la gentillesse de lui rendre la politesse en nous apportant des beignets. Mes préférés, d'ailleurs. Mais je n'étais pas chez moi quand elle est venue et je voudrais la remercier. Ce n'est pas un crime, que je sache ! Allons, shérif, nous sommes de nouveau voisins, Tess Lockwood et moi, et je veux être certain que les vieilles rancœurs — les vieux *malentendus*, plutôt — sont définitivement dissipés.

Alors que Gabe venait de se résoudre à escorter Dane Thompson jusqu'à la voiture de patrouille, il vit que Tess avait entrouvert sa vitre, peut-être pour écouter ce qu'ils disaient.

— Bonjour, docteur Thompson, dit-elle avant de baisser entièrement sa vitre pour tendre la main au vétérinaire.

Visiblement surpris, Dane serra la main de Tess avant de se pencher vers l'habitacle. Gabe resta tout près de lui, vigilant. Après tout, cette rencontre se révélerait peut-être bénéfique pour l'enquête. Si Dane était impliqué dans l'enlèvement de Tess, se retrouver nez à nez avec lui pouvait faire surgir des images enfouies dans l'inconscient de son ancienne victime. Il admirait le calme apparent dont elle faisait preuve face à l'homme longtemps soupçonné d'être son ravisseur.

— Ravi de vous savoir de nouveau parmi nous, Teresa… euh… Tess, pardon. Même si c'est pour vendre votre maison et dire adieu pour de bon à Cold Creek, si j'ai bien compris.

— Si l'un de vos clients cherche un toit, n'hésitez pas à lui parler de moi. Mais inutile d'en parler à vos patients, ajouta-t-elle un sourire, j'aurais trop peur qu'ils me paient en monnaie de singe.

— Oh oui, comptez sur moi ! dit-il avec une mimique indécise, comme s'il ne savait comment réagir à la petite plaisanterie de Tess. Je poserai la question aux jeunes couples qui cherchent à s'installer. Et sachez que si vous parvenez à vous libérer de votre garde rapprochée, ajouta-t-il en élevant la voix pour s'assurer que Gabe l'entende bien, je serais ravi de vous inviter à dîner, un de ces soirs. Marva adore recevoir du monde. Il lui arrive de se sentir un peu seule, vous savez. Elle a perdu son mari, et comme ils n'ont pas eu d'enfants…

— Elle s'est montrée adorable avec moi, dit Tess.

Gabe ne perdait pas une miette de cette conversation, impressionné par le calme de Tess et le naturel avec lequel elle se mit à parler de sa propre vie, du fait qu'elle ne s'était jamais mariée et n'avait pas d'enfants, mais qu'elle adorait leur compagnie. Elle évoqua ensuite le bien que pouvaient faire les animaux aux enfants renfermés, qu'ils soient timides ou angoissés. Lorsque leur conversation prit fin, ce fut un Dane apaisé qui se mit au volant de sa camionnette et s'éloigna avec un petit geste de la main.

Pourtant, Gabe vit qu'elle tremblait lorsqu'il la rejoignit dans la voiture. Elle agrippait si fort ses cuisses que les jointures de ses doigts étaient devenues blanches. Des larmes se mirent bientôt à couler sur ses joues.

— Quelque chose t'est revenu à la mémoire en le voyant, c'est ça ? demanda-t-il. Et tu es restée aimable et polie pour qu'il ne se doute de rien ?

Elle secoua deux fois la tête avec une sorte de brusquerie enfantine.

— Non, justement, dit-elle en reniflant fort, rien ne m'est revenu à la mémoire. Comme je pensais qu'il pouvait être le kidnappeur, j'espérais que discuter avec lui débloquerait quelque chose dans mon cerveau. J'ai parlé des enfants pour voir s'il avait une réaction bizarre. Des mots ou une attitude qui le trahirait… Martha et lui veulent peut-être des enfants au point d'en kidnapper, va savoir… Il y a quelque chose qui me rend mal à l'aise chez ce type, mais aucun souvenir susceptible de l'incriminer ne m'est revenu à l'esprit. Désolée, Gabe, dit-elle en s'essuyant le nez du revers de la main. Je sens bien que je ne vais t'être d'aucune aide, alors que j'aimerais tellement pouvoir faire quelque chose pour ton enquête… J'aimerais tellement pouvoir faire quelque chose pour cette fillette qui doit être terrifiée !

Elle poussa un soupir découragé avant d'ajouter :

— Il ne reste plus qu'à espérer que la reconstitution dans le champ de maïs donnera quelque chose.

Gabe lui pressa doucement l'épaule, la regardant plonger la main dans son sac, dont elle sortit un paquet de Kleenex. La façon dont elle avait affronté sa rencontre avec Dane Thompson était assez impressionnante, songea-t-il tandis qu'elle se mouchait. Alors qu'il la pensait réservée et brisée par le traumatisme subi dans son enfance, elle avait fait preuve d'un courage étonnant. Quel cran ! Certes, il avait plaisanté en parlant de l'embaucher comme suppléante, mais il se rendait compte, à présent, qu'il avait vraiment besoin d'elle. Et pas seulement pour mettre la main sur le kidnappeur de Cold Creek.

8

Gabe se rendit sur la scène de crime après avoir déposé Tess chez elle. La ruelle qui longeait l'arrière-boutique était fermée par un ruban de balisage, et il se gara le long du trottoir, juste devant Creekside Gifts. Il avait fini par joindre Sam Jeffers, qui allait venir avec son chien Boo dans dix minutes environ. L'animal parviendrait-il à suivre la piste olfactive jusqu'à l'endroit où se trouvait Sandy ?

Avant même de pouvoir pénétrer dans la boutique, il dut se frayer un chemin entre une douzaine de membres de la presse. Deux portaient des caméras à l'épaule, tandis que les autres le bombardaient de questions en lui collant des Smartphone sous le nez. Il avait demandé à Jace de faire les vérifications nécessaires quant aux camionnettes et autres véhicules de livraison qui avaient emprunté la ruelle dans la tranche horaire où Sandy avait disparu. Même les éboueurs et les transporteurs de fonds devaient être interrogés. Non qu'il les soupçonnât, mais leur témoignage pouvait s'avérer déterminant pour la suite de l'enquête. Avaient-ils vu quelque chose de bizarre ? Un véhicule ou une personne qui n'aurait pas dû être là ?

Il leva les mains pour faire taire la cacophonie des journalistes, qui parlaient tous en même temps.

— Nous faisons tout ce qui est en notre pouvoir pour retrouver la petite Sandy Kenton. Je n'ai rien d'autre à déclarer pour le moment. Une conférence de presse sera organisée demain.

— Les enquêtes sur les précédents kidnappings se

sont toujours soldées par des échecs. Qu'est-ce qui vous fait croire que celle-ci va aboutir à une arrestation et à la libération de la fillette ? demanda un journaliste chauve et barbu.

— Teresa Lockwood est-elle revenue pour vous aider à coincer le kidnappeur de Cold Creek ? lança une femme avec des lunettes en corne de buffle, des lèvres peintes en rouge carmin et un stylo coincé derrière l'oreille.

Décidé à ne rien dire qui vaille la peine d'être diffusé sur les ondes ou à l'antenne, Gabe répéta ce qu'il avait déjà expliqué :

— Pas de déclaration pour le moment. Je vous donne rendez-vous demain pour la conférence de presse. Et maintenant, si vous voulez bien m'excuser…, ajouta-t-il en repoussant doucement les téléphones qui frôlaient sa bouche.

Mais les questions ne cessèrent pas de fuser pour autant. Gabe les écouta d'une oreille distraite tout en examinant attentivement les visages qui l'entouraient. Tous les policiers savaient que certains criminels prenaient un plaisir pervers à revenir sur la scène de leur propre crime. Mais il ne voyait aucun habitant de la ville. Ah si… Il y avait cette femme, une jolie rousse qui brandissait une affiche cartonnée sur laquelle on pouvait lire : « N'oubliez pas de câliner vos enfants ! » Elle tentait de se faufiler derrière lui pour que son message entre dans le champ des caméras. Comment s'appelait-elle, déjà ? Erika quelque chose… Elle était en charge de la culture et des loisirs au Cercle des résidents du lac Azur, une association qui organisait de nombreuses activités pour les adultes et les enfants. Il se souvint que, curieusement, cette Erika dont il avait oublié le nom n'était pas elle-même résidente du lac Azur. Quelqu'un lui avait dit qu'elle faisait chaque jour le trajet depuis la ville de Chillicothe.

— Je sais que vous n'avez pas d'enfants, shérif, lui lança-t-elle de sa voix aiguë. Alors je me demande comment vous pourriez comprendre la détresse des parents de la petite Sandy. Avec cette histoire de kidnappings et d'un ravisseur qui semble pouvoir agir ici en toute impunité, les gens commencent à se demander si Cold Creek est le bon endroit pour élever ses enfants ! Le maire lui-même a fait part de son inquiétude concernant la chute du prix de l'immobilier dans la ville, et bon nombre d'habitants voient leurs biens se dévaluer. La petite Amanda Bell et Sandy Kenton sont toutes les deux…

— Font toutes les deux l'objet d'une très grande attention de la part des autorités locales, qui font tout ce qui est humainement possible pour les retrouver, coupa Gabe. Nous travaillons main dans la main avec le Bureau de l'identification criminelle, dont les agents sont en ce moment même à pied d'œuvre dans l'arrière-boutique de ce magasin, là où Sandy Kenton a été vue pour la dernière fois. Je vais de ce pas les rejoindre, et je vous prie une nouvelle fois de m'excuser et de me laisser me remettre au travail.

— Toujours le même suspect ou vous en avez d'autres, cette fois-ci ? lança une voix masculine alors que Gabe passait déjà sous la bande de balisage jaune.

Sans se donner la peine de répondre, ni même de se tourner vers le journaliste qui venait de l'interpeller, Gabe pénétra dans la boutique. Esquivant les sorcières suspendues au plafond, il repéra Vic derrière le comptoir de caisse, le nez dans les reçus de cartes bancaires.

— Je ne me considère pas au-dessus des tâches subalternes, vous savez, lança l'enquêteur du BCI sans relever la tête. J'ai fait un premier tri dans les témoignages spontanés reçus par vos deux standardistes, y compris ceux de médiums, voyants et autres hurluberlus branchés paranormal. Des foutaises presque chaque fois, mais il faut bien séparer le bon grain de l'ivraie. Là, je suis en train de passer en revue les reçus de cartes de crédit pour noter les noms des clients qui ont pu voir la petite. Je remonte jusqu'à deux semaines en arrière.

Il regarda enfin Gabe.

— Alors, vous êtes passé par les baguettes, hein ?

Gabe avait entendu parler de ce vieux châtiment militaire qui consistait à faire passer le supplicié entre deux rangées de soldats qui frappaient son torse nu à l'aide de baguettes. Vic faisait évidemment allusion aux journalistes qui l'avaient assailli, et l'image lui arracha un sourire malgré la gravité de la situation.

— Qui croirait qu'un bled comme celui-là peut attirer autant de vautours armés de micros et de caméras, hein ? poursuivit Vic. Mais ce n'est rien comparé à ce qui va se passer si l'enquête ne fait pas rapidement des progrès. Je peux vous dire qu'on va être mal, si les médias nationaux débarquent ! Alors, et Tess Lockwood ? Vous avez réussi à en tirer quelque chose ?

Gabe avait le sentiment d'avoir obtenu énormément d'elle. Un peu sur le plan professionnel… et beaucoup sur le plan personnel.

— On va faire une reconstitution de son enlèvement dans une heure environ, à l'endroit même où il s'est produit, dans l'espoir de faire surgir des pans de mémoire enfouis. Tess est très motivée pour nous aider. Au fait, votre vieil ami Dane Thompson est quasiment monté à l'abordage de ma voiture de patrouille pour me faire part de son mécontentement. Sachez que votre venue n'est pas du tout à son goût. Et il m'a menacé des foudres de l'enfer si j'osais le considérer comme suspect dans cette nouvelle affaire. Il a aussi tenu à saluer Tess, qui se trouvait avec moi, et je dois dire qu'elle a très bien géré la situation. Pourtant, je peux vous dire que cette rencontre l'a drôlement secouée.

Vic, qui s'était replongé dans les reçus, leva une nouvelle fois la tête.

— Secouée parce qu'elle s'est souvenue de quelque chose à son sujet ?

— Non, répondit Gabe. Parce qu'elle ne s'est souvenue de rien.

— Je vous jure, je ne le sens pas, ce type. Je me suis toujours demandé s'il n'était pas de mèche avec ce taxidermiste… John Hillman. Combien de fois les ai-je imaginés en train d'empailler des fillettes mortes avant d'enterrer leurs organes dans ce cimetière pour animaux…

Un frisson d'horreur parcourut le corps de Gabe.

— Vous devriez voir comme ce cimetière a changé depuis votre dernière venue, dit-il. Il y a investi un paquet de fric. Et je ne parle pas de sa maison.

— Oh ! mais j'ai bien l'intention d'aller y jeter un œil.

Vic retourna à ses reçus en secouant la tête.

— Je me souviens du nom de ce taxidermiste parce qu'il figurait en seconde position sur ma liste de suspects pour le kidnapping de la petite Teresa. Bon, dites-m'en un peu plus sur ce bon Dr Thompson. A en juger par ce que vous venez de me raconter sur sa baraque et son cimetière à toutous, ça n'a pas l'air d'aller trop mal pour lui. On dirait finalement que les suspicions dont il a été l'objet n'ont pas empêché ses affaires de prospérer.

— Le cabinet vétérinaire et le cimetière pour animaux ont connu un essor spectaculaire depuis qu'un quartier s'est créé autour du lac Azur. Les nouveaux habitants de notre ville sont pour la plupart des retraités aisés et des cadres supérieurs en mal de nature, et, au lieu des chiens errants et des chats de gouttière dont il s'occupait avant, Dane s'est retrouvé avec une clientèle d'animaux domestiques chouchoutés. Leurs propriétaires sont prêts à mettre le prix pour leur offrir les meilleurs soins, et même une fois morts ces animaux continuent à être choyés. Il a aménagé une salle d'opération flambant neuve dans son cabinet, rénové entièrement sa maison, acheté une nouvelle camionnette, et il n'hésite pas à fermer quelques jours en hiver pour partir en croisière dans les Caraïbes.

— Ah oui, vraiment ? dit Vic en levant brièvement des yeux intéressés.

— Oui. Il y a deux ans environ, sa sœur Marva a perdu son mari, et il lui a proposé de venir habiter chez lui. Je suppose qu'elle s'occupe un peu de la maison, qu'elle lui fait à manger… Mais elle a aussi un travail, maintenant. Elle gère un salon de bronzage situé dans la partie récente de la grand-rue, et je serais prêt à parier que c'est l'argent de son frère qui a permis de monter cette affaire. Pour elle, c'est un peu comme si elle avait touché le gros lot. Avant ça, elle était mariée à un modeste agriculteur et elle vivait chichement dans une vieille ferme qu'elle n'a toujours pas réussi à vendre, d'ailleurs.

— Ah oui, Marva Green… Je l'avais complètement oubliée, celle-là. On avait pourtant fouillé leur maison et leur grange, à l'époque. Je me souviens même qu'on s'y était faufilés à la nuit tombée, avec votre père, et sans mandat de perquisition. On se disait que Dane Thompson avait peut-être caché la petite chez sa sœur. Je me demande comment ça a pu me sortir de la tête, ajouta-t-il d'un air pensif. C'est peut-être parce qu'on avait failli se faire surprendre par les Green que j'ai préféré occulter ce souvenir.

— Vous voyez, tout le monde peut avoir des problèmes de mémoire, lança Gabe avec une pointe de défi dans la voix.

— Oui, bon, d'accord… En tout cas, faites attention à ne rien souiller sur la scène de crime, d'accord ? Mike a relevé des empreintes un peu partout. Vous savez que ce gars et son clebs vous attendent dans la ruelle, je suppose ? Je vais vous y rejoindre dans quelques minutes. Entre nous, j'aimerais voir à quoi ressemble ce Jeffers. Les enfants adorent les chiens et ils ont tendance à faire confiance à leur propriétaire, vous savez. Ça marche comme ça, dans leurs petites têtes : le chien est gentil, donc son maître est gentil. C'est un bon stratagème pour attirer un gosse loin de ses parents… Et ensuite, adieu la compagnie.

Gabe fronça les sourcils.

— Qu'est-ce que vous voulez dire ? Vous pensez que Sam Jeffers pourrait être impliqué dans la disparition de Sandy ?

— Gabe, répliqua Vic en lui lançant un regard dur, je sais que vous vivez ici et que vous connaissez tout le monde, dans cette ville. C'est votre point fort tout autant que votre point faible. Pour moi, *n'importe qui* peut être impliqué dans cette affaire, d'accord ? Vous ne devez faire confiance à personne, vous comprenez ? Pas même aux gens en qui vous avez confiance d'ordinaire. Vous m'avez dit que vous n'avez pas réussi à joindre Jeffers juste après la disparition de la gamine. Qu'il était en train de chasser quelque part dans les bois. C'est un solitaire, j'imagine ? Allez savoir ce qu'il fait vraiment et où il va, quand il part en vadrouille comme ça.

— Je sais où il va. Je vous y emmènerai, si vous avez des envies de nature.

Gabe connaissait Sam depuis longtemps. Et son père l'avait bien connu, lui aussi. Vic s'était-il renseigné sur lui, à l'époque où il était venu enquêter sur la disparition de Tess ? Savait-il que Sam s'était aménagé quelques abris sommaires pour dormir ou bivouaquer dans la forêt ? Gabe avait eu l'occasion de chasser plusieurs fois en compagnie de Sam, et l'homme lui avait toujours fait l'effet d'être quelqu'un de droit : le genre de type sur qui on pouvait compter. Malgré son envie de le défendre, Gabe pénétra dans l'arrière-boutique sans ajouter un mot. A présent, il se souvenait que Vic agaçait parfois son père, et il commençait à comprendre pourquoi. Il n'avait qu'à soupçonner le pasteur, la bibliothécaire, voire le shérif et son suppléant, tant qu'il y était !

A genoux dans l'arrière-boutique, Mike Morgan prenait des photos. Sans le flash de son appareil, Gabe aurait eu du mal à le repérer au milieu des piles de cartons, des masques et des costumes.

— Bonjour, shérif, dit Mike, dont la tête émergea au-dessus d'un carton. Votre suppléant m'a demandé de faire des relevés dans les containers à ordures de la ruelle, mais ils avaient tous été vidés avant que la fillette ne disparaisse. Du coup, je n'ai pas eu grand-chose à me mettre sous la dent. J'ai appelé l'entreprise qui gère la collecte des ordures et je leur ai demandé de mener leur petite enquête en interne, au cas où un de leurs employés aurait noté quelque chose d'anormal. Sinon, la poupée

Barbie est à vous, si vous voulez que le chien la renifle. J'ai fait tous les relevés nécessaires.

Mike s'interrompit un instant, plissant légèrement les yeux.

— Dites donc, vous avez l'air passablement énervé, shérif. Vic vous a fait part de sa dernière intuition, c'est ça ?

— Oui, et je la trouve absurde. Vous avez découvert quelque chose d'intéressant, ici ?

— Plein d'empreintes, qui pour la plupart doivent être celles de la propriétaire des lieux et de sa fille. Cette pièce devait être sa salle de jeux. Ah, j'allais oublier… Je crois que le type que vous attendez est arrivé. J'ai entendu un chien aboyer dans la ruelle, il y a quelques minutes.

— Parfait. Je mets pas mal d'espoir dans cet animal, et j'espère ne pas être déçu. Vic vient encore d'agiter l'épouvantail d'un nouvel échec et de l'invasion médiatique que ça ne manquerait pas de provoquer.

— A propos d'épouvantail, j'en ai ramassé un par terre ici même. Ce qui m'a frappé, c'est qu'il est vieux et incroyablement poussiéreux. Certainement pas un truc destiné à la vente. Vous pourriez appeler Mme Kenton et lui en parler ? Lui demander si c'est normal qu'il soit là ? Tous les articles stockés ici sont en parfait état, mais ce petit épouvantail semble avoir déjà plusieurs vies derrière lui.

— Elle a peut-être voulu décorer sa boutique avec un objet d'aspect plus authentique. Comme si elle avait décidé de mettre de vraies toiles d'araignée, vous voyez ? Mais je lui poserai la question une fois que Sam Jeffers m'aura montré de quoi son chien est capable.

— Vous trouverez la poupée Barbie de Sandy dans un sac, juste devant la porte qui ouvre sur la ruelle. Attendez, ajouta-t-il, je vais retirer la protection qui se trouve sur la poignée.

Gabe s'empara du sac en plastique qui contenait la poupée pendant que Mike « déshabillait » la poignée. L'opération ne dura que quelques secondes, et Gabe quitta bientôt l'arrière-boutique.

— Bien le bonjour, Sam ! lança-t-il lorsqu'il vit le chasseur accroupi à côté de son chien. Merci d'être venu avec Boo.

Sam Jeffers se releva, et les deux hommes échangèrent une solide poignée de main.

— Toujours partant pour un nouvel essai, dit Sam. En espérant que ça marchera, cette fois-ci.

Gabe hocha la tête sans faire de commentaire. Il n'avait pas envie de revenir sur l'échec qu'ils avaient essuyé lorsqu'ils s'étaient lancés à la recherche de la petite Teresa. Et puis il s'agissait d'un autre chien, et celui-là parviendrait peut-être à déjouer les ruses déployées par le kidnappeur pour qu'on perde sa trace.

La mère de Gabe disait toujours que Sam ressemblait à l'image qu'elle se faisait de Johnny Pépin-de-Pomme, le personnage inspiré du célèbre pionnier John Chapman, qui parcourut l'ouest des Etats-Unis en plantant des pommiers. Elle disait aussi qu'il était sans âge, comme les montagnes des Appalaches. Allait-il falloir vérifier son âge, maintenant que cette fillette avait disparu ? Faire des recherches sur son passé ? Sur un possible mobile ? Non… Vic dépassait les bornes en voyant dans cet homme un éventuel suspect. Dégingandé et le visage mangé par une barbe grisonnante, Sam portait un jean rapiécé, des bottes marron foncé et une vieille casquette sale, verte et blanche, de l'université de l'Ohio. Son regard perçant s'était planté dans celui de Gabe, comme si ses yeux bleus avaient le pouvoir de lire toutes ses pensées. Imitant son maître, le chien dévisageait également Gabe de ses yeux tristes.

— Alors, la chasse ? Ça donne quoi, cette année ?

— Beaucoup de cerfs, répondit Sam. C'est aussi la saison du piégeage. D'ailleurs, j'espère que Boo ne pue pas trop la mouffette. Ces derniers jours, on a attrapé des loutres, des castors, des ratons laveurs et même des coyotes. Mais ce bon vieux Boo a eu maille à partir avec une mouffette, ce matin. Au fait, désolé d'avoir mis du temps à répondre à ton message.

Boo, qui dégageait en effet une légère odeur de mouffette, flaira la poupée que Gabe venait de sortir du sac. Il manifesta aussitôt son impatience de partir en chasse, ce qui sembla de bonne augure à Gabe. Et lorsque, laisse tendue, l'animal entraîna Sam sans la moindre hésitation, Gabe ne put réprimer une bouffée d'espoir. Il suivit le chien et son maître à grandes foulées, tout en examinant le sol, pour le cas où le kidnappeur ou sa victime aurait laissé tomber quelque chose. Bien sûr, il avait été impossible de trouver des empreintes de chaussures sur le bitume de la ruelle.

Après avoir parcouru une bonne dizaine de mètres, Boo s'arrêta devant la porte arrière de la quincaillerie. Truffe au sol, il se mit à décrire des cercles, éternuant et reniflant avant de s'asseoir et d'aboyer deux fois.

— Qu'est-ce que ça signifie ? demanda Gabe.

— Que la piste olfactive s'arrête ici, répondit Sam en caressant l'animal.

Gabe maugréa un juron. Même scénario qu'avec l'autre chien de Sam, qui avait perdu la trace de la petite Teresa dans le champ de maïs. Et il se pouvait fort bien que son père ait alors proféré un juron similaire à celui qui venait de se faufiler entre ses dents.

— Tu peux le changer de place, pour voir s'il retrouve la piste ?

Ils promenèrent le chien pendant près d'une heure, lui faisant monter et descendre la ruelle avant de le conduire au bord du ruisseau. Rien. Malgré un sentiment de déception teinté de colère, Gabe avait appris quelque chose. Sandy était sortie de l'arrière-boutique en marchant, sans doute de son plein gré, avant de monter dans un véhicule garé derrière la quincaillerie. Dommage que la ville ne soit pas équipée d'un système de vidéosurveillance, et que ni la quincaillerie ni Creekside Gifts ne possède de caméra sur leur façade arrière. Alors qu'il balayait pour la énième fois la ruelle, il aperçut Vic appuyé contre la porte arrière de la boutique. Bras croisés, l'agent du BCI observait les opérations. Depuis combien de temps était-il là ?

Gabe remercia Sam, qui s'éloigna avec Boo, se baissant

pour passer sous le ruban de balisage jaune qui barrait la ruelle. Agacé par cet échec, Gabe alla l'arracher avant de revenir se planter devant Vic.

— Ce qu'a fait ce chien veut dire que…, commença Vic.

— Oui, je sais, l'interrompit Gabe. Soit Sandy connaît son ravisseur et elle l'a suivi de son plein gré, soit quelque chose l'a suffisamment intriguée pour qu'elle sorte dans la ruelle sans prévenir sa mère. Dans tous les cas, elle a très probablement été embarquée, de force ou non, dans un véhicule garé devant la porte arrière de la quincaillerie. Je vais demander à Jace de se concentrer sur le personnel de ce magasin et sur les clients qu'ils ont servis le jour de la disparition.

Vic approuva d'un signe de tête.

— Les quincailleries sont des aimants à mecs, dit-il. C'est normal que les clients se garent dans la ruelle ?

— Tout a fait normal, surtout s'ils ont du matériel à charger.

— Alors voilà comment on va procéder. Moi, je vais me plonger dans leurs reçus de cartes bancaires pour voir si on a des clients qui se sont rendus à la fois dans la quincaillerie et dans la boutique de cadeaux, le jour de la disparition. Mike m'a dit que vous deviez appeler Lindell Kenton au sujet de cet épouvantail. Pendant que vous y êtes, demandez-lui si elle accepterait de me rejoindre ici pour m'aider. Un nom lu sur un reçu de carte bleue, à la quincaillerie, peut lui rappeler une personne vue le même jour dans sa boutique. Même si cette personne n'a rien acheté chez elle, vous me suivez ? Quant à vous, pour le moment, le mieux est que vous concentriez vos efforts sur Tess Lockwood. Ça débloquerait tout si elle recouvrait la mémoire, alors intéressez-vous à elle, Gabe.

Il hocha la tête. Pour s'intéresser à Tess, il s'y intéressait… même si ce n'était pas que pour des raisons professionnelles. Il n'arrivait pas à la sortir de son esprit, au point que cette obsession en devenait presque agaçante.

Après avoir regardé Sam s'éloigner au volant de son

vieux pick-up, Gabe et Vic allèrent ramasser le ruban de balisage qui traînait à présent sur le sol de la ruelle. Il y en avait des mètres et des mètres, qu'ils tassèrent dans leurs mains avant de jeter les énormes boules jaunes dans les containers à ordures.

— Je vais faire ma petite enquête sur Sam, dit Gabe, mais je sais qu'il n'a rien à voir dans tout ça. Vous pensez qu'il pourrait aussi être impliqué dans l'enlèvement de Tess, n'est-ce pas ?

— Il y a vingt ans, je ne l'ai pas placé sur ma liste de suspects. A vrai dire, ça ne m'a même pas traversé l'esprit. Mais aujourd'hui je pense qu'il pourrait être un rouage de la machine.

— Quelle machine ? Vous croyez qu'il peut y avoir plusieurs personnes impliquées dans ces kidnappings ? Vous pensez à une sorte d'organisation ? A un trafic d'enfants ?

— Je n'irais pas jusque-là, mais... Pardon de vous le dire sans détour, Gabe, mais votre maire m'a tellement tapé sur les nerfs, à l'époque où j'ai travaillé sur l'affaire Lockwood, que j'ai été tenté de lui balancer une entrave à l'exercice de la justice en pleine poire. Toujours à exiger ceci ou cela, à me donner des ordres... Il a même été jusqu'à me demander de quitter la ville parce que je faisais de la mauvaise publicité à Cold Creek ! Du coup, je me suis intéressé à son cas. Juste avant de venir vous donner un coup de main, quand j'ai su que j'allais bosser sur cette nouvelle affaire et que M. Owens était toujours à son poste, j'ai fait quelques recherches sur le passé de l'indéboulonnable maire de Cold Creek. Je me suis dit que j'allais peut-être tomber sur une condamnation pour conduite en état d'ivresse, ce genre de chose... J'avais envie d'avoir quelques munitions à lui envoyer dans les dents, s'il recommençait à me pourrir l'existence. Je sais que votre père avait une furieuse envie de lui rabattre son caquet et je suis sûr que ça doit vous arriver, à vous aussi.

— J'admets qu'il m'agace parfois. Voire souvent, ajouta Gabe en esquissant un sourire.

— Eh bien, je vais vous montrer le document que j'ai imprimé. Quand il était jeune, votre maire vivait à Chillicothe où il s'est fait arrêter pour — je vous le donne en mille — atteinte sexuelle sur mineure ! Lui était ado et la mineure en question avait seulement cinq ans, mais les charges qui pesaient contre lui ont finalement été abandonnées.

— Quoi ? Vous êtes sûr de ce que vous avancez ?

— Parfaitement sûr.

— D'accord, d'accord, dit Gabe en réajustant nerveusement son chapeau, mais de là à imaginer qu'il puisse être…

Il s'interrompit et regarda un instant Vic en silence.

— Sauf que…

— Oui, *sauf que*. J'ai pensé que vous auriez peut-être envie d'aller faire un tour dans le quartier où vivait Owens à l'époque des faits, histoire de voir si quelqu'un se souvient de cette affaire et peut vous en dire plus. Parce que tout ce qui concerne les démêlés judiciaires de votre maire semble avoir disparu comme par enchantement. J'ai même trouvé une note d'un greffier qui s'étonne que les archives concernant cette affaire soient introuvables, et qui se demande si elles ont été perdues ou détruites « par erreur ». Par erreur, ben voyons… Aujourd'hui encore, je n'ai rien trouvé, Gabe. Et, croyez-moi, je sais comment m'y prendre pour faire ce genre de recherches. Reese Owens est peut-être maire d'une petite ville, mais il dispose manifestement de solides appuis politiques et peut-être même judiciaires, sans doute grâce aux liens qu'il a pu nouer grâce à son mariage. Ecoutez, Gabe, pour le moment je vais rester avec Mike jusqu'à ce qu'il en ait terminé ici. Je vous laisse retourner voir Teresa — Tess, plutôt — et faire cette reconstitution dans le champ. Vingt ans après les faits, je me demande si ça peut donner quelque chose, mais qui ne tente rien n'a rien. Ce dont on a besoin pour mettre le kidnappeur derrière les barreaux se trouve dans la tête de cette femme, shérif.

Une nouvelle fois assise sur un des bancs de la table de pique-nique, Tess attendait l'arrivée de Gabe avec un mélange d'impatience et de nervosité. Elle entendit enfin une voiture remonter l'allée, et Gabe apparut bientôt dans le jardin. A sa grande surprise, il ne portait pas son uniforme, mais une chemise à carreaux rouges et noirs rentrée dans un jean. Oh ! mais… Ça lui revenait, à présent ! Gabe avait une tenue similaire le jour où elle avait été enlevée. Cela, au moins, elle ne l'avait pas oublié. Impressionnée par son propre sens du détail, elle se leva pour aller à sa rencontre, la peur l'emportant soudain sur l'envie de tenter cette expérience.

— Ça va aller ? demanda-t-il, attendant qu'elle acquiesce d'un signe de tête. Bon, on va s'y mettre, dans ce cas. Et ne te sens pas obligée d'aller en direction de chez Dane, d'accord ? Tu te diriges là où tu veux, et tu ressors du côté qui te convient.

— Parce que je dois traverser tout le champ ? Je ne pensais pas que tu voulais que j'aille aussi loin que ça.

— Une fois qu'on commence, fais comme tu le sens, Tess. Bon… Moi, je me trouvais par ici, à l'endroit où il y avait une balançoire, à l'époque. J'étais assis dessus, en train de vous surveiller, toi et les trois autres enfants qu'on m'avait confiés. Toi, tu es arrivée silencieusement par-derrière et tu m'as poussé un bon coup au passage, alors que je ne voulais pas me balancer. Les autres enfants jouaient dans le bac à sable comme je le leur avais demandé, mais…

— Mais moi je n'ai pas obéi, et j'ai même lancé une poignée de sable dans ta direction.

Il hocha la tête, un petit sourire relevant un coin de sa bouche.

— Je parie que tu essayais déjà d'attirer mon attention.

Elle faillit répondre sur le même ton, mais l'envie d'en finir avec cette reconstitution fut plus forte encore que celle de flirter avec Gabe, et elle se contenta d'accueillir sa remarque d'un sourire et d'un regard appuyé.

— C'est après que je me suis élancée vers le champ de

maïs, dit-elle. Je me souviens d'avoir foncé droit dans les tiges pour les écarter et me frayer un passage.

— Je t'ai crié de revenir, et je t'ai donc traitée de garçon manqué, comme tu me l'as gentiment rappelé.

— Et de cinglée.

— Et de cinglée. J'ai crié si fort que les autres enfants ont cessé de jouer et se sont tournés tous les trois vers moi.

— Je crois que ma réaction a été de m'enfoncer plus loin encore dans le champ, parce que je pensais que tu allais te lancer à ma poursuite.

— J'aurais dû, dit-il en s'approchant d'elle. Alors, tu te sens prête à entrer là-dedans ? Comme je te l'ai dit, je reste juste à côté de toi.

Elle hocha tête, mais resta immobile et hésitante. Une bouffée de colère lui échauffa brusquement le visage, tandis qu'elle songeait à celui qui avait brisé la fillette pleine d'allant qu'elle avait été avant cet événement. Qui pouvait être assez cruel pour détruire la vie d'une enfant et plonger sa famille dans l'angoisse ? Sans parler de Gabe, qui ne trouverait pas la paix tant qu'il n'aurait pas arrêté le coupable. Pour lui aussi, l'enjeu était de taille. Il voulait non seulement retrouver les fillettes disparues et délivrer Cold Creek de la menace que faisait peser le kidnappeur depuis vingt longues années, mais aussi s'affranchir de sa culpabilité et venger l'échec de son père.

Qui avait pu faire ça ? *Qui* ?

Elle finit par se mettre en marche, Gabe dans son sillage, jouant bientôt des coudes pour écarter les tiges coiffées d'épis lourds et mûrs. Elles étaient toujours plus hautes qu'elle, mais Tess n'avait plus ce sentiment d'être perdue dans une forêt d'arbres géants. Gracie lui avait dit qu'Aaron Kurtz, qui vivait non loin de là, était resté propriétaire de ce champ. Et qu'il le cultivait encore lui-même. L'agriculteur avait été horrifié d'apprendre qu'une fillette s'était fait enlever sur ses terres, et elle se souvenait qu'il lui avait apporté un cadeau de Noël, ainsi qu'à ses sœurs, l'année où leur père les avait abandonnées.

Oh ! merci, mon Dieu, songea-t-elle. Des épisodes du passé lui revenaient à la mémoire, plus nombreux et plus précis qu'auparavant.

Parsemées çà et là de taches rousses et brunes, les rangées de feuilles vertes partaient d'abord droit dans la continuité de son jardin, puis dessinaient une courbe qui épousait les contours distants d'une petite colline, avant de reprendre leur avancée rectiligne jusqu'à la propriété de Dane Thompson. Elles bruissaient à présent juste derrière elle, au passage du corps robuste de Gabe. Un son continu qui la rassurait beaucoup.

Ce jour-là, son kidnappeur avait-il attendu immobile dans le champ qu'elle coure vers lui ? S'était-elle jetée dans la gueule du loup, ou l'avait-il suivie au bruit qu'elle faisait en se déplaçant ? Si tel avait été le cas, ne l'aurait-elle pas entendu derrière elle, comme elle entendait Gabe en ce moment même ? Les cris joyeux des enfants avaient peut-être attiré un déséquilibré qui passait par là en voiture et qui s'était caché dans le champ dans l'espoir qu'une fillette — elle ou une autre — s'y aventurerait. Autrement dit, l'occasion avait-elle fait le larron, ou le kidnapping avait-il été prémédité ? Et était-ce *elle* que voulait le ravisseur, ou se serait-il emparé de n'importe quelle gamine qui aurait eu le malheur de pénétrer dans ce champ ?

C'était forcément la malchance qui lui avait valu d'être enlevée… Non ? Un crime de circonstance, comme on appelait ça, commis sous l'effet d'une pulsion. Elle l'espérait, en tout cas, parce que l'idée d'avoir été délibérément ciblée lui semblait le plus terrible des scénarios.

— Attends une seconde, dit-elle en se tournant vers Gabe. Je vais m'accroupir pour avoir la même vision que j'avais alors.

— « Disparue le 13 octobre, Teresa Lockwood, enfant âgée de quatre ans de type blanc et de sexe féminin, cheveux blonds réunis en une longue natte et portant un jean ainsi qu'un sweat-shirt jaune au moment de sa disparition », récita Gabe. Voilà en gros ce qu'il y avait écrit sur ton avis de recherche. Ah oui, j'oubliais : « Montre rose Princesse Leila au poignet gauche. Yeux bleus, poids seize kilos et demi, taille un mètre zéro six. »

Tess frissonna à ces mots, impressionnée qu'il puisse citer presque mot pour mot l'avis qui avait été placardé partout en ville, et même dans la région tout entière. Cette quête de mémoire était sans doute très importante pour lui aussi, songea-t-elle. Elle s'accroupit légèrement, dos à Gabe, levant les yeux vers le ciel qui semblait frôler le sommet des épis.

Le bruit du monstre qui hantait ses rêves depuis vingt ans résonna dans son esprit. Bien qu'étouffé et plus lointain qu'à l'ordinaire, le rugissement semblait si réel qu'elle se leva d'un bond et se jeta dans les bras de Gabe, qui la serra fort contre lui.

— Quoi ? demanda-t-il. Dis-moi ce qui se passe !

— C'est le bruit que j'entends dans ma tête ! s'écria-t-elle en retenant ses larmes. Le rugissement du monstre !

— Ce n'est pas dans ta tête, Tess. C'est la grosse moissonneuse-batteuse d'Aaron Kurtz. Il travaille dans un autre de ses champs, qui se trouve juste derrière chez moi. Ne t'inquiète pas, il ne va pas venir ici.

— Non, ce que je veux te dire, c'est que j'ai entendu le même bruit le jour de l'enlèvement !

— D'accord, je comprends. Et ce bruit t'a fait paniquer et tu t'es mise à courir, c'est ça ? A t'éloigner encore plus de la maison ? Vers la propriété de Dane, peut-être ? Ou vers la petite route ?

— Dans mes cauchemars, la moissonneuse-batteuse est une sorte de monstre préhistorique, un genre de dinosaure qui me poursuit. Mais le bruit que j'ai entendu ce jour-là était plus fort, plus proche que maintenant. Je crois que M. Kurtz était assis tellement haut dans la cabine de sa machine que je voyais sa tête dépasser par-dessus les tiges. Oui, oui… Je m'en souviens, à présent.

— Mon père a interrogé Aaron, et il a affirmé ne rien

avoir noté qui sorte de l'ordinaire, ce jour-là. Tu n'es pas en train de me dire que c'est lui qui t'a enlevée ?

— Non, enfin… Je ne pense pas. J'ai dû me baisser au passage de la moissonneuse, ou alors c'est le kidnappeur qui m'a plaquée au sol. J'ai crié plusieurs fois — après ce premier cri que tu as entendu —, mais personne ne semblait m'entendre. Et après ça j'avais tellement peur que je n'étais plus capable de produire le moindre son. Pendant des années et des années, cette machine est venue hanter mes rêves sous la forme d'un monstre qui me coupait en morceaux et m'emportait dans sa gueule.

— Et où t'emportait-il ? Dans quelle direction ?

Tess quitta les bras de Gabe et promena les yeux autour d'elle. Puis elle se mit à tourner sur elle-même, encore et encore, balayant le champ du regard dans l'espoir que quelque chose lui revienne, jusqu'à ce qu'elle soit prise de vertige et que Gabe la saisisse par le bras pour la soutenir. Elle se frappa alors le côté du cou comme si elle venait de se faire piquer par un insecte.

— Je… Je ne sais pas, Gabe. Je ne sais toujours pas ce qui s'est passé !

9

Tess venait de tirer les rideaux pour ne plus voir le champ de maïs dont elle devinait les molles ondulations malgré la nuit tombée, quand quelqu'un sonna à la porte de devant. Il n'y avait aucune raison pour que Gabe revienne la voir si vite, sans compter qu'il se présentait toujours à la porte de derrière.

Elle jeta un œil par la fenêtre et vit une jolie rousse qu'elle ne reconnut pas. Elle était seule et n'avait pas l'allure d'une journaliste. Son cabriolet de sport était garé tout en bas de l'allée. Peut-être cherchait-elle son chemin ? Tess n'ouvrit que la porte principale, s'adressant à l'inconnue à travers la contre-porte vitrée.

— Je peux vous aider ?

— Oui, si vous êtes Tess Lockwood. J'ai conscience qu'il est un peu tard, mais j'aimerais visiter votre maison. Elle est toujours à vendre, n'est-ce pas ? Je m'appelle Erika Petersen, et je suis la directrice de la culture et des loisirs du Cercle des résidents du lac Azur. Oui, je sais, ajouta-t-elle avec un sourire, ça fait un peu long à dire… Un peu long comme le trajet aller-retour que je fais quotidiennement entre Cold Creek et Chillicothe ! Mais je crois que je suis enfin décidée à m'installer plus près de mon lieu de travail.

Tess sentit s'accélérer les battements de son cœur. Elle n'avait qu'une envie : vendre la maison et acheter cette crèche dans le Michigan. Et cette femme allait peut-être lui permettre de réaliser son rêve.

— Oui, oui, elle est toujours à vendre. Donnez-vous

la peine d'entrer, je vous prie, dit-elle en déverrouillant la contre-porte.

L'odeur de talc parfumé qui pénétra dans la maison avec la visiteuse faillit faire éternuer Tess. Erika Petersen retira sa veste en daim, dévoilant un pull en cachemire vert émeraude tout simplement fabuleux. Elle portait des bottes à franges qui montaient jusqu'aux genoux, assez semblables à celles que Tess avait vues sur Marian Bell. Cette femme devait approcher de la cinquantaine, mais son maquillage aussi subtil que savant la rajeunissait énormément. Sur sa main gauche, un solitaire d'une taille extravagante voisinait avec une alliance en or blanc.

— Avez-vous eu le temps de faire un tour dans notre quartier ? Les alentours du lac Azur sont si charmants, dit-elle en balayant la pièce du regard, avant de s'asseoir dans le rocking-chair que venait de lui désigner Tess.

— J'y suis passée rapidement en voiture. C'est vrai que ça a bien changé, depuis l'époque où je vivais ici. Je suppose que vous savez pourquoi ma famille a quitté la ville ?

— Oui, je le sais, et croyez bien que je compatis. Ça a dû être terrible… Je vis un peu de cette souffrance à travers mon amie Marian Bell, et je crois comprendre ce que vous avez enduré, vous et votre famille.

Tess en doutait, mais au moins cette femme semblait raisonnable, contrairement à son amie Marian. Et, surtout, elle envisageait d'acheter la maison.

— Ça ne me dérange pas vraiment de faire la navette entre Cold Creek et Chillicothe quand c'est la belle saison, reprit Erika Petersen, mais, maintenant que l'automne est revenu, j'ai enfin réussi à convaincre mon mari de me laisser acheter une maison ici pour être sur place les jours où je travaille. Un métier passionnant, mais aussi très exigeant, vous savez. Entre le club de lecture, les sorties culturelles, les activités sportives…

C'était la femme dont lui avait parlé Mlle Etta ! songea soudain Tess avec un sourire intérieur, tandis qu'Erika Petersen poursuivait son énumération. Celle que la bibliothécaire avait dans le collimateur parce qu'elle organisait des clubs de lecture qui concurrençaient la bibliothèque de la ville. Celle qui encourageait les résidents du lac Azur à télécharger des livres sur des liseuses numériques incapables de « restituer l'odeur et la texture du papier », comme l'avait dit Mlle Etta avec une pointe d'amertume.

— Ce travail doit sûrement être très prenant, non ? demanda poliment Tess.

— Oh que oui ! Même si j'ai un assistant, il m'arrive fréquemment de venir travailler le week-end. Naturellement, les loisirs, ça se pratique souvent le samedi et le dimanche, n'est-ce pas ? ajouta-t-elle avec un rire un peu faux. Si j'achète votre maison, il faudra que je la rénove complètement, bien sûr. Mon pied-à-terre à la campagne…

Curieux comme cette femme qui avait un métier relationnel ne la regardait jamais dans les yeux, nota Tess. Ceux de la jolie rousse fuyaient vers la pièce dont elle semblait observer les moindres recoins, mais c'était sans doute parce qu'elle imaginait déjà la façon dont elle allait la décorer. Erika Petersen avait aussi une drôle de façon de laisser ses phrases en suspens, comme si elle aurait aimé en dire plus mais qu'il y avait quelque secret qu'elle ne pouvait trahir.

— J'imagine que vous souhaitez visiter la maison ? demanda Tess.

— J'en ai très envie, mais faisons plutôt ça une autre fois, voulez-vous ? Prenons rendez-vous, et je viendrai avec une amie. Là, il faut absolument que je rentre chez moi. J'ai rendez-vous au restaurant avec mon mari, et il déteste que je le fasse poireauter.

Elle s'avança sur le rocking-chair, les fesses juste au bord de l'assise.

— Ecoutez, reprit-elle, il y a quelque chose que je dois vous dire sans détour. Quelqu'un doit me prêter de l'argent pour acheter cette maison, et ce n'est pas mon mari. Il se trouve que cette personne a posé une condition pour débloquer les fonds : si vous voulez me vendre cette propriété, il faut que vous acceptiez de rencontrer mon amie Marian Bell en privé, sans que personne ne le sache, et ce afin de l'aider à retrouver sa fille.

La déception fut à la hauteur des espoirs que Tess avait placés dans cette visite, au point qu'elle manqua de fondre en larmes. Marian Bell était derrière tout ça, utilisant cette fois-ci une intermédiaire pour parvenir à ses fins. Et la formule « sans que personne ne le sache » était une façon détournée de dire « sans que le shérif ne le sache ». Mais pas question de faire quoi que ce soit dans le dos de Gabe. Pourquoi les gens refusaient-ils de la croire, quand elle disait n'avoir aucun souvenir de sa captivité ?

— Soyez assez aimable pour dire à Mme Bell que je serais heureuse de vendre ma maison, mais sans condition. D'autant qu'elle n'en aurait pas pour son argent. Je vais le dire pour la dernière fois et je compte sur vous pour le répéter à votre amie : je n'ai aucun souvenir, ni de ma capture, ni de ma séquestration, ni de ma libération. Vous avez eu la gentillesse de compatir à ma souffrance, madame Petersen... Eh bien moi aussi, je compatis à la souffrance de Marian Bell. Mais malheureusement je ne peux rien faire pour elle, pas même en échange d'une promesse d'achat qui me ferait pourtant bien plaisir. Hélas, ce n'est pas un bakchich qui me fera recouvrer la mémoire.

Erika Petersen se raidit à ces mots.

— Un bakchich ? Vous y allez un peu fort, là ! Marian a simplement eu la gentillesse de me proposer son aide financière pour acheter une maison, c'est tout.

— Comme je l'ai dit, je serais ravie de vous vendre ma maison, mais pas si vous venez avec une idée derrière la tête, expliqua Tess en se levant. Dites à votre amie que je suis sincèrement désolée pour Amanda, et que ma compassion est tout ce que j'ai à lui offrir.

Tess regarda sa visiteuse se saisir de la veste en daim posée sur le rebord du rocking-chair, puis quitter la maison sans prendre la peine de l'enfiler. Gabe avait-il obtenu une ordonnance restrictive contre Marian ? Voilà qui expliquerait qu'elle ait trouvé ce subterfuge pour l'approcher, songea Tess. Elle n'en était pas fière, mais l'idée de raconter quelques mensonges à Marian Bell afin de vendre la maison et de réaliser son rêve lui avait traversé l'esprit. Dieu merci, la raison l'avait emporté. Même si Marian la harcelait, la disparition de sa fille était trop grave pour qu'elle fasse une chose pareille. Et puis, il restait un peu de temps pour trouver un autre acheteur : bien qu'impatiente de rentrer à Jackson, Tess se faisait un devoir de rester ici pour aider Gabe à retrouver Sandy… et peut-être Jill et Amanda.

Alors que le cabriolet d'Erika Petersen s'éloignait avec un vrombissement formidable — comment un si petit engin pouvait-il faire tant de bruit ? — Tess vit arriver un véhicule qu'elle reconnut aussitôt. C'était le bibliobus ! En fait de bus, il s'agissait d'une vieille camionnette blanche, la même qu'à l'époque où Tess vivait ici. Les lettres rouges de l'inscription « Bibliobus de Cold Creek » étaient un peu fanées, et la camionnette lui sembla beaucoup plus petite que dans son souvenir, mais le bibliobus de Mlle Etta avait toujours fière allure.

Un sourire se forma sur les lèvres de Tess tandis que la camionnette empruntait son allée. C'était à croire que la bibliothécaire avait suivi la femme qui lui volait ses adhérents !

— Mademoiselle Etta ! lança-t-elle lorsque le bibliobus s'immobilisa et que sa conductrice en sortit aussitôt. Vous savez qui se trouvait dans la voiture que vous venez de croiser ?

— Difficile de ne pas la reconnaître, avec un tel engin ! répondit Mlle Etta avec un reniflement réprobateur. Ça, elle n'aime pas passer inaperçue. Oh ! mais c'est que j'ai eu l'occasion de parler à cette femme ! Figure-toi qu'elle a eu le toupet de venir à la bibliothèque pour voir si on avait les parutions les plus récentes. Sans carte d'adhérente, bien entendu. Tu sais ce que je lui ai répondu ? « Je n'ai pas toujours les livres les plus récents, madame, mais j'ai toujours les meilleurs. » Et toc !

— Elle envisageait d'acheter ma maison, mais j'ai décliné son offre.

— Tu as bien fait, ma fille. Alors, tu as vu que ce bon vieux bibliobus n'a toujours pas pris sa retraite, hein ? Je n'y ai apporté aucune modification, depuis l'époque où tu vivais ici. Il est juste un peu plus ridé, comme sa propriétaire… Je parie que ça te rappelle ton enfance, quand tu lisais avec ta mère et tes sœurs. Ton père, lui, ne s'intéressait pas aux livres, ajouta-t-elle avec un nouveau reniflement. Je crois qu'il avait d'autres centres d'intérêt.

— Oui, ça me rappelle des bons moments, répondit Tess en posant un regard attendri sur la vieille camionnette. Au moins, il me reste ces souvenirs-là.

— Bon, je suis venue t'apporter quelques bouquins qui pourraient t'intéresser. Je n'ai pas dit « qui pourraient te *distraire* », parce qu'il s'agit plutôt d'ouvrages destinés à t'aider. Pas à fouiller le passé, hein, mais plutôt à faire la paix avec le présent.

Elle fit coulisser la porte latérale de la camionnette, et le haut de son corps disparut un instant dans la bibliothèque mobile. Lorsqu'elle en ressortit, elle tenait à la main un sac qui semblait contenir deux ou trois livres. Bien que touchée par cette attention, Tess n'était pas certaine d'avoir envie de lire ce genre d'ouvrages. Mais tout le monde savait que Mlle Etta était d'un tempérament très susceptible.

— Ce sont des livres qui peuvent se lire en diagonale, dit la bibliothécaire tandis que Tess lui tenait la porte d'entrée. Si tu n'as pas envie de les lire de A à Z, tu n'as qu'à les feuilleter jusqu'à ce que tu tombes sur un passage qui t'intéresse. Oh ! dis-moi, on ne peut pas dire que la décoration soit surchargée, ici ! Mais tant que tu as un rocking-chair près d'une fenêtre et des bouquins, tu n'as besoin de rien d'autre, pas vrai ?

Tess attendit que sa visiteuse soit assise pour faire de même. Elle avait l'étrange impression d'être une enfant de la maternelle en compagnie de sa maîtresse. Mlle Etta sortit deux livres du sac dont elle lui fit de brefs résumés.

L'écoutant d'abord d'une oreille un peu réticente, Tess sentit rapidement son intérêt s'éveiller. Le premier livre s'intitulait *Trop effrayé pour pleurer : psychotraumatisme chez l'enfant*, et le second *La mémoire libérée : histoires vraies de souvenirs traumatiques perdus et retrouvés*. Tous les deux avaient été écrits par une psychiatre du nom de Lenore Terr.

— Tu me diras si tu trouves là-dedans quelque chose qui t'aide, d'accord ? Quelque chose qui contribue à libérer les souvenirs coincés dans cette tête bien faite. Je les ai moi-même lus par curiosité, alors si tu as envie de parler d'un passage ou si tu sens qu'un souvenir douloureux te revient et que tu as besoin d'aide pour que ça sorte, n'hésite surtout pas à venir me voir. On pourra même aller en parler ensemble au shérif, si tu veux. Tu lui prêtes main-forte pour son enquête, n'est-ce pas ?

— Pas si forte que ça, répondit Tess avec une moue désolée. J'aimerais beaucoup l'aider, mais je n'ai malheureusement pas grand-chose à lui raconter.

— Bah, ne te tracasse pas pour ça. Ces spécialistes qu'il a fait venir de Columbus vont retrouver cette gamine. Et les autres aussi, si elles sont toujours de ce monde. En tout cas, garde tes distances avec Dane Thompson, ajouta Mlle Etta en se levant du rocking-chair, le sac vide à la main.

Elle s'approcha de Tess, qui venait aussi de se lever, et se mit à parler d'une voix de conspiratrice :

— Tu veux savoir le genre de livres qu'il emprunte à la bibliothèque ? Des récits de faits divers sordides, voilà ce qu'il aime lire. Des crimes qui ont vraiment eu lieu et dont il se repaît. Et ce cimetière pour animaux… une abomination, si tu veux mon avis. Oh ! j'allais oublier, dit-elle en plongeant la main dans le sac en plastique. Ta carte d'adhérente. Bien sûr, c'est une carte temporaire, parce que je sais que tu ne comptes pas rester longtemps ici. Prends-la avec toi quand tu me ramèneras ces bouquins, d'accord ? Quels que soient tes problèmes, je suis certaine que tu ne chercheras pas les réponses dans les élucubrations d'un charlatan, comme l'ont fait ton cousin Lee et sa femme, ajouta-t-elle en secouant la tête.

Quelques minutes plus tard, Tess agita la main depuis la véranda, tandis que la fringante bibliothécaire grimpait dans la camionnette avant de s'éloigner en klaxonnant. Un des feux arrière du vieux véhicule ne fonctionnait plus, et elle se demanda si Gabe oserait arrêter Mlle Etta pour cette petite infraction.

Au moins, certaines choses ne changeaient pas à Cold Creek, songea Tess avec tendresse, en regardant disparaître le bibliobus. Peut-être allait-elle jeter un œil à ces livres, après tout. Et le fait que Mlle Etta ait évoqué Lee et Gracie lui fit penser qu'elle n'avait toujours pas eu l'occasion d'embrasser leurs enfants. La première chose qu'elle ferait, le lendemain matin, serait de se rendre à Hear Ye avec les cadeaux pour Ethan et Kelsey. Voir sa famille lui remonterait le moral, après la visite d'Erika Petersen et la déception qui en avait résulté. Une visite dont il faudrait qu'elle parle à Gabe.

Une fois dans l'enceinte de Hear Ye, Tess fut surprise de devoir attendre qu'on lui dise si Lee, Gracie ou leurs enfants étaient disponibles pour une visite. Après un bon quart d'heure à faire le pied de grue dans une antichambre — le temps de songer que cet endroit distillait des ondes négatives —, Gracie apparut enfin avec Ethan et Kelsey. La petite fille de quatre ans se jeta dans ses bras, sa natte blonde se balançant dans son dos. Tess eut ensuite droit à un câlin d'Ethan, deux ans, qui avait attendu que sa mère l'accompagne pour se risquer dans les bras de cette quasi-inconnue. Ce ne fut qu'après avoir parlé avec les enfants et plongé la main dans le sac qui contenait leurs cadeaux que Tess remarqua la femme qui était entrée derrière eux. Grande et masculine, elle se tenait discrètement près de la porte d'où elle observait la scène, les bras croisés sur la poitrine.

— Oh ! bonjour, dit Tess en songeant qu'il s'agissait peut-être d'une auxiliaire de puériculture.

Si c'était le cas, son expression sévère ne laissait rien présager de bon. Les enfants avaient besoin de douceur pour s'épanouir.

— Pardon, je ne vous avais pas vue…, ajouta-t-elle.

— C'est ma faute, dit précipitamment Gracie. J'ai oublié de te présenter mon amie Naomi. Elle va nous aider à distribuer les cadeaux que tu as apportés pour Ethan et Kelsey.

— Comment ça, les distribuer ? C'est à tes enfants que je souhaite les offrir.

— Ici, les petits partagent avec les copains, tu sais. Je suis sûre que c'est ce que tu enseignais toi aussi aux enfants dont tu t'occupais à la crèche. On y tient beaucoup, à Hear Ye. « Ce qui est à toi est à moi », voilà comment on voit les choses.

— Partager des Lego, je veux bien, mais une poupée…

— Une poupée peut être très utile pour apprendre aux jeunes sœurs à s'occuper des autres, intervint Naomi.

Ajoutant à la stupeur et au malaise de Tess, Gracie s'empara du sac avant même qu'elle puisse en sortir les cadeaux, puis le donna à Naomi.

— Les enfants doivent retourner à l'école, dit Gracie, tordant le bas de son blouson en jean entre ses doigts.

La robe sombre qu'elle portait en dessous était quasiment identique à celle de Naomi. Seule la couleur semblait différente.

— Quoi ? Mais je viens juste d'arriver ! protesta Tess. Et, quand tu dis « à l'école », je suppose que tu veux parler d'une crèche, n'est-ce pas ? Tu sais, ça m'intéresserait de la voir. Ça pourrait me donner des idées pour la mienne, et puis ça me permettrait de passer un peu plus de temps avec les enfants.

— Désolée, dit Gracie en tournant les yeux vers Naomi avec un imperceptible mouvement de tête.

Etait-ce une façon discrète de critiquer son « amie »

et cette communauté ? Ou peut-être une sorte de mise en garde ? Mais à propos de quoi ?

Décidant de ne pas insister, quitte à en reparler plus tard avec Gracie, Tess s'accroupit pour serrer de nouveau les enfants dans ses bras. Etait-ce son imagination ou Kelsey s'accrochait-elle à elle ? Non, ce n'était pas son imagination. La fillette regrettait-elle la vie qu'elle menait avant que Lee ne mette le destin de sa famille entre les mains du chef spirituel de cette étrange communauté religieuse ?

— Ne t'inquiète pas pour nous, lui murmura Gracie. Le mieux est sans doute de nous oublier, tu sais. Ça va… ça va bien.

Et, sur ces mots, elle entraîna les enfants hors de la pièce, sous le regard de Naomi.

Choquée et attristée, Tess se releva, les yeux noyés de larmes. Ils avaient laissé la porte ouverte, comme pour l'inciter à trouver la sortie toute seule.

Tandis qu'elle traversait le couloir qu'elle avait emprunté pour venir, elle eut le pénible sentiment que Kelsey, Ethan et même Gracie étaient séquestrés. Une vive colère vint bientôt se mêler à sa tristesse. Les familles des victimes du kidnappeur de Cold Creek éprouvaient-elles la même chose ? Quant aux victimes elles-mêmes… Tout ce dont Tess se souvenait, c'était de s'être sentie perdue durant sa captivité. Tellement perdue.

Alors qu'elle s'apprêtait à quitter l'enceinte de la communauté, elle se rendit compte qu'on l'observait. Le vigile qui l'avait laissée entrer se tenait toujours devant le portail, la suivant du regard tandis qu'elle marchait dans sa direction.

C'est alors qu'un cri perçant déchira l'air, porté par le vent. Une femme ? Une fillette ? D'où venait ce cri ? Se pouvait-il que ce soit Gracie, hurlant pour la faire revenir ? Quelqu'un qui souffrait ou qui avait besoin d'aide ?

Le cri résonna de nouveau dans le silence, brutal et strident. Tess fit volte-face et se mit à courir en direction du son, aussitôt poursuivie par le vigile. Elle entendait ses pas marteler le sol derrière elle. Et si les gens bizarres qui vivaient là-dedans s'emparaient d'enfants pour les embrigader ? Et si Gracie avait tourné les yeux vers Naomi avec cet infime mouvement de tête pour lui dire que c'était là qu'il fallait chercher Sandy ? Et si c'était Sandy — ou une autre gamine qui n'avait pas encore subi de lavage de cerveau — qui appelait au secours ?

— Stop ! Arrêtez-vous tout de suite ! cria l'homme derrière elle.

Pas un instant elle ne songea à lui obéir, se mettant au contraire à courir de plus belle. Aucun autre cri ne lui parvint, mais elle pensait désormais savoir de quel bâtiment s'étaient échappés ceux qu'elle avait entendus. Que se passerait-il si elle découvrait un enfant séquestré ? Cela la mettrait-elle en danger, elle aussi ? Peut-être ferait-elle mieux de rebrousser chemin et d'appeler Gabe pour qu'il vienne s'en occuper lui-même… Oui, mais cela risquait de leur donner le temps de cacher leur petite victime.

Ce complexe religieux n'existait même pas à l'époque où elle avait été kidnappée. En revanche, Brice Monson — le guide spirituel de Hear Ye — possédait déjà une maison à Cold Creek. Elle ne se souvenait pas vraiment de lui, mais seulement du fait que les gens le trouvaient bizarre. La police s'était-elle déjà intéressée à cet homme ? Certes, il semblait exercer une emprise mentale et non physique sur ses fidèles, mais la visite qu'elle venait d'effectuer lui avait laissé une pénible impression. Et ces cris, maintenant…

Le vigile la saisit par le bras et la força à se tourner vers lui.

— Lâchez-moi ! J'ai entendu des cris !

Il libéra son bras, mais lui bloqua le passage.

— Je sais qui vous êtes, madame Lockwood, dit le vigile d'une voix très calme à laquelle Tess ne s'attendait pas du tout. Je suis le frère Silas et je comprends votre réaction. Mais il n'y a pas lieu de s'alarmer. Il arrive que certains enfants protestent quand on leur apprend la discipline et l'obéissance.

— La discipline et l'obéissance ? On aurait dit que cette petite était… qu'elle était torturée !

— Ecoutez, ce ne sont pas vos affaires, d'accord ? Le châtiment corporel est la seule façon d'éloigner les enfants rétifs des sentiers du vice. « Vous le frapperez avec la verge et vous délivrerez son âme de l'enfer. »

Ils étaient donc complètement cinglés, dans cette communauté ? Quand elle pensait que sa chère amie Gracie et son cousin Lee étaient…

Comme si le fait de penser à lui suffisait à le convoquer, Lee arriva en courant.

— Désolé de n'avoir pu me joindre à vous, tout à l'heure. J'étais occupé, dit-il, hors d'haleine et le visage rouge. Et inutile de te mettre dans des états pareils, ajouta-t-il en passant le bras autour des épaules de Tess avant de l'entraîner loin du frère Silas, en direction du portail. Cette fillette a commis plusieurs larcins et elle a reçu une fessée administrée par son père, voilà tout.

— Devant les autres enfants, pour servir d'exemple, c'est ça ?

— Non, non… Seulement en présence de l'Etoile Lumineuse, notre leader et notre guide.

Tess ôta le bras qui couvrait ses épaules et se tourna vers son cousin, les mains sur les hanches.

— Ces choses que cette gamine a volées, ce ne serait pas des cadeaux qu'on lui a fait et qu'on l'a obligée à partager avec tous les gamins, par hasard ?

Bien que Lee eût parlé d'une voix calme, tout comme le frère Silas, Tess continuait d'élever le ton.

— Tess, écoute-moi, s'il te plaît… Le partage est une belle valeur à laquelle nous croyons et que nous nous efforçons d'inculquer à nos jeunes. Si nous les laissons faire ce qu'ils veulent, ils deviendront des sauvageons, tu sais.

Tess tourna les talons sans répondre, les yeux mouillés de larmes. Le vigile était resté à distance, et elle avait l'impression que Lee avait pris la relève, l'escortant jusqu'à sa voiture comme on raccompagne un indésirable pour s'assurer de son départ. Aussi furieuse qu'inquiète, elle se promit de relater cet incident à Gabe et de revenir ici pour s'assurer que Kelsey et Ethan ne subissaient aucune forme de brimade. Sauf que… Si elle racontait à Gabe ce qui venait de se passer, il y avait de bonnes chances pour qu'il lui demande de ne plus revenir ici. Il se pouvait même qu'il décide de faire une descente à Hear Ye en compagnie de Vic Reingold, auquel cas Monson et ses fidèles risquaient de s'en prendre à Lee et à sa famille, voire à Sandy Kenton, si elle se trouvait entre leurs mains.

— D'accord, Lee, tu as sans doute raison pour ce qui est de la discipline. Désolée d'avoir réagi si vivement. Je crois que je me suis un peu emballée.

— Je comprends, Tess. Je sais que tu adores les enfants et que tu es très protectrice avec eux. Bien sûr, en tant qu'auxiliaire de puériculture, tu as tes propres vues sur la question de l'éducation. Mais tu seras sûrement d'accord pour dire qu'il faut respecter celles des autres.

Tess hocha la tête, pressée d'en finir avec cette conversation.

— Dis-moi, Tess, puisque tu es ici, tu pourrais m'aider à localiser une source ? Le site sur lequel je fais mes recherches se trouve juste là, dit-il en tendant le doigt vers un monticule herbeux qui s'élevait tout près du parking. On peut utiliser ma baguette de saule, si ça te convient.

Lee venait de lui offrir sur un plateau le prétexte idéal pour passer du temps ici, et essayer d'en apprendre plus sur ce qui se tramait derrière ces murs.

— Je dois partir, mais on peut faire ça un peu plus tard dans la journée, si tu veux. Ça me permettra d'apporter une des vieilles baguettes de mon père et de voir si elle fonctionne encore. Je pourrai aussi essayer la tienne, bien sûr.

— Super. C'est gentil de ta part de nous donner un coup de main. Nos frères et sœurs apprécieront tous ton geste.

Peut-être pas tous, songea-t-elle en jetant un œil au frère Silas qui était revenu se poster devant le portail et la considérait d'un air sombre. Elle prit congé de son cousin et regagna sa voiture, espérant ne pas avoir montré trop d'empressement à l'idée de revenir ici. Il était dommage que ce monticule herbeux ne se trouve pas dans l'enceinte même de Hear Ye, mais peut-être parviendrait-elle à convaincre Lee de la laisser exercer ses talents — réels ou supposés — à l'intérieur de la communauté.

Certaine que Gabe le prendrait mal s'il apprenait qu'elle menait l'enquête de son côté et sans lui en toucher un mot, Tess décida de se rendre au poste de police après le déjeuner. Elle en profiterait pour demander où en étaient les recherches au sujet de Sandy et essayer d'en savoir plus sur les circonstances dans lesquelles Amanda s'était, elle aussi, volatilisée dans la nature. Il fallait absolument qu'elle trouve la clé pour déverrouiller sa mémoire, même si le resurgissement des souvenirs de sa séquestration risquait d'être encore plus douloureux que leur perte.

10

Tess déjeuna d'un sandwich au beurre de cacahuète et à la confiture avant de s'installer au volant. Clef insérée dans le contact, elle hésita à démarrer. Elle avait englouti — c'était le terme adéquat — un grand verre de vin blanc pour accompagner son sandwich et se demandait soudain si Gabe ne risquait pas de sentir l'alcool dans son haleine. Sans compter les risques qu'elle prenait et faisait prendre aux autres.

Elle finit par démarrer en se promettant de conduire prudemment, même si son esprit était, comme toujours, occupé par de nombreuses pensées. Où avait-elle le plus de chances de trouver Gabe ? s'interrogea-t-elle en arrivant aux abords du centre-ville. La boutique de cadeaux ou le poste de police ? Elle aurait pu l'appeler et lui dire de venir chez elle, mais elle n'avait pas voulu le déranger alors qu'il devait être terriblement occupé. Et puis, il aurait peut-être cru que sa mémoire lui avait enfin livré des informations importantes, et elle ne voulait surtout pas le décevoir. Qui sait ? Cela arriverait peut-être grâce aux livres que lui avait prêtés Mlle Etta.

Tandis qu'elle se garait sur le parking du poste de police, elle vit qu'une dizaine de journalistes et cameramen avaient établi une sorte de campement autour du kiosque de la place arborée. A quelques mètres étaient garés deux gros fourgons de la télévision surmontés d'antennes satellites. Cela aurait pu suffire à lui faire rebrousser chemin, mais elle se contenta de presser le pas, tête baissée, avant de s'engouffrer dans le poste en espérant ne pas avoir été reconnue.

Elle fut heureuse de voir que c'était de nouveau Ann Simons qui se trouvait derrière le bureau de réception. Celle-ci était au téléphone tandis que trois hommes aux mines patibulaires, en jean et chemise de flanelle, discutaient à voix basse dans un coin de la pièce. Gabe avait-il déjà trouvé des suspects ou organisé une séance d'identification ? Elle n'avait aucune envie de se prêter à ce genre de procédure, mais, de toute manière, ces hommes étaient beaucoup trop jeunes pour avoir été impliqués dans son kidnapping.

Ann raccrocha et se tourna vers les trois hommes.

— Vous allez devoir y aller sans moi, les frangins. Trop de boulot, ici. Oh ! Bonjour, Tess. Le shérif se trouve en salle de réunion, si c'est lui que vous êtes venue voir. Alors, ça vous a plu de retourner à la cascade ? On adore cet endroit, Gabe et moi. Je lui demande souvent de m'y emmener.

Tess eut l'impression qu'on venait de lui asséner un coup de marteau sur le crâne. Ann et Gabe ? Un couple ? Les propos de la jeune femme ne laissaient guère de place au doute. Elle tombait des nues, contrairement aux frères d'Ann, du moins à en croire leurs mimiques entendues. Des triplés, certainement, parce qu'on aurait dit trois fois la même personne. Une bribe de plaisanterie où il était question du « Chéri de Cold Creek » lui parvint aux oreilles.

— Euh… la cascade… oui, c'était sympa, bredouilla-t-elle finalement, sonnée par ce qu'elle pensait avoir compris. Le shérif vous a parlé des graffitis sur les rochers ? Si vous pouviez avoir la gentillesse de lui dire que je suis là…

Ann hocha la tête, les yeux légèrement plissés, comme si elle avait senti que quelque chose était resté en travers de la gorge de Tess.

— Ces trois zigotos sont mes frères, dit-elle avec un entrain un peu forcé. Triplés égale triple lot d'ennuis ! Ils ont des horaires fixes à la scierie où ils travaillent, et ils n'arrivent pas à se mettre dans leurs têtes de mules que j'ai trop de boulot ici pour les accompagner à notre déjeuner hebdomadaire au pub. Ne faites pas attention à eux.

Les frères d'Ann avaient l'air de bûcherons mal dégrossis, capables d'abattre un arbre d'un bon coup de poing. Pas vraiment la clientèle qu'on s'attendait à trouver dans un pub anglais, mais, d'un autre côté, on ne s'attendait pas non plus à trouver un pub anglais à Cold Creek.

Tess s'efforça de sourire, mais elle était encore sous le choc de ce qu'elle venait d'apprendre. Gabe et Ann, ensemble ? Et pourtant il l'avait embrassée. Non seulement il y avait eu ce baiser, mais il avait semblé à Tess qu'une sorte de force magnétique les avait jetés dans les bras l'un de l'autre. Elle avait éprouvé un sentiment si puissant qu'il ne pouvait qu'être partagé… non ? Mais peut-être s'était-elle fait des idées… Quoi qu'il en soit, Gabe aurait dû lui parler de sa relation avec Ann.

Les traits toujours crispés en une expression vaguement soupçonneuse, Ann appuya sur une touche du standard :

— Tess Lockwood est ici. Je te l'envoie ou je lui demande d'attendre ? Oui, je m'en doutais.

Elle releva les yeux vers Tess.

— Il arrive tout de suite.

A peine venait-elle de finir sa phrase qu'une porte s'ouvrait derrière elle, laissant apparaître Gabe. Il fit signe à Tess de le rejoindre et la prit par le bras lorsqu'elle parvint à sa hauteur.

— Tout va bien ? demanda-t-il.

— Oui, oui… Je voulais simplement savoir si l'enquête avait avancé. Si un nouvel élément pouvait réveiller la partie endormie de mon cerveau. Je voulais aussi te dire qu'une amie de Marian Bell — une certaine Erika Petersen — est venue chez moi en m'assurant être intéressée par la maison. Mais à une condition.

— Laquelle ?

— Que j'aille voir Marian et que je l'aide à retrouver sa fille.

— Plutôt malin de sa part, vu que je lui ai demandé de garder ses distances avec toi. Je lui ai même parlé d'une ordonnance restrictive, mais c'est resté au stade de la menace. Elle est pénible, bien sûr, mais j'avoue la comprendre.

— Oui, oui, moi aussi… Si j'avais un enfant et qu'il disparaissait, je suppose que je remuerais ciel et terre pour le retrouver.

Tess eut une pensée pour Lee et Gracie. Comment en étaient-ils arrivés à intégrer cette espèce de secte ? Sans doute pensaient-ils que cette existence serait favorable à leurs enfants, alors qu'en réalité elle avait l'impression qu'ils les mettaient en danger.

— Je viens tout juste de comprendre qu'Ann te considère comme un ami très proche, dit-elle.

Les mots lui étaient sortis de la bouche avant même qu'elle réfléchisse à ce qu'elle allait dire.

— On se voit de temps en temps, c'est vrai, mais, contrairement à ce qu'elle et ses frères semblent souhaiter, je n'envisage pas du tout de passer à l'étape suivante…

— Ah…

Tess se sentit idiote. Non seulement ce n'était ni le moment ni l'endroit pour évoquer ce sujet, mais elle se mêlait de ce qui ne la regardait pas. Sauf qu'il y avait eu ce baiser.

— Ça te dirait de revoir Victor Reingold après toutes ces années ? demanda Gabe. On est en train de faire le point sur les précédentes affaires, dont la tienne. Tu pourras peut-être apporter quelques précisions. Et si tu ne peux pas, eh bien tant pis.

— Je veux bien le revoir. Comme je te l'ai déjà dit, je lui suis reconnaissante d'avoir fait tout son possible pour me retrouver, même si ça n'a rien donné. Et ma mère lui était reconnaissante, elle aussi.

— Parfait. Rien d'autre à me dire ?

— Non, rien d'autre.

Après une ultime hésitation, elle avait finalement gardé le silence au sujet des cris entendus alors qu'elle s'apprêtait à quitter Hear Ye. Elle éprouvait la désagréable impression de lui mentir par omission, mais elle comptait lui en parler plus tard, quand elle serait convaincue qu'il ne déboulerait pas dans le complexe religieux comme un taureau dans l'arène. Et puis l'occasion d'évoquer cet incident se présenterait peut-être d'elle-même, par exemple si Gabe ou l'agent Reingold lui faisaient part de leurs soupçons à l'égard de Brice Monson et de sa communauté. Mais, de fait, il lui semblait avoir plus de chances de découvrir quelque chose en y retournant seule.

Gabe la précéda dans un couloir, lui montrant le bureau de son suppléant, le sien, puis s'arrêta devant la dernière porte avant celle frappée du mot DETENTION. Nul doute que derrière ce gros verrou et cette petite ouverture grillagée se trouvait la cellule du poste.

— Vic, vous vous souvenez de Tess Lockwood, dit Gabe tandis qu'ils pénétraient dans une grande salle de réunion.

— Bien sûr, mais je ne pense pas que je vous aurais reconnue si je vous avais croisée dans la rue ! lança Vic en se levant.

Tess le regarda contourner la table ovale pour aller à sa rencontre. Elle avait l'impression de se trouver dans une salle d'opérations militaires. Quelques années plus tôt, Kate l'avait emmenée visiter Londres pendant une semaine, et elles s'étaient rendues dans les salles d'opérations souterraines utilisées par Winston Churchill durant la Seconde Guerre mondiale. Et ce qu'elle avait maintenant sous les yeux était similaire à ce qu'elle avait alors vu en Angleterre : cartes sillonnées de fils rouges sur le mur, piles de documents, photos éparpillées... La différence la plus notable, c'étaient les deux ordinateurs portables ouverts sur la table.

L'agent Reingold arriva à sa hauteur en claudiquant. Boitait-il déjà, à l'époque ?

— Ah, voilà ma rescapée préférée ! lança-t-il d'un ton bourru.

Mais elle vit qu'il avait les larmes aux yeux tandis qu'il posait les mains sur ses épaules et l'examinait attentivement.

— Qu'est-ce que vous avez changé ! Vous êtes devenue une très belle femme, Teres… Tess.

— Vous, par contre, vous n'avez pas changé, dit-elle.

— Pas de mensonges entre nous, répliqua-t-il avec un sourire.

Un sourire qui n'empêcha pas Tess d'avoir une nouvelle bouffée de culpabilité en songeant à ce qu'elle n'avait pas dit à Gabe. Vic lui avança une chaise et retourna s'asseoir de l'autre côté de la table, tandis que Gabe prenait place à côté d'elle.

— Merci d'avoir fait cette reconstitution avec Gabe, dit-il. C'est très appréciable pour nous de vous avoir ici, et pleinement disposée à collaborer avec les autorités. Même si je sais que les souvenirs ont du mal à revenir, ajouta-t-il rapidement. Et vous pouvez m'appeler Vic, d'accord ? Après tout, on se connaît depuis des années !

— D'accord, Vic. Je ne voudrais surtout pas être indiscrète, mais j'ai pensé que connaître des détails sur les circonstances de la disparition de Sandy pourrait m'aider à raviver les souvenirs de mon propre enlèvement. Bien entendu, je ne vous demande pas de me divulguer des informations confidentielles.

— Les infos confidentielles, on les garde toujours pour nous, dit Gabe. Mais on donne une conférence de presse dans une demi-heure environ. Si ça t'intéresse de t'y rendre, ça se passe juste à côté, sur la place. Mais attention à ne pas te faire repérer par les journalistes, hein ? Avec un peu de chance, ils déguerpiront après la conférence, et si tu veux on pourra se rendre dans l'arrière-boutique où Sandy se trouvait au moment de sa disparition. Bien entendu, la ressemblance entre un champ de maïs et une arrière-boutique n'est pas criante.

Criante… Les cris de la fillette contrainte de vivre dans la secte résonnèrent dans sa tête, se mêlant bientôt au souvenir de ses propres cris : ceux qu'elle avait poussés avant d'être emportée par le monstre, vers une nuit qui ne s'était jamais dissipée.

— D'accord, faisons comme ça, dit-elle.

— Si tu as peur de te faire repérer, tu peux attendre ici et je viendrai te chercher. De toute façon, ce qu'on a à dire aux journalistes tient en peu de mots. Une chose qui t'intéressera sans doute, c'est qu'on pense que Sandy connaît son ou sa ravisseuse, parce que, de toute évidence, elle l'a accompagné dans la ruelle qui longe l'arrière de la boutique, avant de grimper dans son véhicule. Et tout laisse penser qu'elle l'a suivi de son plein gré. C'est en faisant appel à un chien pisteur qu'on a compris ça. J'ignore si tu le sais, Tess, mais on s'était aussi servi d'un chien pisteur pour essayer de te retrouver, le jour de ta disparition. Il a suivi ta trace pendant un petit moment, mais il l'a perdue assez rapidement.

Non, elle ne le savait pas. Pourquoi lui avait-on caché tant de choses sur les circonstances de son enlèvement et sur les moyens mis en œuvre pour la retrouver ? Bien sûr, sa mère avait certainement voulu la protéger, mais connaître les faits aurait sans doute été bénéfique pour sa mémoire. A présent, cette période de sa vie n'était qu'un trou noir qu'elle voulait à tout prix éclairer.

— Le chien a sans doute perdu votre trace parce que le kidnappeur vous a portée dans ses bras, intervint Vic. Du coup, on a fait la même chose avec le chien. On l'a soulevé pour qu'il puisse flairer les tiges, les feuilles et la barbe du maïs, au cas où vous les auriez frôlées et que votre odeur s'y trouverait. Sans succès, malheureusement.

— Tout à l'heure, tu as parlé d'un ou d'une ravisseuse, dit Tess en se tournant vers Gabe. Tu penses que j'aurais pu être enlevée par une femme ?

— On doit envisager toutes les possibilités, même s'il s'agit probablement d'un homme.

— Quand une fillette est enlevée, renchérit Vic, les gens imaginent automatiquement que le coupable est un homme, sans doute un pédophile. Mais vous êtes revenue intacte physiquement, Dieu merci, et c'est rarement le cas quand un homme enlève une femme ou une petite fille.

Non, elle n'avait pas été violée. Car c'était bien de cela qu'il parlait. Certes, son calvaire aurait pu être pire encore, mais elle avait tout de même été séquestrée, droguée et — son visage et son corps en témoignaient à son retour — battue. Qui avait pu lui faire subir un pareil traitement ?

Gabe posa la main sur son poignet.

— On est contents que tu sois là avec nous, Tess, mais tu dois comprendre qu'on ne peut pas toujours prendre des gants.

— Je comprends. Et vous avez trouvé une formule qui n'a rien de brutal, Vic. Oui, à quelques bleus près, je suis revenue « intacte physiquement ».

Sauf que, parfois, j'ai l'impression d'être brisée en mille morceaux, songea-t-elle avant de se souvenir de la raison pour laquelle elle avait voulu venir ici.

— Gabe, pour revenir à Marian Bell… Y a-t-il quoi que ce soit qui puisse lier la disparition de sa fille à mon enlèvement ou à celui des autres filles ?

— Seulement qu'elle se trouvait dans son jardin au moment de sa disparition. Pour sa mère, c'est la preuve qu'Amanda a été victime du kidnappeur de Cold Creek, mais en réalité c'est un lien bien ténu.

Vic, qui était en train d'écrire à la main alors qu'il avait deux ordinateurs à sa disposition, leva un œil vers Gabe, qui poursuivit :

— La petite était en train de jouer avec son chaton, qu'on a retrouvé dans le jardin. Elle n'a pas fait un bruit. Ni cri ni exclamation, rien. Ce qui est intéressant, c'est qu'elle a emporté son blouson, qu'elle avait posé dans l'herbe quelques minutes plus tôt. A croire que le kidnappeur s'est inquiété qu'elle ne prenne froid et qu'il ne s'est pas emparé d'Amanda dans la précipitation. Aucune empreinte de chaussures ou de pneus, rien n'indiquant qu'elle ait été traînée de force hors de la propriété, pas de témoin.

— Ça aussi, ça ressemble aux autres enlèvements, non ? demanda Tess. Cette absence de témoin et d'empreintes, le fait que la victime semble avoir suivi le ravisseur en toute confiance…

— Oui, c'est vrai, admit Gabe.

— Alors pourquoi est-ce que tu ne crois pas qu'elle a été enlevée par le même kidnappeur que Jill, Sandy et moi ?

— Son père, qui venait de divorcer de Marian dans des conditions difficiles, est parti à l'autre bout du monde le lendemain de la disparition. De Columbus, il a pris un avion pour Miami, et de Miami pour Rio de Janeiro. Il n'a pas voyagé avec un enfant, mais une femme a pris le vol précédent pour Rio en compagnie d'une fillette qui correspondait au signalement d'Amanda. Cette gamine avait un passeport, bien sûr, mais pas au nom d'Amanda. Les investigations se sont poursuivies après ça, et on a accumulé des renseignements sur les affaires que son père, Peter Bell, faisait à Rio, ainsi que sur les contacts qu'il avait là-bas. Et pourtant l'enquête a abouti à une impasse.

— Pauvre Marian…

— Oui…, répondit Gabe avec une moue fataliste. On a d'abord travaillé avec les autorités brésiliennes, et maintenant Marian a engagé un détective privé. Je te parie ma chemise que son ex-mari vit au Brésil sous un faux nom avec sa fille et une nouvelle compagne. Le divorce a été houleux, comme je te l'ai dit. Ils se sont âprement disputé la garde de leur enfant unique. Marian avait obtenu les semaines et les vacances, et le père devait se contenter des week-ends. Pour moi, il a décidé de rétablir la situation à son avantage, quitte à se mettre dans l'illégalité et à séparer la petite de sa mère.

Comme j'ai été séparée de mon père après le divorce de mes parents, songea Tess, même si la comparaison semblait s'arrêter là. Parce que son père était parti sans elle, et que c'était quelqu'un d'autre qui s'était chargé de la kidnapper. Pourtant, sans doute parce qu'elle était un garçon manqué à l'époque, et que ses sœurs ressemblaient davantage à leur mère, Tess avait toujours eu l'impression — partagée par Kate et Char — d'être la préférée de son père.

— Et les autres ? demanda-t-elle. Jill Stillwell et Sandy ? Pas de problèmes entre les parents ?

— Rien de probant de ce côté-là, répondit Gabe.

— Vous auriez fait un bon flic, Tess, intervint Vic avec une moue approbatrice, avant de se replonger dans ce qu'il écrivait.

Sans doute prenait-il des notes en vue de la conférence de presse.

— Passons une nouvelle fois en revue ce qu'on sait et ce qu'on peut dire à la presse sur la disparition de Sandy, déclara Gabe, les coudes sur la table encombrée.

Il décrivit l'arrière-boutique où la fillette jouait, la dernière fois que sa mère l'avait vue, puis mentionna un long coup de fil reçu par Lindell Kenton au moment où le ravisseur s'était sans doute introduit par la porte de derrière. Cet appel pouvait-il avoir été passé par un complice afin de détourner l'attention de la mère ? Des investigations étaient en cours pour retrouver son auteur. Vic intervint pour rappeler que, selon sa mère, Sandy n'était pas une fillette particulièrement téméraire ou désobéissante, et qu'elle ne s'était jamais éloignée de ses parents sans y avoir été autorisée. Gabe évoqua ensuite le capharnaüm de la scène de crime « remplie comme un œuf », la poupée Barbie abandonnée par terre, tout comme ce petit épouvantail en piteux état dont la présence restait un mystère.

— Un épouvantail ? s'écria Tess d'une voix plus forte qu'elle ne l'aurait voulu.

Ce simple mot avait suffi à lui broyer l'estomac, sans doute à cause de ces cauchemars éveillés où elle se faisait malmener par un épouvantail vivant.

— Oui, répondit Gabe, tandis que Vic relevait une nouvelle fois la tête. Un épouvantail de la taille d'une poupée, qu'on a retrouvé par terre dans l'arrière-boutique. Pourtant, la mère de Sandy nous a assuré qu'elle ne l'avait jamais vu. Tout au plus se souvient-elle d'avoir commandé des petits épouvantails pour sa décoration d'Halloween, l'année dernière, mais elle n'a jamais reçu le colis.

— Un épouvantail…, répéta Tess, d'une voix pensive, cette fois.

— Ça te rappelle quelque chose ? demanda Gabe.

— Non… enfin, si… C'est flou dans mon esprit, mais j'ai parfois la vision d'un épouvantail vivant, lors de ces cauchemars éveillés dont je t'ai parlé. A moins que ce ne soit le mot *épouvante* qui me fasse réagir. Même si ça fait vingt ans que j'ai été kidnappée, il reste toujours en moi un sentiment d'effroi, d'épouvante…

— Et si on y jetait un coup d'œil, à cet épouvantail ? proposa Vic. Il se trouve dans le labo mobile. Mike était au siège du BCI, ce matin, mais il devrait bientôt être de retour.

— Je vais demander à Ann de l'appeler pour s'assurer qu'il sera là quand on en aura terminé avec nos amis de la presse, dit Gabe. Tess, tu restes ici ? Il y a une autre salle, plus petite, où tu seras mieux pour nous attendre.

— D'accord. Tu sais, j'ai vraiment eu peur quand j'ai vu ces journalistes et ces caméras près du kiosque à musique, en arrivant ici… J'ai cru qu'ils allaient me repérer avant que je franchisse la porte du poste.

Gabe hocha la tête et se tourna vers Vic.

— On va dire à Mike de nous attendre pour lui montrer l'épouvantail, dit-il avant de conduire Tess vers l'autre salle.

La pièce était beaucoup moins grande, en effet, meublée d'une petite table rectangulaire et de deux chaises qui se faisaient face. Ni cartes aux murs ni documents éparpillés.

— Une salle d'interrogatoire ? demanda-t-elle.

— Entre autres, oui.

— Avec tous les journalistes qui campent dehors, j'ai l'impression d'être dans une pièce de sûreté, tu sais, comme dans le film *Panic Room*, avec Jodie Foster.

— Je ne veux pas que tu te sentes agressée, Tess. Ces journalistes ne vont pas se jeter sur toi tant que je serai là, et il n'est pas question de te faire subir un interrogatoire, d'accord ?

Il avança une chaise et l'incita à s'y asseoir, la main délicatement plaquée contre sa taille. Lorsqu'il pencha son visage vers elle, Tess sentit qu'il avait mangé de la pizza au déjeuner. Quelque chose d'italien, en tout cas. Et, mêlé à son haleine, c'était tout sauf désagréable. Elle déplaça imperceptiblement le haut de son corps pour être encore plus près de lui.

— Le seul fait d'entendre le mot *épouvantail* a semblé provoquer chez toi une vive émotion, reprit-il. Rien d'autre ne te vient à l'esprit, quand tu penses à un épouvantail ?

— La peur. Quelque chose qui me gifle. Etre battue, peut-être. Recevoir une dégelée.

— Une « dégelée » ? Ce n'est pas un mot si courant. Tes parents l'utilisaient ?

— Non, je ne crois pas. Je peux demander à mes sœurs, mais je n'ai pas le souvenir d'avoir jamais été frappée par mes parents. Peut-être une petite tape sur les fesses, ce genre de choses…

— Mais pas de véritables châtiments corporels, c'est ça ? Tes parents n'étaient pas du genre à se servir d'un ceinturon ou d'une planche à fessée ? Parce que le mot *dégelée* évoque plutôt une volée de coups qu'une tape sur les fesses.

— Non, ils n'ont jamais été violents. Seulement entre eux, et seulement verbalement.

— Alors ce mot fait peut-être référence à quelque chose qui t'est arrivé pendant ta séquestration. Ça voudrait dire que tu as débouché le flacon, Tess. Et, une fois que le flacon est débouché, les souvenirs peuvent affluer d'un seul coup. C'est du moins ce que j'ai lu dans je ne sais plus quel bouquin.

— A propos de bouquin, Mlle Etta est passée me voir pour me prêter des livres sur les traumatismes de l'enfance et sur la façon dont ils peuvent affecter la mémoire. Je crois que je vais y jeter un œil.

— Bonne idée. Dis-moi si ça donne quelque chose.

Les cris de cette fillette de Hear Ye punie d'une fessée parce qu'elle avait volé Dieu sait quoi résonnèrent de nouveau dans son esprit. Devait-elle en parler tout de suite à Gabe ? Lui dire qu'elle était déterminée à en savoir le plus possible sur cette petite, et peut-être même à l'aider, s'il s'avérait qu'elle était retenue contre son gré dans la communauté de Monson ?

La voix de Vic retentit à l'autre bout du couloir :

— Gabe ! Il faut y aller !

Gabe lui pressa doucement l'épaule avant de s'éloigner, sa main lui frôlant les cheveux presque comme une caresse. Mais ce n'était pas le moment de se faire des idées, d'autant que Gabe entretenait manifestement une relation avec Ann, même s'il s'était efforcé d'en minimiser l'importance. Et puis, qu'est-ce que ça pouvait bien lui faire, de toute façon ? Elle voulait vendre sa maison le plus vite possible et rentrer à Jackson pour acheter cette crèche et réaliser son rêve, non ? Bien sûr, si elle pouvait profiter de son court séjour à Cold Creek pour aider les fillettes qui avaient subi le même sort qu'elle… Pour éclairer ces ombres effrayantes tapies dans les recoins de sa mémoire et faire enfin la paix avec le passé…

Une voix interrompit ses pensées. Ann venait d'entrer dans la pièce.

— Gabe m'a demandé de vous apporter du café et un beignet, dit-elle en posant sur la table le mug fumant et la pâtisserie blanchie par le sucre glace. J'ai enfin réussi à me débarrasser de mes frères, ajouta-t-elle avec un sourire. Je vais aller assister à la conférence de presse, mais vous n'êtes pas seule. Peggy, qui travaille d'ordinaire de nuit, vient tout juste d'arriver. Elle est à la réception, si vous avez besoin de quoi que ce soit.

— D'accord. Merci, Ann.

— Ne le prenez pas mal, mais j'aimerais vous donner un conseil, dit la jeune femme d'un ton plus dur. Gabe est obsédé par ces affaires de kidnapping, que ce soit le vôtre ou les autres, et je pense qu'il ne faut pas ajouter à son fardeau. Ce que je veux dire, c'est que vous ne devriez pas vous attarder ici si vous êtes incapable de l'aider, parce que votre présence est pour lui un rappel quotidien des échecs de son père, vous comprenez ? A votre place, j'irais parler avec Aaron Kurtz, le propriétaire du champ qui jouxte votre maison. Ça l'intéresserait peut-être de l'acheter pour la démolir et augmenter sa surface de terres cultivables. Il cherche toujours à s'agrandir. Les affichettes, c'est bien gentil, mais il faut penser autrement, si vous voulez vendre vite. Faire preuve d'un peu plus d'imagination, quoi.

Vendre vite et m'éloigner de Gabe, songea Tess. Le message était clair.

— Merci pour le conseil, dit-elle en s'efforçant de conserver un ton neutre.

Mais ses mains enserraient le mug avec une telle force qu'elle s'attendait presque à le voir exploser.

— De rien, répondit Ann avant de quitter la pièce, si vite que son départ avait des allures de fuite.

Penser autrement... Quelqu'un continuait à enlever des fillettes après toutes ces années ; quelqu'un du coin qu'elle connaissait peut-être ; quelqu'un qui pouvait saluer Gabe d'un mot gentil quand il le croisait dans la rue... En tout cas, pas question de faire comme si rien ne s'était passé chez ces dingues de Hear Ye. Elle allait s'y rendre et essayer d'en savoir plus sur ce qui se tramait derrière les murs de la communauté. Et aller voir Aaron Kurtz n'était sans doute pas une mauvaise idée, après tout, même si Gabe et Vic Reingold l'avaient manifestement rayé depuis longtemps de leur liste de suspects. Elle pourrait lui poser quelques questions sans avoir l'air d'y toucher, et voir s'il se comportait de manière étrange avec elle. Et pourquoi pas faire d'une pierre deux coups en lui proposant d'acheter la maison ? La perspective de retourner à Hear Ye l'inquiétait, tout comme celle de se retrouver face à face avec le vieil agriculteur.

Mais c'était le mot *épouvantail* qui réveillait vraiment l'effroi en sommeil depuis des années.

11

Tess leva une nouvelle fois les yeux vers l'horloge. Le temps semblait s'étirer sur le gros cadran fixé au mur de la petite pièce. Non seulement les aiguilles étaient paresseuses, mais elles émettaient un son bizarre ; une sorte de grincement sournois aussi éloigné que possible du traditionnel tic-tac qu'on était en droit d'attendre d'elles.

Une demi-heure passa à la vitesse d'une journée entière. Cette conférence de presse n'était donc pas encore finie ? Gabe lui avait pourtant dit qu'il n'avait pas grand-chose à annoncer aux journalistes.

Quelques minutes interminables passèrent encore avant que des bruits de pas se fassent entendre du côté du hall d'accueil. Enfin ! Gabe était de retour. Etait-il déjà muni de l'épouvantail que devait ramener le collègue de Vic ? *Epouvantail*… L'émotion que ce mot provoquait en elle trahissait forcément autre chose que le simple rappel d'un cauchemar éveillé, si inquiétant fût-il.

La porte s'ouvrit brusquement alors qu'elle s'était levée pour accueillir Gabe. L'homme qui apparut dans l'embrasure n'était pas celui qu'elle attendait, mais un personnage qu'elle reconnut après toutes ces années, malgré les nombreux kilos qui bouffissaient son visage et donnaient à son corps une ampleur spectaculaire.

Reese Owens s'arrêta un moment sur le pas de la porte, comme pour voir si elle se souvenait de lui.

— Bonjour, monsieur le maire, dit-elle.

— Bonjour, Teresa… ou plutôt Tess, d'après ce qu'on

m'a dit. Le shérif et l'agent Reingold sont toujours en train de répondre aux questions des médias. J'ai ouvert la conférence de presse avec une déclaration, mais ils n'ont plus besoin de moi. Ann m'a dit que tu étais là — tu permets que je te tutoie, n'est-ce pas ? — et j'ai décidé d'en profiter pour… Une minute s'il te plaît, dit-il en levant la main.

Il avança dans la pièce, à bout de souffle comme s'il venait de courir un cent mètres. Il se pencha vers la table, appuyé sur ses poings.

— Pour te suggérer de ne pas t'attarder, dit-il d'un trait alors qu'il semblait recouvrer sa respiration. Ne pas t'attarder à Cold Creek, je veux dire. Je sais, je sais… Ça ne semble pas très amical de t'accueillir comme ça dans une ville pourtant réputée pour son hospitalité, mais je te dis ça pour ton bien, tu sais. Pour le bien de la communauté, aussi. Tu as fait le bon choix en décidant de ne pas te rendre à la conférence de presse. J'ai entendu dire que ta présence a déjà créé des perturbations, et ça ne va pas se calmer de sitôt. Ça commence par des journalistes qui font le siège de ta maison, et demain ce sera quoi, hein ? Tout ça n'est bon pour personne, Tess. Ni pour la ville ni pour toi.

— Je suis très touchée de savoir que vous vous souciez de mon bien-être, monsieur le maire, répliqua Tess d'un ton un peu acerbe. Mais, puisque vous semblez si bien informé, vous savez sans doute que je n'ai pas l'intention de faire de vieux os ici. Je veux seulement passer un peu de temps avec ma famille et vendre ma maison. Et le plus vite sera le mieux. Si ma présence à Cold Creek vous stresse à ce point, la ville n'a qu'à acheter ma propriété pour me faire partir plus vite.

— Ecoute, Tess, je sais que tu en as bavé des ronds de chapeau, et ta famille aussi. Mais, en ma qualité de maire, j'ai le devoir de protéger le plus grand nombre. Désolé d'avoir été aussi direct avec toi.

Il s'approcha d'elle, un peu trop à son goût.

— Je connaissais bien ton père… Il aurait mieux fait de rester chez lui, ce jour-là.

Tess recula d'un pas.

— Il était en voyage d'affaires.

Le maire émit un son nasal accompagné d'un petit sourire entendu.

— Je ne veux pas que tu fasses copain-copain avec Gabe au point de t'imaginer que c'est toi qui mènes l'enquête. Déjà qu'il faut se farcir le retour de l'agent Reingold… Fais-moi plaisir, Tess, garde tes distances avec ce nouveau kidnapping et avec le shérif, d'accord ? Ceux qui n'apprennent pas des erreurs du passé sont condamnés à les répéter, ma chère. La disparition de la petite Kenton est mon affaire, ainsi que celle de la police.

— Vous semblez oublier que je ne suis plus une enfant et que vous n'avez aucun droit de me donner des ordres, répondit Tess d'une voix ferme. Et, si vous tenez vraiment à ce que les fillettes soient retrouvées, pourquoi ne souhaitez-vous pas vous faire aider par tous ceux qui sont en mesure de le faire, que ce soit l'agent Reingold, moi, ou qui que ce soit d'autre ?

— Ne sois pas agressive avec moi, dit-il en agitant le doigt sous le nez de Tess. Comme je te l'ai dit, c'est aussi pour ton bien que je te dis tout ça. Au cas où je n'aurais pas été assez clair, je ne veux pas que Gabe et toi commettiez les mêmes péchés que vos parents. Tu as compris ce que je veux dire, cette fois ?

— Non. J'ignore de quoi vous parlez.

— Ah oui ? Eh bien voici le numéro de téléphone de ton père, là-bas, dans l'Oregon, dit-il en plongeant la main dans sa poche. Tu n'as qu'à lui demander des éclaircissements. Et, puisqu'on parle de ta famille, j'espère que tu ne vas pas non plus suivre l'exemple de ton cousin qui a rejoint la secte de ce dingue de Monson. L'Etoile Lumineuse ! s'écria-t-il en pouffant. N'importe quoi.

Avant qu'elle puisse lui dire que c'était à lui et non à elle de trouver un moyen de débarrasser la ville de cette secte, il se redressa et recula vers la porte.

— Bon, je te laisse. J'ai l'impression qu'ils sont revenus

de la conférence de presse et j'aimerais savoir comment ça s'est passé.

L'instant d'après, il avait quitté la salle d'interrogatoire, et Tess se laissa lourdement tomber sur sa chaise. Comment ce type avait-il réussi à se faire réélire tant de fois ? Non seulement il était désagréable, mais il y avait chez lui quelque chose de foncièrement malsain.

Elle ramassa le petit bout de papier quadrillé que le maire avait abandonné sur la table. Elle y lut un numéro de téléphone et le nom de son père — Jack Lockwood — griffonnés d'une écriture large et pleine de boucles.

Pourquoi le maire l'incitait-il à composer ce numéro ? Se pouvait-il que son père ait envie de la revoir, mais qu'il n'ose pas la contacter, après les manquements dont il s'était rendu coupable ? S'était-il servi du maire pour tâter le terrain et voir si elle accepterait de faire le premier pas, après toutes ces années ? Et s'il détenait une information sur son enlèvement ? Quelque chose qu'il n'avait jamais révélé et dont il avait enfin décidé de lui faire part ? Mais le maire n'avait-il pas laissé entendre que son père avait commis un acte répréhensible ? *Je ne veux pas que Gabe et toi commettiez les mêmes péchés que vos parents…* Qu'est-ce que Reese Owens entendait par là ?

Entendant des voix étouffées dans le couloir, elle se redressa sur sa chaise.

Tess dut attendre encore quelques minutes avant que Gabe n'entre seul dans la salle d'interrogatoire. Elle remarqua aussitôt qu'il cachait quelque chose dans son dos. Un sac en plastique transparent qu'il ne parvenait pas à dérober entièrement à son regard. Elle inspira profondément et s'agrippa aux rebords de sa chaise.

— Désolé que le maire soit venu t'importuner, dit-il. Je n'ai pas pu m'empêcher de sourire quand il m'a raconté que tu t'étais montrée insolente avec lui. C'est une qualité que j'apprécie particulièrement chez une femme.

Tess posa les yeux sur lui plutôt que sur le sac en plastique qui contenait sans doute l'épouvantail. Elle aimait la façon dont Gabe la taquinait, dont il lui faisait la cour sans en avoir l'air, mais elle ne se sentait pas d'humeur à répondre sur le même ton.

— Oui, ce type est vraiment antipathique, répondit-elle. Non seulement il s'est permis de me parler comme si j'étais une gamine, mais il a insinué des choses désagréables.

Gabe fronça les sourcils.

— Ah bon ? Comme quoi ?

— Eh bien, il m'a donné le numéro de téléphone de mon père en laissant entendre qu'il savait des choses sur mon enlèvement. C'est du moins ce que j'ai cru comprendre.

— J'ai le numéro de ton père, moi aussi, et il n'est pas exclu que je lui passe un coup de fil. Mais si tu préfères l'appeler avant moi…

— Je crois que j'aime autant que tu le fasses, même si j'ai souvent songé à reprendre contact avec lui.

Elle fit une pause, le visage concentré.

— Tu sais quoi ? Je vais en parler avec Char. Tu te souviens de ma sœur, n'est-ce pas ? Elle est travailleuse sociale, maintenant. Elle est vraiment douée pour donner des conseils et réconforter les gens. J'avais l'intention de l'appeler, de toute façon.

— D'accord, tu me diras ce que tu as décidé.

Il la considéra un instant avec un sourire bienveillant.

— Bon, Mike a ramené l'épouvantail dont je t'ai parlé… Tu te sens prête à y jeter un œil ?

— Pas vraiment, pour dire la vérité. Mais je crois que c'est important pour l'enquête. Ou, plutôt, j'ai la *certitude* que c'est important. Alors je vais le faire pour moi, mais aussi et surtout pour les autres victimes du kidnappeur.

— Très bien, dit Gabe avant de fermer soigneusement la porte derrière lui.

Peut-être ne voulait-il pas que le maire — voire Vic Reingold, même si elle ignorait pourquoi — entende les commentaires qu'allait lui inspirer cet épouvantail.

Une fois le sac transparent posé sur la table, il le lissa du plat de la main afin qu'elle puisse correctement examiner son contenu. La poupée devait mesurer une soixantaine de centimètres, ce qui était évidemment beaucoup plus petit qu'un véritable épouvantail qu'elle aurait pu voir dans le champ, le jour de son enlèvement.

Elle sentit le regard de Gabe sur elle tandis qu'elle se levait pour mieux voir le visage de l'épouvantail. L'instant d'après, elle eut un mouvement de recul d'une telle violence qu'elle envoya valser la chaise qui se trouvait derrière elle.

— C'est lui ! s'écria-t-elle. C'est lui !

Gabe posa une main ferme sur son épaule.

— Qui, *lui* ?

— M. Méchant, répondit Tess avant de fondre en larmes. Tu vois son visage ? Tu vois comme il est affreux ? Ce n'est pas moi, la vilaine, c'est lui !

Gabe s'empara du sac et jeta l'épouvantail sous la table, face contre terre, avant de la prendre dans ses bras.

— Là, tout va bien, Tess… Tout va bien, dit-il en la berçant comme une enfant.

Et c'était précisément ce qu'elle avait l'impression d'être : une enfant apeurée. La tête de cette immonde poupée, avec ses yeux exorbités, son visage renfrogné et sa bouche grimaçante, édentée… Les quelques dents qui lui restaient étaient toutes de travers, vraiment horribles ! *Mais pas aussi énormes que celles du monstre vert.*

— Parle-moi de ce « M. Méchant », dit Gabe d'une voix douce. C'est lui qui t'a battue ?

— Oui. Oui, c'est lui !

— Mais qui lui demandait de te battre ?

— Personne ne lui demandait. Il me battait parce que j'étais vilaine, c'est tout.

— Tess, tu es sûre que ce n'est pas ta mère ou ton père qui se sont servis de cet épouvantail pour te frapper quand tu avais fait une bêtise ?

— Oui, j'en suis sûre. Tu peux demander à Kate et Char, elles te diront la même chose.

— D'accord, d'accord… Mais dis-m'en plus sur « M. Méchant ».

Tess ferma les yeux. La voix grave et profonde de Gabe était comme un baume apaisant sur les blessures de son enfance. Pourtant, la sensation de sécurité qu'elle éprouvait dans ces bras puissants s'accompagna bientôt d'une sensation moins agréable. Elle se sentit ridicule d'avoir fondu en larmes ainsi. Ridicule de se laisser cajoler comme une gamine et de s'exprimer comme si elle avait vingt ans de moins. Ridicule de s'accrocher à Gabe comme la petite Kelsey s'était accrochée à elle quand elle était allée lui rendre visite à Hear Ye. Au lieu d'être maîtresse de ses émotions, elle se comportait d'une manière puérile.

— Quelque chose d'autre te vient à l'esprit, Tess ? Des images ? Des paroles ? Cet épouvantail fait remonter des souvenirs à la surface ?

Elle secoua la tête avant de renifler et d'essuyer ses joues mouillées de la paume de ses mains. Puis elle se libéra de son étreinte, et il alla ramasser la chaise renversée. Il l'aida à s'asseoir, le dos tourné à l'épouvantail qui gisait au sol dans son sac transparent.

— Désolée, dit-elle après s'être mouchée. Je me suis comportée comme une gamine.

— Tu n'as pas à t'excuser, Tess. Tu as sûrement besoin de te remettre dans la peau de la fillette que tu étais, pour que les souvenirs reviennent.

— En tout cas, c'est tout ce dont je me souviens.

— On sait désormais que tu as été battue par une poupée similaire — celle-là, peut-être — que tu appelais M. Méchant. Et il y a aussi ce terme un peu vieilli de *dégelée*. C'est mieux que rien, tu sais. Je dirais même que c'est un bon début.

Il fit une courte pause, la couvant d'un regard tendre et soucieux.

— J'ai conscience de te demander beaucoup, Tess. C'est normal que tu n'aies pas envie de revivre tout ça.

— Peu importe que j'en aie envie ou non, répliqua-t-elle. Même si ça m'angoisse terriblement, je le ferais si je le pouvais. Mais je souffre bel et bien d'amnésie.

Impossible d'aller au-delà de ce sentiment d'abandon et d'impuissance qui est resté gravé en moi. Cela dit, j'aimerais savoir pourquoi le kidnappeur a laissé cet épouvantail dans l'arrière-boutique, quand il a enlevé Sandy… Ça ne peut quand même pas être un message pour moi ? Une tentative d'intimidation ou quelque chose de ce genre…

— J'espère bien que non, même s'il faut tout envisager. L'épouvantail a peut-être été oublié par mégarde, tu sais. Il a pu tomber sans que le kidnappeur s'en aperçoive. Fais-moi confiance, on va examiner cette horrible poupée sous toutes les coutures et, si elle a quelque chose à dire, on va la faire parler.

— « M. Méchant »… Je n'arrive pas à croire que j'ai pu sortir un truc pareil, dit-elle en essuyant du bout du doigt les dernières larmes qui s'attardaient sous ses yeux. Il a sûrement un rapport avec l'épouvantail vivant que je vois parfois dans mes cauchemars… J'ai sans doute associé mon kidnappeur à la poupée dont il se servait pour me frapper. En tout cas, ça n'a rien à voir avec le monstre qui revient lui aussi dans mes cauchemars. Il s'agit de quelque chose de beaucoup plus imposant, sans compter le bruit qu'il fait… Une sorte de grondement terrible, comme le moteur de cette moissonneuse-batteuse.

— Et si on allait voir Aaron Kurtz, tous les deux, pour que tu puisses regarder cette machine de plus près ?

— Tu ne penses pas qu'il va trouver ça bizarre ? Qu'il va se dire que tu le suspectes de quelque chose ? Ta présence risque de l'inquiéter, et il va se fermer comme une huître…

— Il n'a aucune raison de s'inquiéter. Je crois vraiment qu'il n'a rien à voir avec ce qui t'est arrivé, tu sais.

— Et si les cadeaux de Noël qu'il nous a apportés après mon enlèvement n'étaient qu'une expression de sa culpabilité ? Ou une façon de jouer les innocents ?

— Mon père et Vic ont fait toutes les vérifications nécessaires, à l'époque. Aaron ne verra aucune objection à ce que tu jettes un œil à sa moissonneuse, et je suis certain qu'il acceptera même de répondre à nos questions.

Tess hésita un instant, puis décida de jouer franc-jeu.

— Pour tout te dire, Gabe, je songeais à lui rendre visite seule.

— J'aime autant qu'on y aille ensemble. Mener l'enquête de ton côté n'est pas une bonne idée.

— Ecoute, on verra, d'accord ? Pour le moment, je ne peux penser à rien, sinon que j'ai envie de rentrer à la maison. Je suis contente que cet épouvantail reparte au laboratoire, ajouta-t-elle avec un faible sourire. Parce que les analyses te permettront peut-être de remonter jusqu'à son propriétaire, bien sûr, mais aussi parce que je veux qu'il soit le plus loin possible de moi.

Gabe hocha la tête.

— Je comprends. Pour en revenir à Aaron, je me trompe rarement sur les gens, et j'ai le sentiment que c'est quelqu'un de bien. Et puis, comme je viens de te le dire, Vic et mon père se sont intéressés de près à lui, à l'époque de ton enlèvement. Il a été interrogé, son passé fouillé, son emploi du temps minutieusement vérifié. Et ils ont été d'accord pour le disculper complètement.

A l'époque de ton enlèvement... Ces mots résonnèrent dans son esprit tandis qu'elle posait la main sur la poignée de la porte, puis se tournait vers Gabe en évitant soigneusement de regarder en direction de l'épouvantail.

— Je vais me souvenir de tout, Gabe. Quel qu'en soit le prix.

Après le départ de Tess, Gabe ramassa l'épouvantail et l'examina soigneusement. Le laboratoire du BCI mettrait sans doute plusieurs jours à pratiquer toutes les analyses nécessaires, et il avait besoin de pistes tout de suite. La réaction de Tess à la vue de cette poupée lui avait fait songer à celles de militaires victimes de traumatismes psychiques à la suite d'une explosion. Lorsqu'elle avait crié : « C'est lui ! C'est lui ! », il avait cru entendre ces soldats qui se réveillaient au milieu de la nuit en hurlant : « A terre, les gars ! On se fait canarder ! »

L'épouvantail était coiffé d'un petit chapeau pointu orange. Gabe se faisait peut-être des idées, mais il avait l'impression que les coutures avaient été réalisées à la main, et non à la machine. Pas d'étiquette visible sur ce chapeau, en tout cas. A travers le plastique, il pressa la tête en toile de chanvre — attachée au cou avec une corde effilochée — jusqu'à ce que ses doigts sentent la tige de bois qui la reliait au corps. Rien ne semblait avoir été dissimulé sous le visage grimaçant. Des fils de laine d'un jaune poussiéreux faisaient office de cheveux, et même le coton noir des vêtements ne parvenait pas à cacher leur saleté. Ce personnage semblait vraiment ancien, et bien trop petit pour être planté dans un champ ou même un potager.

On était loin de l'apparence sympathique de l'épouvantail du *Magicien d'Oz*, qu'on pouvait voir tous les ans à la télévision. « M. Méchant » avait vraiment la tête de l'emploi, comme s'il avait été fabriqué spécialement pour faire peur aux enfants. Parfait pour Halloween. Il n'avait ni bras ni jambes, seulement des morceaux de bois grisés par le temps et partiellement couverts de paille que semblait vomir son corps rembourré. Son ventre était aussi mou que son visage, mais il avait un dos tout dur, sans doute fait de bois, lui aussi, sur lequel les membres étaient cloués. Un dos qui, entre les mains d'un sadique, pouvait servir à châtier un enfant.

Une observation plus attentive lui permit de noter que la paille qui sortait des manches et du pantalon court était récente, alors que les tiges de bois faisant office de bras et de jambes étaient manifestement d'un âge vénérable.

C'est alors qu'il trouva ce qu'il cherchait : un début de piste. Un élément pour entamer les recherches — pour tirer le fil qui le mènerait peut-être au kidnappeur.

Sous les vêtements noirs de l'épouvantail dépassait légèrement le rectangle d'une étiquette de prix. L'impression était devenue presque illisible, et il n'y avait pas de code-barres, ce qui confirmait l'ancienneté de l'objet. En haut de l'étiquette, il parvint néanmoins à déchiffrer les mots « Mason's Mill ».

L'épouvantail avait été fabriqué dans la scierie de son ami Grant Mason, située juste en dehors de la ville.

Tess était plus déterminée que jamais à aller regarder de plus près ce qui se passait à Hear Ye. Plusieurs jardins potagers verdissaient le complexe religieux, et elle comptait voir s'ils utilisaient des épouvantails pour effaroucher les oiseaux. Munie de la vieille baguette de sourcier de son père, elle parcourut rapidement les quelques kilomètres qui séparaient sa maison de l'endroit où vivait désormais son cousin. Quelle chance qu'il lui ait demandé de lui prêter main-forte pour dénicher une source ! C'était une excuse toute trouvée pour revenir ici. Même si elle ne parvenait pas à identifier la fillette qu'elle avait entendue crier, peut-être pourrait-elle au moins réunir d'autres informations utiles à Gabe.

Une fois garée sur le parking, elle gravit la pente douce qui menait au sommet du monticule herbeux que lui avait indiqué Lee. De là-haut, on pouvait voir les champs qui s'étendaient derrière les bâtiments de Hear Ye et semblaient couler vers le cœur de la ville. Pas d'épouvantail du côté des citrouilles qui coloraient d'orange un grand potager, ni auprès des dernières tomates de la saison, qui rougissaient une autre parcelle. Plus à gauche, elle aperçut des plants de piments sur le déclin, attachés à des tuteurs de bois. Eux non plus n'étaient pas gardés par un épouvantail. Elle fut surprise de voir un petit champ de maïs cultivé dans l'enceinte même de la communauté. Une récolte sans doute destinée à la consommation personnelle des membres, plusieurs stands proposant déjà du maïs sur le marché de Cold Creek. Là encore, pas d'épouvantail émergeant d'entre les tiges, même si elle repéra quelques casseroles qui dansaient dans le vent, attachées à des piquets tordus. Un autre moyen de faire fuir les oiseaux et les ratons laveurs.

Plus loin étaient installées ce que les gens d'ici appelaient des « serres tonneau » ; sortes de tunnels couverts de plastique et dépourvus de chauffage qui permettaient de prolonger la saison du maraîchage. Pas besoin d'épouvantail dans cet espace protégé, où le cultivateur se rendait essentiellement pour arroser ses cultures.

Arroser… Elle baissa les yeux vers la baguette de sourcier qu'elle tenait à la main. La baguette de son père. Cela faisait des années qu'elle songeait à l'appeler, mais elle savait que sa mère et ses sœurs le prendraient mal. Pourquoi donc le maire avait-il dit que Gabe et elle ne devaient pas reproduire les erreurs de leurs parents ? Il avait même parlé de *péchés*, un mot beaucoup plus fort. Et beaucoup plus étrange. Pour ce qui était de Gabe, le maire faisait peut-être allusion à l'échec de son shérif de père, incapable de résoudre les affaires d'enlèvement. Mais, pour elle, la mise en garde de Reese Owens semblait n'avoir aucun sens.

La voix de Lee interrompit ses pensées.

— Salut, Tess !

Elle tourna la tête et vit son cousin qui gravissait le monticule à grandes enjambées, brandissant sa baguette de sourcier comme un signe de ralliement. Le vigile qui gardait l'entrée du complexe lui avait sans doute signalé son arrivée. Les membres de Hear Ye s'habillaient peut-être à l'ancienne, mais ils devaient se servir de moyens modernes pour communiquer aussi vite ; téléphones mobiles ou au moins talkies-walkies.

— Comment va ta petite famille ? demanda-t-elle. J'espère que Kelsey et Ethan pourront quand même jouer de temps en temps avec les cadeaux que je leur ai achetés.

— Oh oui, bien sûr. Ne t'en fais pas pour ça.

Elle dut admettre qu'elle ne le croyait pas — et même qu'elle n'avait plus confiance en son cousin — et cela l'inquiéta. Il était terrible de se mettre à douter de quelqu'un en qui on avait toujours eu confiance. Etait-ce ce que vivait en ce moment même la malheureuse Sandy Kenton, qui avait été abordée par un adulte dans cette remise où elle jouait, insouciante, avec sa mère juste à côté ? Un adulte dont, très probablement, elle ne se méfiait pas le moins du monde et dont elle découvrait à présent la face cachée ? Cette pensée lui fit froid dans le dos, tout comme celle qui suivit aussitôt : et s'il en avait été de même pour elle ? Si son bourreau — qui, peut-être, était le même que celui de Sandy — était quelqu'un qu'elle connaissait et qu'elle avait estimé digne de confiance ? Si le choc de découvrir la face sombre de cette personne avait été tellement violent que son cerveau avait préféré oublier l'abominable trahison ? Certes, le médicament que son ravisseur lui avait administré à plusieurs reprises avait pu provoquer une perte de mémoire. Mais pourquoi ses souvenirs n'étaient-ils pas revenus quand l'effet de cette substance s'était entièrement dissipé ?

— Ne fais pas cette tête, Tess. Je vais m'assurer que les enfants jouent bien avec tes cadeaux et qu'ils sachent que c'est toi qui les leur as offerts. Et puis, on va se revoir tous ensemble avant ton départ, tu sais. Que dirais-tu d'un pique-nique au bord de la rivière, avant qu'il fasse vraiment trop froid ?

— Ça me ferait très plaisir, Lee. Pour ton puits, ajouta-t-elle en brandissant la baguette fourchue de son père, je me disais que ce serait encore mieux si on trouvait de l'eau dans l'enceinte même de la communauté. Je vois qu'il y a beaucoup de terrain entre les bâtiments, et la source que tu penses avoir détectée sous ce monticule pourrait couler plus bas…

— On m'a chargé de trouver de l'eau ici pour s'assurer que les travaux de creusage auront lieu à l'extérieur de Hear Ye. Pour ne pas faire entrer des étrangers à la communauté, tu comprends ?

Sa ruse pour pénétrer à l'intérieur avait donc échoué… Il fallait dire qu'elle avait été naïve de penser qu'il lui suffirait de se munir d'une branche de saule en forme de Y pour s'introduire dans le bâtiment. Agacée de ne pas avoir mieux préparé son coup, elle pointa la baguette de son père droit devant elle, bras tendus, et se mit à parcourir le sommet du monticule. Elle n'avait pas vraiment envie de se prêter à ce genre d'expérience. Ç'avait été un jeu pour elle, lorsqu'elle était petite, mais aujourd'hui elle n'était pas à l'aise avec le côté… ésotérique ou paranormal de la radiesthésie. Et ce malgré ce qu'avait pu lui dire Kate sur les gens aussi intelligents qu'Einstein, qui croyaient en ce procédé divinatoire. Mais se remettre à jouer les sourcières après toutes ces années pourrait peut-être lui servir d'excuse pour reprendre contact avec son père. Pour l'appeler sous prétexte de lui demander des conseils.

— Je crains que cette vieille baguette ne vaille plus grand-chose, lança-t-elle par-dessus son épaule.

— Tiens, prends la mienne, dit Lee en venant la rejoindre. Je ne veux pas t'influencer avec ce qu'il me semble avoir trouvé, mais tu devrais essayer un peu plus par là, ajouta-t-il en tendant le doigt vers l'endroit d'où il venait.

Pointant la baguette de Lee devant elle, elle marcha lentement dans la direction qu'il lui avait indiquée. Rien ne se passa, et les bras de Tess commencèrent bientôt à fatiguer. Peut-être cela marchait-il quand elle était petite, parce qu'un enfant accepte mieux l'inexplicable qu'un adulte, mais maintenant…

La baguette eut une sorte de secousse vers le bas, suffisamment forte pour que les mains de Tess soient entraînées dans le mouvement. Elle s'immobilisa, le cœur battant, puis recula de quelques pas pour repasser au même endroit. Le phénomène se reproduisit avec une force identique. Des frissons lui picotèrent la nuque avant de descendre le long de son dos, puis d'irradier son ventre. Elle jeta un regard à Lee, qui semblait tout excité. C'est alors qu'apparut derrière lui un homme au visage pâle et émacié, gravissant le monticule dans une sorte de toge bleu ciel qui semblait flotter autour de lui. L'espace d'une seconde, Tess eut l'étrange impression qu'il était dépourvu d'yeux sous ses cheveux d'un blanc éclatant. L'instant d'après, elle vit qu'ils étaient d'un gris-bleu si délavé qu'ils en devenaient presque transparents.

— Etoile Lumineuse..., murmura Lee en inclinant légèrement la tête. Je vous présente ma cousine Tess Lockwood, qui possède également le don pour détecter de l'eau. Elle vient de confirmer l'endroit où je pensais avoir trouvé une source. Tess, voici Brice Monson, notre leader spirituel, l'Etoile Lumineuse qui nous guide à travers les ténèbres.

De près, l'homme dégageait une curieuse impression, comme s'il aspirait tout l'air alentour. C'était d'autant plus étrange qu'ils se trouvaient sur un monticule balayé par le vent.

— Tess, la brebis égarée et retrouvée, dit-il en guise de salut avant de lui tendre la main.

Tess la serra, désagréablement surprise par le contact de sa peau froide et parcheminée. Il tarda à la lâcher, et elle se dégagea doucement mais fermement.

— Je pense qu'il y a bien de l'eau là-dessous, dit-elle, mais vous risquez de devoir creuser très profond pour installer un puits sur ce monticule.

— Des experts m'ont dit qu'on se trouve sur une vaste plate-forme schisteuse, ici, mais je sais que les puits profonds sont les meilleurs pour puiser de l'eau potable, répondit Brice Monson avec un sourire. C'est merveilleux que Dieu vous ait accordé un tel don. Croyez-moi, je sais reconnaître les cadeaux du ciel.

Il s'interrompit, la considérant un instant de son regard délavé.

— J'ai entendu dire que vous avez été affectée par les cris émanant de la séance « Châtiment et Justice » d'hier. Soyez assurée que c'était pour le bien de cette enfant, et que ses cris étaient très disproportionnés, au regard de la petite correction qu'elle a reçue. Cela dit, je comprends parfaitement que ces glapissements exagérés aient pu émouvoir une femme qui a beaucoup souffert dans son enfance. Mais sachez que nous sommes une grande famille, à Hear Ye. Une grande famille aimante qui se satisfait toujours de ce que Dieu veut bien lui accorder dans Sa grande bonté. Bien entendu, si vous voulez vous joindre à nous un de ces jours pour un service religieux, vous êtes la bienvenue. Le shérif McCord lui-même est passé nous rendre visite récemment.

Il écarta les mains, paumes ouvertes vers le ciel.

— Ceux dont les intentions sont pures seront reçus à bras ouverts.

Tess croisa les bras, la baguette de Lee toujours dans la main. Les yeux de Brice Monson semblaient sonder les siens. Parvenait-il à lire dans ses pensées ? Savait-il que ses intentions n'étaient pas « pures » ? Un frisson la parcourut, mais elle espéra que les deux hommes le mettraient sur le compte du vent frais, qui soufflait plus fort à cette hauteur. Malgré sa terrible envie de prendre ses jambes à son cou, elle s'efforça de ne rien laisser transparaître de la répugnance que lui inspirait Brice Monson. Son aversion immédiate et instinctive pour cet homme pouvait-elle être comparée à ce qu'elle avait ressenti en voyant le petit épouvantail empaillé ? Une réminiscence de son enlèvement ? Non, cette réaction était certainement due à la situation de Lee et de sa famille : un gâchis dont elle considérait Monson comme responsable.

— Merci pour votre invitation, dit-elle. Et puis… bonne chance pour le puits.

Monson éclata de rire comme si elle venait de faire un jeu de mots des plus sophistiqués, exhibant de grandes dents blanches et une langue rose pâle. Lee s'esclaffa à son tour, en écho au rire de son gourou. Tess leur dit au revoir et s'éloigna sans hâte malgré son envie de s'enfuir en courant.

12

L'épouvantail soigneusement caché dans deux sacs en papier brun qui l'enveloppaient de part et d'autre, Gabe sortit de sa voiture de patrouille et se dirigea vers l'entrée principale de Mason's Mill. Cela faisait cinq générations que la famille Mason possédait cette scierie. Beaucoup d'habitants de Cold Creek y travaillaient déjà, et Gabe savait que Grant Mason avait le projet de développer son entreprise et de procéder à de nouveaux recrutements.

Grant, qui possédait et dirigeait désormais la scierie, était un de ses amis proches. Une amitié qui avait commencé quand ils s'étaient retrouvés voisins de classe, à l'école élémentaire de Cold Creek — la maîtresse de CE1 avait placé les enfants par ordre alphabétique, en fonction du prénom —, et qui ne s'était jamais démentie depuis. Grant l'avait traité de dingue à l'époque où il s'était engagé dans l'armée et qu'il était parti combattre en Irak, et Gabe devait reconnaître qu'à son retour leur relation avait changé. Ils ne s'appréciaient pas moins qu'auparavant, mais l'insouciance avait disparu. De fait, il y avait bien longtemps qu'ils n'étaient pas partis faire une virée à Columbus ou camper dans les montagnes, tous les deux. Ce n'était pas leur famille qui les accaparait — ni Grant ni Gabe n'avait de femme ou d'enfant —, mais leur travail, dans lequel l'un comme l'autre s'investissait à fond.

Gabe était souvent venu à la scierie quand il était gamin et que le père de Grant la dirigeait encore. Il y avait même travaillé pendant quelques étés, balayant la sciure une fois les opérations de mesure, d'écorçage et de découpage effectuées par les ouvriers. L'énorme parc à grumes lui était familier, avec ses troncs empilés sur plusieurs mètres de haut, ses planches en attente de livraison entassées à l'abri et le ballet des grumiers qui se délestaient de leur chargement, tandis que les camions remplissaient leur benne. Les frères d'Ann travaillaient là, à présent — trois brutes dont il voulait moins que jamais comme beaux-frères.

Le *bip-bip-bip* strident d'un signal de recul lui fit tourner la tête. Un énorme chariot élévateur faisait marche arrière dans le parking. Gabe effectua un large détour pour éviter l'engin et accéléra le pas vers l'entrée de la scierie, songeant à la moissonneuse-batteuse que Tess avait une nouvelle fois mentionnée. Au fond, elle avait sans doute raison de préférer rendre visite seule à Aaron Kurtz, plutôt que de s'y faire accompagner par un homme en uniforme. Même si l'agriculteur le connaissait bien, Gabe restait le shérif de Cold Creek — le représentant de la loi — et, à ce titre, il inspirait sinon la crainte, du moins une certaine méfiance. Et puis, Tess ne risquait rien avec Aaron, diacre et père de famille respecté. Gabe ne pouvait croire qu'il ait pu remarquer quelque chose d'étrange dans son champ, le jour de l'enlèvement, et garder cette information pour lui. Quant à l'imaginer dans la peau d'un kidnappeur, c'était pour ainsi dire impossible, même si ce mot était à bannir d'une enquête de police.

Oui, il fallait tout envisager, même l'inenvisageable. Dans ces conditions, ne serait-il pas avisé de s'intéresser à ceux qui s'étaient trouvés tout en bas de la liste des suspects, lors des précédents enlèvements ? Comme Aaron Kurtz, justement, ou même Reese Owens ? Etait-ce vraiment parce qu'il craignait une mauvaise publicité pour sa ville que le maire était tellement sur les nerfs chaque fois qu'un nouvel enlèvement se produisait à Cold Creek ?

— Hé, Gabe ! hurla Jonas, un des frères d'Ann.

Ses oreilles couvertes d'un casque anti-bruit donnaient l'impression qu'il écoutait de la musique en travaillant. Un masque anti-poussière dissimulait en partie son visage, mais il criait si fort que ni le masque ni le vacarme des machines ne parvenaient vraiment à étouffer sa voix.

— Alors, ça baigne, vieux ? cria-t-il encore, penché sur la déligneuse.

Gabe se contenta de répondre d'un salut de la main avant de gravir les marches en métal qui menaient au bureau de Grant, sa situation élevée permettant au patron de garder un œil sur le travail des employés.

Assis sur son bureau et les pieds sur le dossier du fauteuil, son ami pianotait sur un ordinateur portable posé en équilibre sur ses cuisses. Une étrange position, qui lui donnait sans doute une vue encore plus large de ce qui se passait en bas. Comme les choses avaient changé, depuis l'époque où le père de Grant supervisait les opérations avec un crayon de papier coincé derrière l'oreille et un bloc-notes dépassant de la poche poitrine de sa chemise !

Gabe avait un souvenir très précis de cet homme, à la fois paternaliste et autoritaire avec ses employés, qui aurait souhaité que son fils apprenne le métier sur place après ses études universitaires. Mais Grant ne l'avait pas écouté, quittant le nid pour la Californie du Nord puis l'Oregon, où il avait fréquenté des bûcherons et trouvé un emploi d'opérateur écorceur en forêt. Quand il était revenu à Cold Creek pour reprendre l'affaire familiale, son père avait fini par admettre que Grant avait pris la bonne décision, en passant quelques années à apprendre les métiers du bois loin de la protection paternelle. Cette expérience lui avait ouvert l'esprit, et lui avait permis d'acquérir des connaissances et une humilité qui faisaient parfois cruellement défaut à ceux qui héritaient d'une entreprise. Aujourd'hui, il était aussi à l'aise avec les patrons qui passaient commande qu'avec les bûcherons ; aussi à l'aise avec ses employés qu'avec les sénateurs qui décidaient de la politique environnementale dont dépendait l'avenir de sa scierie.

Gabe referma la porte du bureau pour atténuer le bruit des machines, et Grant leva enfin les yeux de son écran.

— J'ai amené quelque chose que j'aimerais te montrer, dit Gabe. Un objet dont je cherche la provenance.

Grant posa l'ordinateur portable et vint serrer la main de Gabe, lui donnant au passage une tape amicale sur le haut du bras.

— Moi aussi, ça me fait plaisir de te voir, ironisa-t-il. Alors, je parie que ça concerne ce nouvel enlèvement, hein ? Qu'est-ce que je peux faire pour toi ?

A l'école, ils avaient été si proches qu'il leur arrivait de terminer la phrase de l'autre ou de répondre à sa question avant même qu'elle n'ait été posée. Bien que grands aux yeux bleus tous les deux, Grant Mason était un blond dégingandé — le genre Viking écumant les mers —, alors que Gabe, plus large d'épaules, avait les cheveux noirs. Mais cette différence ne les avait pas empêchés de se sentir comme des jumeaux jusqu'à la fin de leur adolescence.

— Est-ce que ce charmant personnage a été vendu ou fabriqué dans ta scierie ? demanda Gabe en sortant l'épouvantail des sacs en papier. Il y a une étiquette « Mason's Mill » sur la structure de bois.

— Oui, c'est bien l'étiquette de la scierie, répondit Grant en regardant à travers le plastique. Mais ça ne date pas d'hier, dis donc… Papa a vendu des poupées d'Halloween, à un moment, mais il y a des lustres qu'on ne fait plus ce genre de trucs. Je crois que ces épouvantails étaient fabriqués avec des tuteurs qui proviennent des coupes de gros piquets carrés. Ces tuteurs, on les vend toujours, par contre. Les gens s'en servent pour le potager, et en hiver certains les attachent avec du fil de fer en guise de pare-neige. Mais les derniers épouvantails et autres sorcières estampillés Mason's Mill ont dû être vendus alors que j'étais encore à l'université.

Grant plissa les yeux, la tête légèrement inclinée de côté.

— Tu sais quoi, Gabe ? Ce n'est pas la première fois que je vois l'habit qu'il porte. Je suis presque sûr que c'est maman qui l'a cousu. C'est elle qui fabriquait les vêtements pour ce genre de personnages, qu'on vendait pour Halloween ou d'autres fêtes. Je suppose que ça lui faisait un peu d'argent rien qu'à elle. Son petit bas de laine, quoi. Je crois même qu'elle se faisait aider par des copines de l'église.

— Comme qui, par exemple ? Tu t'en souviens ?

— Qui ? Eh bien…

Il massa sa mâchoire glabre, l'air pensif.

— Marva Green, je crois, et puis… euh… Wanda Kurtz. Oui, ça, j'en suis sûr. Ces deux-là étaient toujours fourrées ensemble. Elles plaisantaient sur leurs prénoms qui se terminent en « a ». Wanda, Marva…

Grant haussa les épaules avec une mimique comique.

— Elles disaient que ça rimait, et qu'à elles deux elles composaient déjà le début d'un poème. C'étaient des bonnes amies de maman. Tu sais, ce sont elles qui ont préparé presque toute la nourriture, lors de la réception qui a suivi son enterrement.

— Wanda, la femme d'Aaron Kurtz…

— Oui, mais ça date au moins de vingt ans. Désolé, c'est tout ce que je peux te raconter sur cet épouvantail. Au fait, pourquoi il t'intéresse tellement ?

— Je t'en parlerai plus tard. Merci, tu m'as bien aidé.

— Ne me dis pas que ces crétins qui se défoncent à la meth ou aux sels de bain planquent leur came dans nos vieux épouvantails !

— D'accord, je ne te le dis pas. Merci encore pour ton aide, vieux frère. Allez, à plus, dit Gabe en donnant à son tour une petite claque sur l'épaule de son ami, avant de remballer « M. Méchant » dans les sacs en papier.

— Si tu comptes ficher le camp alors que tu viens à peine d'arriver, sache que tu vas me devoir une bière quelque part !

Gabe venait d'ouvrir la porte. Il se tourna vers son ami, happé par le bruit assourdissant qui montait de l'étage inférieur. C'était pire que le vacarme des pales entraînées par le rotor d'un hélicoptère.

— Je risque de te devoir bien plus que ça, Grant.

Alors qu'il descendait l'escalier métallique, il vit les deux autres frères d'Ann le dévisager derrière les grosses dents de la scie circulaire qui débitait une énorme bille de bois.

Tess se rendit directement chez Aaron Kurtz après avoir quitté Lee et son gourou. Elle ne vit pas la moissonneuse-batteuse garée dans l'enceinte de la ferme, pas plus qu'elle n'entendit son bruit caractéristique dans les champs alentour. Mais l'agriculteur possédait des terres un peu partout, et il pouvait très bien moissonner à plusieurs kilomètres d'ici. Après tout, la suggestion d'Ann — même si elle ne partait sûrement pas d'un bon sentiment — était peut-être une idée à creuser. Qui sait si Aaron Kurtz ne serait pas intéressé par sa maison, et surtout par le terrain supplémentaire que cela représenterait pour lui ?

Il était sans doute trop tard pour espérer trouver le prospère cultivateur en train de déjeuner, et sûrement trop tôt pour qu'il soit revenu dîner, mais elle allait quand même tenter sa chance. Elle longea des champs de maïs déjà moissonnés, où les chaumes avaient remplacé les hautes tiges. Bien qu'elle n'eût aucune envie de voir cet énorme engin rôder autour de chez elle, Tess aurait aimé que le champ qui bordait son jardin soit moissonné, lui aussi, afin de dégager la vue qu'elle avait du salon. Et tant pis si le cimetière pour animaux de Dane Thompson devenait brusquement visible. Songer à ces énormes dents saillantes qui avalaient les rangées de tiges avant de projeter les épis d'un côté et les résidus de paille hachée d'un autre la mettait très mal à l'aise. Se rappelait-elle vraiment la présence de la moissonneuse-batteuse, le jour de son enlèvement, ou sa mémoire traumatisée avait-elle inventé un monstre aux grandes dents ?

Elle passa à faible allure devant l'entrée de la ferme, fit demi-tour au croisement suivant et rebroussa chemin. Cette propriété avait toujours été belle et bien entretenue : le bâtiment principal où vivait le couple, avec ses façades blanches aux fenêtres encadrées de noir ; le rouge pimpant de l'énorme grange et les couleurs gaies des autres bâtiments ; les hauts silos jumeaux, comme deux sentinelles veillant sur l'exploitation…

Précédant l'étendue sans fin des champs de maïs, des massifs de fleurs bordés de briques égayaient le vert tendre d'une pelouse récemment tondue. Une clôture de bois blanc délimitait la vaste propriété.

Tess tourna dans l'allée pavée, roulant au pas entre des rangées de citrouilles et des gerbes de maïs. Pourquoi fallait-il que les bâtiments où elle avait le plus de chances de tomber sur des engins agricoles — dont, peut-être, la fameuse moissonneuse-batteuse — se trouvent si près d'un champ de maïs ? Malgré son appréhension, elle se félicita une nouvelle fois d'être venue sans Gabe. Arriver flanquée du shérif aurait donné un aspect trop officiel à sa démarche, et Aaron Kurtz n'aurait pas manqué de s'interroger sur ses véritables intentions. Et si, après lui avoir proposé d'acheter sa maison, elle profitait de l'occasion pour lui demander de moissonner devant chez elle ? Il comprendrait qu'elle soit perturbée par ce rappel de son enlèvement, chaque fois que son regard traversait les fenêtres du salon.

Comme toujours lorsqu'elle passait devant une ferme, qu'elle soit abandonnée, modeste ou magnifique comme celle-ci, elle se demandait si les lieux lui rappelaient des souvenirs. Le jardin, la façade de la maison, la vue… elle soumettait tout ce qui lui tombait sous les yeux à son cerveau, à la manière d'un chat qui flaire un nouvel environnement en quête d'une odeur familière. Mais ici, alors qu'elle immobilisait sa voiture dans une cour entourée de bâtiments, aucune réminiscence ne se produisit.

Elle était là !

La moissonneuse-batteuse verte, de la marque John Deere, se trouvait devant la grange, près d'une remorque accrochée à un tracteur et remplie de grains de maïs. Tess se souvenait bien de cet énorme engin, même si son inconscient l'avait sans doute transformé en monstre dévorateur. Elle quitta sa voiture et promena les yeux sur la cabine destinée au conducteur, sur les énormes roues doubles avec leurs jantes jaunes, sur les huit dents conçues pour s'intercaler entre les rangs avant que la récolte ne soit avalée et triée par la machine ; d'un côté, les grains extraits des épis, de l'autre les tiges hachées pour l'ensilage. A présent, elle comprenait pourquoi ces dents qui dardaient vers l'avant l'avaient tellement impressionnée lorsqu'elle était petite. Pourquoi elle avait pu les associer aux dents acérées d'une sorte de dinosaure… La bonne nouvelle, c'est qu'il s'agissait de toute évidence d'un souvenir de son enlèvement, et qu'il en appellerait peut-être d'autres.

Elle était désormais certaine qu'Aaron Kurtz s'était servi d'une machine similaire le jour fatidique, et qu'elle l'avait aperçue avant d'être enlevée. Si vraiment l'agriculteur se trouvait aussi près d'elle au moment du kidnapping, se pouvait-il qu'il n'ait rien vu ? Avait-il caché quelque chose aux autorités, pour une raison ou une autre ? A l'époque, il avait affirmé ne rien avoir remarqué de particulier. Etait-ce la vérité, ou avait-il commis un acte qu'il préférait garder secret ?

— Qu'est-ce que tu fiches ici ? lança une voix dure derrière elle.

Elle tressaillit et fit volte-face, s'attendant à se trouver face au propriétaire des lieux. Mais c'était Gabe qui se tenait à côté de sa voiture de patrouille, les bras croisés et le visage fermé. Comment ne l'avait-elle pas entendu arriver ? Elle comprit alors que le bruit de la moissonneuse-batteuse résonnait dans sa tête depuis un moment, alors que la machine était tranquillement garée devant la grange, le moteur au repos.

— Il n'y a rien d'illégal à regarder un engin agricole, que je sache, répliqua-t-elle.

— Et la violation de domicile, alors ?

— Je doute que les Kurtz me poursuivent en justice parce que j'ai pénétré dans leur ferme.

— Et l'entrave à enquête policière ? Je suis le shérif de cette ville, et je t'ai demandé de ne pas venir seule ici.

— Arrête, Gabe ! Qu'est-ce qui te prend ? Et puis laisse-moi seule, s'il te plaît ! Ta présence va mettre Aaron Kurtz sur ses gardes. Il va se dire qu'il y a un problème, si le shérif est là !

— Mais il y a un problème ! Tu n'es pas habilitée à mener l'enquête et tu prends des risques inconsidérés. Le coupable peut être n'importe qui, tu comprends ? Que se passera-t-il si Aaron est le kidnappeur et qu'il panique en te voyant arriver chez lui ?

— N'importe quoi ! Tu m'as dit toi-même que…

— Oh ! Bonjour shérif ! lança une voix lointaine qui mit un terme à leur dispute. Quelque chose ne va pas ?

Gabe se tourna vers la femme qui les observait depuis la véranda de sa maison, une main sur le front en guise de pare-soleil.

— Bonjour, madame Kurtz. Si, si, tout va bien. J'étais simplement en train de dire à Tess Lockwood — elle s'occupe d'enfants en bas âge, vous savez — que ce n'était pas l'endroit approprié pour des gamins de trois ou quatre ans. Elle envisageait une sortie éducative dans une ferme comme la vôtre, mais je persiste à dire que ces engins agricoles bruyants et un peu effrayants ne sont pas adaptés pour les tout-petits. Je crois qu'elle ferait mieux de s'en tenir à sa première idée, qui était la visite d'une caserne de pompiers. Les enfants seront ravis de grimper dans les camions rouges et d'actionner la sirène, vous ne croyez pas ?

Tess n'en revenait pas de la facilité avec laquelle Gabe avait menti. Un shérif n'était-il pas plutôt censé être à l'aise avec la vérité ?

S'essuyant les mains sur le tablier qu'elle portait, Wanda Kurtz vint les rejoindre.

— Tess Lockwood…, dit-elle en plissant les yeux dans le soleil. On m'avait bien dit que vous étiez de retour. Sachez que vous êtes la bienvenue ici. Pour vous, les portes seront toujours ouvertes. Vous donnez un coup de main aux parents qui vivent dans cette secte ? Enfin, dans cette communauté religieuse, je veux dire. Moi, je ne juge pas, vous savez… Et puis les enfants n'y sont pour rien, si les parents sont un peu bizarres, hein ? On serait ravis de les recevoir, si c'est l'idée que vous avez en tête. Je pourrais demander à Aaron de construire un labyrinthe avec la moissonneuse, dans un de nos champs. Un labyrinthe tout simple dans lequel ils pourraient courir et s'amuser sans risquer de se perdre, bien sûr. Je suis certaine qu'il serait d'accord. Mais je ne peux pas lui en parler tout de suite, parce qu'il est à Chillicothe. Il avait rendez-vous chez le médecin.

Tess remercia Mme Kurtz, lui expliquant brièvement qu'elle ne se renseignait pas pour les enfants de Hear Ye, mais pour ceux dont elle allait s'occuper à Jackson. Son regard croisa brièvement celui de Gabe, et elle hésita un instant avant de s'éloigner vers sa voiture. Il était peut-être en colère contre elle, mais elle en avait autant à son service.

Alors qu'elle venait de s'installer derrière le volant, elle vit Gabe montrer « M. Méchant » à Wanda Kurtz. Pourquoi faisait-il une chose pareille ? Si Aaron Kurtz était impliqué de quelque façon dans un ou plusieurs kidnappings, lui montrer cet épouvantail ne revenait-il pas à lui donner une longueur d'avance ?

Inutile qu'Aaron Kurtz construise un labyrinthe pour elle, songea-t-elle en démarrant, parce qu'elle était suffisamment perdue comme ça dans les dédales de son esprit, à chercher des fantômes qui lui échappaient dès qu'elle les approchait. C'était comme avoir un mot sur le bout de la langue et ne jamais pouvoir l'articuler. Elle espérait seulement que le labyrinthe de sa mémoire ne déboucherait pas sur une impasse.

Un verre de vin à la main, Tess faisait les cent pas dans sa cuisine, furieuse que Gabe ne l'ait même pas appelée pour s'excuser et lui expliquer pourquoi il montrait l'épouvantail à Wanda Kurtz. Elle jeta un regard noir à la dernière bouteille de blanc qu'elle avait rapportée de Jackson, et qui était déjà sérieusement entamée. Gabe avait-il appris quelque chose sur « M. Méchant » ? Pourquoi la laissait-il dans l'ignorance ? Certes, elle-même ne lui avait rien dit des cris qui s'étaient échappés d'un des bâtiments de Hear Ye. Comment Brice Monson avait-il appelé la séance de châtiment corporel ? « Correction et Justice » ? Quelque chose comme ça, en tout cas. Ce type avait l'air vraiment dingue et il exerçait manifestement une grande emprise sur ses fidèles, mais elle voyait mal comment il aurait pu enlever une fillette et la garder au secret dans un endroit aussi peuplé. Ou alors il aurait fallu que toute la communauté soit complice, Lee et Gracie compris, et c'était une éventualité qu'elle ne pouvait envisager sérieusement. Une autre chose la contrariait : Monson avait dit que le shérif était venu lui rendre visite, et pourtant Gabe ne lui avait jamais parlé de ses soupçons à l'encontre de Hear Ye. Sans compter qu'il était brusquement devenu froid et critique à son égard. Dire qu'elle croyait naïvement qu'il avait besoin de son aide et qu'ils formaient une équipe !

Ne ferait-elle pas mieux, au fond, de contacter une agence immobilière et de faire ses valises ? Qu'est-ce qui la retenait ici, sinon la vente de sa maison ? La réponse lui vint aussitôt : l'espoir d'aider Gabe à retrouver Sandy Kenton, bien sûr, et pourquoi pas les autres filles… Mais elle devait admettre qu'elle s'était aussi mise à nourrir un autre espoir plus personnel, depuis son retour à Cold Creek : se souvenir enfin de sa longue séquestration, et se donner une chance de faire la paix avec ce douloureux épisode d'enfance.

Que faire, à présent que Gabe semblait ne plus vouloir de son aide ? Pour commencer, appeler Char serait peut-être une bonne idée. Un peu de chaleur familiale ne pouvait pas lui faire de mal, sans parler des bons conseils que sa sœur savait toujours lui prodiguer. Ensuite, prendre son courage à deux mains et contacter son père pour tenter de déterminer s'il savait quelque chose sur son l'enlèvement. Que Gabe essaie un peu de lui reprocher un coup de fil à un membre de sa famille ! songea-t-elle en vidant son verre d'un trait. Une chose était certaine, il fallait qu'elle trouve le moyen de s'occuper. Parce que l'inaction ne ferait qu'attiser la déception et la colère qu'elle éprouvait en songeant à l'attitude de Gabe.

Quelle heure était-il, au Nouveau-Mexique ? Sans doute trop tôt pour que Char soit chez elle. En ce moment, sa sœur se trouvait probablement dans une réserve d'Indiens Navajos, assise dans un hogan — une case traditionnelle — et entourée d'enfants dont elle tâchait d'améliorer l'avenir. Quant à appeler son père… Elle n'était pas certaine d'en être capable. Et puis, il y avait aussi un décalage horaire entre l'Ohio et la côte Ouest, et il était peut-être encore au travail. Tess n'avait pas envie de tomber sur la femme avec qui il s'était remarié, d'autant qu'elle ne lui avait jamais parlé.

Ses yeux se posèrent sur les livres que lui avait apportés Mlle Etta. Peut-être devrait-elle les parcourir de nouveau, un peu moins rapidement cette fois, pour voir si cette lecture pouvait lui être bénéfique. Si quelque chose lui revenait, elle n'aurait qu'à appeler Vic Reingold au lieu de Gabe. Elle avait conscience qu'éprouver des sentiments pour le shérif — le fils de l'homme qui n'avait jamais pu résoudre le mystère de son enlèvement — était de la folie pure. De la folie d'éprouver l'envie de le voir, alors qu'elle lui en voulait tellement et qu'elle avait hâte de quitter sa ville natale. Il y avait quelque chose d'effrayant à éprouver une telle attirance pour un homme. Il suffisait que les yeux de Gabe se posent sur elle pour qu'elle frissonne. Et, quand il l'avait embrassée, elle avait eu l'impression de plonger dans la cascade qui rugissait derrière eux.

Gabe se sentit vaguement ridicule, une fois poussée la porte du salon de bronzage. Bien sûr, l'ambiance très féminine n'y était pas pour rien. Mais, si le salon comptait sans doute peu d'hommes parmi ses clients, Gabe doutait que les habitantes de Cold Creek soient beaucoup plus nombreuses à venir se faire dorer la peau aux rayons UVA. Les femmes qui vivaient dans le nouveau quartier du lac Azur devaient aussi être considérées comme des habitantes de la ville, corrigea-t-il aussitôt pour lui-même. N'empêche que lorsqu'on était né ici, au pied des Appalaches, il était parfois difficile de s'habituer au mode de vie des gens plus fortunés.

Gabe n'était toutefois pas un ingrat. Il se souvenait qu'on avait massivement voté pour lui au bureau de vote du lac Azur, et il se montrait toujours courtois avec les nouveaux habitants. Tant qu'ils n'enfreignaient pas la loi, bien entendu, mais cela valait aussi pour les natifs de la ville.

— Ça par exemple, shérif McCord ! s'exclama Marva en levant le nez de son magazine. Qu'est-ce qui me vaut le plaisir ?

Il devait être tombé dans une heure creuse, et c'était mieux ainsi. Il n'avait pas envie que d'autres personnes que Wanda Kurtz et Marva Thompson voient l'épouvantail pour le moment. En revanche, qu'Aaron et Dane soient vite mis au courant de cette rencontre avec « M. Méchant » ne le dérangeait pas, tout au contraire. L'idée était de mettre la pression sur le kidnappeur pour le pousser à sortir du bois ou à commettre une erreur. Cette stratégie avait toutefois un inconvénient majeur : en incitant le coupable à agir, Gabe courait le risque qu'il s'en prenne à Tess.

— Je viens tout juste de rendre visite à Wanda Kurtz, et elle m'a dit qu'elle et vous fabriquiez ces épouvantails, autrefois, et qu'ils étaient vendus à la scierie, dit-il en retirant les sacs en papier.

Allez, M. Méchant, songea-t-il. *Donne des sueurs froides à quelqu'un d'autre que Tess.*

Marva eut presque un hoquet de surprise, aussitôt suivi d'un sourire, en voyant l'épouvantail.

— Oh là là, ça ne me rajeunit pas, dites donc ! Oui, c'est vrai qu'on en fabriquait à l'époque où un salon de bronzage chic à Cold Creek aurait semblé sortir tout droit de la quatrième dimension ! Avec Wanda, Molly Mason et votre mère, on les assemblait et on les rembourrait après avoir cousu ces petits vêtements. Ensuite, ils étaient vendus à la scierie, et on se partageait l'argent, toutes les quatre. Je ne serais pas surprise que certains de vos cadeaux de Noël aient été achetés grâce à ces épouvantails, shérif ! Mais pourquoi est-ce que vous vous y intéressez ?

— Tout ce que je peux vous dire, c'est que c'est en rapport avec l'enquête sur l'enlèvement de Sandy Kenton.

— Ah bon ? Mais comment est-ce possible ? En tout cas...

Elle s'interrompit pour inspirer profondément.

— Si ça peut aider à blanchir définitivement Dane aux yeux de ceux qui le soupçonnent toujours, je suis prête à me creuser la tête pour vous donner tous les détails que vous voulez sur ces épouvantails. Au fait, je voulais vous remercier de ne pas avoir tout de suite pointé Dane du doigt, comme l'avait fait votre père, parce que je peux vous assurer que mon frère n'a absolument rien à voir avec ces horribles enlèvements de fillettes !

— Si vraiment il n'a rien à voir avec tout ça, j'espère que mon enquête parviendra à le mettre définitivement hors de cause. Parce que ça voudra dire que le coupable est enfin sous les verrous. Mais en attendant il faut qu'il vienne faire une déposition au poste, d'accord ? Et dites-lui que manquer de respect aux représentants de la loi n'est pas la bonne façon de procéder. Ah oui, autre chose, Marva... J'aimerais autant que Dane ne quitte pas la ville pendant le temps que durera mon enquête.

— Ah... d'accord. Pour le moment, il est parti chasser avec Sam Jeffers et John Hillman, mais ils ne devraient pas passer plus d'une nuit dans la forêt. Je lui ferai part de ce que vous m'avez dit à son retour. En fait...

La porte du salon s'ouvrit pour laisser entrer une femme svelte, et Marva se mit à murmurer, penchée sur le comptoir de réception :

— S'il est parti en forêt, c'est surtout parce que Sam lui a parlé d'un cerf qui a une patte cassée. Dane va lui administrer un sédatif, et ils vont le charger sur le pick-up de Sam pour le ramener au cabinet vétérinaire. Et si le cerf est mort, John en fera un trophée. Au fond, mon frère est un homme au cœur tendre, vous savez. S'il s'énerve parfois, c'est qu'il a une sensibilité à fleur de peau.

— Pourquoi est-ce que Sam n'a pas tué ce cerf ? C'est curieux, pour un chasseur, non ?

— Oui, j'ai trouvé ça bizarre, moi aussi, mais le fait est qu'il s'est contenté de construire une petite clôture pour l'enfermer.

— Ils forment un sacré trio, pas vrai ? dit Gabe en se dépêchant de remettre l'épouvantail dans les sacs en papier. Un qui soigne les animaux, un autre qui les tue, et le dernier qui les empaille.

— Et ça ne les empêche pas d'êtres amis depuis des années. La preuve qu'on n'a pas forcément besoin de se ressembler pour s'assembler.

— Merci, Marva, dit Gabe, avant de toucher le bord de son chapeau, en guise de salut à la cliente dont la peau ressemblait à du cuir craquelé.

Marva avait tenté de le convaincre de l'innocence de son frère, mais ses propos avaient au contraire aiguisé ses soupçons.

Captivée par les livres prêtés par Mlle Etta, Tess prenait des notes, allongée dans son lit. Elle avait appris que les souvenirs d'événements traumatiques pouvaient se transformer avec le temps ; que des machines pouvaient devenir des monstres dans les rêves, alors qu'en réalité les monstres étaient des êtres humains. Chez les sujets victimes de traumatisme de l'enfance, le refoulement était un mécanisme psychologique qui se déclenchait fréquemment. Sa fonction était de permettre d'atténuer ou de supprimer les effets psychiques d'un événement intolérable. Le refoulement supprimait donc les émotions liées à l'événement traumatisant, mais il s'accompagnait parfois d'une amnésie psychogène qui effaçait purement et simplement les souvenirs liés à ce même événement.

Elle lut ensuite des passages concernant la « terreur nocturne », des cauchemars dont on ne se souvenait pas au réveil. Combien de fois s'était-elle réveillée en hurlant sans pouvoir dire de quoi elle venait de rêver ? Mais ce qui retint le plus son attention fut l'histoire d'un petit garçon rescapé d'un enlèvement, et qui, à l'âge adulte, avait éprouvé un terrible sentiment de culpabilité en apprenant l'enlèvement d'un autre enfant.

C'est ça qui m'arrive ? se demanda-t-elle. *C'est pour ça que je tiens tellement à aider Gabe, même si je suis en colère contre lui ? Et si je me disais inconsciemment qu'en parvenant à m'échapper, sans doute après avoir trompé la vigilance de mon geôlier, j'ai incité le kidnappeur à me remplacer par d'autres fillettes ?*

Entendant un bruit au-dehors, elle se tourna vers la fenêtre. Les projecteurs à détecteur de mouvement s'étaient allumés. Elle espéra aussitôt qu'il s'agissait de Gabe, mais ce qu'elle avait entendu ne correspondait pas vraiment au son des pneus d'une voiture sur le gravier.

Elle venait de sauter hors du lit pour s'approcher de la vitre quand les deux projecteurs s'éteignirent en même temps, la lumière crue cédant la place au noir complet. Elle plissa les yeux, mais impossible de percer la nuit d'encre. Un bruit sec résonna alors dans la maison, qui fut à son tour plongée dans le noir. A tâtons et le cœur battant, elle marcha jusqu'à la fenêtre qui donnait du côté de chez Gabe. Une panne de courant, peut-être ?

Décidée à appeler Gabe, elle repartit vers le lit, à la recherche de son sac à main, qu'elle pensait avoir laissé sur la commode. Après avoir promené plusieurs fois les doigts sur le meuble, elle dut se rendre à l'évidence : le sac ne s'y trouvait pas. Il y avait une torche électrique dans la cuisine, mais elle avait peur de descendre. Et si quelqu'un avait délibérément coupé le courant chez elle ? Quelqu'un qui l'attendait peut-être au rez-de-chaussée ? Ne valait-il pas mieux s'enfermer dans la chambre et ouvrir la fenêtre pour appeler au secours ? Mais où était donc ce fichu sac à main ? Elle avait besoin de son téléphone tout de suite ! Elle avait besoin de Gabe ! Elle regrettait tellement leur dispute…

Alors qu'elle se mettait à genoux pour chercher son sac par terre, son regard traversa la vitre. Et ce qu'elle vit lui glaça le sang.

En bas, une lumière jaunâtre se déplaçait à travers les tiges de maïs. Une lumière qui se dirigeait vers sa maison.

13

Tess n'arrivait pas à détacher les yeux du faisceau lumineux qui se frayait un passage dans le champ. La personne qui tenait la torche électrique longeait sa propriété en ligne droite, sans jamais dévier de son parcours, si près qu'elle pouvait bifurquer à tout moment et bondir dans son jardin en quelques secondes. Tess essaya de focaliser son attention sur la forme sombre. Celle-ci tenait la lampe assez près du sol, peut-être parce qu'elle s'imaginait que cela l'empêcherait de se faire repérer. Ou était-ce pour s'assurer que son visage resterait invisible ? De cette hauteur, il était difficile d'estimer sa taille. Paralysée par la peur, Tess suivit la lumière du regard pendant de longues secondes, retenant malgré elle sa respiration.

Soudain, l'air se remit à circuler dans ses poumons, et ses membres se libérèrent de la gangue de frayeur qui les emprisonnait. Elle partit de nouveau à la recherche de son sac à main — elle savait qu'il était là, quelque part ! —, poussant un soupir de soulagement quand ses doigts se posèrent enfin sur le cuir souple. Après quelques secondes de fouille fébrile, elle en sortit son téléphone et appuya sur une touche pour réveiller l'écran. La lumière jaillit entre ses mains, trouant le noir complet où elle se mouvait depuis que l'électricité avait cessé de fonctionner. Pourquoi n'avait-elle pas enregistré les numéros de Gabe dans le répertoire de son portable ? Le morceau de papier sur lequel ils étaient inscrits se trouvait dans son portefeuille, et elle dut se remettre à fouiller son sac, aidée cette fois par la lumière du téléphone.

Elle n'eut pas de mal à le trouver, mais il lui fallut s'y reprendre à deux fois pour composer le numéro du domicile de Gabe, tellement ses mains tremblaient. Il était forcément chez lui, puisqu'elle avait vu de la lumière briller derrière ses fenêtres. Il n'aurait qu'à sauter dans sa voiture de patrouille et mettre ce rôdeur en fuite. Et s'il s'agissait d'une personne impliquée dans les kidnappings ? Quelqu'un qui craignait qu'elle ne recouvre la mémoire et se mette à parler ? Quelqu'un qui était venu l'effrayer pour la pousser à quitter Cold Creek ou, pire, qui avait décidé de la faire taire à jamais ?

Son appel sonnait dans le vide, encore et encore. Gabe lui avait dit qu'elle pouvait composer le 911 et que sa standardiste de nuit lui transmettrait l'appel. C'était peut-être ce qu'elle devait faire. Elle s'approcha de la fenêtre, le téléphone toujours collé à l'oreille. Le faisceau lumineux qui naviguait entre les tiges de maïs se dirigeait droit vers la zone où elle avait été kidnappée.

Elle entendit enfin un bruit dans son oreille. Gabe venait de décrocher.

— Allô ?

— Gabe, c'est Tess ! Quelqu'un a coupé l'électricité chez moi, et je vois une ombre se déplacer dans le champ de maïs avec une lampe de poche ! Il a longé mon jardin, et maintenant il se dirige vers l'endroit où j'ai été kidnappée !

— Attends, je vais aller regarder par ma fenêtre… Oui, en effet, c'est tout noir, chez toi. Bon, reste tranquillement à l'intérieur de la maison, j'arrive tout de suite. Je vais prendre un poing électrique, en plus de mon arme de service, et je vais traverser le champ depuis chez moi pour voir si je peux surprendre ton visiteur.

— Mais je veux qu'il s'en aille, moi ! Tu ne peux pas faire marcher la sirène de ta voiture pour le faire fuir ?

— Tess, je veux l'arrêter et lui demander des explications. Ne t'inquiète pas, ma chérie, j'arrive tout de suite.

Ma chérie ? Il l'avait appelée *ma chérie* ? L'entendre prononcer ces mots avait quelque chose d'à la fois effrayant et réconfortant, tout comme son idée de venir à travers champ. Elle alla se poster devant la fenêtre d'où on apercevait la maison de Gabe, et tenta de l'apercevoir dans la nuit. Quelques minutes passèrent ainsi, à sonder l'obscurité, avant que Tess ne soit submergée par une brusque colère, dirigée cette fois contre elle-même. Elle ne pouvait pas rester là les bras croisés, comme une poltronne ! Décidée à aider Gabe, elle retourna à la fenêtre qui donnait sur le champ, songeant qu'elle pourrait surveiller la direction que prenait le faisceau lumineux et en informer Gabe.

Elle ne se laisserait dominer ni par la peur ni par son bourreau, si c'était lui qui avait l'audace de venir la narguer sous ses fenêtres. Et, s'il arrivait quelque chose à Gabe, elle ne se le pardonnerait jamais.

Gabe attacha son ceinturon de shérif, dans lequel il ajouta un poing électrique avant de quitter sa maison sans prendre le temps d'enfiler un blouson. Il était 22 heures, à peine passées, et le téléphone avait sonné au moment où il s'apprêtait à se mettre en pyjama. Dieu merci, Tess l'avait trouvé chez lui. A cette heure-ci, il n'était pas si rare qu'il soit occupé sur une affaire, parfois à plusieurs dizaines de kilomètres d'ici. L'adrénaline avait chassé la fatigue, et c'est tous les sens en alerte qu'il quitta sa maison, laissant échapper un juron entre ses dents tandis qu'il verrouillait sa porte d'entrée. Il avait l'impression de perdre un temps précieux, à tourner ces fichues clés dans les trois serrures qui protégeaient son domicile, mais il n'avait pas envie que quelqu'un s'introduise chez lui en son absence et ne découvre ce qu'il avait caché dans la pièce qui lui servait de bureau.

Il passa en courant devant sa voiture de patrouille et s'enfonça dans le champ qui s'étendait jusqu'à la maison de Tess. Il avançait vite, sans ménager ses efforts ni se soucier des tiges qui rebondissaient contre ses hanches et ses épaules. C'est à peine s'il modifia sa course après avoir manqué de trébucher sur des racines, s'efforçant simplement de faire de plus amples foulées. Aaron Kurtz n'allait sûrement pas tarder à s'occuper de ce champ, même si c'était l'un des derniers à avoir été ensemencé. Aller lui demander quand il comptait moissonner serait le prétexte idéal pour l'interroger. Et puis, ces hautes tiges constituaient une trop bonne cachette, pour quelqu'un qui voudrait espionner Tess.

Comme le temps où il courait plusieurs kilomètres chaque jour semblait loin ! Il se sentait en petite forme, déjà à bout de souffle. De toute façon, il devait maintenant ralentir, s'il ne voulait pas que le bruit de sa course alerte le rôdeur. Cette façon d'opérer était si différente de la manière dont les situations dangereuses étaient prises en compte, en Irak. Là-bas, ils fonçaient en convoi lourdement armé vers la zone critique, Gabe à bord d'un Humvee à blindage réactif dont chacune des portes pesait près de deux cents kilos. Ils ne cherchaient pas à faire preuve de discrétion, bien au contraire : il fallait que la population soit prévenue de leur arrivée ; que tout le monde sache que l'armée américaine allait prendre les choses en main ; que les Etats-Unis étaient une nation forte et puissante. Une fois sur place, Gabe utilisait parfois un robot démineur doté d'une caméra qu'il pilotait à distance. Ici, à Cold Creek, on en était resté au face-à-face à l'ancienne. Un contre un, et que le meilleur gagne.

Alors qu'il parvenait à l'endroit où le champ longeait le jardin de Tess, il pointa sa lampe vers la maison, et lui adressa un bref signal lumineux pour qu'elle sache qu'il était là. Il resta immobile quelques instants, l'oreille tendue. Si le rôdeur l'avait entendu arriver et qu'il détalait à travers champ, le bruit des tiges écartées ne pourrait manquer de dénoncer sa fuite. Qui, parmi ceux qu'il considérait comme suspects, disposait des connaissances nécessaires pour couper le courant chez Tess ?

A l'étage, une fenêtre s'ouvrit. Se croyait-elle tenue de répondre au signal lumineux ? Si le rôdeur avait une arme à feu, elle allait devenir une cible facile. Il se dressa par-dessus les tiges pour lui crier de rester à couvert, mais ce fut elle qui cria la première :

— Il s'éloigne vers la propriété du Dr Thompson ! Il doit être à mi-chemin, ou presque, mais je n'arrive plus à voir la lumière de sa torche ! Il est passé par le jardin avant de replonger dans le champ au niveau de l'ancienne balançoire ! Fais attention, il pourrait revenir sur ses pas !

— OK ! Reste enfermée chez toi !

Sa Maglite rallumée dans la main gauche et le poing électrique dans la droite, il traversa en courant le petit jardin de Tess, avant de s'enfoncer de nouveau dans le champ de maïs, à l'endroit qu'elle lui avait indiqué. A en croire Marva, Dane était parti dans la forêt en compagnie de Sam et de John Hillman. Mais était-ce bien la vérité ? S'ils étaient trois à l'attendre quelque part dans ce champ, il risquait de ne pas faire le poids.

Eteignant sa lampe torche, il dévia de sa trajectoire pour rejoindre la petite route. L'idée qu'il puisse s'agir d'une ruse pour l'éloigner de Tess pendant que quelqu'un s'en prendrait à elle le ramena vers la maison. Alors qu'il n'était plus qu'à quelques mètres de la propriété, il vit ce qui avait provoqué la coupure de courant. Le poteau électrique relié à la maison était penché comme si une voiture lui avait foncé dessus, et le câble semblait endommagé. Gabe croyait d'autant moins à l'hypothèse d'un accident qu'il n'y avait pas le moindre véhicule en vue. Il faudrait demander aux propriétaires de stations-service et de garages du coin de noter l'immatriculation des véhicules aux pare-chocs enfoncés et aux capots abîmés. Sans oublier les casses automobiles qui pourraient lui fournir une liste des clients intéressés par ce genre de pièces. Resterait ensuite à envoyer Mike sur place pour relever et analyser d'éventuelles traces de peinture sur le bois du poteau électrique.

Il contourna la maison de Tess, balayant le jardin avec le

faisceau lumineux de sa lampe torche. Lorsqu'il le braqua sur la table de pique-nique, deux yeux étincelèrent dans le rond de lumière. Gabe laissa tomber le poing électrique et dégaina son pistolet.

Mais il le remit presque aussitôt dans son étui. Il s'agissait d'un chien. Un chien immobile aux yeux vitreux, constata-t-il après avoir ramassé le poing électrique et s'être approché prudemment de la table de pique-nique. Un chien empaillé. De nouveau, des images d'Irak s'imposèrent à lui — des chiens crevés qui jonchaient les rues —, mais son esprit revint aussitôt au présent : que faisait ici cet animal empaillé ? D'abord l'épouvantail, et maintenant ça… Soit quelqu'un lui laissait volontairement des indices, soit le but était de faire peur à Tess pour la pousser à quitter la ville.

Les ombres que projetait la lumière de la Maglite rendaient l'animal plus effrayant encore. Il pouvait fort bien avoir été naturalisé par John Hillman, mais Gabe doutait que l'homme soit assez stupide pour laisser lui-même un de ses animaux empaillés en guise de carte de visite. Dans ces conditions, qui avait déposé cette horreur ici ?

Après avoir crié à Tess de rester à l'intérieur, Gabe se laissa tomber sur le banc de la table de pique-nique pour appeler Vic.

L'agent du BCI, qui avait pris ses quartiers dans un motel situé sur la Route 23, à quelques kilomètres seulement de Chillicothe, devait regarder la télévision, à en croire le bruit de fond que Gabe entendait. Il lui expliqua ce qui venait de se passer, et lui demanda si Mike pouvait venir dès que possible, afin de jeter un œil à ce chien empaillé et chercher d'éventuelles traces de peinture sur le poteau électrique. Vic lui répondit que son jeune collègue était retourné au siège du BCI, mais qu'il allait l'appeler tout de suite.

— On se voit demain matin au poste ? demanda Gabe.

— J'y serai à la première heure, répondit Vic avant de raccrocher.

L'appel suivant fut pour son suppléant, à qui il demanda

de contacter les stations-service, les garages et les casses dès le lendemain matin, le but étant de retrouver un véhicule présentant les signes caractéristiques d'un choc violent à l'avant. Pour finir, il appela le fournisseur d'électricité de la ville, afin que des agents viennent au plus vite rétablir le courant chez Tess.

— Je peux sortir, maintenant ? demanda-t-elle en entrouvrant la porte de derrière.

Il vit qu'elle avait passé un manteau sur sa chemise de nuit.

— Non, reste à l'intérieur. J'arrive tout de suite.

Il ne voulait pas qu'elle voie ce chien. C'était un pitbull qui montrait les dents, comme prêt à sauter sur tout ce qui bougeait, ce qui était à peu près l'état dans lequel Gabe se sentait en ce moment. Dès qu'il aurait fait le point avec Vic et Jace, le lendemain matin, il irait interroger John Hillman, Dane Thompson et même Sam Jeffers. Ils avaient intérêt à avoir ramené ce cerf, qu'ils l'aient retrouvé mort ou vif dans la forêt, pour prouver qu'ils n'avaient pas rôdé ce soir autour de la maison de Tess. Se pouvait-il que ces trois hommes — tous trois solitaires et marginaux, chacun dans son genre — se soient ligués depuis vingt ans pour kidnapper des fillettes ? Hillman était divorcé, Sam veuf depuis des années, et Dane avait toujours été célibataire. Trois hommes sans femme ni enfant.

— Oh ! Gabe ! Qu'est-ce que c'est que ça ?

— Je t'avais demandé de rester dans la maison.

— Un chien empaillé ! Et on dirait qu'il est sur le point d'attaquer… Ça m'a tout l'air d'une menace, tu ne crois pas ? Quelqu'un cherche à me faire partir d'ici !

— Possible…, murmura Gabe en jetant un regard maussade à l'animal. Ecoute, j'ai appelé la compagnie d'électricité, mais je ne sais pas s'ils pourront intervenir durant la nuit. Du coup, tu risques d'être privée de courant jusqu'à demain matin.

Il se leva et se plaça juste devant elle, son corps lui masquant l'animal empaillé. Puis, une main sur sa taille et l'autre sur son épaule, il la fit pivoter de manière à ce qu'elle tourne le dos au pitbull.

— Je crois que ça serait plus sûr si tu venais dormir chez moi, dit-il. Va prendre ce dont tu as besoin pour la nuit, et rapporte-moi aussi un grand sac-poubelle, s'il te plaît.

Il laissa échapper un bruyant soupir.

— Je commence vraiment à en avoir marre de trimballer des trucs bizarres pour les montrer ici et là…

— A ce propos, dit-elle, je t'ai vu montrer l'épouvantail à Wanda Kurtz.

Il vit qu'elle attendait une explication, mais il garda le silence.

— Et si tu restais plutôt dormir ici ? proposa-t-elle.

— Pas sans électricité, Tess. Ça nous rendrait trop vulnérables. J'ai une chambre d'amis où tu seras plus en sécurité.

— Et on va traverser le champ pour aller chez toi ? Et si c'était justement ce que le rôdeur attendait ? Si c'était un piège, Gabe ?

— A mon avis, quelqu'un a simplement voulu te flanquer une bonne trouille, sans doute dans l'espoir que tu prennes tes cliques et tes claques au petit matin et qu'on ne te revoie pas de sitôt dans cette ville. Vas-y, Tess, va chercher tes affaires. Fais ce que je te demande au lieu de poser des questions, d'accord ?

— Pour faire ce que tu me demandes, il faut que j'aie confiance en toi, Gabe. Et cette confiance commence à s'ébrécher. Non seulement tu ne m'as pas expliqué pourquoi tu montrais l'épouvantail à Mme Kurtz, mais je crois savoir que tu t'es rendu à Hear Ye.

Elle laissa échapper un soupir et reprit avant qu'il n'ait le temps de répondre :

— Cela dit, je dois admettre que je ne t'ai pas dit quelque chose, moi non plus. Alors, je vais donner le bon exemple en espérant que tu feras de même. J'ai entendu des cris, quand je suis allée à Hear Ye pour rendre visite à ma famille. C'étaient des cris stridents, et j'ai exigé qu'on me dise ce qui se passait. On m'a donné une explication raisonnable… Si tant est qu'il y ait quoi que ce soit de raisonnable dans cette communauté, ajouta-t-elle comme pour elle-même.

— Tu te prends pour ma nouvelle suppléante, c'est ça ? dit-il d'une voix dure. Tiens, prends ma lampe torche et va chercher tes affaires tout de suite, ou je te promets que je vais trouver un motif pour t'arrêter et te faire passer la nuit en cellule. Pour ton information, je suis allé à Hear Ye pour m'assurer qu'Amanda n'y était pas détenue. Brice Monson est un drôle de coco, je te l'accorde, mais je ne vois pas comment il pourrait séquestrer une fillette alors qu'il vit au sein d'une communauté qui compte plusieurs dizaines de membres. Et maintenant fais ce que je te dis !

Manifestement aussi agacée par lui qu'il l'était par elle, Tess s'empara de la Maglite et disparut dans la maison dont elle ressortit quelques secondes plus tard, munie d'un grand sac-poubelle qu'elle jeta sur la table de pique-nique, avant de retourner à l'intérieur et de claquer les deux portes derrière elle.

Resté seul dans la nuit, Gabe secoua la tête avec une mimique incrédule. Presque malgré lui, il sentit bientôt un sourire se dessiner sur ses lèvres. L'attitude de Tess avait de quoi le rendre furieux, mais il préférait ça à la voir pleurnicher dans un coin. Au fond, il retrouvait la Teresa indomptable de son enfance : cette fillette insolente et pleine d'entrain — ce garçon manqué téméraire qu'elle avait été avant que l'enlèvement ne brise son élan.

S'efforçant de garder son calme — ce qui l'énervait peut-être le plus, c'était l'envie de sauter sur Tess et de la couvrir de baisers —, Gabe entreprit de faire entrer ce fichu chien empaillé dans le sac-poubelle.

Tess apparut bientôt sur le seuil de la maison, les mains chargées d'un sac en plastique à carreaux, de son sac à main et de la lampe de poche.

— Regarde, tu m'as transformée en SDF, dit-elle en lui tendant la Maglite. On dirait une de ces nécessiteuses qui trimballent leur vie dans un chariot de supermarché. Sauf que moi, je n'ai même pas de chariot. Mais puisque le shérif de Cold Creek a décidé que j'étais incapable de me débrouiller sans lui…

— Allons-y, d'accord ? Tu sais, j'ai un minuteur dans ma cuisine. On s'en servira pour être certains qu'on se dispute pendant une heure pile, si tu veux. Et, une fois que tu auras craché ton venin, on pourra peut-être se mettre au lit.

— Laisse-moi comprendre…, dit-elle d'un ton toujours aussi sarcastique.

Ils s'étaient mis en route vers le champ, Gabe ouvrant la marche.

— Une pauvre fille traumatisée comme moi ne doit surtout pas prendre d'initiatives, c'est ça ? Je vais nuire à ton enquête, si j'ai le malheur de vouloir m'en mêler ? Pardonne-moi, Gabe, si j'ai cru que tu avais besoin de moi. Mais attends… Je rêve où tu m'as demandé de l'aide ? Il se peut que cela m'ait induite en erreur, non ?

— Je voulais que tu te souviennes de ce qui s'est passé il y a vingt ans pendant ta séquestration, pas que tu te mettes à enquêter sur un kidnapping qui vient d'avoir lieu ! Est-ce que tu as fermé ta maison à clé, au moins ?

— Bien sûr. Et toi ? Je parie que tu as tout laissé ouvert, dans ta précipitation.

— Perdu. Ecoute, je sais que tu as eu peur et que tout ça est difficile à vivre, mais essaie de te taire, maintenant. Tu as déjà vu une de ces pancartes « Attention au chien », accrochée sur le portail d'une maison ? Eh bien, je crois que c'est le message qu'on a voulu te faire passer. Si tu dépasses une certaine limite, tu vas te faire mordre.

— Par qui ? Par ce pitbull empaillé ou par un shérif enragé ?

Il fit volte-face.

— Arrête un peu de t'en prendre à moi ! lança-t-il d'un ton sec. Quelqu'un veut que tu quittes cette ville, et on ignore jusqu'où il est prêt à aller pour se débarrasser de toi.

— J'essaie simplement de… de me donner du courage, je crois.

— Reste près de moi, d'accord ? Il faut que tu puisses toujours me toucher en tendant le bras.

Alors qu'il tournait sur sa gauche pour entrer dans le champ, il l'entendit renifler comme si elle retenait ses larmes. Il avait conscience d'avoir été un peu trop dur avec elle. Mais elle avait conservé ce don de le mettre hors de lui, comme lorsqu'elle était petite. Etait-elle plus affectée qu'il ne l'avait cru par les événements de ce soir ? Au bord de la crise de nerfs, peut-être ? Un état qui était loin de lui être étranger, à vrai dire. Combien de fois avait-il dû maîtriser sa peur ou retenir un cri de rage, alors qu'il devait désamorcer un engin explosif parce que ce foutu robot ne voulait plus fonctionner ?

— Oui, oui, je reste tout près de toi, dit-elle d'une voix soudain très calme, entrecoupée d'un sanglot à demi étouffé.

L'instant d'après, ils se laissaient engloutir dans le ventre ondulant du champ qui séparait leurs maisons.

Attablée face à Gabe, Tess but avec plaisir le chocolat chaud qu'il lui avait préparé. Enfant, elle était souvent entrée dans cette cuisine, et le changement était spectaculaire. Les meubles rustiques choisis par les parents de Gabe avaient laissé place à une pièce moderne où dominaient l'Inox et le bois clair. Si elle parvenait à se souvenir d'une cuisine qu'elle n'avait pas revue depuis près de deux décennies, pourquoi était-elle incapable de se souvenir d'une chose aussi importante que sa séquestration ? Elle promena le regard autour d'elle. Tout était propre et parfaitement rangé. Pas même une tasse abandonnée dans l'évier ou en train de sécher sur l'égouttoir. Gabe avait déroulé tous les stores afin de les protéger d'éventuels regards malveillants, et elle se sentait en sécurité, avec lui. Même si la conscience d'être enfermée en tête à tête avec cet homme, dans une maison enveloppée par la nuit, créait en elle une sensation tout aussi intense que la peur.

— On va faire le point sur l'enquête, demain matin, mais je ne peux pas t'emmener avec moi, dit-il. Par contre, je t'appellerai quand on aura terminé pour te mettre au courant de ce qui aura été décidé, ça te va ?

— Merci. Je t'en suis reconnaissante.

— Je sais que cette affaire te tient à cœur, Tess… Et je sais aussi que tu as eu l'impression que je voulais t'exclure de l'enquête. Mais je ne songe qu'à te protéger, tu comprends ?

Tess hocha la tête, soudain prise d'une immense fatigue. Ses paupières se firent si lourdes qu'elle dut faire un effort pour garder les yeux ouverts.

— Je ferais bien d'aller mettre le chauffage dans la chambre où tu vas dormir, reprit Gabe d'un ton un peu nerveux. Il y a une salle de bains à l'étage et une salle d'eau en bas. Je vais te donner des serviettes propres, au cas où tu voudrais prendre un bain ou une douche.

— Ta mère serait fière de savoir que tu perpétues la tradition familiale d'hospitalité, dit Tess en réprimant un bâillement. Je me souviens qu'on était toujours bien reçu, chez vous. Et je ne sais pas si elle revient parfois ici, mais ça doit lui faire plaisir de voir que la maison est si bien entretenue… Ta cuisine est vraiment magnifique, Gabe.

— Merci. Et c'est vrai que maman s'est toujours montrée accueillante avec tout le monde. Parfois même un peu trop.

Tess ignorait ce qu'il entendait par là, mais la perspective d'un bon bain et de draps frais accaparait la quasi-totalité de son cerveau épuisé. Et elle était ravie à l'idée de s'endormir l'esprit tranquille, ce qui n'avait jamais été le cas lors des trois nuits passées dans la maison. L'esprit tranquille… si elle parvenait à ne pas trop songer à ce qu'elle éprouvait pour Gabe, songea-t-elle en lui emboîtant le pas.

Parvenu à l'étage, il ouvrit la porte d'une chambre parfaitement fonctionnelle, quoique un peu fraîche, en effet. Tess était à peu près sûre qu'il s'agissait de la chambre d'enfant de Gabe, même si elle avait été entièrement rénovée. La pièce était désormais assez féminine, peut-être parce que sa mère y dormait quand elle venait lui rendre visite. Lui-même avait dû s'installer dans la plus grande chambre : celle qui avait été celle la chambre de ses parents, et qui donnait sur l'avant de la maison. Quelques minutes plus tard, elle le regarda avec surprise entrer dans la pièce voisine pour y déposer son ceinturon de shérif.

— Tu ne dors pas dans l'ancienne chambre de tes parents ? demanda-t-elle, éprouvant une curieuse sensation tandis que Gabe la déshabillait du regard.

Une curieuse sensation qu'elle commençait à bien connaître et dont elle se méfiait. Oh non…, songea-t-elle, pas « la cascade » ! Elle avait trouvé un nom au phénomène pour mieux le combattre, mais en l'occurrence ça ne fonctionnait pas du tout. Une pluie d'émotions tombait entre eux comme une pluie d'embruns — comme un prélude au grand plongeon.

— Non, répondit-il avec un temps de retard et d'une voix un peu enrouée. Je m'en sers comme bureau.

Il resta encore quelques secondes à la fixer du regard, avant de se tourner brusquement pour aller ouvrir un placard à linge.

— La salle de bains est à toi, dit-il en empilant des serviettes de bain et une couverture dans les bras de Tess. Moi, je vais utiliser celle d'en bas. Je dois me lever très tôt, demain matin. Sans doute avant 6 heures. Si tu veux te joindre à moi pour le petit déjeuner, tu es la bienvenue, bien sûr, mais tu auras sans doute envie de dormir plus tard. Dans ce cas, fais comme chez toi en mon absence. Je te demande seulement de ne pas répondre au téléphone, d'accord ?

Elle acquiesça d'un signe de tête, par-dessus la couverture posée au sommet de la pile. Gabe était si proche qu'elle pouvait voir à quel point ses cils étaient longs et épais. Si proche qu'elle se perdait dans l'iris moucheté d'or de ses yeux bleus. Une discrète cicatrice zébrait son menton. Une blessure de guerre ?

— Merci pour tout ce que tu fais, murmura-t-elle.

— Tout le plaisir est pour moi, Tess.

Avant de comprendre ce qui lui arrivait, elle se retrouva en train de l'embrasser. Etait-ce lui qui s'était penché vers elle ou s'étaient-ils rencontrés à mi-chemin, mus par une même urgence ? D'abord sage, le baiser se fit bientôt brûlant et vorace. Les lèvres s'ouvrirent, libérant les langues et les désirs. Leurs corps se rapprochèrent malgré la pile de serviettes, vite écrasées sous la force de leur envie. La couverture était déjà tombée à terre quand Tess passa les bras autour de Gabe, abandonnant son chargement aux odeurs printanières. Ils se pressèrent l'un contre l'autre, torse contre seins, cuisse contre hanche. Elle sentit les mains de Gabe qui glissaient de sa taille à son dos, de son dos à sa taille ; leurs fébriles allers et retours accompagnant la voracité de leurs baisers. Elles descendirent soudain sur ses fesses qu'elles caressèrent brièvement avant de s'y plaquer. D'un seul coup, il la souleva dans les airs et elle éprouva concrètement son désir, tandis qu'elle refermait les jambes autour de sa taille. Mais il la reposa aussitôt, presque brutalement, et ils se dévisagèrent en silence, le souffle court et la même expression égarée sur le visage.

— Je… J'espère que tu ne penses pas que j'ai profité de la situation, dit-il d'une voix rauque et essoufflée. Tu dois pouvoir me faire confiance, Tess. Tu sais, j'ai fait une grosse erreur en mélangeant le travail et… euh… et le plaisir.

— Tu fais allusion à ta relation avec Ann, c'est ça ?

— Oui. J'aurais dû prendre en compte le sale caractère de ses trois frères avant de me lancer dans cette aventure, et surtout le peu de sentiments que j'ai pour elle. C'est une fille adorable, mais je n'ai jamais été capable de lui rendre son amour.

Il souffla un grand coup, comme s'il avait besoin de reprendre sa respiration.

— A propos de ses frères, je viens de me souvenir que

l'un d'entre eux — Jonas — élève des pitbulls. Je sais qu'il organise des combats de chiens, ce qui est parfaitement illégal, et ça fait déjà un moment que j'essaie de le prendre sur le fait. Je crois qu'ils font ça dans la forêt, dans des endroits connus des seuls initiés, et je n'ai encore jamais réussi à les coincer. Le problème, c'est qu'ils sont très protecteurs avec Ann. Ça part d'une bonne intention, mais avec eux c'est un peu le Moyen Age, si tu vois ce que je veux dire… Ça fait déjà un moment que je m'efforce de mettre un terme à cette histoire, mais je suis obligé de faire preuve d'une grande diplomatie. Par respect pour Ann, ce qui est la moindre des choses, mais aussi par rapport à ses frères, qui me voient déjà marié avec elle. Même si je comptais le faire avant que tu n'entres de nouveau dans ma vie, c'est sûr que ton retour à Cold Creek me pousse à mettre les choses au clair avec Ann. Elle et ses frères voudraient que ce soit la grande passion, comme ce qui vient de se passer entre nous, mais ça ne se commande pas… Une telle attirance est très rare, je suppose. En tout cas, ça ne m'était jamais arrivé.

Ils se dévisagèrent une nouvelle fois en silence. Malgré tous ces mots qu'il mettait entre eux comme une barrière, il s'en fallut d'un rien pour qu'elle se jette de nouveau dans ses bras.

— Je savais que ma relation avec Ann ne correspondait pas à ce que je cherchais, à ce que j'espérais, s'empressa-t-il de reprendre. Mais, maintenant que tu es là, j'en suis plus certain que jamais.

Tess ramassa les serviettes de bain et la couverture avant de le regarder droit dans les yeux.

— Merci de m'avoir invitée chez toi, murmura-t-elle.

Puis elle s'obligea à s'éloigner vers la chambre qu'il avait préparée pour elle.

Il l'avait invitée chez lui, mais il s'était aussi invité chez elle — *en* elle ; dans son âme et son cœur — à l'instant où elle lui avait ouvert sa porte, le jour de son arrivée à Cold Creek. Et pourtant elle serait bientôt loin d'ici, et il n'y avait pas de place pour Gabe dans son rêve d'ouvrir une crèche. Voilà pourquoi elle devait résister de toutes ses forces à cette extraordinaire attirance qu'elle éprouvait pour lui.

Bien qu'épuisée après cette soirée mouvementée et le bain très chaud pris dans la grande baignoire de Gabe, Tess ne parvenait pas à trouver le sommeil. Peut-être était-ce la crainte de faire un cauchemar ; de rêver de cet horrible chien empaillé ou du monstre qui hantait le champ de maïs. Gabe se précipiterait-il à son chevet, si elle se mettait à crier dans la nuit ? Elle se tourna et se retourna dans le lit, l'esprit occupé par son père, par ses sœurs, par les fillettes disparues. Par Gabe, aussi.

C'est alors qu'elle entendit une voix. C'était une voix de petite fille, proche mais étouffée. Etait-elle en train de rêver ? Non.

Elle s'assit droit dans le lit, tous les sens en alerte. La voix de l'enfant venait du couloir, là, juste derrière la porte de sa chambre.

Tess se leva, s'enveloppant dans la couverture supplémentaire que lui avait fournie Gabe. Elle portait sa chemise de nuit, mais elle avait oublié ses chaussons, et le parquet était froid sous ses pieds. S'efforçant de ne pas faire craquer le vieux bois, elle marcha jusqu'à la porte de sa chambre, qu'elle entrouvrit à peine.

De la lumière filtrait de l'autre côté du couloir, sous la porte de l'ancienne chambre des parents de Gabe. C'était de là que venait la voix, et il s'agissait sans nul doute de celle d'une petite fille. Se pouvait-il qu'il y ait une télévision dans cette pièce ? Peut-être Gabe avait-il du mal à trouver le sommeil, lui aussi.

Sortant dans le couloir, elle avança sur la pointe des pieds jusqu'à la pièce transformée en bureau. L'oreille collée contre la porte, elle put enfin entendre ce que disait l'enfant :

— Je m'appelle Jill Stillwell. J'adore les chiots parce

qu'ils sont trop mignons, et aussi aller camper dans la forêt avec ma famille. Et puis il y a les livres que j'aime drôlement, parce que je peux les lire toute seule maintenant, s'ils sont *plimaires*. Je veux dire pas trop durs à lire comme à l'école *plimaire*. J'ai un grand frère qui s'appelle Jeff et qui est gentil avec moi, enfin pas tout le temps, mais…

La fillette continua à raconter sa vie de son adorable voix haut perchée, tandis que le nom qu'elle avait donné faisait enfin tilt dans l'esprit fatigué de Tess. Jill Stillwell… C'était la fille qui avait été kidnappée plusieurs années après elle. On aurait vraiment dit qu'elle se trouvait là, juste derrière la porte !

Lentement, discrètement, Tess tourna la poignée en porcelaine. Elle avait l'intention de l'entrebâiller, juste assez pour voir ce qui se passait à l'intérieur, mais la porte s'ouvrit d'un coup avec un formidable grincement. Elle laissa échapper un petit cri de surprise tandis que Gabe faisait pivoter son fauteuil vers elle et lui lançait un regard noir.

14

— Tess ! s'exclama Gabe en bondissant sur ses pieds.

Il coupa le son de l'ordinateur portable posé sur son bureau, et se dressa de toute sa hauteur, comme pour l'empêcher de voir ce qui se trouvait derrière lui.

— J'ai entendu… J'ai entendu une voix de fillette, dit-elle en reculant dans le couloir. C'était Jill Stillwell, une des filles kidnappées après…

Il la saisit fermement par les épaules.

— Il s'agit d'un enregistrement que la famille m'a confié. L'écouter m'aide à garder ma motivation. Elle a beau occuper mes pensées, elle finit par devenir un peu irréelle, avec le temps. L'entendre parler est une façon de la maintenir en vie dans mon esprit, tu comprends ?

Elle hocha timidement la tête, effrayée de songer que certains meurtriers conservaient des reliques de leurs victimes. Le bref coup d'œil qu'elle avait pu jeter dans la pièce, avant qu'il ne fasse écran de son corps, lui avait permis d'apercevoir quelques photos agrandies de fillettes, ainsi qu'une carte sur laquelle avaient été tracées plusieurs lignes rouges. S'agissait-il d'une pièce dédiée aux petites disparues ? Une sorte de mémorial ? Y avait-il aussi des photos d'elle, ici ? Des choses lui ayant appartenu avant son enlèvement ? Cette idée lui fit froid dans le dos.

Les larges épaules de Gabe s'affaissèrent tandis qu'il laissait échapper un énorme soupir.

— Tu es à moitié nue là-dessous, dit-il en posant les yeux sur elle, et c'est une nuit froide. Passe quelque chose sur ta chemise de nuit, si tu veux que je parvienne à me concentrer un peu, et je te montrerai des choses que personne n'a jamais vues. J'ai des documents similaires au poste, mais pas autant qu'ici. Va savoir, ça va peut-être t'aider à te souvenir de quelque chose.

Elle retourna dans sa chambre où elle enfila un pantalon, un pull et des chaussettes en quatrième vitesse, avant de rejoindre Gabe dans son bureau. Deux murs étaient consacrés aux deux premières victimes. Gabe avait affiché plusieurs photos d'elle et de Jill à l'âge où elles avaient été enlevées, dont certaines en compagnie de leurs familles respectives. Des lignes étaient tracées entre des membres de la famille et d'autres personnes, représentées par des noms inscrits au marqueur, que complétait parfois une photo.

— Le cercle de connaissances, expliqua Gabe.

Sur le mur voisin, qui offrait moins d'espace à cause de la fenêtre, il avait commencé à faire la même chose pour Sandy Kenton.

Chaque mur était un collage de pièces à conviction. Gabe y avait accumulé un nombre impressionnant de données : lieux et horaires, taille et poids des victimes, temps qu'il faisait le jour du kidnapping, etc. Des images de Jill Stillwell avaient été réalisées à l'aide d'un logiciel de vieillissement facial, qui permettait de se faire une idée de l'évolution de son visage au cours des années.

Couvrant les deux portes d'une grande armoire métallique, l'espace dévolu à Amanda Bell était le plus petit. Des aimants y plaquaient une carte du Brésil sur laquelle des villes et des axes routiers étaient surlignés en jaune fluo. Sandy Kenton partageait son mur avec une carte d'Irak, parsemée de punaises en forme de drapeaux rouges et blancs qui indiquaient, expliqua Gabe, les zones où son unité de déminage avait désamorcé des bombes.

— Pourquoi deux couleurs différentes ? demanda-t-elle, touchée qu'il partage tant de choses avec elle.

— Les drapeaux blancs désignent les engins explosifs

qu'on a neutralisés et les rouges ceux où on est arrivés trop tard.

Tess remarqua un unique drapeau noir sous lequel étaient écrits deux prénoms.

— Et celui-là ?

— Là, j'ai perdu deux de mes hommes. Et c'est moi qui les ai envoyés au casse-pipe.

Elle caressa doucement le haut de son bras, puis laissa glisser sa main jusqu'à ce qu'elle rencontre la sienne. Les doigts de Gabe l'agrippèrent si fort que ça lui fit mal. Pendant les quelques secondes que cela dura, il garda les yeux obstinément fixés sur les deux prénoms.

Leurs mains se séparèrent, et elle se décida enfin à s'intéresser au mur qui lui était dédié, et qu'elle n'avait pas vraiment osé regarder jusque-là.

Il y avait plusieurs articles sur son enlèvement, et elle remarqua que toutes les coupures de presse avaient été plastifiées. Gabe avait récupéré quatre photos d'elle, sans doute données par sa mère à l'époque des faits. Une où on la voyait seule, deux avec ses sœurs, et une dernière avec toute la famille. Elle resta un moment à regarder le visage de ses parents, fascinée. Comme ils étaient jeunes, sur cette photo ! De quoi son père pouvait bien avoir l'air, aujourd'hui ? Quant à sa mère, elle n'était plus de ce monde. Dans un coin du mur, elle vit une photo du père de Gabe dans son uniforme de shérif. Tout en bas, presque au niveau du parquet, une carte de Cold Creek et de ses environs était punaisée, avec la propriété de Dane Thompson délimitée et légendée au stylo noir. Elle s'accroupit, le visage à hauteur de la carte.

— Pour ton père, le Dr Thompson était vraiment le suspect numéro un, pas vrai ?

— Oui, mais il n'a jamais rien pu prouver contre lui.

— Il avait un alibi ?

— Il a affirmé qu'il se rendait à un rendez-vous à Chillicothe, ce jour-là, et qu'il avait déjà quitté la ville au moment de l'enlèvement.

— Un rendez-vous ?

Gabe vint s'accroupir auprès d'elle.

— Oui, avec une femme… Une consœur vétérinaire. Papa a toujours cru qu'elle avait menti pour le couvrir. J'ai ici des copies de l'ensemble des déclarations sous serment ; de l'ensemble des documents en rapport avec cette enquête. Il m'arrive souvent de me replonger dans ces dossiers, de tout relire pendant des heures… Je cherche le petit détail qui nous a toujours échappé et qui pourrait tout débloquer.

— Mais tu es d'accord pour dire que les disparitions d'Amanda et Sandy diffèrent de ce qui s'est passé pour moi et Jill, dit-elle tandis qu'ils se redressaient.

— Oui, pas de fuite à travers champ. Quant à Jill, elle a été kidnappée alors qu'elle dormait avec son frère dans une tente plantée dans leur jardin, à quelques mètres du champ de maïs qui jouxte la propriété des Stillwell. Pourquoi n'a-t-elle pas crié quand le kidnappeur l'a réveillée ? Pourquoi son frère n'a-t-il rien entendu ? Mystère.

Il traversa la pièce et désigna du doigt la photo d'un jeune garçon.

— Mme Stillwell m'a pourtant affirmé que Jill et son frère avaient le sommeil léger.

— Elle a peut-être été bâillonnée avant d'avoir le temps d'ouvrir les yeux et de pousser un cri.

— Ou bien le kidnappeur s'est servi de chloroforme, voire d'un autre anesthésique injecté à l'aide d'une seringue, comme il l'a fait avec toi. Si ton enlèvement s'était produit de nos jours, on aurait pu effectuer des analyses, à ton retour, pour connaître avec précision la substance présente dans ton organisme, au lieu de te confier à ce médecin de famille.

— Encore beaucoup de questions sans réponses, hein ? Et c'est pour ça que cette pièce existe…

— C'est ma vraie salle d'opérations militaires. Désolé, je ne m'étais pas rendu compte que le volume de cet enregistrement était aussi élevé.

— Il n'était pas si élevé que ça… Il se trouve que j'ai une ouïe très fine. Parfois, c'est presque un problème, quand j'essaie de me concentrer dans un lieu public, ou que les enfants de la crèche parlent tous en même temps. D'ailleurs, j'ai aussi une excellente mémoire auditive.

— Comme pour le son de la moissonneuse, par exemple.

Elle hocha la tête avant de se tourner brièvement vers l'ordinateur.

— Tu as des enregistrements des autres victimes ?

— De toutes, sauf de toi. Mais je n'en avais pas besoin, parce que j'avais ta voix dans la tête. Tu sais que j'étais là quand tu as été enlevée, mais tu ignores peut-être que j'étais là aussi, le jour où tu es revenue. Quand j'ai entendu dire qu'on t'avait emmenée chez le Dr Marvin, j'ai sauté sur mon vélo et j'ai traversé la ville pour me rendre à son cabinet. Je m'en voulais de ce qui t'était arrivé et je tenais absolument à te voir et à t'accueillir, même si j'ignore ce que j'aurais bien pu te dire. Je suis resté près d'une heure dans la salle d'attente, mais, quand ton père est sorti du cabinet et qu'il m'a vu là, il m'a dit de foutre le camp — ce sont ses propres mots — et de garder mes distances avec toi. Quelques secondes plus tard, alors que j'étais sur le point de partir, il a repéré ma mère dans la petite foule qui se pressait dans la salle d'attente et il s'est excusé auprès d'elle. Il lui a dit qu'il savait que ce n'était pas ma faute, et ensuite ils sont tombés dans les bras l'un de l'autre et... et ils se sont serrés très fort.

Tess lui prit la main.

— Comme je te l'ai dit l'autre jour, je ne t'en veux pas le moins du monde, Gabe. Et je comprends très bien que ces affaires te... te tiennent tellement à cœur, parce...

— Qu'elles m'obsèdent, tu peux le dire.

— ... parce que tu veux terminer le travail commencé par ton père, poursuivit-elle comme s'il ne l'avait pas interrompue. Tu en fais beaucoup pour lui offrir sa revanche, mais aussi pour rendre justice aux victimes et les sauver, si c'est encore possible. Sans doute aussi parce qu'il reste en toi un sentiment de culpabilité à cause de ce qui m'est arrivé, même si, je te le répète, je sais que tu n'y es pour rien.

Elle lâcha sa main et passa le bras autour de sa taille.

— Mais si tu n'apprends pas à te reposer et à ménager tes efforts, Gabe, tu ne seras bientôt plus en état d'aider qui que ce soit.

Le bras musclé de Gabe vint s'enrouler autour des épaules de Tess et il la pressa contre lui, hanche contre hanche.

— Ma mère t'adorerait, tu sais, dit-il avant de prendre une voix plus aiguë. « Tu es sûr de te nourrir comme il faut, Gabe ? Je sais que ton travail t'accapare, mais n'oublie pas de dormir suffisamment et de faire de l'exercice… »

— Ça veut dire qu'elle t'aime et qu'elle pense à ton bien-être. Une vraie maman, quoi. Et puis, elle a vu ton père se tuer à la tâche…

— Oui, littéralement, reconnut-il avec un soupir. Elle a été une bonne mère, je ne peux pas dire le contraire, et elle continue à l'être à sa façon. Mais papa était souvent absent à cause de son boulot, et je crois que ç'a été dur pour elle. Parfois plus qu'elle n'en pouvait supporter… Allez, il faut qu'on dorme un peu avant le lever du soleil. Et je compte sur toi pour ne parler de cette pièce à personne, pas même à Vic Reingold, ni à mon suppléant Jace Miller.

— Bien sûr, je comprends.

Il garda le silence un moment. Lorsqu'il reprit la parole, elle crut sentir sa voix grave et profonde vibrer jusque dans les plis les plus intimes de son corps.

— Oui, dit-il en se tournant pour lui faire face. Toi, tu comprends vraiment.

Ses yeux bleus brillaient de larmes. Le mélange de fatigue et de pression avait-il raison de ses forces ? Cela aussi, elle pouvait le comprendre. Cette espèce de musée qu'il avait aménagé ici parlait des épreuves qu'il avait traversées. De ses échecs, aussi, que ce soit dans la guerre qu'il menait contre le kidnappeur ou dans celle qu'il avait menée en Irak contre les engins explosifs.

Peut-être devait-elle demander à Mlle Etta si elle pouvait recommander un ouvrage susceptible d'aider Gabe, sans forcément lui préciser que c'était pour le shérif. Quelque chose sur le stress au travail, sur la pression qu'on s'impose, sur les épreuves que la vie nous inflige et la façon de les surmonter… Elle avait tellement envie de l'aider ! Pas seulement à coincer le kidnappeur et à retrouver les fillettes, mais aussi à l'aider à se sentir fort, et bien dans sa peau, à se libérer de ses angoisses et de sa culpabilité. Curieusement, elle eut l'impression que le fait de s'inquiéter pour lui avait un effet bénéfique sur ses propres souffrances.

Au petit matin, ils partagèrent un copieux petit déjeuner préparé par Gabe. Tess lui proposa ensuite de débarrasser et de ranger, le laissant quitter la maison en hâte pour aller rejoindre Vic et Jace Miller au poste de police. Il avait également parlé de remettre le pitbull empaillé à Ann pour qu'elle le classe comme pièce à conviction.

Tandis qu'elle lavait la vaisselle, Tess songea qu'il ne devait pas être simple d'être mariée à un shérif, à un inspecteur de police ou à un enquêteur comme Vic. Voir son mari quitter la maison au petit matin pour ne revenir que tard le soir, parfois en pleine nuit, devait être difficile à vivre. L'agent Reingold était-il marié ? Si c'était le cas, sa femme allait devoir se passer de lui pendant plusieurs jours — une situation sans doute loin d'être exceptionnelle, pour eux. Quant à Jace Miller, il venait tout juste de se marier, lui avait dit Gabe. Son travail pesait-il déjà sur sa vie de couple ?

Se trouver dans la cuisine qui avait été celle de la mère de Gabe l'amena ensuite à s'interroger sur les nombreux week-ends et soirées que cette femme avait dû passer seule, pendant que son mari s'efforçait de retrouver une certaine Teresa Lockwood. Une vie qui aurait sans doute été très solitaire sans ses nombreuses amies, parmi lesquelles Gabe avait cité Marva Green et Wanda Kurtz. D'après lui, elles avaient même travaillé ensemble pour fabriquer ces petits épouvantails et leur coudre des vêtements afin de se faire un peu d'argent de poche. Shérifs et policiers partageaient-ils avec leurs femmes des informations sur les affaires qui occupaient leurs journées et les éloignaient d'elles ? Tess en doutait. Elle ne se sentit que plus privilégiée d'avoir été admise dans l'intimité du bureau privé de Gabe.

Une fois la vaisselle terminée, elle se rendit à l'étage pour faire son lit et jeta un coup d'œil par la fenêtre, curieuse de voir sa maison d'un autre point de vue. Son regard survola le champ et se posa sur une camionnette d'AEP, le fournisseur d'électricité, garée juste devant chez elle.

Après avoir rangé la chambre d'amis, elle décida de visiter le rez-de-chaussée. L'ordre y régnait, mais aussi la poussière. A croire que Gabe n'utilisait pas d'autres pièces que son bureau, sa chambre et la cuisine.

L'écran de son téléphone portable indiquait 7 h 30 lorsqu'elle l'alluma pour essayer de joindre Char avant qu'elle ne parte rendre visite aux Navajos qu'elle aidait dans le cadre de son travail. Mais un rapide calcul lui fit comprendre qu'il n'était que 5 h 30 au Nouveau-Mexique, autant dire un peu tôt pour demander à sa sœur de lui remonter le moral. Elle savait que Char ne se contenterait pas de la réconforter : elle poserait aussi des questions et n'aurait aucun mal à comprendre ce qui se passait entre elle et Gabe, ce qui lui vaudrait probablement d'être traitée de folle.

Téléphone en main, elle se mit à faire les cent pas, répétant un circuit toujours identique : cuisine, salle à manger, salon, puis retour vers la cuisine. Quelques secondes suffirent pour qu'elle se mette à songer à Sandy Kenton, puis à son propre enlèvement. Sans doute reconnaîtrait-elle l'endroit où elle avait été séquestrée, si jamais elle passait devant. Pourtant, aucune des fermes et maisons qu'elle avait longées en roulant au pas, le nez collé à la vitre de sa voiture, n'avait fait surgir ces souvenirs qu'elle espérait plus encore qu'elle ne les redoutait. Même si elle était toujours restée enfermée dans une pièce pendant sa captivité, elle avait forcément regardé par la fenêtre à un moment ou un autre. Elle était forcément à même de reconnaître des éléments du paysage qui entourait son ancienne prison : une grange, un champ, une route… Peut-être aurait-elle intérêt à passer plus de temps à rouler au hasard sur les petites routes, à laisser son regard vagabonder sur le paysage en espérant que…

Son cœur fit un bond dans sa poitrine quand le téléphone se mit à vibrer et à sonner dans sa main.

— Allô ?

— C'est moi.

Le ton était professionnel et, pourtant, la voix familière de Gabe la réchauffa de l'intérieur.

— Je m'apprête à aller parler à Sam Jeffers, John Hillman et Dane Thompson, chacun à son tour, et sans Vic pour qu'ils ne soient pas trop sur la défensive. Je veux que tu restes tranquillement chez moi, en attendant que l'électricité soit rétablie chez toi, ou au moins qu'il fasse vraiment jour.

— J'ai vu la camionnette d'AEP d'une des fenêtres du haut. Ils sont devant chez moi.

— Parfait. Jace est en route pour aller relever d'éventuelles traces de peinture sur le poteau électrique, afin que Mike puisse les analyser. J'espère qu'il arrivera avant que les gars d'AEP le remettent d'aplomb et grimpent dessus.

— Ecoute, Gabe, je crois que je devrais t'accompagner pour aller parler à ces trois hommes… Si tu ne veux pas, j'irai au moins faire un tour en voiture devant chez eux pour voir si quelque chose réveille des souvenirs en moi.

— Quoi ? Pas question que tu ailles seule chez eux ! Quant à m'accompagner… Tess, tu dois comprendre que je n'y vais pas pour tailler le bout de gras ! Je veux vérifier qu'ils ont un alibi solide pour ce qui s'est passé hier soir. Je dois m'assurer que ce n'est pas l'un d'eux — voire les trois — qui a cherché à te faire peur.

— Si tu ne veux pas que j'y aille seule, il faut que j'y aille avec toi… Je ne vois pas d'autre solution pour que je puisse savoir si l'endroit où ils habitent me rappelle quelque chose. On n'a qu'à dire à Sam Jeffers que je viens d'apprendre qu'il a participé aux recherches pour me retrouver, et que je tiens à profiter de ma présence à Cold Creek pour le remercier. Quant à John Hillman, je suppose que tu vas lui montrer le chien empaillé placé dans mon jardin, ce qui peut justifier ma présence à ton côté.

— Tess, je ne pense pas que…

— Bien sûr, tu as sans doute raison de ne pas vouloir que je t'accompagne chez Dane Thompson, l'interrompit-elle. Tu vois, je sais me montrer raisonnable. D'ailleurs, je te propose un compromis : tu vas seul chez le Dr Thompson, et avec moi chez les deux autres.

— J'essaie seulement de garantir ta sécurité, tu comprends ? Je ne…

— Sauf qu'hier soir on a bien vu que je ne serai pas en sécurité tant que tu n'auras pas mis la main sur la personne qui m'a enlevée, et qui a sans doute aussi kidnappé Jill et Sandy, voire Amanda. Les lycéens de Cold Creek sont peut-être capables de faire des graffitis sur les rochers de la cascade, mais ce n'est sûrement pas l'un d'eux qui se trouvait dans le champ de maïs. Et je doute que couper le courant chez moi en s'attaquant au poteau électrique, avant de déposer un pitbull empaillé dans mon jardin, entre dans la catégorie des blagues d'Halloween.

Elle l'entendit maugréer dans sa barbe. Ou s'adressait-il à Vic ?

La réponse vint presque aussitôt, lorsqu'elle perçut la voix lointaine de Vic :

— Eh bien laisse-la venir avec toi, si elle y tient tellement… Il faut tout tenter pour libérer les souvenirs de sa séquestration. Ça reste notre meilleur atout, dans cette enquête.

Quand Gabe reprit la parole, sa voix était pleine d'une colère contenue.

— Je passe te prendre dans un quart d'heure environ. On fera un arrêt devant chez toi pour parler aux agents d'AEP, avant d'aller chez Sam Jeffers pour que tu puisses le « remercier ». Selon la façon dont ça se passera, je t'amènerai ou non voir John Hillman. Je te préviens, Tess, son atelier de taxidermie n'a rien d'un endroit agréable. C'est une véritable maison des horreurs, et je ne pense pas que ça te plaira.

— J'ai peut-être tout oublié du lieu de ma séquestration, mais je suis certaine que, pour moi, c'était exactement ça : une maison des horreurs. Tu sais, je suis déterminée à m'en souvenir. Et, d'une manière ou d'une autre, je vais y arriver ! A tout de suite, Gabe, je t'attends sagement chez toi.

Preuve, s'il en était besoin, qu'il lui en voulait d'avoir insisté pour l'accompagner, Gabe raccrocha sans un mot d'au revoir. Pourtant, même si c'était l'avis de Vic — et non ses arguments à elle — qui l'avait emporté, elle ne regrettait pas d'être restée ferme sur ses positions.

Elle rassembla ses affaires, pour le cas où il la déposerait directement chez elle, après leur visite au chasseur et au taxidermiste. Puis, après un rapide tour aux toilettes, elle se remit à marcher de long en large. Malgré le blouson chaud qu'elle avait enfilé, quelques frissons se faufilèrent dans le sillage de pensées perturbantes. La mère de Gabe avait-elle fait les cent pas entre ce même salon et cette même cuisine, en attendant son mari ? Cette maison, comme toutes celles qui abritaient un couple rongé par la solitude et les disputes, pouvait aussi être une maison des horreurs.

— Ne sois pas surprise par l'endroit où il habite, dit Gabe.

Ils venaient de quitter la ville et se dirigeaient vers le sud-est, en direction des contreforts des Appalaches, après que les agents d'AEP leur eurent confirmé que le courant serait rétabli dans la journée chez Tess.

— Hormis son téléphone portable, poursuivit Gabe, Sam vit un peu comme les premiers colons qui se sont installés par ici. Un jour ici, un autre là ; il se déplace sans cesse entre plusieurs cabanes rudimentaires qu'il a construites dans la forêt et dont il se sert comme refuge lorsqu'il part chasser.

— Je suis presque certaine d'avoir été séquestrée dans

une maison et non dans une cabane au milieu des bois, dit-elle.

— On va déjà jeter un œil à son habitation principale. C'est là qu'il élève ses chiens et qu'il les dresse pour la chasse. Marva m'a dit qu'il venait de rentrer d'une expédition en forêt, et j'ai bon espoir de le trouver chez lui. Il était parti avec Hillman et Dane à la recherche d'un cerf blessé.

— Pour l'achever ?

— Non. Si surprenant que ça puisse paraître, Sam l'a découvert blessé et ne l'a pas tué. D'après Marva, il se serait contenté de fabriquer une clôture pour l'empêcher de s'échapper. Quant à Dane, il s'est mis en tête de sauver l'animal.

— Et Hillman est venu pour en faire un trophée, pour le cas où le cerf n'aurait pas survécu à ses blessures, c'est ça ?

Gabe laissa échapper un petit rire.

— J'ai fait une réflexion similaire quand Marva m'a raconté cette histoire. Le vétérinaire, le tueur et l'empailleur...

Tess sourit à son tour, mais elle ne put s'empêcher de songer qu'elle avait connu un sort semblable à celui de ce pauvre animal. Epargnée, mais captive et forcément apeurée. Sandy était-elle en train de vivre la même chose en ce moment ?

— J'espère que le ravisseur a laissé Sandy en vie comme il l'a fait pour moi. Si seulement il pouvait en être de même avec Jill... Si seulement elle pouvait être vivante, après toutes ces années... Et Amanda aussi, bien sûr, si elle ne se trouve pas à l'étranger avec son père. Ce qui m'inquiète, c'est... Pourquoi le kidnappeur aurait-il enlevé une autre fillette si Jill est toujours en vie ?

— Oui, j'y ai pensé, moi aussi. D'un autre côté, on ne peut pas être sûr à cent pour cent que Sandy a été enlevée par la même personne qui détient — ou a détenu — Jill. Cela dit, je doute qu'on ait affaire à un dingue qui s'inspirerait des autres kidnappings, comme ça arrive parfois. Pour moi, il s'agit encore une fois de la personne qui vous a enlevées, toi et Jill, peut-être aidée d'un complice. Pour le moment, l'enquête de voisinage de Jace n'a débouché sur aucune piste sérieuse. Il est allé poser des questions dans tous les commerces qui ont des portes ouvrant sur cette ruelle, sans résultat. Même notre indéboulonnable bibliothécaire n'a rien vu, et pourtant tout le monde sait qu'elle n'a pas les yeux dans sa poche. C'est comme si Sandy s'était évaporée dans la nature.

— A croire qu'elle a été transformée en épouvantail, murmura Tess avec un frisson d'horreur.

Gabe s'engagea dans un étroit chemin de terre bordé de marronniers. Les arbres perdaient leur feuillage tôt dans la saison, et les couleurs flamboyantes de la forêt laissaient ici place aux teintes brunes des feuilles mortes. Certains arbres étaient même déjà nus, leurs branches étirées vers le ciel comme des bras tordus. Le chemin serpentait à présent, de plus en plus cahoteux et grimpant légèrement.

— Génial, dit Tess. On se croirait dans le décor d'un film d'épouvante. Comment fait-il pour recevoir son courrier ? J'imagine mal le facteur emprunter ce chemin tous les jours.

— Tu n'as pas vu sa boîte aux lettres ? Elle est clouée à un arbre, à l'entrée du chemin. De toute façon, je doute qu'il reçoive beaucoup de courrier, même si j'ai remarqué que sa boîte avait un compartiment spécial pour le *Chillicothe news*, le quotidien de Chillicothe. J'avoue que je ne vois pas trop un loup solitaire comme Sam s'intéresser à ce qui se passe autour de lui, mais bon… Il faut croire que je me trompe.

— Peut-être qu'il ne chasse pas que le gibier et qu'il aime savoir ce que les journalistes écrivent sur ses sinistres exploits.

— Tu sais que tu t'entendrais bien avec Vic ? Il soupçonne tout le monde. Moi y compris, je parie.

Une maison de bois de plain-pied, dont la peinture bleu ciel s'écaillait, apparut bientôt au bout du chemin. Sur la gauche, une extension avait été construite, tout en longueur et d'un blanc éclatant. La peinture récente accentuait encore l'aspect défraîchi du reste de la maison.

— La partie neuve est l'aile réservée aux chiens, dit Gabe. Sam tient à ce que ses animaux soient confortablement installés. Parfois, j'ai l'impression qu'il s'intéresse plus à eux qu'aux humains.

Il immobilisa la voiture de patrouille dans l'espace aménagé pour faire demi-tour, et arrêta le moteur. A peine Tess eut-elle ouvert sa portière qu'un aboiement se fit entendre.

— J'espère qu'il ne laisse pas un chien de garde en liberté, dit-elle.

— Je n'ai jamais vu de chien se balader seul ici en son absence, assura Gabe. Pour ne pas risquer qu'il morde un visiteur, sans doute, mais surtout pour éviter que l'animal se blesse. Il ne les vend pas à n'importe qui, tu sais. Il faut vraiment gagner sa confiance pour avoir l'honneur d'acheter un de ses bébés.

Alors qu'elle refermait sa portière, le regard de Tess se posa brièvement sur le sac-poubelle qui contenait le pitbull empaillé. Gabe l'avait posé à l'arrière, sur le plancher de la voiture, et elle savait qu'il ne comptait pas l'en sortir pour le montrer à Sam. L'espace d'un instant, elle eut l'horrible impression que c'était lui qui aboyait.

— Il dort peut-être encore, dit-elle, étonnée que les aboiements ne fassent pas sortir Sam Jeffers. Ou alors il n'est pas là.

— Je vois son pick-up garé dans la grange, là-bas, dit Gabe avec un mouvement de tête vers le vieux bâtiment de bois. Mais il a très bien pu…

La porte de la maison s'ouvrit à ce moment-là sur Sam et un chien qui agitait la queue.

— Salut, shérif ! J'ai entendu ta voiture arriver. Alors, la forme ? Bien le bonjour, m'zelle Lockwood.

Ils échangèrent une poignée de main et parlèrent un peu de la pluie et du beau temps, comme il était de tradition par ici avant de passer aux choses sérieuses.

— Tess a tenu à m'accompagner pour te remercier d'avoir participé aux recherches, à l'époque de son enlèvement, expliqua Gabe, la conversation n'ayant jusque-là concerné que les hommes.

Encore une tradition des régions montagneuses de l'Ohio, songea Tess avec humeur.

— D'ailleurs, ajouta Gabe en caressant le chien, j'en profite pour te remercier moi aussi d'être venu nous prêter main-forte avec Boo, l'autre jour.

— J'aurais aimé que ça donne plus de résultats. Faut sauver cette gamine, Gabe.

Gabe hocha la tête.

— A propos de sauver, j'ai entendu dire que tu avais trouvé un cerf blessé, là-haut dans la forêt.

— Ouais, c'est vrai. J'ai emmené Dane et John avec moi pour aller le soigner, mais le doc n'a pas réussi à le sauver. La pauvre bête avait tellement mal qu'il lui a injecté un de ces trucs dont il se sert pour endormir les toutous des friqués du lac Azur, avant une opération. Mais bon, il a fini par clamser, et John a récupéré la tête pour en faire un trophée. Moi, j'ai eu droit à la venaison.

Tess balayait les alentours du regard pendant que Sam et Gabe discutaient. Impossible qu'elle ne se souvienne pas des aboiements de chiens, si elle avait été séquestrée ici. Mais n'était-ce pas étrange que Sam Jeffers ait mis tellement de temps à sortir de chez lui, comme s'il avait d'abord dû cacher quelque chose… ou quelqu'un ? Les deux hommes parlaient maintenant des techniques de piégeage, et Gabe trouva le moyen d'orienter la conversation sur le moment où Sam et ses deux amis étaient partis à la recherche du cerf blessé, et sur l'heure de leur retour. Sans doute ferait-il de même avec Dane Thompson et John Hillman pour s'assurer que leurs réponses concordaient.

— Tu as le temps d'entrer pour boire un jus ? demanda Sam en s'adressant à Gabe comme si elle n'était pas là.

Se sentir transparente n'était pas très agréable, mais

au moins, cette proposition voulait sans doute dire qu'il n'avait rien à cacher.

Gabe déclina l'invitation en prétextant qu'il devait la ramener chez elle pour vérifier que le courant était bien rétabli.

— Hier soir, un véhicule est rentré dans le poteau électrique situé juste devant chez Tess, expliqua-t-il. Le câble relié à sa maison a été endommagé et le courant a été coupé. Vous ne seriez pas passés tous les trois sur cette route vers 22 heures avec un coup dans le nez, par hasard ?

Sam répondit par la négative, mais Gabe se débrouilla néanmoins pour l'entraîner vers la grange sans porte où il garait son vieux pick-up. Tess décida de saisir l'occasion pour s'approcher de la maison. Dieu merci, le chien ne semblait pas plus s'intéresser à elle que son maître, et elle put se promener en toute tranquillité le long de la façade. Au sol, une porte inclinée et fermée par un cadenas attira son attention. Un silo dont les jardiniers se servaient autrefois pour conserver les légumes. On n'en voyait plus guère de nos jours, et encore moins cadenassé comme s'il était toujours utilisé.

Après avoir jeté un coup d'œil par-dessus son épaule pour s'assurer que les deux hommes ne regardaient pas dans sa direction, Tess s'accroupit et frappa sur un des battants de la porte de bois. Celle-ci semblait neuve, et elle remarqua bientôt l'estampille « Mason's Mill ». Elle frappa de nouveau, un peu plus fort. Qu'espérait-elle, au juste ? Que Sandy Kenton lui réponde par des cris ? Elle posa néanmoins l'oreille entre les deux battants pour voir si elle entendait des bruits ou des sanglots. Rien.

— Alors comme ça, vous essayez de me piquer mon tord-boyaux ? lança Sam avec un sourire tandis que les deux hommes revenaient vers elle. Je n'aurais jamais cru ça de vous, m'zelle Lockwood.

Tess sentit qu'elle rougissait. Il l'avait vue s'accroupir devant son silo à légumes, manifestement transformé en cellier pour l'eau-de-vie qu'il distillait. Elle venait de faire une grosse gaffe, donnant ainsi raison à Gabe, qui aurait préféré qu'elle ne l'accompagne pas.

— J'ai cru que c'était un autre endroit où vous gardiez vos chiens, dit-elle, aussitôt consciente de s'enfoncer davantage avec ce mensonge ridicule.

— Ceux que je voudrais punir, alors, dit-il avec un clin d'œil.

Il tourna son visage hirsute et souriant vers Gabe.

— Je te rassure, shérif, je n'entrepose pas vraiment de l'alcool de contrebande dans ce vieux silo. Et puis, de toute façon, mon petit doigt me souffle que tu n'es pas venu pour ce genre d'infraction. Cela dit, ma bière reste parfaitement au frais, là-dedans. Je parie que tu n'aurais rien contre une petite mousse, pas vrai, Gabe ? Si tu n'étais pas en service, bien sûr.

Gabe répondit sur le même ton, et les deux hommes échangèrent encore quelques piques amicales avant de se donner une rugueuse accolade, les dos résonnant sous les claques viriles.

— Désolée, dit Tess lorsqu'ils se trouvèrent côte à côte dans la voiture de patrouille. Je ne vous ai pas entendus revenir.

— Pas grave.

— Des marques récentes à l'avant ou à l'arrière de son pick-up ?

— Non.

— Tu crois qu'il se sert vraiment de ce vieux silo à légumes pour entreposer de la bière ?

— Impossible de le savoir sans faire une perquisition, et la juge du comté ne me signera jamais un mandat alors que je n'ai aucun élément contre Sam.

— Je suppose que tu vas devoir revenir boire une bière, un jour où tu n'es pas de service, dit-elle dans l'espoir de détendre l'atmosphère. Gabe, ajouta-t-elle avec une mimique désolée, je te promets de rester sage comme une image, chez John Hillman.

— Tu n'as rien à te reprocher, Tess. Dis-moi, tu as

entendu ce qu'il a raconté au sujet de Dane ? Ton ancien voisin se sert d'anesthésiques quand il opère dans sa clinique vétérinaire. Comment ai-je pu ne pas y songer plus tôt ? Tu sais qu'en plus d'agir sur la douleur certaines de ces substances provoquent des amnésies. Il faut que je trouve un moyen de savoir quel produit il utilise avec les animaux.

Il fit demi-tour et redescendit la colline sur le petit chemin étroit et cahoteux.

— Je vois où tu veux en venir, dit Tess. Ça peut paraître un peu tiré par les cheveux, mais…

— Mais je n'ai rien d'autre à me mettre sous la dent. Et puis, ton très jeune âge à l'époque des faits et un mécanisme de défense ne sont peut-être pas les seules explications à ton amnésie. Un de mes amis a eu une coloscopie, récemment. Comme il avait peur de l'anesthésie générale et peur d'avoir mal sans anesthésie, le médecin l'a mis sous sédation légère. Ça a permis à mon ami de suivre ce qui se passait, tout en oubliant par la suite les détails désagréables de l'intervention.

— Toutes ces marques de seringue sur mes bras, comme si j'étais une toxico…, murmura Tess.

Alors que la voiture parvenait au bout du chemin, un bruit qu'elle ne put identifier lui parvint. C'était plus étouffé et plus lointain que le souvenir de la moissonneuse-batteuse, mais…

Elle se tourna vers Gabe malgré la ceinture de sécurité.

— Qu'est-ce que c'est ?

— De quoi est-ce que tu parles ? De ce qu'on entend, là ? C'est juste un train. Il y a souvent des trains de marchandises qui passent par ici. Ils transportent du charbon, je crois. Tu fais une drôle de tête, Tess. Tu ne te sens pas bien ?

— Je me sens effrayée, angoissée… Comment le bruit lointain d'un train peut-il me faire un tel effet ? Tu te souviens de ce que je t'ai dit sur ma mémoire auditive ?

— Qu'elle est très bonne.

— Oui, je garde les sons en tête, même lorsqu'ils ne sont plus associés à des images. Tu sais ce que j'ai lu dans un des livres sur les traumatismes de l'enfance que m'a prêtés Mlle Etta ? Que les odeurs et les sons pouvaient faire ressortir un souvenir enfoui ou refoulé. Gabe, je crois bien que je me souviens du bruit que fait un train qui passe. C'est lié à l'enfance, mais tu es bien placé pour savoir qu'on n'entendait pas de train, là où je vivais à l'époque.

— Et de la maison où tu as emménagé après avoir quitté Cold Creek ?

Elle secoua la tête.

— On n'entend pas non plus de train de chez Dane, reprit Gabe tandis qu'il s'engageait sur la route goudronnée. Tu sais, je crois qu'on va devoir faire un tour à Chillicothe et avoir une petite conversation avec la vétérinaire qui a confirmé l'alibi de Dane, à l'époque de ton kidnapping. Je viens de me rappeler que mon père m'a dit qu'elle travaillait près d'une voie ferrée. Je pourrais l'interroger sur le genre de sédatifs ou d'anesthésiques qu'utilisent les vétos. Ça me permettrait de me renseigner sur la question sans interroger directement Dane. Et puis, il y a autre chose que je voudrais vérifier là-bas. Il faut que je fouille dans le passé d'un type qui aurait agressé sexuellement une fillette quand il était ado.

— Quelqu'un qui vit maintenant à Cold Creek ?

— Oui. Mais on en reparlera plus tard. Bon, on est d'accord que tu ne m'accompagneras pas chez Dane, mais voyons un peu ce que Hillman peut nous raconter sur ce pitbull empaillé. Je te demanderai juste de ne pas t'éloigner, même si tu repères une pièce souterraine avec une porte neuve et un gros cadenas, d'accord ? Le fait que tu te souviennes du son d'un train limite notre champ de recherche à environ 130 km² au lieu de 260 auparavant. On va finir par percer le mystère de ces enlèvements, Tess. J'espère seulement qu'il ne sera pas trop tard pour les fillettes disparues.

15

Tess fut soulagée de constater que la propriété de John Hillman était loin de faire aussi froid dans le dos que celle de Sam Jeffers. Tout semblait bien entretenu, du jardin à la peinture blanche de la façade. Suspendue au-dessus du portail, une belle enseigne de bois ornée d'une tête de cerf annonçait « Hillman's Taxidermy ». Elle était visible depuis la nationale 104 qui reliait Cold Creek à Chillicothe, la maison se dressant un peu en retrait de la route. Tess se demanda si la tête du cerf que le taxidermiste venait de rapporter de la forêt se trouverait bientôt à vendre ici même. Songer à un trophée aux yeux vitreux sous la belle ramure la rendit mal à l'aise.

Parce qu'elle en avait vu un durant sa séquestration, peut-être ? Elle n'avait pas de souvenir précis, seulement un vague malaise.

— Quand tu m'as dit que l'atelier de John Hillman était une maison des horreurs, j'ai imaginé un endroit inquiétant et isolé dans les bois, comme celui où vit Sam Jeffers.

— Attends de voir l'intérieur. Et puis, ça dépend un peu de l'animal sur lequel il travaille et de l'étape à laquelle il en est. Tu sais, même s'il fréquente des gars rustiques comme Sam, Hillman est un homme d'affaires moderne et avisé. Il passe des pubs dans la *Chillicothe Gazette*, et l'emplacement de son atelier, en bordure d'une route assez fréquentée, l'aide aussi à développer sa clientèle. Chaque fois que je suis venu ici, il y avait un peu de monde.

Il pivota sur son siège pour attraper le pitbull empaillé,

qu'il sortit du sac-poubelle. Moins d'une minute plus tard, il appuyait sur la sonnette d'une porte latérale surmontée d'un autre panneau de bois sur lequel était peint le mot *Atelier.* Tess sursauta lorsqu'un grognement furieux se fit entendre au lieu du traditionnel *ding-dong.*

— Un ours noir, dit Gabe alors que la porte s'ouvrait.

John Hillman apparut, vêtu d'un tablier en cuir et le front couvert de grosses lunettes de protection.

— Bonjour, shérif. Et je vois qu'Ann est là, aussi… Oh ! pardon, mademoiselle, je vous ai pris pour quelqu'un d'autre, s'excusa-t-il en dévisageant Tess, les yeux plissés.

Son regard glissa vers le chien empaillé que Gabe tenait sous son bras.

— Hé ! Je me demandais où était passé ce pitbull ! lança-t-il en caressant la tête de l'animal. Un salopard me l'a volé alors que je l'avais mis sous la véranda pour que la colle sèche plus vite. Je suis content que vous l'ayez retrouvé, shérif. Ça m'aurait fait mal d'avoir fait tout ce boulot pour rien. Sans compter que le propriétaire aurait été furax. Mais entrez, tous les deux, entrez !

— John, je vous présente Tess Lockwood, que vous avez sans doute croisée lorsqu'elle était petite. Elle est revenue à Cold Creek pour vendre la maison de famille.

— Eh oui, comme le temps passe…, dit-il d'un ton distrait, visiblement plus intéressé par l'animal empaillé que par elle. Ce pitbull appartient à Jonas Simons, le frère d'Ann, reprit le taxidermiste en les précédant dans un couloir qui débouchait sur un vaste atelier. C'était l'un de ses chiens préférés et il est mort brutalement. Il s'appelait Alatack.

— Je ne vois pas de trace de morsure sur son cadavre. Je parie que vous avez dû passer du temps pour que la blessure ne se voie plus. Un de ses chiens de combat, je suppose ?

— Des chiens de combat ? répéta Hillman avec un air effaré que Tess trouva digne d'un acteur de seconde zone. Je n'ai jamais entendu parler d'une telle chose. Mais où l'avez-vous retrouvé, shérif ?

— Dans le jardin de Tess.

— Vraiment ? Pourquoi le voleur l'aurait-il déposé là ? demanda-t-il en se tournant vers Tess et en la regardant comme s'il venait de découvrir sa présence.

— C'est ce qu'on aimerait comprendre, répondit-elle, cessant de promener les yeux autour d'elle pour les planter dans ceux du taxidermiste.

Une odeur entêtante — de l'essence de térébenthine ? — flottait dans la pièce, et les quatre murs étaient couverts de têtes d'animaux. Derrière Hillman, une grosse cuve émettait des bruits étranges, à côté d'un établi où Tess vit une peau étirée et sanguinolente. Plus perturbant encore, des dizaines d'yeux semblaient la fixer depuis le bol transparent où ils étaient entassés. Même s'ils étaient de verre, ils produisaient une drôle d'impression. Des mannequins représentant toutes sortes d'animaux étaient disséminés dans l'atelier, parfois habillés de morceaux de peau.

D'une précision extraordinaire, ces mannequins reproduisaient les moindres détails de l'animal, tels que les veines et les muscles saillants. De véritables œuvres d'art que Tess ne s'était pas attendue à trouver ici, pas plus qu'elle ne s'était attendue à rencontrer un homme aussi éduqué.

— Ils sont en mousse de polyuréthane, fit remarquer Hillman, qui avait surpris son regard admiratif.

Il était mince, et son visage arborait une barbe soigneusement taillée, contrairement à celle, longue et hirsute, de son ami Sam. Plus jeune qu'elle ne l'avait imaginé — il devait avoir un peu plus de trente-cinq ans —, John Hillman ne s'exprimait pas avec l'accent rural de la région, mais avec une aisance presque mondaine rehaussée d'une touche d'accent du Sud. Jeffers, Thompson et Hillman formaient décidément un curieux trio d'amis. Une amitié uniquement fondée sur leur intérêt commun pour les animaux ?

— Ce chien appartenait donc à Jonas et va continuer — grâce à votre travail — à lui appartenir, dit alors Gabe. Les frères Simons font souvent preuve de nervosité en ma présence, vous savez. Parce que je représente la loi et qu'ils l'enfreignent avec leurs combats de chiens, bien sûr, mais surtout à cause de ma relation avec leur sœur. Je craignais qu'ils ne lâchent un de leurs pitbulls sur moi, un de ces quatre, mais je ne m'attendais pas à ce qu'il soit empaillé.

— Je vous conseille d'être prudent avec ces culs-terreux, dit Hillman en riant. Ces trois-là se croient encore à l'époque du Far West.

Il jeta un nouveau regard à Tess au moment où elle s'intéressait à une étagère garnie de crânes d'animaux. L'un d'eux semblait parfaitement nettoyé, et même poli, vu la façon dont il brillait sous la lumière électrique.

— Vous n'utilisez pas de vrais crânes, c'est ça ? demanda-t-elle.

— Non. Même si l'animal possède une ramure, on visse les bois dans un crâne en plastique. Je ne veux pas avoir l'air de me vanter, mais un bon taxidermiste doit non seulement avoir une excellente connaissance des animaux, mais aussi maîtriser les techniques du tannage, du modelage et même de la sculpture. Il y a un aspect technique et un aspect artistique dans ce travail, et si on possède l'un sans l'autre on ne fait pas du bon boulot. Mais pas question de s'endormir sur ses lauriers, bien sûr. Il faut se remettre en question à chaque nouvel animal. Je suis sûr que ça vaut aussi pour vous, ajouta-t-il en se tournant vers Gabe. Chaque enquête est un nouveau défi, n'est-ce pas, shérif ?

On aurait presque dit qu'il provoquait Gabe, qu'il sous-entendait que, au lieu de s'occuper d'un pitbull empaillé, le shérif de Cold Creek aurait mieux fait de rechercher la fillette disparue. Mais peut-être Tess percevait-elle une critique larvée là où il n'y avait qu'une innocente remarque ?

Gabe, en tout cas, ne se donna pas la peine de répondre.

— Le chien de Jonas Simons est une pièce a conviction, dit-il alors que Hillman tendait les mains pour s'en emparer. Je vais devoir le garder pendant un moment. Si quelqu'un cherche à faire peur à Tess, je trouverai qui et pourquoi, ajouta-t-il d'un ton presque menaçant. Et puisque cet… objet lui appartient, je vais demander à Jonas de passer au poste pour faire une déclaration de vol. Ça lui permettra de récupérer ce bon vieux Alatack.

— Il ne m'a pas encore payé, shérif, dit Hillman d'un ton inquiet. S'il récupère le chien de vos mains, je risque de ne jamais voir la couleur de son argent.

— C'est sûr, dit Gabe en se tournant pour quitter l'atelier.

Tess était surprise de sentir une tension entre les deux hommes, alors que Gabe s'était comporté en ami avec Sam Jeffers. Adoptait-il volontairement une attitude différente avec chacun des suspects ? Et pourquoi ne pas avoir demandé à Hillman où il était, la veille au soir ? Avait-il considéré que la carcasse du cerf lui tenait lieu d'alibi ?

Alors qu'ils parvenaient tous les trois au bout du couloir et que Gabe avait déjà la main sur la poignée de la porte, il se tourna vers Hillman.

— La prochaine fois que vous êtes victime d'un vol, soyez assez aimable pour me prévenir, John. Si vous ne le faites pas, je risque de penser que l'objet dérobé est toujours en votre possession. Et, s'il est déposé là où il ne devrait pas l'être, ça pourrait se retourner contre vous.

— Je ne suis rentré que ce matin. J'étais en forêt avec Sam Jeffers et Dane Thompson.

— Et ce n'est qu'aujourd'hui que vous avez constaté le vol ?

— Non... En fait, le chien a disparu depuis quelques jours. J'avais l'intention de venir vous en parler, et je l'aurais sûrement fait plus tôt si Sam et Dane ne m'avaient pas proposé de les accompagner.

Le taxidermiste plissa légèrement les yeux.

— C'est vraiment ce chien qui vous intéresse, shérif, ou bien tout ça a un lien avec les enlèvements ? Pardon si ça vous rappelle de mauvais souvenirs, ajouta-t-il en se tournant vers Tess.

— Quand on cherche un kidnappeur depuis vingt ans, on suit toutes les pistes, que ce soit à l'aide d'un chien de chasse ou d'un chien empaillé, répondit Gabe en ouvrant la porte. Je garde le pitbull jusqu'à ce que je puisse en parler à Jonas, et ensuite je vous laisserai vous débrouiller entre vous. Bien sûr, vous savez où me trouver s'il refuse de vous payer.

Tandis qu'ils quittaient son atelier, le taxidermiste maugréa quelque chose que Tess ne comprit pas, avant de refermer la porte d'un coup sec, sans prendre la peine de dire au revoir.

— Désolé, c'était un peu tendu, dit Gabe en reposant le chien à l'arrière de la voiture, sans toutefois le remballer. Mais c'est parfois intéressant de voir comment les gens réagissent quand on ne les caresse pas dans le sens du poil. Et puis, je voulais lui laisser entendre que je me sens visé par ce chien empaillé, moi aussi. Qu'à mes yeux tu n'es pas la seule cible. Ça peut revenir aux oreilles de celui qui a fait ça et l'inquiéter. Jonas pourrait bien être l'auteur de cette tentative d'intimidation. Il veut peut-être te faire peur et t'éloigner, parce qu'il a l'impression que je m'intéresse plus à toi qu'à Ann.

Parce que ce n'est qu'une impression ? faillit-elle rétorquer. Mais elle se retint de justesse.

— Ils sont très protecteurs avec leur petite sœur, fit-elle remarquer.

— Oui... Ça peut paraître touchant, dit comme ça, mais c'est un peu moins drôle dans la réalité. Surtout que ces trois Pieds Nickelés n'ont pas inventé l'eau tiède, et qu'ils sont assez violents de nature. Je ne veux pas qu'ils s'en prennent à toi, même si j'avoue que je préférerais que ce soit l'un d'eux qui ait posé ce chien dans ton jardin plutôt que le kidnappeur.

— Une chose est sûre, c'est que les frères Simons sont beaucoup trop jeunes pour avoir été impliqués dans mon enlèvement, dit Tess en bouclant sa ceinture de sécurité. Et puis, ce n'est pas ma faute si tu t'éloignes d'Ann. De toute façon, tu voulais mettre fin à cette histoire avant même que je revienne à Cold Creek, c'est toi qui me l'as dit. Sans compter qu'entre nous il n'y a rien de sérieux.

— Ah bon, vraiment ? répliqua Gabe avec une pointe de sarcasme.

Il fit marche arrière, et ils rejoignirent bientôt la nationale. Gabe avait le visage fermé, mais elle commençait à s'habituer à ses sautes d'humeur. Sans doute était-il simplement inquiet, ou perdu dans ses pensées. Elle aussi avait des choses en tête. Des choses qui les concernaient, tous les deux, même si elle ne se sentait pas le courage d'aborder la question tout de suite. Impossible d'envisager une relation avec Gabe tant que l'enquête n'avait pas abouti. Et quand bien même… Qu'est-ce que cela changerait pour eux, si le kidnappeur était arrêté et qu'une fillette au moins était retrouvée ? De toute façon, elle allait repartir dans le Michigan où elle réaliserait son rêve : racheter la crèche qui l'avait employée pendant des années.

Cherchant désespérément un moyen de rompre le silence que Gabe ponctuait de regards de plus en plus intenses, elle décida de ramener la conversation sur le terrain — douloureux, mais moins glissant — de son enlèvement.

— John Hillman est plus jeune que je ne l'imaginais. Trop jeune pour avoir été impliqué dans mon enlèvement, non ?

— Avec lui, il ne faut pas se fier aux apparences, tu sais. Il a l'air bien sous tous rapports, mais je suis presque certain que c'est lui qui a construit l'arène démontable où s'affrontent les chiens. Si les frères Simons n'avaient pas quelqu'un d'intelligent avec eux, je les aurais pris la main dans le sac depuis longtemps. Ce qui me fait dire que l'arène est démontable, c'est qu'ils changent tout le temps d'emplacement. Et tu as vu que le bonhomme est habile de ses mains. Quant à son âge, il ne faut pas se fier aux apparences, là non plus. Figure-toi que Hillman a la cinquantaine passée, même s'il fait beaucoup plus jeune. A se demander s'il ne se fait pas retendre la peau, comme celle des animaux qu'il dépèce… Il faisait souvent la tournée des bars avec ton père, à l'époque où tu étais petite. C'était un sacré coureur de jupons, dans le temps.

— Hillman, tu veux dire ? Pas mon père…

— Non, non, je parle de Hillman, bien sûr.

— Mais le fait qu'il ait été — ou soit encore — un homme à femmes ne constitue pas un motif pour le soupçonner de s'en prendre à des fillettes ?

— Non, en effet. C'est juste qu'il ne m'inspire pas confiance. Comme Dane, d'ailleurs. Et ça m'agace de ne jamais avoir réussi à les coincer pour quoi que ce soit, alors que je ne les trouve pas nets. Je n'en dirais pas autant de Sam, qui m'a toujours paru être un type droit. Ce qui ne m'empêche pas de le garder à l'œil, au cas où il serait de mèche avec les deux autres.

Il se tourna brièvement vers elle.

— Je vais te déposer et m'assurer qu'il n'y a rien de suspect chez toi avant d'aller faire un tour chez Dane. Plus tard dans l'après-midi, j'ai l'intention d'aller à Chillicothe pour rendre visite à sa consœur, celle qui a confirmé son alibi à l'époque de ton enlèvement. Inutile d'essayer de me convaincre de t'emmener avec moi, parce que je suis d'accord. Puisque cette dame travaille près d'une voie ferrée et que tu te souviens du bruit d'un train, je vais te laisser jeter un œil autour de chez elle, pendant que je lui parle. On verra bien si ça réveille d'autres souvenirs. Après quoi, je te conduirai dans un café où tu pourras m'attendre tranquillement, pendant que j'irai me renseigner sur ce délinquant sexuel dont je t'ai parlé. Ça te va ?

— Oui, oui… Je suis toujours contente de pouvoir t'aider. Et puis ça me plaît de passer du temps avec toi. Tu sais, je me sens en sécurité quand tu es là.

Il se tourna vers elle. Ils restèrent un bref moment les yeux dans les yeux ; une ou deux secondes qui semblaient pouvoir s'étirer à l'infini, mais Gabe dut reporter son attention sur la route. Elle le vit ouvrir la bouche comme pour dire quelque chose, puis se raviser alors qu'ils passaient devant la maison de Dane.

Tess leva les yeux vers le rétroviseur central pour essayer d'apercevoir le cimetière pour animaux, mais son regard ne rencontra que la gueule menaçante du pitbull empaillé.

*
* *

Même s'il faisait jour, Gabe était nerveux à l'idée de laisser Tess toute seule. Il avait toutefois dû s'y résoudre, non sans avoir vérifié au préalable qu'il n'y avait rien de suspect à l'intérieur comme aux alentours de sa maison. A présent, chez Dane Thompson, il attendait que le vétérinaire en ait terminé avec sa consultation en cours.

— C'est un grand danois, dit Dane lorsqu'il aperçut Gabe en sortant de son cabinet.

Il était flanqué de Jim Cargove — directeur d'agence bancaire à Cold Creek — et d'un chien noir aussi élégant qu'imposant.

— C'est la meilleure race qui soit, bien entendu, poursuivit le vétérinaire avec un grand sourire. Dane… Danois, insista-t-il, voyant que sa mauvaise plaisanterie n'avait pas le succès escompté. Mais la comparaison s'arrête là, parce que notre ami vient d'être castré, ajouta-t-il en caressant l'animal, l'air toujours aussi ravi de son humour au ras des pâquerettes.

Pourtant, son sourire s'effaça brusquement lorsque ses yeux se posèrent sur le pitbull empaillé, installé à côté de Gabe comme s'il attendait d'être ausculté.

— Vous pouvez m'accorder quelques minutes, docteur ?

— Quelques minutes seulement. C'est une journée chargée, shérif. Vous n'avez qu'à aller dans mon bureau, juste au bout du couloir, et je vous y rejoins tout de…

— Ça ne vous ennuie pas qu'on se mette plutôt là pour discuter ? l'interrompit Gabe.

Joignant le geste à la parole, il pénétra dans la salle d'examen sans attendre d'y être invité, le chien empaillé sous le bras. Il balaya rapidement les étagères du regard, mais impossible de voir ce qui se cachait dans les nombreux placards. Au fond, une porte menait à la salle d'opération.

— Simple curiosité, Dane. Quand vous endormez un chien avant de le castrer, par exemple, vous utilisez quoi ? Juste de l'éther ?

— Non, les techniques ont évolué, depuis l'époque où on faisait respirer de l'éther ou du chloroforme aux animaux, et même aux hommes. Vous savez qu'aujourd'hui il existe différents anesthésiques sûrs et faciles d'emploi pour nos amis les bêtes, et *a fortiori* pour les êtres humains.

— Un de mes amis a subi une coloscopie et on lui a administré du Versed, un médicament qui lui a permis de rester conscient sans souffrir durant l'intervention, et de tout oublier ensuite. Mais je suppose qu'il n'y a aucun intérêt à utiliser ce mode de sédation avec les animaux ?

— Non, en effet. Quant à votre ami, il a dû se faire administrer un cocktail médicamenteux dans lequel se trouvait du Versed, qui est un sédatif et un hypnotique. Pour les animaux, on utilise seulement des analgésiques, et ils n'affectent pas la mémoire.

Le vétérinaire fit une courte pause, croisant les bras avant d'adopter un ton plus sec.

— Bon, mais vous n'êtes pas venu pour discuter des méthodes d'anesthésie, je suppose ?

— Non, en effet, répondit Gabe.

Il avait noté que Dane n'avait pas eu de réaction particulière lorsqu'il avait évoqué le médicament à effet amnésiant.

— En fait, poursuivit-il, je suis venu vous dire que quelqu'un a cherché à intimider Tess Lockwood avec ce chien naturalisé par votre ami John Hillman. Il a été placé à la nuit tombée dans son jardin. De son vivant, le molosse appartenait à Jonas Simons, qui compte d'ailleurs le récupérer dans sa version empaillée. Vous vous souvenez de l'avoir soigné ?

— Les frères Simons ne font pas soigner leurs chiens. Pas même de vaccinations ou de castration… Rien du tout. J'ai simplement recousu quelques-unes de leurs bêtes blessées par des ratons laveurs.

— Ou par un autre chien, au cours d'un combat organisé.

Dane haussa les épaules et détourna le regard. Il se mit à ranger son matériel, plongeant une paire de ciseaux dans ce qui devait être une solution stérile, puis jetant ses gants en latex dans une petite poubelle qu'il ouvrit à l'aide d'une pédale. Le couvercle retomba brutalement.

— Je n'ai jamais entendu parler de combats de chiens, répondit-il finalement, une bouffée de colère rougissant son visage.

C'était précisément ce que Gabe cherchait à provoquer. Quand les gens qu'il interrogeait s'énervaient, ils perdaient leurs moyens et finissaient souvent par laisser échapper des informations qu'ils n'avaient pas eu l'intention de dévoiler.

— Et je n'ai pas non plus tenté d'intimider Tess Lockwood en abandonnant un pitbull empaillé dans son jardin, si c'est ce que vous voulez savoir.

Il faisait maintenant de grands gestes en parlant, comme si cela pouvait rendre ses paroles plus convaincantes.

— Shérif, êtes-vous toujours décidé à m'impliquer d'une manière ou d'une autre dans son enlèvement, voire dans un autre ? Vous savez pertinemment que j'ai fourni un alibi pour le jour où Teresa Lockwood a été enlevée… Alors laissez tomber, d'accord ?

— Je sais que vous avez affirmé que, au moment où Tess a été enlevée, vous étiez en route pour aller rendre visite au Dr Linda Stevens, à Chillicothe. Je sais aussi que cette femme a confirmé que vous êtes venu chez elle et que vous y êtes resté un moment avant de rentrer à Cold Creek. En gros, l'unique témoin qui a confirmé vos affirmations est une de vos amies, peut-être même plus qu'une amie…

— Laissez Linda en dehors de tout ça ! Et foutez aussi la paix à ma sœur, tant que vous y êtes ! Marva m'a dit que vous êtes venu l'importuner dans le salon de bronzage, au risque de faire fuir la clientèle ! Alors inculpez-moi ou sortez de ma vie, shérif ! Et, à moins que vous ne soyez muni d'un mandat de perquisition et que vous n'ayez l'intention de fouiller ces tiroirs et mes placards en espérant y retrouver une petite fille, veuillez sortir tout de suite de ma salle d'examen !

— Merci de mettre tant de bonne volonté à m'aider à retrouver ces gamines, Dane, lança Gabe d'une voix dure. Je m'en souviendrai. Je suis sûr qu'on aura bientôt l'occasion de se revoir, ajouta-t-il avant de lui tourner le dos et de quitter la pièce.

Après avoir appelé Tess pour lui demander d'être prête dans une demi-heure, Gabe pénétra dans le poste de police avec le pitbull empaillé sous le bras et marcha droit sur Ann.

— Tu l'as étiqueté et tu l'as classé comme pièce à conviction, dit-il en posant l'animal sur le bureau de réception, mais tu as oublié de me donner le nom de son propriétaire.

Le rouge monta aux joues de la jeune femme. Elle détourna le regard vers l'écran de l'ordinateur, comme si ce qu'elle devait répondre s'y trouvait écrit.

— Si tu veux dire que ce pitbull appartient peut-être à un de mes frères, c'est possible, mais je n'en suis pas sûre. Ce ne sont pas les seuls à posséder ce genre de chien, tu sais.

— Par contre, un chien qui vient de mourir et qu'on confie à un taxidermiste pour qu'il le naturalise, il ne doit pas y en avoir des masses, non ? répliqua Gabe d'un ton peu conciliant. Il paraît qu'il s'appelle Alatack.

— J'ai pensé que ça pouvait être lui, mais, comme je viens de te le dire, je n'en étais pas sûre… Tu ne m'as pas embauchée pour résoudre des affaires, d'accord ? Si tu m'avais posé la question, je t'aurais répondu. Mais tu ne m'as rien demandé. D'ailleurs, c'est à peine si tu m'adresses la parole, en ce moment.

Il ignora ce reproche. Bon sang, si les frères d'Ann s'en prenaient à Tess, maintenant… Il ne manquait plus que ça ! Ce genre d'intimidation risquait de la perturber et de mettre un verrou supplémentaire sur les lointains souvenirs de sa séquestration, donc de compliquer encore l'enquête. Comme si ce n'était pas déjà assez difficile ! Il n'avait vraiment pas besoin que ces trois abrutis lui mettent des bâtons dans les roues.

— Est-ce qu'on est adversaires, maintenant, alors que

j'ai plus que jamais besoin que toute mon équipe soit derrière moi ? Réponds-moi, s'il te plaît.

— Je n'ai aucune envie d'être ton ennemie, Gabe, bien au contraire. C'est toi qui te montres distant avec moi ! Toi qui mélanges tout en devenant trop proche d'un témoin et d'une victime !

— Tess m'aide pour l'enquête. Et je dois pouvoir te faire confiance, Ann.

Ann ouvrit la bouche, mais la referma avant d'avoir prononcé un mot, se mordant la lèvre comme pour s'empêcher de répliquer.

Toujours sans élever la voix, Gabe lui donna ses consignes :

— Appelle Jonas, s'il te plaît, et dis-lui que j'aimerais qu'il passe ici demain matin avant d'aller à son travail. Ann, ajouta-t-il en posant la main sur le poignet de la jeune femme alors qu'elle notait machinalement les consignes, j'aimerais qu'on soit amis, tous les deux.

— C'est drôle comme un si joli mot — *amis* — peut faire si mal, répondit-elle d'une voix étranglée. Et enlève cette horreur de mon bureau. Je déteste ces chiens. J'ai toujours détesté leurs pitbulls.

— Même si tu ne les aimes pas, ça doit te faire de la peine de voir tes frères les inciter à s'entretuer, non ?

— Je ne sais pas de quoi tu parles. Et, en admettant que j'aie déjà assisté à un combat de chiens, ce n'est pas pire que de voir des hommes se battre.

Il reprit l'animal empaillé.

— Dis à Jonas qu'il doit payer John Hillman pour son travail. Et que s'il veut récupérer Alatack il faudra qu'il vienne le chercher ici.

Gabe ne chercha pas à comprendre ce qu'Ann maugréa en guise de réponse tandis qu'il s'éloignait vers son bureau. Il avait le sentiment que l'enquête progressait à la vitesse d'un escargot, mais au moins aucun cadavre humain n'avait encore été découvert.

16

Alors qu'elle roulait avec Gabe en direction de Chillicothe, Tess prit conscience de l'effet qu'une voiture de patrouille conduite par un shérif en uniforme produisait sur le citoyen lambda. Les véhicules ralentissaient dès qu'ils l'apercevaient, même s'ils ne dépassaient pas la vitesse autorisée. Et il fallait voir ces énormes camions se ranger sagement sur la voie de droite comme si Gabe fonçait, sirènes hurlantes et gyrophares allumés. Elle avait beau avoir l'habitude d'attirer les regards, c'était étrange de faire l'expérience d'un pouvoir qui ne lui appartenait pas. D'ailleurs, tout ce qu'elle éprouvait en compagnie de cet homme lui semblait neuf et merveilleux. Et, puisqu'elle se sentait suffisamment en confiance avec Gabe pour lui parler de ses frayeurs les plus secrètes, elle décida de lui confier quelque chose qui la perturbait depuis peu.

— Il y a un passage qui m'a ébranlée, dans un des livres de Mlle Etta… Tu connais le syndrome de Stockholm ? C'est un phénomène psychologique qui peut se produire entre un otage et ses ravisseurs.

Gabe hocha la tête.

— L'otage finit par éprouver de l'empathie, voire de la sympathie, pour son geôlier.

— Oui, c'est ça. Il comprend ses motivations et se met à le soutenir contre les autorités. Ou alors il peut simplement lui être reconnaissant de le nourrir et de le maintenir en vie. Dans le cas des enfants, surtout, cette sympathie peut même devenir une forme d'amour. C'est dingue, non ?

— Oui et non. Un enfant a besoin d'être rassuré pour tenir le coup, et c'est sans doute vrai aussi pour les adultes. Disons que c'est dingue, mais que c'est surtout humain. Tu penses que ça peut correspondre à ce qui t'est arrivé ?

— Je ne peux pas l'affirmer, mais j'ai été troublée en lisant ça. Je me suis aussitôt demandé si ça pouvait être la raison pour laquelle j'ai tout oublié. Mon ravisseur était peut-être quelqu'un qui m'était sympathique, à l'époque, et qui l'est toujours aujourd'hui. Bien sûr, dans la mesure où personne ne m'est antipathique à Cold Creek — à part Dane Thompson et Brice Monson —, ça ne va pas t'aider à réduire ta liste de suspects. Ah oui…, ajouta-t-elle, décidant finalement de ne pas s'étendre sur le sujet. Je voulais aussi te dire que j'ai appelé ma sœur Char au Nouveau-Mexique, et que je lui ai demandé si notre père ou notre mère utilisait parfois le terme *dégelée* quand ils étaient en colère contre nous. Eh bien, ma sœur ne se souvient pas de les avoir jamais entendus prononcer ce mot, pas plus qu'elle ne se souvient d'un épouvantail de la taille d'une poupée. Tu sais, elle a failli me raccrocher au nez quand je lui ai dit que je songeais à appeler notre père.

— Ta mère et tes sœurs doivent lui en vouloir terriblement de vous avoir abandonnées. Sans doute en ont-elles souffert encore plus que toi, dans la mesure où tu étais encore très jeune quand il est parti. Ce que je veux dire, c'est que tu étais peut-être moins consciente de ce qui se passait.

— On a sûrement vécu les choses différemment à cause de la différence d'âge, mais on était toutes effondrées. Pour moi, ça a été un véritable tremblement de terre, tu sais. Je me suis toujours demandé ce qui avait pu le décider à prendre une décision aussi terrible, aussi radicale. Il a vraiment fallu qu'il en ait gros sur le cœur pour faire ça. Bien sûr, je sais qu'il en voulait à maman d'être partie sans moi, le jour de mon enlèvement, mais Kate et Char ont toujours laissé entendre qu'il y avait une autre source de conflit entre eux. Je connais toutes ces blagues sur les représentants de commerce qui cumuleraient les aventures, mais je n'ai jamais entendu dire qu'il y avait quelqu'un d'autre dans sa vie. Quant à la femme avec laquelle il s'est remarié, il l'a rencontrée plus tard, alors qu'il vivait déjà dans l'Oregon.

— Oui… En tout cas, ça risque d'être difficile de lui parler, après toutes ces années. Tu devrais peut-être y réfléchir à deux fois.

Elle tira sur sa ceinture de sécurité afin de se tourner vers lui.

— Gabe, mon père n'a jamais été soupçonné de m'avoir enlevée pour se venger de quelque chose que ma mère lui aurait fait, n'est-ce pas ?

Gabe rentra la tête dans les épaules en esquissant une grimace.

— Vic Reingold et mon père y ont songé, dit-il en gardant les yeux rivés sur la route. Mais ils ont décidé d'abandonner cette piste.

— Mon père avait un alibi ?

— Il n'était pas en voyage d'affaires, ce jour-là. Il avait pris un jour de congé et il était parti se promener du côté de la chute d'eau. C'est Vic qui l'a interrogé, et ton père lui a expliqué qu'il avait eu besoin de faire le point. De prendre des décisions difficiles par rapport à son couple… Et que c'était pour ça qu'il avait pris sa journée. Les parents sont les premiers à être soupçonnés, en cas de disparition ou de violences sur enfant, mais Vic a estimé que ton père disait la vérité.

— Et ton père à toi, il en pensait quoi ?

— Il était d'accord avec Vic.

Elle s'attendait à ce qu'il en dise davantage, mais il n'en fit rien, et un lourd silence s'installa bientôt entre eux.

— En tout cas, ça m'a fait du bien de parler avec Char, dit Tess pour briser le malaise. Elle sait toujours trouver les mots pour apaiser mes angoisses. C'est son côté travailleuse sociale. Ou son côté bonne poire, comme dit Kate. C'est sûr que Kate n'est pas aussi conciliante. D'ailleurs, c'est elle qui a montré le plus d'agacement quand mes sœurs ont appris que j'étais la seule à hériter de la maison. Mais elles me soutiennent toutes les deux, chacune à sa façon.

— Etre un enfant unique, comme moi, a ses avantages et ses inconvénients. On a toute l'attention pour soi, mais pas de frère ou de sœur pour jouer. On est à la fois le premier enfant et le bébé, et d'une certaine façon on le reste toute sa vie aux yeux de ses parents.

— Ta mère doit te manquer… et inversement.

— On est presque arrivés, dit-il, comme s'il voulait couper court à cette discussion.

A croire que la famille n'était pas son sujet favori, songea Tess.

Il emprunta la sortie « Chillicothe centre-ville » et roula encore quelques secondes avant de reprendre la parole.

— Revoyons un peu la façon dont on va procéder, tu veux bien ? D'abord, je vais passer lentement devant la maison du Dr Stevens, puis devant son cabinet vétérinaire, qui ne sont pas au même endroit. Le cabinet se trouve près de l'hôpital de la ville, juste avant la voie ferrée. Même si tu penses te souvenir du bruit d'un train et qu'on doit pouvoir les entendre passer depuis l'intérieur du cabinet, regarde bien sa maison aussi, d'accord ? Derrière le cabinet, elle a fait construire une extension qui, de toute évidence, n'est pas utilisée. C'est mon père qui a découvert ça, et je suis venu régulièrement vérifier s'il y avait du changement, ce qui ne semble pas être le cas. Je vais interroger le Dr Stevens pendant que tu fais le tour du bâtiment et des environs immédiats. On se retrouve à l'endroit où je t'aurais déposée, et si tu as déniché quoi que ce soit de suspect on ira regarder ça ensemble. C'est bon ? Ça te semble clair ?

— Très clair. Tu sais, j'ai parfois l'impression que tu es obligé de lancer ta ligne au hasard en espérant remonter un poisson.

— Ce n'est pas la façon la plus réjouissante de décrire le travail d'investigation policière, mais il y a malheureusement du vrai dans ce que tu dis. Du moins en ce qui concerne cette enquête.

Elle étira le bras et referma les doigts sur l'épaule de Gabe. Il couvrit sa main de la sienne, et cela suffit pour que le cœur de Tess prenne son envol.

— Franchement, votre visite est une surprise, shérif. Et pas de celles qui font plaisir, ajouta le Dr Linda Stevens en s'asseyant derrière son bureau, après avoir invité Gabe à prendre place face à elle. J'avais ouvert ce cabinet depuis quelques mois seulement quand votre père est venu me voir en insinuant que j'étais impliquée dans un enlèvement ! Vous vous rendez compte ? Tout ça parce que j'avais des relations professionnelles avec le Dr Dane Thompson.

La façon dont la vétérinaire choisissait l'attaque comme mode de défense lui rappela l'attitude de Dane, plus tôt dans la journée. Il se sentait un peu découragé que Tess n'ait rien reconnu lorsqu'ils avaient roulé au pas devant le domicile du Dr Stevens, puis devant son cabinet. Mais pas question pour autant de renoncer à interroger cette femme. Il continuait à croire qu'en l'absence de piste sérieuse sa seule chance était de donner un coup de pied dans la fourmilière ; de bousculer tous ceux qui pouvaient être impliqués de près ou de loin dans cette affaire, en espérant les pousser à la faute.

Bien que la porte fût fermée, les plaintes sourdes d'animaux en attente de soins s'invitaient dans le bureau.

— Chaque fois qu'un nouvel enlèvement se produit, nous devons revenir sur nos pas et nous assurer que rien ne nous a échappé lors des affaires précédentes, même si elles se sont produites il y a longtemps. Il se pourrait bien que cette nouvelle disparition soit liée aux autres enlèvements dont ont été victimes des enfants de Cold Creek.

Elle laissa échapper un souffle brusque, qui exprimait son impatience mieux que des mots.

— Soit, dit-elle. Mais que puis-je vous dire d'autre que

ce que j'ai expliqué à votre père il y a vingt ans, à savoir que le Dr Thompson est venu me rendre visite le jour où cette gamine s'est fait enlever ? Ce n'est tout de même pas ma faute si les autorités ont soupçonné mon confrère à tort.

Linda Stevens alluma une cigarette dont elle inspira profondément la fumée. Gabe s'en étonna, avant de se souvenir qu'il avait rencontré toutes sortes de médecins qui fumaient comme des pompiers et buvaient plus que de raison. Au fond, la seule chose vraiment surprenante était qu'elle allume une cigarette dans un lieu clos sans lui demander si ça le gênait. Sans doute fallait-il y voir le signe d'une grande nervosité.

Dans le genre glacial, Linda Stevens était incontestablement une belle femme. Elle pouvait même avoir quelque chose d'intimidant, avec ses cheveux blonds tirés en arrière et réunis en chignon, son visage aristocratique aux pommettes hautes et ses sourcils arqués surplombant un regard bleu acier. Gabe n'était pas surpris que son père se soit interrogé sur la nature de la relation que Dane entretenait avec elle. En tout cas, si le vétérinaire de Cold Creek s'intéressait aux femmes — ce qui restait à prouver —, il n'avait pu manquer d'être attiré par la beauté de celle-ci.

— Alors, dit-elle en tournant légèrement la tête sur sa droite pour souffler la fumée, que puis-je faire pour me débarrasser de vous ?

Gabe prit son temps pour répondre, l'observant tandis qu'elle tapotait le bout de sa cigarette contre un cendrier de verre, afin d'en faire tomber une cendre qui n'était pas encore formée.

— Faites donc une bonne action, docteur. Soulagez votre conscience et mettez un peu de soleil dans ma journée en reconnaissant que vous avez aidé Dane Thompson à se forger un alibi, alors qu'en réalité il se trouvait à Cold Creek au moment de l'enlèvement de Teresa Lockwood. Vous ne pourrez pas être poursuivie pour faux témoignage, dans la mesure où votre déclaration date d'une vingtaine d'années et qu'il y a donc prescription. Par contre, si vous mentez aujourd'hui, ou que vous refusez de divulguer des informations susceptibles d'être utiles à l'enquête, ce serait une autre histoire.

— Très bien, dit-elle avant d'aspirer une nouvelle bouffée de tabac qu'elle recracha nerveusement en direction du plafond. A cette époque, on se voyait souvent, Dane et moi, et je ne voulais pas que les gens pensent que je fréquentais un kidnappeur.

— Jusque-là, je veux bien vous croire.

— Mais, si j'ai menti, c'est que j'avais la conviction qu'il n'avait rien à voir dans cette histoire d'enlèvement.

— Sachez en tout cas qu'avec ce nouveau kidnapping à Cold Creek je ne suis pas le seul représentant de la loi que vous risquez de voir débarquer ici, dans les jours à venir. Et je ne parle même pas de la presse. Pour éviter ce genre de désagrément, la meilleure façon serait encore de me dire la vérité sur les médicaments dont vous et le Dr Thompson vous servez pour endormir les animaux.

— Pardon ? Mais c'est du chantage, ma parole !

— Je vous conseille de ne pas utiliser de tels mots avec un shérif, docteur.

Il espérait être parvenu à la déstabiliser suffisamment pour qu'elle morde à l'hameçon ; pour que son envie de faire oublier son mensonge l'amène à lui donner les informations dont il avait besoin.

Elle écrasa sa cigarette à demi consumée avec une telle véhémence que ses ongles longs et vernis raclèrent le verre du cendrier.

— Vous voulez savoir ce qu'on administre aux animaux ? Ça n'a rien d'un mystère. Tous les vétérinaires se servent de produits anesthésiques. Eh oui, si c'est là que vous voulez en venir : ces produits sont similaires à ceux qu'on administre à l'homme.

— Un produit comme le Versed, par exemple ?

— Vous voulez parler du Midazolam ? Ça, c'est réservé aux humains. C'est un sédatif-hypnotique qui a des propriétés amnésiantes. Avec un animal, il n'est pas utile de supprimer les souvenirs d'une intervention médicale. Pour eux, on utilise des analgésiques ou de puissants sédatifs sans effet amnésiant. Cela dit, je voudrais ajouter quelque chose, si vous m'assurez que ça restera entre nous…

Gabe posa les mains sur le bureau qui les séparait et se pencha légèrement vers elle.

— Ce qui a été dit dans cette pièce, pour le moment, n'en franchira pas les murs.

Elle jeta un œil à sa cigarette écrasée comme si elle hésitait à rallumer le mégot.

— A l'époque, je me fournissais en médicaments auprès du Dr Thompson, ce qui n'est plus le cas aujourd'hui. On parle de produits vétérinaires, n'est-ce pas, et non de stupéfiants ou de médicaments pour les humains comme le Midazolam ? Je veux que ce soit bien clair.

Gabe hocha la tête et l'incita à poursuivre d'un geste de la main.

— Dane… le Dr Thompson, reprit-elle, avait quelqu'un qui l'approvisionnait à bon prix sur la côte Est. Une sorte de déstockeur, je crois. En tout cas, il m'a toujours dit que c'était parfaitement légal.

Voilà qui piquait la curiosité de Gabe. Mais il décida de changer une nouvelle fois de sujet pour la déstabiliser un peu plus.

— Dane Thompson vous a-t-il contactée, aujourd'hui, pour vous dire que je risquais de faire un saut à votre cabinet ?

Elle cligna des paupières. Une fois, deux fois.

— Ça fait des années qu'on ne se voit plus, lui et moi.

— Ce n'est pas ce que je vous ai demandé. Répondez-moi, si vous voulez que je débarrasse le plancher.

D'une main tremblante, elle poussa le cendrier de côté. Gabe entendit le bruit lointain d'un train qui se rapprochait et songea à Tess. La voix ferrée se trouvait seulement à quelques rues d'ici. Ce train qui l'empruntait en ce moment même allait-il lui rappeler quelque chose ? Allait-elle se souvenir d'avoir été détenue ici, ne serait-ce que pendant une partie de sa séquestration ? Il avait envie d'être auprès d'elle au cas où les images du passé se mettraient à jaillir de sa mémoire. D'ailleurs, il avait de plus en plus envie d'être auprès d'elle, que ce soit ou non nécessaire à l'enquête.

— Oui, répondit-elle finalement, sans le regarder. Il m'a passé un coup de fil pour me dire que vous alliez peut-être me rendre une visite, vous ou cet agent du BCI que j'ai déjà croisé il y a vingt ans en compagnie de votre père. Ecoutez, shérif, je n'ai rien à voir avec l'enlèvement de Teresa Lockwood ni avec celui de la petite Sandy Kenton, d'accord ? J'ai eu tort de mentir à propos de l'alibi du Dr Thompson, mais maintenant je vous ai tout dit, et il faut me laisser tranquille !

Etait-ce parce qu'il craignait que le mensonge concernant son alibi soit découvert, que Dane se montrait aussi agressif avec lui ? songea Gabe en se levant. Ou peut-être parce qu'il avait encore autre chose à cacher ? Un trafic de médicaments destinés aux animaux, par exemple. Aux animaux… ou aux petites filles.

— Je vois que vous connaissez le nom et le prénom de la fillette qui vient de disparaître à Cold Creek, dit-il.

— Pour l'amour du ciel, shérif ! Il faudrait vivre sur une île déserte pour ne pas savoir comment s'appelle cette petite… Ça fait plusieurs jours que les journaux ne parlent que de ça.

— Vous avez bien fait de dire la vérité, cette fois-ci, docteur. Une dernière chose avant de m'en aller : je sais que c'est Dane Thompson qui vous a appelée et non l'inverse, mais je vous déconseille fortement de lui rapporter ce que nous venons de nous dire. D'ailleurs, le plus sage pour vous serait de couper tout contact avec lui jusqu'à la fin de cette enquête, afin d'éviter d'être accusée de collusion avec un suspect. D'autant que votre faux témoignage d'il y a vingt ans ne jouerait pas en votre faveur, ajouta-t-il en réajustant son chapeau. Alors gardez vos distances avec lui, ce sera mieux pour tout le monde.

Sur ces mots, il s'éloigna vers la porte. Quand il se

retourna brièvement pour la fermer derrière lui, le Dr Stevens semblait au bord des larmes. Il n'avait pas été tendre avec elle, mais son attitude avait payé. Apprendre que Dane avait donné un faux alibi aux autorités de l'époque était important, tout comme le fait qu'il avait fourni — fournissait encore ? — des sédatifs à des confrères.

Gabe quitta le cabinet vétérinaire, songeant qu'après tout Linda Stevens ne faisait que récolter ce qu'elle avait semé vingt ans plus tôt en mentant à son père. Non, il n'avait pas le moindre regret de s'être montré dur avec elle. D'autant que le mandat de perquisition qu'il obtiendrait sans doute, grâce à ces nouvelles informations, allait lui permettre de fouiller de fond en comble la propriété de Dane pour y chercher des médicaments à effet amnésiant.

17

— Ça ne va pas te plaire, dit Tess quand Gabe vint la chercher en voiture à l'endroit convenu, à deux pas du cabinet vétérinaire. Premièrement, le bruit du train est ici beaucoup plus proche que dans mon souvenir.

Gabe hocha la tête.

— Et quoi d'autre ?

— Eh bien, je n'ai pas pu m'empêcher de regarder par une des fenêtres de cette extension, à l'arrière du cabinet et…

— Tess, je t'avais dit de…

— Je sais, je sais, mais j'ai tellement envie de t'aider, de savoir ce qu'il est advenu de ces filles, tu comprends ? Je crois que cette salle était destinée à devenir un chenil pour les chiens en convalescence, mais c'est entièrement vide. Elle l'a peut-être construit avec ce projet en tête, avant de changer d'avis pour une raison ou une autre. Et toi ? Comment ça s'est passé ? Tu as appris quelque chose d'intéressant ?

— Oui. Le Dr Stevens a évoqué un possible trafic de médicaments dans lequel Dane serait impliqué.

Tess se mit à frotter son bras à travers le blouson, avant de comprendre qu'elle cherchait à apaiser le douloureux souvenir des piqûres qu'elle y avait reçues.

— Je vais essayer d'obtenir un mandat de perquisition pour fouiller sa maison et son cabinet, reprit Gabe. Mais Dane est un notable, et la juge risque de se faire tirer l'oreille. Je vais devoir lui fournir de solides raisons pour qu'elle me signe ce document. Tu peux me rendre un service pendant que je conduis, s'il te plaît ? Cherche des infos sur un médicament qui s'appelle Versed ou Midazolam, sur ton Smartphone, et lis-moi ce que tu trouves, d'accord ?

Elle sortit le téléphone de son sac, et il lui épela les deux noms tandis qu'elle faisait glisser ses doigts sur l'écran.

— Le Dr Stevens t'a dit que Dane se servait de ce médicament, c'est ça ? demanda-t-elle.

— Pas exactement. Encore une façon de lancer ma ligne au hasard en espérant attraper un poisson, je suppose.

Elle se connecta à Wikipédia alors qu'ils traversaient le centre de Chillicothe, une ville assez vaste pour engloutir une vingtaine de Cold Creek. Parcourue d'une série de frissons, elle lut à voix haute les informations affichées sur l'écran.

— Le Midazolam n'est pas un analgésique. C'est un sédatif-hypnotique dont les effets principaux sont l'amnésie et l'obéissance du patient. Il suit les instructions qu'on lui donne et ne se souvient plus de ce qui s'est passé durant la phase d'activité maximale du produit. Il perd contact avec la réalité, ne sait pas où il se trouve ni ce qui est en train de se passer. Lorsqu'il n'est plus sous l'influence du produit, le patient est incapable de se remémorer les expériences qu'il a vécues, qu'elles soient agréables ou désagréables. Par exemple, un sujet à qui on a administré du Midazolam peut parfaitement mener une conversation dont il n'aura aucun souvenir par la suite. Mais il peut aussi être victime de violences auxquelles il consentira à son corps défendant et qu'il ne pourra dénoncer faute de s'en souvenir ! poursuivit Tess, dont la voix se faisait, malgré elle, plus forte et plus aiguë. Pendant ou après une intervention sous Midazolam, certains patients ont rapporté avoir eu une vision déformée et cauchemardesque de la réalité, suivie plus tard d'un sentiment d'abandon et d'épisodes de panique.

Elle se tourna vivement vers Gabe.

— Gabe, c'est ça ! C'est exactement ce que j'ai ressenti ! Un sentiment d'abandon… Et ça fait des années que je me sens paniquée au plus profond de moi, en particulier quand j'entends ou que je vois certaines choses.

— Calme-toi, Tess. Tu es en sécurité avec moi, dit-il en refermant les doigts sur son genou. J'ai conscience que cette recherche sur les médicaments à effet amnésiant est une fois de plus un tir à l'aveugle, mais il arrive qu'on atteigne la cible. Selon le Dr Stevens, Dane pouvait aisément se procurer des médicaments à bas prix, à l'époque où tu as été kidnappée. Bien sûr, on parle de médicaments pour animaux, et ceux-là n'ont pas d'effet amnésiant. Mais qui sait à quel autre type de produits il avait — ou a toujours — accès ?

Il lâcha le genou de Tess et reposa la main droite sur le volant.

— Tess, je voudrais profiter du fait qu'on est à Chillicothe pour faire d'autres vérifications.

— Ça concerne le délinquant sexuel dont tu m'as parlé, c'est ça ?

Gabe tapota nerveusement le volant.

— Comment as-tu trouvé Reese Owens, quand il est venu te parler au poste de police ? demanda-t-il. Il avait l'air content de te voir ? Il était nerveux ?

— Comment dire ? Il avait l'air impatient de me voir quitter la ville. D'abord, il s'est montré hostile, presque menaçant, comme s'il voulait me faire peur et me pousser à faire mes valises.

Elle lui jeta un coup d'œil.

— Ce délinquant sexuel… ce n'est quand même pas le maire ?

— D'après Vic, Owens a été accusé d'avoir agressé sexuellement une fillette de cinq ans quand il était adolescent.

Tess étouffa un cri de surprise dans sa main.

— Quand il s'est approché de moi, dans cette petite salle d'interrogatoire, je me sentie tellement… tellement oppressée… En danger, même. Mais comment a-t-il pu se faire élire maire, avec un tel passé ? Je sais que Cold Creek n'est pas une grande ville, mais tout de même…

— Eh bien, justement, c'est ce qui est curieux dans cette histoire. Il semblerait que toutes les archives concernant cette affaire aient disparu, à l'exception d'un seul et unique document qui a échappé à la destruction et que Vic a pu se procurer. Le problème, c'est que je ne peux pas interroger le maire sur cette vieille procédure judiciaire sans avoir des éléments solides sur ce qui s'est passé. C'est pour ça que je me dirige vers le quartier où il a grandi. J'ai l'intention d'y faire une petite enquête de voisinage, figure-toi. Il doit bien rester des gens qui habitaient déjà là à l'époque des faits, et qui pourront m'en dire plus sur cette affaire.

— Le fait qu'il ait épousé la petite-fille de l'ancien gouverneur de l'Ohio a pu l'aider à faire effacer les traces de ses erreurs passées, tu ne crois pas ? Personne n'a envie de traîner ce genre de casseroles, et encore moins un maire. Ça peut servir, d'avoir des amis haut placés. Des amis placés aussi haut que la colline où est perchée la luxueuse maison de M. le maire, ajouta-elle d'un ton malicieux.

— Je vois qu'on est sur la même longueur d'onde, madame la suppléante du shérif, dit-il avant de tourner dans une rue perpendiculaire.

Ce quartier avait dû connaître des jours meilleurs. Les maisons qui défilaient sous les yeux de Tess étaient en tout cas à mille lieues de l'opulence où vivait désormais Reese Owens. Au loin, les hautes cheminées d'une usine à papier semblaient poignarder le ciel, qu'elles bombardaient de nuages factices. Les maisons et leurs modestes jardinets se pressaient les uns contre les autres. Pas de garages, mais des trottoirs encombrés de voitures souvent si délabrées qu'elles n'avaient plus à craindre les vandales ou les intempéries. Quelques propriétés étaient décorées pour Halloween avec les traditionnelles citrouilles creusées et transformées en têtes de monstres, et Tess apercevait ici et là des fantômes en tulle blanc, des araignées en laine et des chats noirs en carton. Quelques poubelles avaient été sorties dans la rue désertée à l'heure du dîner. Seuls deux adolescents lançaient un ballon de basket dans un panier sans filet, et ils décampèrent sans demander leur reste sitôt qu'ils aperçurent la voiture de patrouille.

— Au départ, je ne devais pas t'accompagner ici, dit-elle. Tu préférais que je ne sache pas, pour le maire ?

Gabe était penché sur le volant, le visage concentré tandis qu'il s'efforçait de lire les numéros inscrits sur les façades. Il ralentit encore un peu et finit par se ranger le long du trottoir étroit et craquelé, à hauteur d'un fantôme pendu à une branche d'arbre.

— Je ne voulais pas te faire peur en te racontant ça. Mais là, je crois que c'est raté, dit-il en levant les yeux vers le nœud coulant qui enserrait un drap grisâtre.

Des yeux et une bouche hurlante avaient été grossièrement dessinés au-dessus du nœud, le reste du drap flottant sinistrement dans la brise.

— J'ai l'impression d'être dans une rue hantée, ajouta-t-il.

Il abaissa sa fenêtre et regarda longuement la maison vert sale devant laquelle il venait de se garer.

— Difficile de croire que Reese Owens a grandi là-dedans, marmonna-t-il avant de remonter la vitre et d'éteindre le moteur. Avec une femme aussi snob, je suis surpris qu'il n'ait pas aussi fait raser la maison de son enfance, voire le quartier où il a grandi. Ne quitte pas la voiture, d'accord ? Je vais aller voir s'il y a quelqu'un dans cette baraque et essayer de trouver un habitant qui pourrait me parler de cette vieille histoire. Verrouille les portières, on ne sait jamais.

Elle le suivit des yeux tandis qu'il se présentait à la porte de la maison et pressait la sonnette. Tess le vit parler pendant une ou deux minutes avec une femme dont elle distinguait mal le visage. Elle abaissa la vitre lorsqu'il revint vers la voiture. Gabe se pencha vers l'habitacle, les avant-bras posés sur le toit du véhicule.

— La chance nous sourit peut-être, cette fois-ci. La jeune femme à qui je viens de parler m'a dit que la vieille dame qui habite la maison d'en face vit ici depuis plus de trente ans. Cerise sur le gâteau, il paraît que cette Mme Bowes a un goût prononcé pour les potins de quartier. Une commère installée ici depuis des lustres, que demander de plus, hein ?

— Je parie que tu préfères y aller seul.

— Tout juste. Et je me demande si je dois me réjouir que tu parviennes si bien à lire dans mes pensées, ajouta-t-il avec un clin d'œil.

En tout cas, elle se réjouissait qu'il ne puisse deviner les siennes. Jamais un homme ne lui avait fait un tel effet. Son regard, sa voix, le moindre contact physique avec lui… Tout ce qui venait de Gabe lui procurait les picotements et les tremblements les plus délicieux qui soient. Et même les tristes circonstances qui servaient de toile de fond à leurs rencontres ne parvenaient pas à briser la magie de ces moments.

Des rideaux fatigués masquaient toutes les fenêtres de la maison grise. Sur la véranda ouverte, les chaînes d'une balancelle grinçaient doucement au gré du vent, comme sous l'impulsion d'une présence invisible.

Lorsqu'il sonna à la porte, il décela un mouvement de rideau derrière une fenêtre du rez-de-chaussée, comme si quelqu'un voulait savoir qui était là. Les rires et les éclats de voix d'une émission de télévision lui parvenaient assourdis. Après une courte attente, une petite dame d'un âge vénérable vint lui ouvrir. Bouclés sur une partie de sa tête, ses cheveux blancs étaient tout aplatis sur l'autre, comme si elle venait de dormir sur le côté. Libérés par la porte entrouverte, les blagues d'un animateur claquèrent dans l'air frais de ce début de soirée. La vieille dame devait être dure d'oreille, car le volume était vraiment très fort.

— Bonjour, madame Bowes, dit-il en élevant la voix. Je suis Gabe McCord, le shérif du comté de Falls. Je viens me renseigner sur une personne qui a passé son enfance dans cette rue, et on m'a dit que vous étiez un peu la mémoire du quartier.

— Ça fera bientôt trente-cinq ans que je vis ici, shérif,

dont trente-trois avec mon mari Bob, qui est malheureusement décédé. Il travaillait à l'usine à papier, vous savez. Enfin, que voulez-vous… La mémoire du quartier, vous dites ? Ma fille prétend que je deviens distraite avec l'âge, mais pour ce qui est du passé je suis incollable, jeune homme ! Vous ne voulez pas entrer un moment ? Je suis en train de regarder un jeu à la télé, mais ça ne me dérange pas de couper le son.

Il n'avait pas envie de laisser Tess seule, même dans un véhicule de police aux portières verrouillées.

— C'est très gentil à vous, madame, mais il n'y en a vraiment pas pour longtemps. Je cherche des renseignements sur les Owens, une famille qui a vécu dans la maison d'en face, et plus particulièrement sur un garçon du nom de Reese. Ça vous dit quelque chose ?

— Oh ! C'est lui qui vous intéresse ? Il s'est drôlement bien débrouillé, celui-là. Il a fait un beau mariage, à ce qu'on m'a dit, et il est même devenu maire de je ne sais plus quel patelin, pas trop loin d'ici.

Une salve d'applaudissements, en provenance de la pièce sombre qu'il apercevait derrière elle, ponctua ces propos. Se pouvait-il que Reese se sente frustré d'administrer une si petite ville ? Mais peut-être était-ce, au contraire, une planque parfaite pour quelqu'un qui ne souhaitait pas attirer l'attention sur ses actions passées, voire présentes. Une plus grande ville impliquait une plus grande exposition médiatique pour son maire, au risque de voir des journalistes enquêter sur son passé. Si cet ambitieux mangeait autant, c'était peut-être pour calmer sa frustration de ne pouvoir briguer la mairie d'une commune importante, de crainte d'être démasqué… Et ne pouvait-on imaginer qu'il avait enlevé ces fillettes pour le simple plaisir de défier les autorités et de montrer ainsi à quel point il était malin ? Pour se prouver à lui-même qu'il valait mieux que sa fonction de maire d'une bourgade perdue de l'Ohio ? Ou pour nourrir ses fantasmes déviants ? Sauf qu'à en croire les examens subis par Tess au lendemain de sa libération elle n'avait pas été violée. Mais ce qu'était capable de faire un esprit malade à une petite fille ne laissait pas forcément de traces autres que psychologiques… En tout cas, Reese Owens disposait de tout l'espace qu'il fallait pour cacher une gamine, dans cette énorme demeure érigée sur la colline qui surplombait le lac Azur. Les Owens, qui n'avaient pas d'enfants, avaient-ils voulu s'en offrir un — ou plusieurs — comme on s'offre une marchandise ? Une fillette que Mme Owens n'avait pas eu à porter pendant neuf mois dans son ventre ; une fillette suffisamment grande pour obéir à leurs ordres et ne pas les réveiller la nuit… Une sorte de poupée vivante et docile. Cette pensée lui fit froid dans le dos.

— Oui, en effet, Reese Owens est devenu maire de Cold Creek, dit Gabe. Je vois que vous êtes bien renseignée, ajouta-t-il avant de prendre un ton plus professionnel. Madame Bowes, vous rappelez-vous si ce garçon a eu maille à partir avec la justice, lorsqu'il vivait encore ici ?

— Ma foi, répondit la vieille dame avec une mimique entendue, ils ont essayé d'étouffer l'affaire, à l'époque, et même plus tard, d'ailleurs.

— Qui a voulu étouffer l'affaire ?

— La famille de Reese, d'abord. Ensuite, sa femme a dû entrer en jeu. Elle a de l'argent et des relations. Vous savez qui était son grand-père ?

— Oui, je le sais. Quel genre de bêtise a-t-il faite, à l'époque où il habitait en face de chez vous ?

— Je vais vous le dire, jeune homme, mais vous devez me promettre que mes propos ne se retrouveront pas dans les journaux ou à la télé, ou du moins que mon nom n'y sera pas mentionné. Mon défunt mari a reçu une belle somme d'argent contre la promesse de ne pas piper mot au sujet de cette affaire, vous comprenez. C'est vrai que je faisais des courses, ce jour-là, et que pour ma part, je n'ai rien promis du tout… Mais je ne voudrais pas que vous lui fassiez des ennuis pour une erreur de jeunesse. Reese n'était pas un mauvais bougre, vous savez. Et puis les gens changent, shérif.

— Je ne m'intéresse pas à lui pour cette vieille affaire, mais pour des faits qui ont été commis alors qu'il était déjà marié.

— Dans ce cas…

Elle se pencha vers lui avant de jeter de rapides coups d'œil dans la rue, comme pour s'assurer qu'il n'y avait pas d'oreilles indiscrètes.

— Il s'est fait accuser d'actes obscènes sur une petite fille qui vivait à deux pas d'ici, murmura-t-elle. Ginger devait avoir cinq ou six ans à l'époque, oui, c'est bien ça, cinq ou six ans seulement… Ginger Pickett, voilà comment elle s'appelait, cette gamine. Ça, je n'ai pas oublié son nom, vous pouvez me croire. A l'époque, la plupart des gens qui vivaient ici doutaient des accusations portées contre Reese, je vous le dis tout net. Mais les autorités semblaient convaincues du contraire. D'abord, on a entendu dire qu'il risquait deux ans de prison dans un établissement pénitentiaire pour mineurs. Ensuite, il a été question de dix-huit mois. Et puis, à la fin, il n'a été condamné à rien du tout, mais les Owens ont préféré déménager. Après ça, on n'a plus entendu parler de Reese jusqu'à son mariage. Sauf si on compte le jour où cet homme est venu demander à Bob et à d'autres voisins d'oublier cette affaire contre un beau petit paquet d'argent, bien sûr. Nous, on s'en est servi pour faire des travaux dans la maison.

Elle se redressa et reprit d'une voix normale :

— Vous êtes sûr de ne pas vouloir entrer une minute ? Je peux éteindre la télé, vous savez…

— Je n'ai vraiment pas le temps, madame Bowes. Mais merci beaucoup d'avoir répondu à mes questions.

— Je parie que, si vous me les avez posées, c'est que vous n'arrivez pas à trouver les réponses dans les archives judiciaires, pas vrai ? S'ils ont dépensé tout cet argent pour que les voisins tiennent leur langue, ce n'est pas pour laisser des documents accessibles au premier enquêteur venu.

Gabe hocha la tête avec une mimique admirative.

— Dites de ma part à votre fille que vous n'avez aucun

problème de mémoire. Et que votre cerveau fonctionne à merveille, aussi bien au passé qu'au présent, ajouta-t-il avant de toucher le bord de son chapeau.

Elle recula avec un geste de la main et un grand sourire qui dévoila une dent en or. Il attendit qu'elle referme la porte pour tourner les talons.

Il n'avait pas fait le voyage pour rien, songea-t-il en marchant vers sa voiture. Et, même s'il avait désormais assez d'éléments pour demander des explications au maire, il avait l'intention de se concentrer d'abord sur la piste que son père avait commencé à creuser vingt ans plus tôt, à savoir Dane Thompson. Certes, cette suspicion de trafic de médicaments ne reposait pas sur grand-chose et, comme son père l'aurait dit, « autant demander à un cochon aveugle de trouver un gland ». En d'autres termes, il fallait compter sur un gros coup de chance. Mais tous ceux qui travaillaient sur des affaires criminelles savaient que la chance jouait souvent un rôle dans la résolution d'une enquête.

Quant à Reese, si la puissante famille qu'il avait intégrée grâce à son mariage avait le pouvoir d'effacer des archives judiciaires, qui sait quels autres forfaits elle était capable d'avoir dissimulés aux yeux de la loi ? En tout cas, Vic allait être ravi d'apprendre qu'ils avaient désormais deux suspects sérieux sur leur liste.

La nuit était tombée quand Gabe ramena Tess chez elle. Il inspecta une nouvelle fois sa maison de la cave au grenier, avant d'arpenter le jardin avec sa torche électrique. Tess le sentait impatient de retrouver l'agent Reingold, qu'il avait appelé de sa voiture pour convenir d'un rendez-vous au poste de police.

— Je serai chez moi plus tard dans la soirée, dit-il alors qu'il s'apprêtait à partir. Verrouille toutes les portes et les fenêtres. Essaie de ne pas te coucher pas trop tard et fais-toi un programme tranquille pour demain. On se voit samedi au marché, d'accord ? D'ici là, j'aurai peut-être obtenu le mandat pour aller fouiller chez Dane.

Tess posa les yeux sur la main large et forte de Gabe, qui enserrait la poignée. Elle se sentit gauche, empruntée, et, au lieu de l'embrasser comme elle en avait envie, elle se contenta de hocher la tête et de fermer la porte derrière lui.

Submergée de fatigue et d'un sentiment de manque alors que Gabe venait à peine de la quitter, elle alla se servir un verre de vin blanc. Elle dégusta le breuvage aux notes d'agrumes, tout en faisant le tour de la maison pour s'assurer que tout était bien fermé, y compris les rideaux. Le chardonnay s'était laissé boire avec une telle facilité qu'elle décida de s'en servir un autre verre. Ç'avait été une sacrée journée… Non seulement elle s'était souvenue de ce bruit de train — un détail qui pouvait s'avérer important pour l'enquête —, mais Gabe avait accepté qu'elle l'aide et qu'elle passe plusieurs heures avec lui. Même si tout ce temps passé ensemble avait été consacré à l'enquête, le simple fait de respirer le même air que lui suffisait à la combler.

Elle sortit quelques biscuits salés du paquet et se coupa de minces tranches du fromage que Gracie avait laissé pour elle. Mieux valait avoir quelque chose dans le ventre, parce qu'elle sentait que le vin lui montait déjà à la tête. Peut-être devrait-elle même se préparer un vrai repas, songea-t-elle lorsqu'elle éprouva une légère sensation de vertige. Elle avait encore de la marge avant d'être ivre, mais songer à Gabe n'était pas la seule chose qui lui faisait tourner la tête.

Alors qu'elle venait de se tourner pour ouvrir le réfrigérateur, elle prit de plein fouet une nouvelle vague de vertige, bien plus forte, celle-là. Pourquoi ce frigo était-il rempli de feuilles de maïs ?

Quelque chose n'était pas normal. Devait-elle appeler Gabe ? Non, mieux valait qu'elle appelle sa mère. Elle se trouvait sûrement dans sa chambre, à l'étage.

— Maman ? Maman !

Mais elle se souvint brusquement que sa mère était

morte. Elle ne lui avait pas dit adieu ; simplement au revoir, après un après-midi passé avec elle à l'hôpital. Elle la revit agitant la main avec un faible sourire, assise sur son fauteuil roulant. C'était la dernière fois qu'elle l'avait vue.

Tess tituba jusqu'au mur où elle s'adossa avant de se laisser glisser au sol. Des bouffées d'air froid s'échappaient par la porte blanche qui ouvrait sur le champ de maïs. Elle appuya les mains sur ses yeux pour se cacher. Il ne fallait surtout pas qu'on la retrouve ! Si elle se faisait rattraper et ramener à la maison, M. Méchant la taperait très très fort.

Elle s'allongea de tout son long sur le carrelage de la cuisine, ses mains quittant ses yeux pour se plaquer sur ses oreilles. Cela ne l'empêcha pas d'entendre le ululement d'un train qui approchait. Puis un monstre qui rugissait. Elle se mit à crier, à pleurer. Elle n'arrivait plus à respirer. Elle vit des cadavres allongés dans des tombes, le visage boueux et baigné de larmes, lever vers elle des yeux vitreux en agitant leurs bras décharnés.

— Aidez-nous ! hurlaient-ils. Trouvez-nous !

Quand la terre recouvrit son visage, Tess se mit aussi à hurler.

18

Tess perçut alors un bruit de verre qui se brise. Des éclats s'empilèrent dans l'évier avec un son cristallin, d'autres volèrent jusqu'au sol, s'éparpillant autour de la table sous laquelle elle s'était réfugiée.

— Tess ! Tess ! Est-ce que ça va ?

Papa était rentré à la maison. Elle avait eu l'intention de l'appeler, mais il était venu de sa propre initiative.

Un homme s'introduisit dans la cuisine par le carreau brisé, enjambant l'évier avant de sauter à terre. Il déplaça une chaise, se mit à genoux et vint la rejoindre sous la table. L'instant d'après, elle sentit deux doigts se poser sur le côté de son cou.

— Ça va ? demanda de nouveau l'homme.

Tess voulut répondre, mais aucun mot ne sortit de sa bouche. Du pied et de la main, il poussa de côté les éclats de verre qui avaient volé jusqu'à elle, puis la tira délicatement de sa cachette. C'était Gabe. Pourquoi s'était-il introduit chez elle comme un voleur ? Elle lui aurait ouvert, s'il s'était présenté à la porte.

Il la souleva dans ses bras et s'assit avec elle sur une chaise.

— Que s'est-il passé, Tess ? demanda-t-il alors qu'elle s'agrippait à lui comme à une bouée de sauvetage. Quelqu'un a réussi à pénétrer chez toi ?

Il tendit le bras pour refermer la porte du réfrigérateur. Elle aurait voulu qu'il éteigne aussi le plafonnier dont la lumière crue lui blessait les yeux, mais elle ne parvenait toujours pas à parler. Elle enfouit la tête dans le cou de Gabe, et elle eut le sentiment que plus rien de mal ne pouvait lui arriver. Comme elle était heureuse qu'il soit là !

— Je vais devoir t'emmener voir un médecin, dit-il.

Elle sentit qu'il plongeait la main dans la poche de son blouson et l'entendit bientôt parler au téléphone. Pourtant, elle se souvenait que Gabe — non, c'était son père, bien sûr — avait déjà appelé le médecin de famille. Mais ça, c'était avant, quand elle était petite et qu'elle s'était enfuie… Oh ! tout se mélangeait dans sa tête. Pourquoi s'était-elle retrouvée sous cette table ? Elle ne se souvenait de rien, sinon d'avoir fait un de ses cauchemars éveillés, et ensuite… Ensuite ? Elle avait dû se cogner la tête et tomber sur le carrelage. Mais pourquoi sous la table ?

Gabe parlait toujours au téléphone pendant qu'elle se pelotonnait contre lui. Il se redressa un peu et l'aida à trouver une position plus confortable.

— Non, non, je ne pense pas qu'elle ait pris de médicaments, Jeff. Elle est consciente, juste désorientée, tu vois ? Oui, ça a déjà l'air d'aller un peu mieux qu'au moment où je l'ai trouvée. Ecoute, je suis désolé de te déranger à cette heure-ci, mais ça prendrait trop de temps de l'amener aux urgences de Chillicothe, tu comprends ? Ça me rendrait bien service si on pouvait se retrouver à ton cabinet… D'accord, d'accord… Pardon ? Oui, ses pupilles sont dilatées… La stimuler et l'empêcher de s'endormir, c'est noté. Ecoute, Jeff, j'aurais besoin d'un échantillon de son sang et de son urine parce qu'il y a une bouteille de vin ouverte, dans la pièce où je l'ai trouvée, et je veux être sûr qu'elle n'a pas été droguée. Je veux bien croire qu'elle a trop bu, mais ça ne peut pas être que ça… Oui, dans un quart d'heure à ton cabinet. Merci encore, vieux.

— Je ne suis pas soûle, parvint-elle à articuler.

— Si tu protestes, c'est que tu vas mieux, dit Gabe en posant un baiser sur ses cheveux. Puisque le médecin veut que je te maintienne éveillée, je vais peut-être continuer à dire que tu es ronde comme une queue de pelle.

Elle se sentit sourire, mais elle n'était pas sûre que ses lèvres aient bougé.

Gabe appela ensuite Vic Reingold, et Tess l'entendit parler de Mike et d'empreintes digitales. Elle parvenait davantage à se concentrer sur ce qu'il disait, à présent.

— Non, poursuivit-il, je vais mettre la bouteille dans un sac en plastique et l'emporter avec moi. On analysera son contenu plus tard. Je ne veux pas prendre le risque que quelqu'un s'introduise chez Tess et s'en empare avant l'arrivée de Mike. Je sais que les analyses toxicologiques prennent beaucoup de temps, mais, si on lui a fait ingurgiter quelque chose à son insu, c'est important de savoir précisément de quoi il s'agit, maintenant qu'on s'intéresse aux produits auxquels Dane Thompson a accès... Oui, c'est ce que je veux dire... Je ne serai pas tranquille tant que je ne saurai pas ce qui l'a mise dans cet état-là.

Ce qui l'a mise dans cet état-là... Les mots se détachèrent du flot de paroles pour s'inviter dans l'esprit de Tess. En effet, qu'est-ce qui l'avait mise dans cet état-là ? Quelqu'un avait-il versé une substance dans la bouteille de vin, ou était-ce son inconscient qui lui jouait une nouvelle fois des tours ? Le seul moyen de ne plus vivre dans la peur et l'angoisse était de recouvrer la mémoire. De se souvenir de ce qu'elle avait vécu lorsqu'elle était aux mains du ravisseur. Elle comptait sur elle-même pour y parvenir, mais aussi sur cet homme qui lui faisait plus d'effet que toutes les drogues du monde. Elle n'était là que depuis cinq jours et, pourtant, il lui semblait que ce qu'elle éprouvait pour Gabe existait depuis toujours. Se pouvait-il qu'elle ait déjà été follement amoureuse de lui, lorsqu'elle n'était qu'une enfant ? Etait-ce pour cette raison qu'elle le provoquait sans cesse à l'époque, comme le jour de son enlèvement ? Pour attirer son attention ? Etait-ce pour cela qu'elle avait si mal vécu les reproches adressés à Gabe, alors qu'il n'était pour rien dans ce qui était arrivé ?

— Tess, tu m'entends ? On va encore faire un petit tour dans ma voiture de patrouille, d'accord ? Parle-moi, s'il te plaît, il faut que tu restes éveillée…, ajouta-t-il en lui frottant les mains l'une après l'autre, avant de lui donner de petites tapes sur les joues.

— Le shérif de Cold Creek est entré chez moi par effraction, lança-t-elle, prise d'une envie irrépressible de rire. Et maintenant il veut m'arrêter et m'emmener au poste dans sa voiture de patrouille, ouille ouille ouille !

— Combien de verres as-tu bus ? demanda-t-il en se relevant avec elle avant de la rasseoir, seule, sur la chaise.

Elle le vit chercher le bouchon de la bouteille de chardonnay sur le plan de travail, puis s'en saisir avec un morceau d'essuie-tout avant de l'enfoncer dans le goulot. La main toujours protégée par l'essuie-tout, il s'empara de la bouteille et la plaça sur la table, juste devant elle.

C'était lui qu'elle avait envie de regarder, pas cette maudite bouteille de vin.

— Je ne me souviens pas exactement, répondit-elle d'une voix pâteuse. Je crois que je me suis fait emporter par un de ces cauchemars éveillés… Tu vois, rien de nouveau sous le soleil, hein ?

— Je veux que tu me racontes tous les rêves que tu fais la nuit et toutes ces visions que tu appelles des cauchemars éveillés, d'accord ?

Elle se sentit soudain d'humeur badine.

— Tu sais que ça n'a rien d'anodin, quand un chevalier servant demande à une dame de partager ses rêves avec lui…

— C'est bien, Tess, continue à parler.

— Gabe, ne me laisse pas toute seule ! cria-t-elle lorsqu'il quitta la pièce.

Mais il revint presque aussitôt avec un blouson qu'il l'aida à enfiler.

— Interdit de piquer du nez, ordonna-t-il quand elle se mit à bâiller à s'en décrocher la mâchoire. Dis-moi, Tess, tu as fait changer les serrures, quand tu t'es installée ici, après le départ de ton cousin ?

Elle essaya de se concentrer pour répondre sérieusement

à sa question. Elle se sentait complètement dans le cirage. C'était comme si son cerveau était en guimauve.

— Non, parvint-elle à répondre au prix d'un grand effort. Mais ma mère l'a fait deux fois : la première après mon enlèvement, la seconde après le départ de mon père. Bien sûr, ça ne date pas d'hier. Moi, par contre, ça ne m'est pas venu à l'esprit. J'ai confiance en Lee et Gracie, tu sais.

— C'est ma faute. J'aurais dû te dire de les changer. Va savoir qui avait les clés de cette maison, quand ton cousin et sa femme y vivaient… Ils en avaient peut-être donné un jeu à des amis, ou peut-être même à cet illuminé de Monson. Il faudra que je leur pose la question.

— Si tu arrives à t'approcher d'eux. Tu sais que leur communauté est bien gardée.

La brume qui enveloppait son cerveau semblait se dissiper un peu, mais réfléchir lui faisait presque mal.

— Oui, je sais. Mais je les verrai sans doute au marché, samedi.

Il la saisit par les aisselles.

— Allez, accroche-toi à moi, je vais te mettre debout. Hop là ! dit-il en la relevant sans effort, avant de poser les mains sur ses hanches pour s'assurer qu'elle n'allait pas perdre l'équilibre.

Hop là ? Pourquoi lui parlait-il comme si elle était une gamine ? Elle n'avait aucune envie de se retrouver dans la peau de la fillette qu'elle avait été, même si le processus de remémoration passait inévitablement par une douloureuse plongée en enfance.

— A quoi est-ce que ça servirait, de changer les serrures ? demanda-t-elle en marchant vers la porte de derrière, fermement soutenue par Gabe.

De sa main libre, il tenait la bouteille protégée par le morceau d'essuie-tout. Peut-être devait-elle cesser de boire du vin, au moins durant son séjour à Cold Creek, songea-t-elle. Elle avait les jambes en coton, mais elle parvenait à marcher sans trop de mal.

— N'importe qui peut entrer en cassant un carreau, insista-t-elle.

— Pour le moment, je vais combler l'ouverture avec du ruban de balisage, et j'enverrai quelqu'un réparer ça dès demain matin, ainsi qu'un serrurier pour changer tes serrures. Et à l'avenir je vais te demander de fermer les volets le soir et dans la journée lorsque tu n'es pas là. Je te conduis chez le Dr Nelson, d'accord ? Ensuite, tu dormiras encore chez moi.

Tess hocha la tête. Le programme lui convenait, surtout la seconde partie. Elle se sentait de mieux en mieux au fil des minutes, même si elle avait encore du mal à mettre de l'ordre dans ses pensées. Celui ou celle qui avait déposé une substance dans son vin avait voulu lui faire peur en s'en prenant physiquement à elle. Lui faire peur, ou peut-être pire…

Tess se réveilla en sursaut. Il faisait jour, et ce plafond n'était pas celui de sa chambre. Il lui fallut deux ou trois longues secondes pour comprendre qu'elle se trouvait allongée sur le canapé de Gabe, lequel dormait affalé dans un fauteuil qu'il avait approché pour rester à son chevet. Elle repoussa le plaid qui la recouvrait et étira les jambes. Hormis ses chaussures, elle avait conservé tous ses vêtements. Ils étaient dans un triste état, et elle n'osait imaginer l'allure qu'ils auraient quand elle se lèverait. La soirée de la veille lui revint peu à peu à la mémoire. Elle s'était rendue chez le médecin après avoir perdu connaissance dans sa cuisine. Gabe était venu la secourir en cassant un carreau. Elle se redressa sur les coudes pour le regarder. Il avait troqué son uniforme contre un jean et un sweat-shirt.

Il ouvrit un œil rougi de sommeil.

— Ah, tu es réveillée…, dit-il avant de consulter sa montre. Il est 8 heures et on est vendredi. Comment te sens-tu ?

Il parlait d'une voix rocailleuse, et sa barbe naissante

lui donnait un air négligé. Ses cheveux d'ordinaire parfaitement coiffés étaient ébouriffés.

— Fatiguée, répondit-elle. J'ai l'impression d'être passée sous un camion.

Elle s'assit sur le canapé et tenta de défroisser ses vêtements du plat de la main. Mais c'était mission impossible.

— Jeff… enfin, le Dr Nelson a dit que tu risquais d'avoir des vertiges et des nausées.

— Non, rien de tout ça. J'ai simplement faim, je crois, mais je suppose que c'est plutôt bon signe. Eh ben dis donc, je ne recommanderai pas le vin bon marché du Kwik Shop à mon pire ennemi !

Gabe esquissa un sourire, mais son regard restait préoccupé.

— Tu as ri et pleuré dans ton sommeil. Tu as aussi parlé, à un moment, mais ça n'avait aucun sens.

— Plus rien n'a de sens, Gabe.

— Te souviens-tu d'un de tes rêves ?

— Non.

— Et de quoi que ce soit après avoir bu ce vin ?

— Très vaguement. Seulement que tu es venu me chercher et que tu m'as emmenée chez un médecin. Mais j'ai oublié tous les détails. J'ai peut-être encore été victime d'un médicament à effet amnésiant. C'était peut-être mon ravisseur…, ajouta-t-elle avec un frisson.

— J'ignore quelle substance t'a mise dans cet état, mais, le principal, c'est que tu ne sembles pas avoir de séquelles.

— Au moins, si tu trouves que je dis des bêtises, tu pourras mettre ça sur le compte des effets de ce produit, dit-elle, s'efforçant d'alléger l'angoisse qu'elle sentait monter. Et le mandat de perquisition ? Tu vas pouvoir fouiller la propriété de Dane Thompson ?

— J'ai eu la juge au téléphone, mais elle n'a pas encore signé le mandat. Elle fait un peu traîner les choses, pour tout te dire. Elle prend en compte le fait que le « précédent shérif McCord », comme elle dit, n'a rien trouvé, il y a vingt ans, lorsqu'il a perquisitionné le domicile et le cabinet de Dane. Et puis, je crois l'avoir un peu vexée en lui faisant remarquer que, dans la mesure où Dane n'a pas été poursuivi en justice à l'époque, il ne peut être question de double incrimination dans le cadre d'une nouvelle perquisition. Les juges n'aiment pas qu'on leur fasse la leçon sur des questions de droit. Mais je pense que le faux témoignage du Dr Stevens va faire pencher la balance en ma faveur, tout comme l'attention que les médias portent à cette affaire. Aucun juge ne veut prendre le risque de se tromper, quand il est sous les projecteurs de l'actualité.

— Et Reese Owens ? Tu comptes aller lui parler ?

— Oh que oui ! Je vais lui dire deux mots. Mais il est à Cincinnati jusqu'à demain matin, et pas question de faire ça au téléphone.

Il se leva du fauteuil et étira son grand corps musclé avec un grognement.

— Je suis vraiment soulagé que tu ne te sentes pas trop mal, Tess. Je vais aller te faire du café et une orange pressée, pour t'aider à éliminer la saloperie que tu as dans l'organisme, dit-il avant de s'éloigner vers la cuisine.

— J'espère que je serai assez en forme pour faire un tour au marché, demain, répondit Tess en se frottant les yeux. J'aimerais embrasser Lee et sa petite famille, s'ils sont présents sur le stand de Hear Ye.

— On va déjà voir si tu arrives à manger normalement et à te déplacer toute seule, aujourd'hui. Ce qui est certain, c'est que tu as besoin de repos. Le médecin qui t'a examinée pense que tu as probablement ingéré un psychotrope genre GHB ou Rohypnol. Ce sont des médicaments qu'on appelle communément « drogues du viol », parce qu'ils mettent le sujet dans un état de soumission et qu'ils « débranchent la mémoire », comme dit le Dr Nelson. Ce n'est pas pour rien que le Rohypnol est aussi surnommé « la pilule de l'oubli ». Et quand on sait que l'absorption d'alcool renforce ses effets amnésiants…

Il mit la cafetière en marche et commença à couper des oranges.

— Je vais t'accompagner chez toi pour que tu prennes quelques affaires, reprit-il. Je veux que tu restes ici pour le moment.

Une fois les fruits pressés, il revint vers elle chargé d'un plateau sur lequel se trouvaient une grande tasse de café fumant et deux énormes verres de jus d'orange. Une « drogue du viol » ?

Il y avait manifestement quelqu'un, à Cold Creek, dont elle devait se méfier. Quelqu'un qui voulait se débarrasser d'elle à tout prix. Cette idée avait beau la terrifier, la colère qu'elle engendrait était assez forte pour lui donner envie de rester ici jusqu'à ce que Sandy Kenton soit retrouvée.

Après le petit déjeuner, Gabe se rasa et enfila son uniforme avant de la conduire chez elle. Là, il inspecta encore les lieux pendant qu'elle rassemblait quelques affaires. Rien n'attira son attention, et il appela le serrurier et le vitrier, puis la ramena chez lui et partit travailler.

Il revint pour le déjeuner, furieux que le mandat de perquisition n'ait toujours pas été signé.

— A croire que Dane a des appuis aussi haut placés que notre maire ! s'exclama-t-il tandis qu'il mangeait à toute vitesse le repas qu'elle avait préparé.

A peine la dernière bouchée avalée, il retourna au poste de police.

Le sentiment de solitude qui suivit son départ précipité donna à Tess l'étrange impression d'être délaissée, comme s'ils étaient mariés depuis des années. Il avait tout juste eu le temps de lui dire que Vic viendrait lui parler à un moment ou un autre, mais que, pour le moment, il était occupé à rechercher une gouvernante qui venait de se faire renvoyer par les Owens.

Tess avait verrouillé la porte, comme chaque fois que Gabe quittait la maison. Elle lui avait demandé la permission de pénétrer dans son bureau — sa salle d'opérations militaires, comme il l'appelait — pour s'imprégner de toutes les archives qui s'y trouvaient. Comme toujours, elle cherchait à faire remonter à la surface des souvenirs utiles à l'enquête. Mais elle resta assise là pendant une heure, à promener le regard sur les murs tapissés de documents, sans que cela ait le moindre effet sur son amnésie. Tandis que la maison gémissait sous les assauts du vent, elle se sentit hantée par ces visages — y compris le sien et ceux de sa famille — qui semblaient la fixer depuis le passé. Plus perturbée encore par cet étrange face-à-face que par sa mésaventure de la veille, elle redescendit dans le salon pour attendre Gabe.

Il appela pour dire qu'il aurait un peu de retard, mais qu'il serait bientôt de retour. La nuit tombait si vite, à présent. Lorsqu'une demi-heure plus tard elle perçut du bruit derrière la porte d'entrée, Tess s'élança pour aller lui ouvrir, avant de s'étonner, *in extremis*, de ne pas avoir entendu sa voiture de patrouille. Elle hésita, la main sur le verrou. Pas de bruit de moteur, pas de bruit de clé qu'on introduit dans la serrure… Quel silence, derrière cette porte !

Elle voulut jeter un œil par le judas, mais un morceau de papier ou de carton obstruait la petite grille en laiton. Elle se demanda si c'était Gabe qui l'avait placé là pour une raison ou une autre, avant de s'apercevoir qu'il s'agissait d'un dessin plaqué sur l'ouverture, de manière à ce qu'on puisse le voir de l'intérieur. Grossièrement tracé au crayon gras, il représentait trois fillettes côte à côte, de grosses larmes coulant sur les joues de la plus petite. Il y avait quelque chose de si familier dans ce dessin… Brusquement, elle fut certaine d'en être l'auteur. Oui, c'était elle qui l'avait dessiné quand elle était petite ! Avait-elle de nouveau des hallucinations, comme la veille au soir, quand elle avait cru voir un champ de maïs dans son réfrigérateur ? Ou était-ce son inconscient qui lui restituait des images de sa séquestration ?

Elle lut les mots écrits sous le dessin : VILAINE FILLE ! TU NE PEUX PAS M'ECHAPPER !

Une voix du passé retentit alors dans sa tête. Elle *devait* se cacher ! S'élançant vers la penderie du couloir, elle s'engouffra entre les manteaux et les chemises, avant de prendre conscience de ce qu'elle était en train de faire. Elle inspira profondément. Elle était une adulte, pas une enfant terrifiée ! N'était-ce pas le moment de surmonter sa terreur et de profiter de ce choc émotionnel pour tenter de libérer des souvenirs ? Mais rien d'autre ne lui revint que la certitude d'avoir elle-même dessiné ces trois fillettes, et elle tomba à genoux avant d'éclater en sanglots, le visage enfoui dans les mains.

Tess et Gabe fixaient du regard le dessin qu'il avait retiré de la porte.

— J'ai d'abord cru que j'avais une nouvelle hallucination, dit-elle. Que les effets de ce produit se faisaient encore sentir… Mais je t'assure que je suis parfaitement lucide et que c'est moi qui ai dessiné ça. Ça représente Kate, Char et moi, au milieu, en train de pleurer. Je nous dessinais souvent, toutes les trois, mais ces larmes pourraient indiquer que j'ai fait ça pendant ma séquestration, ou juste après.

— Si tu as fait ce dessin pendant ta séquestration, dit-il en se penchant davantage sur le morceau de papier posé sur la table de la cuisine, ça voudrait dire que ton ravisseur t'autorisait à dessiner. Qu'il te fournissait le matériel nécessaire.

Gabe avait approché sa chaise si près de celle de Tess que le haut de leurs bras se touchaient. Quand il se tournait vers elle, Tess sentait le souffle tiède de sa respiration sur son visage.

— Oui, ça me dit vaguement quelque chose. Mais je suis en train de me dire que ce dessin a pu être fait après mon retour à la maison. Le révérend Snell avait trouvé une psychothérapeute chez qui maman m'a conduite plusieurs fois, et cette dame me demandait souvent de faire des dessins de ce dont je me souvenais. Et ce dont je me souvenais se résumait à ça : moi triste et apeurée, qui voulais revoir mes sœurs.

— Ah bon ? Tu as vu une psy juste après ton enlèvement ? Voilà quelque chose que j'ignorais. Je vais essayer de la retrouver et de la contacter. Va savoir, au cours de vos discussions, tu as peut-être laissé échapper quelque chose d'intéressant concernant ta captivité… Encore faudrait-il que cette femme s'en souvienne, bien sûr, mais ça vaut la peine de tenter le coup. Et sinon tu as autre chose à me dire sur ce dessin ?

— Que je suis sûre et certaine de ne pas avoir écrit ce message ! D'ailleurs, c'est une écriture d'adulte. Tu vas vérifier s'il y a des empreintes digitales sur le papier ?

— Bien sûr, mais je doute qu'on trouve quoi que ce soit. Mike n'a relevé que tes empreintes, sur la bouteille de vin.

— Quand je pense que j'aurais pu voir qui c'était, si j'avais regardé par la fenêtre au bon moment !

— Ou si j'étais rentré un peu plus tôt, comme j'en avais l'intention au départ, répliqua Gabe. Sauf qu'il faisait déjà sombre, dehors, et qu'il aurait eu le temps de s'enfuir en entendant ma voiture, ajouta-t-il avec une mimique fataliste. Si on avait affaire à quelqu'un d'imprudent, ça ferait longtemps qu'il serait derrière les barreaux.

Il passa le bras autour des épaules de Tess.

— Le principal, c'est que tu n'aies pas ouvert la porte quand tu as cru que c'était moi qui rentrais.

— En tout cas, la technique du ravisseur reste toujours la même depuis vingt ans. Il se tapit dans le champ de maïs dont il surgit pour faire le mal, avant de disparaître entre les tiges et de regagner son domicile, sans doute à l'aide d'une lampe torche comme celle dont j'ai vu la lueur, le soir où le chien empaillé a été déposé dans mon jardin. Tu crois qu'on pourrait demander, ou même exiger qu'Aaron Kurtz moissonne son champ le plus vite possible ?

Gabe retira son bras et se renversa sur le dossier de sa chaise avec un soupir.

— Tu te souviens que sa femme nous a dit qu'il était

parti à Chillicothe pour consulter un médecin ? Eh bien j'ai appris qu'il est resté là-bas, figure-toi. La douleur qu'il avait à la jambe s'est révélée être une phlébite, et il a été transporté en urgence à l'hôpital.

— Il a des employés qui pourraient moissonner à sa place ?

— Je crois qu'il est seul à faire ce travail sur son exploitation. Des agriculteurs du coin vont sûrement lui prêter main-forte, mais il va falloir attendre encore une ou deux semaines avant d'être débarrassés de ces fichues tiges.

Gabe se massa le visage.

— Ecoute…, dit-il en posant la main sur celle de Tess. Je comprendrais que tu veuilles t'en aller, tu sais. Tu es indéniablement en danger, ici, et si tu ne te sens même plus en sécurité chez moi…

Il haussa les épaules.

— De toute façon, les souvenirs de ta séquestration restent bloqués, et tu ne peux pas m'apporter les renseignements dont j'ai besoin pour coincer cette ordure. Si tu le souhaites, je vendrai la maison pour toi afin que tu n'aies pas à régler une commission d'agence. Tu ferais peut-être bien de rentrer chez toi et de reprendre le cours normal de ta vie.

Elle tourna la main et leurs doigts se mêlèrent.

— Je ne sais pas, Gabe. J'ai peur, c'est vrai, mais j'éprouve aussi une immense colère, maintenant. Sans compter que tu as suffisamment à faire avec cette enquête pour perdre du temps avec la vente d'une maison. Et puis, qui sait si la personne qui s'en est prise à moi n'est pas assez déterminée pour me suivre jusqu'à Jackson, là où tu ne pourras plus me protéger ? Tu sais, je crois que je vais rester au moins jusqu'à lundi pour me donner le temps de réfléchir. J'aimerais aussi revoir Gracie et ses enfants avant de partir. Si leur gourou me laisse les approcher, bien sûr.

— Dans ce cas, je vais demander à Vic Reingold de s'installer chez moi à partir de demain. De toute façon, je comptais lui suggérer de se rapprocher. Ça lui prend beaucoup trop de temps de venir tous les matins de son motel. Avec l'aide de Jace et la présence supplémentaire de Vic dans la maison, on pourra mieux te protéger.

— Et puis… il faut garder espoir, tu sais. Quelque chose va peut-être finir par me revenir. Ces agressions ont au moins le mérite d'être des sortes d'électrochocs pour moi. Ça m'inquiète, bien sûr, mais je sens aussi que ça stimule ma mémoire. Ces mots sous le dessin, par exemple… Je sais que j'ai été traitée de « vilaine fille » et j'ai le sentiment que ça a un lien avec cet horrible épouvantail. Comme si c'était lui qui criait ça avant de me battre. Je me rends évidemment compte que c'est absurde, bien sûr.

— C'est sans doute ton ravisseur qui te traitait de vilaine fille, lorsqu'il te frappait avec « M. Méchant ».

Elle hocha la tête, sentant une boule dans la gorge.

Gabe se leva, puis aida Tess à faire de même avant de la prendre dans ses bras. Elle se pressa fort contre lui, l'enserrant à la taille tandis que sa joue s'écrasait contre son épaule. Si les terribles épreuves qu'elle avait dû traverser — et celles qui l'attendaient peut-être encore — étaient le prix à payer pour connaître le bonheur qu'elle éprouvait à l'instant même dans les bras de cet homme, le jeu en valait peut-être la chandelle.

19

Le samedi matin, Gabe suivit Tess qui roulait en direction du marché hebdomadaire de Cold Creek. Après un saut au poste de police pour faire un point rapide sur les appels de la nuit, il alla se mêler à la foule qui déambulait entre les étals. Il avait demandé à Jace Miller de sillonner les petites routes autour de chez Tess, et de ne pas hésiter à passer plusieurs fois devant la propriété de Dane Thompson en restant à l'affût du moindre mouvement suspect. Vic devait les rejoindre au marché dès qu'il aurait déposé ses affaires chez Gabe. Enfermé dans son laboratoire mobile garé sur le parking du poste de police, Mike cherchait des empreintes sur le dessin qui avait été plaqué sur le judas.

Entourée de tous ces alliés, Tess se sentait presque en sécurité. D'autant que la fenêtre de sa maison avait déjà été remplacée, et les serrures changées. Les choses ne traînaient pas, apparemment, quand Gabe demandait quelque chose.

D'un pas tranquille, elle remonta la grand-rue où s'était déployé le marché, flânant entre les stands et les étals. Ils semblaient avoir poussé dans la nuit, chassant les voitures au profit du rythme paisible de la déambulation. L'abondance colorée des récoltes automnales semblait former une haie d'honneur sur son passage. Quel spectacle ! Il y avait là une population de tous âges et de toutes conditions, les vieilles familles de Cold Creek se mêlant pour une fois aux nouveaux habitants de lac Azur, et sans doute avec des gens qui venaient de plus loin. Certains mangeaient déjà les pommes ou les pâtisseries artisanales qu'ils venaient d'acheter. D'aucuns avaient un gobelet fumant à la main — du cidre chaud, sans doute —, d'autres un chien en laisse, d'autres encore étaient accompagnés d'enfants dont les cris réchauffaient Tess mieux que le soleil qui baignait la grand-rue. Bien sûr, il ne fallait pas perdre les petits de vue, avec tout ce monde, et elle était soulagée de ne pas voir d'enfant seul dans la foule. Nul doute qu'après la disparition de Sandy Kenton les parents se montraient particulièrement vigilants. Cette joyeuse effervescence lui faisait presque oublier qu'elle avait été droguée l'avant-veille et que ses jambes étaient encore un peu faibles.

Sur les étals, tout était beau et appétissant, et elle avait l'impression que la vue de toutes ces merveilles produites par la nature l'aidait à se remettre d'aplomb. Du moins jusqu'à ce qu'elle aperçoive le maire serrant frénétiquement des mains avec un sourire factice. L'imposante masse de son corps semblait se répandre sur un banc qu'elle ne se souvenait pas avoir vu là auparavant. Sa femme, Lilian Owens, étaient assise à côté de lui. Comme ces deux-là paraissaient mal assortis ! Mme Owens était toujours aussi élégante et soignée que dans le souvenir de Tess, même si elle avait pris du poids avec les années. Debout devant eux se tenait Marian Bell, en train de parler avec de grands gestes. Tess se demanda si la mère d'Amanda les soupçonnait d'être impliqués dans la disparition de sa fille.

Elle dévia légèrement de sa route, de manière à passer derrière le banc. Elle n'avait aucune envie d'être apostrophée par Marian Bell, encore moins par Reese Owens. Elle slaloma entre des pommes dorées empilées en pyramide et un tas de courges, s'éloignant rapidement du trio. Des fidèles de la paroisse mettaient en vente un gros tas de citrouilles, dont beaucoup finiraient sans nul doute en décoration d'Halloween. Elle sourit en voyant ce qui était écrit sur l'écriteau planté dans l'une des cucurbitacées : « 2 $ pour tout ce qui pourra tenir dans vos mains ! » Des oignons rouges et blancs bien ronds, des pommes de terre brunes et roussâtres, et même des chapelets d'ail exhalaient l'odeur du terreau où ces plantes avaient poussé.

Tess s'immobilisa soudain, et le mouvement autour d'elle sembla également s'arrêter. Le fait de songer à quelque chose d'enfoui dans le sol avait presque libéré un souvenir. Mais il s'était échappé comme un rêve au matin. Elle regarda autour d'elle pour voir si des gens l'observaient. Dieu merci, personne ne semblait lui accorder d'attention. C'était si bon de se sentir intégrée dans cette foule de gens normaux qui venaient tout simplement passer un bon moment sur le marché de Cold Creek.

Elle passa devant un marchand d'herbes aromatiques, puis devant un autre qui proposait d'étincelants bocaux de verre étiquetés à la main : « Miel », « Sirop d'érable », « Mélasse », « Sorgho ». Quelques stands couverts vendaient des pâtisseries artisanales : beignets, tartes et gâteaux, sans oublier toutes sortes de pain. Elle acheta une belle miche aux céréales qu'elle ne résista pas à entamer.

Elle fit un large détour pour éviter la grande table sur laquelle étaient disposées les peaux d'animaux de Sam Jeffers. Certaines étaient fixées sur un panneau d'Isorel perforé, avec le prix indiqué sur un simple papier qui semblait arraché d'un calepin. Tess devait presque se pincer pour le croire, mais force était de constater que le chasseur avait lui aussi des clients. Luttant contre le dégoût que lui inspiraient ces peaux, elle revint sur ses pas et s'approcha des prix pour étudier l'écriture de Sam Jeffers. Elle ne ressemblait pas à celle qui accompagnait le dessin, ce qui ne l'empêcha pas de s'éloigner le plus vite possible de cet homme et de ses horribles peaux.

Quelques minutes plus tard, elle vit que Marva tenait un stand vantant les mérites de son salon de bronzage. Etait-ce des limes à ongles qu'elle distribuait gracieusement pour attirer le chaland ? Voilà un accessoire de toilette dont Tess aurait bien eu besoin, mais elle n'était pas d'humeur à discuter avec la sœur de Dane. De toute façon, elle était certaine que la gentillesse un peu artificielle des Thompson s'envolerait en fumée dès que Gabe obtiendrait le mandat de perquisition pour fouiller leur maison.

Elle fut surprise de constater que la bibliothécaire était également présente sur le marché, avec un étalage de livres et de revues parfaitement agencé. Dans un coin du grand panneau de bois qui lui servait de présentoir, Tess vit un flacon de gel antibactérien comme celui dont Mlle Etta s'était servi lorsqu'elle lui avait rendu visite à la bibliothèque. Le flacon était simplement d'une taille plus conséquente, sans doute pour que les clients puissent se laver les mains après avoir feuilleté des magazines.

— Oh ! Tess… Ça me fait plaisir de te voir. Viens, viens, dit-elle avec un geste de la main pour l'inciter à s'approcher. Tu ne t'attendais pas à me voir ici, je parie ? C'est simplement une autre de mes initiatives pour que la culture ait sa place dans notre ville. Si je ne fais rien, je serai bientôt la seule à lire, à Cold Creek ! Ah…, soupira-t-elle, si seulement les parents pouvaient transmettre le plaisir de la lecture à leurs enfants ! Mais, pour ça, encore faudrait-il qu'ils aiment lire eux-mêmes. Certaines personnes me semblent si hermétiques à la lecture, dans cette ville, que je me réjouis de les voir feuilleter ne serait-ce qu'un journal, voire le catalogue d'un magasin ! Le problème, tu sais, ce sont ces tablettes, ces Smartphone et ces liseuses, comme ils disent. Tous ces gadgets électroniques sont en train de tuer les vrais livres. A propos, poursuivit-elle en faisant signe à Tess de s'asseoir à côté d'elle, sur l'autre chaise placée derrière l'étal, comment as-tu trouvé ces bouquins que je t'ai prêtés ? Ça t'a aidée, pour tes problèmes de mémoire ?

— Oui, un peu. Même si les souvenirs de cette épreuve ne me reviennent qu'au compte-gouttes, j'ai trouvé des passages qui me font beaucoup réfléchir.

Tess, qui ne s'était pas assise malgré l'invitation de la bibliothécaire, lui adressa un sourire d'excuse.

— Désolée, mais je ne peux pas rester. Je voudrais aller dire bonjour à mon cousin et à sa famille. J'espère les trouver sur le stand de Hear Ye.

— Oui, oui, ils y sont. Du moins Lee et Gracie, parce que je n'ai pas vu leurs enfants. Pour les membres de cette drôle de communauté, la vente de ces produits est une vraie nécessité économique, tu sais. Cela dit, si c'est leur seule source de revenus, je ne vois pas comment ils font pour joindre les deux bouts. A moins que la rumeur ne soit vraie, bien sûr… On prétend qu'ils sont sur le point de céder leur terrain à une compagnie de forage pétrolier, figure-toi ! Ils n'auraient pas besoin d'argent, s'ils pouvaient avoir un emploi comme tout le monde. Seulement voilà, leur espèce de maître à penser, là, ajouta-t-elle en levant comiquement les yeux au ciel, n'aime pas que ses ouailles travaillent en dehors de sa secte.

Mlle Etta tourna son corps sec vers deux adolescents qui passaient à proximité de son stand, le dos voûté et l'air de somnambules. Elle leur tendit un magazine avec une voiture de sport en couverture, qu'ils acceptèrent avec un remerciement bourru. Trois minutes plus tard, elle leur fourguait deux cartes de bibliothèque. Une technique bien rodée, apparemment. Tess avait l'impression d'avoir vu un pêcheur mettre un appât sur les hameçons de sa ligne avant de ferrer deux poissons sans le moindre effort.

— Tu sembles un peu patraque, fit remarquer Mlle Etta en se versant du gel antibactérien sur les mains, alors que les deux adolescents s'éloignaient avec leur magazine et leurs cartes de bibliothèque. Tu es sûre que ça va ? ajouta-t-elle en dévisageant Tess d'un air préoccupé.

— Oui, oui, ça va… Ça fait longtemps que je ne dors plus aussi bien que je le devrais, c'est tout.

— Longtemps ? J'espère que tu ne veux pas dire depuis cette terrible épreuve que tu as dû traverser il y a vingt ans. Passe donc me voir à la bibliothèque, je te donnerai un livre sur les techniques de relaxation et les moyens de combattre l'insomnie. Et, si tu n'as pas le temps, c'est moi qui passerai chez toi avec le bibliobus. Tu sais, des études très sérieuses ont démontré que notre santé dépend en grande partie de la qualité de notre sommeil. De bonnes nuits aident à perdre du poids, par exemple, ou encore à se défendre contre les maladies. Mais attention, hein ! Il vaut mieux s'en remettre aux moyens naturels de relaxation qu'aux somnifères, parce que la dépendance à ce genre de médicament peut engendrer d'autres problèmes.

L'occasion de s'échapper s'offrit à Tess quand deux jeunes femmes se mirent à discuter de *scrapbooking* avec Mlle Etta. Après être passée devant un vieux monsieur qui vendait des nichoirs artisanaux, elle aperçut enfin, tout au bout de la longue file des exposants, le stand de Hear Ye. Plusieurs membres de la communauté se tenaient debout derrière une suite de tables couvertes de toiles cirées.

Elle se faufila entre les tables à la recherche de Lee et Gracie. Si Mlle Etta disait les avoir vus, ils se trouvaient forcément dans les parages. Mais, avec leurs coiffures et leurs vêtements similaires, les adorateurs de l'Etoile Lumineuse semblaient n'être qu'une seule et même personne dupliquée en plusieurs exemplaires. Bien sûr, il y avait la version féminine et la version masculine, mais en dehors de cette différence ils paraissaient tous se fondre dans un même moule. On était loin de l'aspiration à l'individualisme si prisée par la société américaine, songea Tess. En revanche, les produits proposés à la vente étaient un bel exemple de diversité. Elle apprécia tout particulièrement les jolis paniers tressés que garnissaient des branches de célastre, des noix et des fleurs des champs. Les noix étaient également proposées en filet ou décortiquées dans des bocaux de verre. Elle s'attarda un moment à lire les adages gravés dans des panneaux de bois, tels que : « La joie d'offrir est plus profonde que celle de recevoir. » Tess se demanda si c'était une façon d'inciter les acheteurs à compléter leur acquisition par un don à la communauté.

— Vous cherchez Gracie et Lee ? lança une voix derrière elle.

Elle se tourna et se trouva face à Brice Monson. Une fois encore, le gourou semblait sortir de nulle part, comme s'il venait de descendre du ciel pour se poser au milieu des humains.

— Oui, en effet.

— C'est à leur tour d'aider les gens à porter leurs achats jusqu'à leur voiture. Ces gestes charitables sont importants dans notre relation avec l'autre. Toujours en faire un peu plus que ce qu'on attend de nous…

Un sourire éclaira la pâleur de son visage tandis qu'il se mettait à la dévisager en se tapotant le menton avec l'index.

— Voyons… Que ferais-je graver, si je voulais vous offrir un de ces panneaux de bois ? Ah, je sais : « Car l'Eternel te rappelle comme une femme abandonnée et au cœur attristé. » Sachez que tant que vous ressentirez cela, Tess Lockwood, vous aurez toujours votre place auprès de votre cousin et de sa famille, ainsi qu'auprès des frères et des sœurs de notre communauté.

Elle resta sans voix pendant quelques secondes. Non seulement parce qu'il avait osé suggérer qu'elle pourrait rejoindre un jour son espèce de secte, mais aussi et surtout parce qu'il avait choisi une citation qui parlait d'une femme « abandonnée et au cœur attristé ». Comment pouvait-il lire aussi clairement en elle, alors qu'il ne l'avait croisée que deux fois dans sa vie ? Comment pouvait-il deviner ce sentiment d'abandon qui ne l'avait jamais quittée depuis son enlèvement ? Ou était-ce Gracie qui lui avait parlé d'elle ? Qui lui avait rapporté leurs conversations, pourtant si intimes ?

Décidément, ce type lui faisait froid dans le dos. Si les pistes Dane Thompson et Reese Owens ne débouchaient sur rien, il faudrait que Gabe inscrive Monson en troisième position sur sa liste de suspects, ne serait-ce que pour les mauvaises ondes qui émanaient de lui.

— Ce n'est pas grave, dit-elle, pressée de mettre le plus de distance possible entre elle et cet homme. Je reviendrai tout à l'heure. J'espère que votre stand aura beaucoup de succès, aujourd'hui.

— Il a *toujours* du succès ! lança-t-il d'une voix théâtrale alors qu'elle lui tournait déjà le dos.

Elle venait de se fondre dans la foule quand elle faillit rentrer dans Vic Reingold, qui la prit par le bras et l'entraîna loin du stand de Hear Ye.

— J'étais en train de surveiller ce barjot. J'ai remarqué que vous aviez l'air mal à l'aise avec lui. C'est juste parce qu'il est bizarre, ou est-ce que des souvenirs remontent à la surface, en sa présence ?

— C'est vrai qu'il me met mal à l'aise. Mais, s'il me rappelle quelque chose, c'est du domaine de l'inconscient. En fait, aucune des personnes que je croise à Cold Creek ne me rappelle quoi que ce soit qui ait un rapport avec mon enlèvement. C'est bien là le problème.

— Et le nôtre, répliqua-t-il. Gabe traîne quelque part dans le coin, lui aussi. Je suis sûr qu'il ne serait pas fâché que vous alliez vous reposer un moment. Il ne faut pas trop tirer sur la corde, après votre mésaventure d'avant-hier soir. Que diriez-vous d'aller manger un morceau au pub anglais, hein ? Pas de Guinness ou autre bonne bière britannique, pour vous, bien sûr. Vous êtes au régime sec, ma petite dame !

— Bon… d'accord, dit-elle avec un sourire contraint. J'espérais voir mon cousin et sa femme, mais j'ai l'impression que Brice Monson s'est débrouillé pour qu'ils ne croisent pas mon chemin.

Elle lui jeta un regard en coin, se demandant s'il savait qu'elle avait passé la nuit chez Gabe.

— J'ignore ce qu'il y avait dans cette bouteille de vin, mais c'est vrai que je me sens encore un peu fatiguée, ajouta-t-elle, pour le cas où Vic aurait l'intention d'essayer de lui tirer les vers du nez.

Il avait sûrement une idée derrière la tête, en lui proposant d'aller manger un morceau au pub anglais, mais Tess était bien décidée à renverser la situation et à obtenir des informations de lui.

*
* *

— Vous serez des nôtres, demain soir, à la veillée de prières pour Sandy ? demanda le révérend Snell.

— Oui, bien sûr, répondit Gabe. Et vous pouvez compter sur mon suppléant et moi pour assurer la sécurité. Le mieux serait évidemment que cette veillée soit annulée parce qu'on aurait retrouvé la petite, ajouta-t-il avec un soupir. A ce propos, je voulais vous poser une question, mon révérend…

— Je vous écoute, shérif. Je serais heureux de pouvoir vous aider.

— Je viens d'apprendre que Tess Lockwood a vu une psychothérapeute, après son enlèvement. Une femme que vous auriez vous-même recommandée.

— Oui, en effet. Si ma mémoire est bonne, il s'agissait de Melanie Parkinson. Elle n'était pas pédopsychiatre, mais elle possédait une solide formation de psychologue. Malheureusement, elle est partie vivre à Columbus il y a déjà quelques années, et j'ai bien peur de ne plus avoir ses coordonnées. Mais je peux demander à ceux de mes paroissiens qui la connaissaient s'ils ont gardé le contact avec elle.

— Ça me serait d'une grande aide, merci. Et le plus vite sera le mieux.

Le pasteur hocha gravement la tête.

— Je sais que c'est une course contre la montre, dans les affaires de disparition. Si Melanie peut aider au dénouement heureux de ce drame, je vais tout mettre en œuvre pour que vous puissiez la joindre au plus vite.

Alors qu'il regagnait le parking de l'église, Gabe aperçut Gracie et Lee Lockwood. Il n'avait pas l'intention de leur parler des récentes mésaventures de Tess, mais il comptait bien leur demander qui possédait un jeu de clés de la maison dont ils venaient de déménager. Alors qu'il s'approchait d'eux, il vit qu'ils chargeaient de gros sacs dans un 4x4 dont le propriétaire — un homme qui surveillait les opérations, bras croisés — lui était inconnu. Gabe se mit à l'abri derrière une camionnette, attendant que le 4x4 démarre pour quitter sa cachette.

— Tiens ! Comment allez-vous, tous les deux ? lança-t-il, comme s'il tombait par hasard sur le couple. Les affaires sont bonnes pour Hear Ye, aujourd'hui ?

— Très bonnes, merci, répondit Gracie avec un sourire timide, se tournant aussitôt vers Lee comme pour quêter son approbation.

Gracie Lockwood était pourtant une femme ouverte, avant de devenir membre de cette communauté religieuse. Une femme qui aimait discuter avec les gens qu'elle croisait.

Quand Lee se contenta de hocher la tête et de regarder ailleurs, comme brusquement perdu dans la contemplation de cette belle journée d'automne, Gabe décida d'abréger les politesses et d'entrer dans le vif du sujet :

— Dites-moi, est-ce que vous avez conservé un jeu de clés de la maison de Tess ? Ou quelqu'un d'autre de votre connaissance, peut-être ? Elle va avoir besoin de les récupérer, si elle décide de rentrer à Jackson et de confier la vente à une agence.

Une expression peinée tendit les traits de Gracie.

— Ah bon, elle songe déjà à s'en aller ? Je… je sais qu'elle aimerait nous voir davantage, les enfants surtout. Pour ce qui est des clés, je crois en effet qu'on en a conservé un jeu, au cas où elle perdrait les siennes comme ça m'est arrivé une fois. Heureusement, on avait des doubles et on les a aussitôt fait refaire. J'ai donné mon trousseau à Tess, mais tu dois toujours avoir le tien, n'est-ce pas ? demanda-t-elle en se tournant vers son mari.

Lee secoua la tête, le visage fermé.

— Je crois bien les avoir jetées, après notre départ. Je savais que tu avais donné les tiennes à Tess, alors…

Il haussa les épaules avant d'ajouter :

— Et je ne vois pas qui d'autre pourrait en avoir.

Gabe sentit qu'il n'obtiendrait rien de plus de Lee. Et il n'était pas certain de le croire. Jeter des clés ? Quelle drôle d'idée… Gracie lui avait paru sincère, mais le cousin de Tess semblait passablement nerveux, voire un brin hostile. Puisqu'ils repartaient vers le marché où lui-même comptait se rendre, il décida de les accompagner. Monson avait-il exigé un double de ces clés ? se demanda-t-il en observant le couple du coin de l'œil. Protégeaient-ils leur guide spirituel, au risque de mettre Tess en danger ?

— J'ai vu que Brice Monson était présent sur le marché, dit Gabe, l'air de rien. C'est curieux de se faire appeler l'Etoile Lumineuse quand on est un lève-tôt.

Gracie laissa échapper un petit rire qui lui valut d'être aussitôt fusillée du regard par son mari.

— L'Etoile Lumineuse est disponible de nuit comme de jour pour ceux qui ont besoin de sa lumière, répliqua Lee d'une voix tendue.

— Mais il aime être seul pour mieux prier lors de ses promenades nocturnes, intervint Gracie, qui avait repris son sérieux.

Cette fois, Lee approuva d'un hochement solennel de la tête.

Il se promène le long du ruisseau ? demanda Gabe, l'esprit assailli par une foule d'hypothèses.

Alors comme ça, le gourou passait une partie de ses nuits à se balader en ville ? La maison de Tess n'était qu'à six ou sept kilomètres de Hear Ye, voire un peu moins en coupant à travers champs.

— Ça, je n'en sais rien, répondit Lee. Personne ne l'accompagne, lorsqu'il va marcher dans la nuit pour entrer en communion avec la Grande Etoile dont il porte le nom. On va devoir vous laisser, maintenant, shérif. C'était un plaisir de vous voir. Venez donc faire un tour sur notre stand pour y acheter nos produits.

Ils s'éclipsèrent sur ces mots, laissant Gabe songeur. Si Dane sortait une nouvelle fois blanchi de cette enquête, il allait falloir s'intéresser de très près à cet énergumène de Monson. Tess lui avait dit avoir entendu des cris de fillette dans l'un des bâtiments de Hear Ye, mais où le gourou pourrait-il bien cacher une enfant kidnappée ? Sûrement pas dans l'enceinte de sa secte, bien trop peuplée pour garder un tel secret. Alors où ? Quelque part sur la colline, dans une grange ou un refuge abandonnés ? Cela faisait des années que Gabe arpentait les collines et la forêt pour inspecter ces vieilles constructions décrépites, et il n'avait même pas réussi à trouver un laboratoire de méthamphétamine encore en activité.

Tel un gamin frustré, il donna un coup de pied à l'arbre contre lequel il s'était adossé avant de reprendre son chemin en direction du marché.

Alors qu'elle arpentait la rue noire de monde en compagnie de Vic, Tess vit un étal qu'elle n'avait pas remarqué auparavant, sans doute à cause de son petit détour pour éviter le maire. D'ailleurs, Reese Owens avait disparu avec son banc. Sans doute payait-il des auxiliaires pour déplacer le banc d'un endroit stratégique à un autre, le but étant de se faire voir d'un maximum de ses administrés. A moins qu'il ne reste assis durant le trajet, comme un roi sur une chaise à porteurs ? Imaginer le maire obèse soulevé sur son banc par de gros bras arracha un sourire à Tess.

L'étal qu'elle venait seulement de remarquer était couvert de costumes d'Halloween, d'autres se trouvant suspendus juste à côté, sur un portant à roulettes. Elle fut surprise de lire « Creekside Gifts » sur un drapeau de table posé au milieu des masques et des déguisements.

— Vic, vous avez vu ? Je suis étonnée que les Kenton soient là malgré ce qui est arrivé à leur fille.

— Non, ce sont des amis qui leur ont proposé de tenir le stand à leur place. Aucun des deux n'est en état de travailler. Mme Kenton est rongée par la culpabilité, et son mari lui en veut terriblement.

— Je trouve ça très injuste de la part de M. Kenton, fit remarquer Tess. Comme si sa femme ne souffrait pas déjà suffisamment !

— Vos parents avaient réagi de la même manière, lors de votre enlèvement. Votre mère s'en voulait terriblement, et votre père était furieux contre elle.

— Oui, et il a continué à lui en vouloir même après mon retour…

Toujours dans l'esprit d'Halloween, le stand de Creekside Gifts proposait toutes sortes d'objets macabres, comme ces pierres tombales en mousse sur lesquelles se posèrent les yeux de Tess. Elle se vit soudain en train de regarder par une fenêtre qui donnait sur un petit cimetière aux tombes grises.

Fermant les yeux, elle s'efforça de contrôler sa respiration, tandis que la vision quittait lentement son esprit. La fenêtre était sans doute située à l'étage, parce que les tombes lui avaient semblé assez lointaines et petites, comme si elle les regardait d'une certaine hauteur. Avait-elle été séquestrée dans le grenier de Dane Thompson ? Il lui semblait bien que la maison du vétérinaire avait, juste sous le toit, une fenêtre ronde qui donnait sur le cimetière pour animaux. Et n'avait-elle pas fait des cauchemars où elle voyait des cadavres dans des tombes ouvertes ? Des cadavres qui pleuraient et agitaient leurs bras ? Se pouvait-il que Dane l'ait menacée de l'enterrer dans une de ces tombes, si elle ne lui obéissait pas au doigt et à l'œil ? Lui avait-il fait peur au point que son cerveau avait préféré stocker ces moments de terreur à un autre niveau de conscience ?

— Parfois, j'ai l'impression de me rappeler la maison de Dane Thompson et son cimetière, dit-elle alors qu'ils arrivaient devant le pub anglais. J'espère que Gabe obtiendra vite ce mandat de perquisition.

Elle s'arrêta et se tourna vers Vic.

— Le problème, c'est que j'ai peur d'être influencée par les soupçons qui ont toujours pesé sur lui. De situer mes souvenirs chez lui simplement parce qu'il est le principal suspect depuis des années, et que, dans mon inconscient, il constitue un coupable possible… et acceptable. C'est une chose qui arrive, vous savez. L'enfant peut transformer un souvenir incompréhensible afin de lui donner une forme qu'il est capable d'appréhender et d'accepter. Je veux dire que mon ravisseur était peut-être quelqu'un que j'aimais bien, et j'ai préféré oublier que cette personne en qui j'avais confiance m'a fait du mal. Alors que le Dr Thompson m'a toujours vaguement inquiétée, même quand j'étais petite. J'ai lu des choses là-dessus dans un livre que m'a prêté la bibliothécaire.

Vic lui ouvrit la porte du pub et attendit qu'ils soient assis pour répondre :

— C'est intéressant… Mais dites-moi, Tess, dans la mesure où le cimetière de Dane Thompson s'est considérablement agrandi depuis vingt ans, celui dont vous pensez vous souvenir doit forcément être plus petit que le cimetière qu'on peut voir aujourd'hui sur sa propriété.

— Oui, vous avez raison. Et c'est justement le cas. C'est un petit cimetière qui m'est revenu à la mémoire.

— Alors, on tient peut-être une piste sérieuse, cette fois-ci. Le premier pas vers l'arrestation du kidnappeur de Cold Creek. Mais on a intérêt à trouver quelque chose de compromettant lors de la perquisition, comme un produit à effet amnésiant ou une de ces drogues du viol, comme on dit, même si, en fait de drogues, il s'agit tout bonnement de médicaments vendus en pharmacie. Comme le Rohypnol ou la Scopolamine, par exemple. Pour ma part, je les appelle « les médicaments pour prédateurs », et c'est exactement ce qu'est le kidnappeur de Cold Creek : un prédateur. Cela dit, il faudra plus que de vagues souvenirs et un produit suspect pour inculper le Dr Thompson.

Il s'interrompit pour commander des sandwichs et des sodas.

— Et sinon, reprit-il une fois le serveur reparti, vous n'avez pas encore appelé votre père, n'est-ce pas ?

— Non. D'ailleurs, je n'avais pas son numéro jusqu'à ce que Reese Owens me le donne en me conseillant de l'appeler. Je trouve bizarre que mon père et le maire soient toujours en contact, après toutes ces années… Mais, au fait, pourquoi est-ce que vous me demandez ça ? Vous pensez que je devrais l'appeler ?

— Eh bien, c'est à vous de voir, évidemment, mais ça pourrait être intéressant pour l'enquête. Seulement, il faudrait que Gabe ou moi puissions écouter la conversation. Au cas où votre père tiendrait des propos compromettants pour Reese Owens, je veux dire…

— Ou compromettants pour lui, c'est ça ? Vic, vous devez comprendre qu'appeler mon père n'est pas si simple pour moi… Chaque fois que j'y pense, mon cœur se met à battre comme un tambour. Je suis partagée entre l'amour et la colère, vous comprenez ?

— Bien entendu. L'abandon plus l'infidélité, ça fait beaucoup à pardonner.

— C'est vrai que partir comme ça était une forme d'infidélité à tout ce qu'on avait vécu ensemble.

Vic fit une petite mimique dont elle ne comprit pas le sens.

— Je parie que votre mère s'est sentie en partie responsable de son départ, dit-il.

— Parce qu'elle m'avait confiée à Gabe le jour de l'enlèvement, vous voulez dire ? Mon père lui en voulait tellement, à cause de ça.

— Accabler votre mère était peut-être une façon de se donner bonne conscience, alors qu'il était quand même le principal responsable de ses problèmes de couple. Mais, comme beaucoup de maris infidèles, il a dû espérer que votre mère ne serait jamais au courant de sa liaison avec la femme du shérif.

Tess resta un moment bouche bée, comme frappée de stupeur. Soudain, tout ce que Gabe lui avait dit — et surtout ce qu'il n'avait *pas* dit — se mit en place dans son esprit. A présent, elle se rendait compte qu'il avait failli lui parler de cette liaison plusieurs fois, avant de se raviser au dernier moment. Elle se souvenait aussi que sa mère lui avait dit un jour que le kidnapping n'était pas seul en cause dans le divorce. Toutefois, et malgré l'insistance de Tess, elle avait toujours refusé d'être plus précise. Une liaison entre son père et la mère de Gabe… Nul doute qu'il s'agissait là de ce que ses sœurs avaient tant de fois évoqué à demi-mot, avant de botter en touche lorsqu'elle s'avisait de réclamer des explications.

Certaines choses devenaient plus claires à la lumière de cette révélation. Sa mère et ses sœurs avaient voulu la protéger en cherchant à lui épargner la cruelle vérité. Mais, même si ce geste partait d'une bonne intention, les secrets et les non-dits n'aidaient personne à se reconstruire, bien au contraire. C'est ce que Vic avait compris, lui qui venait de la traiter en adulte capable de faire face à la réalité, si désagréable fût-elle. Gabe, en revanche, avait agi avec elle comme avec une enfant. Comment lui faire confiance, dans ces conditions ? Comment lui faire confiance s'il lui cachait des choses sous prétexte qu'elle était trop fragile pour les entendre ? C'était comme s'il lui avait menti. Par omission, certes, mais un mensonge par omission restait une forme de mensonge. Elle allait lui faire part de sa colère et se débrouiller seule, à partir de maintenant. Et, si la maison ne se vendait pas pendant son séjour à Cold Creek, elle laisserait un professionnel faire le travail à sa place. Tant pis pour la commission d'agence ! Elle préférait perdre de l'argent, plutôt que de laisser le sort de sa maison aux mains d'un homme qui l'avait trahie.

— Vic, vous allez me trouver très impolie, mais il faut que je parle tout de suite à Gabe. Je vais annuler ma commande avant de partir.

— Faites ce que vous avez à faire, répondit-il avec un petit haussement d'épaules.

Elle s'était déjà levée lorsqu'il ajouta :

— N'oubliez pas de lui parler de ce dont vous venez de vous souvenir. Ça l'intéressera sûrement de savoir que vous avez vu le cimetière pour animaux du Dr Thompson à travers une fenêtre.

— Oui… Ces petites pierres tombales en mousse sur le stand de la boutique de cadeaux…

Elle craignait d'avoir l'air d'une folle qui tenait des

propos sans queue ni tête. Et surtout que sa colère et sa souffrance ne l'affublent d'un masque grotesque. Mais peut-être était-ce le visage qu'elle affichait toujours ? Sauf que, maintenant, sa colère n'était plus seulement dirigée contre l'inconnu qui l'avait enlevée ou contre son père qui l'avait abandonnée, mais aussi contre sa mère, ses sœurs, ainsi que contre l'homme dont elle s'était imaginée — pauvre idiote ! — éperdument amoureuse.

20

Ravalant ses larmes, Tess sortit en coup de vent du pub et se dirigea d'un pas rapide vers le poste de police.

Lorsqu'elle déboula dans le hall d'accueil, Ann leva les yeux de son écran d'ordinateur, sourcils froncés.

— Je ne vous conseille pas de le déranger maintenant, dit-elle.

— Alors il est là ? Seul ?

— Oui, mais je vais vous demander de patienter. Il faut d'abord que je lui annonce votre présence.

— Je l'ai assez attendu comme ça ! s'exclama Tess, s'élançant vers la partie interdite au public.

— Hé ! Où allez-vous comme ça ? cria Ann alors que Tess arrivait déjà devant le bureau de Gabe.

Par la porte entrouverte, elle vit qu'il était au téléphone. Et la conversation semblait tendue.

Elle attendit qu'il raccroche pour pousser la porte et faire deux pas dans le bureau.

— Cette juge traîne les pieds depuis trop longtemps, maugréa-t-il en levant le visage vers elle. Tu as vu ton cousin et sa femme au…

Tess claqua la porte au nez d'Ann qui venait d'arriver derrière elle.

— Ne t'avise pas de reprocher à Vic de m'avoir dit ça ! cria-t-elle. Le fautif dans l'histoire, c'est toi !

— De quoi est-ce que tu…

— Je suppose que je ne peux m'en prendre qu'à moi-même ! Il faut vraiment que je sois stupide ou naïve pour avoir cru que tu me traitais comme une adulte. Vic m'a parlé de la liaison entre nos parents. Mon père en colère et soi-disant en déplacement professionnel, mais qui, en réalité, ne faisait que traverser le champ de maïs pour aller distraire ta mère délaissée. C'est ça, hein ? Dis-le, que c'est ça ! Et, bien sûr, tu ne voulais rien dire à la petite Tess, ce pauvre oisillon fragile et incapable d'affronter la dure réalité ! Si je suis prête à revivre ma séquestration, tu ne penses pas que je suis aussi prête à savoir la vérité sur les problèmes de couple de mes parents ?

— Je n'ai fait que respecter la volonté de ta famille, expliqua-t-il après quelques secondes. Puisque ni ta mère ni tes sœurs n'ont cru bon de te mettre au courant, de quel droit l'aurais-je fait ? Et puis tu vis des choses difficiles, en ce moment, et je ne voulais pas en rajouter. J'essaie de te protéger, Tess, et…

— Comment veux-tu que je te fasse confiance, maintenant ? Même si le passé me rattrape souvent, je ne suis pas une enfant, shérif McCord !

— Je t'assure que si tu étais une enfant, je me comporterais différemment avec toi, et sur tous les plans, répliqua-t-il d'une voix plus combative. Crois-moi, mon esprit et mon corps sont conscients l'un et l'autre de ne pas être en présence d'une fillette. Encore une fois, je n'ai pas voulu te révéler quelque chose que ta famille avait préféré te cacher. J'ai aussi estimé que tu avais assez de choses à affronter émotionnellement en ce moment. J'aurais sans doute dû dire à Vic de ne…

— Non, c'est à moi que tu aurais dû dire tout ce que tu savais sur mon père et ta mère ! Tu aurais dû me le dire avant de m'embrasser devant la cascade, et ensuite chez toi ! Avant de me faire croire que j'étais plus qu'un simple témoin pour toi ! Un témoin incapable de se souvenir de quoi que soit… Sauf que, maintenant, des sons et des images me reviennent peu à peu à la mémoire, ajouta-t-elle d'un ton de défi.

— Des images ? Comme quoi, par exemple ?

— Tu vois, il n'y a que ça qui t'intéresse ! Je me souviens d'avoir vu un petit cimetière depuis une fenêtre située en hauteur… Là, tu es content ?

— Dane.

— Oui, sans doute.

— Et il y a autre chose dont je me souviens.

— Ah bon ? Quoi ?

— A quel point j'ai été stupide de penser que je comptais pour toi.

— Tess…, dit-il en se levant pour contourner son bureau. Ce n'est sûrement pas le bon moment pour te dire ça, mais tu dois savoir que je n'ai pas seulement besoin de toi pour mon enquête, mais aussi parce que j'ai des sentiments…

— Non ! cria-t-elle en faisant un bond de côté pour éviter la main qu'il tendait. Mais ne t'inquiète pas : si un élément susceptible d'aider ton enquête me revient à la mémoire, tu en seras aussitôt informé, via Vic ou ton suppléant. Et inutile de te faire du souci pour moi. Je vais m'enfermer à triple tour dès la nuit tombée, en attendant de décider si je reste ou si je fous le camp de cette maudite ville !

Elle lui tourna le dos sur ces mots et ouvrit la porte d'un coup sec, surprenant Ann qui se trouvait juste derrière. Prise en flagrant délit d'espionnage, la jeune femme resta clouée sur place. Tess lui lança un regard noir avant de traverser le couloir sans se presser. Pas question de s'enfuir comme si elle avait quelque chose à se reprocher.

Elle alla même jusqu'à ralentir lorsqu'elle entendit Ann s'adresser à Gabe :

— Jace a appelé pendant que tu étais au téléphone. Il voulait te dire que Dane Thompson est parti en camionnette dans le quartier du lac Azur, mais qu'il a dû cesser de le suivre de crainte d'être repéré. Et le bureau de la juge Wilson est en train de nous envoyer un fax. C'est le mandat de perquisition que tu attendais.

— Merci. Appelle Vic, s'il te plaît, et dis-lui que j'ai besoin de le voir tout de suite.

Tess s'était arrêtée, la main sur la poignée de la porte qui donnait sur le hall d'accueil. A son tour de laisser traîner ses oreilles. Gabe avait sûrement envie de la rattraper. Mais, pour lui, le plus urgent était sans doute de s'occuper du précieux mandat de perquisition qui venait d'arriver. Elle hésita un moment, tentée de rebrousser chemin.

— Dis-lui aussi qu'on va perquisitionner la maison et le cabinet de Dane, ajouta Gabe après une courte pause. Je veux qu'on lui saute sur le poil dès qu'il sortira de sa camionnette et qu'on lui mette le mandat sous le nez. Après quoi, on attaquera directement la fouille. Avec un peu de chance, ça le déstabilisera suffisamment pour lui délier la langue.

Tess se décida à quitter le poste de police. Gabe et elle allaient désormais mener l'enquête chacun de son côté, songea-t-elle en posant le pied sur le trottoir. Il était presque midi et le marché touchait à sa fin, plusieurs marchands remballant déjà leurs produits tandis que la grand-rue se dépeuplait lentement.

Elle regagna sa voiture et s'éloigna du centre-ville, les pensées se bousculant sous son crâne. Dane Thompson n'était pas chez lui, et Marva se trouvait toujours sur son stand. Quant à Gabe, il devait attendre le retour du vétérinaire pour perquisitionner sa maison.

C'était le moment parfait pour aller faire un tour au cimetière des animaux, décida-t-elle. Elle n'avait qu'à s'y rendre à pied, en traversant le champ de maïs. Se faufiler entre les tiges hautes et les petites tombes allait sûrement faire remonter des souvenirs à la surface. A partir de maintenant, elle ne fouillerait plus son passé ni pour Gabe ni pour elle-même, mais pour venir en aide aux petites disparues. Aucun risque n'était trop grand, lorsqu'il s'agissait de sauver des enfants.

Après avoir vidé le contenu de son sac à main sur la table de la cuisine, Tess ramassa ses nouvelles clés et son téléphone portable, puis les rangea dans la poche extérieure du petit sac à dos sur lequel était cousu un écusson SUNSHINE AND SMILES.

Pour la première fois, elle comprit pourquoi elle était si dévouée aux enfants dont elle s'occupait, et pourquoi son travail d'auxiliaire de puériculture comptait tellement à ses yeux. Elle prit conscience que la tendresse qu'elle témoignait à ses petits pensionnaires était aussi une façon de se remettre du traumatisme subi durant sa propre enfance. Elle avait besoin de les protéger, de les réconforter… Et, si elle voulait tant avoir sa propre crèche, c'était pour se donner les moyens de rendre la vie de ces enfants encore plus douce. Encore plus sûre.

Après un rapide tour aux toilettes, elle enfila un anorak noir et noua un foulard autour de sa tête. Alors qu'elle hissait le petit sac à dos sur son épaule, le téléphone se mit à sonner. Elle plongea la main dans la poche extérieure, puis regarda le nom qui s'affichait sur l'écran. *Gabe*. Elle ne décrocha pas. Il n'avait qu'à laisser un message, s'il avait quelque chose d'important à lui dire.

Elle remit le téléphone dans le sac et se dépêcha de quitter la maison. Il fallait qu'elle fasse vite, si elle voulait avoir le temps d'inspecter les lieux avant le retour de Dane et l'arrivée du shérif avec son mandat de perquisition.

Elle traversa le jardin en courant après avoir fermé la porte de derrière avec ses nouvelles clés, puis plongea sans hésiter dans le champ. Fini la peur. Fini de se réfugier dans les bras de Gabe, de solliciter Char pour qu'elle la guide et la réconforte, fini d'attendre que Kate la rappelle. Tandis qu'elle s'enfonçait dans la mer de maïs qui l'avait engloutie vingt ans plus tôt, elle décida de reprendre contact avec son père lorsqu'elle se serait calmée. Mais comment lui pardonner d'avoir rejeté la faute sur sa femme, alors qu'il la trompait avec la mère de Gabe ? De lui avoir reproché de ne pas avoir surveillé sa fille vingt-quatre heures sur vingt-quatre alors que lui-même s'absentait tout le temps, et pas seulement pour son travail ? Comment lui pardonner de les avoir abandonnées pour refaire sa vie ailleurs sans plus jamais donner de nouvelles ?

Combien d'habitants de Cold Creek étaient-ils au courant de cette liaison entre son père et Mme McCord ? Tout se savait, dans les petites villes… Elle se rendit compte que Mlle Etta y avait fait allusion, elle aussi, lorsqu'elle était venue lui rendre visite au volant du bibliobus. « Ton père avait d'autres centres d'intérêt », avait-elle dit, ou quelque chose comme ça. Et il lui semblait, à présent, que la bibliothécaire avait prononcé ces mots d'un ton désapprobateur. Mais, sur le moment, cette phrase lui avait semblé anodine.

Tess s'immobilisa, le souffle court. Seules quelques rangées de tiges la séparaient désormais de la propriété de Dane Thompson. Elle était fière d'avoir traversé ce champ jusqu'ici, mue par la colère et non par la peur. Cerise sur le gâteau, elle se trouvait à l'endroit où elle avait prévu d'émerger : derrière le cimetière pour animaux d'où on apercevait la façade est de la grande maison du vétérinaire. Ses yeux se posèrent sur la fenêtre ronde qui devait être celle du grenier. Avait-elle passé les huit mois de sa séquestration derrière cette vitre ? Avait-elle passé de longues heures à regarder le cimetière — bien plus modeste à l'époque — de là-haut ? Elle s'aperçut alors qu'on pouvait également apercevoir sa propre maison depuis cette espèce de hublot. Une telle vue aurait forcément été réconfortante, dans sa situation. Alors pourquoi n'en avait-elle aucun souvenir ?

Il allait falloir qu'elle s'approche davantage de la maison du Dr Thompson, pour voir si d'autres images du passé se réveillaient. Quittant la masse dense et ondulante des tiges de maïs, Tess alla déambuler entre les tombes d'animaux. Au lieu d'être toutes petites comme elle l'avait imaginé, la plupart étaient presque aussi grandes que les tombes destinées aux humains. Les pierres tombales dont elle pensait se souvenir étaient étroites et aux bords arrondis, alors que celles-ci formaient de gros rectangles parfaitement découpés. Des photos de chiens, surtout, mais parfois aussi de chats ou d'animaux moins communs, étaient incrustées dans le marbre poli. Tess vit également les codes QR dont Marva lui avait parlé. Sur l'écran d'un Smartphone, on pouvait faire défiler des photos ou un film de l'animal enterré. Si seulement il existait un moyen aussi simple d'accéder aux images de son passé ! songea-t-elle en poursuivant son chemin dans l'allée bordée de tombes.

Bon nombre d'épitaphes étaient tristes, mais elle en lut aussi d'amusantes, certaines parvenant même à être les deux à la fois. Elle n'en revenait pas que des gens puissent dépenser autant d'argent pour honorer la mémoire de leurs animaux de compagnie, alors que le monde était plein d'êtres humains — et parmi eux beaucoup d'enfants — démunis de tout.

Elle prit le temps de balayer les alentours du regard avant de quitter le cimetière. Personne sur la propriété du vétérinaire, et pas de véhicule sur la route. Elle inspira un bon coup et s'élança vers la grande maison, traversant l'allée qui menait à l'entrée principale avant d'aller se positionner entre deux fenêtres, le dos plaqué sur la façade qui donnait sur le cimetière.

Vic avait raison, bien entendu, songea-t-elle en observant les tombes de ce nouveau point de vue. Le cimetière qu'elle avait sous les yeux n'avait rien à voir avec celui qui existait à l'époque où elle avait été enlevée. Il était forcément de taille plus modeste, autrefois, sans compter la forme des tombes qui avait dû changer en vingt ans. Justement, elle pouvait en distinguer quelques-unes toutes simples, en pierre et non en marbre, parmi les plus proches de la maison. Sans doute celles-ci existaient-elles déjà du temps où elle vivait à Cold Creek. Pourtant, la vue de ces tombes anciennes et dépourvues de gadgets électroniques ne provoqua aucune réaction en elle : ni sensation d'angoisse ni nouvelles images surgies du passé.

Elle décida d'aller lire les dates inscrites sur les vieilles pierres pour s'assurer qu'elles étaient là depuis au moins vingt ans. Alors qu'elle les atteignait, le bruit d'un véhicule qui approchait fit bondir son cœur. L'instant d'après, la camionnette de Dane Thompson tournait dans l'allée et roulait jusqu'à l'entrée du cabinet vétérinaire.

Tess plongea derrière une stèle et se fit aussi petite que possible en attendant que son voisin disparaisse dans le bâtiment. Elle le vit sortir de la camionnette, sacoche en cuir à la main — sans doute son matériel de vétérinaire — et téléphone plaqué sur l'oreille. Il était trop loin pour qu'elle puisse saisir ce qu'il disait, mais elle perçut un morceau de phrase où il était question d'un rendez-vous. Au lieu d'entrer dans le cabinet comme elle s'y attendait, elle fut horrifiée de le voir se diriger dans sa direction, puis emprunter une allée toute proche de celle où elle s'était cachée.

Elle rampa derrière une autre stèle plus grande contre laquelle elle s'adossa, les genoux remontés sur la poitrine. Seules deux rangées de tombes la séparaient du Dr Thompson. Elle n'osait même plus respirer de crainte de se faire repérer, mais il dépassa bientôt l'endroit d'où il aurait pu la voir s'il avait tourné la tête. Elle le regarda s'éloigner, téléphone toujours à l'oreille, même s'il restait désormais silencieux. Tess se surprit à regretter que Gabe ne soit pas avec elle, ce qui la rendit furieuse contre elle-même. Il avait pourtant dit qu'il attendrait le vétérinaire à son retour et qu'il entamerait aussitôt la perquisition. Où était-il donc ? D'un autre côté, elle n'avait aucune envie que le shérif la surprenne ici, en train de jouer les Mata Hari d'opérette derrière la tombe d'un teckel à poil dur. Elle se demanda alors si le Dr Thompson se dirigeait vers le champ de maïs. Un rendez-vous secret à l'abri des hautes tiges ? Et si sa sacoche contenait quelque chose qu'il comptait aller placer dans le jardin de sa voisine, après avoir coupé à travers champs ? Non… il ne ferait sûrement pas une chose pareille en plein jour.

Le vétérinaire avait disparu de son champ de vision, et elle se mit à craindre qu'il ne rebrousse chemin et ne la surprenne ici. Elle hésita. Courir vers le maïs et essayer de rentrer chez elle ? Elle se ferait sûrement repérer avant d'avoir atteint les premières tiges.

Bien sûr, le mieux aurait été d'appeler Gabe pour lui dire que son suspect était revenu au bercail. Sauf qu'elle ne faisait plus équipe avec lui.

Portée par la brise, la voix de Dane Thompson lui parvint de nouveau. Il paraissait contrarié, mais il était trop loin pour qu'elle puisse saisir ce qu'il disait, du moins jusqu'à ce qu'elle l'entende crier :

— Non !

Une exclamation aussitôt suivie d'une détonation qui fit sursauter Tess, avec une telle violence qu'elle se cogna la tête contre la stèle où elle s'était adossée.

Finalement, la peur était parfois meilleure conseillère que la colère. Elle commençait à regretter sérieusement d'être venue seule dans ce cimetière. Elle n'avait plus qu'une idée en tête : filer d'ici le plus vite possible, et laisser Gabe et Vic prendre le relais. Dane avait dû raccrocher, parce qu'il ne disait plus un mot. Voilà qui n'aidait pas à se faire une idée de l'endroit où il se trouvait. Après une longue hésitation, Tess décida que le moment de déguerpir était venu.

Elle se releva lentement, prenant le temps d'observer les alentours, puis hissa le petit sac à dos sur son épaule. Courbée en deux afin que sa tête ne dépasse pas au-dessus des stèles, elle se mit en marche vers le champ. Elle s'arrêtait chaque fois que les petites allées formaient une intersection, jetant des regards à droite et à gauche pour s'assurer que le propriétaire des lieux ne l'avait pas repérée.

Elle venait d'atteindre la dernière rangée de tombes avant le champ de maïs lorsqu'une forme, sur sa gauche, attira son attention. C'était… Mais oui, c'était un corps qui gisait au sol. Les vêtements de la victime la renseignèrent aussitôt sur son identité. Qu'était-il arrivé au Dr Thompson ? Elle promena le regard autour d'elle, le cœur battant. Personne en vue. Et si c'était une ruse pour l'attirer à lui ?

Malgré sa peur, elle fit quelques pas prudents vers le corps inanimé. Le marbre gris de la pierre tombale contre laquelle il était affalé était taché de sang. Il avait dû trébucher et s'y cogner la tête.

— Docteur Thompson ? Docteur Thompson, est-ce que vous m'entendez ?

Pas de réponse. Elle fit encore quelques pas, prête à prendre ses jambes à son cou s'il esquissait le moindre geste.

Le coin de la pierre tombale était bien couvert de sang, mais elle voyait à présent qu'il y avait des projections rouges sur toute la surface de la tombe, et même sur l'herbe qui l'entourait !

Horrifiée, elle s'approcha encore. Dane Thompson serrait une arme à feu — une sorte de pistolet, pour autant qu'elle pouvait en juger — dans sa main droite. Elle ne vit pas son téléphone, mais une note manuscrite maculée de sang frémissait sur l'herbe vert tendre. Contournant la tombe, elle vit aussi du sang sur le cou et les épaules du vétérinaire.

Et qu'il lui manquait une partie de la tête.

21

Les mains de Tess tremblaient tellement qu'elle dut s'y reprendre à trois fois avant de réussir à composer le numéro de Gabe. Dieu merci, il répondit aussitôt.

— Tess ? J'ai essayé de te joindre tout à l'heure, mais tu n'as pas décroché. Je suis avec Vic, et on est en route pour la perquisition. Et toi, où es-tu ?

— Chez Dane Thompson, justement, parvint-elle à articuler. Je voulais observer son cimetière d'un autre point de vue, pour vérifier si ça correspondait à mon souvenir, tu sais, et… Ecoute, je crois qu'il s'est suicidé ! Il est étendu au milieu des tombes, tout près du champ de maïs, la tête à demi arrachée ! C'est horrible, Gabe ! Il y a du sang partout… Partout !

— Reste où tu es. On sera là dans deux minutes.

Alors que les larmes se mettaient à couler sur ses joues, elle entendit la sirène de police dans le lointain. En dépit de sa volonté d'indépendance vis-à-vis de Gabe et de l'horreur que lui inspirait ce cadavre défiguré, elle fit ce qu'il lui avait demandé. Le Dr Thompson l'avait toujours inquiétée et elle n'avait jamais éprouvé de sympathie pour lui, mais Dieu sait qu'elle n'avait jamais souhaité sa mort.

Enfin la sirène se rapprocha, hurlant le long du cimetière, avant de s'arrêter brutalement quelques secondes plus tard. Deux claquements de portières résonnèrent dans le silence, lui rappelant la détonation qui avait suivi le cri du vétérinaire. Pourquoi n'avait-elle pas compris qu'il s'agissait d'un coup de feu ?

— Tess ! Tess !

La voix de Gabe était encore un peu lointaine.

— Je suis là ! répondit-elle en agitant les bras.

Les deux hommes passèrent devant elle en courant pour aller se pencher sur la victime. Vic examina la blessure, mais ni lui ni Gabe ne toucha le cadavre.

— Une balle dans le front, dit Vic. Regardez-moi un peu cette pétoire… Il avait une collection d'armes anciennes, ou quoi ?

— Aucune idée, répondit Gabe. Mais la perquisition devrait nous renseigner. Il a dû croire qu'on venait l'arrêter, cette fois-ci. Mais qui a pu le prévenir qu'on se pointait avec un mandat ?

— Restez ici, je vais voir s'il y a quelqu'un chez lui, dit Vic avant de s'éloigner en courant vers la maison.

Tess le vit enfoncer la porte avec une déconcertante facilité, puis disparaître à l'intérieur. Cinq bonnes minutes plus tard, il était de retour dans le cimetière.

— Personne à l'intérieur, du moins en apparence. On va devoir passer la baraque et le cabinet au peigne fin, pour voir s'il n'a pas aménagé une pièce secrète où se trouveraient les gamines.

Gabe acquiesça d'un signe de tête.

— J'ai appelé du renfort, dit-il. Voyez si vous parvenez à lire cette note sans la toucher pendant que j'ai un petit tête-à-tête avec Tess.

— Oui, dit Vic en se tournant vers elle. Je crois que Mlle Lockwood a quelques explications à nous donner.

Gabe s'approcha d'elle et passa le bras autour de sa taille pour l'entraîner à distance de l'effroyable vision. Elle crut d'abord que ses jambes tétanisées par le choc refuseraient de bouger. Mais elle se mit en mouvement comme malgré elle, et ils allèrent s'asseoir quelques rangées plus loin, sur le bord d'une grosse pierre tombale.

— Alors, il s'est vraiment suicidé ? demanda-t-elle d'une voix tremblante.

— Oui, à en croire l'arme qu'il serre dans sa main,

répondit Vic qui les avait suivis. Mais, quand on fait notre métier, on apprend à ne jamais se fier aux apparences. C'est à vérifier, en tout cas. D'autant que l'endroit où il semble avoir placé le canon du vieux flingue est plutôt étrange, pour un suicide.

Tess jeta un bref regard à l'enquêteur du BCI. Gabe ne lui avait-il pas demandé de lire la note ensanglantée pendant qu'il parlerait en tête à tête avec elle ? A croire qu'il ne connaissait pas la signification de l'expression « tête à tête ».

— Ça va ? lui demanda Gabe d'une voix douce.

Il était assis tout près d'elle.

— Il faut que tu préviennes Marva, dit Tess au lieu de répondre.

— Je sais, mais je ne veux pas qu'elle voie son frère dans cet état. Et puis ce n'est pas le genre de nouvelle qu'on annonce par téléphone.

Il posa la main sur le bras de Tess.

— Tu dois me dire tout ce qui s'est passé, d'accord ? Est-ce que Dane t'a vue te balader dans son cimetière et t'a demandé des explications ?

— Non, bien sûr que non ! lança-t-elle tandis qu'il sortait un petit calepin et un stylo de son blouson en cuir. Je suis allée regarder le cimetière depuis sa maison pour voir si ça correspondait à l'image qui m'est revenue à la mémoire, mais je n'ai eu aucun déclic. Ensuite, j'ai entendu la camionnette qui arrivait et je suis partie me cacher dans le cimetière, derrière une stèle. Le Dr Thompson parlait au téléphone quand il est sorti de son véhicule, et il tenait une sacoche à la main. Tu sais, le genre de vieille sacoche en cuir qu'avaient les médecins, autrefois…

— Une sacoche en cuir, vraiment ? Je n'ai pas vu la moindre sacoche, moi.

— Ah bon ? dit-elle en se dévissant le cou pour regarder derrière lui, en direction du cadavre. Il l'a peut-être posée quelque part. En tout cas, je suis sûre de moi. Il tenait une sacoche en cuir quand il est descendu de sa camionnette.

J'ai cru que c'était pour son matériel médical, mais c'était peut-être pour autre chose… Une sorte d'étui pour son arme, par exemple.

— Et vous avez entendu ce qu'il disait au téléphone ? intervint Vic qui avait sorti un calepin, lui aussi.

— Non… Mais il semblait contrarié. Et à un moment je crois qu'il a parlé d'un rendez-vous.

— Il devait rencontrer quelqu'un tout de suite ou plus tard ?

— Je n'en sais rien. Par contre, il a crié « Non ! » juste avant la détonation. Sur le moment, je n'ai pas compris que c'était un coup de feu.

Gabe et Vic échangèrent un regard. Tous les deux noircissaient furieusement leurs calepins, et Tess sentit son ventre se nouer. Ils n'allaient quand même pas imaginer qu'elle était impliquée dans la mort du Dr Thompson ? Qu'elle avait fini par se convaincre que son ancien voisin était le kidnappeur et qu'elle était venue ici pour se venger ?

Elle aurait aimé prendre la main de Gabe, mais elle n'osait pas. Vic ferma son calepin et retourna auprès du cadavre.

— Reste calme, d'accord ? dit Gabe. On va devoir faire des prélèvements sur tes mains. C'est la procédure, rien de plus. Et sinon tu te souviens d'autre chose ?

Elle secoua la tête en s'efforçant de contenir ses larmes.

— Non. Après le coup de feu, quand le silence s'est fait, j'ai décidé de me faufiler dans le champ pour rentrer à la maison. C'est à ce moment-là, en voulant m'assurer que le Dr Thompson ne m'avait pas vue, que j'ai remarqué le corps qui gisait contre la tombe. Je me suis rapprochée et j'ai vu… tout ce sang… et sa tête à moitié…

Elle ne put terminer sa phrase, soudain submergée par l'horreur de cette vision.

— Prends ton temps, Tess.

Elle resta prostrée pendant de longues secondes, le front sur les genoux, avant de relever le visage vers Gabe.

— Pour mes mains, tu sais, c'est inutile de faire des

prélèvements. Il ne peut pas y avoir de sang dessus, parce que je n'ai pas touché le corps.

— C'est pour les résidus de poudre, pas pour les traces de sang.

Ces mots lui firent l'effet d'un coup de poing dans le ventre. « La procédure, rien de plus. » Mais l'idée que ces hommes — Gabe, surtout — puissent la soupçonner d'avoir tué quelqu'un lui était insupportable.

Vic revint à ce moment-là, brisant le silence pesant qui s'était installé.

— J'ai réussi à lire la note.

— Alors ? demanda Gabe en levant des yeux interrogateurs vers son collègue.

Vic lui tendit son calepin, et Gabe lut à haute voix :

— « C'est un peu tard et j'en suis désolé. Je ne demande pas l'oubli, mais j'espère le pardon. »

— On voit que le papier a été découpé aux ciseaux en bas de la note, comme si quelqu'un avait supprimé une partie du message, expliqua Vic en récupérant son calepin. A qui peuvent bien s'adresser ces mots ? A une personne avec qui il avait rendez-vous ici, peut-être ?

Le sous-entendu était clair, et elle sentit Gabe se raidir. Mais elle n'avait pas besoin de lui pour se défendre.

— Pas avec moi, en tout cas ! lança-t-elle en se levant d'un bond pour regarder Vic droit dans les yeux. J'en voulais à Gabe de m'avoir caché la liaison entre mon père et sa mère, et j'ai décidé de venir ici sans lui pour voir si le cimetière me rappelait ma séquestration, et non pour demander des explications au Dr Thompson. J'avais entendu Gabe dire qu'il n'était pas chez lui, et j'avais vu que Marva tenait un stand au marché. Je me suis dit que c'était le bon moment pour faire un tour ici et tenter de réveiller des souvenirs. Fin de l'histoire.

— Fin de l'histoire, hein ? répéta Vic avec une moue sceptique. Vous savez, Tess, s'il vous a surprise ici, qu'il vous a menacée de son pistolet et que le coup est parti après que vous avez tenté de le désarmer, ce serait considéré comme un accident, voire de la légitime défense.

— Bon sang, Vic ! s'emporta Gabe qui s'était relevé, lui aussi. N'essayez pas de mettre des mots dans sa bouche !

— D'accord, répondit Vic avec calme. Mais il faut bien que quelqu'un regarde cette affaire avec la distance nécessaire, ce qui ne peut pas être votre cas, Gabe. Non seulement vous étiez avec Tess le jour où elle s'est fait enlever, mais les rapports que vous entretenez aujourd'hui avec elle sont tout sauf impersonnels.

Tess ouvrit de grands yeux. Ça se voyait donc tant que ça ? songea-t-elle, tandis que la main protectrice de Gabe venait se poser sur son épaule.

— Mike va avoir beaucoup de boulot ici, dit-il. Et, s'il m'explique que les mains de Tess n'ont rien de suspect, je considérerai qu'on a sa déposition et qu'elle peut rentrer chez elle.

— Oui, oui, on la laissera tranquille… pour le moment, acquiesça Vic d'un ton bourru. « Pris de remords, le kidnappeur de Cold Creek se donne la mort », ajouta-t-il en traçant une ligne invisible dans l'air. Je reconnais que ça ferait une bonne accroche pour les journaux. Sauf que certaines observations me font penser que ce n'est pas le Dr Thompson qui a appuyé sur la détente. L'endroit où il a placé le canon de son arme, l'angle de tir, la disparition de cette sacoche…

— Le fait qu'il ait hurlé « Non ! » avant de mourir, intervint Tess en croisant les bras. Je ne pense pas que ce cri s'adressait à lui-même. Ecoutez, tous les deux, vous pouvez écrire sur vos calepins que si cet homme a été assassiné, ce n'est pas par moi, d'accord ?

Vic sembla se détendre un peu, allant même jusqu'à troquer son regard soupçonneux contre un semblant de sourire.

— Avant d'être interrompu, j'allais mentionner que son portable semble avoir également disparu, dit-il. A moins qu'il ne soit dans une de ses poches ou coincé sous son corps. Tess, vous permettez qu'on jette un œil dans votre sac à dos ?

— Je vous en prie, dit-elle en secouant l'épaule pour faire glisser le sac le long de son bras.

Vic le fouilla consciencieusement, mais ne le rendit pas à Tess.

— Il a peut-être appelé sa sœur pour lui dire adieu, suggéra Gabe. Elle l'a supplié de ne pas appuyer sur la détente, et il a répondu d'un cri — Non ! — avant de se faire sauter le caisson. Cela dit, je suis d'accord avec vous en ce qui concerne l'emplacement du canon, Vic. En général, les hommes qui choisissent de se donner la mort de cette façon-là se l'enfoncent dans la bouche. Et, quand ce n'est pas le cas, ils le placent contre la tempe ou sous le menton, mais certainement pas sur le front, avec un angle bizarre, de surcroît. J'ai vu pas mal de suicidés, en Irak, ajouta-t-il en murmurant presque.

Même si elle se sentait toujours en colère, Tess ne put réprimer un élan de tendresse pour Gabe.

— Si son téléphone et sa sacoche ont disparu, peut-être avait-il rendez-vous à la limite du champ de maïs, fit-elle remarquer. Après avoir tué le Dr Thompson, l'assassin s'est emparé de son téléphone et de sa sacoche avant de fuir à travers champ.

— On va fouiller ce foutu champ, dit Gabe, ainsi que le cimetière, bien sûr. Bon, ajouta-t-il en se tournant vers Vic, qui a un mobile suffisamment fort pour pointer le canon de son arme sur le front d'un homme, le regarder droit dans les yeux et lui pulvériser le crâne à bout portant ? Pas Tess Lockwood, si vous voulez mon avis.

— Tess était là, dit Vic. Et si elle s'est brusquement souvenue que le vétérinaire était son kidnappeur, elle avait une bonne raison de vouloir lui faire la peau.

— Ce n'est pas moi qui ai tué Dane Thompson ! hurla-t-elle. Sur quel ton faut-il vous le dire, Vic ? Même si je m'étais souvenue qu'il m'avait séquestrée, ce qui n'est pas le cas, je ne l'aurais pas tué ! D'autant qu'il y a sûrement d'autres filles enfermées quelque part, et qu'un kidnappeur mort ne pourra pas nous dire où les trouver.

— Mike relèvera peut-être des empreintes sur le pistolet, dit Gabe. Mais, si c'est le kidnappeur qui a tué Dane, il ne faut pas se faire d'illusions. Pour le moment, il n'a pas laissé une seule empreinte.

Il se tourna vers la maison.

— On va perquisitionner son domicile et son cabinet dès qu'on pourra passer le relais ici. Il faudra aussi demander à sa sœur si c'est à elle qu'il téléphonait et si elle a déjà vu ce vieux pistolet.

— Les gars de la scientifique ne devraient pas tarder à arriver, dit Vic. Et on vous laissera partir une fois que Mike aura vérifié vos mains, ajouta-t-il en s'adressant à Tess. Même si je ne pense pas que vous ayez envie de fuir, je vais vous demander de me donner votre parole que vous ne quitterez pas la ville. On a du pain sur la planche, Gabe et moi, et je ne veux pas me disputer avec lui. Il souhaite vous laisser partir, alors on vous laisse partir. Mais vous devez rester à la disposition des autorités pour le moment. On est bien d'accord ?

Tess s'approcha de lui et le regarda dans le blanc des yeux.

— Même si je vis dans la peur depuis que je suis revenue ici, je n'ai aucune intention de quitter Cold Creek. Je veux savoir ce qui m'est arrivé il y a vingt ans, et qui en est responsable. Mais, le plus important pour moi, c'est de vous aider à retrouver ces fillettes disparues.

— J'admire votre courage, Tess, répondit Vic, et il ne faut pas m'en vouloir si j'envisage des scénarios qui vous choquent. Si je n'exclus aucune possibilité, c'est parce que je tiens absolument à retrouver ces gamines, moi aussi, et que je veux me donner toutes les chances d'y parvenir.

Il se tourna vers Gabe.

— Une fois que Mike en aura terminé avec l'arme du crime — ou du suicide —, je vais la prendre avec moi pour essayer d'en savoir plus sur son histoire : date de fabrication, modèle, propriétaires, etc.

Malgré le cadavre sanglant de Dane Thompson affalé à quelques mètres d'elle et la façon dont Vic l'avait malmenée, Tess fut stupéfaite de se sentir forte. Plus forte qu'elle ne l'avait été depuis très longtemps.

Vic lança le menton en direction de la maison.

— Deux véhicules viennent d'arriver. Le labo mobile de Mike et la voiture de patrouille de votre suppléant. Attendez… Il y en a un troisième. Une voiture gris clair qui vient de se garer juste derrière Jace.

— C'est sans doute Marva, dit Gabe. Vic, vous voulez bien aller briefer Mike ? Et demandez-lui de commencer par l'examen des mains de Tess. Moi, je vais aller parler à Marva ; lui annoncer la mort de son frère et lui dire qu'elle ne doit pas entrer chez elle à cause de la perquisition. De toute façon, je préfère qu'elle quitte la propriété jusqu'à ce qu'on évacue Dane. Il vaut mieux qu'elle ne le voie pas aussi amoché.

— Gabe, lança Tess alors qu'il commençait à s'éloigner, je pourrais peut-être t'aider à annoncer la nouvelle à Marva. Elle s'est montrée très amicale avec moi, depuis mon retour.

— Voyons déjà dans quel état elle se trouve. Quand on tombe sur deux voitures de patrouille et une camionnette du BCI garées devant chez soi, on a tendance à se poser des questions, ajouta-t-il avant de se diriger vers la grande maison.

Vic lui emboîta le pas pour aller mettre Jace et Mike au courant. Appuyée contre une stèle, Tess regarda ce dernier venir à sa rencontre, chargé comme un mulet. Vérifier qu'il n'y avait pas de résidus de tir sur ses mains était la procédure normale en pareil cas, lui confirma-t-il en se débarrassant de son matériel avec un soupir de soulagement. Il lui expliqua également qu'on ne pouvait faire feu sans être dénoncé par des résidus de poudre, d'amorce ou de fumée qui venaient se déposer sur une main non gantée, voire sur les vêtements et les cheveux. Après ce court abrégé, il lui appliqua une sorte de large étiquette adhésive — Mike appelait ça « un transfert » — sur la paume et le dos de chaque main.

— Je regarderai plus tard ce que ça donne avec mon microscope électronique à balayage, dit-il après avoir retiré les étiquettes adhésives. Il faut d'abord que je m'occupe du corps.

Un cri déchira l'air frais de cette journée d'octobre :

— Non ! Non ! Jamais Dane n'aurait fait ça !

Tess longea une rangée de tombes pour se rapprocher de l'allée pavée où Marva s'était garée. Gabe lui parlait, les mains plaquées sur ses épaules tremblantes.

— S'il est mort, c'est que quelqu'un l'a tué ! cria encore Marva.

Gabe continua à lui poser des questions, d'un ton calme et grave qui contrastait avec les cris stridents de la malheureuse :

— Mais puisque je vous dis qu'il n'aurait jamais fait une chose pareille ! Mon frère aimait la vie !... Oui, on a acheté quelques pistolets de collection... Quoi ?... La plupart datent de la guerre de Sécession, et certains sont un peu plus anciens... Non, non, je ne lui ai pas parlé au téléphone de la matinée. On a pris notre petit déjeuner ensemble, et il semblait de bonne humeur...

Alors qu'elle regardait par-dessus l'épaule de Gabe, les yeux de Marva rencontrèrent ceux de Tess, qui s'avança alors vers elle, des mots de réconfort se pressant déjà dans sa bouche. Mais Marva la désigna du doigt en hurlant d'une voix qui frôlait l'hystérie :

— Qu'est-ce qu'elle fait ici, celle-là ? Dane n'a rien à voir avec son enlèvement ! Sa seule faute a été de vivre de l'autre côté de ce champ de maïs ! C'est à cause d'elle que mon frère a été persécuté ! A cause d'elle !

Tess se figea comme si elle venait de recevoir un seau d'eau glacée sur la tête. Gabe tenta de raisonner Marva d'une voix toujours aussi calme, mais ses mots furent bientôt couverts par de nouveaux hurlements :

— C'est ce qu'elle vous a raconté, mais moi, je n'en crois

pas un traître mot ! La vérité, c'est qu'elle s'est introduite chez nous pour espionner Dane ! Pour chercher de nouvelles raisons de l'accuser ! Pourquoi a-t-il fallu qu'elle revienne à Cold Creek, hein ? Pourquoi ? C'est sa faute, si vous avez recommencé à harceler mon frère ! Sa faute, si vous allez perquisitionner notre maison ! Oui, je suis sûre qu'elle s'est introduite chez nous avec de mauvaises intentions ! Qui sait si ce n'est pas elle qui a tué mon frère ?

L'après-midi touchait à sa fin. Aussi épuisés et mécontents l'un que l'autre de la tournure que prenait cette enquête, Gabe et Vic ruminaient leurs pensées en silence dans la voiture de patrouille. La perquisition avait beau être terminée et le coroner du comté reparti, ils attendaient toujours que le corps de Dane soit emmené à la morgue. Malgré un ratissage du champ par une armée de volontaires, sa sacoche en cuir et son téléphone n'avaient toujours pas été retrouvés.

Mike avait participé à la fouille de la maison et du cabinet vétérinaire, ainsi que Jace après avoir ramené Tess chez elle. Gabe avait été tenté de la faire conduire au poste de police où elle aurait été plus en sécurité, mais il n'avait pas voulu la laisser en tête à tête avec Ann. Elle avait déjà suffisamment été affectée par les mots terribles que Marva lui avait jetés à la figure. Et même si elle ne lui en avait pas tenu rigueur, consciente que la sœur de Dane n'était pas dans son état normal, elle n'avait nul besoin d'un nouveau face-à-face tendu.

Marva avait trouvé refuge auprès d'une amie, chez qui le Dr Nelson s'était rendu pour lui administrer un calmant. Peut-être un produit similaire à ceux qu'on avait découverts dans le grenier de Dane, songea Gabe. Certes, ils n'avaient pas trouvé d'indices indiquant que Sandy Kenton ou une autre fillette avait séjourné dans ce grenier, mais ils avaient tout de même mis la main sur un important stock de médicaments, dont certains destinés aux humains. Des anesthésiques et des hallucinogènes, par exemple, tous soigneusement étiquetés. Même avec l'aide des techniciens du BCI, Mike ne pourrait pas leur dire avant plusieurs jours si l'un de ces produits contenait la substance active retrouvée dans l'organisme de Tess après l'ingestion du vin blanc trafiqué. La perquisition leur avait également permis de dénicher la petite collection d'armes anciennes évoquée par Marva. Comme celle qui se trouvait dans la main de Dane, elles étaient toutes de fabrication américaine et semblaient dater de la guerre de Sécession. Pourtant, Marva avait affirmé ne pas reconnaître le pistolet qui avait tué son frère.

Gabe lança un nouveau coup d'œil dans le rétroviseur extérieur. Il l'avait positionné de manière à voir la housse mortuaire qui attendait d'être évacuée du cimetière avant d'être transportée en ambulance jusqu'à la morgue de Columbus. La pluie s'était mise à tomber, comme si la mort violente de Dane Thompson au milieu d'un cimetière pour animaux n'était pas assez sinistre. D'ordinaire, Gabe aimait bien la pluie, sans doute parce qu'elle lui avait tant manqué lorsqu'il combattait en Irak. Mais aujourd'hui elle ne faisait que l'accabler davantage. Il trouva un peu de réconfort à l'idée que Dane devait avoir un autre regard sur ces lieux, lui qui avait aménagé ce cimetière et qui, selon Marva, avait même exprimé le souhait d'y être inhumé. Mourir dans le cimetière qu'on avait choisi pour dernière demeure, voilà qui ne manquait pas d'ironie macabre. Et qui accréditait la thèse du suicide.

Sauf que la disparition du téléphone et de la sacoche en cuir accréditait la thèse du meurtre. Tout comme l'endroit où la balle fatale avait pénétré dans le crâne de Dane et ce « Non ! » qu'il avait lancé avant la détonation. Tout cela ressemblait fort à un meurtre, et allait encore compliquer son enquête sur les fillettes disparues.

— Ça y est, ils évacuent enfin le corps, dit-il lorsqu'il vit du mouvement dans le rétroviseur.

Gabe et Vic sortirent de la voiture de patrouille alors

que le chariot brancard disparaissait dans l'ambulance. Ses portes claquèrent bientôt, et les deux hommes la regardèrent s'éloigner vers la route, emportant avec elle la vie d'un homme.

Ils attendirent que l'ambulance disparaisse de leur vue pour remonter à bord de la voiture de patrouille et quitter à leur tour la propriété du défunt.

— Même si la mort de Dane met un terme aux enlèvements, on n'a retrouvé aucune des gamines, dit Gabe.

— En effet..., approuva Vic, d'une voix lasse et découragée qui exprimait très exactement ce que ressentait Gabe. Quelle est votre intime conviction, Gabe ? C'était lui, le kidnappeur de Cold Creek ? Lui et un — ou une — complice, peut-être ?

— Comme sa sœur, vous voulez dire ?

— Pourquoi pas ?

— Vous connaissez le vieil adage, Vic : « Deux personnes peuvent garder un secret si l'une d'entre elles est morte. » Autrement dit, s'ils étaient de mèche, la mort de Dane ne va pas nous faciliter la tâche. Mais, en vingt ans, l'un des deux aurait forcément commis une gaffe, vous ne croyez pas ? C'est vrai que Marva regrettait de ne jamais avoir eu d'enfant, à ce que j'ai entendu dire. Mais ça ne prouve rien.

— Non, ça ne prouve rien, admit Vic. Au fait, Gabe, désolé d'avoir parlé à Tess de la liaison entre son père et votre mère. Je pensais qu'elle était au courant.

— Elle aurait dû l'être. D'ailleurs, j'aurais dû le lui dire moi-même, quand j'ai compris que sa famille ne l'avait pas fait. Mais j'éprouve toujours ce besoin de la protéger. Parfois trop, sans doute.

Il secoua doucement la tête.

— C'est plus fort que moi, vous savez. Peut-être parce que je m'en veux encore de ne pas avoir su la protéger le jour où elle s'est fait enlever.

— Ou peut-être parce que vous en pincez pour elle, shérif.

— Quels que soient mes sentiments pour Tess, n'allez pas croire que ça affecte ma lucidité, Vic. Je sais qu'elle nous a dit la vérité. Elle était furieuse contre moi, et elle est partie chez Dane sous le coup de la colère, parce qu'elle avait envie de faire progresser l'enquête de son côté. Elle voulait prouver qu'elle n'avait pas besoin de moi pour se rendre utile, et elle s'est simplement trouvée au mauvais endroit au mauvais moment. Pour elle, du moins, parce qu'admettez que son témoignage nous est précieux. Si elle n'était pas allée visiter ce cimetière, on n'aurait jamais su que Dane avait sans doute rendez-vous avec quelqu'un, qu'il était contrarié, qu'il a crié « Non ! » avant de mourir, et qu'il avait un téléphone et une sacoche qui ont mystérieusement disparu.

— Au mauvais endroit au mauvais moment, hein ? dit Vic avec un petit sourire entendu. Depuis quand croyez-vous aux coïncidences dans une enquête criminelle, Gabe ? Bien sûr que vos sentiments pour Tess affectent votre lucidité. Je…

— J'ai des liens affectifs avec *toutes* les disparues, l'interrompit sèchement Gabe, même avec celles à qui je n'ai jamais adressé la parole. Vous savez, quand j'allais désamorcer une bombe, on me couvrait d'une armure dernier cri : près de quarante kilos de Kevlar sur le corps et un casque muni d'une épaisse visière balistique sur la tête. Mais je me sens à poil dans cette enquête, vous comprenez ? Vulnérable, et inquiet que la bombe m'explose à la figure. Inquiet qu'une autre fillette disparaisse ou qu'on retrouve un petit corps sans vie. Quant à Tess… C'est vrai que j'éprouve des sentiments pour la femme et une immense tendresse pour la petite fille effrayée et traumatisée qui sommeille en elle. Il faut que je regagne ses bonnes grâces, Vic. Au-delà de la question personnelle, je suis persuadé que ma collaboration avec Tess peut se révéler bénéfique pour l'enquête.

— Ecoutez, shérif, dit Vic en lui agrippant l'épaule. La nuit ne va pas tarder à tomber. Conduisez-moi au poste et allez vous reposer, d'accord ? Moi, je vais revenir ici avec ma voiture pour donner un coup de main à Mike et chercher d'autres indices, pendant que vous allez mettre quelque chose dans votre ventre et pioncer un peu. Il y a un moment où travailler trop devient contre-productif, vous me suivez ? Si vous continuez comme ça, vous allez perdre le peu de lucidité qui vous reste, et cette enquête va vous échapper complètement.

— Oui, vous n'avez pas tort, Vic. Pour le repos et pour Tess. Promis, je vais garder la tête sur les épaules malgré ce que j'éprouve pour elle.

Gabe avait parlé sincèrement. Bien qu'un peu bourrue, la sollicitude de Vic le touchait. Alors pourquoi sentait-il qu'il ne parviendrait pas à tenir la promesse qu'il venait de lui faire ?

22

Une fois que Jace Miller l'eut ramenée chez elle, Tess refusa de clore cette journée en se réfugiant sous ses draps. D'une certaine façon, c'était ce qu'elle faisait depuis des années : s'écrouler ou se cacher, parfois les deux en même temps. D'accord, elle digérait mal les cachotteries de Gabe, l'interrogatoire de Vic et la violence des propos de Marva. Et alors ? Ce n'était rien par rapport à ce que Sandy Kenton était sûrement en train de vivre. Rien par rapport à ce que Jill Stillwell avait vécu ou vivait toujours, des années après. Rien par rapport à ce que vivait Amanda Bell qui, dans l'hypothèse la plus optimiste, était séparée de sa mère. Rien par rapport à sa propre séquestration qui avait dû être un véritable calvaire, pour que son cerveau préfère le remiser aux oubliettes.

Si Dane Thompson avait été le kidnappeur de Cold Creek, Marva avait pu être sa complice. Le vétérinaire avait peut-être donné de l'argent aux Green pour les aider à joindre les deux bouts jusqu'à la mort du mari de Marva. En échange de leur silence, qui sait ? Ou d'un endroit où cacher une fillette kidnappée. Marva s'était-elle montrée tout miel dans le seul but de garder un œil sur son ancienne captive et de s'assurer que la mémoire de sa séquestration ne lui revenait pas ? Tess avait été choquée par la rapidité avec laquelle cette femme avait changé d'attitude à son égard. Choquée, mais aussi intriguée, lorsque ce revirement avait trouvé une résonance familière dans les profondeurs brumeuses de sa mémoire. N'avait-elle pas déjà vécu ça ?

Pendant sa séquestration, peut-être ? Quelqu'un qui l'aurait choyée avant de s'en prendre brusquement à elle ?

Pas question de quitter la ville, comme elle l'avait promis à Vic, mais pas question non plus de rester bras croisés alors que ces fillettes n'avaient pas été retrouvées. Elle allait continuer à tout faire pour libérer de nouveaux souvenirs susceptibles d'orienter l'enquête dans la bonne direction. Un des livres prêtés par Mlle Etta parlait du phénomène des « reviviscences en cascade ». Selon l'auteur, une fois que ces « états de conscience déjà éprouvés » commençaient à émerger du passé sous forme de sensations ou de visions, ils jaillissaient toujours plus forts et plus nombreux, irrépressibles comme l'eau d'une cascade.

Puisque les autorités concentraient leurs efforts chez Dane Thompson, elle décida d'aller jeter un œil à la vieille ferme où Marva avait vécu avec son mari. En retournant sur place, peut-être se rappellerait-elle y avoir séjourné ? Elle écrivit un mot à l'attention de Gabe, au cas où il passerait prendre de ses nouvelles. Elle avait accepté de lui confier un jeu de clés, une fois les serrures changées. Et, puisqu'il entrait toujours par la porte de derrière, elle plaça la note bien en vue dans la cuisine, de manière à ce qu'il ne puisse la manquer.

Alors qu'elle passait en voiture devant Hear Ye, en chemin vers l'ancienne ferme des Green, Tess s'efforça de faire abstraction de la pluie et de la nuit qui commençaient à tomber. Son expédition serait rapide : juste un petit tour… et puis s'en va.

La ferme était toute proche, maintenant. Elle baissa sa vitre et s'étonna de percevoir le grondement sourd de la cascade devant laquelle Gabe l'avait embrassée pour la première fois. Jamais elle n'aurait cru qu'on pouvait l'entendre de si loin.

Après avoir tourné dans Blackberry Road, Tess vit le bâtiment principal de la ferme se dresser au bord de la route, juste après un virage assez serré. Alors qu'elle passait au ralenti le long de la propriété abandonnée, il lui sembla qu'un rai de lumière zébrait la masse sombre de la vieille maison. De la lumière ? Non, c'était impossible… La ferme était inhabitée depuis longtemps. C'était sûrement un de ses phares qui s'était reflété dans un carreau, à cause de l'angle pris par la voiture au sortir du tournant.

Elle fit demi-tour et passa une nouvelle fois devant la ferme. Pas de lumière, cette fois-ci. Pourtant, elle était certaine que son imagination ne lui avait pas joué de tour. Soit elle avait vu le reflet d'un phare, soit c'était… quoi ? Des squatteurs, peut-être ? Des jeunes venus boire une bière ou fumer un joint ? Il fallait qu'elle en ait le cœur net. Inutile d'appeler Gabe ou Vic alors qu'ils étaient occupés avec le décès du Dr Thompson. Il serait toujours temps de les prévenir, si elle découvrait quelque chose de suspect.

Elle se gara dans un étroit chemin herbeux, sans doute un ancien accès au champ en friche qui s'étendait devant elle. Elle savait que la maison très ancienne où vivaient Mlle Etta et sa mère handicapée ne se trouvait qu'à un ou deux kilomètres, mais elle ne se rappelait pas être venue par ici lorsqu'elle était petite.

Tandis que son regard se promenait sur le champ à l'abandon, elle essaya de se souvenir du mari de Marva. Elle croyait se rappeler qu'il faisait toutes sortes de petits boulots en hiver, aidant parfois Sam Jeffers à chasser et à dépecer le gibier. En revanche, impossible de se remémorer ses traits. Elle se souvenait aussi que les Green manquaient cruellement de moyens et que leur maison était mal entretenue, tout comme les dépendances qui avaient continué à se délabrer après le départ de Marva. L'ensemble était aujourd'hui en piteux état, et Tess n'était pas surprise que la ferme n'ait pas trouvé d'acquéreur.

Elle mit son portable en mode silencieux, puis sortit de la voiture qu'elle prit soin de verrouiller. Le grondement de la cascade parvint de nouveau jusqu'à elle, alors qu'elle rangeait téléphone et clé de voiture dans le sac à dos que Vic avait fini par lui restituer. Un son plutôt agréable, comme un bruit de fond qui couvrait tous les autres.

Pour atteindre la maison, le plus simple était de passer par la parcelle boisée qui se trouvait sur sa droite. Elle s'y engouffra sans hésiter. Les branches la protégeaient de la pluie, mais il faisait de plus en plus sombre à mesure qu'elle s'enfonçait dans le petit bois. Cet endroit l'aurait terrifiée quelques jours plus tôt, mais quelque chose avait changé en elle. Tess était désormais prête à prendre des risques pour sauver les disparues de Cold Creek. Et pour aider Gabe, même si elle avait du mal à l'admettre.

Au moment où elle parvenait à hauteur des derniers arbres de la parcelle, elle vit une lumière lointaine se déplacer sur le côté de la maison. Elle semblait tanguer au rythme des branches qui dansaient dans le vent. Tess s'adossa à un tronc d'arbre et attendit quelques secondes que son cœur cesse de galoper. Ainsi donc, elle avait bien vu une lumière, la première fois qu'elle avait longé la propriété en voiture. Une lumière qui n'était pas le reflet d'un de ses phares.

Regardant plus attentivement, elle comprit que seules les branches bougeaient. Pas la lumière, comme elle l'avait d'abord cru. La pluie tombait plus fort, à présent, et elle se fit doucher sitôt qu'elle abandonna la protection des arbres, mais elle traversa sans courir l'étendue herbeuse qui la séparait encore de l'allée menant à la maison.

Les arbres qui bordaient l'allée lui permirent de progresser avec prudence. Bondissant d'un tronc à l'autre, elle parvint à quelques mètres de la vieille bâtisse. La façade était couverte de graffitis. Tess ne pouvait en jurer, mais leur style lui rappela l'inscription orange qui souillait le rocher au sommet de la cascade des Quarry Falls. Peut-être était-ce la même personne qui avait vandalisé les deux endroits, d'autant que la chute d'eau se situait à moins de deux kilomètres d'ici. Celui ou celle qui se trouvait à l'intérieur était peut-être venu faire d'autres graffitis. Ou alors il s'agissait tout simplement d'un promeneur surpris par la pluie qui était venu se mettre à l'abri.

Elle se jeta derrière un arbuste dénudé dont les maigres branches touchaient presque la balustrade de la véranda ouverte. Des panneaux de bois aveuglaient les fenêtres. Il y en avait forcément une qui n'était pas obstruée, puisqu'elle avait aperçu de la lumière. Elle allait devoir contourner la maison pour la trouver, songea-t-elle en observant le plancher de la véranda. Il semblait en mauvais état, pourri par endroits. Le bois allait sûrement craquer, voire s'affaisser si elle marchait là-dessus. Malgré le grondement sourd de la cascade qui continuait à couvrir la plupart des bruits, elle ne pouvait prendre le risque de se faire repérer.

Son cœur était reparti au galop. La façade décrépite ressemblait à un visage lépreux aux yeux morts et aux joues tatouées. Elle essaya de l'imaginer avec vingt ans de moins, mais rien de familier n'émanait de cette ruine. Elle savait que Vic et le père de Gabe étaient venus ici à l'époque de sa disparition, sans jamais trouver quoi que ce soit de suspect. Pourtant, quelqu'un était bien là. Et, à présent qu'elle était toute proche de la maison, elle entendait au moins deux voix distinctes. Celle d'un homme et celle, beaucoup plus aiguë, d'une femme ou plus probablement d'une fillette.

Son instinct lui hurlait de retourner à la voiture et d'appeler Gabe. Mais si quelqu'un séquestrait Sandy, Jill ou Amanda dans cette maison, elle ne pouvait prendre le risque de le laisser filer sans avoir vu son visage.

Non seulement Tess ne répondait pas au téléphone, mais elle ne semblait pas être chez elle, se dit Gabe en passant devant la maison plongée dans le noir. Sa voiture n'était pas là et il commençait à faire nuit, sans parler de la pluie qui continuait à tomber. Se pouvait-il qu'elle soit allée à Hear Ye pour rendre visite à son cousin ? Cela paraissait peu probable, à une heure pareille. A moins qu'elle n'ait eu peur, seule dans sa maison après ce qu'elle avait vécu dans ce cimetière pour animaux, et qu'elle ait préféré se réfugier chez lui. Il lui avait donné un jeu de clés, et lui avait dit de ne pas hésiter à s'en servir.

Il donna un coup d'accélérateur, le champ de maïs défilant derrière les vitres de sa voiture de patrouille, et s'engagea bientôt dans l'allée de sa propre maison. Pas de lumière ici non plus. Maintenant qu'il dormait là, Vic avait les clés, lui aussi. Mais l'enquêteur du BCI était sûrement loin d'en avoir fini chez Dane.

Tess avait-elle soudainement décidé de rentrer à Jackson ? Si elle avait fait cela malgré sa promesse de ne pas quitter la ville, il se verrait contraint d'appeler la police autoroutière et de la faire arrêter. Mais on n'en était pas là, Dieu merci. Il n'avait aucune envie de lui infliger une épreuve supplémentaire. Elle avait passé un sale moment dans ce cimetière et, pourtant, elle avait trouvé la force de se défendre bec et ongles face aux attaques de Vic, prouvant une fois de plus qu'elle avait du cran et des ressources morales.

Vic ne pouvait sérieusement croire qu'elle avait tué Dane, songea-t-il. L'agent du BCI n'excluait aucune hypothèse, voilà tout. En d'autres mots, il faisait son boulot.

Gabe actionna la barre de gyrophares — mais pas la sirène — et quitta son allée avant de se diriger vers le centre-ville. Une nouvelle tentative pour joindre Tess se solda par un échec et un juron. Quelques minutes plus tard, il se garait sur le parking du poste de police. Il s'étonna de voir la voiture de Vic. Il avait pourtant dit qu'il retournerait chez Dane, non ? Les voitures d'Ann et de Peggy se trouvaient là aussi.

A l'intérieur, il trouva les deux femmes en train de manger des frites et des hamburgers derrière le bureau de réception. Ann aurait déjà dû être partie, à cette heure-ci. Peut-être préférait-elle dîner ici avec Peggy que rentrer seule chez elle sous la pluie. A moins qu'elle n'ait décidé de donner un coup de main, au cas où les journalistes commenceraient à appeler, voire à débarquer à Cold Creek.

Nul doute que la mort de Dane allait les faire revenir, et Gabe savait que les nouvelles allaient vite.

— C'est triste pour Dane Thompson, dit Ann en mâchouillant des frites. Au fait, le maire a déjà appelé cinq fois. Il veut te parler au plus vite.

Elle lui tendit une fiche d'appel téléphonique. La façon dont elle était soigneusement découpée aux ciseaux lui fit songer à la soi-disant lettre d'adieu de Dane.

— Je suppose que tu lui as laissé un message pour dire que tu souhaitais le voir, reprit-elle. En tout cas, il a très mal réagi en apprenant la mort de Dane Thompson. La presse a déjà commencé à se manifester, tu sais ; on a eu deux journaux et une télé au téléphone. Il faut s'attendre à ce qu'ils reviennent chez nous dès demain. Quoi d'autre ? ajouta-t-elle, le front plissé. Ah oui, l'agent Reingold est dans ton bureau, et il reste un cheeseburger si tu as faim…

— Oui, je veux bien, merci. Et merci également de faire des heures sup', Ann.

Il se sentit presque coupable d'accepter ce cheeseburger — il n'aurait rien dû accepter d'elle, en ce moment —, mais il venait de se rendre compte qu'il était affamé. Pas étonnant, dans la mesure où il n'avait rien avalé depuis le petit déjeuner. Se nourrir ne lui était pas venu à l'esprit une seule fois durant la journée, pas même lorsqu'il avait arpenté le marché avec ses étals couverts de délicieux produits.

Ann lui tendit le burger emballé et encore chaud. Il retira aussitôt le papier et prit une belle bouchée avant de s'éloigner vers son bureau.

Elle le rattrapa de la voix alors qu'il allait disparaître derrière la porte du fond :

— Gabe, j'ai oublié de te dire…

Il se tourna vers elle, la bouche pleine :

— Quoi ?

— J'ai dit à l'agent Reingold qu'il devrait contacter la bibliothécaire pour en savoir plus sur ce vieux pistolet trouvé dans la main du Dr Thompson, et pas seulement parce qu'elle sait tout sur tout. Il y a quelques mois, elle avait installé une petite exposition d'armes anciennes dans la bibliothèque. Dane Thompson lui avait prêté quelques pièces, mais je crois que le reste lui appartenait. Elle a dû conserver des armes qui ont appartenu à sa famille de pionniers. Il paraît que c'est un vrai musée, chez elle. Tu savais qu'il était question que sa maison soit classée monument historique ? Parfois, je me dis que c'est elle, qu'on devrait classer monument historique ! Pour Mlle Etta, « internet » et « livre numérique » sont des gros mots.

— Ah oui, intervint Peggy. Je me souviens de toutes ces histoires sur sa famille, qui a été la première à s'installer dans la région. Vous saviez ce que c'est à ses ancêtres que notre comté doit son nom ?

Gabe, qui venait de mordre une nouvelle fois dans le cheeseburger, se contenta de hocher la tête.

— Vous avez sûrement fait la sortie scolaire chez les Falls quand vous étiez gamin, shérif, reprit Peggy. Personne n'y a coupé !

Gabe prit le temps d'avaler sa bouchée avant de répondre. Il avait l'impression de n'avoir jamais dégusté de meilleur burger.

— Tess m'a parlé de cette sortie scolaire, mais je devais être malade ce jour-là, parce que je ne m'en souviens pas.

— Moi si, dit Peggy. Mlle Etta nous a raconté que ses ancêtres connaissaient de grands pionniers comme Daniel Boone. Vous savez, cette inscription sur un arbre, je ne sais plus où : « Boone a tué un ours à l'âge de trois ans seulement »…

— Non, ça, c'était une chanson sur Davy Crockett, je crois, intervint Ann en trempant des frites dans du ketchup.

Gabe renonça à avaler le dernier morceau de burger. La sauce rouge qui colorait les frites d'Ann venait de faire surgir des images répugnantes de la scène de crime. Bon sang, songea-t-il, elles ne pouvaient pas cesser de jacasser ? Un homme avait perdu la vie, aujourd'hui.

— Bon, dit-il en s'efforçant de masquer son irritation, merci encore pour le cheeseburger. Je parlerai de ce pistolet à Mlle Etta et je vais rappeler le maire. Et avant de rentrer chez moi, ce soir, j'irai faire un tour du côté de Blackberry Road, histoire de jeter un coup d'œil à l'ancienne ferme de Marva Green.

Il entendit s'ouvrir la porte de son bureau, et Vic fit bientôt son apparition.

— J'ai trouvé plein de trucs sur ce pistolet, dit-il. Il date de 1842, soit avant la guerre de Sécession ! C'est un Derringer, un petit pistolet de poche fabriqué à Philadelphie, et figurez-vous que l'assassin de Lincoln s'est servi du même modèle pour commettre son forfait ! Il ne me manque plus que le nom de son dernier propriétaire, et surtout le nom de celui qui a appuyé sur la détente. Au fait, Mike est reparti au siège. Il préférait utiliser le laboratoire du BCI plutôt que son labo mobile. Du coup, je vais attendre demain pour retourner au domicile du Dr Thompson.

Le standard se mit à sonner, et Peggy fut la plus prompte à répondre. Gabe pria en silence pour que ce soit Tess, à l'autre bout du fil. Peggy lui fit signe d'approcher et lui tendit le combiné.

— Shérif McCord, j'écoute ?

La voix surexcitée d'une femme retentit à l'autre bout du fil. Mais ce n'était celle qu'il espérait.

— Shérif, s'écria Marian Bell, c'est vous qui aviez raison ! Je viens à l'instant de recevoir un appel du détective privé que j'ai engagé pour retrouver Amanda, et devinez quoi ? Il l'a retrouvée ! Oui, oui, ma petite fille chérie est bien vivante ! Elle est avec son ordure de père et cette salope de briseuse de ménage avec laquelle Peter vit au Brésil… Je vais engager un avocat et la récupérer, mais le principal est qu'elle soit en bonne santé ! Elle est vivante ! Vivante ! Elle n'a pas été kidnappée comme les autres !

— C'est une merveilleuse nouvelle, Marian ! L'enquêteur privé que vous avez engagé a vraiment fait du bon boulot. Et maintenant il va falloir passer le relais aux membres du Congrès et au département d'Etat. C'est d'un autre genre d'assistance dont vous allez avoir besoin, désormais. Mais bien entendu, vous pourrez toujours compter sur moi pour vos démarches.

Il était soulagé de savoir qu'Amanda était libre et en bonne santé, et heureux pour sa mère, mais, d'une certaine façon, il n'en ressentait que plus douloureusement l'absence des autres fillettes. Lorsqu'il raccrocha et annonça la nouvelle à la ronde, Ann et Peggy entrechoquèrent leurs gobelets de soda avec des cris de joie. Même Vic décocha un sourire. Seul Gabe ne parvint pas à se dérider. Quand il était en Irak, son unité avait une superstition : si une opération de déminage se passait un peu trop bien, il fallait vraiment se méfier de celle qui allait suivre.

Les fenêtres étaient protégées par des panneaux de bois sur toutes les façades de la vieille maison décrépite, à l'exception d'une seule qui se trouvait à l'étage. Mais Tess ne se voyait pas escalader la façade sous la pluie pour jeter un coup œil à l'intérieur. Elle se sentit soudain dans la peau d'une petite fille, incapable d'accéder à l'endroit qui l'intéressait à cause de sa taille. Son inconscient était-il en train de lui dire quelque chose ? Combattant l'appréhension qui grandissait en elle avec la sensation d'être une enfant, elle s'approcha de l'arrière de la maison. Si elle ne pouvait pas voir à l'intérieur, elle voulait au moins comprendre ce que disaient ces voix dont elle ne saisissait pour le moment que la tonalité : grave pour l'une, très aiguë pour l'autre. Les mots eux-mêmes étaient inintelligibles, comme avalés par le martèlement de la pluie et le grondement sourd de la cascade.

Elle avait le ventre noué et la bouche sèche, mais pas question de faire machine arrière, alors qu'elle était peut-être sur le point de faire une découverte cruciale. Une fois qu'elle en aurait suffisamment entendu, elle battrait en retraite et ferait son rapport à Gabe. Du moins s'il y avait quelque chose de plus à rapporter que la présence d'adolescents qui avaient besoin de s'exprimer avec des bombes de peinture.

L'arrière de la maison était également précédé d'une véranda ouverte. Sous son toit affaissé, que soutenaient comme par miracle deux piliers tordus, elle vit que la porte de derrière était grande ouverte. Besoin de faire entrer un peu d'air frais, ou simple oubli ? De nouveau, elle entendit une voix féminine, et peut-être plus qu'une seule voix d'homme. Une odeur âcre et puissante qu'elle ne reconnut pas s'échappait de la maison. Retenant sa respiration, elle grimpa les quelques marches qui menaient à la véranda et s'avança tout doucement jusqu'à la porte ouverte. Le cœur cognant dans la poitrine, elle tendit le cou pour voir à l'intérieur. Au lieu de la cuisine qu'elle s'attendait à découvrir, ses yeux se posèrent sur un couloir très sombre qui faisait office de vestibule. Au fond se trouvait une porte fermée, derrière laquelle étaient sans doute réunis les gens qu'elle entendait. A droite, à l'opposé de cette porte, un escalier étroit serpentait vers l'étage.

Les voix étaient plus distinctes, à présent qu'elle avait fait quelques pas dans le couloir, même si elle ne comprenait que des bribes de phrases… jusqu'à ce qu'un homme se mette à parler de Gabe.

— Pour moi, McCord est comme Barney Fife, le shérif incapable de cette vieille série télé, lança-t-il avec un ricanement satisfait. D'ailleurs, Cold Creek me fait penser à Mayberry, la ville endormie qu'il est censé protéger. Quand tu penses qu'il nous court après depuis des années et qu'il arrive toujours après la bataille ! Qu'est-ce qu'il croit, Barney Fife ? Qu'on va l'attendre sagement, toujours au même endroit ?

Des rires saluèrent ces mots.

— Tel père tel fils ! lança une autre voix masculine.

Nouveaux rires.

— Même pas foutu de retrouver les petites ! Vingt ans que les McCord cherchent, vingt ans que les McCord trouvent que dalle ! dit la première voix.

— Tel père tel fils ! lança de nouveau l'autre voix masculine, déclenchant encore des rires.

Le sang de Tess se glaça. Se pouvait-il que ces voix soient celles des kidnappeurs ? Se vantaient-ils de déplacer sans cesse leurs prisonnières pour que Gabe ne les retrouve jamais ? Mais que faisaient-ils ici, dans l'ancienne maison de Marva ? Et pourquoi n'entendait-on plus la petite fille ? L'avaient-ils bâillonnée ou droguée ? L'espace d'un instant, elle éprouva une sensation de claustrophobie à cette pensée, comme si c'était elle qu'on bâillonnait.

Elle trouva néanmoins le courage de pénétrer plus avant dans le vestibule et alla se plaquer contre le modeste escalier, prête à se cacher sous les marches si quelqu'un sortait par cette porte. Levant les yeux, elle distingua alors un petit cercle de lumière au centre de l'escalier. Une fenêtre ronde, ou peut-être une bouche d'aération qui donnait dans la pièce — la cuisine, sans doute — d'où provenaient les voix.

S'efforçant de se faire légère comme une plume, elle gravit quelques marches qui craquèrent néanmoins sous son poids. Dieu merci, ils parlaient tellement fort, là-dedans, qu'ils n'entendirent pas le bruit qu'elle faisait. Encore trois marches, et elle vit que la lumière filtrait à travers un trou circulaire percé dans le mur, certainement une ouverture destinée au tuyau d'un de ces petits poêles à bois ventrus dont beaucoup de maisons étaient équipées autrefois.

Elle grimpa une marche supplémentaire et approcha le visage de l'ouverture, son regard plongeant dans une cuisine où deux hommes, de dos, semblaient préparer un repas. Pourtant, elle ne voyait ni réfrigérateur, ni four, ni plaque de cuisson. Il devait y avoir des années que l'électroménager avait été retiré de cette cuisine. Ils se servaient d'un petit groupe électrogène qui produisait un léger bourdonnement, l'électricité ayant certainement été coupée après le départ de Marva. Ces gens-là n'étaient pas des squatteurs en train de se faire à manger. Ils avaient dit que Gabe cherchaient à les coincer depuis des années, et ils étaient au courant, pour les enlèvements.

Ses yeux se posèrent sur des bouteilles, un gros entonnoir, des récipients en Pyrex et un blender. Et cette odeur âcre… Ses yeux s'écarquillèrent tandis que sa main se plaquait brutalement sur sa bouche. Elle venait de surprendre des trafiquants de drogue en train de fabriquer de la méthamphétamine ! Tess savait qu'il s'agissait d'une substance qu'on pouvait confectionner n'importe où et avec du matériel accessible à tout le monde. Mais elle savait aussi que les mélanges nécessaires pour obtenir la drogue étaient hautement explosifs !

Une jeune femme menue entra dans son champ de vision. Une tête de dure à cuire, avec des cheveux sales réunis en queue-de-cheval. Tess entendait maintenant un troisième homme qui restait invisible.

— On utilise la méthode rapide, comme d'hab', dit la jeune femme. Un seul récipient, et on secoue !

— Un jour, on va se faire exploser la tronche, protesta l'homme qu'elle ne pouvait voir. Un faux mouvement, un peu d'air qui entre à l'intérieur, et *bam !*

L'homme claqua les mains l'une contre l'autre, faisant sursauter Tess.

— On se transforme en torche vivante, termina-t-il.

Tess recula le visage de l'ouverture circulaire. Il fallait qu'elle parte d'ici. Elle venait de découvrir un laboratoire clandestin de méthamphétamine, pas la cachette où un kidnappeur séquestrait ses proies. Pourtant, quelque chose lui était familier, ici. Une vieille maison avec un escalier étroit et des marches qui craquaient, le ronflement lointain de la cascade… Oui, elle éprouvait un indéniable sentiment de déjà-vu. Ou plutôt de « déjà-vécu », une expression qu'elle avait découverte dans un des livres de Mlle Etta.

Osant à peine respirer, elle commença à redescendre l'escalier, mais se figea l'instant d'après quand « Dixie » — un air populaire qui lui avait toujours tapé sur les nerfs — se mit à résonner dans la cuisine. Une sonnerie de portable, sans doute. La porte du vestibule s'ouvrit avec un grincement, laissant passer un des trafiquants qui voulait s'isoler pour répondre au téléphone.

Impossible de partir, maintenant. L'homme lui bloquait le passage.

— Ouais, Jonas, je t'écoute, mec… Quoi ? Elle pense qu'il risque de venir ici ? Quand ?… Maintenant, t'es sûr ?… OK, on fout le camp ! Hé, les gars ! cria-t-il en regagnant la cuisine. Prenez tout ce que vous pouvez, et on se tire ! Le shérif va se pointer ici, c'est Jonas qui vient de me tuyauter. Allez, faut faire fissa ! Avec un peu de chance, ce truc va lui exploser à la gueule ! Ça lui ferait peut-être passer l'envie de nous coller au train.

Le bourdonnement du groupe électrogène cessa, et la lumière s'éteignit dans la cuisine. La maison était maintenant plongée dans l'obscurité. Recroquevillée sur l'escalier, Tess les entendit quitter le navire comme des rats affolés. Rassurée de savoir que Gabe allait venir ici, mais terrifiée de savoir que leur mixture pouvait exploser à tout moment, elle compta jusqu'à dix avant de déguerpir à son tour.

Elle venait de passer la porte lorsqu'elle sentit un bras puissant la saisir à la taille.

— Où tu vas comme ça, ma jolie ?

Il la fit pivoter sans ménagement pour la contraindre à lui faire face.

— T'aurais pas dans l'idée de nous balancer, des fois ?

Tess reconnut la voix de l'homme qui avait répondu au téléphone.

— Hank, magne-toi ! cria la femme qui arrivait vers eux en courant, une lampe torche allumée à la main.

Tess tourna la tête et vit les phares d'une voiture qui sortait de la vieille grange. Leur puissante lumière balaya la véranda, l'aveuglant l'espace d'un instant. L'homme la plaquait avec une telle force contre la façade de la maison qu'elle ne touchait plus le sol que sur la pointe des pieds.

— On l'emmène avec nous ! lança-t-il en commençant à la traîner vers la voiture qui venait de s'immobiliser au pied de la véranda. Va savoir ce qu'elle a vu ou entendu…

J'ai repéré son ombre sur les marches, et j'étais sûr qu'elle allait s'enfuir dès qu'elle penserait qu'on s'était fait la malle.

— Non, on l'emmène pas avec nous ! protesta la jeune femme.

— Tu veux qu'elle nous dénonce, c'est ça ? Elle a vu nos visages !

— Attends… Je crois que je sais qui c'est. La première victime du kidnappeur de Cold Creek, il y a super longtemps. Jonas nous a parlé d'elle, tu te souviens ?

L'homme lâcha une bordée de jurons avant d'attraper le bras gauche de Tess et de le tordre dans son dos.

— Aïe ! Vous me faites mal !

— Oh ! la pauvre…, ricana la jeune femme.

— Bon, tu as raison, dit celui qui s'appelait Hank. On ne fera que s'attirer des emmerdes en se la traînant avec nous. Je sais ce qu'on va faire d'elle. Dis-leur d'éteindre les phares et file-moi ta lampe. J'en ai pour une minute.

Il se saisit de la grosse lampe torche que lui tendait la jeune femme, puis fouilla les poches de Tess avant de lui arracher son sac à dos, qu'il balança dans la nuit.

Avance ! ordonna-t-il en lui tordant davantage le bras pour l'obliger à obéir. On rentre dans la maison !

L'homme se tourna vers son amie alors qu'ils étaient déjà à mi-couloir.

— Ça fera une fouineuse de moins quand la bicoque explosera ! lança-t-il. Et avec un peu de chance le shérif Barney Fife sera aussi à l'intérieur au moment du feu d'artifice !

Tess se débattit, mais le dénommé Hank se contenta de lui tordre le bras jusqu'à ce qu'elle le supplie d'arrêter. Une fois dans la cuisine, la brute lui réunit les poignets dans le dos avant de les lier avec de la corde et une sorte de filet dont ils avaient dû se servir pour transporter leur matériel. Il passa ensuite la corde autour du pied de la table, sur laquelle se trouvait le liquide qui gargouillait dans son récipient. Une véritable bombe à retardement.

— Si tu connais des prières, c'est le moment de les réciter, ma jolie.

Sur ces mots, il lui tapota le haut du crâne, puis se redressa et partit en courant. Quelques secondes plus tard, Tess entendit le vrombissement de la voiture qui s'éloignait sur la route. Puis elle ne perçut plus rien que le son lointain de la cascade, qui répondait au glouglou de la dangereuse mixture placée juste au-dessus de sa tête.

23

Tess cessa ses vains efforts pour se libérer. La corde et le filet étaient si serrés qu'ils lui entaillaient la peau à chacun de ses mouvements. Elle avait bien songé à soulever la table avec le dos ou les épaules, pour dégager la corde du pied qui la retenait, mais le risque de faire tomber le récipient et de provoquer l'explosion l'en avait dissuadée. Elle plaçait désormais tous ses espoirs dans Gabe, tout en ayant conscience que leur informateur avait pu se tromper. Et, même s'il venait vraiment faire un tour ici, elle ne voulait pas que la prédiction de ce Hank se réalise, et que Gabe périsse avec elle dans l'explosion.

Il y avait quelque chose d'irréel à songer que sa vie allait sans doute se terminer ici — que tous ses rêves partiraient en flammes avec cette vieille maison. Jamais elle ne saurait qui l'avait enlevée. Qui avait gâché son existence. Elle s'efforça de se consoler en songeant qu'elle avait eu une famille aimante, même si elle avait de bonnes raisons d'en vouloir à son père. Sa vie sentimentale, en revanche… Aucun homme n'avait vraiment compté pour elle, du moins avant que ses retrouvailles avec Gabe ne fassent naître de grands espoirs. Une histoire pleine de promesses qui allait s'achever avant d'avoir vraiment commencé. Son plus grand regret serait peut-être de n'avoir jamais connu le bonheur d'avoir des enfants, elle qui les aimait tant.

« Si tu connais des prières, c'est le moment de les réciter », avait dit ce sale type avant de l'abandonner ici. Si un autre monde l'attendait vraiment, allait-elle y retrouver sa mère ?

Elle regrettait de ne pas avoir eu le temps d'appeler son père, et plus encore de ne pouvoir dire au revoir à Kate et Char.

Penser à ses sœurs lui donna un regain d'énergie, et elle essaya de scier la corde en la frottant contre le pied de la table, mais il lui faudrait des heures, en utilisant ce moyen. Des jours, peut-être. Elle continua néanmoins, parce qu'elle ne voulait pas se résigner à attendre la mort sans faire une tentative. Les bras et les épaules douloureuses, elle frotta et frotta encore, l'esprit s'échappant loin de cette maison sinistre — loin de cette nuit qui s'apprêtait à se refermer sur elle pour toujours. Elle se vit sur un tabouret bas, les enfants de la crèche assis en tailleur face à elle tandis qu'elle leur montrait les images d'un livre. Mlle Etta aurait été fière d'elle, si elle avait vu comme elle prenait soin de tous ces bouts de chou. La petite Cristelle avait du mal à se concentrer, mais Nanette, sa jumelle, ne perdait pas une miette de l'histoire. Jacob et Ashley, deux esprits curieux, levaient sans cesse le doigt pour poser des questions.

Elle allait quitter ce monde. Elle allait *mourir.* L'espace d'un instant, la peur fut si intense que son cerveau sembla se vider de toute pensée. Mais elle s'obligea à se souvenir des moments heureux de son existence. Alors qu'elle songeait une nouvelle fois à Jacob, le petit garçon roux curieux de tout, elle se souvint d'avoir entendu un prénom qui commençait aussi par un J. « Jonas », voilà comment s'appelait celui qui les avait prévenus de l'arrivée imminente du shérif. Le frère d'Ann Simons ? Se pouvait-il qu'Ann trahisse Gabe en renseignant son frère — et, à travers lui, des trafiquants de drogue — sur les déplacements du shérif ?

Tess eut un brusque accès de colère. Elle s'en voulait d'avoir été imprudente et de s'être fait prendre. Au fond, elle était tout simplement furieuse d'être sur le point de mourir. Au-dessus de sa tête, le récipient remuait comme sous l'effet d'un tremblement de terre. L'explosion n'allait sûrement pas tarder, et sa vie partirait en fumée. Une disparue de plus.

***

Puisqu'il faisait nuit noire, Gabe décida qu'il n'était pas nécessaire de se garer loin de l'ancienne ferme des Green. Il roula au pas, cherchant le meilleur endroit où abandonner sa voiture de patrouille. Il comptait d'abord observer les alentours, avant de s'intéresser à l'intérieur des bâtiments. Bien sûr, il était déjà venu ici, mais la possibilité que le kidnappeur change de cachette de temps à autre n'était pas à exclure.

Le lendemain promettait d'être une journée chargée. Il allait notamment devoir réinterroger Marva sur la mort de son frère. Il fallait espérer qu'elle ne serait pas aussi prompte que Dane à dégainer son avocat. Même si son frère et elle n'avaient rien à voir avec les enlèvements, voilà une femme qui avait été pauvre pendant des années et qui n'allait plus manquer de rien jusqu'à la fin de ses jours, si elle héritait de Dane. Du coup, Gabe devait envisager la possibilité qu'elle ait quitté le marché pour aller directement se cacher dans le champ de maïs attenant au cimetière ; qu'elle en ait surgi pour tuer le vétérinaire, avant de feindre la surprise et le désespoir quand elle était revenue chez elle, allant jusqu'à accuser Tess pour faire diversion.

Gabe avait aussi l'intention d'attendre Reese Owens à la sortie de la messe, aux alentours de midi. Ça ne devrait pas poser de problème, dans la mesure où le maire avait lui-même demandé à le voir. Le soir, Gabe reprendrait le chemin de l'église pour la veillée de prières et la procession aux flambeaux jusqu'à la boutique où Sandy avait été kidnappée. Mais, avant de songer au lendemain, il avait encore à faire aujourd'hui. Retrouver Tess, par exemple. Elle avait vraiment intérêt à se trouver chez elle — ou chez lui — quand il en aurait terminé ici, parce qu'il n'avait aucune envie de devoir aller la chercher dans cette secte où son cousin s'était fourvoyé. Il avait à peu près aussi confiance en Brice Monson qu'en un terroriste taliban.

Il se gara finalement le long d'une parcelle boisée proche

de l'allée qui menait à la maison, et observa un moment la ferme abandonnée à travers la vitre de sa voiture. Tout semblait sombre et déserté depuis de longues années. Il baissa le son de sa radio portative et dégaina son arme de service avant d'ouvrir sa portière.

Il marcha d'un bon pas sur l'allée de gravier, avant de ralentir lorsque les éléments de son ceinturon se mirent à produire des cliquetis sonores. Inutile de s'annoncer, même si le son étouffé de la chute d'eau couvrait en partie les autres bruits.

Sur la façade avant de la maison, les fenêtres étaient protégées par de minces panneaux en contreplaqué. Pas étonnant que cette propriété soit toujours à vendre, songea-t-il en laissant courir ses yeux sur la peinture lépreuse du bardage. Entre cette ruine et la maison de Tess, sans doute vendue à un prix similaire, le choix n'était pas difficile. Bien sûr, l'ancienne ferme des Green possédait beaucoup plus de terrain.

Il sortit sa lampe torche du ceinturon et fit le tour du bâtiment, promenant le faisceau lumineux sur les nombreux graffitis. Située à l'étage, la fenêtre d'une des façades latérales avait perdu son panneau de bois. Pas de quoi fouetter un chat, si ce n'était une légère odeur de produits chimiques qui s'échappait du carreau cassé. Du détergent ? Marva était-elle revenue nettoyer sa maison ? Le mélange de détergents toxiques pouvait produire une odeur âcre, et même provoquer de petites explosions. Mme Taylor, par exemple, qui habitait au centre-ville, s'était assez gravement brûlée de cette façon-là. Mais, après quelques secondes, l'odeur lui rappela plutôt celle qui stagnait dans ces laboratoires clandestins de méthamphétamine, toujours désertés avant son arrivée. Les sens désormais en alerte, Gabe poursuivit son inspection en s'attachant à faire encore moins de bruit.

Il s'arrêta alors qu'il tournait à l'angle de la maison, le cœur un peu rapide à son goût. Parviendrait-il jamais à faire taire cette peur qu'il avait ressentie en Irak, chaque fois qu'il cherchait un engin explosif sous l'étal d'un marché ou le siège d'une voiture ?

A l'arrière de la maison, il grimpa sur une petite véranda dont le toit semblait sur le point de s'effondrer. Entrouverte, la porte laissait échapper la même odeur âcre qu'il avait sentie un peu plus tôt. Sauf qu'elle était beaucoup plus forte, ici. Cette fois-ci, le doute n'était plus permis : ces effluves chimiques étaient celles d'un laboratoire clandestin de méthamphétamine. Il perçut alors un son étrange, indéfinissable, suivi d'une sorte de grognement ou peut-être de sanglot. Se pouvait-il que, pour une fois, le laboratoire n'ait pas été déserté avant son arrivée ?

Alors qu'il venait de bondir en direction de la porte, dos plaqué contre la façade et doigt sur la détente de son pistolet, une planche céda sous son poids avec un craquement sec. Son pied passa à travers, le déséquilibrant et le forçant à s'asseoir brutalement. Sa lampe torche lui avait échappé, et il la regarda rouler sur le plancher moisi avant de tomber sur l'herbe, hors de sa vue. Dieu merci, il avait conservé son arme, toujours pointée vers la porte entrouverte malgré sa chute. Jurant entre ses dents, il dégagea son pied au prix de nouvelles égratignures. Quand il se releva, il ressentit une douleur aiguë au niveau de la cheville.

— Police ! Personne ne bouge ! cria-t-il en ouvrant grand la porte avec sa jambe valide, avant de se plaquer de nouveau contre la façade.

Une voix tremblante lui répondit de l'intérieur.

— Gabe ? C'est Tess.

— Tess ? Qu'est-ce que…

— Va-t'en ! N'entre surtout pas ! Je suis seule ici, dans un laboratoire de méthamphétamine. Ça va exploser d'un instant à l'autre !

— Sors d'ici tout de suite !

— Ils m'ont attachée avant de déguerpir !

Privé de sa Maglite, il pénétra dans un vestibule sombre et étroit comme un couloir. Laissant courir la main sur le mur pour mieux se repérer, il avança jusqu'à ce que ses doigts rencontrent une porte.

— Je suis dans le noir, j'ai perdu ma lampe torche ! Où es-tu ?

— Non, Gabe, va-t'en !

La voix de Tess venait de derrière cette porte.

— Pas sans toi ! répondit-il en tournant la poignée.

Mais alors qu'il progressait dans l'obscurité, à travers une puanteur âcre qui lui brûlait les yeux, il se sentit submergé par une sensation qu'il ne pensait jamais revivre avec une telle intensité. Fouiller les ténèbres à la recherche d'un EEI, le neutraliser à la lueur de lampes torches, ressentir la chaleur du désert et la haine de ceux qui avaient confectionné la bombe artisanale… Il pouvait voir le détonateur, les piles, les billes d'acier, les écrous et les clous destinés à causer le plus de dégâts possible aux corps qui auraient le malheur de se trouver à proximité. Où étaient passés ses gants de protection ? Il était mains nues, serrant un pistolet qui ne lui servirait à rien pour ce genre d'opération.

— Gabe ! lança Tess alors qu'il venait de rengainer son arme.

Le cri le tira de son cauchemar éveillé.

— Je suis là, Tess ! Reste calme, j'arrive.

— Le récipient dont ils se sont servis risque vraiment d'exploser ! Tu entends le bruit qu'il fait ? Je suis attachée au pied de la table sur lequel il est posé. Le moindre mouvement brusque et…

— Ne bouge pas, je suis tout près de toi, maintenant.

— Gabe, pars avant que ça n'explose… S'il te plaît… Va-t'en, ça ne sert à rien qu'on meure tous les deux ! Tu comptes vraiment pour moi, tu sais… Plus que ça, même…

Il tomba à genoux auprès d'elle. Ce n'était pas l'envie qui lui manquait, mais il n'avait pas le temps de la serrer dans ses bras.

— Gabe, pour l'amour du ciel…

— Chut ! Plus un mot ! ordonna-t-il. Je ne t'abandonnerai pas ici. Ce sont tes poignets qui sont reliés au pied de la table ? Tes chevilles ? Aide-moi, Tess, je ne vois rien !

— Mes poignets. Ils sont attachés dans mon dos avec de la corde et une sorte de filet. Tu entends le bruit que fait le récipient posé sur la table ? Je me demande s'il n'y en a pas un autre dans l'évier…

Il posa les mains sur la tête de Tess et les laissa glisser jusqu'à trouver ses poignets. Il était tenté de lever le pied de la table pour gagner du temps, mais elle avait raison : ce genre de mouvement pouvait provoquer l'explosion. Il fit tout son possible pour bloquer le souvenir de la détonation assourdissante et de la boule de feu qui l'avait envoyé dans les airs comme un soldat de plomb, en Irak. Pour oublier la bombe qui avait déchiqueté ses hommes.

Il sortit un couteau du ceinturon et le glissa à tâtons entre les mains de Tess.

— Ecarte les poignets autant que tu peux pour que je ne te blesse pas…

Il commença à imprimer à un mouvement de va-et-vient à la lame, sans oser appuyer trop fort, de crainte qu'elle n'entre en contact avec la peau de Tess.

— Et tes jambes sont libres, c'est bien ça ?

— Oui, il n'y a que les poignets… Ah !

Il se demanda s'il lui avait fait mal ou si c'était un cri de soulagement, mais on soignerait les éventuelles blessures plus tard. Elle était libre, et c'était le principal. Pour le moment, il s'agissait de sortir d'ici avant que le mélange chimique n'explose. Il passa les mains sous les aisselles de Tess et la releva d'un coup avant de la traîner sans un mot jusqu'à la sortie. Son tibia et sa cheville le lançaient affreusement. Ils traversèrent la véranda en deux foulées, avant de se jeter d'un bond dans l'herbe haute où ils roulèrent l'un contre l'autre. Le premier sur ses pieds, Gabe aida Tess à se relever. Puis, enlacés comme deux fêtards ivres, ils se mirent à courir dans la nuit fraîche.

Tess savait que la lame avait entaillé la chair de son poignet, mais c'était le cadet de ses soucis.

— C'est là-dedans qu'ils avaient caché leur voiture, dit-elle alors qu'ils passaient devant une grange délabrée. Une femme et trois hommes.

— Tu as vu leurs visages ?

— Celui de la jeune femme et celui du type qui m'a ficelée à cette table. Il s'appelle Hank. A un moment, je l'ai entendu parler à un certain Jonas. C'est lui qui les a prévenus que tu arrivais et c'est pour ça qu'ils ont filé à l'anglaise. J'ai voulu partir, moi aussi, mais ce Hank m'avait repérée et il m'a attrapée. Il a jeté mon sac à dos avec mon téléphone et mes clés quelque part dans l'herbe, avant de me conduire dans la maison et de m'attacher à cette table.

Gabe jura entre ses dents, et ils s'arrêtèrent quelques secondes plus tard en bordure d'un champ labouré, reprenant leur respiration tandis que la pluie légère semblait les laver de l'ombre de la mort qui les avait frôlés. Ils se laissèrent tomber sur le sol humide, lui assis jambes écartées, elle adossée à son torse. Du sang était visible au bas de son pantalon d'uniforme déchiré, ainsi que sur le poignet de Tess.

— Donne-moi ton foulard, s'il te plaît.

Elle le dénoua, et Gabe en déchira un morceau qu'il enroula autour du poignet entaillé. Tess fit ensuite de même pour lui, bandant délicatement son tibia blessé.

— On ne s'en sort pas trop mal, hein ? dit-il en posant un baiser sur ses cheveux. Bon, et si je te donnais les bonnes nouvelles, pour changer un peu ? Amanda, la fille de Marian Bell, a été retrouvée. Elle vit au Brésil avec son père.

— C'est vrai ? Alors c'est toi qui avais raison, hein ? C'est vraiment une excellente nouvelle, Gabe ! Je suis sûre que Marian Bell doit être folle de joie, même si elle ne peut pas encore serrer sa fille dans ses bras.

— Oui, acquiesça Gabe en sortant son téléphone portable. Pour elle, c'est un nouveau combat qui commence.

Toujours un peu tremblante, Tess fit de son mieux pour se ressaisir, tandis qu'il demandait à son suppléant de bloquer la circulation dans les deux sens sur Blackberry Road, d'envoyer les pompiers sur place et de prévenir le voisinage qu'une explosion risquait de se produire dans l'ancienne ferme des Green.

— Non, l'entendit-elle dire à Jace Miller, on va bien, tous les deux. Juste quelques blessures sans gravité. On pourra rentrer par nos propres moyens, après l'arrivée des pompiers.

Il mit fin à la conversation et rangea le téléphone dans son blouson.

— Si le labo clandestin n'explose pas, dit-il, je ferai venir une équipe de techniciens du BCI dès demain matin pour essayer de récolter des indices. Quant à cet appel de Jonas, ce serait un coup dur s'il s'avérait qu'il s'agit bien du frère d'Ann, parce que ça voudrait dire que c'est elle qui renseigne les trafiquants. Elle qui leur a permis de fabriquer leur saloperie en toute impunité depuis des années.

Il marqua une courte pause, le temps de laisser échapper un long soupir.

— Et maintenant j'aimerais savoir ce que tu faisais là à cette…

— Gabe, je t'en prie, l'interrompit-elle. Ne commence pas, d'accord ?

— Si, je vais commencer. Et même terminer, parce que c'est ta vie qui aurait pu se terminer, ce soir ! Mais qui sait ? Au bout du compte, cette mésaventure marquera peut-être le début de quelque chose, et non la fin… Dire qu'il a fallu que tu sois sur le point de mourir pour m'avouer tes sentiments…

Il secoua la tête, un sourire incrédule sur les lèvres.

— Et, si j'ai été assez fou pour entrer dans cette baraque sur le point d'exploser, c'est sans doute que j'éprouve la même chose pour toi.

— Vraiment ? J'avais fini par croire que tu avais seulement besoin de moi pour ton enquête.

— Non, Tess. Pas seulement pour mon enquête.

— Tu m'as sauvé la vie, Gabe. Je ne pourrais jamais te remercier assez de m'avoir tirée de cet enfer.

— Si tu tiens absolument à me remercier, je suis sûr qu'on trouvera un moyen, quand tout ça sera terminé, dit-il avec un regard malicieux.

— Ne sois pas trop sûr de toi, répliqua-t-elle sur le même ton. La peur peut vous faire dire n'importe quoi, tu sais. Peut-on vraiment accorder du crédit à une déclaration faite dans le feu de l'action ?

— Du feu, il y en a toujours eu, entre nous. Quant à l'action…

Il prit le visage de Tess entre ses mains et le tourna vers lui pour l'embrasser à pleine bouche. Elle laissa échapper un petit gémissement de plaisir. Sa barbe naissante râpait un peu son menton et ses joues, mais c'était une sensation délicieuse. Elle s'abandonna entièrement au baiser, le dos renversé sur la jambe valide de Gabe. Leurs langues se cherchaient et se trouvaient avec bonheur tandis qu'elle sentait la main de Gabe se glisser sous son pull et remonter vers ses seins. Il en pétrit délicatement un, puis emprisonna le mamelon de l'autre entre deux doigts. Sa main redescendit lentement, frôlant l'entrejambe de Tess avant d'agripper sa cuisse à travers le jean. Elle changea de position pour mieux se donner à lui, pour mieux faire corps avec cet homme qu'elle désirait. Jamais elle n'avait éprouvé une sensation aussi merveilleuse, aussi extraordinaire, comme si tout s'embrasait autour d'eux, comme si le ciel s'éclairait de flammes dorées et que les battements de son cœur répondaient aux détonations d'un feu d'artifice.

Il fallut un moment à Tess pour comprendre que le laboratoire clandestin venait d'exploser.

Pendant de longues secondes, ils regardèrent en spectateurs fascinés les flammes jaillir de la façade éventrée, avant qu'une nouvelle explosion ne les aveugle un instant, chauffant leurs visages déjà rouges de désir. Dieu merci, ils se trouvaient suffisamment loin pour ne pas risquer d'être atteints par un projectile.

Ils finirent par se mettre debout, main dans la main face au brasier.

— Le mauvais sort s'acharne sur moi quand il s'agit de récolter des indices, dit-il d'une voix assez forte pour couvrir les craquements sinistres de la vieille maison. Je suis venu pour chercher la cachette d'un kidnappeur, et voilà avec quoi je me retrouve…

— Je ne vois pas comment il pourrait y avoir un rapport entre ces trafiquants et les enlèvements, dit Tess en criant presque, elle aussi. D'autant que ces apprentis chimistes sont trop jeunes pour être responsables de mon enlèvement, et qu'ils n'avaient pas l'air d'avoir inventé la poudre, si tu veux mon avis. Sans mauvais jeu de mots, bien sûr.

— Tu oublies que le kidnappeur drogue sans doute ses victimes, et qu'on a peut-être mis de la meth ou une variante de cette saloperie dans le vin blanc que tu as bu l'autre jour. Tu sais, je ne comprenais pas pourquoi j'arrivais chaque fois juste après le départ des trafiquants, quand je découvrais un labo clandestin. Ça se jouait parfois à quelques minutes près. Au moins, j'ai le début d'une réponse, maintenant. Jonas et Ann vont devoir s'expliquer, et leurs aveux me permettront peut-être d'appréhender toute la bande.

— Tu penses qu'Ann a pu appeler Dane Thompson pour lui dire que tu arrivais avec un mandat de perquisition ? Qu'il a paniqué en apprenant ça et qu'il a mis fin à ses jours ?

— Il faut envisager tous les scénarios. Mais pourquoi aurait-il paniqué, puisqu'on n'a rien retrouvé chez lui ou au cabinet vétérinaire ?

— Et le stock de médicaments ?

— Oui, c'est vrai, mais à ce stade rien n'indique qu'il se livrait à un quelconque trafic. Ann m'a proposé de venir travailler demain bien que ce soit dimanche, parce qu'il y aura beaucoup de monde en ville pour la veillée de prières et la procession aux flambeaux. D'ici là, j'aurai le temps de décider ce que je dois faire avec elle.

Ils restèrent un moment silencieux, chacun dans ses pensées, le regard comme aspiré par le ballet destructeur des flammes.

— Tess, reprit-il finalement, je suis désolé que tu te retrouves de nouveau dans une situation dangereuse, cette fois en tant que témoin dans une affaire de drogue. Je vais bientôt devoir t'enfermer dans la cellule du poste pour m'assurer qu'il ne t'arrivera rien… et te dissuader de partir en vadrouille à la nuit tombée, ajouta-t-il en se tournant vers elle avec un regard appuyé. Je te menotterai bien à mon lit, mais j'y passe si peu de temps en ce moment…

Elle lui donna un petit coup de poing qui avait la douceur d'un baiser, et ils restèrent pressés l'un contre l'autre jusqu'à ce que la sirène du camion de pompiers se fasse entendre au loin. Ils se rassirent alors, tendrement enlacés, comme s'ils se trouvaient devant un grand feu de joie par une belle soirée d'automne. La pluie eut beau redoubler d'intensité, elle semblait incapable de contenir l'incendie. Le feu se régalait du vieux bois des façades et de la charpente de l'ancienne maison de Marva, la transformant en torche géante qui éclairait la nuit noire et humide. A la lueur des flammes, Tess vit quelque chose qui la renforça dans l'idée qu'elle avait pu être séquestrée dans cette maison.

— Regarde ça ! s'écria-t-elle, le doigt tendu vers une partie du jardin brusquement dévoilé par l'éclat de l'incendie.

Elle fut surprise de voir Gabe dégainer son arme et la pointer dans la direction qu'elle montrait.

— Quoi ? dit-il. Je ne vois rien, à part les vieilles ruches de George Green. Il vendait du miel, à une époque.

— Mais, si j'ai vu ces ruches d'une fenêtre haute, j'ai pu les prendre pour des petites tombes ! J'étais très jeune, à l'époque. Et je suis presque certaine de me souvenir de l'escalier sur lequel je me suis cachée tout à l'heure, quand j'espionnais les trafiquants ! C'est sûrement là que j'ai été retenue prisonnière, Gabe. En plus, on entend le son de la chute d'eau, d'ici ! Et il y a une voie ferrée à quelques kilomètres seulement, même si je n'ai pas entendu de train passer ce soir…

— Voilà qui me donne de nouvelles raisons d'interroger Marva. Que son frère ait été ou non le kidnappeur, elle…

— Et si c'était elle, la kidnappeuse ? Tu m'as bien dit que ça pouvait être une femme, puisque je n'ai pas été violée. Peut-être souffre-t-elle de ne pas avoir d'enfants au point de s'approprier ceux des autres. Mais, si c'est Marva, où a-t-elle bien pu cacher Sandy ? Sûrement pas dans son salon de bronzage !

Un frisson la parcourut, et elle se tourna de nouveau vers la maison en flammes.

— J'espère seulement qu'elle n'était pas séquestrée à l'étage… J'ai l'impression qu'on avance un peu, Gabe, mais il faudrait avancer beaucoup plus pour retrouver Jill et Sandy.

— Même si les enlèvements sont ma priorité, je ne peux pas abandonner les autres affaires. D'autant que, là, on parle de tentative de meurtre. Si Ann a renseigné les trafiquants par l'intermédiaire de Jonas, c'est sans doute à cause d'elle que je ne suis jamais parvenu à trouver les endroits où ses frangins organisent ces foutus combats de chiens. Tout ce temps perdu à poursuivre des voyous qui étaient informés de mes faits et gestes… Tout ce temps perdu avec Ann… Et dire que je me sentais coupable de vouloir mettre un terme à notre relation ! Quel idiot j'ai été ! Je vais sans doute devoir l'inculper pour complicité dans le trafic de meth et pour les combats de chiens. Si j'arrive à prouver que Jonas est impliqué dans ces deux affaires, bien sûr…

Il quitta l'incendie du regard pour se tourner vers elle.

— Avec tout ce qui se passe en ce moment, ce n'est pas le moment de perdre ma standardiste, mais j'ai bien peur de devoir la virer. Ça te dirait, un job d'automne ? demanda-t-il avec un sourire dans la voix. Peggy Barfield, la standardiste de nuit, pourrait t'apprendre comment ça fonctionne.

— Tu es sérieux, là ? demanda-t-elle, se tournant à son tour pour lire le regard de Gabe dans la lueur dansante des flammes. C'est sûr que je serais plus en sécurité en passant la journée au poste de police, si c'est ce que tu as derrière la tête…

Il ne répondit pas, et elle haussa les épaules.

— Si tu décides vraiment de renvoyer Ann et que tu ne trouves personne pour la remplacer au pied levé, je veux bien te donner un coup de main. Même si je crois que mes souvenirs t'aideront plus que ma façon de répondre au téléphone. Tu te rends compte, Gabe ? Je pense enfin me rappeler l'endroit où j'ai été séquestrée ! Cette vieille maison, cet escalier étroit, le son de la chute d'eau, ces ruches empilées qui ressemblent à de petites tombes… Oui, je crois bien que c'était ici, Gabe !

— Cette baraque a aussi réveillé des souvenirs en moi, dit-il. Entrer dans cette cuisine pour te libérer m'a ramené brutalement à l'époque où je neutralisais des bombes en Irak. Tu vois, le monde est mal fait. Toi, tu cherches à déterrer des souvenirs douloureux, et moi je voudrais les enterrer aussi profond que possible.

— C'est que j'ai besoin des miens, même s'ils sont sûrement affreux.

Elle sursauta quand le toit s'affaissa avec un formidable craquement. L'instant d'après, l'avertisseur sonore d'un train déchirait la nuit dans le lointain. Tous les fragments de souvenirs de Tess trouvaient une correspondance dans cette ferme qui se consumait sous ses yeux.

24

— Désolé de te faire bosser si tôt un dimanche matin, dit Gabe à son jeune suppléant alors qu'ils sortaient au même moment de leurs voitures respectives.

Gabe grimaça en posant le pied par terre. Le Dr Nelson avait soigné sa jambe, ainsi que le poignet de Tess, qui avait nécessité quelques points de suture. Mais sa cheville foulée était toujours douloureuse.

— Je trouve plus prudent d'être deux, au cas où ses frères seraient là, tu comprends ? Je leur fais moins confiance que jamais, à ces trois brutes. Et même si, normalement, Jonas devrait être seul chez lui, mieux vaut prévenir que guérir.

— Pas de problème, shérif, répondit Jace tandis qu'ils commençaient à slalomer entre les arbres derrière lesquels se dressait la maison de Jonas. Carolyn n'est pas allée à la messe ce matin, elle non plus. Elle m'a dit qu'on se rattraperait ce soir, à la veillée de prières à la mémoire de Sandy…

— La veillée n'est pas à la mémoire de Sandy, corrigea Gabe, parce que ça voudrait dire qu'elle n'est plus de ce monde. Et je ne veux même pas envisager cette possibilité pour le moment.

— Oui, pardon, je voulais dire *pour* Sandy. Je vous avoue que je suis un peu nerveux d'aller appréhender un type comme Jonas Simons. Ce genre de mec costaud et pas commode qui vit entouré de haches, de tronçonneuses et de pitbulls, ça me file un peu les jetons. Vous avez déjà vu ce vieux film, *Massacre à la tronçonneuse* ?

— On se calme, Jace. Ça devrait bien se passer. Normalement, il va simplement répondre à nos questions et nous suivre gentiment si on décide de l'arrêter. Mais j'ai appris à me préparer au pire. Bon, on fait comme on a dit, d'accord ? J'y vais seul, et toi tu te places derrière un arbre depuis lequel tu peux nous voir et qui te donne un bon angle de tir.

— Au cas où je devrais faire usage de mon arme.

— Au cas où tu devrais faire usage de ton arme, confirma Gabe.

— Et s'il vous propose d'entrer ?

— Je lui dirai que je préfère discuter dehors. Vas-y, maintenant. J'attends que tu sois en position pour aller sonner à sa porte.

Les deux hommes se séparèrent devant une mare bourbeuse, et Gabe se remit à claudiquer vers le beau chalet en rondins de Jonas. La construction était récente, et Ann avait laissé échapper que le luxueux aménagement intérieur avait « coûté un bras » à son frère, ce qui n'était pas tombé dans l'oreille d'un sourd. Lorsqu'elle avait pris conscience d'avoir commis une gaffe, elle avait maladroitement tenté de revenir sur ses propos, ce qui n'avait fait qu'alerter davantage Gabe. Certes, Jonas travaillait dans une scierie et le bois se vendait bien, mais Gabe savait que son salaire était loin d'être mirobolant. Les combats de chiens devaient lui rapporter un peu d'argent, et peut-être mettait-il aussi du beurre dans les épinards en renseignant les trafiquants de méthamphétamine. Bien sûr, il n'était pas le seul à porter ce prénom dans le comté de Falls, mais Gabe ne connaissait pas d'autre Jonas, encore moins un autre Jonas possédant un moyen de connaître ses déplacements.

Il ne pouvait accuser Ann de quoi que ce soit sans avoir obtenu des aveux — même partiels — de son frère. Elle était beaucoup plus intelligente que les triplés, et parvenir à la faire craquer sans le moindre début de preuve ne serait pas une mince affaire.

A peine posa-t-il le pied dans le jardin qui entourait le

chalet qu'une dizaine de pitbulls se déchaînèrent derrière un grillage métallique, aboyant et montrant les dents.

La porte du chalet s'entrouvrit, laissant passer le haut du corps de Jonas. Le frère d'Ann avait une tête de mort-vivant. Il sortit sous la véranda et considéra Gabe avec un sourire grimaçant.

— Tiens, voilà le shérif ! s'exclama-t-il en se grattant le ventre à travers sa chemise en flanelle, à demi rentrée dans son pantalon. T'es venu me demander la main d'Ann ? Plus de relation à couteaux tirés entre nous, quand tu seras mon beauf, hein ? A propos de couteau, tu penses que je devrais sortir le mien ?

Gabe s'approcha un peu plus près, mais pas trop près. Jonas semblait de bonne humeur, mais la menace perçait sous ses plaisanteries. Et puis, il y avait de bonnes chances pour qu'il ait moins envie de rire d'ici quelques secondes.

— Viens par ici, qu'on discute un peu, lança Gabe. Je voudrais savoir pourquoi tu ne t'es pas présenté au poste, vendredi matin, pour récupérer ton chien empaillé. Celui que John Hillman a naturalisé pour toi et qu'il s'est fait voler. Je parie qu'Ann t'a passé un coup de fil dès qu'elle a entendu parler de cette histoire… Je me trompe ?

Gabe ne quitta pas un instant des yeux la masse imposante du jeune homme qui descendait de la véranda. Rien, dans l'expression de son visage, n'indiquait que Jonas avait compris où il voulait en venir. Bien qu'agacé par son attitude toujours provocatrice, Gabe le laissa approcher sans afficher la moindre émotion. Du regard, il évalua rapidement les dangers possibles, laissant traîner les yeux sur la porte ouverte, sur les fenêtres de devant, sur ce qu'il pouvait apercevoir des façades latérales du chalet. Jonas semblait seul, mais Gabe resta néanmoins sur ses gardes.

— J'ai entendu dire que le véto s'est fait sauter le caisson, dit Jonas en s'immobilisant à quelques pas de lui.

— Réponds à ma question, s'il te plaît, dit Gabe en gardant un œil sur les mains du jeune homme.

Il avait pu dissimuler une arme au niveau de la taille,

d'autant qu'il avait parlé de sortir un couteau. Impossible de voir ce qui se trouvait sous le pan de chemise qui couvrait une partie de son pantalon.

— Je t'avais demandé de te présenter au poste vendredi, mais tu n'es pas venu. On est maintenant dimanche, et c'est moi qui suis obligé de faire le déplacement.

— Trop de boulot à la scierie pour passer te voir, shérif. Et pas envie de t'entendre me poser ce genre de questions. J'ai rien à me reprocher, moi. Et puis, entre nous, j'apprécie pas trop la façon dont tu traites ma petite sœur, ces derniers temps, ajouta-t-il en posant les poings sur ses hanches, ce qui pouvait laisser espérer qu'il n'était pas armé.

— Pourquoi est-ce que tu n'as pas envie que je te pose des questions ? Tu as des choses à cacher ?

Jonas fit quelques pas supplémentaires vers Gabe, qui ne broncha pas.

— Tu insinues encore que j'organise des combats de chiens ? répliqua Jonas d'une voix plus tendue. Regarde si l'un de mes pits à la moindre blessure.

— Je suppose que tu te débarrasses de ceux qui sont blessés. Tu les enterres dans les bois, peut-être ? Mais ce n'est pas pour ça que je suis là. Ni pour le chien empaillé, d'ailleurs.

— Ah ouais ? Alors pourquoi ? demanda Jonas avec un mouvement hostile du menton.

— Pour quelque chose de beaucoup plus grave, Jonas. J'ai de bonnes raisons de penser que tu es de mèche avec le gang qui fabrique et deale de la meth.

— Hein ? C'est quoi, ces conneries ? s'écria Jonas en se dirigeant vers le chenil.

— Reste où tu es, lança Gabe d'un ton autoritaire.

— « Pas bouger », c'est ça ? Pourquoi pas « Au pied », tant que t'y es ? J'suis pas un chien à qui on donne des ordres, moi ! C'est plus facile avec Ann, hein ? Vu qu'elle est ton employée et qu'elle a un faible pour toi, faut pas se gêner pour en profiter !

— Si tu me donnes le nom de famille de Hank et

l'endroit où je peux le trouver, ça se passera beaucoup mieux pour toi lors du procès.

Gabe vit Jonas écarquiller les yeux en entendant le prénom du trafiquant.

— T'es dingue, mec ! Tu te pointes ici comme un cow-boy en m'accusant de… de quoi, au juste ? Tu m'as mis sur écoute, c'est ça ? De toute façon, tu peux rien prouver ! J'ai un alibi pour hier soir !

— Pour hier soir, hein ? Parce que tu penses que quelqu'un a renseigné les trafiquants hier soir ? Ce n'est pas moi qui ai parlé d'hier soir, pourtant. Et ton alibi ne te sert à rien, puisque les trafiquants ont été prévenus de mon arrivée par téléphone. Non, Jonas, je ne t'ai pas mis sur écoute, mais, puisque tu es innocent, pourquoi ne pas me laisser jeter à un œil à ton portable pour voir qui tu as appelé, hier soir ? Si tu refuses, sache que ton opérateur téléphonique fera l'objet d'une réquisition judiciaire qui me permettra de connaître la liste complète de tes appels. Sache aussi que Hank et ses amis vont être inculpés de tentative de meurtre, quand on les arrêtera, et que leurs complices ne vont pas être épargnés par la justice. Alors je te conseille de venir avec moi au poste et de te mettre à table pour m'aider à les appréhender, ce que je ferai de toute manière tôt ou tard. Ce sera un gage de bonne volonté auquel les juges seront sensibles. Crois-moi, ça vaudra mieux pour toi et pour la personne qui te file les infos que t'achètent les trafiquants. Et, pour la dernière fois, arrête de dériver vers ce chenil, Jonas. Réfléchis-y à deux fois avant de songer à lâcher ces chiens sur moi. Si tu poses la main sur le cadenas du chenil, je me considérerai comme en état de légitime défense, et je n'hésiterai pas à t'abattre. Et, si ce n'est pas moi qui le fais, mon suppléant s'en chargera. Il me couvre, au cas où tu aurais d'autres idées stupides derrière la tête.

— Tu bluffes. Tu n'oseras jamais me tirer dessus. Et inutile d'essayer de m'impressionner en prétendant que Miller est là. Je sais que t'es venu seul, Gabe.

— Vraiment ? Tu crois que je vais me laisser dévorer par tes molosses sans me défendre ? Quant à mon suppléant… Jace ! cria-t-il. Tu es en position ?

— J'ai Jonas Simons dans ma ligne de tir, shérif ! répondit Jace.

La détonation qui ponctua ces mots fit autant sursauter Gabe que Jonas. Cette balle tirée en l'air n'était pas prévue au programme, songea Gabe en posant la main sur la crosse de son pistolet. Il s'attendait à ce que Jonas se rue sur le cadenas du chenil, mais il resta immobile, les bras ballants. Son visage affichait une expression de détresse qui lui donnait presque l'air d'un enfant. Allait-il se mettre à pleurer ?

— C'est pas pour moi que je fais ça…, dit-il, le visage tourné vers les pitbulls comme si c'était à eux qu'il s'adressait. C'est pour Ann.

Enfin, songea Gabe. Il avait *enfin* trouvé le point faible de Jonas Simons.

— Comme je te l'ai dit, la justice sera sensible au fait que tu collabores avec les autorités… que toi *et Ann* collaboriez avec les autorités, corrigea-t-il. Que dirais-tu de m'accompagner au poste pour que je puisse prendre ta déposition et celle de ta sœur, si elle veut bien passer aux aveux, elle aussi ?

— J'suis pas ami avec ce taré de Hank McGuffey et sa bande de traîne-savates, et j'ai jamais dealé de la meth. J'avais besoin d'un peu d'oseille, c'est tout. Ça gagne pas assez, de travailler à la scierie… Je vends bien un peu de bois de chauffage ici et là, mais ça rapporte que dalle. Ce chalet, c'est un rêve de gosse pour moi, et j'ai pas envie que la banque le saisisse, tu piges ?

Gabe songea aux revenus que Jonas tirait sans doute des combats de chiens, mais chaque chose en son temps. D'autant que le colosse semblait de nouveau sur le point de pleurer.

Gabe s'était attendu à une bagarre. Il s'était même préparé à grimper à un arbre ou à se réfugier dans la mare bourbeuse pour échapper aux chiens. Au lieu de quoi, il se retrouvait avec un grand dadais au bord des larmes. Mais avec tout ce qui lui tombait dessus en ce moment — la disparition de Sandy, la trahison d'Ann et la perte de sa standardiste, le suicide de Dane, Marva qui était peut-être la kidnappeuse, Tess qu'il n'arrivait pas à protéger malgré ses efforts —, il n'avait pas besoin de sauter dans une mare pleine de vase pour se sentir dans un sacré bourbier.

— Je vais te lire tes droits, Jonas.

— Ann savait que dalle, d'accord ? Elle ignorait que je transmettais ces infos à Hank McGuffey. Je lui ai dit que je m'intéressais au boulot de shérif, et je lui demandais des trucs de temps en temps, mine de rien.

Gabe n'en croyait pas un mot, mais cela le renforça dans l'idée qu'il ne serait pas si simple de confondre Ann.

Le dimanche matin, Tess prépara un petit déjeuner pour Vic et elle, Gabe ayant quitté la maison dès le lever du jour.

— Vos pancakes sont délicieux, dit Vic en attaquant la deuxième pile. Tellement meilleurs que ces trucs industriels que j'achète d'habitude… Je dois admettre que je suis un piètre cuisinier.

— Et votre femme, elle ne vous cuisine pas de bons petits plats ? Vous êtes bien marié, n'est ce pas ?

— Je l'étais, dit-il en versant du sirop d'érable sur la petite crêpe épaisse. Mais on ne peut pas être marié à la fois à une femme et à son boulot. Franchement, je ne lui en veux pas d'avoir pris la tangente. Cela dit, je vivais encore avec elle, à l'époque de votre enlèvement. Et elle a souffert avec moi jusqu'à votre retour.

Il observa une courte pause, mains sur la table et couverts pointés vers le plafond.

— Le truc, c'est qu'un cancer a emporté notre fille quand elle était toute petite. Un neuroblastome, voilà comment s'appelle la tumeur qu'avait notre petite Tiffany.

C'est rare, mais ça ne pardonne pas. Le taux de survie est d'environ cinq pour cent.

Il laissa échapper un soupir qui semblait venir des tréfonds de son être.

— Oui, ajouta-t-il, ma femme était vraiment heureuse, quand votre mère vous a récupérée.

— Oh ! mon Dieu… Ça a dû être une terrible épreuve pour vous. Je suis désolée, Vic, dit Tess en se laissant tomber sur une chaise, de l'autre côté de la table.

Des larmes lui brouillèrent un instant la vue, mais elle parvint à contenir le flot qu'elle sentait monter en elle.

— Oui, c'est la vie…, dit-il avant de couper un morceau de pancake et de le piquer avec sa fourchette, sans toutefois l'enfourner dans sa bouche. Je crois que c'est pour ça que la disparition de Jill Stillwell m'a tellement secoué. J'aurais aimé travailler sur cette affaire, mais j'étais déjà sur une autre enquête importante. Et maintenant la petite Sandy Kenton… J'ai conscience d'avoir parfois un côté rugueux, mais je sais ce que ça fait de perdre sa gamine.

Quelques secondes passèrent avant que Tess ne reprenne la parole.

— Les parents de Gabe ont eu des moments difficiles, eux aussi, dit-elle pour rompre le silence qui menaçait de s'installer. Et le métier de son père n'y était pas pour rien. Je crois que Mme McCord a beaucoup souffert des absences de son mari.

Vic se remit à manger.

— Pour ce qui est de la liaison entre votre père et la mère de Gabe…

Il s'interrompit, le temps d'avaler une bouchée.

— Encore désolé de vous avoir annoncé ça aussi brutalement. Je pensais que vous étiez au courant.

— Ça m'a fait un choc, c'est sûr, mais il valait mieux que je le sache. Je ne vous en veux pas, Vic. Ma famille aurait dû m'en parler depuis longtemps. En tout cas, entre votre exemple et celui de ses parents, je ne suis pas étonnée que Gabe ne se soit jamais marié. Il doit se dire que c'est voué à l'échec, quand on fait ce métier.

Vic la regarda droit dans les yeux.

— Vous savez, il voulait en finir avec Ann avant même de découvrir qu'elle l'a trahie en tuyautant son frangin.

— Oui, c'est ce qu'il dit. Il prétend même qu'il y pensait avant qu'on se revoie.

— Vous songez à vous mettre en couple avec lui, c'est ça ?

— Non ! répondit-elle d'une voix un peu trop forte, avant de reprendre plus calmement : Non, bien sûr que non. Je ne le connais que depuis six jours — en tant qu'adulte, je veux dire. Et puis, de toute façon, ma vie est à Jackson, dans le Michigan. J'ai des projets, là-bas, et je compte y retourner dès que tout ça sera terminé.

— « La dame proteste trop pour être honnête, me semble-t-il. » C'est du Shakespeare. C'est que j'ai des lettres, moi ! Bon, sérieusement, je vous vois bien ensemble, tous les deux… En tout cas, lui, il en pince sérieusement pour vous. C'est pour ça qu'il m'a demandé de veiller sur vous aujourd'hui et surtout ce soir, lors de la veillée de prières pour Sandy et la procession aux flambeaux.

— Je ne risquerai rien, mêlée à la foule.

— Qu'est-ce qui vous fait croire ça ? Vous pensez que celle ou celui qui s'en est déjà pris à vous ne s'aventurera jamais loin de ce foutu champ de maïs ? Ce n'est pas un épouvantail qu'on cherche, mais un être humain ! Alors, désolé, mais il va falloir supporter ma présence tout au long de cette journée. Parce que je n'ai pas l'intention de vous lâcher d'une semelle. Ordre du shérif !

Il versa du sirop sur un autre pancake. Combien était-il capable d'en ingurgiter ? Tess avait cessé de compter.

— Figurez-vous qu'à l'époque où Jill Stillwell venait de disparaître, reprit-il en secouant la tête avec un petit sourire incrédule, un de ces journaux à scandale avait affirmé que les « enlèvements à Bouseuxland » — oui, c'est ce qu'ils avaient écrit ! — étaient perpétrés par les extraterrestres qui seraient aussi à l'origine des agroglyphes ! Vous savez, ces formes étranges qu'on découvre parfois en survolant un champ…

— Sans blague ? C'est grotesque ! Et c'est vraiment méprisant de qualifier Cold Creek de « Bouseuxland ». Reese Owens n'a pas dû apprécier, dites-moi… D'un autre côté, à moins que Marva ne passe aux aveux aujourd'hui, je suppose que les extraterrestres sont une hypothèse comme une autre.

Elle hésita un instant.

— Vic, je voulais vous dire…

Il lui lança un regard dur, comme s'il s'attendait au pire.

— Je vais téléphoner à mon père.

Elle pensait que cette annonce allait le surprendre, ou qu'il allait chercher à l'en dissuader, mais c'est elle qui fut surprise par sa réaction.

— Prenez des notes, dit-il. Et laissez-moi débarrasser la table. Allez, téléphonez-lui tout de suite, tant que vous vous en sentez le courage. Et préparez-vous au pire. Il risque de refuser de vous parler, et ça va vous faire mal. Pour ma part, ajouta-t-il avec un sourire poignant, je donnerai tout pour entendre de nouveau la voix de ma Tiffany.

Ann bondit de derrière le bureau de réception quand son frère arriva menotté au poste de police.

— Gabe ! s'écria-t-elle. Qu'est-ce qui se passe ? Hein ? Dis-moi ce qui se passe !

— Jonas a accepté de répondre à quelques questions, se contenta de dire Gabe. Appelle Peggy pour moi, tire-la une nouvelle fois de son lit et dis-lui que j'ai absolument besoin qu'elle vienne te remplacer.

— Quoi ? Mais…

— Fais ce que je te demande, s'il te plaît.

— Dis-moi au moins de quoi Jonas est accusé.

— Ann ! lança Jonas. Sors d'ici et va nous trouver un de ces avocats huppés qui pullulent au lac Azur. Pour peu que tu leur files ton fric, ces gars-là te sortent de n'importe quelle galère.

— *Nous* trouver ? répéta Ann. Pourquoi *nous* ? Gabe…

— Donne-moi une seconde, dit-il avant de demander à Jace d'emmener Jonas dans la salle d'interrogatoire et de lui retirer les menottes.

Il prit ensuite Ann par le bras et l'entraîna dans un coin du hall d'accueil pour que d'éventuels passants ne puissent les voir à travers la porte vitrée.

— L'autre jour, tu m'as reproché d'être distant avec toi. Mais je…

— Depuis que Tess est arrivée à Cold Creek, tu…

— Tess n'est pas le problème, Ann. Le problème, c'est toi et ce que tu as fait dans mon dos. Alors, j'aimerais que tu ailles t'asseoir derrière le bureau de réception et que tu écrives noir sur blanc les réponses aux questions que je vais te poser. Depuis quand renseignes-tu Jonas ou d'autres personnes sur mes allées et venues professionnelles ? Tu fais ça régulièrement ? Occasionnellement ? Reçois-tu de l'argent en échange de ces informations confidentielles ? Reconnais-tu avoir appelé Jonas, hier soir, pour le prévenir que je me rendais à l'ancienne ferme des Green et lui demander d'alerter Hank McGuffey et son gang de fabricants de meth ? Maintenant, je sais pourquoi je n'ai jamais réussi à prendre tes frères en flagrant délit, lorsqu'ils organisent des combats de chiens. Et pourquoi j'arrive systématiquement après la bataille dans ces labos clandestins.

D'un geste brusque, elle libéra le bras que Gabe tenait toujours et repartit vers le bureau de réception pour ramasser son sac à main.

— Tu n'es qu'un loser, Gabe ! lança-t-elle d'une voix furibonde, avant de traverser une nouvelle fois le hall d'accueil pour aller décrocher son blouson. Comme ton père, tu n'as pas été foutu d'élucider l'affaire la plus importante qu'on ait jamais eue dans ce comté ! Et pourtant je suis prête à parier que le kidnappeur se pavane juste sous ton nez ! Mais, au lieu de tout faire pour le coincer, tu préfères perdre ton temps avec des broutilles comme des combats de chiens ! Je vais aller trouver un avocat.

Il refusa de répondre sur le même ton. Il était blessé par les propos qu'elle venait de tenir — blessé et furieux —, mais elle ne valait pas la peine qu'il se mette dans tous ses états pour elle. Et puis, quelqu'un risquait d'entrer à tout moment, et le shérif ne pouvait se donner en spectacle.

— Toi aussi, tu te pavanais juste sous mon nez, et pourtant j'ai réussi à mettre fin à tes agissements, dit-il d'une voix aussi calme que possible. Pas mal pour un loser, hein ? Alors écoute-moi bien, maintenant… Soit tu vas poser *tout de suite* tes fesses derrière le bureau de réception pour rédiger ces aveux, soit je te laisserai réfléchir à ta trahison sur le banc de la cellule.

— Jonas a été stupide de ne pas tout nier en bloc ! Quant à moi, j'arrête définitivement de gâcher mon temps et ma jeunesse avec un type qui ne sait pas ce qu'il veut ! Et maintenant je vais aller voir un avocat qui me défendra contre tes accusations. Je devrais peut-être contacter celui de Marva Green, qu'est-ce que tu en penses ? Eh oui, Gabe, elle en a pris un ! Il a appelé ce matin pour te parler.

Un rictus de colère déforma les traits d'Ann, mais elle semblait au bord des larmes.

— Il te rappellera lundi, mais sache que tu n'es plus autorisé à parler à sa cliente en son absence. Considère ce message comme la dernière chose que je ferai jamais pour toi !

Il l'agrippa de nouveau par le bras alors qu'elle s'éloignait vers la porte vitrée.

— Enlève tes sales pattes de moi ! cria-t-elle.

Sans un mot, il la traîna jusqu'à la cellule du poste. Là, il lui confisqua son sac à main avant de l'enfermer derrière la porte épaisse, sans prêter attention aux noms d'oiseaux qui fusaient de sa bouche. Il retourna au bureau de réception pour y prendre un bloc-notes et un stylo, qu'il enfourna quelques secondes plus tard dans la trappe passe-plats de la cellule.

— Jace sera là dans une minute pour te lire tes droits et te permettre d'appeler un avocat, dit-il à travers la petite ouverture grillagée. A moins que tu ne te décides à écrire ce que je t'ai demandé, auquel cas tu pourras quitter la cellule et aller t'en chercher un par tes propres moyens. Je demanderai à Peggy de faire l'inventaire de ton sac à main, si tu restes en cellule.

Sur ces mots, il l'abandonna à son triste sort et alla s'asseoir derrière le bureau de réception, pour joindre Peggy et lui demander de venir dès que possible. Plus tard, il comptait jeter un œil au casier judiciaire d'Ann et vérifier minutieusement le journal d'appels de son portable, mais il voulait d'abord rappeler à Tess qu'elle ne devait pas se rendre seule en ville. Pas de chance : elle était déjà en ligne, et il abandonna à la troisième tentative. De toute façon, Vic avait promis de veiller au grain, et Gabe savait qu'il pouvait compter sur lui. Peut-être était-elle au téléphone avec Char, sa sœur travailleuse sociale ? Tess avait sûrement besoin de réconfort, après ce qu'elle avait vécu la veille au soir, et il se réjouissait qu'elle ait trouvé une oreille attentive. Même s'il aurait préféré qu'elle s'adresse à lui.

Tess ne pouvait s'arrêter de trembler, mais elle était décidée à aller jusqu'au bout. Après deux interminables sonneries, elle entendit qu'on décrochait.

— Jack Lockwood, j'écoute ? dit une voix d'homme.

Le passé lui revint à la mémoire avec une telle violence qu'elle en resta sans voix.

— Allô ? répéta l'homme. Qui est à l'appareil ?

Inquiète de compromettre ses chances de lui parler si elle restait muette, elle débita d'un trait ce qu'elle avait prévu de dire en guise d'introduction.

— Papa, c'est Tess… Teresa. Je sais que tu ne t'attendais pas à mon appel, mais ça fait un moment que je voulais te parler. Je suis à Cold Creek pour vendre la maison que j'ai héritée de maman. Une troisième fillette vient d'être kidnappée, et il fallait que j'en discute avec toi. Je veux dire, ça me renvoie à mon passé, tu comprends, et j'essaie d'aider le shérif McCord — tu sais peut-être que Gabe a succédé à son père —, mais le problème, tu vois, c'est que je n'arrive toujours pas à me souvenir de ce qui s'est passé quand j'ai été enlevée. Je n'arrive pas à savoir qui m'a fait ça.

— Teresa… Ma formidable Teresa… Comme je suis heureux d'entendre ta voix ! Oui, on m'a dit que ta mère était morte. Je suis bien triste et désolé pour toi, tu sais… Désolé pour tant de choses.

Tess pleurait, à présent.

— Qui t'a dit que maman était morte ?

— Reese Owens, le maire de Cold Creek. Tu vois peut-être qui c'est ? Ce salopard m'appelle de temps à autre. Dieu sait pourtant que je fais tout pour rester aussi éloigné que possible de ce gros porc. Il m'a même accusé une fois de t'avoir kidnappée, tu te rends compte ? J'ignore si tu le savais, mais je crois que tes sœurs sont au courant du mal que ce type m'a fait.

— C'est à cause de lui que tu es parti ? Parce qu'il a menacé de t'accuser publiquement ?

— Ça a joué dans ma décision, oui. Tu sais, concernant ton enlèvement, je soupçonnais quelqu'un, moi aussi… A l'époque, j'avais d'ailleurs conseillé au père de Gabe de s'intéresser à George Green. Ce type avait grand besoin d'argent parce que son exploitation était en train de péricliter. Selon ta mère, Green traînait dans les parages, le jour où elle t'a laissée à la garde de Gabe. Il faisait du porte-à-porte pour vendre des épis de maïs grillés, et — toujours selon ta mère — il vous a longuement regardées jouer, Kate, Char et toi. Après ça, il a dit que tu étais la plus jolie des trois. J'aimais aussi tes sœurs, Teresa, mais tu étais un vrai garçon manqué, turbulente et bagarreuse, et je suppose que j'avais envie d'avoir un garçon. C'est sans doute pour ça que je me sentais plus proche de toi. Parce que je me retrouvais plus dans toi que dans tes sœurs.

Les mots se bousculant dans sa bouche, Tess lui expliqua qu'elle avait changé son prénom avec l'espoir que ce changement l'aiderait à faire la paix avec son passé, mais qu'il n'en avait rien été. Elle lui parla aussi des progrès de l'enquête, car son père avait appris par la presse la disparition de Sandy Kenton, de ce qui était arrivé à Dane Thompson et des soupçons qui pesaient sur Marva et son frère. Elle lui raconta enfin que Reese Owens s'en était aussi pris à elle et qu'il n'avait pas caché son désir de la voir quitter la ville, mais elle passa sous silence le crime sexuel dont le maire avait été accusé dans sa jeunesse.

Au lieu de s'attarder sur des faits négatifs, elle préféra changer de sujet et évoquer son rêve d'acheter une crèche avec l'argent de la maison. Après avoir appris à son père que ses deux autres filles se débrouillaient bien dans la vie, elle voulut en savoir plus sa nouvelle famille. Il lui répondit qu'il avait eu deux garçons avec sa nouvelle femme : Josh, qui avait sept ans, et Jerod qui venait de fêter ses cinq ans. Jamais elle ne l'aurait avoué à son père — c'est à peine si elle osait se l'avouer à elle-même —, mais elle était heureuse qu'il n'ait eu que des garçons. Heureuse que Kate, Char et elle-même restent ses seules filles.

— Ça me ferait plaisir de les voir, un de ces jours, dit-elle. C'est chouette de penser que j'ai deux demi-frères…

— Tu sais, Teresa, je suis certain que tes sœurs m'en veulent beaucoup et je peux les comprendre, bien sûr. Mais dis-leur, s'il te plaît, que ce n'était pas entièrement mon choix de couper les ponts avec vous. Un homme plus puissant que ne l'imaginent la plupart des habitants de Cold Creek m'a promis de me faire vivre un enfer si je m'avisais de remettre les pieds dans sa ville.

— Qui ça ? Le shérif McCord ou Reese Owens ?

— Reese Owens, ma chérie. Il avait les moyens de me transformer en coupable idéal, tu sais, et je crois bien que j'étais l'atout qu'il gardait dans sa manche pour le cas où le shérif aurait arrêté son ami Dane Thompson.

Ou au cas où il aurait lui-même été dans le collimateur du shérif, songea Tess.

— Le maire voulait que cette affaire soit bouclée le plus vite possible pour que sa chère ville cesse de souffrir d'une mauvaise publicité, poursuivit son père.

Tess éloigna brièvement le portable de son oreille pour consulter l'heure. Elle savait que Gabe comptait attendre Reese Owens à la sortie de la messe, c'est-à-dire dans une dizaine de minutes. Il fallait absolument qu'elle lui parle, avant cet entretien, de ce que son père venait de lui apprendre. Les récents événements avaient peut-être hissé George et Marva Green au sommet de la liste des suspects, mais les agissements du maire méritaient aussi qu'on s'intéresse sérieusement à son cas.

— Je vais devoir raccrocher, papa. Tu es d'accord pour que je te rappelle ?

— C'est moi qui vais te rappeler. Ton numéro s'est affiché sur mon écran, et je vais le conserver précieusement dans mon répertoire. A l'occasion, demande à tes sœurs si elles accepteraient de me reparler, un de ces jours. Et j'ai vraiment été triste d'apprendre le décès de ta mère, tu sais. C'est… c'était quelqu'un de bien. Comme toi, ma fille.

Aussitôt qu'elle eut raccroché, Tess inspira une énorme quantité d'air, comme si elle était restée en apnée durant toute la conversation. Puis elle composa le numéro de Gabe.

— J'ai essayé de te joindre, dit-il, mais c'était toujours occupé. Je suis sur le point d'arriver devant l'église, juste à temps pour la sortie de la messe. Je t'ai dit que j'avais l'intention de…

— De parler à Reese Owens. Oui, je sais. Justement, Gabe, je viens d'appeler mon père et il faut que je te dise ce qu'il m'a confié. George Green est passé chez nous peu de temps avant mon enlèvement, et il m'aurait regardée jouer pendant un moment avant de dire qu'il me trouvait jolie.

— J'ignorais ce dernier détail, mais je savais qu'il était

passé chez toi cet après-midi-là. Il a subi un interrogatoire en règle à l'époque, et son alibi a été corroboré par tous les gens chez qui il s'est arrêté pour vendre ses épis de maïs. Et puis, comme avec Dane, impossible de mettre un mort en garde à vue.

— D'accord, mais c'était surtout de Reese Owens que je voulais te parler. Ecoute un peu ce que mon père m'a dit…

25

Les cloches de l'église sonnèrent douze coups. Gabe repéra le maire, posté à la sortie pour saluer les fidèles qui sortaient par grappes de la messe matinale. Reese semblait s'être donné pour mission de serrer plus de mains que le pasteur, à qui il volait indéniablement la vedette. Le maire de Cold Creek était un politicien dans l'âme et, triste constat, ces gens-là étaient rarement dignes de confiance, songea Gabe. Dieu merci, sa femme ne semblait pas être là, ce qui faciliterait l'entretien. Plus encore que son mari, Lilian Montgomery Owens sentait à plein nez l'argent et le pouvoir qu'il vous confère.

Au bout de quelques longues minutes, le maire se résolut à abandonner ses administrés pour regagner le parking. Gabe coupa à travers une rangée de voitures et se présenta soudainement devant Reese Owens, qui ne sembla pas précisément surpris de voir le shérif surgir de nulle part.

— Bon, je vois que la petite Simons a transmis mes messages. C'est vous qui allez assurer la sécurité à la veillée de prières pour Sandy Kenton, ce soir ?

— *Moi* et l'agent Reingold. Je demanderai peut-être à mon suppléant de nous donner un coup de main si nécessaire. Vous pensez que c'est un événement à risque ?

— Je suis prudent, c'est tout. Bon, si je vous ai appelé hier, c'était pour avoir des détails sur la mort de Dane. Une bien triste nouvelle, et encore une mauvaise publicité pour Cold Creek.

Tout en parlant, le maire continuait à saluer des gens qui

passaient à leur hauteur et à agiter la main vers d'autres qui marchaient plus loin, ce qui avait le don d'agacer Gabe. Cet homme ne cessait donc jamais de faire campagne ? Gabe connaissait le moyen de capter toute l'attention de Reese Owens, mais un parking bondé n'était pas le bon endroit pour lui remémorer les faits qui avaient failli l'envoyer dans une prison pour mineurs.

— J'ai besoin de vous parler, dit Gabe. Marchons jusqu'à mon bureau, si vous voulez bien. Il y a des choses dont il vaut mieux s'entretenir en privé.

— Très bien. Mais je préfère y aller en voiture. Lily reste ici pour superviser l'organisation du dîner de soutien aux Kenton. Il sera servi avant la veillée de ce soir, et nous prenons en charge tous les frais, bien sûr. Vous voulez monter avec moi ?

— D'accord, dit Gabe, soucieux de ne pas le laisser filer.

— Alors ? lança le maire une fois installé derrière le volant de sa grosse Mercedes noire. Inutile de prendre des gants avec moi, shérif. Avec mon expérience, je suis armé pour tout entendre !

Gabe nota que le maire pouvait à peine boucler sa ceinture de sécurité tant son ventre était proéminent.

— Oups ! Je ne devrais pas utiliser le verbe *armer* alors qu'on parle de la mort de Dane. J'ai entendu dire qu'il avait laissé un mot d'adieu. J'espère qu'il y avoue être l'auteur des enlèvements. Et Marva, pourquoi est-ce que vous vous intéressez à elle ? Il paraît qu'elle s'est assuré les services d'un avocat.

— Je vois que les nouvelles vont vite.

— Ça toujours été comme ça, par ici, répliqua Reese avec un petit rire satisfait. Ce serait terrible si Dane et sa sœur étaient derrière ces enlèvements. Dane était un ami et je l'ai défendu, mais je serais soulagé que ces affaires trouvent enfin leur épilogue. Au moins, on a des bonnes nouvelles du côté de Marian Bell, à ce qu'il paraît. Elle va enfin nous foutre la paix, maintenant qu'elle a retrouvé sa fille. Mais revenons à ce pauvre Dane, shérif… Où en est votre enquête ?

— On a retrouvé une lettre d'adieu assez vague, mais certains éléments laissent penser qu'il pourrait s'agir d'un meurtre et non d'un suicide.

— Quoi ? Un meurtre ? s'écria Reese Owens en frappant le volant du plat des mains.

Il venait tout juste de se garer dans le parking du poste de police. Sans prendre la peine de couper le moteur, il tourna un visage furibond vers Gabe.

— Et c'est maintenant que vous me dites ça ? Vous et ces soi-disant cracks du BCI auriez dû m'en parler tout de suite ! C'est un miracle qu'on ne se retrouve pas déjà avec une nuée de journalistes en train de chercher à en savoir plus ! Comme si j'avais besoin de ça ! Un notable de la ville assassiné et toujours aucun résultat sur les enlèvements !

— La presse ignore bien évidemment qu'on soupçonne un meurtre, répliqua Gabe avec humeur. Mais poursuivons cette conversation à l'intérieur, ajouta-t-il avant de sortir de la voiture, et de la contourner rapidement pour ouvrir la portière du maire.

Owens se décida enfin à couper le moteur. Comment un homme pouvait-il en arriver à peser si lourd qu'il avait du mal à s'extraire de sa voiture ? songea Gabe. Franchement, ça le dépassait. Il le précéda vers le poste de police, s'effaçant pour le laisser pénétrer dans le hall d'accucil désert. Peggy n'allait pas tarder à arriver, et ce serait ensuite au tour de Tess de remplacer Ann durant la journée. Bien sûr, il allait devoir trouver quelqu'un d'autre, mais embaucher une nouvelle standardiste se situait tout en bas de sa liste de priorités.

Au moins, le fait que Jonas ait dénoncé ce Hank McGuffey et sa petite bande de dangereux chimistes amateurs signifiait que Tess n'aurait pas à passer des heures devant des photos de suspects. Même s'il lui faudrait témoigner plus tard contre McGuffey et ses complices dans le cadre de la procédure pour tentative de meurtre. La bonne nouvelle, se dit Gabe, c'est qu'elle serait contrainte de revenir dans l'Ohio pour le procès. Mais, au fond de lui, il espérait surtout qu'elle déciderait de rester vivre ici.

Il conduisit le maire dans la salle d'interrogatoire et lui indiqua une chaise en croisant les doigts pour qu'elle ne cède pas sous son poids.

— C'est vraiment terrible, ce que vous venez de m'apprendre sur la mort de Dane, dit Reese Owens en essuyant d'un revers de main la sueur qui perlait à son front.

Il était rouge comme s'il venait de faire un long footing, alors qu'il avait marché à peine dix mètres entre sa voiture et le poste de police.

— S'il ne s'est pas suicidé, ça veut dire qu'il n'était peut-être pas le kidnappeur, et qu'au lieu de se résoudre le mystère ne fait que s'épaissir. Bien sûr, il a pu être tué par un complice qui craignait qu'il ne parle… Marva, pour ne pas la nommer. Ce qui nous renvoie à George Green, qui avait fait l'objet de soupçons pour les deux premiers kidnappings. Bon sang, Gabe, cette enquête piétine depuis vingt ans, et je vous considère aujourd'hui comme le seul responsable !

— Rejeter la faute sur un tel ou un tel ne va pas faire avancer les choses, monsieur le maire, répondit Gabe aussi calmement que possible. Pour votre information, je viens d'arrêter Jonas Simons pour complicité avec un gang de trafiquants de méthamphétamine qui sévissait depuis des années dans le comté. Toute la bande a été appréhendée ce matin. Dans la mesure où ils habitent du côté d'Athens, j'ai demandé à la police autoroutière de procéder à cette interpellation. Tout s'est parfaitement déroulé grâce aux informations précises que je leur ai fournies. J'ai le regret de dire qu'Ann Simons a également aidé ces trafiquants de drogue en livrant des informations confidentielles à son frère, qui s'est à son tour chargé de les transmettre aux trafiquants. Elle a rédigé des aveux complets, et j'attends de connaître le nom de l'avocat qu'elle a choisi pour défendre ses intérêts et ceux de son frère. A ce propos, l'explosion qui a détruit l'ancienne maison des Green n'était pas due au gaz, comme on l'a prétendu, mais à une préparation chimique destinée à produire de la meth. Le gang qui avait transformé cette maison en laboratoire clandestin a essayé de tuer Tess Lockwood, qui les avait surpris en train de fabriquer leur saloperie.

Gabe fit une courte pause, regardant Reese Owens dans le blanc des yeux.

— Alors, monsieur le maire, que diriez-vous de faire votre boulot et de me laisser faire le mien ?

— Ils ont essayé de la tuer, vous dites ? Alors ce sont peut-être eux, les kidnappeurs que votre père et vous cherchez à coincer depuis vingt ans !

— Vous ne laissez jamais tomber, hein ? Les membres de ce gang sont beaucoup trop jeunes pour avoir kidnappé Tess et même Jill Stillwell. Ce sont des petites frappes qui se remplissent les poches en fabriquant cette drogue destructrice. Ils ne s'intéressent qu'à l'argent facile, et aucune rançon n'a jamais été exigée pour les fillettes, que je sache.

— Alors vous feriez mieux de garder votre énergie pour arrêter le kidnappeur, au lieu de perdre votre temps avec ces minables.

— Toutes ces vies détruites par cette drogue, sans compter celle de Tess qui a failli ne jamais sortir de cette maison… Ça ne vous paraît pas assez important pour qu'on s'y intéresse ? Mais puisque vous voulez qu'on se concentre sur les enlèvements, reprit-il sans attendre la réponse du maire, vous serez heureux de savoir que l'agent Reingold et moi-même avons découvert qu'un personnage important de Cold Creek a été mis en cause, dans sa jeunesse, dans une affaire d'atteinte sexuelle sur mineure. Cet homme ne vivait pas ici à l'époque où il a été accusé de ce crime, et on sait d'autre part que de gros moyens ont été mis en œuvre pour étouffer l'affaire.

Les yeux du maire se plissèrent légèrement, et Gabe vit que sa lèvre supérieure était luisante de transpiration.

— Quelqu'un comme Jack Lockwood, le père de Tess ? demanda-t-il d'une voix hésitante.

— Les autorités ont fait toutes les vérifications nécessaires sur Jack Lockwood à l'époque de l'enlèvement de sa fille, et il a été entièrement blanchi, même si je sais que vous avez continué à exercer des pressions sur lui. Non, monsieur le maire, l'homme dont je vous parle est un personnage dont le casier judiciaire a presque entièrement été effacé. Mais la sagacité de l'agent Reingold lui a permis de retrouver un document qui mentionne cette agression commise contre une fillette de cinq ans, soit au passage un âge similaire à celui de Sandy Kenton et de Tess au moment de son kidnapping. Nous avons également au moins un témoin qui vivait dans le même quartier que vous, monsieur le maire, et qui se souvient non seulement de cette affaire dans les moindres détails, mais aussi de la façon dont elle a ensuite été étouffée, y compris par une distribution d'argent aux gens du quartier en échange de leur silence.

Malgré le plaisir qu'il éprouvait à voir Reese Owens acculé et sans voix, Gabe espérait que celui-ci n'allait pas faire une crise cardiaque dans la salle d'interrogatoire.

— Vous plaisantez, j'espère ? dit le maire d'une voix mal assurée. Comment osez-vous ressortir cette vieille affaire où j'ai été accusé à tort ? Des rumeurs de qu… quartier, rien de plus. Vous… Vous voulez me faire chan… chanter ?

Reese Owens en bégayait de rage. De peur, peut-être.

— Vous faire chanter, monsieur le maire ? Certainement pas. Je me contente de vous tenir informé de la progression de l'enquête, comme vous venez de me le réclamer. Et ne vous avisez plus de sortir Jack Lockwood de votre chapeau quand ça vous arrange, d'accord ?

Gabe s'efforçait de ne pas trop se délecter de la situation. Après tout, cette découverte sur le passé du maire n'allait pas forcément déboucher sur quelque chose d'intéressant pour son enquête.

— Et maintenant, poursuivit-il, je vous serais reconnaissant de bien vouloir me relater par écrit ce qui s'est passé entre vous et cette fillette du nom de Ginger Pickett. Bien sûr, nous avons déjà un document officiel qui atteste de la réalité de cet incident, mais votre témoignage écrit nous permettra de vous mettre hors de…

Les poings de Reese Owens s'abattirent violement sur la table.

— Espèce de salaud ! Je n'ai rien à voir avec ces enlèvements de fillettes, et vous faites une grosse erreur en ressortant des faits erronés qui datent de je ne sais combien d'années ! Il n'y a aucun lien entre les kidnappings et cette vieille histoire, d'autant que votre protégée n'a pas subi d'agression sexuelle, que je sache ! Comme les autres fillettes, Tess Lockwood a probablement été séquestrée par un taré dont j'ignore les motivations. Mais, puisque vous semblez décidé à faire feu de tout bois, je vais appeler mon avocat. C'est un ténor du barreau de Columbus, et il saura vous remettre à votre place ! Vous voulez me lire mes droits ?

— Pourquoi le ferais-je ? Vous n'êtes pas en état d'arrestation, monsieur le maire. Je vous ai simplement demandé de m'aider à chasser les légitimes soupçons qui pèsent sur vous, après la découverte d'une grave accusation dont vous avez fait l'objet dans votre jeunesse. J'ai joué franc-jeu avec vous, il me semble, et j'aurais cru qu'un innocent, de surcroît maire de cette ville depuis des années, aurait à cœur de m'aider.

— Inutile d'essayer de m'embobiner avec vos belles paroles, shérif. Ce n'est pas à un vieux singe qu'on apprend à faire des grimaces. J'appelle mon avocat, point final. Croyez-moi, il va vous faire payer cet outrage au prix fort.

— Vous avez raison de vous assurer les services d'un ténor du barreau de Colombus, répliqua Gabe, à deux doigts de laisser éclater sa colère. Comme ça, les médias n'auront même pas à se déplacer jusqu'ici pour connaître votre réaction sur cette vieille affaire.

Il se leva et toisa Reese Owens de toute sa hauteur.

— Je ne vous remercie pas pour votre collaboration, monsieur le maire. On se verra ce soir à la veillée de prières.

Soufflant et ahanant furieusement, Reese Owens souleva à son tour la masse énorme de son corps.

— Je vous conseille de la fermer, McCord ! J'ai le bras long, figurez-vous, et je n'aurai aucun mal à vous faire perdre votre étoile de shérif !

— Personne n'est jamais assuré de se faire élire ou réélire, rétorqua Gabe. Pas plus le maire que le shérif. Vous savez, Reese, je pourrais bien dénicher un candidat capable de vous faire mordre la poussière. Surtout si votre passé trouble s'invite au cœur de la campagne.

Le visage cramoisi, Reese Owens quitta la pièce en soufflant comme une bête furieuse. L'image des pitbulls de Jonas, aboyant derrière le grillage, revint à l'esprit de Gabe. A présent, il se sentait lui-même dans la peau d'un de ces chiens de combat. Et il allait planter ses crocs dans la gorge de celui ou ceux qui avaient fait du mal à ces fillettes.

Il y avait foule pour assister à la veillée de prières. Assise au deuxième rang, Tess avait les yeux rivés sur la grande banderole où l'on pouvait lire les mots : « On attend ton retour, Sandy. » Elle avait été fixée sous l'écran où défilaient des photos de la petite fille, disparue depuis maintenant cinq longues journées. Tess observait attentivement les images afin de bien se souvenir du visage de Sandy, mais il se fondait avec son propre visage d'enfant tel qu'elle l'avait revu récemment chez Gabe,dans la « salle d'opérations militaires ». Sandy avait les cheveux blonds, elle aussi, mais ses yeux étaient marron. Le large espace qui séparait ses deux dents de devant les faisaient paraître plus grandes encore dans sa petite bouche. Sous son nez mutin se dessinait souvent un sourire timide. On la voyait en famille, avec ses camarades de classe lors d'un pique-nique scolaire, près d'un faon dans une ferme pédagogique, dans une belle robe à l'occasion d'un mariage, écoutant une histoire que lui lisait sa mère, habillée d'un costume de fée et brandissant une baguette magique…

La famille de Jill Stillwell était réunie au premier rang avec le révérend Snell et son épouse Janie. Tess avait parlé brièvement aux Stillwell, et elle avait passé beaucoup de temps au téléphone avec la mère de Sandy. Lindell Kenton lui avait demandé si elle accepterait de dire quelques mots ce soir, mais Tess ne se sentait pas à l'aise à l'idée de prononcer une allocution trop personnelle. Finalement, il avait été décidé qu'elle lirait plutôt un passage de la Bible. Elle devait admettre que la perspective de se tenir debout devant cette foule la rendait assez nerveuse, mais elle avait tellement envie de participer !

Dans un des livres prêtés par Mlle Etta, elle avait lu que Freud avait défini la santé mentale comme la capacité à « aimer et à travailler ». Tess estimait qu'elle répondait à cette définition, non seulement parce qu'elle rêvait de reprendre cette crèche et de s'occuper des enfants qu'elle y accueillerait, mais aussi parce qu'elle consacrait beaucoup de temps et d'énergie à l'enquête. Elle avait même accepté de remplacer Ann en attendant que Gabe embauche une nouvelle standardiste. Quant à aimer… Malgré la rapidité avec laquelle Gabe et elle s'étaient rapprochés, elle était certaine des sentiments qu'elle éprouvait pour lui.

Elle était assise entre la femme de Jace Miller — Carolyn — et Mlle Etta. Le maire et son épouse avaient pris place au premier rang, avec les familles des fillettes kidnappées. Bien que Vic eût été désigné pour être son garde du corps ce soir, il se tenait tout au fond de l'église avec Gabe : le meilleur endroit pour avoir une vue d'ensemble.

Tess caressait machinalement le cuir grainé de la Bible posée sur ses cuisses. Lindell Kenton avait glissé un intercalaire jaune à la page où se trouvait le texte qu'elle devait lire, prenant même soin de souligner au crayon le passage concerné.

— C'est un livre que les gens ne lisent plus assez,

lui glissa Mlle Etta à voix basse, en tendant le bras pour tapoter la couverture de la Bible.

Sa main sentait ce gel antibactérien dont elle se servait en permanence.

— Ils croient que la Sainte Bible est écrite dans un langage ancien et compliqué, alors que pour ceux qui le souhaitent, il existe des traductions récentes et beaucoup plus modernes.

Tess hocha poliment la tête.

— Je pensais que vous viendriez avec votre mère, ce soir, dit-elle. Ça m'aurait fait plaisir de la revoir.

Une expression de surprise s'afficha un court instant sur les traits de Mlle Etta, vite remplacée par un sourire.

— C'est parce que j'ai utilisé les termes « ancien et compliqué » que tu penses à maman ? demanda-t-elle avec un petit clin d'œil. Non, je ne l'emmène plus à l'église, reprit-elle en retrouvant un ton presque grave. C'est devenu trop difficile de se déplacer avec elle. A propos de choses anciennes, le shérif m'a dit qu'il voulait me parler, demain. C'est au sujet de ma collection de pistolets. Je vais vérifier si je possède le modèle dont s'est servi Dane pour mettre fin à ses jours. Ça tombe bien que Gabe McCord vienne me voir, parce que j'ai trouvé un livre que je voudrais lui prêter.

— Je ne sais pas s'il aura le temps de le lire, vous savez… Il a tellement de travail en ce moment qu'il a à peine le temps de dormir.

— Oui, bien sûr, je comprends. D'ailleurs, je me réjouis qu'il fasse tout pour retrouver cette petite. Mais un livre sur le stress au travail ne peut que l'aider à être plus efficace.

Les conversations étouffées s'éteignirent doucement lorsque le révérend Snell vint se placer devant le pupitre. Il adressa quelques mots de bienvenue aux fidèles et situa avec tact le contexte de cet office avant de lire une prière très touchante. Puis l'orgue résonna sous la haute charpente de l'église, et l'assemblée se leva comme un seul homme pour chanter.

Comme était vif dans l'esprit de Tess le souvenir de ces

dimanches passés dans la chapelle attenante, ou parfois dans cette même église avec ses parents ! L'école du dimanche avait laissé dans sa mémoire une impression de paix et de douceur. Comment les choses avaient-elles pu si mal tourner ?

La pauvre petite Sandy devait avoir tellement envie de rentrer à la maison… Peut-être pleurait-elle en ce moment même, terrifiée, tandis que ce chant s'élevait pour elle. Imaginer la détresse de cette enfant lui serra douloureusement le cœur. Dieu merci, elle ne semblait pas s'être trouvée dans la maison où Tess pensait avoir été séquestrée, et qui avait entièrement brûlé la veille. Les pompiers et les experts du BCI continuaient à fouiller les débris à la recherche d'un corps calciné, mais Tess était persuadée que le ou les kidnappeurs — Dane et Marva ? — avaient une autre cachette où était séquestrée Sandy.

Elle profita d'un moment de recueillement général pour demander à Dieu de l'aider à se souvenir de sa captivité, quels qu'aient été les moments d'horreur qu'elle y avait vécus. Peu importait le prix à payer, elle voulait aider Gabe à retrouver les disparues.

Quand arriva son tour, le révérend Snell la présenta comme « celle qui incarne l'espoir de retrouver Jill et Sandy vivantes ». Il expliqua ensuite que le Seigneur avait exaucé une partie de leurs prières, Amanda Bell ayant été localisée au Brésil où elle vivait avec son père.

— Et maintenant le plus beau cadeau que nous puissions recevoir au milieu de tout ce chagrin, annonça-t-il, les mains agrippant le pupitre. Voici une fille du pays, notre Teresa Lockwood, qui se fait désormais appeler Tess, et qui, il y a vingt ans, est revenue chez elle après de longs mois de séquestration. Et voilà qu'elle revient de nouveau chez elle, mes biens chers frères et mes biens chères sœurs. Oui, voilà qu'elle revient dans notre chère ville de Cold Creek, parmi nous qui lui souhaitons la bienvenue du fond du cœur. Bien que marquée par cette terrible épreuve, elle a tenu à être présente ce soir et à nous lire des mots de réconfort.

Alors qu'elle gravissait les trois marches menant à l'estrade, elle fut stupéfaite d'entendre la foule se mettre à applaudir. C'en était trop pour elle, et les larmes lui montèrent aux yeux. Même Vic battait des mains. Gabe aussi, adossé à la porte du fond — Gabe qui avait assisté impuissant à sa disparition et qui, vingt ans plus tard, cherchait encore son ravisseur. Gabe, qui la protégeait et faisait battre son cœur un peu trop vite chaque fois qu'elle pensait à lui. Elle s'étonna de voir Sam Jeffers et John Hillman assis côte à côte tout près de Vic. Bien sûr, elle avait tort de les considérer avec défiance alors qu'ils étaient innocents jusqu'à preuve du contraire, mais elle devait admettre qu'elle ne s'était pas attendue à les trouver ici ce soir.

Elle ouvrit la Bible à l'endroit où Lindell Kenton avait glissé l'intercalaire et la posa sur le pupitre. Puis elle leva la main avec un sourire timide pour faire cesser les applaudissements, le cou un peu tendu vers le micro. Elle n'avait pas prévu de dire quoi que ce soit de personnel, mais les mots sortirent naturellement de sa bouche.

— Je suis très émue de revenir dans ma ville natale. Nous devons regarder le passé en face pour pouvoir affronter sereinement le présent et l'avenir. C'est ce que j'essaie de faire et je crois que ça me réussit plutôt bien, ajouta-t-elle avec un autre sourire timide. Je me sens plus forte de jour en jour, et la chaleur de votre accueil va m'aider à poursuivre dans cette voie.

Elle prit une grande respiration et baissa un instant les yeux vers la Bible.

— Et maintenant Mme Kenton m'a demandé de vous lire un passage de l'Evangile selon saint Luc où il est question d'une brebis perdue et retrouvée.

Sa voix se brisa à plusieurs reprises tandis qu'elle lisait :

— « Si l'un de vous a cent brebis et qu'il en perd une, n'abandonne-t-il pas les quatre-vingt-dix-neuf autres dans le désert pour aller chercher celle qui est perdue, jusqu'à ce qu'il la retrouve ? Quand il l'a retrouvée, il la prend sur ses épaules, tout joyeux, et, de retour chez lui, il rassemble ses amis et ses voisins pour leur dire : “Réjouissez-vous avec moi, car j’ai retrouvé ma brebis, celle qui était perdue !” »

Aussitôt que Tess se fut rassise, Win Kenton monta à son tour sur l’estrade pour expliquer qu’une autre battue à travers champs serait organisée le lendemain à midi, y compris dans ceux qui n’étaient pas encore moissonnés. Il évoqua la phlébite d’Aaron Kurtz qui maintenait le cultivateur alité pour le moment, demandant aux fidèles de l’associer à leurs prières, avant d’annoncer que d’autres agriculteurs du comté viendraient bientôt moissonner les champs dont Aaron n’avait pu s’occuper avant son admission à l’hôpital. Bien entendu, les opérations de recherches ne pouvaient attendre que ce travail soit effectué.

— Si nous devons effectuer cette battue dès demain, ce n’est pas seulement parce que nous sommes engagés dans une course contre la montre pour retrouver notre petite Sandy, ajouta Win Kenton d’une voix étranglée, mais aussi de crainte que les moissonneuses-batteuses ne détruisent d’éventuelles…

Des sanglots noyèrent sa voix, et il dut s’interrompre un instant.

— Qu’elles ne détruisent d’éventuelles pièces à conviction, reprit-il en faisant visiblement un effort sur lui-même pour chasser les visions d’horreur qui ne pouvaient manquer de traverser son esprit.

Tout le monde avait compris qu’il parlait du cadavre de son enfant. Il resta un moment sans voix dans le silence accablé qui s’était abattu sur la foule, le corps secoué de sanglots contenus.

— Nous ne devons surtout pas détruire les indices qui nous aideront à comprendre ce qui est arrivé à notre fille, parvint-il à reprendre. Notre famille vous remercie tous pour votre soutien et vos prières.

Il quitta l’estrade en toute hâte pour aller se réfugier sur le banc où sa femme le serra dans ses bras.

Une fois de plus, des images du champ de maïs et de la grosse moissonneuse-batteuse s’invitèrent dans l'esprit de Tess. Après qu'elle eut vu la grosse machine aux allures de monstre, quelqu'un avait bondi sur elle et lui avait enfoncé l'aiguille d'une seringue dans le cou. Elle en était sûre, à présent. Le souvenir de cette brusque douleur la fit tressaillir sur le banc, et Mlle Etta posa une main ferme sur son bras. De plus en plus d'images lui revenaient à la mémoire depuis son retour à Cold Creek. Ce qui était encourageant, à en croire la théorie des « reviviscences en cascade » exposée dans un des livres prêtés par Mlle Etta. Tess aimait songer à ces souvenirs, à ces « états de conscience déjà éprouvés » et à ces « déjà-vécus » comme à l'eau d'une cascade dégringolant toujours plus fort. D'ailleurs, une vision s'imposait fréquemment à elle, ces dernières heures : l'image étrange d'une tête de cerf naturalisée dont les yeux vitreux paraissaient l'observer depuis le mur où elle était fixée. Une présence menaçante qui semblait dire : « Obéis, ou tu vas le regretter. » Il faudrait demander à Gabe d'interroger Marva sur la présence de ce genre de trophée dans son ancienne maison… Mais qu'est-ce qui empêcherait celle-ci de mentir ? Devait-on rechercher une tête de cerf calcinée dans les débris de la ferme des Green ? Marva avait aussi pu la rapporter chez son frère, lorsqu'elle y avait emménagé, auquel cas Gabe l'avait peut-être vue durant la perquisition. Et si cette image n'était pas un véritable souvenir de sa séquestration ? Si elle provenait tout simplement de sa récente visite à l'atelier de taxidermie de John Hillman, dont l'ambiance angoissante l'avait fortement impressionnée ?

Après un dernier chant suivi d'un appel aux volontaires pour la battue du lendemain, le pasteur ouvrit grand les bras et lança :

— Allez dans la paix du Christ.

Tess rejoignit la longue file des fidèles qui marchaient lentement vers la sortie de l'église. Dehors, la nuit tombait, et chaque adulte se voyait remettre un lampion blanc illuminé par une bougie.

— Tu comptes participer à la procession ? lui demanda Mlle Etta.

— Oui, et vous ?

— Il vaut mieux que je rentre pour m'occuper de maman. Elle passe déjà suffisamment de temps seule comme ça, la pauvre… J'espère simplement que les gens vont être prudents avec ces lampions. Creekside Gifts n'est pas loin de la bibliothèque, et Dieu sait que les livres s'enflamment vite. Je suis un peu maniaque et angoissée, je sais, mais une bougie allumée peut causer de gros dégâts dans les mains d'un irresponsable.

— Je peux vous poser une question, mademoiselle Etta ?

Cette dernière ouvrit de grands yeux.

— Ma foi… Bien sûr, voyons.

— Etes-vous déjà allée chez Marva et George Green ?

— Oui, souvent. Surtout vers la fin, quand George était si malade et que je venais lui apporter de la lecture. Pourquoi est-ce que tu me demandes ça ?

— Vous avez une si bonne mémoire, alors que la mienne a de gros trous, comme vous le savez… Je me demandais si vous vous souveniez avoir vu une grosse tête de cerf, chez eux ? Vous savez, un de ces trophées de chasse accrochés au mur… Dans le salon, je pense, au-dessus de la cheminée.

Mlle Etta fronça les sourcils, s'efforçant manifestement de se souvenir du salon des Green.

— Je me suis rendue dans tellement de maisons, à Cold Creek… Non… ça ne me rappelle rien. Pourquoi voulais-tu savoir ça ?

— J'ignore si ce sont les livres que vous m'avez donnés ou le fait d'aider Gabe dans son enquête, mais j'ai l'impression que les souvenirs de ma séquestration commencent à revenir, même si c'est au compte-gouttes.

— Ah… je comprends. Ça me fait plaisir de l'entendre, et ça me motive pour te trouver d'autres ouvrages susceptibles de t'aider. A propos, dis au shérif que je l'attends à l'ouverture de la bibliothèque, demain matin, pour parler de cet ancien pistolet et lui donner ce livre sur le stress au travail. A 10 heures précises, hein ? Dis-lui bien de ne pas être en retard.

Toujours aussi vive et alerte, la bibliothécaire s'éloigna dans le soir tombant, avant que Vic n'ait le temps de se frayer un passage à travers la foule pour rejoindre Tess.

26

— Je parie que vous n'aviez pas imaginé devoir jouer les gardes du corps, lorsqu'on vous a envoyé à Cold Creek pour résoudre une affaire d'enlèvement, dit Tess en souriant à Vic.

Ils marchaient côte à côte vers l'arrière de la maison de Gabe où l'agent du BCI avait garé sa voiture. Le vent s'était levé et le champ de maïs semblait vivant, ses tiges s'agitant nerveusement comme si elles appréhendaient la grande battue de midi. L'initiative était louable, bien sûr, mais Tess ne pouvait s'empêcher de craindre une macabre découverte. Elle laissa son regard s'attarder sur le champ, heureuse qu'il ne lui inspire plus de terreur.

— En tout cas, ajouta-t-elle alors qu'ils ouvraient les portières de la voiture, je comprends que Gabe ne veuille pas que je sois assise derrière le bureau de réception quand Marva et son avocat se présenteront au poste.

— Inutile de lui donner une nouvelle occasion de hurler après vous, dit Vic en s'installant derrière le volant. Marva Green s'est peut-être calmée, mais dans le doute…

Il laissa échapper un soupir qui fit vibrer ses lèvres avec un bruit comique.

— Il faut vraiment qu'on parvienne à donner un coup d'accélérateur à cette enquête. Qu'on trouve quelque chose qui nous fasse avancer. Même si la piste de Dane Thompson et de sa sœur est intéressante, je poursuis mes recherches pour retrouver la gouvernante que les Owens ont récemment licenciée. J'ai déjà localisé son frangin, et il se pourrait bien que je mette la main sur cette femme dans la journée. Mais en attendant je n'ai rien contre l'idée d'aller faire un tour à Hear Ye. Pendant que vous rendrez visite à votre famille, je me ferai un plaisir de discuter avec l'Etoile Lumineuse qui brille sur cette communauté de dingos. Je ne dis pas ça pour votre cousin et sa femme, bien sûr, ajouta-t-il précipitamment.

— Je doute que discuter avec Monson soit un plaisir pour quiconque, répondit Tess. Ce type est vraiment bizarre… J'ai l'impression que c'est un grand manipulateur, ajouta-t-elle en bouclant sa ceinture de sécurité. Ça m'inquiète pour Lee et Gracie, vous savez, et encore plus pour leurs enfants. Monson semble avoir une énorme emprise psychologique sur tous les membres de sa communauté. Ce qui est sûr, c'est que je me sentirai plus à l'aise en vous sachant dans les parages. J'ignore si Gabe vous l'a dit, mais il a pu échanger quelques mots avec Lee et Gracie, au marché. D'après lui, ils sont plus que jamais sous l'emprise de cette secte. Je serais prête à leur relouer la maison pour trois fois rien, mais je suis certaine qu'ils n'accepteront jamais de quitter Hear Ye.

Vic mit le moteur en marche, et ils parcoururent rapidement les quelques kilomètres qui séparaient la maison de Gabe du complexe religieux. Ils laissèrent la voiture sur le petit parking et marchèrent jusqu'au portail de bois, gardé une fois encore par un robuste vigile.

— Frère Lawrence est mon nom, dit-il. Que puis-je faire pour vous ?

Comme son gourou, l'homme s'exprimait d'une voix calme, un peu moins forte que la normale.

— Je viens rendre visite à mon cousin, Lee Lockwood, répondit Tess. Je l'ai aidé récemment à trouver l'emplacement d'une source pour votre communauté, et je voudrais savoir où en est le projet de puits dont l'Etoile Lumineuse et lui m'ont parlé.

— Ah oui, je vois qui vous êtes. Le puits sera creusé bientôt. Mais ce n'est pas le bon moment pour une visite.

Lundi est jour d'école pour les enfants. Quant à Lee et Grâce de Dieu, ils sont au travail.

— « Grâce de Dieu » ? C'est comme ça que Gracie se fait appeler, maintenant ?

— La femme de votre cousin est passée du statut de nouvelle venue à celui de membre à part entière, ce qui lui a valu d'être rebaptisée par l'Etoile Lumineuse. Et vous, monsieur ? Puis-je connaître la raison de votre venue ?

— Ami de la famille. Victor Reingold.

— Ah, d'accord… Je crois savoir que tout le monde est occupé, à l'heure qu'il est, mais je pourrais peut-être vous fixer un rendez pour un autre jour. Bien entendu, de nombreux frères et sœurs vont participer à la battue pour retrouver cette fillette disparue, et vous croiserez peut-être Lee et Grâce de Dieu à cette occasion.

— Je n'ai pas vu de membres de votre communauté à la veillée de prières, hier soir, répondit Vic. Du coup, je n'étais pas sûr que vous seriez des nôtres pour la battue,

— Nous avons fait notre propre veillée de prières ici, monsieur. Pour cette fillette et pour toutes les brebis égarées à travers le monde. Soyez certain que nous prêtons une oreille bienveillante à toutes les demandes d'aide, comme en témoignera la présence de nos frères et sœurs à la battue de cet après-midi.

— Vous pourriez quand même aller vérifier si Lee est disponible pour une courte visite ? insista Vic. Et, si ce n'est pas le cas, revenez au moins avec une date de rendez-vous, s'il vous plaît. Puisqu'il faut prendre rendez-vous avec ses amis et sa famille, maintenant, ajouta-t-il en grommelant.

Une fois le frère Lawrence parti, Vic ferma son blouson et en remonta le col, la tête rentrée dans les épaules.

— Brrr… ce vent est glacé, dit-il. Quel sens de l'hospitalité, hein ? Encore heureux qu'il ne pleuve pas. Je parie que ce cerbère nous aurait laissés poireauter tout pareil s'il y avait une tempête de neige. Et vous avez vu comment il parle ? « Frère Lawrence est mon nom. » N'importe quoi !

— Tout ça est vraiment inquiétant pour mon cousin

et sa famille. Si seulement je pouvais les convaincre de partir d'ici… Je ne comprends pas que Gracie laisse ses enfants aux mains de ces gens.

— « Grâce de Dieu », corrigea Vic en secouant la tête d'un air accablé, avant de se diriger vers la butte herbeuse qui s'élevait devant le complexe religieux.

Tess lui emboîta le pas.

— Pas étonnant qu'ils proposent les meilleurs légumes du marché, dit-il alors qu'elle le rejoignait au sommet.

Ils promenèrent le regard sur les champs presque tous moissonnés, sur les potagers bien entretenus, avec leurs longs tunnels de plastique blanc destinés à protéger les cultures les plus fragiles des premières gelées.

— Vous avez vu ça ? demanda soudain Vic en tendant le doigt. C'est vraiment bizarre.

— Comment ça, bizarre ? Tout est bizarre, ici.

— J'ai l'impression que cette bâche bleue ne sert pas à protéger des cultures de légumes. Elle semble posée à même le sol. Regardez bien, Tess. Elle couvre deux rectangles de terre bien délimités. Et on dirait que c'est creux, là-dessous.

— C'est peut-être quelque chose qu'ils viennent juste de planter, et le sol s'est un peu affaissé…

— Quelque chose qu'ils viennent juste de creuser, hein ? C'est justement ce que je crains. Il faut que j'aille vérifier tout de suite ce qu'il y a sous cette bâche, dit Vic en commençant à redescendre. Si le frère Machin revient pendant que je suis là-bas, lança-t-il par-dessus son épaule, essayez de le distraire comme vous pouvez, d'accord ?

— Vic, je ne suis pas sûre que ce soit une bonne idée ! Vous allez forcément vous faire voir, et ils vont tous vous tomber dessus !

Mais il continua à dévaler le versant le plus proche de la clôture de Hear Ye, tandis que Tess le suivait des yeux avec un peu d'appréhension. Plus prononcée qu'à l'ordinaire, du fait de la configuration du terrain et de la vitesse de ses foulées, la claudication de Vic lui fit songer à la blessure de Gabe.

Marva et son avocat devaient être dans son bureau en ce moment même, et elle croisa les doigts pour que tout se passe bien. Si seulement la sœur du Dr Thompson acceptait de donner les réponses dont Gabe avait besoin pour résoudre son enquête…

Elle entendit alors grincer les gonds du grand portail de bois, et se hâta de redescendre à son tour pour aller « distraire » le frère Lawrence, comme Vic le lui avait demandé.

— Quelle belle vue, de là-haut, dit-elle avec son plus charmant sourire.

Elle avait espéré qu'il croirait Vic sur l'autre versant, en train de profiter de cette vue dont elle venait de vanter la beauté, mais, à son grand dépit, frère Lawrence s'élança sans un mot vers le monticule herbeux. Lorsqu'elle le rejoignit tout en haut, il balayait du regard le vaste terrain qui s'étendait à ses pieds.

— Frère Lawrence…, dit-elle d'une voix essoufflée.

Sans lui prêter la moindre attention, l'homme se mit à dévaler la pente dans la direction qu'avait empruntée Vic quelques minutes plus tôt. En contrebas, elle vit l'agent du BCI qui soulevait la bâche bleue. Alors qu'elle plaçait les mains en porte-voix pour le prévenir de l'arrivée du vigile, une voix retentit dans son dos :

— Abomination !

Brice Monson venait de surgir de nulle part. Une véritable apparition ! Tess commençait à comprendre pourquoi ses fidèles semblaient le considérer davantage comme un pur esprit que comme un être de chair et de sang.

— Il se demandait simplement ce qui poussait là-dessous, tenta d'expliquer Tess. C'est si différent des…

— Ce sont les tombes de deux bébés mort-nés, l'interrompit l'Etoile lumineuse. Des jumeaux que Dieu a choisi de rappeler auprès de Lui. Et j'ai obtenu l'autorisation pour les enterrer sur notre propriété. Votre ami vient de profaner les premières sépultures du cimetière de Hear Ye, où seront désormais inhumés tous nos morts.

Deux nourrissons ou deux filles kidnappées ? ne put s'empêcher de songer Tess.

Le ton montait en contrebas, Vic décidant finalement d'ignorer les vociférations de frère Lawrence et de remonter en boitillant au sommet du monticule herbeux.

— M. Monson dit qu'il s'agit des corps de deux bébés mort-nés, lui cria-t-elle tandis qu'il grimpait. Et qu'il a obtenu l'autorisation des autorités pour les enterrer ici.

— Alors tout est en règle, si je comprends bien ? dit Vic lorsqu'il parvint à leur hauteur.

— Je pourrais porter plainte pour violation de domicile, monsieur, dit Monson de sa voix calme et douce. Mais je sais qu'il serait inutile de demander à votre ami le shérif McCord de vous passer les menottes.

— Inutile en effet, confirma Vic. Mais, dites-moi, pourquoi dissimuler les pierres tombales avec cette bâche, si vous avez toutes les autorisations ?

— J'ai demandé qu'elles soient couvertes et non « dissimulées », comme vous dites. Ces décès sont tout récents, et il est encore trop douloureux pour les parents de voir ces petites tombes. Cette bâche est comme une couverture supplémentaire, pour mieux border ces petites âmes dans leur lit de terre.

Ou peut-être était-ce pour son propre confort qu'il avait jeté cette bâche sur les tombes, songea Tess en se demandant si l'accouchement avait eu lieu ici ou dans un hôpital. Peut-être était-il trop pénible pour cet homme d'admettre que des bébés pouvaient mourir dans sa communauté soi-disant idyllique.

— Mademoiselle Lockwood, dit Monson en se tournant vers elle. Frère Lee, Grâce de Dieu et leurs enfants seraient ravis de passer un peu de temps avec vous demain à midi. Si vous êtes disponible, bien entendu.

Elle avait accepté de jouer les standardistes au poste de police jusqu'à ce qu'Ann soit remplacée, mais elle savait que Gabe ne lui en voudrait pas de privilégier sa famille. D'autant que ce serait peut-être l'occasion d'en apprendre plus sur cette étrange communauté.

— Très bien, répondit-elle. Je serai là à midi.

Le gourou s'inclina cérémonieusement devant elle, avant de jeter un regard noir à Vic et de s'éloigner, suivi par un frère Lawrence encore rouge de colère.

Vic attendit d'être de retour dans sa voiture pour livrer le fond de sa pensée à Tess :

— Si Gabe n'était pas occupé avec Marva Green et son avocat, je l'appellerais tout de suite. Demander un permis d'exhumer à la justice n'est pas quelque chose que j'aime faire, mais on va peut-être devoir en arriver là. Ce Monson est d'une telle arrogance… J'ai l'impression que cet olibrius se croit au-dessus des lois. Comme pour la piste du maire, j'ai conscience qu'il y a peu de chances pour que ça débouche sur quelque chose, mais à la guerre…

— … comme à la guerre ! acheva Tess.

Vic avait le visage rouge, et une veine saillait sur sa tempe.

— Vous ne citez pas du Shakespeare, cette fois-ci ? demanda-t-elle, avec l'espoir de le calmer un peu.

— « Jusqu'ici tout se ligue contre nous. » Il faudra vous contenter de ça, parce que je n'ai rien d'autre, pour le moment, dans la réserve à citations… Et encore, je ne suis pas certain que ce soit vraiment de Shakespeare !

Il souffla longuement, et Tess posa brièvement la main sur son poignet.

— Bien sûr, on voudrait tous que l'enquête progresse plus vite et que Sandy soit déjà de retour chez elle, mais il y a de bonnes raisons d'espérer, assura-t-elle. Les souvenirs de ma séquestration sont de plus en plus nombreux, même s'ils ne forment pas encore un ensemble cohérent. Vous savez que je me souviens déjà d'une fenêtre qui donnait sur un cimetière, d'un épouvantail dont on se servait sans doute pour me frapper quand j'avais désobéi, d'un escalier étroit comme celui dans la maison des Green, du bruit d'un train et d'une chute d'eau… Et à présent je revois une tête de cerf empaillée qui me regarde depuis la hotte d'une cheminée.

— C'est bien pour vous et pour l'enquête, Tess. Mais maintenant il faudrait vous souvenir d'un nom ou d'un visage.

Gabe était partagé entre colère et accablement, après son entretien avec Marva. Elle n'avait pas prononcé la moindre parole utile à l'enquête, se contentant de demander encore et encore à Gabe d'arrêter au plus vite l'assassin de son frère. Tout comme Dane, l'attaque semblait être son moyen de défense préféré, et Marva avait fini par se montrer agressive avec lui. Pour son avocat, les quelques mots retrouvés auprès du corps de Dane n'avaient rien à voir avec les enlèvements et ne constituaient même pas une lettre d'adieu. Par ailleurs, l'homme conseillait systématiquement à sa cliente de faire-valoir son droit au silence dès qu'elle hésitait à répondre à une question. Tout cela avait eu pour effet de donner envie à Gabe de se verser une bonne rasade de whisky malgré l'heure matinale, et de la boire d'un trait.

Une perte de temps qui avait réussi, également, à le mettre en retard pour son rendez-vous avec Mlle Etta. La bibliothécaire devait lui parler de cet ancien pistolet qui avait tué Dane et dont elle possédait peut-être un exemplaire.

Alors qu'il parcourait la faible distance qui séparait le poste de police de la bibliothèque, Gabe vit plusieurs affichettes annonçant la nouvelle battue qu'il avait organisée avec le père de Sandy. Elle devait commencer aujourd'hui à midi, et Jace se trouvait en ce moment même à l'église, où il aidait Win Kenton et d'autres volontaires à délimiter les zones à quadriller. Une de ces affichettes était scotchée sur la porte de la bibliothèque, au-dessus d'un écriteau qui annonçait : « C'est ouvert ! » et d'un autre encore plus prometteur : « Entrez et changez votre vie ! »

Si seulement c'était aussi facile que ça, songea Gabe en poussant la porte.

Mlle Etta parcourait lentement ses rayonnages, poussant un petit chariot rempli de livres qu'elle rangeait au fur et à mesure, utilisant parfois un escabeau pour atteindre les emplacements les plus hauts. Deux femmes que Gabe connaissait de vue se promenaient, le nez en l'air, à la recherche de leurs prochaines lectures. Il observa la scène pendant quelques secondes avant de s'approcher de la bibliothécaire.

— Ah, vous voilà…, dit-elle avec un soupçon de reproche dans la voix.

Elle rangea un dernier livre, perchée sur la troisième marche de son escabeau, avant de redescendre pour se planter devant Gabe.

— On ne peut pas s'attendre à ce qu'un shérif aussi occupé que vous soit ponctuel, n'est-ce pas ? Votre retard est bien compréhensible, et il serait injuste de vous en faire grief, ajouta-t-elle en se dirigeant vers son petit bureau de bois.

Gabe la regarda se verser du gel antibactérien sur les mains, avant de les frotter consciencieusement l'une contre l'autre.

— Vous en voulez ? demanda-t-elle en indiquant le gros flacon d'un mouvement de tête. C'est bientôt la saison de la grippe, vous savez, et on n'est jamais trop prudent.

— Pourquoi pas ? répondit Gabe en s'approchant d'elle.

— Tenez, laissez-moi faire, dit Mlle Etta en s'emparant du flacon. Ouvrez bien grand les mains, shérif.

L'instant d'après, le gel frais coulait sur ses paumes. Il la remercia, et se frotta lui aussi les mains jusqu'à ce que la sensation humide ait entièrement disparu.

— Merci, dit-il. Et merci aussi d'avoir fait des recherches sur ce pistolet.

— Avant toute chose, dites-moi comment se porte Tess, demanda-t-elle en s'asseyant derrière le bureau. Asseyez-vous, je vous en prie. N'hésitez pas à m'appeler si vous avez besoin d'aide, mesdames ! lança-t-elle à ses visiteuses avant que Gabe n'ait le temps de répondre à sa question.

La chaise sur laquelle il venait de s'asseoir était de bois sombre, comme le reste du mobilier. Ici, tout semblait à la fois ancien, digne et solide, à l'image de la maîtresse des lieux. Seuls les projecteurs qui éclairaient les rayonnages étaient modernes et lumineux. Même si elle était parfois dans son monde, Mlle Etta était une véritable institution : une sorte de repère qui donnait un sentiment de pérennité aux habitants de Cold Creek. A elle seule, elle incarnait la ville, un statut auquel n'avait jamais accédé Reese Owens malgré toutes ses années de mandature.

La bibliothécaire regardait Gabe avec une intensité mêlée d'anxiété, visiblement impatiente d'avoir des nouvelles de Tess.

— Je lui ai prêté des livres sur les traumatismes de l'enfance, ajouta-t-elle comme pour inciter Gabe à répondre. J'espère que ça l'aidera.

— Je crois que ça l'a déjà aidée. Certains souvenirs de sa séquestration lui reviennent, et je la trouve de plus en plus stable sur le plan émotionnel.

— Vraiment ? Quelle bonne nouvelle ! C'est vrai que je l'ai trouvée assez sûre d'elle, lors de la veillée de prières. Elle s'est bien débrouillée devant cette foule, n'est-ce pas ? Vous savez, je n'aime pas dire du mal des gens, et encore moins des morts, mais je n'ai jamais eu confiance en Dane Thompson. A mon avis, l'intérêt que votre père lui a porté était parfaitement justifié. Alors, allez savoir… Il s'est peut-être condamné lui-même à la peine de mort, et il a appliqué la sentence.

Elle se pencha un peu vers Gabe, ajoutant à voix basse :

— Je peux vous dire qu'il appréciait particulièrement les récits de faits divers sanglants. Et il empruntait aussi beaucoup de romans policiers.

— Pas vraiment une preuve contre lui, mais…

— Mais avec la complicité de Marva et George Green,

on voit bien comment ce trio infernal aurait pu sévir pendant des années. Oui, pour moi, votre père avait vu juste.

Elle se redressa sur sa chaise, plongeant la main dans un des tiroirs du bureau, avant de reprendre d'une voix plus forte :

— Voici les photos du pistolet que l'agent Reingold, votre collègue du BCI, m'a décrit au téléphone. C'est bien de ce modèle qu'il s'agit ?

Gabe examina un moment les deux photos qu'elle venait de lui tendre.

— Oui, c'est bien ça.

— Je possède quelques exemplaires de ce modèle. Peut-être pas exactement de la même année, mais en tout cas de la même époque. Ils proviennent de mes ancêtres qui ont fondé ce comté, comme vous le savez certainement. Mon quadrisaïeul, Elias Falls, né en 1785, était le contemporain de Daniel Boone. Il est à peu près certain qu'ils se sont connus, les historiens s'accordant à considérer que Daniel Boone a longtemps séjourné dans le sud de l'Ohio.

Gabe était épuisé, mais il fit un effort pour rester concentré sur ce que racontait Mlle Etta. Pas étonnant que beaucoup d'habitants de Cold Creek se souviennent des sorties éducatives chez les Falls, même des années après avoir quitté l'école. Il songea à la mère de la bibliothécaire, Sybil Falls, qui vivait sous le même toit que sa fille. Quel âge pouvait-elle avoir, maintenant ? Au moins quatre-vingts ans, non ? Cela faisait une éternité qu'il n'avait vue la vieille dame, mais il n'était pas le seul dans ce cas, Sybil Falls vivant en recluse depuis fort longtemps. Elle avait survécu à son mari, un certain M. Vetter dont Gabe avait oublié le prénom. Vetter était d'ailleurs le vrai nom de famille de Mlle Etta et de sa mère, mais l'une comme l'autre s'était toujours fait appeler Falls, sans nul doute à cause du prestige associé à ce nom historique. La femme du maire se prévalait peut-être d'être issue d'une famille qui comptait dans l'Ohio, mais, comparés à ceux d'Etta et Sybil Falls, ses ancêtres n'étaient que menu fretin.

— Pour autant que je sache, ce pistolet appartenait à Dane, dit Mlle Etta, ce qui eut pour effet de raviver la concentration de Gabe. Il a refusé de me le prêter pour ma petite exposition, parce que c'était son préféré. Si vraiment il s'est suicidé, ça ne m'étonne pas qu'il ait choisi cette arme.

— Merci, mademoiselle Etta, dit-il en se levant de sa chaise. Votre aide m'a été très précieuse.

— Attendez, dit-elle alors qu'il lui tendait déjà la main. J'ai trouvé le livre parfait pour vous, shérif. Ça traite du stress professionnel et de la façon de le gérer. Donnez-moi une minute, le temps d'aller le chercher dans l'arrière-boutique.

— Ne vous dérangez pas. Je repasserai le prendre quand j'aurai le temps de lire, d'accord ? En ce moment, vous savez, je…

Il s'interrompit pour jeter un œil à son téléphone portable qui venait de se mettre à sonner. L'appel venait de Vic.

— Je vous prie de m'excuser, mais il faut que je réponde. Encore merci pour votre aide, ajouta-t-il en s'éloignant vers la porte, le téléphone plaqué à l'oreille. Oui, Vic, je vous écoute.

— Deux infos intéressantes, Gabe. Primo, je suis allé faire un tour avec Tess dans la secte de l'autre illuminé, là…

— Monson ? dit Gabe en posant le pied sur le trottoir.

— Oui, et j'ai découvert un truc pas net. Secundo, Ruby Purtle — l'ancienne gouvernante des Owens — vient enfin de me rappeler.

— Où êtes-vous ?

— Au poste.

— Ne bougez pas, Vic. Je suis allé à pied à la bibliothèque pour interroger Etta Falls et j'en sors à l'instant. Je serais là dans trois minutes.

— Oui, eh ben préparez-vous à sauter directement dans votre voiture de patrouille, shérif, parce que Mme Purtle affirme que Reese Owens se rend parfois dans un chalet de montagne situé à… Attendez, où j'ai écrit ça, moi ? Ah oui, à Green Mountains. Jusque-là, on s'en fout, sauf qu'apparemment personne ne sait que le maire possède ce chalet, pas même sa femme. Et le meilleur reste à venir, Gabe. Ecoutez plutôt ça : Ruby Purtle pense qu'elle a été virée parce qu'elle l'a entendu commander des meubles au téléphone pour ce chalet. A la suite de ça, Owens l'a foutue à la porte sous un prétexte fallacieux, avant de lui donner un gros chèque et une lettre de recommandation élogieuse. Ça vous dit quelque chose, Green Mountains ? Vous croyez qu'on pourrait retrouver ce chalet ?

— Oui, je connais un peu le coin. Et, avec le poids que fait Owens, je le vois mal grimper à pied ou même en quad sur des sentiers non carrossables. Ce chalet est forcément accessible en voiture. Croyez-moi, Vic, on va la trouver, sa petite planque !

Quand Gabe arriva au poste, quelques minutes plus tard, il trouva Tess assise derrière le bureau de réception en compagnie de Peggy.

— Contentez-vous de lui apprendre les rudiments, Peg, dit-il en passant devant elles au pas de course. On embauchera une professionnelle dès que possible. Vic ! lança-t-il ensuite. Rejoignez-moi dans l'armurerie !

Gabe eut une décharge d'adrénaline alors que les deux hommes se pourvoyaient en armes, chargeurs et gilets pare-balles.

— Chaque fois, ça me renvoie à ces moments où je me harnachais pour aller neutraliser des engins explosifs en Irak, dit-il en vérifiant une nouvelle fois les éléments de son ceinturon.

— Je crois qu'on fait bien de prendre des précautions. Owens est sans doute plus habile avec les mots qu'avec les armes, mais allez savoir s'il n'a pas chargé un professionnel de protéger ce chalet, et ce qu'il y a là-dedans.

— Entre Marva qui s'est transformée en harpie depuis la mort de son frère et notre cher maire qui a toujours été imbuvable, j'avoue que mon cœur balance.

— Et, si ni l'un ni l'autre n'est le coupable, il nous reste Brice Monson qui n'est pas mal non plus, dans son genre.

D'autant que j'ai trouvé deux petites tombes d'enfants récemment creusées dans l'enceinte de Hear Ye.

— Quoi ? Vous plaisantez, là ?

— Pas le moins du monde. Monson affirme qu'il s'agit de jumeaux mort-nés et qu'il a obtenu l'autorisation de construire un cimetière dans l'enceinte de sa communauté. A vérifier, bien sûr. Et la bibliothécaire, ça a donné quelque chose ?

— Elle pense que la pétoire appartenait à Dane. Mais je crois l'avoir vexée, en partant avant qu'elle me refile un de ses bouquins sur le stress au travail.

— Moi je le veux bien, si ça ne vous intéresse pas, lança Vic avec un sourire en coin.

Sentant une présence dans son dos, Gabe se tourna vers la porte restée ouverte. Depuis combien de temps Tess était-elle là ?

— Mlle Etta m'a déjà parlé de ce livre qu'elle veut absolument te donner.

— Ah, vraiment ? Peut-être que tu pourrais aller le chercher avec Peggy pendant la pause déjeuner, histoire qu'elle ne me mette pas sur sa liste noire.

Les deux hommes sortirent de l'armurerie, Gabe pressant doucement l'épaule de Tess au passage.

Elle le suivit jusqu'au bureau de réception.

— Peg, soyez gentille d'appeler Jace et de lui dire qu'on file à Green Mountains, Vic et moi. Par contre, je ne peux pas vous dire où on sera exactement, parce qu'on n'en sait encore rien. On cherche un chalet qui appartiendrait au maire, mais que Jace garde cette info pour lui. Et ça vaut aussi pour vous, bien sûr. Dites-lui également d'observer tous les volontaires qui vont participer à la battue. D'être à l'affût du moindre comportement suspect, d'accord ? J'espère qu'on sera rentrés avant la fin des recherches, mais c'est difficile de prévoir combien de temps va prendre notre petite expédition. Bon, de toute façon, je vous tiens au courant…

Il se tourna vers Tess, qui hocha la tête avec un tendre

sourire, comme pour l'encourager. Elle avait parcouru tant de chemin en si peu de temps, à l'image des sentiments qu'il éprouvait pour elle…

Vic était déjà sorti, et il se hâta de le rejoindre sur le parking.

27

— Heureusement que vous ne leur avez pas souhaité bonne chance, dit Peggy, alors que Gabe et Vic venaient tout juste de partir et qu'elles se rasseyaient derrière le bureau de réception. Pour eux, *bonne chance* est synonyme de *malchance*.

— De toute façon, il faudra plus que de la chance pour que cette enquête aboutisse, répondit Tess.

— Ça, c'est sûr, répondit Peggy en hochant doucement la tête.

Tess trouvait que — contrairement à Ann — Peggy Barfield avait le profil idéal pour exercer une profession qui requérait à la fois une nature cordiale et une bonne maîtrise de ses émotions. Tess ne l'avait entendue répondre qu'à quelques appels délicats jusqu'à présent, mais force était de reconnaître qu'elle s'était montrée très à l'aise.

Tess essaya de se concentrer sur les explications de la standardiste, mais une partie de son esprit — et la totalité de son cœur — était ailleurs. Pourrait-elle un jour être la femme d'un shérif ? Accepter que l'homme dont elle partageait la vie parte vêtu d'un gilet pare-balles vers un danger éventuel ? Saurait-elle affronter l'angoisse et s'habituer aux nombreuses absences qu'impliquait ce métier ? Elle essaya de se rassurer en songeant que la responsabilité d'une crèche — voire de ses propres enfants — l'empêcherait à coup sûr de tourner en rond en attendant le retour de son mari.

Malgré les patientes explications de Peggy sur la façon de gérer les différents types d'appel, Tess eut l'impression que la matinée s'étirait en longueur. Gabe ne donnait pas de nouvelles, et cela l'inquiétait. Si son expédition à Green Mountains ne débouchait sur rien, il allait falloir s'assurer que les kidnappées de Cold Creek ne se trouvaient pas ensevelies sous ces petites pierres tombales masquées par une bâche bleue. Bien sûr, Brice Monson aurait le temps de déplacer les corps, d'ici à ce que Gabe obtienne le permis d'exhumer, mais il faudrait alors qu'il explique pourquoi les deux tombes étaient vides.

Quand Peggy lui proposa de faire une pause, Tess décida de faire un saut jusqu'à la bibliothèque, où elle pourrait récupérer le livre que Mlle Etta avait choisi pour Gabe.

— Je reviens tout de suite, articula-t-elle silencieusement à l'intention de Peggy qui venait de prendre un appel.

D'après ce qu'elle pouvait en comprendre, sa collègue était en ligne avec quelqu'un qui s'était fait mordre par un raton laveur. Tandis que Tess se dirigeait vers la machine à café, elle entendit Peggy dire à son interlocuteur de se rendre chez le Dr Nelson pour une éventuelle vaccination contre la rage.

Une fois le gobelet rempli de café et fermé par un couvercle en carton, Tess sortit dans la rue venteuse que réchauffait un beau soleil d'octobre.

Gabe était bien embarrassé. Sans doute n'aurait-il pas dû se montrer aussi sûr de lui, quand Vic lui avait demandé s'il parviendrait à trouver le chalet secret du maire, car pour le moment c'était un échec complet. Pas le moindre endroit où garer un véhicule, le long du chemin de terre qui grimpait à flanc de montagne. D'ailleurs, il ne s'agissait pas vraiment d'une montagne, mais plutôt d'un des nombreux contreforts des Appalaches. Certes, c'était l'un des plus hauts et, comme ceux qui l'entouraient, il était couvert d'arbres et de broussailles serrées.

— Ce n'est pas trop tôt ! s'écria-t-il lorsqu'ils repérèrent enfin une zone où la végétation avait été coupée, peut-être pour permettre à un véhicule tout-terrain de quitter le chemin. Allons voir où ça mène.

— Je ne vois aucun véhicule pour le moment, mais il y a des ornières, dit Vic en sortant de la voiture de patrouille. Allez, on s'équipe pour la chasse au gros gibier.

Gabe sortit à son tour.

— Et si c'était un endroit où il reçoit sa ou ses maîtresses ? suggéra-t-il. Ça expliquerait qu'il n'en ait jamais parlé à sa femme…

— Franchement, je vois mal ce type monter jusqu'ici pour aller faire des galipettes avec des femmes de petite vertu. Il serait HS avant de se mettre au pieu avec la demoiselle. Non, pour moi, ça ne peut pas être un nid d'amour.

— N'oubliez pas qu'il faut s'attendre à tout, et surtout à ce qu'on n'a pas prévu, dit Gabe avant de se tourner vers sa voiture de patrouille. Si quelqu'un arrive après nous, cette bagnole va vite le renseigner, mais ce n'est pas comme si on avait le choix. Les places de parking sont plutôt limitées, dans le coin.

Ils enfilèrent les gilets en Kevlar, se saisirent de leurs armes et s'enfoncèrent dans la zone déboisée. Bientôt, ils marchèrent sur un véritable sentier, qu'on distinguait malgré le tapis de feuilles automnales. Gabe sentit s'accélérer les battements de son cœur tandis que sa bouche s'asséchait. Autant il espérait trouver ici des éléments décisifs pour son enquête, autant il redoutait de faire une découverte macabre.

Un couple âgé qu'elle ne reconnut pas salua Tess par son prénom alors qu'elle venait de pousser la porte de la bibliothèque. Sans doute des gens qui s'étaient rendus à la veillée de prières.

— A tout de suite, mademoiselle Lockwood, lui lança l'homme avant de quitter les lieux.

— Nous aussi, nous allons participer à la battue pour

retrouver Sandy, ajouta sa femme avant de le rejoindre dehors.

Pour eux, il ne semblait faire aucun doute qu'elle participerait aux recherches. De fait, elle comptait bien se joindre aux volontaires, et tant pis si Gabe et Vic n'étaient pas rentrés à temps.

La bibliothèque était désormais déserte, à l'exception de Mlle Etta, ce qui n'avait rien d'étonnant. L'heure de la battue approchait, et la ville entière s'était mobilisée pour tenter de retrouver Sandy.

— Bonjour, mademoiselle Etta. Je vous ai apporté un café. Une façon bien modeste de vous remercier pour les livres que vous m'avez prêtés.

— Je suis surprise que tu sois venue seule, Tess. Hier soir, j'ai eu la nette impression que l'agent Reingold veillait sur toi « comme la justice sur le criminel ». N'y vois rien de personnel, ajouta-t-elle avec un petit rire. C'est une citation d'Honoré de Balzac, un grand écrivain français du XIXe siècle. Fais-moi penser à te prêter un de ses romans, avant que tu ne repartes dans le Michigan.

— Vic Reingold est parti en mission avec Gabe, répondit Tess. Je viens vous rendre visite en voisine, vous savez. J'ai passé la matinée au poste de police à apprendre les subtilités du standard. Je vais donner un coup de main à Gabe pendant un petit moment.

Mlle Etta alla s'humecter les mains avec le flacon de gel antibactérien posé sur son bureau, avant de prendre le café que lui tendait Tess.

— J'avoue que je suis plus thé que café, mais c'est vraiment adorable de ta part. D'autant qu'il doit être bon, je suppose… Notre shérif se doit de posséder une bonne machine, n'est-ce pas ? Avec tout le travail qu'il abat, ce breuvage est en quelque sorte son autre suppléant. Cela dit, je pense qu'il va bientôt pouvoir se reposer, tu ne crois pas ? J'ai l'impression que le décès de Dane va permettre de résoudre le mystère de ces enlèvements, sans compter les aveux éventuels de sa sœur. Enfin, tu vois où je veux en venir…

— Bien sûr, il est possible que Dr Thompson soit le coupable et que Marva ait été sa complice, si c'est ce que vous voulez dire. D'autant que je me rappelle un petit cimetière, visible depuis la fenêtre de l'endroit où j'étais séquestrée. Et figurez-vous qu'il y a des ruches dans le jardin de l'ancienne ferme des Green ; des ruches que j'ai très bien pu confondre avec des petites tombes, à l'âge que j'avais.

— Vraiment ?

— Oui, sans compter que j'ai pu entrer dans cette maison juste avant qu'elle ne soit détruite par les flammes, et que plusieurs éléments m'ont semblé familiers.

— Plusieurs éléments, dis-tu ? demanda Mlle Etta en s'asseyant derrière son bureau, avant de fouiller dans le tiroir du bas. Comme quoi, par exemple ?

— Eh bien, les marches étroites de l'escalier, à l'arrière de la maison, ou encore les ruches dont je viens de vous parler. Et puis il y a ces sons dont je me souviens et que j'ai entendus quand j'étais là-bas : un train qui passe dans le lointain et le rugissement étouffé de la cascade des Quarry Falls. A propos de cascade, un des livres que vous avez eu la gentillesse de me prêter parle de « reviviscences en cascade ». Lorsqu'ils commencent à apparaître dans le conscient, les souvenirs et les reviviscences jaillissent de plus en plus fort au fil des jours, comme l'eau d'une cascade. Enfin, je résume, là.

— « Reviviscences », quel joli mot…, dit Mlle Etta d'un air songeur.

— Oui, c'est vrai. J'aime beaucoup discuter avec vous, mademoiselle Etta, mais malheureusement je suis assez pressée. En fait, je voulais juste vous dire bonjour et récupérer le livre que vous souhaitiez prêter à Gabe. Il m'a demandé de s'excuser auprès de vous pour son départ précipité. C'est vrai qu'il n'a pas le temps de lire, en ce moment, mais je pourrais peut-être le parcourir et lui faire une sorte de résumé des passages les plus intéressants. Oh ! mais c'est sûrement celui-là, dit-elle en désignant l'ouvrage qui se trouvait sur le bureau. Je vois que ça traite du stress professionnel.

Mlle Etta plaqua la main sur la couverture cartonnée.

— J'ai d'abord songé à lui prêter ce livre, mais j'en ai trouvé un autre beaucoup plus complet. Je voulais profiter d'une tournée pour le déposer sur le pas de sa porte, et du coup je l'ai rangé dans le bibliobus. Notre pauvre shérif est tellement occupé… Viens, on va aller le chercher. Mon bon vieux bibliobus est garé juste derrière, dans la ruelle. Attends, laisse-moi mettre mon écriteau « Pause déjeuner » sur la porte. Je crois que je vais aller manger un morceau dehors après t'avoir donné ce bouquin.

Une fois l'écriteau tourné dans le bon sens, elle s'empara d'un sac en papier brun qui devait contenir son déjeuner et, abandonnant son gobelet de café intact sur le bureau, se mit en marche vers le fond de la bibliothèque, d'un pas toujours aussi énergique. L'intérieur du bibliobus allait-il se transformer en machine à remonter le temps ? se demanda Tess en lui emboîtant le pas. Une chose était sûre, en tout cas : l'ordre et la propreté régneraient dans la vieille camionnette, comme toujours avec Mlle Etta.

Pourtant, elle fut surprise de trouver l'arrière-boutique un peu encombrée. Il y avait là des cartons partiellement déballés, des beaux livres et des encyclopédies entassés sur une étagère de bois, des enveloppes à bulles à même le sol…

— A cause de ces trucs qu'on appelle des liseuses électroniques, ou numériques, ou je ne sais pas quoi, les bonnes vieilles encyclopédies en papier seront bientôt une espèce aussi éteinte que les dodos, dit-elle en secouant la tête d'un air désapprobateur.

Elle s'arrêta brusquement et se tourna vers Tess.

— Ecoute, ma fille. J'ai eu une excellente idée dont il va falloir qu'on discute, toutes les deux. Tu serais la personne idéale pour m'aider quand je reçois des groupes scolaires, ici ou chez moi. Les petits adorent que je leur parle des pionniers qui ont fondé notre beau comté, tu sais, et je parie que le contact avec les enfants te manque…

— Oui, c'est vrai que ça me manque. C'est très tentant, mais j'ignore combien de temps encore je vais rester à Cold Creek.

— J'espère pour toi que tu n'as pas un faible pour Gabe McCord. Enfin… Ce que je veux dire, c'est que ce ne serait pas une bonne idée, si tu dois repartir dans le Michigan. Ah, nous y voilà.

L'arrière de la vieille camionnette transformée en bibliothèque roulante était positionné dans l'axe de la porte de derrière. Mlle Etta monta sur le marchepied et pénétra dans l'habitacle qui s'éclaira bientôt. Tess y grimpa à son tour. L'intérieur du bibliobus sentait le renfermé. Une odeur vaguement familière qui la déstabilisa. Elle lui rappelait son enfance et… quoi d'autre ? La cave de sa maison ?

— Ah, oui, c'est bien lui, dit Mlle Etta en tendant le doigt vers un livre. Beaucoup plus complet que l'autre.

La bibliothécaire s'effaça pour laisser circuler Tess dans l'étroit passage ménagé entre les deux parois couvertes de livres. Ils étaient retenus par des cordes, au cas où la route serait cahoteuse.

Tandis que Tess s'enfonçait dans les entrailles du bibliobus, l'odeur se fit plus forte et presque suffocante, tout comme la sensation de familiarité. Soudain, la reviviscence se mua en un souvenir si précis, si accablant, qu'elle dut s'appuyer contre les livres, de crainte de se faire aspirer par le tourbillon de sa mémoire. Elle se trouvait dans une grande pièce haute de plafond, où elle avait le droit de dessiner si elle était bien sage ; une pièce aux murs couverts de livres ; une pièce qui était l'antre de M. Méchant et où des choses terribles pouvaient se produire.

Tess laissa alors échapper un cri et tourna sur ses talons. Elle devait sortir d'ici tout de suite !

Le sac en papier brun crissa dans les mains de Mlle Etta tandis qu'elle en sortait une seringue. D'un mouvement rapide, elle la planta dans le cou de Tess. Exactement comme dans le champ de maïs, le jour où elle avait été kidnappée.

— Non ! cria Tess en essayant de la repousser pour s'enfuir.

Mais elle était si forte, et le passage entre les tiges de maïs si étroit…

— Là…, dit Mlle Etta d'une voix réconfortante, tout va bien, Teresa…

Tess avait mal, à présent. Avait-elle été piquée ou poignardée ? Elle lança le poing en direction de la bibliothécaire, mais il ne rencontra que du vide. Elle s'écroula contre une rangée de livres et empoigna la corde qui les contenait pour essayer de s'y retenir, libérant quelques ouvrages qui lui cognèrent l'arrière du crâne. Puis elle tomba à genoux. Allait-on la frapper avec M. Méchant parce qu'elle avait abîmé des livres ?

— Je suis navrée, Teresa, mais il fallait que j'intervienne avant que tu ne recouvres complètement la mémoire, dit Mlle Etta d'une voix calme et ferme, comme si elle s'adressait à une enfant dissipée avec qui il fallait faire preuve d'autorité.

Elle aida Tess à s'allonger sur le sol du champ de maïs.

— Un verre de vin blanc aurait été une méthode plus douce, c'est certain, reprit-elle. Mais tu ne m'as pas laissé le choix.

Tess s'efforçait de combattre l'engourdissement qui gagnait ses pensées. Elle avait pourtant cru que le produit versé dans cette bouteille de chardonnay désignait le Dr Thompson… Son regard se posa sur une seringue abandonnée par terre. L'aiguille était rouge de sang. Allait-elle exploser ? En tout cas, quelque chose explosait dans l'ancienne maison de Marva et dans son cerveau… Peu importait l'énergie qu'elle mettait à lutter contre l'effet de la substance injectée par Mlle Etta, elle savait qu'elle n'en avait plus pour longtemps avant de sombrer.

*
* *

Si les arbres n'avaient pas perdu tant de feuilles, peut-être n'auraient-ils même pas repéré le chalet avant de l'avoir sous le nez. Sans doute par souci de discrétion, il ne bénéficiait d'aucune vue sur la lointaine chute d'eau ou sur la belle vallée qui s'étendait en contrebas. Ne pas voir pour ne pas être vu ?

D'un geste de la main, Gabe fit signe à Vic de s'immobiliser. Instinctivement, ils levèrent en même temps le canon de leurs fusils, bien qu'aucun véhicule ne fût visible aux alentours du chalet.

— Contournez le chalet, murmura Gabe. Vous faites une approche par l'arrière, moi par l'avant.

— Ça marche, répondit Vic, avant de monter en claudiquant la pente qui menait à l'arrière du chalet.

Gabe se félicitait d'être épaulé par Vic, un homme expérimenté qui aurait pu être son père. Il aurait aimé partir en opération avec le shérif auquel il avait succédé, mais il n'avait pas le temps de se laisser aller aux regrets. L'aide de Vic était d'autant plus précieuse qu'elle lui permettait de laisser Jace surveiller la battue. Les volontaires allaient-ils retrouver Sandy, ou était-ce lui qui s'apprêtait à découvrir la planque où le kidnappeur séquestrait la fillette ? Il espérait que ce serait lui, parce qu'il y avait plus de chance de la retrouver vivante dans une maison qu'au beau milieu d'un champ.

Vic lui lança un dernier regard avant de disparaître derrière le chalet. Courbé en deux, le doigt sur la détente de son fusil, Gabe s'approcha de la porte principale. C'était une construction toute simple, sans même une véranda ouverte pour profiter des belles soirées. La rusticité des lieux semblait à l'opposé de la nature de Reese Owens, toujours friand de luxe ostentatoire. Ce chalet faisait davantage penser à la modeste maison dans laquelle le maire avait grandi qu'à l'opulente demeure où il vivait désormais.

Canon pointé vers le sol, Gabe longea la façade avant du

chalet jusqu'à pouvoir risquer un œil à travers une fenêtre. Des rideaux l'empêchaient de voir à l'intérieur. Nouvelle décharge d'adrénaline. Il allait falloir entrer.

Vic apparut à l'angle du chalet.

— Ni porte ni fenêtre à l'arrière.

Gabe hocha la tête.

— Police ! cria-t-il. Sortez les mains en l'air !

Seuls lui répondirent le chant des oiseaux et les feuilles qui bruissaient dans le vent.

— Cette porte a l'air plutôt robuste, fit remarquer Vic.

Comme Gabe, il était plaqué contre la façade du chalet ; chacun d'un côté de la porte d'entrée.

— Je dis qu'on devrait entrer, poursuivit-il. Pour moi, on a un motif légitime. Si on fait une demande de mandat, Owens aura le temps de déplacer ce qu'il veut, là-dedans. Sans compter qu'il est capable d'intervenir en haut lieu pour qu'on nous refuse la perquisition.

— Et si on ne trouve rien ?

— Ça lui donnera une nouvelle occasion de gueuler comme un putois. Il aime bien ça, non ?

— Oui, confirma Gabe, il adore ça. Bon, on passe par la porte ou par la fenêtre ?

— Pour enfoncer la porte, il suffit d'abattre un arbre et de s'en servir comme bélier.

L'humour de Vic ne parvint pas à arracher un sourire à Gabe, qui brisa le carreau avec la crosse de son fusil. A l'intérieur, toujours aucune réaction, malgré le bruit des éclats de verre. Il écarta le rideau épais du canon de son arme, puis avec la main, avant de passer la tête à travers l'ouverture.

— La voie est libre, dit-il. Je vais entrer et vous ouvrir la porte. Il y a plein de trucs recouverts par des sortes de draps noirs, là-dedans. Sur le mur du fond, je vois des coupures de presse et des photos de filles en petite tenue dans des positions scabreuses.

— Bingo ! lança Vic en prenant le fusil de Gabe pour lui permettre d'enjamber la fenêtre. Le maire n'a pas renoncé à ses vices de jeunesse, à ce qu'on dirait. Quant aux coupures de presse… Peut-être qu'il aime lire ce qu'on écrit sur lui.

Gabe prit soin de ne pas s'entailler les mains ou les jambes sur les éclats restés accrochés au cadre de la fenêtre, d'autant que sa cheville et son tibia se remettaient à peine de leur récent plongeon à travers le plancher pourri de la véranda des Green.

Une fois que Vic eut rejoint Gabe à l'intérieur, les deux hommes prirent le temps de regarder autour d'eux. L'agent du BCI lâcha quelques jurons bien sentis, tandis que Gabe affichait une mimique dégoûtée.

Les coupures de presse concernaient toutes *Qui perd gagne*, un jeu télévisé où les candidats devaient perdre autant de poids que possible pour espérer gagner une grosse sommet. Des photos avant et après la perte de poids étaient punaisées au mur, ainsi qu'un graphique aux allures de montagnes russes. L'évolution du poids de Reese Owens, comprit Gabe après une lecture attentive des légendes. Ce qu'il avait pris pour des images de filles à demi nues dans des positions scabreuses étaient en fait des photos d'une certaine Janice, gourou de la perte de poids aussi mince que peu vêtue. Toutes sortes de conseils étaient imprimés à côté des figures acrobatiques qu'on la voyait exécuter, un sourire jusqu'aux oreilles. Quant aux formes que Gabe avait distinguées sous les draps noirs — en réalité des housses de protection —, ce n'étaient rien d'autre que des appareils de musculation et de fitness comme on en trouvait dans les salles de remise en forme : rameur, vélo elliptique, tapis de course, banc pour abdominaux, etc.

— On l'a dans l'os, hein ? dit Vic en ramassant une haltère. Rien n'indique qu'une gamine est séquestrée ici. Tout ce que ces appareils de torture nous apprennent, c'est qu'un gras du bide essaie désespérément de faire fondre sa graisse.

— Et maintenant je vais devoir remplacer ce carreau et m'excuser platement, grommela Gabe. Après ça, il va vraiment tout faire pour que je ne sois pas réélu. Au fond, ça vaudrait peut-être mieux, ajouta-t-il d'un ton abattu.

Vic se mit à déplacer les morceaux de verre avec son pied.

— Comment pourrait-il savoir qui a pété sa vitre ? dit-il. Ça peut être un chasseur qui passait par là, ou bien ces gamins qui vandalisent tout ce qui est à portée de leurs mains. De toute façon, je n'ai jamais pu le saquer, ce type.

— Moi non plus, dit Gabe, mais je dois assumer mes erreurs. Un shérif est censé donner l'exemple, pas vrai ? Allez, essayons de trouver des planches pour protéger cette fenêtre. Et si on n'en trouve pas je ferai venir quelqu'un. Je préviendrai le maire quand on sera rentrés.

Il laissa échapper un soupir.

— Au moins, Tess se trouve au poste et je n'ai pas à m'inquiéter pour sa sécurité. Vous savez, Vic, je commence à regretter de ne pas avoir pris le bouquin sur le stress que la bibliothécaire voulait me prêter.

La corde dont Mlle Etta se servait pour lui attacher les poignets était-elle la même qui servait à retenir les livres quand le bibliobus rebondissait sur un dos-d'âne ? Les chevilles de Tess avaient déjà subi le même sort, et un mouchoir en lin soigneusement repassé avait été enfoncé dans sa bouche. Tout tanguait autour d'elle, mais elle luttait encore pour rester consciente. *Gabe…* Gabe était parti quelque part dans un endroit qui s'appelait Green-quelque chose alors qu'elle avait besoin de lui, pour la sauver de cette obscurité qui l'enveloppait un peu plus chaque seconde.

— Tu vas être bien sage et faire une petite sieste, dit une voix lointaine. On va rentrer à la maison.

Ce n'était pas sa mère, n'est-ce pas ? Char, peut-être, qui lui conseillait de rattraper son sommeil…

— Tu vas te reposer pendant que je conduis, d'accord ? Tu n'aurais jamais dû t'enfuir de la maison, tu sais. Vilaine fille ! Très vilaine fille ! Tu croyais pouvoir m'échapper, hein ? Souviens-toi, Teresa, si tu n'obéis pas, je te mettrai dans une tombe avec les ossements de mes ancêtres.

Ces mots, ainsi que le changement de ton — soudain plus sec et plus aigu —, plongèrent Tess dans une terreur sans nom. Tout lui revint à la mémoire, et elle voulut courir, crier à l'aide, mais elle sombra corps et âme, incapable de résister au passé qui l'engloutissait dans sa nuit.

28

Tess se sentait accablée de fatigue, mais elle n'allait pas s'en plaindre, pour une fois que le sommeil ne se faisait pas prier. Si seulement le lit n'avait pas été aussi inconfortable... Et voilà maintenant que quelqu'un la déplaçait, et la tirait de son lit alors qu'elle n'avait rien demandé. Etait-ce Gabe ? Se trouvait-elle chez lui ? Ses bras et ses jambes s'étaient engourdis durant son sommeil, comme ça lui arrivait parfois dans sa chambre de Jackson. Mais pourquoi ne parvenait-elle pas à les étirer et à les secouer pour rétablir la circulation sanguine ? Elle n'était pas de retour dans ce laboratoire clandestin, au moins ? Peut être ne l'avait-elle jamais quitté... D'ailleurs, elle sentait la coupure que Gabe avait faite en tranchant ses liens. Ça faisait tellement mal... Mais si Gabe l'avait libérée, pourquoi se trouvait-elle toujours dans la ferme des Green ? Lorsqu'elle voulut pousser un cri, seul un glapissement étouffé franchit le seuil de ses lèvres. Quelque chose obstruait sa bouche.

— On y est presque, Teresa, dit une femme. *Et je rentre à la maison, et je rentre à la maison, tralala lalère...*

Oh ! elle était de retour à la crèche Sunshine and Smiles, à Jackson ! Attention, elle ne devait pas s'endormir, même si sa collègue était là pour chanter des comptines avec les enfants.

Qui était sa collègue, déjà ? Elle connaissait pourtant sa voix. Peggy ? Un appel d'urgence ? L'emmenait-on se faire vacciner contre la rage parce qu'elle avait été mordue par un raton laveur ?

— Tu n'aurais jamais dû t'enfuir, vilaine fille ! Et j'attends toujours que tu me rembourses ce carreau. Tu l'as cassé avec M. Méchant et tu as empilé des livres pour pouvoir enjamber la fenêtre, c'est ça ? Tu crois que c'est une façon de traiter les livres ? Maman Sybil était tellement fâchée que tu sois partie qu'elle m'a frappée avec M. Méchant !

Cette fois-ci, Tess savait où elle était. Les souvenirs emprisonnés depuis des années dans les recoins de sa mémoire jaillirent brusquement à l'air libre de la conscience. Elle se souvenait de maman Sybil dans son fauteuil roulant. C'était elle, la vraie méchante. La vieille dame lui disait qu'elle l'aimait, mais elle la battait pour un oui ou pour un non. Les coups pleuvaient dès que la petite Teresa ne se comportait pas exactement comme le souhaitait maman Sybil. Quand elle pleurait parce qu'elle voulait rentrer chez elle, par exemple. Ou quand elle parlait de sa famille. Ou encore si elle refusait de monter sur les genoux de maman Sybil pour un câlin ou une histoire. Tess ouvrit les yeux et respira lentement, profondément, jusqu'à ce que le brouillard se dissipe. Mlle Etta était en train de la traîner dans une pièce qu'elle connaissait. « La grange aux livres », voilà comme la bibliothécaire et sa mère appelaient cet endroit. Et c'était par la fenêtre de cette grange aménagée en bibliothèque qu'elle s'était enfuie avant d'être retrouvée, errant sur une route à quelques kilomètres d'ici.

Tess essaya de nouveau de parler, dans l'espoir d'inciter Mlle Etta à lui ôter le mouchoir qu'elle avait fourré dans sa bouche. Cela rendait la déglutition difficile, mais aussi la respiration, parce qu'elle s'était mise à pleurer et que son nez coulait. Elle fit tout son possible pour garder son calme et écouter la bibliothécaire.

La kidnappeuse.

— Tout ce que j'ai fait, le jour où tu t'es enfuie, a été d'aller deux minutes aux toilettes. Deux minutes ! Mais tu étais aussi vive de corps que d'esprit. Curieux, parce que tu n'aimais pas autant lire que tes sœurs. Par contre, tu savais écouter, ça oui. Et tout ce que maman Sybil te lisait, quand tu venais gentiment t'asseoir sur ses genoux, ne tombait pas dans l'oreille d'une sourde. J'avais pour projet de te donner le goût de la lecture, tu sais. C'est une des raisons pour lesquelles je t'ai choisie ce jour-là, alors que je passais devant chez toi avec le bibliobus et que j'ai vu que tu faisais la folle dans ton jardin, tout près du champ de maïs. Vilaine fille, va ! Toujours turbulente. Mais cette fois-ci ça m'a aidée à t'attraper. Je savais que tu ne résisterais pas longtemps au plaisir de t'enfoncer entre les tiges de maïs, et je suis allée me poster à quelques mètres de ton jardin, prête à te cueillir ! Crois-moi, ça a été une longue marche à travers champ pour arriver jusque-là. J'ai eu de la chance, parce que Aaron Kurtz et sa moissonneuse-batteuse sont passés tout près de nous et que ça a couvert tes cris. Bon sang, à un moment, j'ai bien cru qu'il allait m'embrocher, avec les dents de son engin ! Après ça, il a fallu refaire tout ce chemin en sens inverse, en te portant dans mes bras jusqu'au bibliobus qui était garé au bord de la route. Heureusement que je ne suis pas en sucre ! Dire que le lendemain le champ était moissonné et que je n'aurais pas pu me tapir entre les tiges pour t'attraper…

Gabe ! hurla Tess en pensée. *Viens me chercher ! Si tu me trouves, tu trouveras peut-être aussi Sandy, et même Jill Stillwell, avant qu'il ne soit trop tard pour nous toutes.*

Mlle Etta l'abandonna par terre, sur un grand tapis au crochet qui avait dû être foulé par plusieurs générations. Des panneaux de bois aveuglaient les fenêtres, mais Tess reconnut celle par laquelle elle s'était échappée. Une ampoule nue pendait au plafond, éclairant la pièce d'une lumière sinistre. La colère acheva de dissiper les brumes qui s'attardaient dans son cerveau. C'était ici, dans la bibliothèque personnelle de Mlle Etta, qu'on l'autorisait parfois à jouer et à dessiner. Et ses deux geôlières osaient lui répéter jour après jour qu'elles étaient gentilles avec elle ! Pourtant, M. Méchant l'accompagnait toujours, ici ou dans le grenier où elle dormait, prêt à la battre. A la nuit tombée, Mlle Etta la déplaçait de la grange vers la maison où maman Sybil régnait d'une main de fer.

Tess ravala ses larmes et secoua la tête, comme si ça pouvait l'aider à trouver la sortie du labyrinthe de souvenirs et d'émotions où elle était en train de se perdre. Elle se sentait terrassée par un sentiment de frayeur et d'abandon. *Ressaisis-toi, Tess !* Elle devait réfléchir. Contenir le flot de souvenirs qui venaient de briser le barrage du traumatisme, et trouver un moyen de se sortir de là.

— On se réveille, Teresa ? demanda Mlle Etta. Je n'étais pas certaine d'avoir administré la bonne dose. Tu es si grande, maintenant... Et puis tu t'es défendue, vilaine ! Tu crois que ça m'a aidée à bien faire les choses ? Tu auras droit à une autre petite piqûre avant qu'on aille voir maman Sybil dans la maison. Pour que tu restes bien sage, tu comprends ? Bon, je vais t'enlever ce bâillon pendant une minute ou deux, mais après ça je vais devoir retourner en ville pour me faire un peu voir. Bien sûr, il va falloir que je te ligote serré-serré jusqu'à mon retour. Et tu sais, ils ne retrouveront pas Sandy, avec leur stupide battue, parce que vous serez là toutes les deux, bien au chaud chez nous. De vraies petites poules en pâte !

Sandy est vivante !

Jamais il ne serait venu à l'idée de Tess que Mlle Etta puisse être folle. Et pourtant c'était elle, la kidnappeuse de Cold Creek ! Une femme si serviable et une grande figure de la ville ! Qui aurait cru qu'elle se servait de son bibliobus pour enlever des petites filles ?

Tess eut un réflexe nauséeux lorsque Mlle Etta retira le mouchoir de sa bouche.

— Hé ! Tu ne vas pas me vomir dessus, quand même ! gronda la bibliothécaire. Et ne t'avise pas non plus de salir le tapis de maman Sybil !

S'efforçant de conserver son calme, Tess renversa les rôles en s'adressant à Mlle Etta d'une voix douce et conciliante, comme si elle cherchait à faire entendre raison à une enfant.

— Mademoiselle Etta, vous ne pouvez pas séquestrer des gens comme ça… Je sais que vous êtes une femme gentille et que vous allez me laisser partir, maintenant. Je ne suis pas fâchée contre vous et je ne dirai rien à personne. Pour moi, l'incident est clos. D'ailleurs, je vais repartir dès ce soir dans le Michigan.

— Oh ! mais on ne garde pas des filles aussi âgées que toi, Teresa. Tu es devenue trop grande pour être câlinée et pour monter sur les genoux de maman Sybil. Sans compter que tu t'es échappée et qu'il va bien falloir te punir. Et puis, vilaine comme tu es, je suis sûre que tu irais tout raconter au jeune shérif McCord. Et ça, on ne peut pas l'accepter. Je t'avoue qu'on a eu peur que tu te souviennes de nous, à l'époque où c'était le père de Gabe qui portait le chapeau étoilé, mais tu nous as bien rendu service en perdant la mémoire. Et, quand tu es revenue pour vendre cette maison, voilà qu'on a recommencé à s'inquiéter, maman Sybil et moi. C'est pour ça que j'ai essayé de te faire comprendre qu'il valait mieux la boucler et quitter la ville. Mais le vin trafiqué et le vieux dessin ne t'ont pas dissuadée, hein, vilaine fille ? Comme toujours, tu n'en as fait qu'à ta tête ! Alors maintenant ne t'étonne pas si tu dois payer le prix de tes effronteries, ma petite. C'est la décision de maman Sybil, pas la mienne, et tu sais qu'on doit toujours obéir à ses ordres.

Tess se mit à trembler. Elle avait connu un bref moment d'euphorie après avoir compris que Sandy était vivante, mais la peur avait repris ses droits. Bien que gelée jusqu'aux os, elle fut soudain en nage. Ainsi, Mlle Etta et sa mère se débarrassaient de leurs victimes une fois qu'elles étaient trop âgées à leur goût ? Alors Jill…

— Mademoiselle Etta, vous savez que ce n'est pas bien, ce que vous faites.

— Ne pas obéir à sa mère, voilà ce qui ne serait pas bien, Teresa. Et puis, si ce qu'on fait était aussi mal que ça, tu ne crois pas que Dieu aurait guidé les autorités jusqu'à nous, depuis le temps ? Maman Sybil adore les petites filles autant qu'elle m'aime. Bon, assez discuté, ma chère enfant. Occupons-nous plutôt de resserrer tes liens.

— Alors, Jill Stillwell est… partie ?

— Ma foi oui. Elle est là, dehors. Je lui ai dit que c'était un honneur pour elle de reposer avec les pionniers de la famille Falls. Après quoi je lui ai injecté un produit pour qu'elle s'endorme en paix et je l'ai ensevelie entre deux tombes.

Oh non… Cette cinglée avait enterré Jill Stillwell dans le vieux cimetière qu'on pouvait apercevoir de la fenêtre du grenier. Pourquoi les souvenirs n'étaient-ils pas remontés à la surface alors qu'il était encore temps de la sauver ? Aurait-elle dû revenir plus tôt à Cold Creek pour réveiller sa mémoire endormie ?

Tandis que Tess se battait contre un terrible sentiment de culpabilité, Mlle Etta continuait à parler comme si tout était normal.

— Si on avait gardé Jill, elle serait beaucoup trop grande et trop lourde pour s'asseoir sur les genoux de maman Sybil, à l'heure qu'il est. Sandy, par contre, a le bon format pour les câlins. Je vais t'emmener la voir dans le grenier. Tu y resteras un moment, d'accord ? Le temps que je prépare ce qu'il faut pour que tu puisses, toi aussi, trouver le repos éternel auprès de mes ancêtres. Oh ! s'écria-t-elle soudain d'un air peiné, tu as du sang sur le cou, ma pauvre petite. Tu n'aurais pas dû bouger comme ça quand je t'ai fait cette piqûre. Attends, laisse-moi te nettoyer avec le mouchoir que tu avais dans la bouche.

Elle imbiba le mouchoir de salive et le frotta contre le cou de Tess.

— Regarde, j'ai du sang sur les mains, comme lady Macbeth. Mais je suppose que tu n'as jamais entendu parler d'elle, n'est-ce pas ?

Sur ces mots, elle sortit un petit flacon de gel antibactérien de la poche de son gilet, avant de se laver consciencieusement les mains.

— Cette solution hydroalcoolique fait des merveilles

pour effacer les empreintes digitales sur les poignées de porte ou les bouteilles de vin, par exemple, même si, bien sûr, porter des gants est encore plus efficace. Tu sais, dans les années cinquante et jusqu'au début des années soixante, les femmes enfilaient des gants blancs pour se rendre à l'église. Et même pour aller faire des courses dans une boutique chic, figure-toi ! C'était tellement plus distingué et hygiénique que serrer des mains nues et s'embrasser à tout bout de champ comme on le fait de nos jours.

Imperméable aux supplications de sa prisonnière, Mlle Etta ajouta plusieurs tours de corde autour des poignets et des chevilles de Tess, puis alla chercher du ruban adhésif toilé dans une boîte en carton sur laquelle on pouvait lire : « Réparations des couvertures de livres ». Après avoir traîné Tess dans un coin de la pièce, elle se servit du ruban adhésif pour lui lier le buste à un vieux radiateur en fonte.

Quelques secondes plus tard, Tess la regarda vider le contenu de son sac à main sur le tapis, puis donner un violent coup de talon sur l'écran du téléphone portable, qui se brisa sous le choc. Elle partit ensuite fouiller un placard, revenant munie d'autre version de M. Méchant, dont elle se servit pour taper comme une sourde sur le malheureux appareil.

— Voilà ! s'écria-t-elle en considérant le téléphone cassé d'un regard satisfait.

Après quoi elle se dépoussiéra les mains en les frappant vigoureusement l'une contre l'autre, avant de les inonder d'une nouvelle giclée de gel antibactérien.

— Je vais me faire un plaisir de me débarrasser de ce stupide appareil. Tu sais, on vivait très bien, avant toutes ces inventions. On se parlait directement, face à face, sans faire mille choses en même temps. Les gens n'ont plus aucun respect pour leurs interlocuteurs, depuis qu'ils peuvent se déplacer en téléphonant. Imagine-toi que certains n'hésitent pas à s'asseoir aux toilettes pendant qu'ils vous font la conversation ! Si, si, j'ai entendu des jeunes s'en vanter !

Comme s'il y avait de quoi être fier ! Lorsqu'on a discuté à l'église, toutes les deux, lors de cette belle veillée de prières pour Sandy, tu m'as dit que tes souvenirs commençaient à revenir. Je ne suis pas certaine que tu m'aurais confié ça au téléphone, qu'en penses-tu ? En tout cas, ça a été pour moi le signal qu'il fallait agir. C'est pour ça que j'ai laissé M. Méchant dans l'arrière-boutique où je suis allée chercher Sandy. Pour voir si ça réveillait des souvenirs en toi. Il fallait bien que je surveille l'évolution de ton amnésie, tu comprends ? Pareil pour les livres que je t'ai prêtés. Mais c'est à l'église que j'ai compris qu'il était temps d'intervenir. J'étais en train de mettre au point un plan pour aller te cueillir comme il y a vingt ans, mais une fois de plus tu t'es jetée dans la gueule du loup ! Quand je t'ai vue entrer seule dans la bibliothèque, j'ai su que c'était le moment de te ramener définitivement à la maison.

— Comment avez-vous fait pour entrer chez moi et trafiquer le vin ?

— Avec une clé, tout simplement. Je l'ai prise dans le manteau de Grace, ta cousine par alliance, un jour où elle est passée à la bibliothèque et qu'elle m'a dit que tu étais sur le point de revenir à Cold Creek. Tu sais, ça fait des années que j'achète des sédatifs à Dane, mais il voulait augmenter ses tarifs de façon indécente. Je lui ai dit que c'était immoral et scandaleux, d'autant qu'il croyait que c'était seulement pour calmer maman Sybil quand elle est trop agitée. Mais le véto aimait l'argent et il avait un caractère de cochon. On s'est disputés, et j'ai eu peur qu'il ne se venge en racontant autour de lui que je droguais ma mère, ce qui aurait pu revenir aux oreilles du shérif.

— Alors c'est vous qui… qui l'avez tué ?

— Bien obligée. J'ai laissé près de lui une prétendue lettre d'adieu qui était en réalité un mot qu'il m'avait écrit pour s'excuser de ne pas avoir rendu des livres à temps. En coupant au bon endroit, c'était assez crédible, je trouve. Dane envoyait parfois ce genre de mot au second degré. Il aimait pratiquer l'ironie, quitte à se mettre les gens à dos.

Le fait est que cet imbécile rendait toujours les livres en retard, ce qui n'est pas correct. Le jour où il a quitté ce monde, je lui avais proposé d'acheter son vieux pistolet à un très bon prix pour ma collection. Je lui ai dit de le charger pour que je puisse vérifier son bon état de fonctionnement et… j'ai vérifié ! Sa mort n'est pas une grande perte, d'autant que les derniers sédatifs qu'il m'a livrés m'ont semblé moins efficaces que d'habitude. Plus chers et moins efficaces, et puis quoi encore ? Autant s'approvisionner ailleurs. A propos, pardon de t'avoir fait mal en plantant cette seringue dans ton cou. Je sais que je ne suis pas très douée avec les piqûres, et comme tu as bougé…

Tess avait envie de fondre en larmes, et pourtant elle se sentait curieusement sur le point d'éclater de rire. L'ancien asile psychiatrique aurait dû rester ouvert rien que pour Mlle Etta et sa mère, qui devait être tout aussi cinglée.

— Bon, je ne peux pas te mettre dans la maison tant qu'il fait jour, Teresa, mais je serai de retour avant la nuit tombée, annonça-t-elle en lui tapotant gentiment l'épaule. Dieu que tu étais une jolie petite fille ! Maman Sybil n'a jamais eu le même plaisir à câliner Jill, tu sais. Et toi, qu'as-tu fait pour la remercier de tout cet amour qu'elle te donnait ? Tu t'es échappée, vilaine fille ! Mais cette fois-ci tu resteras ici pour toujours. Oui, pour toujours.

Elle sortit un nouveau mouchoir en tissu de sa poche — aussi propre et bien repassé que le précédent — et l'enfonça dans la bouche de Tess, qui dut une nouvelle fois combattre le sentiment de panique et cette envie de vomir qui pouvait lui être fatale. A l'aide d'une balayette et d'une pelle en plastique, Mlle Etta se mit à ramasser les débris du téléphone portable en chantonnant avant de replacer les autres objets à l'intérieur du sac. Cela fait, elle quitta la pièce, et Tess entendit la clé tourner dans la serrure de la « grange aux livres », puis le bibliobus qui s'éloignait, les pétarades de son vieux moteur laissant bientôt place au rugissement étouffé de la cascade et à la plainte aiguë d'un train qui filait dans le lointain.

*
* *

— Comment ça, elle est sortie et n'est jamais revenue ? cria Gabe.

— On avait bien travaillé, et je lui ai proposé de faire une petite pause, répondit Peggy. Elle s'est servi un café et elle est sortie pendant que je prenais un appel d'urgence, voilà tout. Vous ne m'avez pas demandé de l'enchaîner à sa chaise !

— Je sais, je sais, dit Gabe d'une voix plus conciliante. Vic, vous voulez bien prendre mon équipement et le ranger dans l'armurerie ? Je vais appeler Tess et lui dire de ramener ses fesses ici.

Il tendit son arme et son gilet pare-balles à Vic et prit la direction de son bureau en composant le numéro de Tess.

La boîte vocale, encore et encore, alors qu'il savait qu'elle n'éteignait jamais son portable durant la journée. Il n'aimait pas ça…

Il bondit de son fauteuil et retourna dans le hall d'accueil.

— Elle ne répond pas. Je vais aller la chercher.

— Aller la chercher ? répéta Vic, qui tenait toujours les gilets pare-balles et les fusils dans ses mains. Mais où ?

— Je n'en sais rien ! explosa Gabe. De toute façon, il semble que je sois incapable de retrouver qui que ce soit !

— Calmez-vous, dit Vic. Elle participe sans doute à la battue, à moins qu'elle ne soit à l'église, en train d'aider les organisateurs. Il y a peut-être trop de bruit autour d'elle ou bien son téléphone n'a plus de batterie. A moins qu'elle n'ait tout simplement oublié de l'allumer. Appelez Jace, il vous dira si elle est là.

— Je vais aller vérifier sur place. Un peu de marche me fera le plus grand bien.

Gabe quitta le poste de police, furieux contre Peggy, contre Tess, contre lui-même. Furieux contre le monde entier. Il balaya du regard les rues presque désertes, mais pas de Tess en vue. *J'aurais dû l'enfermer, voilà ce que j'aurais dû faire !* ne put-il s'empêcher de penser. S'il avait demandé à Peggy de la former, c'était surtout pour savoir où elle se trouvait durant la journée. *Et voilà le résultat !* songea-t-il en donnant un coup de pied dans une cannette de soda abandonnée sur le trottoir.

Selon Peggy, Tess était partie depuis plus d'une heure. De pénibles souvenirs lui revinrent brutalement à la mémoire. La petite Teresa avalée par le champ de maïs.

— Mais où est-elle, Gabe ? criait Claire Lockwood. Ma fille n'a pas disparu, quand même ! Tu étais censé la surveiller !

Et sa propre mère au téléphone, en train de dire à son mari de revenir de toute urgence... Ces images du passé firent monter de plusieurs crans l'inquiétude de Gabe.

Il fonça jusqu'au Kwik Shop dont il parcourut toutes les allées. Pas de Tess dans la supérette. Il se décida à appeler Jace.

— Non, elle n'est pas ici, shérif, répondit son suppléant. Mais je vous appelle tout de suite si je la vois.

Jace voulut lui donner des informations sur le déroulement de la battue, mais Gabe coupa court à ses explications. S'il ne retrouvait pas Tess dans la demi-heure qui venait, les volontaires allaient devoir chercher deux personnes au lieu d'une.

Creekside Gift avait rouvert, et Gabe décida de s'y rendre, même s'il était à peu près sûr que la boutique était tenue par des amis des Kenton. Tess et Lindell semblaient s'être rapprochées à l'occasion de la veillée de prières, Tess ayant accepté de lire un passage de la Bible au cours de la cérémonie. Oui, elle pouvait être là. Mais, quand il passa la tête par la porte, un ami de Will lui dit qu'il ne l'avait pas vue.

Alors qu'il repartait en direction de la bibliothèque, il se souvint du livre que Mlle Etta voulait lui prêter et qu'il n'avait pas pris, au risque de la froisser. N'avait-il pas demandé à Peggy et Tess d'aller le chercher pour lui, lorsqu'elles feraient une pause ? Tess avait pu décider de s'y rendre seule, et Gabe savait qu'une fois lancée Mlle Etta se montrait souvent très bavarde. Se pouvait-il qu'elle se soit mise à lui parler littérature, ou peut-être à lui raconter la vie de ses fameux ancêtres, et que Tess n'ait pas réussi à s'échapper ? Plus d'une heure, ça faisait long, tout de même…

Alors qu'il arrivait devant la porte vitrée de la bibliothèque, il vit une main tourner l'écriteau « Pause déjeuner », pour faire apparaître le message « C'est ouvert ! » L'instant d'après, Mlle Etta le faisait entrer.

— Bonjour, shérif, j'espère que vous ne m'attendez pas depuis trop longtemps. Je reviens à l'instant de ma pause déjeuner. Vous avez finalement décidé de prendre ce livre sur le stress, c'est ça ?

Quelques mots qui suffirent à réduire les espoirs de Gabe à néant.

— En fait, je cherche Tess Lockwood. Je pensais qu'elle était peut-être avec vous. Je lui avais dit de venir récupérer ce bouquin pour moi.

— Elle est passée, mais elle m'a seulement demandé la permission de conserver encore quelques jours les livres que je lui ai prêtés. Elle m'a d'ailleurs confirmé ce que vous m'aviez dit sur l'aide que ces ouvrages lui ont apporté, et je ne vous cache pas que ça m'a fait plaisir. Par contre, elle a dû oublier, pour ce livre sur le stress. Elle n'est restée que quelques minutes, vous savez. J'ai cru comprendre qu'elle avait envie de se dégourdir les jambes, de faire une promenade.

— Merci, Mlle Etta, dit-il.

Pour la seconde fois, il quitta précipitamment les lieux sans emporter le livre que la bibliothécaire avait sélectionné pour lui.

Son portable se mit à sonner. Dieu merci, c'était peut-être elle, songea-t-il en sortant fébrilement l'appareil de sa poche. Le nom de Vic s'affichait sur l'écran. Il allait passer un de ces savons à Tess, quand il mettrait la main sur elle… Il se calma un peu en songeant à la force des sentiments qu'il éprouvait pour elle. Pas seulement parce qu'elle était la première victime du kidnappeur de Cold Creek ; pas seulement parce que cette affaire et les suivantes avaient occupé jour et nuit l'esprit de son père et désormais le sien, mais parce qu'il était tout simplement fou d'elle. Oui, il aimait cette femme.

— Allô, Vic ? Vous avez retrouvé Tess ?

— Non, désolé. Par contre, le révérend Snell a retrouvé Melanie Parkinson, la psychothérapeute qui avait aidé Tess juste après son kidnapping. Elle vit à Colombus, mais j'ai son numéro de téléphone, si vous voulez l'appeler. Le pasteur m'a dit que vous pouviez la joindre à ce numéro après 21 heures.

— Oui, je vais l'appeler. Il faut creuser dans toutes les directions, Vic. Toutes ! Bon sang, Tess semble s'être volatilisée dans la nature… Elle est passée cinq minutes à la bibliothèque, et il semblerait qu'elle soit ensuite partie se promener.

— Je vais aller faire un tour du côté du lac Azur, dit Vic après lui avoir communiqué le numéro de téléphone. Pas de panique, d'accord ? On va la retrouver.

— Parce que ça ne vous inquiète pas, vous ? Et si vous alliez plutôt vérifier si elle n'est pas chez elle ou chez moi ?

— Trop loin pour faire le trajet à pied. Souvenez-vous, c'est moi qui l'ai conduite au poste de police, ce matin. Elle n'a pas de voiture.

— Elle a pu demander à quelqu'un de l'y conduire, puisqu'on n'était pas là. Je sais que c'est peu probable, mais…

— Très bien, je vais vérifier. Je vous tiens au courant.

Gabe raccrocha, le ventre noué. Le passé lui revenait en pleine figure, et avec lui la peur panique de perdre Tess pour la seconde fois.

La nuit venait tout juste de tomber lorsque Mlle Etta revint dans la grange aux livres et lui administra une nouvelle injection de sédatif — dans le haut du bras, cette fois — avant de la libérer de ses liens, à l'exception d'un tour de corde qu'elle laissa autour de ses poignets.

— Ce produit est destiné aux humains et non aux animaux, dit-elle en retirant le mouchoir de la bouche de Tess. Et, crois-moi, ça ne met pas longtemps à agir.

Tess aspira un grand bol d'air avec une sorte de plainte, puis s'efforça de produire de la salive pour arriver à parler. Il fallait qu'elle trouve un moyen de convaincre cette femme de renoncer au projet que son cerveau malade avait conçu. Lui faire entendre raison promettait d'être compliqué, et se retrouver face à sa mère — dont Tess se souvenait maintenant comme d'une vieille dame effrayante et sadique — n'allait pas non plus être une partie de plaisir. Comment se faisait-il qu'à son âge Mlle Etta soit toujours sous le joug de sa mère ? Tess se rappelait que Sybil Falls exigeait des câlins, des baisers et une obéissance totale. Faute de quoi Mlle Etta la battait à l'aide de M. Méchant, pendant que « maman Sybil » la traitait de vilaine, de bonne à rien et de suppôt de Satan, une expression qu'elle ne comprenait pas, à l'époque.

— Cette vilaine fille mérite une bonne dégelée ! criait la vieille dame en faisant de petits bonds furieux sur son fauteuil roulant.

La folie était-elle une maladie héréditaire, chez les Falls, ou le monde entier était-il tombé sur la tête ?

Au dernier moment, Tess renonça à dire à Mlle Etta que Gabe était au courant du trafic de médicaments, et qu'il avait trouvé chez Dane Thompson une liste des gens qu'il fournissait. Elle avait d'abord pensé que ce mensonge ferait peur à la bibliothécaire et qu'il la pousserait à faire machine arrière, mais elle craignait soudain que cela ne l'incite à se débarrasser d'elle encore plus vite que prévu.

Que faire pour se sortir de là ? Elle devait réfléchir vite avant que le sédatif ne fasse effet. La bibliothécaire avait dit que les dernières livraisons du vétérinaire lui semblaient moins efficaces, mais aussi qu'elle n'était pas certaine de la dose exacte qui convenait à un adulte. La solution était sans doute de faire semblant d'être à la merci de sa geôlière, et d'attendre que celle-ci baisse sa garde pour agir. S'il s'agissait du médicament sur lequel Gabe et elle avaient fait des recherches, elle venait de se faire administrer un sédatif-hypnotique qui permettait au médecin de se faire entendre et obéir du patient. Parviendrait-elle à frapper Mlle Etta avec ce qui lui tomberait sous la main, avant d'être véritablement en état de soumission chimique ? Quant à Sybil Falls, c'était désormais une très vieille femme clouée sur son fauteuil roulant. Alors, à moins qu'elle ne soit armée d'un de ces anciens pistolets que ces deux folles avaient hérités de leurs ancêtres, Tess n'aurait sans doute aucun mal à lui fausser compagnie. Elle devait absolument combattre les effets du produit qu'elle venait de se faire injecter, se répéter encore et encore qu'elle pouvait sortir vivante de cette maison, simuler l'obéissance tout en restant aussi lucide que possible. Tout ça pour se sauver d'une mort certaine, mais aussi pour sauver la petite Sandy…

— Hop là, petite Teresa ! dit Mlle Etta en l'aidant à se relever.

Hop là… Une nouvelle vague d'abominables souvenirs la frappa de plein fouet. Tout comme le mot *dégelée*, cette interjection la replongeait au cœur de l'enfer que ces deux sorcières lui avaient fait vivre. Même si elle brûlait d'envie de se dégager des mains qui la guidaient, Tess affecta l'hébétude et se laissa docilement entraîner hors de la grange. Elles passèrent près du bibliobus et traversèrent le jardin jusqu'à la porte arrière de la vaste maison. Malgré ses mains attachées dans le dos, Tess se serait bien vue piquer un sprint et planter là Mlle Etta. Certes, elle se sentait un peu groggy, mais elle pensait être encore capable de courir. Sans doute aurait-elle tenté sa chance si elle avait été certaine que sa fuite ne mettrait pas en danger la vie de Sandy. Non… pas question de partir sans la fillette. Pour le moment, elle devait jouer la sujétion et faire tout ce qu'on lui demandait.

Mlle Etta lui fit monter des marches étroites, sans doute

un ancien escalier de service. Comme tout ici lui était familier ! Ses chevilles lui faisaient mal à l'endroit où la corde avait cisaillé la chair, et ses jambes étaient encore engourdies d'être restées immobiles si longtemps. A moins que le sédatif ne commençât à faire effet ? Non, non, son cerveau carburait à plein régime, au point qu'elle avait du mal à prendre l'air apathique d'une personne sonnée par un médicament…

Songer que Sandy était là, tout près d'elle, lui serra le cœur. La petite fille devait être déboussolée et terrifiée, comme elle l'avait été elle-même vingt ans plus tôt. Elle aurait tant voulu la prendre dans ses bras et la réconforter… Tess sentit les larmes lui monter aux yeux. Si seulement Gabe comprenait qui l'avait enlevée pour la seconde fois… Qu'avait-elle dit à Peggy avant de quitter le poste de police ? La standardiste se trouvait alors au téléphone avec quelqu'un qui venait de se faire mordre par un raton laveur. Lui avait-elle précisé qu'elle se rendait à la bibliothèque ou s'était-elle contentée de dire qu'elle allait faire un tour ? Impossible de s'en souvenir.

Gabe allait être furieux contre elle lorsqu'il apprendrait qu'elle s'était jetée dans la gueule du loup. Mais peut-être n'en saurait-il jamais rien. Peut-être que sa disparition, tout comme celle de Jill Stillwell et de Sandy Kenton, resterait à jamais un mystère.

29

Gabe entraîna la mère de Sandy Kenton à l'écart des nombreux volontaires qui se massaient sur le parking de l'église. Certains attendaient de partir quand d'autres revenaient déjà d'une battue qui n'avait rien donné.

— Lindell, il faut que je te dise quelque chose.

— Tu l'as retrouvée ? demanda-t-elle en lui agrippant le bras.

— Pas encore, même si l'enquête avance. Ecoute, Tess Lockwood semble avoir disparu, elle aussi. Je voulais simplement que tu saches que mon suppléant et moi-même avons demandé que tous les groupes de volontaires qui partent pour une battue soient informés, et qu'ils incluent Tess dans leurs recherches. Je sais que vous vous êtes parlé, toutes les deux, avant la veillée de prières. Peux-tu penser à quelque chose qu'elle t'a dit et qui pourrait orienter les rccherches ?

Lindell Kenton resta un moment le regard vide et les traits privés d'expression. Comme elle semblait avoir vieilli en seulement six jours ! Cheveux ternes et sans volume, absence de maquillage, cernes grisâtres et autres ravages du manque de sommeil… Six jours d'indicible angoisse. Six jours que quelqu'un lui avait volé son enfant. Six jours qu'elle se demandait chaque seconde si on faisait du mal à sa petite fille. Si elle était encore vivante.

— Tess ? dit-elle enfin d'une voix mal assurée. Tu veux dire que le kidnappeur l'aurait de nouveau enlevée ? Je croyais qu'il ne s'intéressait qu'aux petites filles.

— Aujourd'hui, aux alentours de midi, Tess a quitté le poste de police pour se rendre à la bibliothèque. Elle en est repartie après avoir discuté un court moment avec Etta Falls, et on ne l'a pas revue depuis.

A ces mots, Lindell Kendell ouvrit de grands yeux paniqués.

— Oh ! non ! Oh non, non…

Lorsqu'elle pressa ses mains jointes sur ses lèvres, Gabe vit ses doigts rougis par le vent blanchir par endroits.

— Est-ce que ça veut dire que le kidnappeur veut la faire taire ? demanda-t-elle. Qu'il a peur qu'elle se souvienne de lui ? Mon Dieu, Gabe, ça doit être terrible pour toi aussi… Je sais que cette histoire te poursuit depuis ton enfance.

— Oui… Je me demande parfois si ça finira un jour. Et je sais que la réponse est oui, ajouta-t-il précipitamment, même s'il en doutait plus que jamais, à cet instant précis. Je te garantis qu'on va coincer la personne qui a kidnappé Sandy et qu'on va te ramener ta fille, ajouta-t-il.

Il savait qu'il faisait preuve d'imprudence en formulant de telles promesses, mais la crainte que Lindell ait perçu son moment de découragement l'avait poussé à en rajouter dans l'autre sens.

— J'ai entendu dire que Tess comptait beaucoup pour toi, Gabe. Oh ! N'aie pas l'air si surpris… Cold Creek est un gros village et tout se sait. Mais je ne t'apprends rien, n'est-ce pas ? J'ai beaucoup apprécié Tess, les quelques fois où nous avons discuté. Ça m'a fait du bien de parler avec elle, sans doute parce qu'elle comprend mon chagrin. Si vraiment elle a disparu, il faut absolument qu'on la retrouve, elle aussi.

— J'ai vu l'annonce que vous avez faite à la télévision, Win et toi. C'était une excellente idée de s'adresser comme ça au ravisseur, et vous vous en êtes très bien sortis, tous les deux. Ça passe sur la plupart des chaînes, et même sur certaines chaînes nationales.

— Oui, le maire me l'a dit. Tu sais, j'ai eu l'impression que Tess n'était plus si certaine de vouloir rentrer à

Jackson, quand on s'est parlé. En tout cas, elle n'a cessé de dire qu'elle voulait t'aider et rester à tes côtés. Je sais que tu comptes aussi beaucoup pour elle, Gabe. Une femme sent ces choses-là.

Les yeux de Gabe s'embuèrent un peu.

— Merci, Lindell, répondit-il d'un ton ému. Elle ne m'a pas dit qu'elle songeait à rester, mais j'en serais très heureux, si c'était le cas. Mais ne mettons pas la charrue avant les bœufs. Pour le moment, ce qui compte c'est de la retrouver, ainsi que Sandy.

Touchant du bout des doigts le rebord de son chapeau, il pivota sur ses talons, mais Lindell le retint par le bras.

— Elles sont peut-être ensemble, toutes les trois. Sandy, Tess et Jill. C'est une pensée rassurante pour moi, tu comprends ? Tess a su me réconforter, et je suis sûre qu'elle saurait aussi réconforter ma Sandy.

— Alors accroche-toi à cette pensée, Lindell, d'autant qu'il se pourrait bien que ce soit le cas. Et maintenant il faut que je retourne m'occuper des recherches. Bien entendu, tu seras la première informée si on trouve quelque chose, ajouta-t-il avant de s'éloigner vers sa voiture de patrouille.

Quelques secondes plus tard, il quittait le parking de l'église en songeant qu'il avait oublié d'informer Lindell de la venue d'un hélicoptère de la police autoroutière de l'Ohio. L'appareil allait survoler les zones boisées en utilisant l'imagerie infrarouge frontale, une technologie qui permettait de détecter les sources de chaleur de jour comme de nuit. Les deux hommes à bord étaient en contact avec Vic, tandis que les volontaires rendaient compte à Jace. Peggy recevait tous les autres appels qu'elle se chargeait de répartir. Il ne restait plus qu'à espérer que l'un des trois le contacterait pour lui donner des nouvelles, et que, pour une fois, elles seraient bonnes.

— « Et hop, une marche ! Gribouille est fatiguée. Et hop ! Deux marches ! Gribouille est fatiguée... », récitait

Mlle Etta en aidant une Tess apparemment soumise à gravir l'escalier de service.

Elles passèrent bientôt la porte qui menait au deuxième étage et poursuivirent en direction du grenier.

— « Et hop ! Quatorze marches… »

Mlle Etta semblait parfois croire que Tess était encore Teresa, la petite fille qu'elle avait séquestrée pendant huit longs mois. Une confusion qui aurait dû l'amener à baisser sa garde, sauf que la diabolique bibliothécaire s'était au contraire munie d'un pistolet ancien dont Tess sentait le canon, pressé contre le bas de son dos. Le coup ne risquait-il pas de partir tout seul, avec une telle antiquité ? L'adrénaline que produisait cette pensée aidait Tess à combattre les effets du sédatif.

— Tu sais que je n'hésiterai pas une seconde à appuyer sur la détente, si tu fais ta vilaine, Teresa ! avait-elle menacé lorsqu'elle avait sorti le pistolet de sa poche.

Mlle Etta cessa de compter les marches et de répéter que Gribouille était fatiguée, mais elle ne cessa pas de parler pour autant, bien au contraire. Elle était prise de logorrhée, à présent. Tess écoutait son verbiage d'une oreille distraite, l'esprit occupé par des stratégies de fuite, quand une phrase éveilla son attention.

— Ça fait des années que je n'avais pas autant creusé et j'ai les mains en feu ! Je suis sûre que je vais avoir des ampoules, demain. Sans parler de mon pauvre dos qui me fait un mal de tous les diables. Certes, nous avions beaucoup d'affection pour Jill comme nous en avons pour toi, Teresa, et creuser une tombe pour nos petites filles chéries a tout du choix cornélien. Tu sais que *cornélien* nous vient du dramaturge Pierre Corneille, j'espère ? Un « choix cornélien » désigne un conflit entre le devoir et le sentiment, comme on en trouvait souvent dans les pièces de Corneille. Bon sang, il faut tout t'apprendre, Teresa ! Mais c'est vrai que tu es encore toute jeune… Tout ça me fait penser à ton père qui, pour sa part, a préféré le sentiment au devoir, si tu vois ce que je veux dire. Et encore, je dis le sentiment parce que je suis polie, n'est-ce pas, parce que c'est plutôt de stupre qu'il faudrait parler !

Tess dut faire un effort sur elle-même pour répondre d'une voix atone, au lieu de se laisser aller à sa furieuse envie de rabattre le caquet de cette harpie. Mais il était important de continuer à jouer le jeu. Vital, même.

— Papa est parti…, marmonna-t-elle.

— Oui, je sais, et c'est bien triste pour toi et tes sœurs qu'il soit désormais si loin de vous. Enfin… quand on y songe, ce n'est peut-être pas plus mal comme ça. Sais-tu que cet escalier de service avait son importance, jadis ? poursuivit-elle sans transition. Les servantes et les domestiques qui aidaient dans la cuisine dormaient sous les toits, et avaient besoin de monter et de descendre sans déranger la famille. Mais les temps ont changé, et pas toujours pour le mieux ! En tout cas, plus de ballet silencieux et invisible des domestiques, chez les Falls… Grandeur et décadence, ma chère ! Grandeur et décadence !

Tess s'efforça de fermer son esprit aux radotages de Mlle Etta pour mieux se concentrer sur les opportunités qui pouvaient se présenter, ainsi que sur ce qu'elle devrait dire à Sandy lorsqu'elle se trouverait en sa présence. Dans son malheur, elle avait de la chance que le produit injecté ne produise pas l'effet escompté par Mlle Etta. Sous-dosé ou moins efficace qu'autrefois, comme le soupçonnait la bibliothécaire ? Les deux, peut-être. En tout cas, Tess se réjouissait de ne sentir qu'une vague fatigue qui ne l'empêchait pas de réfléchir.

Pourvu qu'elle parvienne à conserver assez de lucidité pour fuir avec Sandy ! Etroit, raide et seulement éclairé par un plafonnier au niveau de ses minuscules paliers, cet escalier pouvait se révéler dangereux en cas de cavalcade, surtout avec une fillette sur le dos. A moins que Mlle Etta ne lui détache les mains et qu'elle puisse prendre Sandy dans ses bras.

— Maman Sybil t'attend là-haut, et je veux que tu lui demandes pardon de t'être enfuie malgré tout l'amour qu'elle te témoignait. Ça lui a causé un immense chagrin, tu sais, et j'ai dû en subir les conséquences. Je vais te laisser avec elle et Sandy pendant que je termine quelque chose dehors, mais ça ne prendra pas longtemps. Ne t'inquiète pas, ma petite, je reviendrai vite. Bien entendu, tu seras attachée et Sandy restera sagement sur les genoux de maman Sybil. Qui aime bien châtie bien, la petite l'a compris, désormais. Elle a d'ailleurs compris bien plus vite que toi la nécessité d'obéir, Teresa. C'est que tu étais une petite demoiselle très indépendante, quand nous t'avons accueillie sous notre toit. M. Méchant n'a pas eu autant de travail avec Sandy, Dieu merci. Mais à présent tu vas faire ce que je te dis et demander pardon à genoux à maman Sybil, c'est bien compris ?

Une nouvelle fois, Tess dut se faire violence pour ne pas la traiter de tous les noms. Cela la rendait malade de se laisser faire, mais elle n'avait pas le choix.

— Oui, mademoiselle Etta, murmura-t-elle. C'est bien compris.

— A la bonne heure. Sais-tu que cet adage, « Qui aime bien châtie bien », est la traduction de la locution latine *Qui bene amat, bene castigat* ? D'ailleurs, Virgile ne disait-il pas : *Viamque insiste domandi dum faciles animi juvenum, dum mobilis astas* ? « C'est dans la jeunesse, quand l'âme est susceptible de toutes les impressions, qu'il faut s'appliquer à réformer les dispositions vicieuses. » Comme je suis d'accord avec ce grand poète !

Tess avait envie de hurler. Ça ne pouvait être qu'un cauchemar, et elle allait se réveiller… Elle mourait d'envie de dire à cette femme que la culture, si vaste fût-elle, ne remplacerait jamais les qualités de cœur. Qu'elle n'était qu'un monstre qui aurait dévoré des encyclopédies. Mais elle devait maîtriser sa colère. Etouffer ce sentiment de révolte qui la consumait. Mlle Etta allait-elle lui entraver les chevilles, une fois dans le grenier, comme elle l'avait fait plus tôt dans la grange ? Si elle la laissait comme maintenant, avec seulement les poignets attachés, Tess parviendrait sûrement à prendre le dessus sur la vieillarde paralysée. Mlle Etta avait dit qu'elle devait terminer quelque chose dehors. Quelque chose, mais quoi ? Allait-elle finir de creuser une tombe ? Mon Dieu… Après s'être occupé de Sybil Falls, il faudrait convaincre Sandy — si la fillette n'était pas elle-même droguée — de l'aider à défaire ses liens. Elle pourrait ensuite prendre l'enfant dans ses bras et dévaler cet escalier jusqu'à la porte de derrière, ou au moins jusqu'à un téléphone, pour composer le 911. Il y avait sûrement une ligne fixe dans cette maison, peut-être même un ancien appareil à cadran.

Alors qu'elles parvenaient devant la porte cadenassée du grenier, Tess se rendit compte qu'elle était encore terrifiée à l'idée de se retrouver face à « maman Sybil ». Ne risquait-elle pas de subir le même sort que le Dr Thompson, si cette horrible bonne femme était elle aussi armée d'un pistolet de collection ?

Gabe avait continué à chercher longtemps après le départ de l'hélicoptère et le retour des équipes de volontaires, toutes bredouilles. L'adrénaline et l'angoisse lui servaient de moteur et d'antidote à la fatigue. Il avait fouillé la maison de Tess de fond en comble, frôlant l'arrêt cardiaque quand le faisceau lumineux de sa Maglite avait éclairé un manne quin de couture étendu sur le sol de la cave. Il s'était alors souvenu que Grace Lockwood faisait des retouches pour arrondir les fins de mois, lorsque Lee et elle louaient encore la maison. Mais, l'espace d'un instant, il avait vraiment cru que c'était une femme qui gisait au sol.

Il était allé jusqu'à demander un nouveau mandat de perquisition, cette fois pour fouiller le complexe religieux de Monson. Il risquait de devenir *persona non grata* auprès de cette juge, mais il s'en fichait éperdument. D'ailleurs, il se fichait de tout. De sa santé, de son travail… de tout ! De tout, sauf de retrouver Tess, Sandy et Jill. Se pouvait-il que Tess ait été enlevée en pleine rue, alors qu'elle venait de quitter la bibliothèque ?

Il roula à tombeau ouvert jusqu'aux ruines calcinées de ce qui avait été l'ancienne maison des Green et fouilla toutes les dépendances de la ferme. Rien que des vieilleries oubliées, des sacs en toile de jute moisis, des hiboux et des rats. Il s'assit sur une bassine en zinc retournée et s'efforça de réfléchir calmement. Où pouvait-il encore chercher ?

Il décida finalement de retourner au poste de police et d'appeler la psychothérapeute qui avait aidé Tess après sa séquestration. Qui sait si, au cours de leurs entretiens, la petite Teresa n'avait pas laissé échapper quelques détails à même d'éclairer l'enquête d'un jour nouveau ?

Lorsque Mlle Etta ouvrit le cadenas qui fermait la porte du grenier, Tess fut tentée de la pousser dans l'escalier. Le vieux pistolet l'en dissuada. Peut-être était-ce une vue de l'esprit, mais elle avait l'impression que l'âge de cette arme la rendait plus sensible et que le moindre mouvement brusque pouvait déclencher le tir. Et, même si la balle la manquait, elle risquait de traverser la porte du grenier et de blesser Sandy. Si seulement elle parvenait à libérer ses mains…

Tandis que Tess se préparait mentalement à ce qu'elle allait trouver derrière cette porte, elle comprit qu'il lui serait impossible de l'enfoncer pour sortir du grenier, si Mlle Etta la refermait avec le cadenas.

Le pistolet toujours pressé contre son dos, Tess pénétra dans la pièce faiblement éclairée. Elle promena le regard sur le grenier tout en longueur, avec ses deux renfoncements mansardés. Dans le renfoncement de gauche, un petit lit et quelques jouets. Dans celui de droite, un autre M. Méchant adossé au mur incliné, deux anciennes malles aux couvercles bombés, quelques tableaux à la peinture craquelée, un vieux sommier à ressorts et une tête de lit, le tout affreusement familier.

Pourquoi la mère de Mlle Etta se trouvait-elle dans ce grenier ? se demanda soudain Tess. Se pouvait-il qu'elle vive là désormais, plus recluse que jamais ? Mais comment avait-elle pu accéder à cette pièce ? Impossible de faire passer un fauteuil roulant dans cet escalier biscornu et étroit. Quant à la porter jusque-là, Mlle Etta avait beau être une femme particulièrement énergique pour son âge, Tess l'imaginait mal grimper toutes ses marches avec sa mère dans les bras. Tess se souvenait à présent que « maman Sybil » se trouvait toujours au rez-de-chaussée durant sa captivité, assise près de la cheminée. C'était là qu'on la forçait à monter sur les genoux de la vieille dame qui alternait câlins et violence. C'était là que cette sadique l'avait si souvent maintenue, pendant que sa fille la frappait avec M. Méchant sous le regard vitreux du cerf empaillé.

Alors que les yeux de Tess s'habituaient à la semi-obscurité, elle distingua la silhouette de Sybil Falls, affalée sur son fauteuil roulant à l'autre bout de la pièce. Et Sandy — Dieu merci, elle était vivante ! — se trouvait sagement assise sur ses genoux.

Mlle Etta la poussa vers de fond du grenier avec le canon de l'antique pistolet. Elle aurait voulu se précipiter vers Sandy pour la réconforter, mais il fallait continuer à jouer les soumises. La petite fille tourna lentement la tête vers elle, aucun son ne sortant de sa bouche. Elle devait être droguée, à moins qu'elle n'eût simplement peur d'être punie si elle disait quelque chose.

Alors que Tess se trouvait à trois mètres environ de la vieille dame paralysée, Mlle Etta posa une main vigoureuse sur son épaule.

— A genoux, vilaine ! Demande pardon à maman Sybil ! Demande pardon à genoux de t'être échappée !

Tess se laissa tomber à genoux sur le plancher poussiéreux, le pistolet à présent sur sa nuque. Avant qu'elle puisse présenter ses excuses, une voix gutturale s'éleva derrière elle :

— Est-ce là notre petite Teresa qui revient parmi nous, Etta ?

Tess rentra instinctivement la tête dans les épaules, mais le canon qu'elle sentait sur sa nuque la dissuada de se retourner.

Sandy renifla et changea de position sur les genoux de la vieille dame.

— Pardon de m'être enfuie comme ça, maman Sybil, dit Tess d'une voix contrite. Puis-je me rapprocher de vous ?

— D'accord, dit la voix gutturale derrière elle. Mais sois sage, sinon il t'en cuira.

Mlle Etta parlait à la place de sa mère. La vieille dame avait-elle perdu l'usage de la parole ?

— Reste à genoux et approche-toi de moi ! ordonna Mlle Etta, imitant à la perfection la voix autoritaire de sa mère.

Tess s'exécuta docilement. Elle adressa un sourire à Sandy avant d'articuler silencieusement les mots : *Bonjour, Sandy.*

Ce qu'elle vit alors lui arracha un hoquet de surprise. Sandy n'était pas sur les genoux d'une femme, mais d'une sorte d'épouvantail. Un coussin rond sur lequel était plaquée une photographie agrandie du visage de Sybil Falls lui tenait lieu de tête, le tout enveloppé dans un bas en Nylon que recouvrait une perruque blanche. A l'instar de M. Méchant, le tronc et les membres de la fausse Sybil semblaient faits de bouts de bois qu'habillait une robe rembourrée avec de la paille. Le vêtement, affreusement démodé, sentait le moisi et le renfermé. Un plaid au crochet d'où dépassait une paire de godillots noirs lui couvrait les genoux et les jambes. C'était trompeur dans la pénombre et à une certaine distance, mais si grotesque et monstrueux de près que les nerfs de Tess n'y résistèrent pas.

— Elle… Elle n'est pas là ! lança-t-elle d'une voix stridente. Où est-elle ? En bas ? Est-ce qu'elle est morte ?

C'était la chose à ne pas dire. Le coup sur sa tête fut soudain et violent. Elle resta un moment stupéfaite, comme suspendue entre deux mondes, puis elle entendit Sandy crier au moment où son visage s'écrasait contre le sol.

30

Tess sentit une petite main qui écartait doucement ses cheveux de son visage. Elle avait un affreux mal de tête et, durant de longues secondes, ne put se souvenir de l'endroit où elle se trouvait.

D'un seul coup, tout lui revint à la mémoire, et elle ouvrit les yeux. Baigné de larmes, le visage de poupée de Sandy Kenton était penché sur elle.

— Elle est partie ? demanda Tess.

— Mlle Etta, elle a porté maman Sybil en bas pour la mettre au dodo. Elle a dit que M. Méchant me ferait plein de bobos si je te parle, mais je veux juste te demander quelque chose…

Avec un grognement de douleur, Tess parvint tant bien que mal à s'asseoir. Elle avait toujours les mains liées dans le dos, et ses chevilles étaient de nouveau ficelées. Sandy avait également les mains attachées avec une corde qui passait à travers une des roues à rayons du fauteuil roulant. La courageuse petite fille avait dû le faire rouler sur deux ou trois mètres pour arriver jusqu'à Tess.

— Tu peux me demander tout ce que tu veux, mon trésor, dit Tess d'un ton aussi calme et rassurant que possible, alors qu'elle avait envie d'éclater en sanglots. Moi, je ne suis pas méchante comme Mlle Etta, tu sais. Je m'appelle Tess et je veux t'aider à partir d'ici.

La petite fille hocha gravement la tête.

— Mon papa et ma maman, tu les connais ?

— Bien sûr que je les connais. Et tu leur manques

beaucoup. Ils veulent absolument que tu reviennes chez toi et qu'on mette l'horrible Mlle Etta en prison.

— Je peux pas rentrer à la maison. J'ai même pas le droit de parler de ça, parce que sinon, eh ben M. Méchant il…

— Je sais, je sais, ma puce. Moi aussi, j'ai été enfermée ici quand j'étais petite comme toi, mais je me suis échappée et je suis rentrée chez moi. Et tu peux faire la même chose si tu m'aides à me détacher.

— Mais maman Sybil est mon autre maman, maintenant.

— Maman Sybil n'est pas une vraie dame, tu sais. Tu l'as déjà vue marcher ? Tu l'as déjà entendue parler ?

— Non, elle toujours comme une grosse poupée. Mais je suis obligée de dire que c'est une vraie maman Sybil, parce que sinon, tu vois, M. Méchant il va me taper.

— Sandy, tourne ton dos contre mon dos pour que j'essaie de te détacher les mains. Après, tu feras la même chose pour moi… Comme ça, on pourra toutes les deux rentrer à la maison et faire plein de bisous aux gens qu'on aime.

— Et manger des bonbons, aussi ?

— Plein de bisous et plein de bonbons. Allez, mets ton dos contre le mien, d'accord ? Il faut qu'on parte d'ici avant que cette vilaine Mlle Etta revienne avec son pistolet de cow-boy.

— Elle a dit que tu vas dormir avec une fille qui s'appelle Jill, et aussi des gens morts de sa famille.

Tess ferma les yeux un instant, retenant les larmes qui s'y pressaient. Ainsi, Jill était vraiment morte, et enterrée dans le petit cimetière de la propriété. Quel terrible destin pour cette enfant ! Mais elle ne pouvait songer à elle ou au chagrin de ses parents pour le moment.

— Bravo, Sandy, tu es une championne, dit-elle lorsque la fillette parvint à se mettre dos à dos avec elle, malgré le fauteuil roulant qu'elle devait aussi déplacer.

Tess arrivait à toucher les liens de Sandy du bout des doigts, malgré la roue du fauteuil, mais la corde qui entourait ses propres mains était si serrée qu'il lui était presque impossible d'attraper celle de Sandy. Peut-être aurait-elle dû examiner attentivement les nœuds avant d'essayer de les défaire. Heureusement, les mains de la fillette étaient toutes petites et moites de transpiration, ce qui pouvait faciliter l'opération. D'autant que Mlle Etta ne semblait pas avoir serré la corde trop fort.

Tandis qu'elle faisait des efforts désespérés pour détacher les mains de Sandy, Tess lui expliqua que tous les gens de la ville la cherchaient, que le shérif avait retrouvé sa poupée Barbie qui l'attendait impatiemment chez elle… Elle faisait de son mieux pour stimuler la fillette, pour donner un semblant de légèreté à cette situation dramatique en s'efforçant, malgré une migraine colossale, de parler d'une voix enjouée. Jamais de sa vie elle n'avait eu un mal de tête aussi violent. Il ne restait plus qu'à prier pour que Mlle Etta, qui finissait sans doute de creuser une tombe — *ma tombe*, songea Tess avec horreur —, ne revienne pas avant qu'elle ait pu se défaire de ses liens.

Enfin, elle réussit à desserrer suffisamment la corde pour que les mains de la fillette glissent et se libèrent l'une après l'autre.

— Bravo, Sandy ! Tu as réussi ! Et maintenant si tu arrives à faire pareil pour moi, tu seras la princesse de l'évasion ! Tu sais ce que ça veut dire, l'évasion ? Ça veut dire qu'on s'échappe et qu'on rentre à la maison !

Elle sentit les mains de la petite fille qui tripotaient ses liens, mais cela ne dura qu'un instant.

— C'est trop serré…

— Tu n'as pas des ciseaux, par hasard ?

— Ben si. Pour faire du découpage, tu sais ? Mais ils sont tout petits et ils ont des bouts ronds pour pas se faire mal.

— Va les chercher quand même, ma puce, et essaie de couper la corde avec.

— Mais ils sont là-bas, avec M. Méchant…

— Maintenant, c'est moi la chef de M. Méchant, et je lui ai dit de devenir M. Gentil. Il ne peut plus te faire de mal, juste te faire des câlins.

— Promis ?

— Promis, promis, promis. Allez, va vite chercher tes ciseaux, qu'on s'en aille d'ici avant que cette vieille sorcière revienne ! Ton papa et ta maman ont tellement envie de te revoir !

Sandy s'éloigna vers le renfoncement mansardé. Elle ne fut pas longue à revenir, armée d'une paire de petits ciseaux aux anneaux en plastique bleu ciel.

— La corde est trop épaisse pour que tu la découpes comme du papier, tu comprends ? Essaie de la scier comme si tu étais une bûcheronne qui coupe une branche d'arbre, lui dit Tess, s'efforçant de tendre la corde au maximum pour lui faciliter la tâche.

— Avec un seul truc qui coupe ?

— Oui, voilà, avec une seule lame. Vas-y, Sandy, coupe, ma belle, coupe !

Autant qu'elle le pouvait, Tess continuait d'écarter ses mains engourdies pour tendre ses liens, tandis qu'elle entendait dans son dos les va-et-vient têtus et appliqués de la petite lame qui essayait de cisailler la corde.

— Des fois, Mlle Etta elle tire dans le jardin avec ses pistolets de cow-boy, dit la fillette. Ça fait *bang ! Bang !* Et moi, je bouche mes oreilles.

Comme un écho aux paroles de Sandy, un *bang* se fit entendre en bas. Mais c'était une porte qui claquait et non un coup de feu. Malheureusement, ce n'était guère plus rassurant, car c'était sans doute le signe que Mlle Etta en avait terminé dans le jardin, et qu'elle était sur le point de remonter.

— Sandy, laisse tomber mes mains et essaie de couper la corde autour de mes pieds. Oui, voilà, scie de toutes tes forces, dit-elle alors que des pas se faisaient déjà entendre dans l'escalier de service.

Tess comprit que ça ne fonctionnerait jamais, ou alors beaucoup trop lentement. Elle avait beau écarter les chevilles pour tendre la corde et aider Sandy qui faisait de son mieux, ces ciseaux n'étaient destinés qu'à découper du papier.

— Ecoute-moi bien, ma puce… Je veux que tu te mettes

contre le mur, juste à côté de la porte, pour que Mlle Etta ne te voie pas quand elle entrera. Elle va ouvrir, et toi tu seras cachée par la porte, tu comprends ? Tu dois rester toute silencieuse, d'accord ? Moi, je vais faire quelque chose pour attirer l'attention de cette vilaine sorcière, et, quand elle s'approchera de moi, tu t'échapperas et tu descendras l'escalier très vite, mais sans tomber, bien sûr. Quand tu seras tout en bas, tu ouvriras la porte d'entrée et tu traverseras le jardin pour aller te cacher dans le champ de maïs. Tu sais ouvrir la porte si elle est fermée à clé ?

— Il fait tout noir, dehors. Ça me fait peur.

— Je comprends, mais il faut que tu partes d'ici, Sandy, sinon Mlle Etta va vouloir te garder toute la vie. Et toi, tu veux revoir ton papa et ta maman, pas vrai ? C'est ce que j'ai fait quand j'étais petite et que j'étais prisonnière ici, moi aussi. Je suis sortie toute seule dehors, et des adultes gentils m'ont trouvée et m'ont ramenée chez moi. Alors, tu crois que tu peux le faire ?

— Je veux pas sortir dehors sans toi quand il fait tout noir.

En proie à un mélange de frustration et de panique, Tess écarta plusieurs fois les chevilles de toutes ses forces, tirant sur les liens un peu effilochés par le travail de Sandy. Le bruit de pas sur les marches cessa, et la fillette se remit à scier avec la petite lame peu tranchante. Mlle Etta avait peut-être fait un arrêt au premier étage pour se rendre au chevet de sa mère souffrante. Pourtant, Tess était presque certaine que Sybil Falls était morte et que sa fille vivait dans une sorte de déni de la réalité. Elle avait dû l'inhumer dans le cimetière et n'en parler à personne, elle-même refusant de croire à la disparition de cette mère omnipotente et tyrannique. D'où ce mannequin grotesque.

Elle continuait à écarter les chevilles à s'en faire mal, Sandy sciant consciencieusement la corde, quand, soudain, elle se rompit d'un coup sec ! Se redressant d'un bond, Tess tituba comme une ivrogne et faillit perdre l'équilibre. Elle félicita Sandy, posa un baiser sonore sur sa joue et alla se plaquer avec elle contre le mur, du côté où la porte ne tarderait pas à s'ouvrir.

— Voilà ce qu'on va faire, mon trésor, chuchota Tess. Il faut que tu écoutes bien, parce que c'est drôlement important, d'accord ? Quand Mlle Etta va entrer, tu ne dois surtout pas t'accrocher à moi, parce que je vais repousser la porte très fort sur elle. J'espère qu'elle lâchera son pistolet, et peut-être même qu'elle tombera en arrière dans l'escalier !

— Bien fait pour elle ! s'écria la petite fille.

— Oui, bien fait pour elle. Et, après ça, je me baisserai et tu sauteras sur mon dos, comme si j'étais un cheval et toi la princesse qui s'enfuit du château de la méchante sorcière, d'accord ? La princesse de l'évasion !

La petite fille hocha plusieurs fois la tête.

— Super, dit Tess. Quand on jouera à la princesse et au cheval, essaie de bien t'accrocher à moi, d'accord ? Parce que je vais descendre l'escalier à toute vitesse ! Mets tes jambes autour de moi si tu peux, mais je ne suis pas sûre que ce sera possible, à cause de mes bras qui sont dans mon dos et qui vont sûrement te gêner. Agrippe mes vêtements de toutes tes forces si tu veux, mais il y a deux choses que tu ne dois pas faire. Ne mets pas tes mains sur mes yeux, parce que ça va nous faire tomber. Et ne les mets pas non plus autour de mon cou, parce que ça va m'empêcher de respirer. C'est d'accord, princesse de l'évasion ? Ah oui… Si je tombe ou qu'il m'arrive un problème, tu dois continuer à courir et aller te cacher dans le champ de maïs, jusqu'à ce qu'il fasse jour et qu'une voiture passe sur la route. Là, tu sors et tu agites tes petits bras.

— Moi, j'ai peur du noir et je veux pas que tu as un problème. Et puis il y a des épouvantails, dans les champs de maïs.

— Je sais, Sandy, mais il ne faut surtout pas que Mlle Etta te retrouve, parce qu'elle est très méchante. Peut-être qu'une voiture passera même la nuit, tu sais. Si tu en vois une, tu sors du champ, mais tu restes au bord de la route pour ne pas te faire écraser. Et ensuite tu agites les bras en criant, d'accord ? De toute façon, ajouta Tess d'une voix rassurante, alors que les pas se faisaient de nouveau entendre dans l'escalier, il ne m'arrivera sûrement rien et on s'enfuira ensemble, toutes les deux. Et maintenant plus un bruit.

La petite fille posa le doigt sur ses lèvres et laissa échapper un *chuuuut* à peine audible avant de venir se blottir contre Tess.

Gabe apprécia la voix calme et apaisante de Melanie Parkinson. Il ne put s'empêcher de songer que la petite Teresa avait dû se sentir réconfortée en entendant ce timbre bienveillant, après des mois de séquestration. Comment se faisait-il que cette femme ne soit mentionnée nulle part dans le dossier Lockwood ? C'était à se demander si son père avait entendu parler d'elle.

— Je vous appelle au sujet de Teresa Lockwood, la petite fille qui a été enlevée il y a vingt ans, dit-il après s'être présenté. Vous vous souvenez d'elle ?

— Le kidnappeur de Cold Creek, hein ? Oui, bien sûr, je me souviens très bien de cette histoire et de la petite Teresa. Et j'y ai forcément repensé, avec le kidnapping de Sandy Kenton. Teresa avait été brutalisée et soumise à un régime de terreur par son ravisseur, au point que sa personnalité avait changé. La fillette que j'ai reçue était repliée sur elle-même, timide et craintive, alors que sa mère m'avait assuré que Teresa était une enfant ouverte et audacieuse, avant son enlèvement.

— Nous sommes toujours à la recherche de la petite Kenton, dit-il sans expliquer que Tess était de nouveau portée disparue, et Sandy a sans doute été victime du kidnappeur qui a séquestré Teresa il y a vingt ans. Voilà pourquoi j'aimerais savoir si elle vous a dit quelque chose sur l'endroit où elle était séquestrée. Je sais que ça fait longtemps, madame Parkinson, mais comprenez que toute information, même si elle vous semble dépourvue d'intérêt, pourrait nous permettre de sauver la vie de Sandy Kenton.

— Oui, je comprends, shérif. Voyons, que pourrais-je vous dire ? Je lui avais demandé de faire des dessins pour essayer de comprendre ce qu'elle ressentait, et je me souviens qu'un certain nombre d'entre eux représentaient une pièce avec une tête d'animal empaillé — un cerf, je crois — et une immense fenêtre. Je suppose que cette fenêtre symbolisait son envie de s'échapper, ou peut-être indiquait-elle tout bonnement la façon dont elle s'est effectivement échappée. Elle n'a jamais pu me dire clairement comment elle est parvenue à fausser compagnie à son ravisseur. Ah oui… Elle dessinait toujours des petits rectangles derrière cette fenêtre, et elle m'a expliqué une fois qu'il s'agissait de tombes.

— Cette vision lui est récemment revenue à la mémoire, dit Gabe. Autre chose ?

— Lors d'une séance, elle a dessiné un épouvantail qu'elle a ensuite recouvert de violents coups de crayon. C'était très impressionnant. Oh ! et à propos de ces tombes, je me souviens d'avoir été étonnée qu'une si jeune enfant parle d'un cimetière de pionniers.

Gabe se dressa tout droit sur son fauteuil. Il ne connaissait que deux cimetières de pionniers, dans les environs. L'un se trouvait hors de la ville, tout au fond du cimetière de Glenn Rest. Mais il aurait fallu que Tess se trouve dans la maison du gardien pour voir ces tombes, et Clemment Dixon n'était certainement pas un kidnappeur. D'autant qu'il se déplaçait sur une jambe depuis plus de trente ans. Quant à l'autre cimetière de pionniers auquel pouvait songer Gabe, il s'agissait du minuscule cimetière historique où reposait la famille Falls, et il se trouvait dans le jardin de la maison où Mlle Etta vivait avec sa mère, sur Blackberry Road.

Un frisson glacé lui parcourut l'échine. Ça paraissait impossible, et pourtant… La bibliothèque n'était qu'à deux numéros de la boutique où Sandy se trouvait au moment de sa disparition. Cette vieille guimbarde de bibliobus était toujours garée dans la ruelle où s'était arrêtée la piste olfactive, le jour où Sam était venu avec son chien. Il y avait aussi le bruit de la cascade et des trains dont Tess se souvenait. Seuls, ces éléments n'auraient pas été déterminants, mais avec cette histoire de cimetière de pionniers…

— Shérif, vous êtes toujours là ?

— Oui, pardon, j'étais en train de réfléchir à ce que vous venez de me dire…

— Je viens de penser à autre chose. La mère de Teresa m'avait expliqué que sa fille manquait de goût pour la lecture, et pourtant elle a fait plusieurs dessins avec des livres qui couvraient des murs entiers et…

— Merci beaucoup, madame Parkinson. Votre aide m'a été extrêmement précieuse. Peut-être décisive, même. Je dois partir tout de suite, mais je vous rappellerai plus tard.

Il raccrocha, se leva brusquement et attrapa son ceinturon, qu'il boucla en courant vers le hall d'accueil. Ça semblait complètement dingue, et pourtant tout concordait.

— Peg, dit-il en déboulant devant le bureau de réception, appelez l'agent Reingold et Jace. Qu'ils me rejoignent tout de suite à la maison des Falls, au 299 Blackberry Road. Ni sirène ni gyrophare, et je ne veux pas qu'ils pénètrent dans la propriété ! De la discrétion, c'est compris ? Qu'ils se garent le long de la route.

— Je n'ai reçu aucun appel d'urgence de Mlle Etta…

— Faites ce que je vous dis ! Tout de suite !

Tess entendit les cliquetis du cadenas de l'autre côté de la porte. Sandy s'accrochait à elle, et il était trop tard pour lui rappeler qu'elle devait s'écarter quand Mlle Etta entrerait.

La porte s'ouvrit avec un long grincement.

— Me revoilà, les filles ! lança-t-elle avec entrain.

Tess l'aperçut brièvement entre deux gonds, par la mince ouverture qui s'était créée entre le cadre et la porte. De tout son poids et avec un hurlement sauvage, elle se jeta sur la porte, qui se referma entièrement sous la poussée. Elle entendit Mlle Etta pousser un cri et chuter dans l'escalier, mais impossible de savoir si elle avait dégringolé beaucoup de marches. Et avait-elle réussi à conserver son pistolet ?

Tess se mit de dos pour attraper la vieille poignée avec ses mains ligotées. Une fois la porte rouverte, elle risqua un œil au-dehors, le cœur battant, après avoir demandé à Sandy de se déplacer pour être hors de portée d'un éventuel coup de feu. Mlle Etta était affalée dans l'escalier, les jambes sur les marches et le reste du corps sur le petit palier du premier étage. A première vue, elle semblait inconsciente, mais la lumière était trop faible pour s'en assurer. Trop faible aussi pour voir si elle tenait toujours le pistolet dans sa main.

— Grimpe, princesse, dit-elle en courbant le dos. Ton cheval est prêt à partir au galop.

La fillette se lança d'un bond. Visiblement, elle avait déjà fait ça des dizaines de fois. Elle était plus lourde que Tess ne s'y était attendue, mais aussi très à l'aise dans ce genre d'exercice, coinçant ses petites jambes entre le dos et les bras attachés de sa monture. Tess se lança dans l'escalier en priant le ciel pour ne pas tomber, et pour que Mlle Etta soit vraiment assommée. Elle ne fut pas exaucée sur ce dernier point, car la bibliothécaire se mit à remuer et tenta de se redresser avec des grognements furieux.

Tess continua néanmoins à descendre. Avec horreur, elle vit le vieux pistolet apparaître dans la main de la kidnappeuse, qui le pointa dans sa direction. Viser dans cette position étrange n'était sûrement pas aisé, mais, d'un autre côté, l'escalier était si étroit qu'il était difficile de manquer sa cible. Au moins, Tess protégeait la fillette de son corps. Sauf que si elle recevait une balle et qu'elle ne pouvait plus défendre Sandy, il y avait toutes les chances pour que le cimetière de cette sinistre propriété devienne un jour ou l'autre la dernière demeure de l'enfant.

L'épaule frottant douloureusement contre le mur, Tess chargea Mlle Etta à la manière d'un taureau de combat, Sandy agrippée dans son dos. Une détonation assourdissante résonna dans l'étroite cage d'escalier au moment du choc, puis Tess tomba de tout son poids sur les fesses. Elle s'attendait à ressentir une vive douleur, à voir du sang couler, mais seul son coccyx lui faisait mal.

— Ça va, Sandy ?

— Oui, ça va, répondit la petite fille toujours cramponnée dans son dos.

Tess se releva avec difficulté alors que Mlle Etta semblait incapable de faire de même, malgré ses efforts. Peut-être s'était-elle cassé une jambe ? Dans le doute, Tess lui assena un violent coup de pied dans le ventre et enjamba le corps gémissant de la femme qui avait brisé son enfance.

L'escalier tournait, tournait… Il semblait ne jamais en finir. Enfin, après être passées au-dessus du pistolet qui avait atterri sur les marches du bas, elles parvinrent au rez-de-chaussée. La porte de derrière était sûrement fermée à l'aide d'une clé ou d'un verrou. C'était bien le cas, mais la clé en laiton se trouvait encore dans la serrure.

— Descends, Sandy, descends ! dit-elle en se courbant pour laisser glisser la petite fille. Il faut que je tourne cette clé pour qu'on puisse sortir !

Elle se débarrassa sans ménagement de son fardeau, Sandy atterrissant néanmoins sur ses deux pieds tandis que Tess présentait déjà son dos à la porte pour essayer de faire jouer la clé. Etaient-ce des pas qu'elle entendait dans l'escalier ? Oui, Mlle Etta avait trouvé la force de se relever ! Dans sa précipitation, Tess n'avait pas songé à ramasser le pistolet. La bibliothécaire était-elle en mesure de s'en servir de nouveau, ou cette arme ancienne ne pouvait-elle tirer qu'une seule balle ? Et si Mlle Etta avait pensé à prendre des munitions dans sa poche ?

Les mains toujours réunies dans le dos, Tess tourna la clé puis la poignée. Elle commençait déjà à acquérir une certaine dextérité dans cette position malcommode, et elle ne mit pas longtemps à ouvrir la porte, malgré Sandy qui s'accrochait à elle comme à une bouée de sauvetage. Une contre-porte vitrée leur barrait encore la route, fermée avec un petit verrou coulissant.

— Revenez tout de suite, vilaines filles ! lança Mlle Etta depuis l'escalier, en imitant le timbre guttural de sa mère. Je vais devoir vous administrer une bonne dégelée, petites diablesses ! M. Méchant va vous frapper, et moi, je vous vais vous tirer dessus pour vous apprendre le respect !

Seigneur, par pitié, faites-nous sortir de cette maison de dingues !

Le verrou était trop haut pour qu'elle l'atteigne avec ses mains ligotées dans le dos. Elle allait devoir trouver un moyen de briser ce panneau de verre, dernier obstacle entre elles et la liberté. Les pas de Mlle Etta et l'horrible voix de « maman Sybil » se rapprochèrent. Sandy se mit à pleurnicher. La frayeur de la fillette faillit la ramener vingt ans en arrière, mais Tess parvint à dominer le début de panique qu'elle sentait monter en elle. L'épaule en avant, elle se précipita sur la paroi transparente, mais rebondit comme si la contre-porte avait été de bois. Elle devait coûte que coûte parvenir à la casser, quitte à s'entailler avec les éclats de verre, puis courir avec Sandy jusqu'au champ de maïs où Mlle Etta ne pourrait jamais les retrouver.

La bibliothécaire apparut à ce moment-là, le visage strié de filets de sang qui dégoulinaient de ses cheveux hirsutes, un pistolet à la main. Elle tanguait sur les marches étroites, et Tess crut qu'elle allait tomber de nouveau. Mais elle parvint à maintenir son équilibre et s'immobilisa au pied de l'escalier, appuyée contre le mur. Etait-ce un autre pistolet qu'elle pointait dans leur direction ? Tess se jeta sur Sandy avant de fermer les yeux, certaine qu'elle vivait ses derniers instants. Mais, en fait de détonation fatale, elle n'entendit qu'un pitoyable *clic*.

Comprenant que la balle n'était pas partie, Tess se redressa et se mit à donner des coups de pied répétés et rageurs sur la contre-porte. Le verre se craquela bientôt, des fentes superficielles se formant sur toute la surface comme un réseau de racines. Puis le panneau céda d'un seul coup, ne laissant que le cadre qui ouvrait sur la liberté.

Alors qu'elle se retournait pour crier à Sandy de courir vers le champ de maïs, Tess vit Mlle Etta se rapprocher de la fillette et l'attraper par les cheveux. Cette sorcière était donc indestructible ? Tess lui fonça dessus tête la première, lui assenant un coup au niveau de la poitrine qui lui fit lâcher prise. Mlle Etta recula sur un mètre avant de tomber à la renverse. Sandy hurlait de peur.

— Sors de la maison, Sandy ! lui cria Tess. Vas-y, cours !

— J'ai plein de pistolets et je vais aller les chercher ! lança Mlle Etta, cette fois-ci avec sa propre voix. Vous allez voir ce qu'il en coûte de désobéir ! ajouta-t-elle en se relevant.

Tess la vit s'éloigner d'un pas chancelant vers ce qui devait être la cuisine.

Paralysée de peur, Sandy n'avait pas esquissé le moindre mouvement, malgré les injonctions de Tess qui lui montra l'exemple en passant une jambe à travers le cadre vide de la contre-porte.

— Viens, ma puce, dit-elle d'une voix calme qui contrastait étrangement avec la folie de ce qu'elles étaient en train de vivre. On va aller voir ta maman.

La fillette vint la rejoindre d'un pas hésitant, mais s'arrêta avant d'avoir franchi la contre-porte.

— Il fait tout noir, et si je pars, eh ben M. Méchant il va me rattraper et me punir.

— Non, il ne te fera rien du tout, parce qu'il est tout là-haut dans le grenier. C'est si tu ne pars pas qu'il va t'attraper ! Allez, viens, on rentre à la maison.

Sandy hocha la tête et passa enfin à travers le cadre vide, les débris de verre crissant sous ses petites chaussures blanches et roses. Tess brûlait d'envie de la prendre dans ses bras et de la serrer tout contre elle, mais elle n'eut même pas le temps de la faire grimper sur son dos.

Derrière elles, la silhouette de Mlle Etta se découpait en contre-jour dans une lumière jaunâtre.

Sandy et Tess coururent vers le champ qui s'étirait au-delà des tombes anciennes. Leurs pierres abîmées par le temps semblaient sortir du sol comme les dents d'un monstre souterrain.

Bientôt, les fugitives s'enfoncèrent entre les hautes tiges, Tess guidant Sandy à travers les rangées serrées. Ce champ qui, la veille encore, lui inspirait une forme de terreur, avait à présent la saveur d'un refuge. Elles n'avaient progressé que de quelques mètres quand une lumière crue sembla baigner la totalité du champ.

— Police ! Pas un geste ! cria la voix de Gabe. Posez cette arme tout de suite, mademoiselle Etta !

Un coup de feu suivit cette sommation, puis des voix qui se chevauchaient. Celle de Gabe émergea bientôt de la cacophonie.

— Elle s'est suicidée ! cria-t-il. J'entre dans la maison pour aller les chercher !

— Gabe ! hurla Tess. Je suis là avec Sandy ! Dans le champ de maïs !

Tess quitta son sanctuaire, traînant la fillette qui se cramponnait à sa taille. Elle ne rappelait pas s'être jamais sentie aussi libre. Les trois larges faisceaux lumineux qui éclairaient son chemin l'aveuglaient presque, mais elle finit par distinguer Vic et Jace Miller, arme au poing, ainsi que Gabe qui courait dans sa direction. Elle oublia tout, l'espace d'un instant, tandis que le shérif la pressait contre son uniforme.

— Et Jill Stillwell ? demanda-t-il.

— Morte et enterrée dans le petit cimetière, je crois. Sybil Falls y repose sans doute aussi, même si Mlle Etta n'a parlé de sa mort à personne. Cette folle vient d'y creuser ma tombe, et peut-être même celle de Sandy !

Il coupa ses liens à l'aide du même couteau dont il s'était servi pour la libérer du laboratoire clandestin, puis s'accroupit à hauteur de Sandy, qui venait seulement de lâcher la taille de Tess. Les mains sur ses petites épaules, il l'examina un instant avec un sourire rassurant pour s'assurer qu'elle n'était pas blessée.

— Je suis le shérif de Cold Creek, Sandy. C'est moi qui protège les gens de cette ville et qui empêche les méchants de leur faire du mal. Et maintenant je vais te ramener chez toi, d'accord ? Ton papa et ta maman vont être très heureux de te revoir.

Il se releva et frôla du doigt le crâne de Tess à l'endroit où du sang séché brunissait ses cheveux blonds.

— Tu as une sacrée bosse, dis donc. Tu sais, je crois qu'on pourrait être très heureux, nous aussi, murmura-t-il avant de se tourner vers Vic pour lui demander des nouvelles de la bibliothécaire.

— Elle ne s'est pas ratée, répondit Vic en pressant deux doigts contre sa tempe. Je vous laisse raccompagner Tess et Sandy pendant que je fouille la maison à la recherche de Sybil Falls, au cas où elle serait toujours vivante. Je m'occuperai d'appeler la police scientifique et tout le toutim.

— Il y a une sorte d'épouvantail censé représenter Sybil Falls dans la maison, dit Tess. Apparemment, Mlle Etta s'était convaincue que sa mère était toujours vivante, et elle transportait ce mannequin un peu partout dans la maison en imitant sa voix.

Gabe la regarda avec de grands yeux incrédules avant de lui prendre la main.

— Allons ramener Sandy à ses parents pendant que Jace et Vic sécurisent la scène. Après quoi, il faudra que les gars de la scientifique fouillent les tombes et exhument les restes de Jill et de Sybil Falls. Mais, avant de devoir confirmer la triste nouvelle aux Stillwell, on va en apporter une bonne aux Kenton, ajouta-t-il en posant une main protectrice sur la tête blonde de Sandy.

La fillette vint se blottir entre eux, et ils restèrent un moment silencieux, serrés les uns contre les autres comme une petite famille. Puis Gabe souleva Sandy d'un bras, et ils partirent tous trois en direction de la voiture de patrouille. Tess était en train de secouer les poignets pour essayer de rétablir la circulation sanguine quand elle sentit la main libre de Gabe qui cherchait la sienne.

— C'est enfin terminé, dit-il tandis que leurs doigts se mêlaient. Mais pour nous deux, si le cœur t'en dit, ça ne fait sans doute que commencer.

31

Dans la voiture de patrouille, Tess prit Sandy sur ses genoux, faisant passer la ceinture de sécurité sur le ventre de la fillette avant de l'entourer de ses bras. Tandis que Gabe lui racontait comment sa conversation avec Melanie Parkinson l'avait poussé à se précipiter chez Mlle Etta, Tess comprit qu'elle avait déjà décidé de prolonger son séjour à Cold Creek. Pour aider Sandy à surmonter l'épreuve qu'elle venait de vivre, et pour donner une chance aux sentiments qu'elle éprouvait pour Gabe.

Sur le tableau de bord, l'horloge indiquait 21 h 58 lorsque Gabe se gara devant la maison des Kenton. Elle n'avait été séquestrée qu'une dizaine d'heures, cette fois-ci, songea Tess, mais ces heures lui avaient semblé une éternité. Des bougies brillaient derrière chacune des fenêtres et une pancarte plantée dans le jardin affichait les mêmes mots que sur la banderole déployée dans l'église, lors de la veillée de prières : « On attend ton retour, Sandy ! » Une attente inhumaine qui était sur le point de prendre fin.

Pourtant, l'immense bonheur que s'apprêtaient à vivre Lindell et Win Kenton ne pouvait faire oublier à Tess la souffrance des Stillwell. La vie était ainsi : un mélange permanent de joie et de malheur. Oui, l'avenir faisait parfois peur, mais Tess savait qu'elle ne le craindrait pas, avec Gabe à son côté.

Le shérif s'avança vers la porte et appuya sur la sonnette tandis que Tess sortait de la voiture avec Sandy dans les bras. Lindell fut la première à sortir. Le cri de délivrance qu'elle poussa alerta son mari, qui apparut bientôt à la porte. Il sauta d'un bond les marches de la véranda et rejoignit Lindell qui serrait déjà Sandy contre son cœur.

— Merci, shérif, merci Tess…, balbutiait-elle. Merci, merci…

Win entoura sa femme et sa fille de ses bras. Bientôt, les trois ne formèrent plus qu'une boule d'émotion d'où jaillissaient des cris et des pleurs de joie, des exclamations, des remerciements, des baisers sonores et répétés… Tess croisa le regard embué de Gabe et vint se placer contre lui pour assister à ces retrouvailles. Elle avait besoin de sentir sa chaleur pour faire face aux souvenirs qui la submergeaient à présent : son propre retour à la maison, après huit mois de séquestration, lui revenait avec une étonnante précision.

Elle prit alors conscience que revenir à Cold Creek était pour elle bien plus qu'une simple visite dans sa ville natale. Peut-être était-ce parce que le bras de Gabe venait de s'enrouler autour de sa taille, mais elle eut soudain le sentiment d'être de nouveau rentrée chez elle après une longue absence.

Une semaine plus tard, Tess et Gabe regardaient un gros engin agricole moissonner le champ de maïs, tout en dégustant les savoureux sandwichs posés sur la table de pique-nique.

— Enfin, on va y voir un peu clair, dit-elle avant de boire une gorgée du cidre qu'elle avait acheté au marché.

Le banc de la table de pique-nique avait beau être assez grand pour accueillir quatre personnes, Tess et Gabe étaient quasiment collés l'un à l'autre.

— Et en ce qui nous concerne ? demanda-t-il. Tu y vois un peu plus clair ?

Elle se tourna vers lui et posa son verre de cidre. Leurs visages se rapprochèrent lentement, jusqu'à ce que leurs lèvres se touchent. D'abord retenu, le baiser se fit vite moins sage. En dépit des épreuves et des malheurs qui avaient jalonné ses journées depuis son retour à Cold Creek — y compris la découverte du corps de Jill dans le cimetière de pionniers —, Tess se sentait plus heureuse qu'elle ne l'avait jamais été. Ceux qui l'avaient connue avant son enlèvement la décrivaient unanimement comme une enfant radieuse, et cette joie de vivre dont Mlle Etta et sa mère l'avaient privée pendant de longues années semblait enfin revenue.

— Ce n'est pas très fair-play de poser une telle question avant de m'embrasser, répondit-elle quand leurs lèvres se détachèrent enfin. Tu sais très bien que je perds mes moyens, quand tu fais ça.

Elle laissa passer deux ou trois secondes durant lesquelles les regards se chargèrent de la conversation.

— Oui, reprit-elle, j'y vois plus clair, maintenant... J'ai envie de construire quelque chose avec toi et je n'ai plus peur de vivre ici. Si j'arrive à vendre cette maison à un prix décent, je pourrais ouvrir une crèche à Cold Creek, qu'en dis-tu ? Lindell m'a promis que Sandy serait ma première pensionnaire. Tu sais, j'ai l'impression que les moments que je passe avec elle l'aident à surmonter ce qu'elle a vécu chez Mlle Etta.

— Dans ce cas, j'ai une proposition à te faire.

Le cœur de Tess se mit à battre plus vite.

— Ah bon ? On peut en savoir plus ?

— Vendons nos deux propriétés et achetons une maison dans le vieux centre. Avec l'argent récolté, on pourra aménager ta crèche dans une partie de la nouvelle maison. Ça me rapprochera de mon travail, et toi, tu travailleras à domicile comme tu voulais le faire à Jackson. Si l'idée te plaît, on peut commencer à organiser ça dès maintenant. Et quand tu te sentiras prête je te ferai d'autres propositions de vie commune. Pour être précis, je crois que ça s'appelle une demande, ajouta-t-il avec un sourire. Alors, qu'est-ce que tu en dis ?

L'idée de revoir cette ville et cet homme lui avait semblé si effrayante, quelques semaines plus tôt... Mais à présent elle se sentait parfaitement à sa place, ici et avec lui.

— J'aime votre façon de penser, shérif McCord, dit-elle avec un sourire. Je dois d'ailleurs reconnaître que tout me plaît, chez vous. Et je sais à quoi m'attendre avec tes obligations professionnelles, ajouta-t-elle d'un ton plus sérieux. Ce ne sera sûrement pas facile tous les jours, mais tu en vaux la peine, Gabe.

Ils s'embrassèrent de nouveau, plus passionnément que jamais. Et le vrombissement de cette grosse moissonneuse-batteuse qui coupait et broyait le passé avait pour eux la douceur d'une mélodie.

Si vous avez aimé ce roman,
découvrez prochainement le roman suivant de la série
« Cold Creek »
à paraître dans votre collection Best-Sellers
en septembre 2015

Composé et édité par HARLEQUIN

Achevé d'imprimer en avril 2015

BRODARD & TAUPIN

La Flèche
Dépôt légal : mai 2015

Pour l'éditeur, le principe est d'utiliser des papiers composés de fibres naturelles, renouvelables, recyclables, et fabriquées à partir de bois issus de forêts qui adoptent un système d'aménagement durable. En outre, l'éditeur attend de ses fournisseurs de papier qu'ils s'inscrivent dans une démarche de certification environnementale reconnue.

Imprimé en France